BASTEI
LÜBBE

Von Jessica Stirling sind bei Bastei Lübbe Taschenbücher lieferbar:

14 600 Die Frauen von der Insel
14 962 Sturm über Schottland
15 143 Träume im Landhaus
15 274 Die Früchte der Erde
15 730 Die Melodie der Wellen
15 866 Die Stürme des Himmels

Über die Autorin:

Jessica Stirling wurde in Glasgow geboren und hat zahlreiche Romane geschrieben, die im historischen Schottland spielen. Die Autorin lebt auf dem Lande in Stirlingshire, Schottland.
Schottische Träume ist nach *Die Melodie der Wellen* und *Die Stürme des Himmels* der dritte Teil der Familiensaga um die Familien Franklin und McCulloch.

Jessica Stirling

SCHOTTISCHE TRÄUME

Roman

Aus dem Englischen von
Cécile Lecaux

BASTEI
LÜBBE

BASTEI LÜBBE TASCHENBUCH
Band 15 949

1.+2. Auflage: Januar 2009
3. Auflage: Februar 2009

Vollständige Taschenbuchausgabe

Bastei Lübbe Taschenbücher in der Verlagsgruppe Lübbe

Deutsche Erstausgabe

Titel der englischen Originalausgabe: »The captive heart«

Titelillustration: Photographer's Choise/F1 Online
Umschlaggestaltung: Gisela Kullowatz
Satz: Urban SatzKonzept, Düsseldorf
Gesetzt aus der Adobe Garamond
Druck und Verarbeitung: GGP Media GmbH, Pößneck
Printed in Germany
ISBN 978-3-404-15949-9

Inhalt

TEIL I

Welcher Gewinn gehört zu welchem Buch?

Tragen Sie die Zahlen der entsprechenden Titel ein.

1 Wochenende auf der Beautyfarm	gehört zu	◯	(10 x zu gewinnen)
1 Gutschein für 1 x Fensterputzen	gehört zu	◯	(10 x zu gewinnen)
1 Bungeesprung	gehört zu	◯	(10 x zu gewinnen)
1 Kilo Champagnertrüffel	gehört zu	◯	(10 x zu gewinnen)
1 Abendessen mit 2 Freundinnen	gehört zu	◯	(10 x zu gewinnen)
1 Schwangerschaftstest	gehört zu	◯	(10 x zu gewinnen)
1 exklusive Goldmann-Armbanduhr	gehört zu	◯	(100 x zu gewinnen)
2 Kinokarten für einen »unverlogenen« Liebesfilm Ihrer Wahl	gehört zu	◯	(50 x zu gewinnen)
Boxhandschuhe	gehört zu	◯	(10 x zu gewinnen)
Burlington-Kniestrümpfe	gehört zu	◯	(50 x zu gewinnen)
1 Geschenkgutschein von Douglas	gehört zu	◯	(30 x zu gewinnen)
1 altes Goldmann Taschenbuch gegen die 12 Taschenbücher der Aktion	gehört zu	◯	(200 x zu gewinnen)

500 Preise zu gewinnen!

Wer die Gutscheine richtig zuordnet und die Postkarte an die umseitige Adresse sendet, nimmt an der Verlosung teil. Einsendeschluß : 31.1.1997. Der Rechtsweg ist ausgeschlossen

Falls ich einen Gutschein gewinnen sollte, wünsche ich mir

. . . .

GOLDMANN

DAS GROSSE GEWINNSPIEL

Name / Vorname ....

Straße ....

PLZ / Ort ....

Ich habe das Buch gekauft bei:

Name ....

Ort ....

ANTWORT

Goldmann Verlag
- Vertrieb -
81664 München

Bitte freimachen

Bitte entlang der Linie ausschneiden und einsenden.

Kapitel 1

Der Samthandschuh

Es war typisch für ihren Gatten, so zu tun, als wäre er in dem schweren Clubsessel im Klavierzimmer eingeschlafen. Lindsay wusste natürlich, dass er nicht wirklich schlief. Im Schlaf erschlafften seine Züge, sein Unterkiefer klappte herunter, und er schnarchte, wenn auch nicht besonders laut, ein kehliges, gurgelndes Geräusch. An diesem Nachmittag war er jedoch mucksmäuschenstill, die Hände hatte er ordentlich auf dem Bauch verschränkt, die Beine lang ausgestreckt und die Lippen leicht geschürzt.

Der flaumige schmale Schnauzbart, den er den ganzen Winter über gezüchtet hatte, bewegte sich keinen Millimeter, und als sie hinter dem Sessel hervorkam und vor das Fenster trat, sodass ihr Schatten auf ihn fiel, sah sie, dass seine Augäpfel unter den geschlossenen Lidern zuckten und er nicht annähernd so entspannt war, wie er sie glauben machen wollte. Schlaf vorzutäuschen war nur einer von vielen Tricks, mit denen er sich abschottete, sie aus seinem Leben ausschloss, aber nicht einmal Owen Forbes McCulloch vermochte gelassen zu bleiben angesichts des unmittelbar bevorstehenden Besuches eines Bruders, den er fünfzehn Jahre nicht mehr gesehen hatte, sowie einer jungen Dame, bei der es sich möglicherweise um seine leibliche Tochter handelte.

Lindsay stellte sich ans Fenster und blickte hinunter auf die Straße, die einmal um den Brunswick Park herumführte. Der Park war schon unter optimalen Bedingungen nicht besonders ansprechend, aber um drei Uhr an diesem verregneten Nachmittag Anfang März wirkte er besonders trist und öde.

Krokusse hatten im letzten Schnee geblüht, und nur noch

einige Osterglocken, drei, vier traurige verblühte Sträußchen, trotzten nun tapfer dem Schmuddelwetter. Die Sträucher, vorwiegend Lorbeer, sahen sogar im Nieselregen vertrocknet und staubig aus, und die Ulmen weigerten sich hartnäckig, ihre ersten Frühlingsknospen sprießen zu lassen. Die Schiffswerften zu beiden Seiten des Clyde, der bunte Fries der florierenden Läden in den Einkaufsstraßen sowie die Industriestätten am Fuß der Renfrewshire-Berge waren vollständig hinter dem dichten Schleier des berühmt-berüchtigten Glasgower Regens verschwunden, der Panorama und Geräusche gleichermaßen verschluckte und die ganze Stadt scheinbar ihrer Lebendigkeit beraubte.

Als sie ihren Schwager das letzte Mal gesehen hatte, unmittelbar bevor er mit Forbes' schwangerer Mätresse nach Dublin durchgebrannt war, hatte es auch geregnet. Sylvie Calder war damals eine mitleiderregende Kindfrau gewesen, die dringend einen Mann gebraucht hatte, der sich ihrer annahm, und genau das hatte Gowry getan. Er hatte sie geheiratet und das kleine Mädchen, das Sylvie zur Welt gebracht hatte, als sein eigenes aufgezogen. Jetzt kehrte er nach Glasgow zurück, in Begleitung ebenjenes Kindes.

»Wann legt das Schiff an?«, fragte Lindsay.

Forbes öffnete ein Auge. »Sind sie das? Sind sie schon da?«

»Nein. Ich habe gefragt, wann das Schiff ...«

»Ich habe dich schon beim ersten Mal gehört.« Forbes ließ den Kopf auf das Polster zurücksinken.

»Du hättest persönlich hinfahren sollen, um sie abzuholen«, sagte Lindsay vorwurfsvoll. »Deinen Chauffeur zu schicken, um deinen eigenen Bruder abzuholen, den du fünfzehn Jahre nicht gesehen hast, geht sogar für deine Verhältnisse etwas weit.«

»Ich habe ihn nicht eingeladen«, entgegnete Forbes lapidar. »Er hat mir auch nie geschrieben. Aber du und Gowry, ihr habt euch ja immer schon blendend verstanden, und daran scheint sich bis heute nichts geändert zu haben.«

Forbes bog sich die Dinge gern so zurecht, wie es ihm gerade in den Kram passte. Er glaubte, was er glauben wollte, basta. Die Feindseligkeit hatten sie hinter sich gelassen; ihre Beziehung wurde stattdessen längst von Gleichgültigkeit bestimmt. Fünfzehn Jahre lang hatten sie zwar unter einem Dach gelebt, aber jeder mehr oder weniger für sich, derweil die Familie Franklin gute wie schlechte Zeiten durchlebt hatte. Nicht zu vergessen der Erste Weltkrieg, in dem eine halbe Million junger Männer, darunter auch ihr Vetter Johnny, für ein patriotisches Ideal ihr Leben gelassen hatten.

Lindsay fiel es manchmal selbst schwer zu glauben, dass sie bald vierzig wurde, zwei erwachsene Söhne hatte und der korpulente Mann mit dem runden Gesicht der unkonventionelle braunäugige irische Charmeur sein sollte, den sie im Frühling 1898 im Haus ihres Großvaters kennengelernt hatte. Noch unglaublicher war für sie, dass sie tatsächlich bis zum heutigen Tage mit Forbes McCulloch verheiratet war und er sie nach wie vor, und das ohne jede Ironie, als sein »geliebtes Weib«, bezeichnete.

»Ist dir noch gar nicht in den Sinn gekommen, dass dein Bruder sich bewusst diplomatisch verhalten könnte, Forbes?«

»Diplomatisch? Gowry weiß gar nicht, was das ist.« Er setzte sich auf. »Ich möchte mal wissen, was für Lügen meine Mutter ihm aufgetischt haben mag, dass er sich einbildet, er wäre *dir* willkommen, wo er doch weiß, dass ich keinen Wert auf ein Wiedersehen lege.«

Forbes hatte jeglichen Kontakt zu seiner Familie in Dublin abgebrochen. Über die Jahre hatte nur seine Mutter ihn bei ihren Besuchen über die Ereignisse »drüben« auf dem Laufenden gehalten, aber seit Kay McCulloch verwitwet war und sich endgültig in Glasgow niedergelassen hatte, war auch diese Nachrichtenquelle versiegt. Er zupfte an seinem Schnauzer und blickte auf seine Schuhe. Forbes war eine Stunde vor dem Mittagessen nach Hause gekommen und hatte sich umgezogen, wobei er eine Garderobe gewählt hatte, die unmissverständlich klarmachte, dass er der einzige des gesamten McCulloch-Clans war, der es zu etwas gebracht hatte. Owen Forbes McCulloch waren Anzüge aus einfachem Twill oder auch italienischem Stoff nicht gut genug, allerdings wirkten mit zunehmendem Umfang auch die Weste mit dem Seidenrevers, das zweireihige Jackett und die gestreiften Hosen gediegen und viktorianisch.

»Bist du nervös wegen des Mädchens?«

»Warum sollte es mich nervös machen, ein junges Mädchen kennenzulernen, mit dem ich nicht das Geringste zu schaffen habe?«

»Sie ist ...« Lindsay überlegte es sich anders. »Sie ist Gowrys Tochter.«

»Ich bin nicht bereit, jeden irischen Habenichts aufzunehmen, der hier in Glasgow Fuß fassen möchte.«

»Aber genau das hat Pappy doch damals auch für dich getan, oder?«

»Ah, daher weht der Wind! Du meinst also, indem ich Gowrys Tochter bei uns einquartiere, kann ich einen Teil meiner alten Schuld begleichen?«

Lindsay zuckte mit den Schultern. »Blut ist dicker als Wasser, Forbes, und ein wenig Großzügigkeit deinerseits, die Bereitschaft zu vergeben ...«

»Vergeben«, fiel Forbes ihr ins Wort. »Was hätte ich Gowry zu vergeben?«

»Stimmt. Vermutlich hat Gowry dir einen Gefallen getan, als er dir damals Sylvie Calder vom Hals geschafft hat.« Sie stand am Fenster und schaute hinaus in den Regen.

»Der feige Hund hat noch nicht einmal den Anstand besessen, zu Dads Beerdigung zu erscheinen.«

»Er hat einen Kranz geschickt.«

»Einen ›Kranz‹ nennst du das? Ein paar welke Blätter mit einem Stück schwarzem Krepp«, meinte Forbes abfällig. »Wenn Gowry so viel daran gelegen ist, dass seine Tochter aus Dublin fortkommt, warum wendet er sich dann an uns und nicht an Tom Calder? Hast du Calder von ihrer bevorstehenden Ankunft unterrichtet?«

»Noch nicht.«

»Warum denn nicht, um Himmels willen?«

»Ich wollte ihn damit überraschen.«

»Nein, das ist es nicht. Du fürchtest, dass der gute alte Calder nichts mit ihr zu tun haben will oder seine liebe Frau weniger zuvorkommend reagieren könnte, als du es von mir erwartest.«

»Ich erwarte gar nichts von dir«, widersprach Lindsay, »außer natürlich ein Mindestmaß an Höflichkeit. Wäre dir das möglich, nur für ein oder zwei Tage?«

Der brandneue Lanchester, der ganze Stolz ihres Gatten, tauchte jenseits der kahlen Bäume auf. Sie beobachtete, wie das Automobil in den Brunswick Crescent einbog und vor dem Haus stehen blieb. Der Fahrer öffnete die Beifahrertür, und ein Mann entstieg steif und ungelenk der Limousine. Er trug einen schmuddeligen Mantel und ein Käppi, das einmal blau gewesen sein mochte. Es dauerte einen Moment, bis Lindsay Gowry McCulloch wiedererkannte. Die Jahre, und natürlich der Krieg, hatten an ihrem Schwager deutliche Spuren hinterlassen.

Die junge Frau war groß, dunkelhaarig und hübsch. Sie trug einen taillierten Mantel mit einem Gürtel, der ihre schlanke Gestalt zusätzlich betonte, einen Plisseerock und einen weichen Filzhut anstelle einer Haube. Ihre langen Lederhandschuhe erinnerten Lindsay an jene, die Gowry getragen hatte, als er noch als Chauffeur bei den Franklins angestellt gewesen war.

Gowry hielt ihr den Arm hin, aber sie schob ihn fort. Seufzend nahm er sie bei der Schulter und drehte sie um, sodass sie mit dem Gesicht zur Tür stand. Als Miss Runciman, die Haushälterin, die Treppe hinunterhumpelte, wich das Mädchen zurück, als wollte es sich wieder im Lanchester verkriechen. Gowry legte der jungen

Frau einen Arm um die Taille, und einen Moment rangen sie unten auf dem Gehweg miteinander, bis sie sich geschlagen gab. Sie stemmte die Hände in die Seiten und warf der armen Miss Runciman auf ihre zweifellos arglose Frage hin eine schnippische Antwort an den Kopf, bevor sie, dicht gefolgt von Gowry, die Treppe hinaufstieg und das Haus betrat.

»Forbes«, flötete Lindsay honigsüß, »ich glaube, sie sind da.«

Maeve war nicht gewillt, sich anmerken zu lassen, wie sehr das elegante Reihenhaus sie beeindruckte. Die Fassade war mit aufwendigen Giebeln und schmiedeeisernen Gittern verziert, und über der Haustür brannte eine elektrische Lampe. Die Haustür war aus massivem Eichenholz und mit einem schweren Messingklopfer versehen, während von der Straße aus eine zweite Treppe zu einem Untergeschoss hinabführte. Maeve erkannte Schick auf den ersten Blick, und dieses Viertel war so schick wie die Harcourt Street in Dublin, Lichtjahre entfernt von der Mietskaserne in der Endicott Street, wo Mam und sie lebten, seit britische Soldaten während des Osteraufstandes ihr »Shamrock Hotel« in die Luft gejagt hatten.

Mit blutendem Herzen hatte sie das Schiff betreten, das sie aus Irland fortgebracht hatte, und sie hatte allen Grund, Tränen des Kummers zu vergießen. Die Trennung von Turk Trotter hatte ihr jedoch nicht den Appetit verdorben, und so hatte sie sich von Daddy überreden lassen, unten im Salon eine Kleinigkeit mit ihm zu essen. Anschließend waren sie an Deck zurückgekehrt und hatten es sich zum Schlafen auf zwei Liegestühlen gemütlich gemacht. Als sie später fröstelnd wieder aufgewacht war, hatte sie ihn gedrängt, ihr ein Frühstück zu spendieren, als wäre es seine Schuld, dass sie durchgefroren und halb verhungert war; und genau genommen war dem ja auch so. Obgleich ihr Daddy früher als Fahrer bei der Flanagan's Motoring Company angestellt gewesen und sie durchaus mit Automobilen vertraut war, war der Lanchester, den ihr Onkel geschickt hatte, um sie abzuholen, um ein Vielfaches eleganter als die Rostlauben, mit denen Turk herumkurvte, und sogar als der Hudson, mit dem Fran Hagarty und ihre Onkel umhergefahren waren, damals, als sie noch jung – und lebendig – gewesen waren.

Trotz des schicken Gefährts und des herzlichen Empfangs war Maeve immer noch gereizt, weil ihr Daddy sie überhaupt hierher nach Schottland gebracht hatte. Und sie war wütend, weil sie noch nicht alt genug war, um mit Turk durchzubrennen und die Frau eines Renegaten zu werden. Was sie dachte, ging jedoch niemanden etwas an, ganz zu schweigen von dem, was ihr auf der Seele brannte; hatte sie doch erkennen müssen, dass es schwieriger werden würde als erwartet, Turk an sich zu binden. Aber so leicht gab sie sich nicht geschlagen. O nein, sie würde nicht kampflos aufgeben!

Der Flur war sehr lang, so wie seinerzeit die Diele des »Shamrock Hotels«, wenngleich es hier nicht wie im Hotel nach Kochfisch und Desinfektionsmittel roch. Auf einem Tisch mit Marmorplatte stand ein silbernes Tablett mit einem Telefon, und an den Wänden hingen zahlreiche Fotografien verschiedener Schiffe. Maeve blickte aus zusammengekniffenen Augen das Treppenhaus hinauf, dessen Wände mit türkischrotem Axminster bespannt waren, und als sie den Kopf weit in den Nacken legte, sah sie eine wunderschöne Stuckdecke mit einem vierarmigen Lüster in der Mitte.

Am Ende des Flurs trat eine Frau aus einer Tür. Maeve spürte, dass die Haushälterin und die fremde Frau abwarteten. Offenbar sollte sie den ersten Schritt machen. Daddy nahm soeben das Gepäck vom Chauffeur entgegen und würde dem Kerl vermutlich ganze Sixpence Trinkgeld in die Hand drücken, um sich wichtig zu machen, obwohl man auf den ersten Blick erkannte, dass er zur Unterschicht gehörte. Sie holte tief Luft, zog die Handschuhe aus und reichte der Frau die Hand.

»Hallo. Ich bin Maeve McCulloch. Sie haben uns schon erwartet, glaube ich.«

»Natürlich haben wir das«, entgegnete ihre Tante.

Mit der Haushälterin stimmte etwas nicht. Sie hinkte, und die Hände waren gekrümmt wie Raubvogelklauen. Daddy und sie werden sich bestens verstehen, dachte Maeve zynisch, er mit seiner Holzhand und sie mit ihren verkrüppelten Fingern. Ihre Tante wirkte sehr souverän und elegant in ihrem mit Spitze abgesetzten blauen Seidenkleid. Sie hatte kleine, eiskalte Finger, die sich in Maeves rauer Handfläche pfirsichzart anfühlten.

»Ich bin Lindsay«, sagte die Frau freundlich. »Und es wäre mir lieber, du nennst mich beim Vornamen, als dass du mich Tante rufst.« Sie sprach mit dem gleichen Akzent wie ihre Mam, nur dass sie die Vokale stärker betonte. »Ich möchte dich als Erstes mit Miss Runciman bekannt machen, unserer Haushälterin. Sie ist die gute Seele des Hauses.«

»Miss Runciman«, grüßte Maeve schüchtern. Sie war draußen auf der Treppe unhöflich zu der alten Frau gewesen, in der Hoffnung, dass sie mit ihrem Daddy nach Dublin zurückkehren durfte, wenn sie sich schlecht benahm. »Sie fragten vorhin, ob ich eine angenehme Reise gehabt hätte. Ja, die Überfahrt war angenehm. Vielen Dank für die Nachfrage.« Ihr Vater grunzte zufrieden, und Maeve hörte sich sagen: »Das ist mein Vater, Gowry McCulloch.« Noch ehe sie den Satz beendet hatte, ging ihr auf, wie albern es war, einen Mann vorzustellen, der, wenn auch vor langer Zeit, für die Franklins gearbeitet hatte und als Bruder des Hausherrn in diesem Haus ein und aus gegangen war.

»Schön, dich wiederzusehen, Gowry«, bemerkte Tante Lindsay.

»Das, was von mir übrig ist, meinst du wohl.«

»Ich muss gestehen, dass du etwas angeschlagen aussiehst.«

»Im Gegensatz zu mir hast du dich überhaupt nicht verändert«, erwiderte ihr Vater anerkennend. »Wo sind die Jungs?«

»In der Schule.«

»Internat?«

»Nein, nein, auf der Academy. Sie werden bald heimkommen.«

»Und er? Der Herr des Hauses, meine ich?«

Tante Lindsay nickte in Richtung einer Tür am anderen Ende des Flures. »Da drin.«

»Sauer?«

»Ich denke, er tut vor allem so«, entgegnete Lindsay.

»Das hatte ich befürchtet«, entgegnete ihr Daddy, und gemeinsam folgten sie der Hausherrin den Gang hinunter in ein luftiges, helles Zimmer.

Forbes McCulloch stand am Kamin, und es hatte tatsächlich den Anschein, als posierte er. Wäre Maeve nicht so nervös gewesen, hätte sie vielleicht gelacht. Ein Fuß ruhte auf dem Messinggitter vor dem Kamin, ein Ellbogen auf dem Sims, das Kinn war leicht angehoben, damit sein Profil besser zur Geltung kam. Ein Profil, das durchaus attraktiv hätte wirken mögen bei einem Matinee-Star wie Richard Barthelmess oder Clive Brook. Ihr Onkel taugte jedoch nicht zum Idol, dafür war er schlicht zu klein, nicht distinguiert genug und vor allem zu füllig um die Mitte. Trotzdem hätte er die Rolle des feinen Herrn vielleicht glaubhaft verkörpern können, wäre da nicht der lächerliche bleistiftdünne Oberlippenbart gewesen.

»Gowry.«

»Forbes.«

Die Stimme ihres Onkels war so trocken und hart wie ein Schiffszwieback.

»Gute Überfahrt gehabt?«

»Geht so.«

»Ihr seid mit der Morgenflut eingelaufen, ja?«

»Ja, wir haben eine Weile vor Greenock vor Anker gelegen.«

»Das tun alle. Der Lotse ist nie pünktlich. Welche Linie?«

»Burns Laird.«

»Hattet ihr eine Kabine?«

»Zu teuer.«

»Wie viel?«

»Fünfunddreißig Schilling.«

»Ich nehme immer eine Kabine«, entgegnete Onkel Forbes überheblich. »Drink?«

Schon der Name ihres Onkels Forbes war daheim tabu. In Dublin war er der »Große Unaussprechliche«. Jedes Mal, wenn sie ihre Mam nach ihm gefragt hatte, hatte die das Thema gewechselt. Nur Großmutter McCulloch war großzügig gewesen mit Informationen. Allerdings war Forbes so offensichtlich ihr Augapfel, dass alles, was sie sagte, mit Vorsicht zu genießen war.

»Was hast du denn anzubieten?«, fragte ihr Vater.

»Whisky, Gin ... Sherry.«

»Ich glaube, ich nehme lieber einen Tee.«

»Was ist mit der Kleinen? Was möchte sie haben?«, erkundigte sich Onkel Forbes.

»*Sie* trinkt ebenfalls einen Tee, vielen Dank«, hörte Maeve sich antworten.

Zum ersten Mal schaute er sie direkt an, offenbar überrascht, dass sie eine Sprache sprach, die er verstand. »Bist du Maeve?«

»Bei unserer Abreise aus Dublin war ich es jedenfalls noch«, erwiderte sie schnippisch.

»Ich habe dich mir anders vorgestellt.«

»Wie denn? Als Ungeheuer mit zwei Köpfen?«

Bis vor Kurzem hatte sie in einem Umfeld gelebt, in dem die Grenze zwischen Direktheit und Frechheit nicht klar definiert war. Sie sprach mit ihrem Onkel so, wie sie mit Turk oder Breen Trotter, mit Pauline, Breens Frau, oder jedem anderen in Wexford oder im Hinterzimmer von McKinstry's gesprochen hätte.

»Ich dachte, du würdest ihr ähnlicher sehen ...«

Maeve war zynisch, aber doch nicht grausam, sodass sie die ersten Worte, die ihr hierauf in den Sinn kamen, für sich behielt: »Meiner Mutter?«

»Maeve«, meldete sich Tante Lindsay wieder zu Wort. »Möchtest du vielleicht jetzt dein Zimmer sehen?«

Sie fühlte die Hand ihres Vaters in ihrem Rücken, die Holzhand. »Ich müsste mal für kleine Mädchen, falls das hier möglich ist.«

»Ich denke, irgendwo im Haus lässt sich eine entsprechende sanitäre Einrichtung finden«, meinte Miss Runciman, die sich mühsam ein Lächeln verkniff. »Komm mit, ich zeige es dir.«

Maeve folgte Miss Runciman und Tante Lindsay hinaus und ließ ihren Vater mit seinem Bruder allein im Klavierzimmer zurück.

»Was zum Teufel denkst du dir dabei, sie uns aufzuhalsen?«, herrschte Forbes seinen Bruder an, sobald die Frauen den Raum verlassen hatten.

»Ich musste sie aus Dublin fortschaffen.«

»Du *musstest?* Warum?«

»Liest du keine Zeitung?«

»Also, soweit ich das beurteilen kann, ist Irland noch das gleiche Irrenhaus wie eh und je. Großer Gott, du bist doch nicht etwa zu den Republikanern übergelaufen, oder?«

»Ich nicht, aber meine Tochter.«

»Maeve ist also deine Tochter, ja? Du versuchst ja hoffentlich nicht, sie mir unterzuschieben? Hat Sylvie dich hierzu angestachelt?« Er senkte die Stimme. »Wie geht es ihr übrigens? Ist sie wohlauf?«

»Nun, es geht ihr so gut, wie es einem dieser Tage in Dublin so gehen kann.«

»Mutter hat erzählt, sie hätte noch ein zweites Kind geboren, einen Jungen.«

»Das ist richtig.«

»Von einem anderen Mann. Ich verstehe wirklich nicht, warum du noch bei ihr bist.« Er setzte sich auf den Rand des Schutzgitters vor dem Kamin. »Auf ihre etwas unterbelichtete Art war sie als junges Mädchen ja ganz attraktiv, aber seien wir mal ehrlich, Gowry, sie war immer schon gewöhnlich.«

»Du sprichst von meiner Frau, Forbes«, ermahnte Gowry ihn.

»Mag sein, doch sie war nicht wirklich loyal und treu, als du für König und Vaterland gekämpft hast, stimmt's?«

»Es hieß, ich sei gefallen.«

»Da habe ich etwas anderes gehört«, entgegnete Forbes süffisant. »Mir wurde erzählt, unsere Sylvie hätte sich mit einem Waffenschmuggler eingelassen, noch bevor du dich freiwillig gemeldet hast.«

Gowry setzte sich auf die Armlehne eines Sessels und klemmte die Holzhand zwischen die Knie. Er war nicht mehr derselbe unreife Bursche, der Forbes vor fünfzehn Jahren den Rücken gekehrt und die Last seiner Indiskretion geschultert hatte, womit er streng genommen Forbes' Ehe rettete. Er hatte innere wie äußere Narben davongetragen, aber Sylvie bedeutete ihm trotz allem noch so viel, dass er sich berufen fühlte, sie zu verteidigen.

Er wählte seine Worte mit Bedacht. »Der Junge ist nicht von mir, das ist richtig.«

»Du bist ein besserer Mensch als ich, alter Knabe. Wenn sie mir Hörner aufgesetzt hätte, hätte ich sie im eigenen Saft schmoren lassen. Ich nehme an, als Nächstes erzählst du mir, du seist der Kleinen zuliebe bei ihr geblieben?«

»Um meiner selbst willen. Wo sonst hätte ich hingehen sollen?«

»Das ist ja so traurig, geradezu tragisch«, sagte Forbes ohne einen Hauch von Mitgefühl.

»Wäre es nach mir gegangen, ich hätte Tom Calder gebeten, sich um Maeve zu kümmern.«

»Warum muss sich überhaupt irgendjemand um sie kümmern?«

»Weil ich sie hergebracht habe, damit sie nicht in Schwierigkeiten gerät«, knurrte Gowry gereizt. »Sie hatte schon von Kindesbeinen an Umgang mit Rebellen, darunter unsere eigenen Brüder Peter und Charlie, und konnte sich deren Einfluss nicht entziehen. Mit anderen Worten, sie ist auf dem besten Wege, eine militante Nationalistin zu werden.«

»Nationalismus ist doch etwas Ehrenhaftes.«

»Mag sein, aber die Briten sehen das offenbar anders. Man kann nicht einmal mehr am helllichten Tag durch die Straßen gehen, schon gar nicht als Daniel McCullochs Enkelin und Peter McCullochs Nichte.«

»Erzähl mir nicht, unser Peter sprengt Züge in die Luft und schießt auf Soldaten.«

»Du hast den Nagel auf den Kopf getroffen, Bruderherz: Genau das tut er.«

»Allmächtiger.«

»Peter ist Helfershelfer eines Typen namens Turk Trotter, und für ebenden hat Maeve eine Schwäche, seit sie zehn Jahre alt war. Auf seine Art ist er ein ganz anständiger Kerl, und er hat Maeve auch wirklich gern, doch jetzt, da sie erwachsen ist oder doch beinahe, rechnet sie fest damit, dass er sie heiratet. Das möchten wir verhindern.«

Forbes nickte. »Ich verstehe.«

»Du scheinst dir nicht darüber im Klaren zu sein, wie viel Hass in der alten Heimat grassiert. Blanker Hass. Und der ist noch ansteckender als Patriotismus. Glaub ja nicht, die Militärbehörden wüssten nicht, wer Maeve ist. Und die Tatsache, dass sie ein Mädchen ist, wird sie auch nicht schützen. Wenn Maeve tatsächlich diesen Turk Trotter heiratet, wird für ihre Ergreifung ein Kopfgeld ausgesetzt werden, und sie wird ein Leben im Untergrund führen müssen.«

»Wenn sie diesen Trotter aber wirklich liebt ...«

»Das tut sie, und sie ist entsprechend wütend auf mich, weil ich sie zwangsweise außer Landes geschafft habe.«

»Vielleicht ist es ihr Schicksal, diesen Trotter zu heiraten«, entgegnete Forbes schulterzuckend.

Gowry streckte den Arm mit der Handprothese aus, ein klobiges Gebilde mit einem abgenutzten Lederhandschuh darüber. Nur der erhalten gebliebene Daumen stand nackt hervor. Er packte seinen Bruder bei der Schulter. »Sag so etwas nicht! Sag das nie wieder.« Er senkte den Kopf. »Ich weiß nicht sicher, wessen Tochter Maeve ist. Nicht einmal Sylvie weiß es genau. Sagen wir einfach, sie ist *unser* Kind, und ich bin nicht bereit, sie im Namen des Schicksals oder irgendeines anderen Unfugs ins Unglück rennen zu lassen.«

Gowry zog seine Hand zurück und drückte den Daumen mit der gesunden Hand wieder in Position, als wären nicht die anderen Finger, sondern der Daumen unbeweglich.

»Weiß Sylvie wirklich nicht, wessen Tochter Maeve ist?«

»Nein. Spielt das nach all den Jahren überhaupt noch eine Rolle?«

»Vermutlich nicht. Darf ich jetzt aufstehen?«

»Wirst du dich ihrer eine Weile annehmen?«

»Ich könnte wirklich einen Drink vertragen.«

»Forbes, verdammt noch mal: Wirst du dich um sie kümmern?«

»Selbstverständlich. Was trinkst du?«

»Brandy«, entgegnete Gowry, gerade als Maeve und Lindsay zurückkamen, dicht gefolgt von den beiden Jungs, die ungestüm hereinstürzten.

Wenn Lindsay etwas an ihren Söhnen aufrichtig bewunderte, dann deren Aufrichtigkeit. Manchmal konnte sie kaum glauben, dass sie Forbes' Kinder waren, da Aufrichtigkeit bei den McCullochs allgemein wenig verbreitet war. Harry, ihr Ältester, erinnerte sie vielmehr an ihren Großvater Owen, da er bereits den typisch Franklin'schen Ehrgeiz, gepaart mit der nötigen Entschlossenheit, an den Tag legte. Sie war zu bescheiden, um für sich in Anspruch zu nehmen, dass sie seinen Charakter in erheblichem Maße mit geformt hatte – oder dass Offenheit und Enthusiasmus einst auch ihr eigen gewesen waren und ihr diese Eigenschaften möglicherweise bis heute erhalten geblieben wären, wenn sie Forbes McCulloch nicht geheiratet hätte.

Am Abend zeigten die Jungs sich bei Tisch von ihrer besten Seite, natürlich in erster Linie, um ihre Gäste zu beeindrucken. Lindsay konnte es ihnen nicht verübeln: Maeve war ein ausgesprochen hübsches junges Ding, und Gowry war mit den Spuren, die der Krieg vor allem auch in seinem Gesicht hinterlassen hatte, die perfekte Verkörperung des Helden. Sie vermutete, dass ihre Söhne liebend gern erfahren hätten, was Maeve und Gowry nach Schottland geführt hatte, aber sie waren zu wohlerzogen, um ihrem Onkel Löcher in den Bauch zu fragen.

Vor fast genau dreiundzwanzig Jahren hatte Lindsay im Haus ihres Großvaters ebenfalls an einer großen Tafel gesessen und sich bemüht, in Anwesenheit ihres irischen Cousins Forbes möglichst blasiert zu wirken. Er war ihr ebenso attraktiv und interessant erschienen wie heute Maeve McCulloch ihren Söhnen. Sie erinnerte sich noch gut, mit welch kindlicher Inbrunst ihre Cousine Cissie und sie seinerzeit um Forbes' Gunst gebuhlt hatten.

Maeve ließ die Aufmerksamkeit der Jungen scheinbar kalt. Die verschiedenen Besteckfolgen, mit denen Enid eingedeckt hatte, waren dem Mädchen offenbar vertraut, und es aß ebenso hastig wie Forbes, als ginge es darum, einen Rekord im Schnellessen aufzustellen. Maeve trug ein Wollkleid von der Stange, das schon bessere Tage gesehen hatte, und Lindsay nahm sich fest vor, sich der Garderobe ihrer Nichte anzunehmen, falls diese länger bei ihnen blieb. Die Vorstellung erfüllte sie mit Vorfreude, da ihre Söhne, ganz gleich, wie sehr sie diese auch vergöttern mochte, ihre weiblichen Interessen naturgemäß nicht teilten.

Sie beobachtete, wie ihr junger Gast den Pie mit der Dessertgabel zerteilte und anschließend mit dem Löffel verspeiste. Sichtlich zufrieden wischte Maeve sich abschließend den Mund mit der Serviette ab und seufzte tief, was Lindsay als Zeichen dafür deutete, dass sie endlich satt war.

Vor zwanzig Jahren hätte die Familie sich in den Salon zurückgezogen und zu einem fröhlichen Musikabend um das Klavier versammelt. Leider gehörte diese schöne alte Tradition der Vergangenheit an, da Forbes Musik nichts abgewinnen konnte und ihr Vater es längst aufgegeben hatte, ihn überreden zu wollen, seine Cousins und Cousinen zu einem netten altmodischen Musikabend einzuladen.

»Kannst du singen, Maeve?«, erkundigte sich Lindsay.

Das Mädchen schien von ihrer Frage verblüfft zu sein. »Wie bitte?«

»Singst du?«, wiederholte Lindsay noch einmal freundlich. »Bist du musikalisch?«

»Ich kann einen Ton halten.« Maeve funkelte ihren Vater böse an, wie um ihm zu bedeuten, ihr ja nicht zu widersprechen. »Ihr erwartet aber nicht von mir zu singen, oder?«

»Nein, nein«, beruhigte Lindsay sie. »Wir erwarten von dir nichts, was du nicht selbst tun möchtest.«

»Gut, wenn es auch keine große Rolle spielt, da ich nicht gedenke, lange zu bleiben.«

Philip entfuhr ein enttäuschtes »Oh!« Dann meinte er: »Ich dachte, du ...« Harry trat ihn unter dem Tisch gegen das Schienbein, und er verstummte.

Lindsay blickte zur Tür. Sie bedeutete Enid, die Dessertteller abzuräumen, und wies sie an, den Kaffee hier im Speisezimmer zu servieren.

Maeve warf einen Blick auf Miss Runciman, die mit der Familie an einem Tisch saß und nicht unten bei dem Hausmädchen und der Köchin. Miss Runciman hob eine schmale Braue. »Ich hoffe doch sehr, dass du es nicht zu eilig hast, junge Dame, und dir wenigstens die Zeit nimmst, deine anderen Verwandten kennenzulernen, wo du schon einmal hier bist. Sie sind alle schrecklich neugierig auf dich.«

»Oh!« Maeve war sichtlich verdutzt. »Wieso denn das?«

»Weil du eine von uns bist«, erklärte Philip.

Er war kleiner als sein Bruder und sehr schmal. Er hatte die langen Wimpern seines Vaters und dessen dunkle Augen geerbt, ähnelte Forbes jedoch nicht wirklich, wie Lindsay sich immer wieder einredete. Dritte hingegen bescheinigten ihm durchaus große Ähnlichkeit mit seinem Vater.

»Bin ich nicht«, widersprach Maeve.

»Du bist doch eine McCulloch, oder?«, fragte Harry.

»Und wenn?«

»Abgesehen von Miss Runciman, sind wir hier am Tisch alle McCullochs«, erklärte Harry.

»Mag sein, dass wir denselben Namen tragen«, räumte Maeve ein. »Trotzdem bin ich keine von euch und werde auch nie eine von euch sein.«

»Das ist nicht fair«, protestierte Harry. »Du kennst uns doch gar nicht.«

»Und ihr mich ebenso wenig.«

»Du bist müde, Maeve«, sagte Gowry beschwichtigend. »Vielleicht solltest du dich jetzt auf dein Zimmer zurückziehen.«

»Ich bin nicht müde.«

»Natürlich nicht«, mischte sich Lindsay ein. »Es ist viel zu früh, um schlafen zu gehen. Enid wird gleich den Kaffee servieren.«

Sie war versucht, über den Tisch hinweg Maeves Hand zu tätscheln, um ihre Verbundenheit mit ihrer Nichte zu bekunden, und es schien, als ginge Miss Runciman der gleiche Gedanke durch den Kopf. Sie legte eine Hand auf Maeves und tippte mehrmals mit den Fingerspitzen auf ihren Handrücken.

»Weißt du, was das bedeutet?«, fragte Eleanor Runciman.

»Was was bedeutet?«, erkundigte sich Maeve stirnrunzelnd.

Miss Runciman tippte erneut auf ihren Handrücken. »Das.«

»Nein«, gab Maeve zu. »Keinen Schimmer, was das heißt.«

Harry lachte und tauschte einen wissenden Blick mit seinem Bruder. »Das ist ein Code, Miss ... Maeve«, erklärte er. »Ein Morsecode. Als Phil und ich noch klein waren, hat sie das die ganze Zeit mit uns gemacht. Das bedeutet ›SOS‹, richtig, Miss Runciman?«

»Also, ich brauche keine Hilfe«, verkündete Maeve. »Ich bin nicht in Not.«

Forbes mischte sich ein. »Das ist ein Familienwitz«, erklärte er. »Ich habe allerdings nie begriffen, was genau das soll.«

»Weil du so ein Spielverderber bist, Forbes«, bemerkte Lindsay und wandte sich dann an Gowry. »Wie hast du die Hand verloren?«

Gowry betrachtete die Handprothese. »Deutsche Granate.«

»An der Somme, ja, Sir?«, erkundigte sich Philip ehrfürchtig.

»In Guillemont«, entgegnete Gowry. »Beim Sturm auf Guillemont.«

»Waren Sie bei den Irish Rifles, Sir?«, wollte Harry wissen. »Haben Sie auf unserer Seite gekämpft?«

»Ja, er hat auf eurer Seite gekämpft«, brummte Maeve. »Er hätte eigentlich auf unserer Seite kämpfen sollen, aber er hat es vorgezogen, sein Leben für die Engländer zu riskieren.«

»Bist du Republikanerin?«, fragte Harry.

»Ich bin Irin«, antwortete Maeve hoheitsvoll. »Selbstverständlich bin ich Republikanerin.«

»Dad ist auch Ire«, warf Philip ein, »aber er ist kein Republikaner.«

»Dann sitzt hier noch ein Abtrünniger am Tisch«, sagte Maeve knapp.

»Genug davon!«, rief Gowry sie in scharfem Tonfall zur Ordnung.

Das Mädchen wirkte kein bisschen verlegen, nicht einmal böse. Lindsay nahm an, dass Maeve einfach eine typische Dublinerin war, die nichts mehr liebte als hitzige Diskussionen. Es war Jahre her, dass in ihrem Haus Stimmen laut geworden waren, da ihr Vater, Arthur Franklin, und ihr Ehemann irgendwann übereingekommen waren, laute Auseinandersetzungen im Büro auszutragen anstatt daheim. Sie wünschte, ihr Vater wäre hier, doch der hatte mit Martin nach Norwegen reisen müssen, um neue Aufträge zu akquirieren, und wurde frühestens Montag oder Dienstag zurückerwartet.

»Ich schätze, ich kann offen mit euch sprechen«, fuhr Maeve unbeirrt fort. »Ich bin nur hier, weil Mam und Dad Angst haben, ich könnte im Gefängnis landen.«

»Im Gefängnis?«, wiederholte Philip verdattert. »Warst … warst du schon mal im Gefängnis?«

»Noch nicht, allerdings fürchte ich mich nicht davor, auch nicht vor Zwangsarbeit.«

Lindsay hatte mit einem gewissen Maß an jugendlichem Leichtsinn gerechnet, jedoch nicht mit einer so trotzig-herausfordernden Art. Miss Maeve McCulloch war sichtlich stolz auf sich und fühlte sich ganz offensichtlich ihren Cousins haushoch überlegen.

»Bist du Mitglied der Volunteer Army, Maeve …?«

»Dann hast du also von den Volunteers gehört, von den Freiwilligen, die für die Freiheit unseres Landes kämpfen?«

»Großmutter hat sämtliche irischen Zeitungen abonniert«, erklärte Philip. »Wirst du steckbrieflich gesucht?«

»Mein Mann«, entgegnete Maeve stolz. »Für seine Ergreifung wurde ein Kopfgeld festgesetzt.«

»Wie viel?«, fragte Philip atemlos.

»Fünfhundert Pfund.«

Philip pfiff anerkennend. »Was hat er denn verbrochen?«

»Als ob ich dir das verraten würde«, gab Maeve herablassend zurück.

»Dann verrate uns wenigstens seinen Namen«, bettelte Philip.

»Turk Trotter heißt er. Er hat beim Osteraufstand gegen die Engländer gekämpft und war anschließend längere Zeit in Frongoch, einem Gefängnis in Wales.«

»Ist er wirklich dein Liebster?«, vergewisserte sich Philip.

»Mein Liebster? Er ist mein *Mann*.«

»Und was genau heißt das?«

»Das heißt, dass du genug Fragen gestellt hast, Philip. Lass andere auch mal zu Wort kommen, bitte«, ermahnte ihn sein Vater.

»Oh!« Der Junge nickte. »Natürlich!«

Harry nahm sofort den Faden auf. »Sollst du bei uns wohnen, weil du auf der Flucht bist?«

»Das wäre theoretisch möglich«, entgegnete Maeve, »aber ich werde nicht gesucht, nein.«

»Maeve und ich sind uns nicht einig, was die Vereinigungspolitik in unserem Land angeht. Ich habe sie hergebracht, damit sie nicht in Schwierigkeiten kommt«, erklärte Gowry.

»Ha!«, schnaubte Maeve. »›Schwierigkeiten‹ nennst du das? Warum erzählst du ihnen nicht, dass die Briten versuchen, unseren Kampfgeist zu brechen, indem sie jeden umbringen, dessen Gesicht ihnen missfällt.« Lauter fuhr sie fort: »Sag ihnen, dass sie

Mr. Hagarty erschossen und unser Hotel in die Luft gejagt haben, während du gegen die Deutschen gekämpft hast.«

»Schluss jetzt, Maeve«, rief Gowry sie zur Ordnung. »Dies ist nicht der richtige Ort, um nationalistische Reden zu schwingen.«

Forbes stützte die Ellbogen auf den Tisch. Die Lethargie war von ihm abgefallen, und seine Augen glitzerten interessiert. »Nein, nein, lass sie nur sagen, was sie denkt.«

Die Unterstützung ihres Onkels kam für Maeve so unerwartet, dass sie verstummte. »Mein Daddy hat recht«, meinte sie schließlich. »Ich war unhöflich. Bitte entschuldigt.«

»Nein, du warst nicht unhöflich. Du bist nur für das eingetreten, woran du glaubst«, leistete Forbes ihr erneut Schützenhilfe.

Solange Lindsay ihren Mann kannte, hatte er nie irgendetwas anderes gelten lassen als seine höchsteigenen Interessen. Er hatte seine Brüder verhöhnt, weil die unerreichbaren Zielen nachjagten, und seinen Vater verurteilt, der die gut gehende kleine Familienbrauerei der Irischen Bruderschaft zuliebe heruntergewirtschaftet hatte, wenn auch Kay McCulloch, seine Mutter, behauptete, Whisky und Pferdewetten hätten sie ruiniert.

»Also gut. Ich denke, ich gehöre nach Irland, zu meinem Mann.«

»Gut«, erklärte Forbes. »Ich möchte aber doch darauf hinweisen, dass es nicht damit getan ist, Polizeiwachen in die Luft zu jagen und Soldaten zu erschießen; vielmehr geht es nämlich auch um wirtschaftliche Unterdrückung. Und diesen Krieg, junge Dame, kannst du von überall auf der Welt führen, von Paris, Dublin oder Glasgow aus.«

»Worauf willst du hinaus?«, fragte Maeve misstrauisch.

»Ich sag dir was: Ich werde den Betrag, den du vom heutigen Tage an bis zu deinem achtzehnten Geburtstag verdienst, aus eigener Tasche verdoppeln. Nein, verdreifachen. Und ich bezahle dir sogar die Passage zurück nach Dublin, damit du dich wieder ins Kampfgetümmel stürzen kannst.«

»Ist das deine Art, mich loszuwerden?«

»Ganz im Gegenteil«, widersprach Forbes. »Wenn ich mich nicht sehr irre, wirst du nicht damit zufrieden sein, den ganzen Tag nur herumzusitzen. Ich biete dir den Anreiz, dir eine Arbeit zu suchen und aktiv etwas für die Sache zu tun, an die du glaubst.«

»Und wo ist der Haken?«

»Es gibt keinen. Ich versuche nur, dich davon abzuhalten, Unsinn zu machen, und gleichzeitig, mein Gewissen zu beruhigen.«

»*Dein* Gewissen, Forbes?«, warf Gowry spöttisch ein.

»Ich habe bislang nicht viel für die irische Sache getan«, erwiderte Forbes. »Aber jetzt, da Peter und Charlie bis zum Hals drinstecken, fühle ich mich verpflichtet, meinen eigenen bescheidenen Beitrag zu leisten.« Er wandte sich Lindsay zu. »Hast du nicht immer gesagt, Blut sei dicker als Wasser?«

»Du willst das, was ich in dieser Zeit verdiene, verdreifachen?«, vergewisserte Maeve sich skeptisch. »Du würdest Geld für die Sache geben?«

»Ich stehe zu meinem Wort«, erklärte Forbes. »Sind wir uns handelseinig, junge Dame?«

»Ich fürchte mich nicht vor harter Arbeit«, entgegnete Maeve. »Also gut, abgemacht.«

Forbes langte über den Tisch und drückte ihre Hand.

Lindsay hatte der Wortwechsel leicht aufgewühlt, und sie winkte Enid, den Kaffee aufzutragen.

Das Zimmer ganz oben unter dem Dach war früher das Kinderzimmer gewesen. Niedliche Motive zierten die Wände: Ein Häschen, eine Gans mit einer Haube und ein lächelnder Fisch, allerdings waren die freundlichen Figuren im schwachen Schein der elektrischen Lampe beinahe unsichtbar. Es gab ein Fenster mit einem Vorhang davor, ein Bett, eine Kommode, mehrere kleine Kinderstühle und einen Tisch, der so niedrig war, dass Maeve sich tief bücken musste, um den Brief an ihre Mutter zu schreiben und einen Gruß in Druckbuchstaben darunterzusetzen. Er war für ihren Bruder Sean bestimmt, der gerade lesen lernte. Sean konnte manchmal eine ziemliche Nervensäge sein; er war so versessen auf Aufmerksamkeit, dass er ihr überallhin nachlief, an ihrem Rockzipfel hing und darum bettelte, dass sie mit ihm spielte. Nur Daddy wurde wirklich mit Sean fertig, war er doch mit biblischer Geduld gesegnet und verbrachte viel Zeit mit dem kleinen Jungen, viel mehr als damals mit ihr.

Seit Turk aus Frongoch entlassen worden und die Gangway des Dampfers aus Liverpool hinabgestürmt war, um sie in die Arme zu schließen, war ihr Leben irgendwie aus den Fugen geraten. Sie war damals noch nicht ganz dreizehn gewesen, aber bereits wahnsinnig verliebt in ihn.

In den folgenden anderthalb Jahren hatte sie ihn jedoch kaum zu Gesicht bekommen.

Turk war sehr beschäftigt gewesen, da er die Bruderschaft unten in Wexford neu organisiert hatte, während sie die Schule besuchte. Dann hatte Pauline, Breen Trotters Frau, Mam überredet, Maeve die Sommerferien bei den Trotters auf dem Land verbringen zu lassen. Sie war eine ganze Woche mit Breen und Turks Vater auf Pferde- und Rindermärkten gewesen, und abends hatten sie dann Gemeindesäle und geheime Treffpunkte draußen auf dem Land aufgesucht. Kurz nachdem sie wieder aus Wexford abgereist war, hatten fünf von Turks Männern eine Ladung Gelatinedynamit erbeutet, die in Begleitung einer Polizei-Eskorte zu einem Steinbruch gebracht werden sollte. Zwei Polizisten wurden erschossen, aber Turks Jungs waren mit dem Sprengstoff auf und davon. Die Regierung hatte für sachdienliche Hinweise, die zur

Ergreifung der Diebe führten, eine Belohnung von fünfhundert Pfund ausgesetzt.

In jenem Dezember war Onkel Peter unerwartet in dem Mietshaus in der Endicott Street aufgetaucht und hatte darum gebeten, bei ihnen wohnen zu dürfen. Daddy hatte ihn aufgenommen, war jedoch wütend gewesen, weil er sie damit alle in Gefahr brachte. Er hatte die Trotters angerufen, und einen Tag nach Weihnachten war Turk erschienen und hatte Peter davon überzeugt, sich eine andere Bleibe zu suchen.

An diesem Abend hatte Turk sie zum ersten Mal geküsst. Er hatte eine Hand unter ihren Mantel geschoben und ihre Brust umschlossen, dann jedoch einen heiseren Laut ausgestoßen, der sie an den Ruf eines Bullenkalbes erinnert hatte, sie abrupt von sich geschoben und war die Endicott Street hinuntergehastet, um jemanden aufzutun, der bereit war, Peter für ein oder zwei Wochen Unterschlupf zu gewähren.

Hiernach hatte Turk sie noch oft geküsst, jedoch nie wieder ihre Brust angefasst. Er hatte sie zu geheimen Treffen bei McKinstry's oder in einem Keller unter der alten O'Connell-Halle mitgenommen, wo die Elite der Aufständischenarmee sich versammelte. Maeve war überzeugt davon, dass es nun nicht mehr lange dauern konnte, bis sie alt genug war, um Turks Frau zu werden und richtig in den Kampf einzusteigen. Dann, eines Abends, hatte sie sich Daddy anvertraut, und der war fuchsteufelswild geworden. Ehe sie sich's versah, hatte er sie aus der Schule genommen und zum Arbeiten in die Keksfabrik gesteckt, was sich allerdings als kontraproduktiv erwiesen hatte, da dort in noch größerem Umfang Komplotte geschmiedet wurden als in den Hinterzimmern des Dáil. Sie hatte Pauline geschrieben und sie gebeten, Turk auszurichten, dass sie bereit sei, mit ihm durchzubrennen, erhielt aber nie eine Antwort auf ihren Brief erhalten. Daraufhin hatte sie Pauline erneut geschrieben, und als wieder keine Antwort kam, hatte sie sich erst an Charlie und schließlich an Trotter senior gewandt. Keiner von ihnen ließ sich dazu herab, ihr zu antworten.

Dann, an einem Spätnachmittag, einem Sonntag, hatten zwei Polizisten sie geschnappt und eine Gasse hinunter zu Mrs. Caffertys Pension geschleift. Sie hatten sie an die Wand gestellt, ihr einen Revolver an den Kopf gehalten und gedroht, sie zu erschießen, wenn sie ihnen nicht verriet, wo Turk Trotter sich versteckte.

»Ich habe keinen Schimmer!«, hatte sie erwidert. »Es würde mehr Sinn machen, wenn *Sie* mir verrieten, wo Turk steckt. Es ist nämlich höchste Zeit, dass er endlich aufkreuzt, um sein Eheversprechen einzulösen.«

Der Polizist mit der Waffe hatte gelacht, die Waffe wieder ins Holster gesteckt und gemeint, Trotter denke nicht im Traum ans Heiraten, er sei viel zu beschäftigt damit, die vielen jungen Dinger zu nageln, die so dumm waren, ihn bei sich aufzunehmen. Maeve hatte dem Typen ins Gesicht gelacht.

»Mich legst du nicht rein mit deinen verdammten Lügen!«, fauchte sie. Daraufhin hielt einer der Polizisten sie mit einer Hand an der Kehle fest und steckte die andere Hand in ihren Schlüpfer.

»Turk weiß ja gar nicht, was ihm entgeht«, bemerkte er hinterher grinsend. Dann gingen sie.

Sie war zu aufgeregt, um diese Episode für sich zu behalten, und so vertraute sie sich Mam an, die wiederum mit Daddy sprach.

Eine knappe Woche später saß sie mit ihm an Bord der Fähre nach Glasgow, und bis heute hatte sie weder Nachricht von Pauline noch von Charlie oder Turk selbst.

Sie betrachtete die Gans, das Häschen und den lächelnden Fisch auf der Tapete, befeuchtete die Spitze ihres Bleistifts und strich das Schreibpapier glatt. Sie wollte schreiben »Liebster Turk« oder »Mein herzallerliebster Schatz«, aber die Worte des Polizisten waren noch zu frisch, wie die Erinnerung an Turks Hand auf ihrer Brust und jene des Fremden in ihrem Schlüpfer. Und so seufzte sie und berichtete stattdessen vom Angebot ihres Onkels und fragte, wie sie das Geld an jene in Irland weiterleiten sollte, die es am dringendsten brauchten. Dann zeichnete sie ein Herz, ein großes Herz, und schrieb wie schon einmal vor langer Zeit in Druckbuchstaben darunter:

Maeve & Turk
In wahrer Liebe

Obwohl sie nicht mehr sicher war, was das wirklich bedeutete: »wahre Liebe«.

Ein Klopfen an der Tür ließ sie erschrocken zusammenzucken. Beinahe hatte sie vergessen, dass sie ja jetzt in Glasgow war und in Sicherheit.

»Wer ist da?«

»Lindsay. Darf ich reinkommen?«

»Natürlich, klar. Ist ja dein Haus.«

Ihre Tante war noch genauso gekleidet wie beim Abendessen, wirkte jedoch im schwachen Lichtschein der Lampe jünger, irgendwie freundlicher. »Ich störe doch nicht, oder?«

»Nein«, entgegnete Maeve ein wenig schroff. »Und wie du siehst, bin ich nicht weggelaufen.«

»Ich dachte, du wärst vielleicht schon im Bett.«

Maeve bedeckte das Briefpapier mit beiden Händen. »Gleich.«

»Hast du alles, was du brauchst?«

»Ja, danke.«

»Dann lasse ich dich jetzt in Ruhe deinen Brief weiterschreiben. Frühstück gibt es um Viertel vor acht, aber die Köchin kann dir auch noch später eine Kleinigkeit zubereiten, wenn du ausschlafen möchtest.«

»Ich werde pünktlich unten sein.« Maeve rang sich ein Lächeln ab. »Wo ist Daddy?«

»Ein Stockwerk unter dir. Gute Nacht, Maeve.«

»Gute Nacht.« Sobald ihre Tante die Tür hinter sich geschlossen hatte, zerriss Maeve das alberne Herzchen-Bild und spülte es im Bad nebenan in der Toilette herunter.

Viele Jahre lang hatte es zu Miss Runcimans Aufgaben gehört, die massive Eichentür zu schließen, die Innentür zu verriegeln und sämtliche Lichter zu löschen, abgesehen von jener kleinen Birne, die die ganze Nacht hindurch brannte. Inzwischen war die Tür jedoch zu schwer für Miss Runciman, und Arthur Franklin hatte diese Pflicht übernommen, betrachtete Lindsays Vater sich doch nach wie vor als das Familienoberhaupt.

Als Lindsay herunterkam, stellte sie zu ihrer Überraschung fest, dass die Innen- wie die Außentür sperrangelweit offen standen, sodass feuchte Nachtluft in die Diele waberte.

»Forbes?«, rief sie zögernd. »Bist du das, Forbes?«

»Nein, ich bin's.«

Als sie nach draußen trat, sah sie Gowry im schwachen Schein des Nachtlichts stehen. Zigarrenrauch wirbelte um ihn herum wie Sahne in einer Kaffeetasse.

»Was um alles in der Welt machst du denn hier draußen?«

»Frische Luft schnappen.«

»Wo ist Forbes?«

»Schlafen gegangen. Ich habe versprochen, hinterher abzuschließen.«

Lindsay schaute über den nebligen Platz in Richtung Fluss. Die flackernden Lichter aus der Gießerei waren undeutlich durch die graue Wolke hindurch zu sehen. Die Männer von der Nachtschicht waren noch bei der Arbeit. Sie fragte sich, ob das Licht möglicherweise Gowry an die Zeit in den Schützengräben erinnerte, als feindliche Granaten auf die eigenen Linien niedergegangen waren. Sie hatte Gowry nie sonderlich gemocht; er war damals, 1906, viel zu sehr Forbes' Verbündeter gewesen, zu fremd und irisch für ihren Geschmack, als sie noch den einen oder anderen Stellungskrieg im eigenen Haushalt hatte austragen müssen. Heute tat er ihr jedoch leid, so angeschlagen, heruntergekommen und traurig wie er war.

»Du kannst ruhig drinnen rauchen, weißt du.«

Gowry nahm die Zigarre aus dem Mund. »Nicht diese stinkenden Dinger. Sylvie hat mir auch verboten, sie im Haus zu paffen. Wenn ich daheim rauchen möchte, gehe ich runter auf die Straße oder auf den Hof. Ich schätze, das billige Kraut stinkt ziemlich penetrant.«

»Nicht so schlimm wie Donalds Pfeife. Kannst du dich noch daran erinnern?«

»Ja«, sagte Gowry schmunzelnd. »Die stank wie der Schlot eines Schleppers.«

»Donald hat sich kurz nach Unterzeichnung des Waffenstillstands zur Ruhe gesetzt. Er und Lilias sind an die Küste gezogen, nach Largs.«

»Einer seiner Söhne ist im Krieg gefallen, nicht wahr?«

»Ja. Johnny war an Bord der *Vengeance*, die im Baltischen Meer torpediert wurde. Es gab nur eine Hand voll Überlebende.«

Sie schwiegen beide einen Moment, ganz versunken in Erinnerungen an die Toten sowie an vergangene Zeiten. Dann schnippte Gowry den Zigarrenstummel in die Nacht, und sie verfolgten beide die Glut, die im hohen Bogen durch die Luft flog und in einem Funkenregen auf dem Asphalt zerbarst.

»Es ist schon spät«, erklärte Gowry. »Ich gehe jetzt besser schlafen.«

»Nein, warte.«

Er schaute verwundert auf sie herab. Gowry wirkte sehr groß, wie er dort im Halbdunkel stand, beinahe überlebensgroß. Er verströmte weiterhin den Geruch von Tabak, in den sich noch ein anderer Geruch mischte, der sie vage an Zimt erinnerte.

»Was gibt es denn, Lindsay? Magst du meine Tochter nicht?«

»Doch, ich mag sie. Aber sie wurde tief verletzt, habe ich recht?«

»Wir alle wurden auf die eine oder andere Art verletzt«, entgegnete er. »Sie ist noch jung genug, den Schmerz zu verwinden.«

»Ist es wegen dieses Mannes, des Soldaten?«

»Trotter ist ein Unruhestifter, kein Soldat.«

»Offenbar hast du nicht viel für ihn übrig.«

»Es spielt keine Rolle, was ich von ihm halte«, entgegnete Gowry. »Trotter wird sie niemals heiraten, und falls er es doch täte, wäre sie innerhalb eines Jahres verwitwet.«

»Was Forbes beim Abendessen gesagt hat, sein Angebot... ist das hilfreich oder eher hinderlich?«

»Mein Bruder ist ein schleimiger Mistkerl. Er weiß genau, wie viel Maeve die Aussicht auf eine großzügige Spende für die Sache bedeutet.«

»Wenigstens hat er ihr einen Grund gegeben, in Glasgow zu bleiben.«

»Der Samthandschuh«, knurrte Gowry.

»Vielleicht ist der ja effektiver als die eiserne Faust«, gab Lindsay zu bedenken. »Wir werden uns gut um sie kümmern, das verspreche ich dir.«

»Sie wird mir fehlen«, murmelte Gowry. »Bei Gott, sie wird mir fehlen!« Darauf kehrte er hastig ins Haus zurück und überließ es Lindsay, die schwere Eichentür zu schließen.

Kapitel 2

Ein frischer Wind

Forbes war in der Firma Stellvertreter seines Cousins Martin und hatte in dessen Abwesenheit den Vorsitz bei den wöchentlichen Vorstandssitzungen. Normalerweise gehörte die Akquise zu Forbes' Aufgabenbereich, aber da er weder die Norweger noch ihr Klima besonders gut leiden konnte, hatte er die Reise nach Skandinavien Martin und Arthur Franklin überlassen.

Lukrative Aufträge der Marine sowie die Aufstockung der heimischen Handelsflotte hatten bisher immer für volle Auftragsbücher gesorgt.

Martin hatte in der Vergangenheit jeden Auftrag angenommen, vorausgesetzt, es musste kein Kapital investiert werden, während Forbes sich schon lange für Modernisierungen einsetzte, um langfristig konkurrenzfähig zu bleiben.

Aktuell befanden sich in den Trockendocks vier Schiffe in unterschiedlichen Fertigungsstadien, darunter zwei halbfertige S-Klasse-Zerstörer, Franklin's Anteil eines Marineauftrages von insgesamt sechzehn solcher Schiffe, aber drei weitere Docks waren leer.

Forbes drängte vorwärts, »in die Zukunft«, wie er sagte. Seiner Meinung nach lag die Zukunft der Werft nicht im Bau von Kriegs- oder Lastschiffen, sondern in der Fertigung riesiger Öltanker, was allerdings einen Ausbau der Werft und entsprechende Investitionen erfordern würde. Lindsay fand seine Argumentation durchaus schlüssig, nur seine Methoden, andere zu überzeugen, ließen zu wünschen übrig.

Obgleich sie mehr Firmenanteile besaß als er und streng genommen auch dementsprechend mehr zu sagen hatte, hatte Lindsay sich aus den Werftgeschäften zurückgezogen und nahm nur noch selten an den wöchentlichen Sitzungen teil. Und so war sie auch heute nur aus einem ganz bestimmten Grund in der Aydon Road: Sie wollte Tom Calder zum Mittagessen einladen.

Von ihrem Platz am Konferenztisch aus konnte Lindsay das Dach des Testtanks sehen, ebenfalls eine von Forbes' Neuerungen, und dahinter den hoch aufragenden Bug eines im Bau befindlichen Lastkahns, auf dessen Baugerüst es von Zimmerleuten wimmelte.

»Was hat es hiermit auf sich?« Forbes hielt einen Bogen Millimeterpapier in die Höhe, an den ein getippter Brief mit dem Briefkopf der Admiralität geheftet war. »Hat Martin sich schon darum gekümmert?«

»Nein«, entgegnete Archie Robb stirnrunzelnd. »Er hat es noch gar nicht gesehen.«

»Und worum genau handelt es sich?«

»Eine Auftragsänderung«, erklärte Tom Calder. »In unserem Angebot ist Portland-Zement für sämtliche Bereiche vorgesehen, und das wurde auch so akzeptiert. Jetzt verlangt die Navy plötzlich Bitumen für die Maschinen- und Heizräume sowie für Bilgen und Decks.«

»Großer Gott! Ist bei Swann Hunter und Barclay Curle dieselbe Forderung eingegangen?«

»Ja«, bestätigte Archie Robb. »Es handelt sich um eine allgemeine Änderung der Baubeschreibung.«

Forbes hielt das Millimeterpapier ins Licht und betrachtete es aus zusammengekniffenen Augen. Lindsay wusste, dass er vorrangig Geschäftsmann war und nicht Ingenieur.

Archie Robb richtete sich im Sitzen zu voller Größe auf. Er war ein eher kleiner Mann mit verkniffenem Gesicht und Lesebrille, die er etwa auf halber Höhe seines Nasenrückens trug. Tom Calder stützte das Kinn auf eine Hand. Forbes legte das Blatt zurück auf den Tisch und schlug mit der flachen Hand darauf, als erschlüge er eine Fliege.

»Die Marine weiß doch hoffentlich, dass Materialien auf Bitumenbasis teurer sind als Zement und zudem das Aufbringen deutlich mehr Zeit in Anspruch nimmt, oder?«

»Selbstverständlich wissen die das«, bestätigte Tom Calder seufzend.

»Erwarten die etwa von uns, die zusätzlichen Kosten zu tragen?«

»Darauf läuft es hinaus«, nickte Archie Robb.

»Der Gedanke, der dahintersteckt, ist der, dass das Schiff hierdurch insgesamt leichter und schneller wird. Bislang wurden in Zerstörern keine Materialien auf Bitumenbasis verwendet. Ich gehe also davon aus, dass es sich um den Geistesblitz eines Marine-Ingenieurs handelt, der sich damit eine Beförderung sichern will.«

»Wie viel wird das pro Schiff kosten?«, fragte Forbes düster.

»Schwer zu sagen«, antwortete Archie Robb. »Kalt aufgetragen in einem Verhältnis von etwa einem Zentner pro sechzehn Quadratmeter ...«

»Oh ...« Forbes stöhnte. »Tut es. Tut es einfach. Haben wir genügend Material auf Lager? Wenn nicht, bestellen Sie nach, und berechnen Sie die neuen Gesamtkosten, Mr. Robb.«

»Ich bin gespannt, was Mr. Martin dazu sagen wird«, entgegnete der.

»Ich habe grünes Licht gegeben, oder? Genügt Ihnen das nicht?«

Forbes reichte das Millimeterpapier mit dem Brief seiner persönlichen Sekretärin, Mrs. Connors, und wies sie an, ein entsprechendes Bestätigungsschreiben aufzusetzen, dem er persönlich noch ein, zwei Absätze hinzufügen würde.

Mrs. Connors, eine füllige Witwe Mitte dreißig legte den Brief in ihre Mappe und machte sich eine stenografische Notiz auf ihrem Block. Sie war ebenso effizient wie jeder der anwesenden Männer im Raum, aber bislang war es noch niemandem gelungen, aus

Meg Connors herauszukitzeln, was sie wirklich von Mr. Forbes, Mr. Martin oder einem der anderen Teilhaber hielt. Sie schaltete und waltete mit Akten und Schreibmaschine in Johnny Franklins ehemaligem Büro und hielt die Tür im übertragenen wie im wörtlichen Sinne geschlossen.

Lindsay lauschte nur mit halbem Ohr der langweiligen Diskussion darüber, ob es sinnvoll wäre, mobile Toiletten für die Arbeiter aufzustellen, und inwieweit dieser Vorschlag den Unmut der Gewerkschaften erregen würde.

Sie hatte das alles schon gehört. Tatsächlich kam es ihr vor, als hörte sie ein- und dieselbe Diskussion in immer neuer Form, seit sie als noch kleines Mädchen im Wohnzimmer ihres Großvaters auf dem Teppich gespielt hatte. Das ernste Stimmengemurmel langweilte sie heute noch genauso wie damals. Sie lauschte dem Ticken der großen Wanduhr, dem Hämmern draußen auf der Werft und dem *Wusch-Wusch-Wusch* eines Kahns der Abfallbeseitigung, der mit einem Rattenschwanz kleinerer Last- und Schleppkähne im Gefolge flussabwärts tuckerte. Sie war ebenso gelangweilt wie Tom Calder, vielleicht sogar noch mehr, da Tom noch nicht wusste, was ihn nach der Sitzung erwartete.

Lindsay hatte mit Miss Runciman vereinbart, dass diese das Mädchen um halb eins ins »Central Hotel« brachte. Jetzt musste sie nur noch Forbes davon abhalten, ihr die Überraschung zu vermasseln, indem er vorab verriet, dass Maeve in Glasgow war.

»... die verdammten Lehrlinge endlich davon abhalten, in die Teekannen zu pinkeln«, hörte sie Robb gerade sagen. »Verzeihen Sie, Mrs. McCulloch.«

»Was denn, Archie?«

»Meine ... äh ... Ausdrucksweise.«

»Mir ist wohl bewusst, dass Auszubildende zuweilen starken Harndrang verspüren und auf unkonventionelle Methoden zurückgreifen, um sich zu erleichtern«, entgegnete Lindsay lächelnd.

»Wenn es in dieser Sitzung allerdings weiter um so unappetitliche Themen gehen soll, wäre es vielleicht besser, wenn ich mich zurückziehe, um niemanden in Verlegenheit zu bringen.«

»Du brauchst nicht zu gehen, Linnet«, erklärte Forbes.

Lindsay war bereits aufgestanden. Die Vorstandsmitglieder, allesamt Gentlemen, machten Anstalten, sich ebenfalls zu erheben, aber Lindsay bedeutete ihnen, sitzen zu bleiben.

»Tom, könnte ich Sie nur kurz sprechen, bitte? Draußen.«

»Wenn du mich nicht mehr brauchst, Forbes ...«

Der wollte protestieren, schloss den Mund jedoch wieder mit einem seltsamen Schnapplaut und verzog die Lippen zu einem hintergründigen Lächeln. »Nein, nein, wir brauchen dich nicht mehr. Wir sind hier fast durch. Geh nur. Ich glaube, meine liebe Frau möchte mit dir zu Mittag essen.«

»Tatsächlich?« Tom war sichtlich überrascht.

»Sieh nur zu, dass sie auch die Rechnung übernimmt«, meinte Forbes noch und konzentrierte sich, nachdem er Tom mit einem Wink entlassen hatte, wieder auf das Gespräch über sanitäre Anlagen.

Als sie im Fond des Taxis saßen und er die Tür hinter ihnen zugezogen hatte, konnte Tom seine Neugier nicht länger zügeln. »Nun, Lindsay, was hat das alles zu bedeuten?«

»Mach kein so gequältes Gesicht, ich möchte nur mit dir essen gehen.«

»Wo? Im ›Ashton‹?«

»Nein, im ›Central‹.«

»Ach was!«

Das »Central Hotel«, befand sich im Herzen der Stadt, gleich neben dem Bahnhof, aber Industrielle und Schiffbauer bevorzugten gemeinhin das etwas rustikalere Umfeld im »Ashton«.

»Wie geht es Cissie?«, erkundigte sich Lindsay nach dem Befinden von Toms Frau, ihrer Cousine.

»Bestens, wie du zweifellos weißt.«

»Und die Kinder?«

Tom war lange Witwer gewesen, als er sich in Cissie verliebt hatte, oder genauer, Cissie sich in ihn. Sie war nicht besonders hübsch und neigte zu leichter Hysterie, sodass Donald und Lilias erleichtert aufgeatmet hatten, als Tom Calder seine häuslichen Probleme geregelt und ihrer Tochter die alles entscheidende Frage gestellt hatte.

Er war nicht mehr so bleich und mager wie zur Jahrhundertwende; die Ehe und gutes Essen hatten ihn etwas fülliger werden lassen, aber die hohlen Wangen und die Sorgenfalten deuteten darauf hin, dass er immer noch dazu neigte, sich viel zu viele Gedanken um alles und jeden zu machen. Sein Haar war licht geworden, was ihm sehr zu schaffen machte. Darauf nahmen seine beiden Töchter Dorothy und Katy jedoch keinerlei Rücksicht, wenn sie ihm liebevoll die Glatze tätschelten. Toms Sohn Ewan besuchte inzwischen die Akademie. Er war ein ernster, kluger Junge, der nur aus seinem Schneckenhaus herauskam, wenn seine Cousins zu Besuch waren und ihn mitzogen – zumindest waren seine Eltern davon überzeugt.

»Den Kindern geht es ganz gut. Ich muss allerdings gestehen, dass sie mir über den Kopf wachsen. Es ist sicher nicht lustig mit einem Vater, der schon fast sechzig ist und nicht mit ihnen mithalten kann.«

»Ach, komm, Tom, du bist noch keine sechzig, sondern erst siebenundfünfzig. Du tust ja gerade so, als stündest du schon mit einem Bein im Grab.«

Tom zuckte mit den Schultern und blickte aus dem Fenster auf den Verkehr. »Wenn du vorhast, mich über Forbes' Öltanker-Pläne auszufragen, vergiss es: Ich musste ihm absolutes Stillschweigen zusichern.«

»Kann kein so großes Geheimnis sein, wenn wir im kommenden Sommer schon ein Modell im Testtank haben werden. Gibt es Probleme mit den Entwürfen?«

»Unzählige«, gab Tom zu. »Das Hauptproblem ist allerdings, dass wir noch keinen Abnehmer haben. Schiffe auf Verdacht zu entwickeln, geschweige denn zu bauen, ist sehr riskant, und das macht alle nervös, mich eingeschlossen.«

»Forbes würde aber doch nicht ohne verbindlichen Auftrag mit dem Bau beginnen, oder?«

»Nein, vermutlich nicht.«

»Wir können sowieso nicht anfangen, solange die Zerstörer nicht fertig und ausgeliefert sind.« Nach einer kurzen Pause fragte sie: »Wie einträglich wäre denn das Tanker-Geschäft?«

»Einträglich«, entgegnete Tom. »Sehr einträglich.«

»Einträglich genug, um große Summen vorab zu investieren?«

»Ich denke, ja. Hey, wolltest du mich nicht einfach nur zum Mittagessen einladen?«

»Schon gut. Das Thema Werft ist ab sofort tabu, versprochen.«

Das Taxi bog von der Argyll Street ins untere Ende der Hope Street ein, wo sogar zur Mittagszeit der Verkehr so dicht war, dass sie kaum vorankamen. In Lindsays Aufregung mischte sich Panik bei dem Gedanken, dass Maeve möglicherweise nicht mitgespielt hatte. Vielleicht hatte sie sich ja geweigert, das »Central Hotel« zu betreten, um stattdessen die Stadt zu erkunden, womit sie Lindsay ihre Überraschung verderben würde.

»Bezahl das Taxi, Tom. Den Rest des Weges gehen wir zu Fuß«, meinte Lindsay.

»Warum die Eile?«

Lindsay öffnete die Wagentür und stieg aus. Sie blickte die Hope Street hinauf in Richtung Hotel. Eingekeilt zwischen Pferdewagen und verschiedenen Eisenbahnen musste das Taxi am Straßenrand ausharren.

»Wir treffen jemanden, stimmt's, Lindsay?«
»Ich habe nur Hunger.«
»Ist das wieder einer von Forbes' miesen Tricks?«, fragte Tom argwöhnisch.
»Nein«, entgegnete Lindsay, »einer von meinen.«

Sie hatten das Haus am Brunswick Crescent kurz nach elf verlassen. Maeve hatte geschlafen wie ein Stein und ein riesiges Frühstück verputzt, und jetzt war sie deutlich besserer Laune als am Vorabend. Sie war erleichtert gewesen, als ihre Vettern zur Schule aufgebrochen waren, fand sie doch deren Bemühungen, sich bei ihr beliebt zu machen, äußerst anstrengend. Sie war nicht sonderlich überrascht gewesen, als Onkel Forbes sich zur Werft begeben hatte, gefolgt von Tante Lindsay. Sogar ihr Vater schien beschäftigt zu sein.
»Wirst du Großmutter besuchen?«, fragte Maeve.
»Vielleicht«, erwiderte Gowry ausweichend.
»Soll ich mitkommen?«
»Möchtest du das denn?«
»Nicht wirklich.«
»Ich schätze, es ist wohl besser, wenn ich bei ihr vorbeischaue«, seufzte ihr Vater. »Auch wenn sie mir die Ohren volljammern wird, weil ich nicht zu Dads Beerdigung gekommen bin.«
»Sie hätte ihn zur Beerdigung in die Heimat überführen lassen sollen. Ich meine, wenn er auf irischem Boden begraben worden wäre, wären alle gekommen.«
»Ich glaube, genau das wollte deine Großmutter vermeiden.«
»Was wirst du ihr über Peter und Charlie erzählen?«
»So wenig wie möglich.«
Schließlich wurde vereinbart, dass die Haushälterin ihr die Stadt zeigen sollte, womit, wie Maeve hoffte, ein Schaufensterbummel

gemeint war, und sie sich schließend mit Tante Lindsay zum Mittagessen treffen würden.

Sie fuhren in einem zweistöckigen Straßenbahnwagen und saßen ganz vorn über dem Fahrer.

Maeve hatte den Eindruck, dass Miss Runciman noch nie oben in einer Straßenbahn mitgefahren war und sich dieses Erlebnis auch gern erspart hätte. Maeve hatte tausend Fragen über Onkel Forbes und Tante Lindsay, doch sie ging davon aus, dass Miss Runciman zu loyal war, um ihr zu verraten, was sie wirklich wissen wollte.

Sie hatte erwartet, dass Glasgow nicht viel anders wäre als Dublin, was sich jedoch als Irrtum erwies. Hier war alles anders: Formen und Farben der Häuser, die aufwendig gestalteten Fassaden der öffentlichen Gebäude, die grünen Parks und lang gestreckten Hügel sowie entlang des Flussufers die dicht gedrängten Lagerhäuser und hoch aufragenden Kräne, die noch viel gewaltiger und beeindruckender waren als alles, was sie daheim auf dem Liffey gesehen hatte. Zudem gab es mehr Automobile und weniger Pferde. Kleine Geschäfte und Pubs waren mit originellen Schildern geschmückt, und die Warenhäuser waren riesig. Und natürlich gab es weder Soldaten an den Straßenecken noch Panzerfahrzeuge, Kasernen oder gar Barrikaden.

In der Sauchiehall Street stiegen sie aus und steuerten als Erstes ein riesiges Kaufhaus an, fuhren mit dem Lift in den Teesalon im dritten Stock und tranken erst einmal eine Tasse Tee. Hiernach suchte Miss Runciman die Damentoilette auf, während Maeve an den glitzernden Auslagen entlangschlenderte und den Duft sehr teurer und eleganter Kleider einatmete, die ihr vor Augen führten, wie schäbig ihre eigene Garderobe, der geflickte Mantel und der verschlissene Filzhut, war.

Sie stieg Stockwerk für Stockwerk die mit Teppichboden ausgelegte Treppe hinunter, bis sie Miss Runciman auf einem Stuhl neben einer Vitrine mit Kompaktpuder und Kosmetikkoffern wiederfand, wo eine junge Frau in einem figurbetonten schwarzen Wollkleid ihr Bestes gab, um sie zu überreden, einen wischfesten Lippenstift zu kaufen.

»Wie viel soll der kosten?«, fragte Maeve.

»Wie bitte?«, wollte die Verkäuferin wissen.

»Der Lippenstift. Wie teuer ist der?«

»Dreiundzwanzig Schilling.«

»Dreiundzwanzig Schilling!«, rief Maeve aus. »Mehr nicht?«

»Er ist von Dorothy Gray, wissen Sie.«

»Ich finde die Farbe recht gewöhnlich«, meinte Maeve frech, reichte Miss Runciman die Hand und half der alten Dame auf die Füße. »Sollen wir jetzt gehen? Wir haben nicht mehr viel Zeit bis zu unserer nächsten Verabredung.«

»›Tréron's‹ oder ›Rowan's‹?«, fragte Miss Runciman blasiert.

»Ach, ›Tréron's‹, würde ich sagen«, entgegnete Maeve, die keinen Schimmer hatte, wer oder was »Tréron's« sein mochte. Sie hakte Miss Runciman unter und verließ mit ihr das Kaufhaus. Draußen blieb die Haushälterin stehen und gab ein seltsames bellendes Lachen von sich.

»Was ist?«, fragte Maeve stirnrunzelnd. »Was ist denn so komisch?«

»Gewöhnlich!«, sagte Miss Runciman kopfschüttelnd. »Du liebe Zeit!« Immer noch untergehakt, setzte sie sich wieder in Bewegung. Sie bogen ab in die Wellington Street und folgten der langen abschüssigen Straße bis zum »Central Hotel«.

Er war größer als Daddy, sogar größer als Turk. Allerdings war er sehr mager und hielt sich leicht gebeugt, als trüge er eine schwere Last auf den Schultern. Als er den Hut abnahm, sah Maeve, dass er kaum noch Haare auf dem Kopf hatte. Niemand brauchte ihr zu sagen, wer er war oder warum man sie in dieses schicke Hotel gebracht hatte, zu einem Mittagessen, auf das sie gar keinen Appetit hatte.

Sie kannte die Geschichte ihres Großvaters nur in den Grundzügen: Er war technischer Zeichner bei den Franklins gewesen, hatte dann eine Franklin geheiratet und mit ihr drei Kinder bekommen, wenngleich Maeve sich nur schwer vorstellen konnte, dass diese krumme Bohnenstange von einem Mann Töchter haben sollte, die jünger waren als sie selbst. Sie sah, wie seine blassgrauen Augen sich weiteten, dann wandte er sich zu ihrem Entsetzen abrupt ab, wie ein Varieté-Komiker, der Verlegenheit mimte, und hielt sich den Hut vor das Gesicht.

»Tom!«, hörte sie ihre Tante Lindsay sagen. »O Tom!«

Er murmelte etwas Unverständliches in seinen Hut, straffte dann die Schultern und drehte sich wieder um. Maeve konnte nicht fassen, dass ihr Anblick neben einer Topfpflanze in einer Hotellobby irgendjemanden derart aus der Fassung bringen konnte.

Miss Runciman drückte ihren Arm. »Gib ihm einen Augenblick Zeit«, riet sie leise. »Lass ihm nur einen Moment Zeit.«

Mit vier großen Schritten überquerte er den hochflorigen rosafarbenen Teppich. »Maeve?« Er hatte eine unerwartet helle Stimme.

»Ja.«

»Du ... du siehst ganz anders aus, als ich dich mir vorgestellt habe.«

»Das höre ich nicht zum ersten Mal«, erwiderte Maeve ausdruckslos. »Tut mir leid, wenn ich deinen Erwartungen nicht gerecht werde.«

»Nein, nein. Ich meine, du bist nicht ... Ist Sylvie ... ist deine Mutter auch hier?«

»Sie musste bei meinem Bruder in Dublin bleiben.« Maeve empfand keine Spur des Zorns, den sie eigentlich aus Loyalität zu ihrer Mutter hätte empfinden müssen. Sie saugte an der Unterlippe und sagte schließlich: »Ich schätze, Tante Lindsay hat uns beide hereingelegt. Bin ich wirklich so viel anders, als du erwartet hast?«

»Als ich dich das letzte Mal gesehen habe, warst du noch ein Kind.«

»Ich bin kein Kind mehr.«

»Da hast du allerdings recht«, bestätigte ihr Großvater. »Wie die Zeit vergeht ... Um ehrlich zu sein, erinnerst du mich sehr an meine erste Frau, Sylvies Mutter.«

»Sie ist sehr jung gestorben, nicht wahr?«

»Das stimmt. Ich habe Jahre nicht mehr an sie gedacht.«

»Dann war es ein Schock für dich, dass ich so aussehe wie sie?«

»Das war es allerdings.«

»Nun, dafür kann ich nichts«, stellte Maeve fest.

»Natürlich nicht. Ich bin heilfroh, dass du nicht aussiehst wie ich.« Nach einem Seitenblick auf Tante Lindsay bot er Maeve seinen Arm dar. »Ich denke, wir sollten jetzt an unseren Tisch gehen und etwas essen. Bist du hungrig?«

»Und wie«, entgegnete Maeve und ließ sich von ihm ins Restaurant führen.

Gowry fuhr mit der Straßenbahn zum St. George's Cross, wo er feststellen musste, dass die berühmt-berüchtigte Kneipe »Kirby's« einem gewaltigen Bürogebäude gewichen war.

Enttäuscht schlenderte er in nördliche Richtung und bog ab in die Maryhill Road, durch die er einst Forbes' erstes Automobil kutschiert hatte, richtig aufgedonnert in einer schicken grünen Uniform mit Schirmmütze und Lederhandschuhen. Er hatte wirklich schneidig ausgesehen in seiner Uniform. Sie hatte ihm besser gestanden als alles, womit Flanagan ihn ausgestattet hatte oder später der Quartiermeister der Sperryhead Rifles in der Kaserne in Fermoy, als er zum irischen Soldaten im Dienste der britischen Armee geworden war. Damit hatte er es sich seinerzeit endgültig mit seinen Brüdern verscherzt. Der Rest der Geschichte – Sylvies Affäre mit einem Waffenschmuggler, die Geburt eines Sohnes aus dieser Liaison, seine eigene Romanze in Frankreich – ließ sich nicht einfach so auslöschen, aber hier in Glasgow fühlte er sich nach ewig langer Zeit endlich wieder freier.

Wie immer erinnerte sein Gang an den Paradeschritt. Er steckte die Handprothese in die Manteltasche und biss ganz fest auf die Gummischiene des Gebisses, das die Armeeärzte ihm nach dem Verlust der eigenen Zähne angepasst hatten.

Die Armeeärzte hatten ihm jedoch weder die verlorenen Jahre noch seine verlorene Liebe ersetzen können, und er würde auch in den Straßen von Glasgow keines von beiden wiederfinden. Daheim in Dublin hatte er Arbeit, eine Frau und einen Stiefsohn: Dort lag seine Zukunft, alles, was er besaß – außer Maeve. Sie war das Einzige, das seinem Leben noch einen Sinn gab. Er hatte sie hierher gebracht, in der Hoffnung, sie werde vielleicht den Weg weitergehen, den er damals verlassen hatte. Und wenn sie dafür mehr zu einer Franklin werden und ihr McCulloch-Erbe ein wenig ablegen musste, würde er das akzeptieren. Tatsächlich aber fürchtete er, dass sie bei der ersten Gelegenheit nach Irland zurückkehrte, geleitet von ihrer Liebe zu Turk Trotter und ihrem Glauben an ein geeintes Irland.

Die ersten Pubs öffneten für das Mittagsgeschäft.

Gowry betrat die erstbeste Kneipe. Drinnen stank es nach Bier, Sägemehl und Schweiß. Das Feuer im Kamin war nicht gelöscht worden, und die Asche glühte und rauchte noch. Über dem Tresen brannte eine nackte Glühbirne. Der Rest des Raumes lag in tiefen braunen Schatten. In einer dunklen Ecke saßen zwei alte Frauen und tranken dunkles Bier, und in einem Sessel am Feuer hockte ein junger Mann mit nur einem Bein und einem Arm und nippte an einem Whisky.

Gowry bestellte sich ein Dunkles und bezahlte gleich.

Der Wirt war klein und unrasiert und hatte sich einen Armeemantel wie ein Cape über die Schultern gehängt. Er musterte den fremden Gast argwöhnisch.

Gowry schaute sich um. Fast rechnete er damit, in einer der Nischen Albert Hartnell zu sehen, Sylvies Stiefvater, aber der alte Knabe lebte schon lange nicht mehr in Glasgow. Niemand wusste, was aus ihm geworden war. Vielleicht war er längst tot, doch auch das interessierte wohl niemanden.

»Is' die aus Holz?«, fragte der Barmann.

»Wie bitte?«

»Die Hand, is' die künstlich?«

»Meine Hand?« Gowry hob die hölzerne Faust. »Ja, ist 'ne Prothese.«

»Haste die von denen?«

»Ja.«

»Ich hab auch so'n Ding. Am Fuß.«

»Eine Fußprothese«, meinte Gowry. »Und? Sitzt sie ordentlich?«

»Nee.«

Gowry nickte wissend. »Wo hast du deinen Fuß verloren?«

»Arras.«

»Bei welcher Truppe warst du?«

»Argylls. Dumm gelaufen, was?«

»Allerdings. Saudumm.«

Der Barmann nickte zum Kamin. »Sieh dir den an.«

Gowry hatte dieses Szenario schon oft erlebt, allerdings gab es in Dublin weniger Kameradschaft, weniger Austausch und stattdessen mehr Argwohn, kam es drüben doch vor allem darauf an, für wen oder was man ein Körperteil geopfert hatte. Er wollte eigentlich nicht mehr über den Krieg sprechen, über Tod und Kriegsverletzungen, wollte keine Verwundungen und Erfahrungen mehr vergleichen und beklagen, dass die Toten geehrt wurden, während man die Überlebenden weitgehend ignorierte.

»Ich sehe ihn.«

»Der kriegt keine Arbeit mehr.«

»Wohl nicht. Stelle ich mir auch schwierig vor«, bestätigte Gowry.

»Drei Kinder und eine Frau und dann keine Arbeit. Schrecklich, was?«

»Ja, schrecklich«, stimmte Gowry zu.

Er ärgerte sich über den Barmann und die Trauer, die die Unterhaltung in ihm auslöste, eine dünne Suppe aus Mitgefühl, die niemandem nützte.

Gowry leerte sein Glas in zwei tiefen Zügen und stellte es dann schwungvoll zurück auf die Bar. Zeit zu gehen, Zeit, nicht nur dem Pub, sondern Glasgow den Rücken zu kehren und nach Dublin heimzukehren, zu Sylvie und Sean.

Wortlos wandte er sich vom Tresen ab.

Der junge Mann am Kamin blickte auf. Er war sehr bleich und seine Haut schuppig. Er balancierte ungelenk auf dem Stuhl, das Bein lang ausgestreckt. Der leere Ärmel seiner Jacke war an der Schulter festgesteckt. Mit der Schulter lehnte er seitlich am Kamin, an dem eine hölzerne Krücke lehnte. In seinem Blick lag nicht ein Funken von Kameradschaft. Stattdessen glommen seine Augen wie die Glut im Kamin.

Gowry schob eine Hand in die Hosentasche, fischte eine Zehnschillingnote heraus und zerknüllte sie. Zehn Schilling waren der Löwenanteil seiner Ersparnisse, die für die Verpflegung auf der Heimreise gedacht gewesen waren. Aber er würde die Reise nach Hause nicht hungrig antreten müssen. Er brauchte nur das zu tun, was er sich ohnehin vorgenommen hatte. Er würde Lindsay um Hilfe bitten oder sich etwas von Forbes borgen.

Gowry ging zum Kamin, ließ das Geld im Vorbeigehen in den Schoß des jungen Mannes fallen und steuerte den Ausgang an. Als er jedoch an der Tür war, rief eine Stimme hinter ihm: »Mistkerl! Du verfluchter Mistkerl!«

Mit brennenden Wangen hastete er nach draußen in die graue Luft des späten Vormittags und machte sich an den langen Marsch zurück zum Brunswick Park.

Forbes' bescheidener Meinung nach ließ die Arbeitseinstellung der meisten Schiffsbau-Magnaten sehr zu wünschen übrig. Cousin Martins Tagesablauf folgte ebenfalls dem traditionellen Muster, das Forbes nicht nur als überflüssig erachtete, sondern fast schon als schwachsinnig.

Martin betrat die Werft morgens um halb neun, ging dann als Erstes seine Post durch, setzte das Symbol seiner Autorität in Form seiner unverzichtbaren Melone auf und unternahm anschließend einen Rundgang über das Werftgelände, um sich einen Eindruck von den Fortschritten an den diversen Schiffen in den Trockendocks zu verschaffen. Punkt halb eins begab er sich in den Sitzungssaal, wo ihm eine leichte, exakt temperierte Mahlzeit serviert wurde.

Um halb zwei saß er wieder an seinem Schreibtisch und fühlte einigen Buchhaltern, Geschäftsführern, Gewerkschaftsvertretern oder Auszubildenden auf den Zahn, die nicht so spurten, wie er sich das vorstellte, und denen er meinte, ins Gewissen reden zu müssen. Am Spätnachmittag diktierte er Memoranden, brachte seine persönlichen Unterlagen auf den neuesten Stand und machte sich dann Punkt Viertel nach sechs auf zu seinem Stadthaus auf dem Harper's Hill.

Martin bildete sich wahrhaftig ein, dass seine Anwesenheit in der Aydon Road sich positiv auf die Arbeitsmoral der Angestellten auswirkte. Forbes seinerseits scherte sich kein bisschen um die Angestellten. Männer arbeiteten, weil sie es mussten, und nicht, weil es ihnen Spaß machte. Er bezahlte sie dafür, dass sie eine bestimmte Leistung erbrachten, und nicht dafür, dass sie ihn verehrten. Im Gegensatz zu Martin blieb er lieber unsichtbar, mal hier, mal dort und wieder nirgends. Sogar die gewissenhafte Mrs. Connors, die seinen Terminkalender verwaltete, wusste die meiste Zeit nicht, wo er sich gerade aufhielt oder was er gerade machte.

An diesem Tag im März speiste Forbes mit einer Freundin im Restaurant des »Cardross Arms«, etwa zwanzig Meilen flussabwärts von der Werft. Besagte Freundin hörte auf den bezeichnenden Namen Hussey[1] und war – natürlich – verheiratet.

Sie war die derzeit letzte einer ganzen Reihe von Damen, mit denen Forbes im Laufe der Jahre eine intime Beziehung unterhalten hatte. Er war immer überaus vorsichtig bei der Wahl seiner Gespielinnen und widerstand tapfer den Verlockungen junger Kriegswitwen, ganz gleich, wie hübsch oder reich sie auch sein mochten, da er einen Skandal fürchtete, der Lindsay dazu verleiten könnte, ihn vor einen Scheidungsrichter zu zerren und ihn bis aufs Hemd auszuziehen.

Bei Marjorie Hussey hegte er jedoch keinerlei Befürchtungen, dass sie ihn verraten könnte. Sie war sogar fast noch vorsichtiger als er selbst und hegte nicht die leiseste Absicht, auf die Annehmlichkeiten zu verzichten, die das Vermögen ihres Gatten ihr ermöglichten, schon gar nicht für ein paar leidenschaftliche Stunden in einem kleinen Hotel am Meer oder im Bett einer kleinen Wohnung, die Forbes ohne Lindsays Wissen am Flowerhill Drive angemietet hatte.

Inzwischen trafen sie sich schon fast zwei Jahre. Die Affäre hatte längst ihre ursprüngliche Intensität eingebüßt und stattdessen bei-

---

1 Hussy: Engl. umgangssprachlich für ›Flittchen‹, Anm. des Übersetzers

nahe einen eheähnlichen Charakter angenommen. Das gemeinsame Mittagessen war schon lange kein Vorspiel mehr, ein Abendessen längst kein Grund, die Matratzen in seinem Apartment zu strapazieren. Sie trafen sich zwei, drei Mal im Monat, oft in dem eleganten kleinen Gasthaus mit Blick auf den Fluss, und verwandten alles in allem mehr Zeit darauf, ihre geheimen Zusammenkünfte zu arrangieren und abzusprechen, als diese in intimer Zweisamkeit zu genießen. Spontaneität war längst Intrigantentum gewichen, Leidenschaft akribischer Planung, und jetzt, da seine Neugier gestillt war, fand Forbes diese Beziehung und Marjories Geplapper zunehmend langweilig.

»Er möchte, dass ich ihn im Sommer zum Segeln begleite.«

»Tatsächlich. Nach Cowes?«

»Nein, auf dem Mittelmeer. An Bord der *Corona*.«

»Es gibt weiß Gott weniger angenehme Arten, den Sommer zu verbringen«, meinte Forbes.

»Aber am Mittelmeer ist es so furchtbar heiß. In der Hitze gehe ich ein wie eine Primel.«

»Stimmt, am Mittelmeer kann es im Hochsommer schrecklich heiß werden«, gab er ihr recht.

Forbes schaute auf den Fluss. Das Ufer war mit Binsen und Erlensträuchern bewachsen. Es war ein stiller Nachmittag, und der Clyde lag da wie graue Seide. Ein Raddampfer kreuzte gerade von Greenock nach Craigendoran; aus der Ferne sah es aus, als käme er nicht von der Stelle. Er fragte sich, ob Maeve ein Ausflug an Bord des Dampfers gefallen würde und ob er sich überwinden könnte, sie zu begleiten. Ihm graute vor dem Geruch nach fettigem Essen und Bier und der Ausgelassenheit der einfachen Leute im Urlaub.

»Du hörst ja gar nicht zu, Forbes«, beklagte sich Marjorie.

»Wie? Doch, Liebes, natürlich höre ich dir zu.«

»Wenn Mitchell darauf besteht ...«

»Dann wirst du ihn selbstverständlich begleiten müssen.« Er legte das Besteck beiseite und nahm ihre Hand.

»Wirst du mich vermissen, Forbes?«

»Ganz furchtbar. Wie lange wirst du fort sein?«

»Mitchell hat von sechs oder sieben Wochen gesprochen.«

»Allmächtiger! Das ist ja eine Ewigkeit.«

»Das ist mir bewusst. Und *wie* bewusst mir das ist«, seufzte Marjorie.

Sie war eine hübsche, zierliche Frau, wenn auch etwas fade. Obwohl sie die vierzig schon um zwei Jahre überschritten und drei Kinder geboren hatte, hatte sie immer noch etwas Jungmädchenhaftes an sich, das Forbes an Sylvie erinnerte, damals, als er noch ein leichtfertiger, stürmischer junger Bursche gewesen war und Sylvie nicht älter als ihre Tochter heute.

Blaue Augen, schlanke Gestalt und blonde Kringellocken. Im Bett war Mrs. Hussey jedoch zurückhaltender, weniger entgegenkommend als außerhalb. Im Flirten war sie um Längen versierter als beim Sex. Dennoch fand er ihre Passivität und ihren Widerwillen gegenüber allem Neuen irgendwie aufregend und gab nicht Marjorie, sondern sich selbst die Schuld am Abkühlen ihrer Romanze. Ihm ging in letzter Zeit vieles durch den Kopf, und Marjorie Hussey gehörte nicht zu den Frauen, die akzeptierten, dass das Geschäft stets Vorrang hatte vor dem privaten Vergnügen.

Mitchell Hussey war Anfang sechzig. Er hatte sein Vermögen in der Fleischverarbeitung gemacht und besaß Konservenfabriken in verschiedenen Großstädten. Marjorie verstand nicht das Geringste von Aktien, Anteilen, Marktfluktuation oder dem Umstand, dass Hussey unmittelbar vor dem Krieg ein Riesengeschäft angeleiert hatte: Er war zum offiziellen Armeelieferanten für Feldrationen geworden, ein Geniestreich, der genug Geld eingebracht hatte, um eine Jacht anzuschaffen und ein riesiges viktorianisches Anwesen nebst dreitausend Acre Rehwild-Forst im fernen Sutherland. Dorthin wollte Hussey sich zurückziehen, um seinen Lebensabend zu genießen, wenn seine Kräfte nachließen. Und Marjorie, die nur sehr wenig über Fleischkonserven wusste, verstand noch weniger vom Schiffbau. Anfangs hatte Forbes diese Unwissenheit noch als erfrischend empfunden, aber mit der Zeit gingen ihm schlicht die Gesprächsthemen aus.

Er tätschelte weiter ihre Finger und wünschte insgeheim, der Ober würde endlich den Fisch bringen. Er sah das Eis am Rand des Weinkühlers schmelzen und wollte gerade nach der Flasche greifen, als eine männliche Stimme hinter ihm ausrief: »Marjorie, welch nette Überraschung!«

Forbes ließ die Hand seiner Tischdame so abrupt los, als handelte es sich um eine entsicherte Granate.

Er schob seinen Stuhl zurück und erhob sich so ruckartig, dass der Tisch wackelte und der Weinkühler beinahe umgestürzt wäre. Sein Herz raste, und er musste sauer aufstoßen: Schildkrötensuppe, die er vorhin erst als Vorspeise noch genossen hatte. Schlagartig verließen ihn all seine Lässigkeit und Souveränität. Versiegelte Briefe, anonyme Anrufe, ein Klopfen an der Tür spätabends, das alles war harmlos, verglichen mit der jovialen männlichen Stimme, die in seinen Ohren dröhnte.

»Forbes, richtig? Forbes McCulloch?« Eine Hand legte sich auf seine Schulter und drückte ihn zurück auf seinen Stuhl. »Bitte, bleiben Sie doch sitzen.«

Forbes blickte auf, die Augen zu schmalen Schlitzen verengt und lächelnd, so krampfhaft lächelnd, dass es ihm vorkam, als würden seine Lippen jeden Moment aufplatzen wie eine Wurstpelle. Er wagte nicht, Marjorie anzusehen. Fieberhaft überlegte er, wie lange das Paar schon im Restaurant war, ob sie gerade kamen oder gingen, und welche Erklärung er dafür abgeben sollte, dass er mit einer fremden Frau Händchen haltend am Tisch gesessen hatte.

»McCulloch ist doch richtig, oder?«

»Ja, das stimmt«, hörte Forbes sich sagen. »Das ist richtig.«

»Sie kamen mir gleich bekannt vor. Stella hat Marjorie sofort entdeckt.«

Pickering. Der verfluchte Pickering, der verfluchte Sir Andrew Pickering, ehemaliger Vorsitzender der Nationalen Schiffseigner-Vereinigung, Vorstandsvorsitzender von Far East Oil, ein Großreeder und Branchenmagnat. Jahrelang war Pickering bei Banketten und anderen offiziellen Anlässen an ihm vorbeistolziert, ohne ihn zur Kenntnis zu nehmen, aber heute, um Viertel nach zwei an einem trüben Mittwochnachmittag im Restaurant des »Cardross Arms« tat der Mistkerl plötzlich so, als wären sie die besten Freunde.

Forbes erhob sich schwerfällig.

Pickerings Äußeres erinnerte mehr an einen irischen Seemann als an einen Ritter der Krone. Er hatte breite, derbe Gesichtszüge mit buschigen Brauen. Forbes hatte gehört, dass Pickering es aus eigener Kraft ganz nach oben geschafft hatte. Aber wie bescheiden seine Herkunft auch sein mochte, er hatte den Proleten abgelegt und sprach mit voller und vor allem lauter Stimme, die bis in den letzten Winkel des Raumes zu hören sein musste. »Eigentlich verkehren wir hier nicht. Wir sind nur kurz auf eine kleine Erfrischung hereingekommen. Waren auf einer Beerdigung. Niemand wirklich Wichtiges. Ein Angestellter der Firma. War verflucht kalt in der Kirche. Findest du nicht auch, dass es eiskalt war in der Kirche, Stella?«

Pickerings Frau war ganz in Schwarz gekleidet. Ihr Mantel war mit schwarzem Pelz verbrämt, und von einer Seidenkordel um ihren Hals baumelte – was sonst? – ein schwarzer Pelzmuff. Schwarz stand ihr gut. Sie hatte aschblondes Haar und einen Teint wie Sahne aus Devon. Ihre Augen waren smaragdgrün mit langen gebogenen Wimpern, die jedoch außergewöhnlich hell waren, beinahe unsichtbar.

»Stimmt, ich bin halb erfroren. Ich brauche wirklich einen Drink.«

»Gleich, meine Liebe, hab noch etwas Geduld«, entgegnete Andrew Pickering.

Die Frau richtete den Blick auf Forbes, beide Brauen fragend hochgezogen. »Sie gehören zu den Franklins, habe ich recht? Ich glaube, wir sind uns noch nicht begegnet.«

»Er ist Martins Vetter«, erklärte ihr Gatte.

»Ah so, verstehe.« Sie reichte ihm nicht die Hand. »Marjorie«, fuhr Mrs. Pickering fort. »Was für ein Zufall, dass wir uns hier über den Weg laufen!« Sie blickte sich um, jedoch eher beiläufig und nicht vielsagend. »Ich glaube, wir sind noch nie hier gewesen. Bekommt man hier ein ordentliches Mittagessen?«

»Sogar ein sehr ordentliches«, entgegnete Marjorie ein wenig gequält. »Wir haben Fisch bestellt.«

Forbes bemerkte, dass sie eine seltsame Farbe angenommen hatte und an ihrer Serviette rupfte, als wollte sie diese in winzig kleine Stücke reißen.

»Dann kann man hier also gut Fisch essen?«, fragte Pickering.

»Ja. Für gewöhnlich schon«, antwortete Marjorie.

»Ist Mitchell auch hier?«, fragte Stella Pickering.

Sie hatte einen breiten Mund, der mit zu viel und zu kräftigem Lippenstift betont war. Als sie lächelte, wirkte es eher verschmitzt als boshaft, und der kleine Fächer aus Lachfältchen um ihre Augen vertiefte sich.

»Nein, er ... Nein, ich ...«

Forbes holte tief Luft. »Die Suppe ist ebenfalls sehr empfehlenswert«, sagte er laut. »Sehr lecker, wirklich. Die wärmt Sie sicher wieder auf.«

»Ganz bestimmt«, meinte Stella Pickering, »aber ehrlich gesagt würde ich einen Brandy vorziehen.«

»Sollst du haben, meine Liebe.« Ihr Mann hakte sie unter und steuerte mit ihr eine Ecke der Bar an. »Anschließend essen wir an einem Tisch um die Ecke zu Mittag, damit Mrs. Hussey und ihr Begleiter in Ruhe ihren Fisch genießen können.«

»Natürlich.«

Das Paar entfernte sich.

Forbes blickte den beiden nach.

Stella Pickering klammerte sich an den Arm ihres Gatten, als wäre sie bereits beschwipst, und lehnte kurz darauf den Kopf an seine Schulter.

Marjorie beugte sich vor. Sah man von den hektischen roten Flecken auf den Wangenknochen einmal ab, war sie kreidebleich im Gesicht. »Was macht sie da? O Forbes, was tut sie?«

»Ich glaube, sie lacht.«

Kapitel 3

Ein Kuss und ein Versprechen

Die Craddock Street lag am Rande von Partick, nicht hoch genug auf dem Hügel, um als »schick« zu gelten, aber auch nicht so weit unten, dass man sie als Armenviertel hätte bezeichnen können. Der Flur des Mietshauses war nicht gefliest, an den Gaslampen im Treppenhaus fehlte das Glas, und die fleckigen Wände entlang der Stiege, die zu einem Treppenabsatz hinaufführte, der nur von einem winzigen Hinterhof-Fenster erhellt wurde, waren klamm von Kondenswasser.

Gowry war überrascht, dass Forbes seine Mutter nicht besser untergebracht hatte. Er erinnerte sich noch gut an die luftige Küche in dem Haus gleich neben der Brauerei in Towers, an den Ausblick über die Bäume und Felder, an den salzigen Geruch des Meeres, den der Wind herübertrug. An stürmischen Abenden hatten er und seine Geschwister sich um den großen Ofen geschart und den Geschichten ihres Vaters gelauscht, Geschichten von irischen Helden – nicht Fintan, Cormac oder Cuchulainn, nein, nein, sondern Michael Davitt, Wolfe Tone und Robert Emmett, der als Märtyrer gestorben war. Die Mädchen, sogar die fette Winn, waren jedes Mal zu Tränen gerührt gewesen, während er selbst und seine Brüder lodernden Zorn empfunden hatten und den Wunsch, Rache zu nehmen für die Schmach, die ihrem Vaterland angetan worden war.

Seltsam, dass seine Mutter nun dazu verdammt war, in einer tristen Mietskaserne in Partick zu hausen, wieder dort angelangt, wo die Franklins drei Generationen zuvor mit dem alten Owen ihren unaufhaltsamen Aufstieg begonnen hatten.

Gowry griff nach dem Türklopfer in Form eines Hufeisens, der früher an der Haustür seines Elternhauses in Towers gehangen hatte. Er klopfte. Dann nahm er aus reiner Gewohnheit die ausgeblichene blaue Baskenmütze ab und hielt sie in der herabbaumelnden Hand an seiner Seite. Er kam nicht mehr dazu, seinen Mantel aufzuknöpfen, als die Tür auch schon geöffnet wurde und seine liebe alte Mutter zu ihm aufblinzelte.

»Ach, du bist es. Hast du schon zu Abend gegessen?«

»Ja, hab ich.«

»Na, dann komm mal rein.«

Sie war jetzt wirklich alt, aber trotz des Ärgers, den sein Vater ihr mit seinem Leichtsinn eingebracht hatte, hatte sie sich nie unterkriegen lassen und stets Wert auf ein gepflegtes Äußeres gelegt. Auch jetzt trug sie noch mindestens zwanzig bis dreißig Pfund an Tweed und Wolle auf dem Leib. Gowry entging jedoch nicht, dass ihre Füße statt in den teuren handgefertigten halbhohen Stiefeln, die sie früher drinnen wie draußen getragen hatte, in weichen Flanellpantoffeln steckten, die leise über den polierten Linoleumboden schlappten, als sie in die Küche vorausging.

»Bleibst du jetzt zum Essen?«

»Nein, ich kann nicht.«

»Ich habe nicht viel da.«

»Ma, Ma, ich bin nicht gekommen, weil ich auf eine kostenlose Mahlzeit aus bin.«

»Wohnst du bei Forbes?«

»Ja.«

»Dann wird sie wohl dafür sorgen, dass du genug zu essen bekommst.«

»Das tut sie.«

»Sie kocht nicht selbst, weißt du.«

»Ich weiß.«

Er sah zu, wie sie an der Spüle unter dem Fenster einen Kessel mit Wasser füllte und auf den Gasherd stellte, der fast die untere

Hälfte der winzigen Küche einnahm. Sie war dünn geworden. Seine Mutter war nie besonders üppig gewesen, aber kräftig. Ihm fiel auf, dass sie jetzt beide Hände benutzte, um den halb gefüllten Kessel zu heben, und dass ihre Hand zitterte, als sie ein Streichholz an die Gasdüse hielt.

»Geht es dir gut, Ma?«

Sie musterte ihn einige Sekunden schweigend, dann sagte sie: »Du siehst fürchterlich aus, Gowry. Kümmert deine Frau sich nicht um dich?«

»Sylvie versorgt mich bestens.«

»Dann hast du sie nicht verlassen?«

»Selbstverständlich nicht.«

»Was machst du in Glasgow?«

»Ich habe Maeve hergebracht. Sie soll eine Weile hier Urlaub machen.«

Sie stellte Untertassen und Tassen auf den Tisch. Auf der Tischplatte lag eine gute Leinendecke, die sie früher in Towers in Seidenpapier gewickelt in einer Schublade der Anrichte aufbewahrt hatte. Vielleicht hatte sie es ja endlich aufgegeben, bestimmte Gegenstände für besondere Anlässe aufzuheben. Es gab drei Stühle, eine Kommode, einen Tisch und einen Kamin mit gusseisernem Innenleben und einem breiten Holzsims, auf dem nur einige wenige Dekorationsgegenstände standen. Kein einziges Foto.

»Nein, das stimmt nicht ganz«, fuhr Gowry fort. »Ich habe Maeve hergebracht, um zu verhindern, dass sie in Schwierigkeiten gerät.«

»Schmachtet Trotter sie immer noch mit Hundeblick an?«

»Ich würde eher sagen, dass *sie* diejenige ist, die *ihn* anhimmelt.«

»Hat er sie in Schwierigkeiten gebracht, ist es das, was du mir sagen willst?«

»Schwierigkeiten? Nein, nicht direkt. Er hat sie ein paarmal zu Treffen bei »McKinstry's« mitgenommen, und sie war zu Besuch bei seinen Eltern in Wexford, doch in letzter Zeit hat er sich rar gemacht.«

»Hat er es mit ihr getan?«

»Wie bitte?«

»Ist sie von ihm schwanger?«

»Mutter! Grundgütiger! Sie ist doch selbst noch ein Baby.«

»Nein, ist sie nicht«, widersprach seine Mutter. »Sie ist nie ein richtiges Baby gewesen. Sie wurde in Sünde gezeugt und hat von ihrer Mutter mehr mitbekommen als ...«

»Das reicht, Ma!«

Kay McCulloch schlurfte zur Vorratskammer, nahm einen Krug Milch heraus, gab Zucker in eine geschliffene Kristallschale und stellte Krug und Schale dann auf den Tisch. Sie setzte sich auf den Lehnstuhl am Feuer, nicht in den schweren Sessel mit hölzerner Rückenlehne, in dem sein Vater nach dem Mittagessen üblicherweise sein Nickerchen gehalten hatte, sondern ein leichteres Möbel, ein alter Stillsessel, niedrig und durchgesessen, mit einem neuen Brokatkissen darauf, damit man die Flecken auf dem Bezugsstoff nicht sah.

»Du bist nicht zur Beerdigung gekommen.«

»Ich habe zu spät von Dads Tod erfahren.«

»Hat Winn dir denn nichts gesagt?«

»Ich habe seit Jahren nichts mehr von Winn oder Blossom gehört. Peter hat es mir erzählt. Er war übrigens ziemlich sauer auf dich. Er hätte Dad lieber in Glasnevin beerdigt, im Schatten von Parnells Grab, mit Riesenbrimborium, Parade der Bruderschaft, Dudelsackpfeifern und Salutschüssen.«

»Grund genug, ihn hier in Schottland unter die Erde zu bringen«, knurrte seine Mutter.

»Wo genau liegt er eigentlich begraben?«

»Western Necropolis.«

»Es gibt doch einen Grabstein, oder?«

»Forbes ist dafür aufgekommen, ja.«

Gowry nickte. Im Grunde interessierte ihn nicht weiter, wo sein Vater begraben lag. In Flandern gab es Hunderttausende von Gräbern, die nicht einmal ein Kreuz kennzeichnete, geschweige denn ein Grabstein. Vielleicht wäre es etwas anderes gewesen, wenn die McCullochs katholisch gewesen wären, dann hätte Charlie ganz sicher einen Priester gefunden, der nur zu gern einen Trauergottesdienst abgehalten hätte. Dann wären die Würdenträger der Royal Irish Constabulary in Massen angetreten, möglicherweise sogar die Army, und Blutvergießen hätte den Trauerzug begleitet. Er fragte sich, ob seine Mutter auch nur ahnte, wie sehr sich alles verändert hatte, seit das Sektierertum Einzug gehalten hatte. Vor langer Zeit, als sein Vater in die Bruderschaft eingetreten war, hatte es nur wenige religiöse Fanatiker gegeben; damals war jeder verfolgt worden, ungeachtet seines Glaubens.

»Hast du Neuigkeiten von Charlie?«, fragte Gowry.

»Er ist zu beschäftigt, um Briefe zu schreiben.«

»Und was ist mit Peter?«

Forbes war immer ihr Lieblingssohn gewesen, doch der sauertöpfische verwöhnte Peter war das Nesthäkchen. Er war während der Unruhen schwer verwundet worden und hatte eine schwere Zeit im Gefängnis durchgemacht, wo sein Grimm sich endgültig zu loderndem Hass verfestigt hatte. Das letzte Mal, als Gowry ihn gesehen hatte, vorletztes Weihnachten, war er von Peters Fanatismus schockiert gewesen. Er war davon überzeugt, dass es nur eine Frage der Zeit war, bis sein Bruder in einem Kugelhagel sein Leben ließ.

»Ich habe auch von Peter nichts gehört.«

Mit stumpfem Blick starrte sie auf ihre Pantoffel.

Wasserdampf stieg von dem Kessel auf dem Herd auf.

Er wartete darauf, dass seine Mutter aufstand und Tee aufbrühte, aber sie blieb in ihrem Stuhl sitzen und starrte weiter blind auf ihre Füße. Er war versucht, sich vor sie hinzuknien, ihre Hand zu nehmen und ihr zu versprechen, dass alles gut werden würde, aber er wusste, dass sie ihm doch nicht glauben würde.

»Kommst du mich noch einmal besuchen und bringst Maeve mit?«, bat seine Mutter leise.

»Das geht nicht. Ich reise morgen ganz früh schon wieder ab. Forbes wird sie vorbeibringen, und wenn er es nicht tut, dann Arthur.«

»Arthur!« Missbilligend presste sie die Lippen zusammen.

Gowry hatte nie verstanden, wo der Groll zwischen seiner Mutter und ihren Brüdern herrührte. Arthur und Donald hatten sie stets respektvoller behandelt, als sie es verdiente. Gut, sie war das schwarze Schaf der Familie gewesen, weil sie seinerzeit mit einem irischen Brauer durchgebrannt war. Gowry wusste bis heute nicht, was die beiden aneinander gefunden haben mochten, was seine Ma an seinem Dad so unwiderstehlich anziehend gefunden hatte, dass sie mit ihm auf und davon gegangen war. Aber keiner von ihnen, nicht einmal Winn, hatte je gewagt, sie danach zu fragen.

»Was hat Arthur dir eigentlich getan?«

»Nichts.«

»Ist es diese Wohnung? Gefällt es dir hier nicht?«

»Die Wohnung ist völlig in Ordnung.«

»Warum wohnst du nicht bei Forbes?«

»Kein Platz.«

»Unsinn! Er und Lindsay haben mehr als genug Platz.«

»Ich möchte niemandem zur Last fallen.«

»Und was ist mit Donald?«

»Was soll mit ihm sein?«

»Hast du dich auch mit Donald verkracht?«

»Ich habe mich mit niemandem verkracht. Donald schickt mir hin und wieder seinen Wagen vorbei, und ich verbringe das eine oder andere Wochenende bei ihm, wenn das Wetter danach ist.«

»Verstehe. Sie kümmern sich also um dich.«

»Ich komme sehr gut allein zurecht, um mich braucht sich niemand zu ›kümmern‹.«

»Und was ist mit mir? Was habe ich dir getan?«

»Du hättest dieses Mädchen niemals heiraten dürfen.«

»Mutter, um Himmels willen! Ich bin seit fast sechzehn Jahren mit Sylvie verheiratet. Wenn ich sie nicht geheiratet hätte ...« Er führte den Satz nicht zu Ende. Er brachte es immer noch nicht fertig, ihr von Sylvies Affäre mit Forbes zu erzählen.

Langsam verstand er, warum Forbes die alte Dame vor die Tür gesetzt hatte. Sie war immer schon bissig gewesen und sogar noch skrupelloser als Forbes, wenn es darum ging, ihren Kopf durchzusetzen. Und das hier war genau das, was sie wollte: das Martyrium des Alters und der Witwenschaft, jedoch ohne deren Wehwehchen und Unannehmlichkeiten. Wenn es auf der ganzen weiten Welt einen Menschen gab, um den er sich keine Sorgen zu machen brauchte, dann war das seine liebe alte Ma.

Er grinste breit. »Wenn ich dieses Mädchen nicht geheiratet hätte, dann hättest du heute keine Enkeltochter wie Maeve, oder?«

»Sie will ja doch nichts mit einer alten Schachtel wie mir zu tun haben.«

»O doch, das will sie. Sobald sie erfährt, wo du wohnst, werden keine zehn Pferde sie davon abhalten können herzukommen.«

Ihr Kopf ruckte hoch, und sie funkelte ihn zornig an. Gowry konnte nicht leugnen, dass es ihm eine gewisse Genugtuung bereitete, sie durchschaut zu haben. Er wusste, dass sie es kaum erwarten konnte, Maeve wiederzusehen.

Abrupt stand er auf. »Ich kümmere mich um den Tee.«

Seine Mutter erhob sich ebenfalls. »Nein, das mache ich.«

»Traust du mir nicht einmal zu, Tee aufzubrühen?«

»Wenn du es unbedingt wissen willst: nein.«

»Und warum nicht?«

»Weil du nie etwas richtig machst«, entgegnete seine Mutter und verschwand hinter der Tür zur Vorratskammer, um ihre Tränen vor ihm zu verbergen.

Maeve hatte das Mittagessen mit ihrem Großvater gerade eben so durchgestanden, ohne sich lächerlich zu machen. Jetzt wollte sie nur noch die Schuhe ausziehen, das Mieder aufknöpfen, es sich auf dem Sofa im Klavierzimmer bequem machen und die Füße hochlegen. Aber da sie vermutete, dass dies Tante Lindsays Toleranzschwelle überschreiten würde, begnügte sie sich stattdessen damit, sich in einen Sessel am Feuer fallen zu lassen, wo sie sogleich von ihren Cousins belagert wurde.

Der Tee wurde in einer angeschlagenen Emaille-Kanne serviert, die Milch in einem Steingut-Krug. Die bereits gebutterten Muffins waren auf einer ovalen Platte angerichtet. Es gab weder Tassen noch Untertassen, sondern nur drei hohe Gläser und drei Kuchenteller, die Enid auf einen kniehohen Tisch stellte, über den sie zuvor einige Seiten der *Times* gebreitet hatte, was sich als durchaus sinnvolle Vorsichtsmaßnahme erwies, als ihre Vettern begannen, mit Marmelade zu hantieren.

»Tee?«

»Ja, bitte«, antwortete Maeve.

»Zucker?«

»Bitte.«

»Wie viele Würfel?«

»Drei.«

»Harry nimmt vier«, erklärte Philip.

»Harry ist ja auch größer als ich.«

»Miss Runciman sagt, dass seine Zähne irgendwann faulen werden, wenn er weiter so viel Zucker nimmt.«

»Meine Mam … meine Mutter sagt dasselbe von mir.«

»Grandee meint aber, dass wir viel Energie brauchen, weil wir noch wachsen.«

»Grandee?«

»Großvater«, klärte Harry sie auf.

»Er ist nicht mein Großvater«, stellte Maeve fest.

»Stimmt«, gab Philip zu. »Ich weiß auch nicht, wie du ihn nennen solltest. Das ist das Problem, wenn Cousins heiraten. Das verkompliziert alles ungemein.«

»Das kann man wohl sagen.« Harry reichte Maeve ein Glas mit süßem Tee und bot ihr einen mit Butter bestrichenen Muffin an. »Hast du Tom heute getroffen?«

»Ja, wir haben in einem Hotel in der Stadt zu Mittag gegessen.«

»Tom ist dein Großvater«, meinte Philip. »Er ist mit der Cousine meiner Mutter verheiratet. Wir alle nennen sie Tante Cissie, auch wenn das nicht ganz richtig ist.«

»Tom nennen wir aber nicht ›Onkel‹ Tom«, stellte Harry klar.

Maeve leckte Butter vom Rand ihres Muffins: »Warum nicht?«

»Mam meint, dass das nach schwarzem Varietékünstler klingt.«

»Und was wäre daran so schlimm?«, wollte Maeve wissen.

»Offenbar wäre das unhöflich«, entgegnete Philip. »Grandee sagt, wenn er Banjo spielen könnte wie die meisten schwarzen Varietékünstler, wäre es ihm piepegal, wie man ihn nennt.«

»Da wollte Grandee nur wieder kontrovers sein«, erklärte Harry ernst.

»Grandee kann sehr kontrovers sein, weißt du. Du wirst ihn mögen. Jeder mag ihn. Jeder außer Dad.«

»Wie auch immer.« Harry schaute seinen Bruder stirnrunzelnd an. »Sag mal ... Maeve, wann wirst du eigentlich deinen Geschwistern vorgestellt?«

»Halbgeschwistern«, berichtigte Philip.

»Schon gut, also deinen Halbschwestern und Halbbrüdern.«

»Nein, warte, das stimmt so auch nicht. Wenn Cissie Mutters Cousine ist und Tom Maeves Großvater, dann sind Toms und Cissies Kinder Maeves Tanten und ...«

»Lass gut sein, Phil«, stöhnte Harry. »Das ist doch Haarspalterei.«

Maeve biss in den Muffin, fing mit einem Finger einen Tropfen geschmolzene Butter auf und sagte: »Ich hatte mal Nissen.«

Die Jungen starrten sie an.

»Nissen?«, fragte Philip ratlos.

»Sie meint Läuse«, erklärte Harry. »Aber jetzt hast du doch keine mehr, oder?«

Maeve lachte. »Großer Gott, nein! Unsere halbe Klasse hatte welche. ›Epidemie‹ haben sie das genannt. Wir wussten alle, woher die Viecher kamen, also wer sie angeschleppt hat.«

»Jemand aus einer armen Familie, nehme ich an«, vermutete Philip.

»In meiner Schule gab es nur Kinder armer Leute«, klärte Maeve ihre Vettern auf.

»Die ... diese Viecher, wie bist du die wieder losgeworden?«, wollte Philip wissen.

»Mit Lauge und einem Nissenkamm. Dreimal täglich musste ich mir die Haare waschen und ständig auskämmen.«

»Igitt!« Philip verzog angewidert das Gesicht. »Hat das nicht fürchterlich gejuckt?«

»Und wie«, bestätigte Maeve.

»Was hattest du noch alles?«, erkundigte sich Philip neugierig.

»Phil, das reicht«, schalt Harry seinen Bruder, wobei sein Tonfall verblüffend an jenen seiner Mutter erinnerte.

»Dad hatte Gürtelrose, als er aus Brasilien zurückgekommen ist«, fuhr Philip unbeirrt fort. »Das hat ihn ganz verrückt gemacht.«

»Was hat er denn in Brasilien zu tun gehabt?«

»Er hat da Schiffe verkauft. Oder zumindest wollte er das. Hat aber nicht geklappt.«

»Der Auftrag wurde storniert«, erklärte ihr Harry.

»Wollt ihr das auch machen, wenn ihr mit der Schule fertig seid? Ich meine, wollt ihr beide in die Firma eintreten?«

»Vielleicht«, entgegnete Harry zurückhaltend.

»Harry möchte Maler werden wie unser Onkel Ross«, erklärte Philip.

»Wie? Du willst Decken und Wände anstreichen?«, rief Maeve verblüfft aus.

»Nein, er möchte richtige Bilder malen«, erklärte Philip und verdrehte die Augen. »Kunst, weißt du.«

»Halt doch die Klappe, Phil«, knurrte Harry.

»Grandee sagt, Harry möchte nur Maler werden, weil dann nackte Frauen für ihn Modell stehen.«

Philip war zu gewieft, um sich von der Attacke seines Bruders überraschen zu lassen. Die Jungs rangen einige Sekunden lang auf dem Teppich und ließen dann wieder voneinander ab, Philip grinsend, Harry mit grimmiger Miene. Maeve schaute von oben auf die beiden herab und heuchelte Missbilligung, wenngleich sie beinahe ihre gute Erziehung vergessen und sich ins Getümmel gestürzt hätte. Harry hockte sich hin und strich sich mit dem Handgelenk eine Haarlocke aus der Stirn. Seine Schulkrawatte hing schief, und sein Hemd war ganz zerknittert. Maeve bemerkte zum ersten Mal, dass er athletisch gebaut war. In ein paar Jahren würde er vermutlich ein recht attraktiver junger Bursche sein. Sie griff nach der Teekanne.

»Noch Tee? Das ideale Mittel, um Gemüter zu kühlen«, bemerkte sie mit gespielter Strenge.

»Ja, entschuldige bitte. Die kleine Nervensäge kann einen wirklich ...«

»Von wegen Nervensäge«, maulte Philip.

Maeve schenkte Tee in die gläsernen Becher. Sie kniete ebenfalls auf dem Boden, den Rock unter die Knie geklemmt. Und so hockten sie alle drei auf dem Teppich wie die Pfadfinder um ein Lagerfeuer. »Ist das wahr? Möchtest du wirklich Maler werden?«

»Ach, das ist nur so ein Wunschtraum«, entgegnete Harry. »Dad hat sich in den Kopf gesetzt, dass ich an der Universität Jura studieren soll, und das werde ich dann wohl auch tun.«

»Du brauchst nicht zu tun, was dein Dada dir vorschreibt«, meinte Maeve.

Philip setzte zu einer Erwiderung an, aber ein lautes Räuspern seines Bruders hielt ihn davon ab.

»Sprechen wir nicht länger von uns. Was ist mit dir?«

»Mit mir? Was soll mit mir sein?«

»Was möchtest du einmal tun?«, wollte Philip wissen.

»Ich ... also ehrlich gesagt hatte ich noch keine Gelegenheit, darüber nachzudenken.«

»Dad hat es ernst gemeint, weißt du«, versicherte Harry. »Er kann ziemlich großzügig sein, wenn er will, und er hält immer, was er versprochen hat.«

»Geh zur Bühne«, warf Philip unvermittelt ein.

»Wie bitte?«

»Geh zum Theater und werde ein Star«, fuhr ihr kleiner Cousin fort. »Wenn du dann einen Haufen Geld verdient hast, muss mein Dad ein Vermögen hinlegen, um es zu verdreifachen.«

»Beachte ihn gar nicht«, stöhnte Harry. »Er redet wie immer dummes Zeug.«

Zum ersten Mal schaute sie ihrem Cousin fest in die Augen.

»Nicht, dass du nicht hübsch genug wärst, um Schauspielerin zu werden.«

»Ach ja? Findest du?«

»Ja«, bekannte Harry leise. »Das finde ich wirklich.«

»Ich auch«, krähte Philip.

»Ich nehme nicht an, dass du schon Bühnenerfahrung hast«, fuhr Harry fort.

»Ich habe mal in einer Keksfabrik gearbeitet und die Wannen dort geschrubbt. Ist dir das theatralisch genug?«

»Ich bezweifle, dass das den Intendanten für dich einnehmen würde«, entgegnete Harry.

Maeve stellte ihren Becher auf der Kamineinfassung ab, lehnte sich zurück und stützte sich auf die Ellbogen. »Wie dem auch sei, ich schätze, du hast recht. Ich werde irgendetwas tun müssen. Ich kann ja nicht den ganzen Tag hier herumsitzen und Däumchen drehen. Wir hatten in Dublin ein Hotel, aber das wurde von den Briten in die Luft gejagt. Vielleicht könnte ich Arbeit in einem Hotel finden oder in einem Pub.«

»Als Bardame?«, fragte Harry zweifelnd. »Ich glaube nicht, dass Vater das gefallen würde.«

»Er ist nicht mein Vater. Er hat mir nichts vorzuschreiben.«

»Das ist richtig, Maeve, aber Dad wird ein Wörtchen mitzureden haben, solange du unter seinem Dach wohnst«, gab Harry zu bedenken.

Maeve seufzte leise. »Ich schätze, das ist nicht ganz von der Hand zu weisen.«

»Keine Sorge«, sagte ihr Cousin tröstend. »Wenn es darum geht, einen geeigneten Job für dich zu finden, lässt Grandee sich ganz sicher etwas einfallen.«

»Meinst du?«

Philip grinste breit. »Darauf kannst du wetten.«

Beim Abendessen fragte ihr Dad Onkel Forbes ziemlich gereizt, was er sich dabei gedacht habe, Gran McCulloch in einer heruntergekommenen Mietskaserne einzuquartieren.

»Der alte Besen hat es so gewollt«, entgegnete Forbes knapp, »wenn es dir nicht passt, Gowry, kannst du Gran ja gern nach Dublin mitnehmen.« Kurz darauf bat Forbes alle Anwesenden, ihn zu entschuldigen, verschwand in die Diele, um ein Telefonat zu führen, und kehrte nicht wieder zurück.

Kurz nach zehn bat Maeve darum, sich zurückziehen zu dürfen. Sie stieg nach oben ins ehemalige Kinderzimmer, ließ sich auf das Bett fallen, vergrub das Gesicht im Kissen und weinte bitterlich.

Sie lag immer noch dort, als jemand an die Tür klopfte.

Maeve setzte sich auf. »Tante Lindsay?«

»Ich bin's«, sagte ihr Daddy.

Sie wischte sich die Tränen vom Gesicht und schwang die Beine über die Bettkante, sodass sie nicht mehr lag, sondern saß. »Was gibt's?«

»Ich würde gern hereinkommen, Maeve, das heißt, wenn du angezogen bist.«

»Ich bin angezogen.«

Seit sie in die Pubertät gekommen war, war Maeve ihre Intimsphäre überaus wichtig, und ihr Vater respektierte ihre natürliche Scham. Er lief niemals halb bekleidet durch das Haus in der Endicott Street und betrat ihr Zimmer nie, ohne vorher anzuklopfen. In dieser Beziehung war er stets ein vollendeter Gentleman gewesen, was sie ihm früher gar nicht zugetraut hätte. Sie konnte ihm auch nicht wirklich verübeln, dass er Turk und seine Verwandten in Wexford mit Argwohn betrachtete und auch Charlie und Peter auf Distanz hielt. Ihr Dad war immer schon sehr konservativ und in seinen Ansichten beständig gewesen und hatte sich eine Menge von Mam und ihr bieten lassen.

»Hast du geweint?«, erkundigte er sich behutsam.

»Sieht man das nicht?«

»Es tut mir ehrlich leid, dass ich das tun muss, Maeve«, sagte er aufrichtig.

»Was tun?«

»Dich hierlassen.«

»Das hättest du dir überlegen sollen, bevor du mich hergebracht hast.«

»Gefällt es dir hier nicht?«

»Nein, das ist es nicht ... Es ist ganz in Ordnung hier. Ich denke, ich werde ganz gut zurechtkommen.«

»Es entspricht zwar nicht ganz dem Standard des Gefängnisses von Frongoch, und es mangelt auch an der heimeligen Atmosphäre einer Zelle im Dubliner Castle, aber ich denke, du wirst dich hier bald eingelebt haben. Wenn du etwas brauchst, ganz egal, was es ist, frag deine Tante.«

»Ich bitte andere nicht gern um etwas.«

»Nein, natürlich nicht, trotzdem ...«

»Ist sie dir etwas schuldig?«

Ihr Vater nickte. »Aber ohne Zwang, Liebes. Sie wird es gern tun.«

»Er wollte mich nicht hier haben, stimmt's?«, fragte sie. »Onkel Forbes, meine ich.«

»Ursprünglich nicht, doch ich glaube, er hat es sich anders überlegt. Er hat mir eine Kabine für die Passage heim nach Irland reserviert und fährt mich höchstpersönlich zum Schiff. Vielleicht will er aber auch nur sichergehen, dass ich auch wirklich abreise.«

»Ich möchte nicht, dass du abreist.«

»Ich weiß«, entgegnete ihr Vater bedrückt.

Er kam ans Bett, setzte sich zu ihr und legte den Arm um sie. Maeve ließ den Kopf an seine Schulter sinken.

»Noch zwei Dinge«, bemerkte er leise. »Erstens: Ich möchte, dass du Gran McCulloch möglichst bald besuchst. Sie kann es kaum erwarten, dich wiederzusehen und zu hören, was es von Charlie und Peter Neues gibt.«

»Wie viel soll ich ihr erzählen?«

»Nicht alles.«

»Nein, wohl nicht. Ganz sicher nicht«, stimmte sie ihm zu.

Er klopfte ihr mit der Holzprothese leicht auf die Schulter und fuhr dann fort. »Zweitens möchte ich, dass du deiner Mam so oft schreibst, wie du kannst, mindestens aber einmal die Woche.«

»Versprochen. Was noch?«

»Das war's.«

»Kommst du bald wieder?«

»Im Sommer, wenn ich kann.«

»Mit Mam und Sean?«

»Deine Mutter wird niemals nach Schottland zurückkommen.«

»Aber du. Versprich es!«

»Wenn es mir möglich ist, werde ich kommen, das verspreche ich dir.«

Er nahm den Arm herunter und stand auf. Maeve wartete angespannt. Sie hatte Heimweh, allerdings nicht nach Turk, sondern nach Mam und Sean, Daddy und ihrem Zuhause. Hätte sie nicht bereits geweint, wäre sie jetzt in Tränen ausgebrochen. Sie erinnerte sich daran, wie er in der Nacht, bevor er sich freiwillig als Soldat verpflichtet hatte, in ihr Zimmer gekommen war, sie auf die Stirn geküsst und ihr zugeraunt hatte, dass er sie mehr liebte als alles andere auf der Welt. Sie war damals nicht beunruhigt gewesen, hatte nicht einmal geahnt, dass er fortgehen würde. Sie hatte sich geborgen gefühlt in der Gewissheit, geliebt zu werden, in dem Bewusstsein, dass ihr Daddy immer für sie da sein würde, egal, was auch geschah.

Er beugte sich vor und küsste sie auf die Stirn. »Benimm dich«, ermahnte er sie.

»Klar«, entgegnete Maeve, der es gerade eben noch gelang, den nächsten Tränenstrom zurückzuhalten, bis die Tür hinter ihm zugefallen war.

Lindsay betrat, ohne anzuklopfen, das Schlafzimmer ihres Gatten. Er saß in Unterhemd und Pyjamahose auf der Bettkante und starrte auf den Lichtkreis, den die Lampe auf den Teppich warf. Hätte sie ihn nicht so gut gekannt, hätte sie vielleicht geglaubt, er sei in andächtigem Gebet versunken. Als er sie bemerkte, sprang er sofort auf.

»Was ist?«, rief er schrill. »Was ist los?«

»Nichts ist los«, entgegnete Lindsay. »Beruhige dich, Forbes.«

»Ist jemand gekommen?«

»Nein, niemand. Was ist denn nur los mit dir?«

Er ließ sich auf das Bett zurückfallen, um sofort wieder aufzuspringen.

Lindsay war seine Launen inzwischen gewöhnt: Schmollen, Wutanfälle und Ausbrüche rastloser Energie, aber so nervös wie heute hatte sie ihn selten erlebt.

Hin und wieder fragte sie sich, ob ihre Weigerung, mit ihm zu schlafen, nur grausame Heuchelei war, aber sie konnte ihm einfach nicht verzeihen, was er ihr angetan hatte. Ihr war wohl bewusst, dass es noch andere Frauen gab, und sie machte ihm gar keinen Vorwurf daraus. Zudem war sie viel zu vernünftig und bodenständig, um deswegen von Gewissensbissen geplagt zu werden. Dass ihre Ehe zur lieblosen Zweckgemeinschaft gediehen war, hatte er sich selbst zuzuschreiben. Sie hatte ihr Bestes gegeben, die Rahmenbedingungen möglichst nett zu gestalten. Sie waren seit fast fünfzehn Jahren nicht mehr miteinander intim gewesen, und sie hatte längst ihr eigenes Schlafzimmer im ersten Stock. Forbes schlief im großen Elternschlafzimmer im Erdgeschoss, gleich neben den Räumen ihres Vaters.

»Ich ... ich dachte, es wäre vielleicht jemand gekommen ... Ist Gowry schon im Bett?«

»Schon lange.«

»Ich habe ihm eine Kabine für die Heimreise besorgt. Hat er dir davon erzählt?«

»Ja.«

»Ich hatte fast damit gerechnet, dass er sich aufs hohe Ross setzt und mein kleines Geschenk ablehnt.«

»Dazu ist er ein viel zu höflicher Mensch«, entgegnete Lindsay.

Sie zog einen Kapitänsstuhl unter dem Walnussschreibtisch hervor, in dem Forbes zahlreiche Geheimnisse verwahrte. Dann schob sie den Stuhl auf seinen Rollen näher ans Bett heran und setzte sich.

»Was machst du da?«

»Ich entlaste meine müden Beine«, erklärte sie. »Zieh dir was an, Forbes. Ich möchte nicht, dass du dich erkältest.«

»Ich friere nicht.« Er zog nervös die Pyjamahose vorn enger zusammen, wobei die Geste eher Misstrauen ausdrückte als Schamgefühl. »Willst du bleiben?«

»Nicht lange.«

»Willst du mir eine Predigt halten, weil ich vom Tisch aufgestanden bin, bevor Enid den Nachtisch serviert hatte? Ich musste einen Anruf tätigen. Ein dringendes Gespräch mit ... mit Graham Dobbs.«

Lindsay hatte keinen Schimmer, wer Graham Dobbs war oder was für Geschäfte Forbes um halb zehn Uhr abends mit ihm besprechen mochte. Sie vermutete, dass der Anruf einer seiner Freundinnen gegolten hatte, war aber zu müde, um Forbes diesbezüglich zur Rede zu stellen. Im Übrigen interessierte es sie auch nicht wirklich.

Sie kam ohne weitere Umschweife auf den Punkt. »Was hältst du von ihr?«

Er war immer noch nicht bei der Sache und schrecklich nervös. »Von wem?«

»Von Maeve natürlich.«

»Ach so, ja. Sie macht einen ausgesprochen zivilisierten Eindruck.«

»Was hast du denn erwartet?«

»Keine Ahnung. Vielleicht ein junges Mädchen mit weniger guten Umgangsformen.«

»Die Frage ist, was wir mit ihr anfangen sollen«, sagte Lindsay.

»Mit ihr anfangen?«

»Hast du wieder getrunken?«

»Nein. Ich verstehe nur nicht, worauf du hinauswillst.«

»Arbeit.«

»Ach so!«

»Das College kommt wohl nicht infrage. Ich glaube ehrlich gesagt nicht, dass sie daran interessiert wäre, ihren Bildungshorizont zu erweitern. Tom meinte, sie hätte vielleicht Lust, in unserer Planungsabteilung eine Zeichnerlehre anzufangen.«

»Kommt nicht infrage«, entgegnete Forbes barsch.

»Bei uns arbeiten doch viele Mädchen.«

»Großer Gott, Lindsay, sie ist meine Nichte. Das würde nicht gut aussehen.«

»Wenn sie ein Junge wäre, würdest du von ihr erwarten, sich von ganz unten hochzuarbeiten«, wandte Lindsay ein.

»Das ist etwas völlig anderes.«

Forbes war wieder aufgestanden und ging rastlos auf und ab. Er sah ein wenig lächerlich aus mit dem Unterhemd, das über dem gewölbten Bauch hochgerutscht war und der Pyjamahose, die am Po herunterhing. Er packte mit einer Hand die Bänder der Pyjamahose und fuchtelte mit der anderen herum, als dirigierte er ein ganzes Orchester.

»Von allem anderen einmal abgesehen, könnte es gut sein, dass in einem halben Jahr gar keine Frauen mehr für uns arbeiten. Vielleicht arbeitet in sechs Monaten überhaupt niemand mehr für uns.«

»Du übertreibst mal wieder«, erwiderte sie.

»Mag sein, aber nur ein bisschen. Früher oder später – eher früher, wenn du mich fragst – werden wir alle Reparaturen durchgeführt haben, die Docks werden frei sein, und wir werden feststellen, dass der Markt ausgereizt ist. Und das wird nicht nur Franklin's empfindlich treffen, sondern die ganze Branche. Wenn es erst so weit ist, wird der Abstieg so rasend schnell erfolgen, dass es dir die Sprache verschlägt.«

»Und was hat das mit Maeve zu tun?«

»Ich sehe nicht ein, weshalb ich Zeit und Geld in die Ausbildung einer Zeichnerin investieren soll, die ohnehin nur kurze Zeit bei uns sein wird.«

»Du warst es, der ihr Geld dafür geboten hat, dass sie bleibt.«

»Ach, das! Das war doch nur Spaß. Ich wollte sie ablenken.«

»Besteht tatsächlich die Möglichkeit eines Bankrotts?«, fragte Lindsay unvermittelt.

»Wenn du mir hin und wieder zuhören würdest, Linnet, wenn du ein wenig aufmerksamer wärst …« Er seufzte. »Anderthalb Millionen Bruttoregistertonnen werden vierteljährlich vom Stapel gelassen, während die Nachfrage unaufhaltsam sinkt. Ein Ende des Booms ist unabwendbar.«

»Haben wir denn keine Aufträge mehr in petto?«

»Nein. Außerdem sind jetzt schon drei Trockendocks frei.«

»Bist du deshalb so angespannt, Forbes?«

Er setzte sich auf das Bett und ließ sich einen Moment Zeit, ehe er antwortete. »Ja.«

»Ist das wirklich alles?«

»Großer Gott, ist das nicht genug?«

»Und Martin ist sich der prekären Lage ebenfalls bewusst?«

»Martin ist Anhänger der Vogel-Strauß-Politik. Er steckt lieber den Kopf in den Sand und hofft, dass unsere Schwierigkeiten sich irgendwann von allein ausräumen.«

»So naiv ist er auch wieder nicht.«

»Ansichtssache. Die Zukunft unserer Industrie liegt im Bau von

Schiffen, die in der Lage sind, auch weite Strecken zu bewältigen, Tanker und dergleichen. In vier, fünf Jahren wird sich unsere Branche globalisiert haben. Dann werden nur noch jene Werften bestehen können, die weit genug vorausgeplant haben und auf den Wandel der Zeit vorbereitet sind.«

Lindsay war bislang noch nie der Gedanke gekommen, Forbes könnte sich um Belange sorgen, die nicht ausschließlich eigennützig waren. Sie war in letzter Zeit tatsächlich bequem geworden, hatte geistig nachgelassen. »Wenn es so schlecht steht, sollten wir vielleicht wirklich versuchen, eine andere Bleibe für Maeve zu finden.«

»Das geht nicht«, entgegnete Forbes. »Ich habe Gowry mein Wort gegeben. Ich habe versprochen, mich ihrer anzunehmen.«

»Tom würde sie ganz sicher aufnehmen. Er war überglücklich, sie kennenzulernen, und die beiden haben sich vom ersten Augenblick an bestens verstanden.«

»Ein gemeinsames Mittagessen ist eines, jemanden zu beherbergen, etwas völlig anderes. Cissie wäre sicher nicht begeistert, wenn plötzlich eine wildfremde junge Frau bei ihr auf der Matte stünde.«

»Deine Mutter könnte ...«

Forbes bog den Kopf zurück und lachte wiehernd. »Also das wäre nun wirklich ein lächerlicher Vorschlag.«

»Ja, da hast du wohl recht«, gab Lindsay zu.

»Und um allein zu wohnen, ist Maeve noch viel zu jung, sie wird also bleiben müssen«, fuhr Forbes fort. »Sie ist ein lebhaftes junges Ding, und etwas weibliches Geplapper wird den Jungs schon nicht schaden. Ich gehe davon aus, dass die beiden nichts gegen ein Mädchen im Haus einzuwenden haben.«

»Ganz bestimmt nicht«, pflichtete Lindsay ihm bei.

»Nun denn ...« Forbes ließ sich gegen das Kopfende des Bettes zurücksinken. »Warum fährst du nicht mit ihr in die Stadt, kaufst ihr etwas Nettes zum Anziehen und putzt sie etwas heraus? Das würde dir doch sicher Spaß machen, oder?«

»Ja, ich denke schon.«

»Eine Beschäftigung für sie zu finden, hat keine Eile. Immerhin können wir es uns leisten, sie zu ernähren und zu kleiden. Noch geht es uns gut.«

»Wird es uns denn irgendwann nicht mehr gut gehen, Forbes?«

Er lächelte. Es war das gleiche glatte, charmante Lächeln wie damals, als er Großvater Owen herausgefordert, den Protest ihres Vaters beiseitegefegt und sie selbst überzeugt hatte, dass er sie liebte und sie das ideale Paar wären.

»Ich werde alles in meiner Macht Stehende tun, um uns unseren Lebensstandard zu erhalten. Würdest du dich einstweilen Maeves annehmen?«

»Natürlich«, versprach Lindsay.

Sie stand von ihrem Stuhl auf und stellte ihn zurück an den Schreibtisch. Als sie sich umdrehte, sah sie, dass Forbes sein Unterhemd ausgezogen hatte und unter die Bettdecke geschlüpft war. Die Decke war jedoch noch zurückgeschlagen. In die Kissen gelehnt, klopfte er auf das Laken neben sich.

»Möchtest du mir nicht Gesellschaft leisten, Linnet? Um der alten Zeiten willen?«

»Sei nicht albern, Forbes«, entgegnete Lindsay und verließ das Schlafzimmer, um ans Telefon zu gehen, das offenbar nur sie allein unten in der dunklen Diele läuten hörte.

Kapitel 4

Party bei den Pickerings

»Cocktails?«, fragte Forbes aufgebracht. »Wer um alles in der Welt ruft denn um halb zwölf Uhr nachts an, um uns zu einer Cocktailparty einzuladen? Und warum habe ich das Telefon nicht läuten hören?«

»Vielleicht hast du ja schon geschlafen?«, vermutete Lindsay.

»Natürlich habe ich noch nicht geschlafen. Du weißt sehr gut, dass ich da noch nicht geschlafen habe.«

»Jedenfalls ist mit der Nachmittagspost eine gedruckte Einladung gekommen, es scheint sich also nicht um einen Scherz zu handeln.«

»Wie bist du überhaupt darauf gekommen, es könnte sich um einen Scherz handeln?«

»Die Frau klang ... nun ja, nicht ganz nüchtern.«

»Warum hast du beim Frühstück nichts erwähnt?«

»Beim Frühstück erschien mir unser praktisch nicht vorhandenes Gesellschaftsleben nicht so fürchterlich wichtig.«

»Stimmt. Ich war auch nicht auf Maeves Tränenausbruch vorbereitet. Ich hatte eigentlich das Gefühl, dass sie und Gowry sich nicht besonders nahestehen und sie froh wäre, ihn los zu sein.«

»Was wieder einmal zeigt, wie wenig du von Mädchen verstehst«, erwiderte Lindsay seufzend.

»Wo steckt sie überhaupt?«

»Unten. Sie unterhält sich mit der Köchin und Enid.«

Forbes schüttelte den Kopf. »Sie plaudert mit Bediensteten? Worüber denn?«

»Woher soll ich das wissen?«

»Maeve gehört dort nicht hin.«

»Eleanor ist bei ihr, sie wird schon nicht zu Schaden kommen.«

»Höre ich da Sarkasmus heraus?«, fuhr er auf.

»Natürlich war das sarkastisch gemeint.«

»Und wo ist besagte Einladung?«

»Ich habe sie auf deinen Schreibtisch gelegt.«

»Die Frau, die mitten in der Nacht angerufen hat ... ich weiß nicht ... Ich meine, ich habe wirklich keine Ahnung, wer das gewesen sein könnte.«

»Es war Sir Andrew Pickerings Frau«, antwortete sie beiläufig.

»Ich ... ich bin ihr nur ein einziges Mal begegnet, und das flüchtig.«

»Dann hast du offenbar großen Eindruck auf sie gemacht.«

»Diese Cocktailveranstaltung ... Wo soll die stattfinden und wann?«

»Das steht alles auf der Einladung.«

»Lindsay!«

»Merriam House, halb sieben am Montag.«

»Merriam House? Wo zum Teufel soll das sein?«

»Dalmuir.«

»Dalmuir! Kein vernünftiger Mensch wohnt in Dalmuir«, bemerkte Forbes abfällig. »Ich dachte, Pickering hat ein Haus in Kelvindale.«

»Wir müssen ja nicht hingehen.«

»Wir können die Einladung nicht einfach ignorieren«, gab er zurück.

»Wieso nicht? Wir ignorieren doch auch die meisten anderen Einladungen dieser Art.«

»Pickering ist jemand, den man nicht vor den Kopf stoßen sollte«, erklärte Forbes. »Er sitzt im Vorstand von Far East Oil, weißt du.«

»Das weiß ich.«

»Was er wohl von uns will?«

»Vielleicht ist es nur eine Geste«, mutmaßte Lindsay.

»Und warum hat sie dich mitten in der Nacht angerufen?«, überlegte Forbes laut.

»Ich sagte doch bereits, dass sie angeheitert war.«

»Sie hat nicht ... Ich meine, sie hat nicht nach mir gefragt, oder?«

»Nein.«

»Was genau hat sie denn gesagt?«

»Nur dass Drew – offensichtlich hält sie nicht viel von Förmlichkeiten –, also, dass Drew und sie am Montagabend eine kleine Cocktailparty geben würden und sie ganz sichergehen wolle, dass wir auch kommen.«

»Sie wollte ganz sichergehen? Hat sie das wirklich gesagt?«

»Ja, wortwörtlich.«

»Seltsam.« Forbes zwirbelte seinen Schnurrbart. »Verdammt seltsam, wenn man bedenkt, dass der liebe ›Drew‹ bis heute keine zwei Worte mit mir gewechselt hat.«

»Vielleicht ist ihm ja zu Ohren gekommen, dass wir einen Öltanker zu verkaufen haben.«

»Zu verkaufen? Nun, das wäre etwas voreilig. Allerdings kennt er Martin recht gut. Vielleicht hat er ja gehört, dass Martin in Norwegen ist, und hat uns an seiner Stelle eingeladen.«

»Klingt plausibel«, meinte Lindsay. »Gehen wir hin?«

»Ich denke, das wäre das Klügste. Du nicht?«

»Doch, allerdings«, gab Lindsay ihrem Gatten recht.

Als der Lanchester hinter den Bäumen verschwand, wollte Maeve im ersten Augenblick hinterherlaufen, jammernd und klagend wie eine jener Frauen in einer der griechischen Tragödien, die sie sich hin und wieder mit ihrer Mutter im Theater angesehen hatte.

Glücklicherweise waren die Jungen schon in der Schule, und der Große Unaussprechliche hatte den Lanchester aus der Garage um die Ecke geholt, bevor sie in Tränen ausgebrochen war. Es waren auch keine Krokodilstränen; Maeve machte kein Theater, damit ihr Vater sich schuldig fühlte.

Daddy hatte sie auf Tante Lindsay zugeschoben, die sie gleichzeitig umarmt und davon abgehalten hatte, ihm nachzulaufen. Sobald der Lanchester außer Sichtweite gewesen war, hatte ihre Tante sie ins Esszimmer zurückgebracht und ihr eine frische Tasse Tee eingeschenkt. Anschließend hatte Tante Lindsay sie aufgefordert, ihren Mantel anzuziehen, und sie waren zusammen in einem Taxi zu Rowan's in der Buchanan Street gefahren, wo Tante Lindsay sich ein neues Cocktailkleid gekauft hatte sowie ganz beiläufig für Maeve eine neue Bluse und gleich mehrere Paar Strümpfe.

Zum Mittagessen waren sie wieder am Brunswick Crescent gewesen. Inzwischen hatte Maeve sich schon besser gefühlt, immer noch etwas leer und verloren zwar, aber alles in allem besser. Sie hatte eine halbe Stunde auf dem Sofa im Salon gedöst, dann war Miss Runciman hereingekommen und hatte gefragt, ob sie Lust habe, die Köchin kennenzulernen. Enid war auch da gewesen, und in Enids Gegenwart konnte man nicht lange deprimiert sein, denn sie redete wie ein Wasserfall und erzählte urkomische Anekdoten über ihre Brüder und Schwestern. Maeve hätte gern den ganzen Nachmittag unten in der heimeligen Küche verbracht, aber Harry wurde heruntergeschickt, um ihr mitzuteilen, dass Cissie Calder, ihre Töchter und ihr Sohn eingetroffen seien und sich darauf freuten, sie kennenzulernen. Widerwillig stieg Maeve die Treppe hinauf zum Salon, um sich von weiteren Familienmitgliedern begutachten zu lassen.

Der Junge und die beiden Mädchen saßen nebeneinander auf der langen Couch. Der Junge war groß, aber sehr dürr und blass. Als Maeve ihm die Hand schüttelte, schaute er sie nicht an; er würdigte sie nicht einmal eines flüchtigen Blickes, doch die Mädchen waren so neugierig auf ihre neue Verwandte, dass sie sie offen anstarrten. Familie, dachte Maeve bei sich. Sie sind mit mir verwandt, wenn ich unseren Verwandtschaftsgrad auch nicht so genau benennen kann.

Cissie Calder war eine unscheinbare, füllige Frau, die Maeve an eine Bäuerin erinnerte, wenngleich sie sich nicht wie eine solche kleidete. Sie trug einen Blazer im französischen Stil und dazu einen Plisseerock in kräftigem Scharlachrot und Rosa, der viel zu auffällig war für einen gewöhnlichen Besuch mitten am Tag.

Nachdem sich alle miteinander bekannt gemacht hatten, plätscherte die Unterhaltung eine Weile dahin, bis sie schließlich erstarb. Maeve hätte schreien mögen. Wo steckten denn alle, und wo blieb der verdammte Tee? Stattdessen saß sie artig auf einem Stuhl mit gerader, hoher Rückenlehne, während drei wortkarge weibliche Wesen sie abschätzig musterten.

»Entspreche ich nicht euren Erwartungen?«, fragte Maeve schließlich.

Die Mädchen wandten den Kopf ab, der Junge ließ den Oberkörper in Richtung Knie sacken, als wäre er eingeschlafen, und Cissie Calder räusperte sich.

»Warum? Wie kommst du darauf?«

»Das scheint jedem hier so zu gehen.«

»Ich bin nicht ... Ich habe nicht ...«

»Hast du nichts von mir gewusst, ist es das?«

»O doch, wir haben immer gewusst, dass es dich gibt«, entgegnete der Junge, der immer noch in sich zusammengesunken dasaß. »Dad hat uns von dir erzählt. Wir sind also nicht aus allen Wolken gefallen.«

Er mochte schüchtern sein, doch wenigstens war er willens, mit ihr zu kommunizieren.

Sie richtete ihre Aufmerksamkeit auf ihn. »Was genau hat dein Dad euch erzählt?«, fragte sie neugierig.

»Dass du seine Enkelin bist und wir nett zu dir sein sollen«, antwortete Ewan.

»Ihr braucht nicht nett zu mir zu sein, wenn euch nicht danach ist«, erwiderte Maeve.

»Deine Mutter ist meine Halbschwester«, fuhr Ewan fort, »und um ehrlich zu sein, finde ich das ziemlich verwirrend.«

»Ich auch«, pflichtete Maeve ihm bei. »Aber ich kann es nicht ändern. Es ist, wie es ist.«

»Stimmt, daran kann niemand etwas ändern«, nickte Ewan Calder.

»Wie ... wie geht es deiner Mutter?«, erkundigte sich Cissie.

»Gut. Es geht ihr gut. Sie hat alle Hände voll zu tun mit meinem kleinen Bruder.« Ihre Antwort veranlasste die beiden Mädchen zu einem leicht abfälligen Schnauben.

Da dämmerte Maeve, dass die Missbilligung gar nicht ihr galt, sondern ihrer Mutter. Wenn sie wirklich so empfindlich waren wegen Vorfällen von vor zwanzig Jahren, was würden sie dann erst von dem halten, was ihr in Dublin widerfahren war? Nun, es ist nicht meine Aufgabe, sie über alles aufzuklären, sagte sie sich, fragte sich jedoch unwillkürlich, was Grandpa Calders Sohn und seine Töchter wohl von ihrem Dad halten würden, wenn der plötzlich hereinkäme. Würden sie sich abwenden beim Anblick seiner ausgeblichenen blauen Baskenmütze, seiner Zahnprothese und der hölzernen Hand?

»Das heißt, genau genommen ist Sean nur mein Halbbruder. Ich meine, mein Dad ist nicht sein leiblicher Vater. Seans Vater wurde von den englischen Schweinen kaltblütig erschossen«, hörte sie sich sagen.

Sie konnte in den blauen Augen des Jungen keine Spur von Ehrfurcht entdecken.

»Er war Waffenschmuggler, richtig?«, fragte er stattdessen.

»Woher weißt du das?«

»Ich habe seine Gedichte gelesen.«

»Seine Gedichte? Ich wusste gar nicht, dass Fran Gedichte verfasst hat.«

»Ein paar wurden in der *London Review* veröffentlicht«, berichtete Ewan Calder. »Mein Vater hat sie mir gezeigt. Sind ziemlich gut, wenn auch ein wenig polemisch.«

»Was heißt das, polemisch?«

»Parteiisch«, erklärte Ewan Calder. »Ich habe die Ausschnitte noch irgendwo, falls du dich dafür interessierst. Hagarty war ein Opfer der Geschichte. Er war übrigens nicht der Einzige. Viele vielversprechende Dichter haben im Krieg ihr Leben gelassen.«

Er brüstete sich nicht mit seinem Wissen so wie Harry und Philip, sondern informierte sie sachlich darüber, dass die Verbindung zwischen ihnen stärker war als angenommen.

Sie starrte den Jungen an und wartete darauf, dass er fortfuhr. Aber er zuckte nur mit den Schultern und zog sich wieder in sein Schneckenhaus zurück.

»Wo hast du denn diese bildhübsche Bluse her?«, fragte Cissie.

»Wie? Die hier? Von Rowan's.«

»Hat Tante Lindsay sie dir gekauft?«, wollte Dorothy wissen.

»Ja, das hat sie.«

»Sehr nett«, meinte auch Katy, Dorothys Schwester.

»Tante Lindsay hat einen ausgesprochen guten Geschmack«, befand Dorothy.

»Sie hat ein persönliches Kundenkonto bei Rowan's«, meinte Katy.

»Wir nicht«, seufzte Dorothy. »Dad erlaubt uns nicht, eins anzulegen.«

»Er sagt, er kann sich das nicht leisten«, erklärte Katy.

»Natürlich könnte er sich das leisten«, schimpfte Dorothy.

»Er will uns nur ärgern«, klagte Katy. »Er sagt immer wieder, Geld würde nicht auf Bäumen wachsen.«

»Ich wünschte, das würde es«, bekannte Dorothy. »Du nicht auch, Maeve?«

Nachdem ihr Bruder das Eis gebrochen hatte, fühlten die Mädchen sich in ihrer Gegenwart offenbar sicher. Sie waren gar nicht feindselig oder ablehnend, sondern lediglich jünger und unerfahrener, als Maeve sie eingeschätzt hatte.

Sie lächelte Dorothy freundlich an. »*Was wären wir doch glücklich, wär jeder Regentropfen ein Silberling.*«

»Oh, das klingt aber hübsch!«, sagte Katy.

»Und so wahr«, pflichtete Dorothy ihr bei. »Hast du dir das gerade ausgedacht?«

»Nein, das ist eine Textzeile aus einem Lied.«

Dann stürmten zu ihrer Erleichterung Harry und Philip in den Salon, gefolgt von Tante Lindsay und Onkel Forbes. Gleich darauf erschien auch Enid, die den Teewagen vor sich herschob. Maeve war schon bald ganz vertieft in allerlei Familientratsch, und Dublin und Fran Hagarty waren vergessen.

Das Problem beim Unterhalten seines Liebesnestes am Flowerhill Drive bestand darin, dass sein Vetter Ross Franklin erst kürzlich ein Haus am anderen Ende der Straße bezogen hatte. Ross war ein Gewohnheitstier und von Natur aus bequem und jeglicher körperlichen Ertüchtigung gegenüber abgeneigt. Forbes nahm also an, dass die Wahrscheinlichkeit, ihm zufällig auf der Straße zu begegnen, eher gering war. Trotzdem wäre er vielleicht geneigt gewesen, die Wohnung aufzugeben, wenn er nicht seinerzeit so große Mühe gehabt hätte, sie überhaupt zu bekommen.

Das dreistöckige Reihenhaus war etwa sechzig Jahre alt und von der Architektur her dermaßen konservativ gehalten, dass man es beinahe mit einem Lagerhaus hätte verwechseln können. Im Laufe der Jahre hatte die Wohnung eine beachtliche Anzahl von Mätressen und Eroberungen beherbergt, und Marjorie Hussey war beileibe nicht die erste verheiratete Frau, die sich in dem großzügigen Bett geräkelt hatte. Vor ihr hatte Forbes sich dort mit der Gattin eines Schullehrers vergnügt, der Ehefrau eines Eisenhändlers, der Frau eines Schiffsversicherers sowie mit der – inzwischen verwitweten – Gemahlin eines Lieutenants des British Army Service Corps.

Die Offiziersgattin wäre vielleicht immer noch sein Herzblatt, wenn ihr Angetrauter nicht das Pech gehabt hätte, beim Mazedonien-Feldzug in die Luft gejagt zu werden.

Forbes dachte immer noch mit leiser Wehmut an die fröhliche kleine Witwe zurück, die damals natürlich noch keine Witwe gewesen war, und an die kleinen Experimente, denen sie nicht abgeneigt gewesen war, um ihm zu gefallen, Dinge, die zu tun Marjorie nicht im Traum einfallen würde. Marjories Spießigkeit war ebenso nervig wie aufreizend, aber in letzter Zeit war er ihrer albernen Schamhaftigkeit zunehmend überdrüssig geworden. Nicht so heute. Am heutigen Tag war er so wenig bei der Sache, dass der Akt beinahe mechanisch ausfiel.

Marjorie lag reglos an seiner Seite, während er sich eine Zigarette anzündete und rauchte.

»Ich muss gleich«, sagte sie.

»Ins Bad?«

»Nein, nach Hause.«

»Erwartet Mitchell dich zum Mittagessen?«

»Mitchell ist in Sheffield.«

»Und die Jungs?«

»Keine Ahnung.«

»Ich habe heute auch nicht viel Zeit«, entgegnete Forbes und blies den Rauch an die Decke.

Er hatte Philip versprochen, Maeve zur Academy zu bringen, wo Philips Rugby-Mannschaft sich ein Match mit einer anderen Schülermannschaft lieferte. Forbes interessierte sich nicht für

Sport und sah sich dementsprechend selten Wettkämpfe seiner Jungen an. Maeve ihrerseits war überraschend interessiert gewesen, auch nachdem er sie darauf hingewiesen hatte, dass Philips Team weitgehend aus dürren, linkischen Burschen bestand, die ihrer Schule wohl niemals zur Ehre gereichen würden, wenn nicht nur bloßes Mitmachen, sondern ein Sieg erwartet wurde.

»Was sollen wir unternehmen?«, fragte Marjorie düster. »Wegen Montag, meine ich.«

»Wir machen gute Miene zum bösen Spiel«, entgegnete Forbes schulterzuckend. Dann stützte er sich auf einen Ellbogen und hielt die Zigarette von ihr weg.

»Warum hat sie überhaupt angerufen? Warum hat sie bei uns beiden angerufen?«, jammerte Marjorie nervös. »Sie hat bestimmt vor, es hinauszuposaunen. Ich weiß es. Sie ist genau der Typ Frau, der sich einen Spaß daraus macht, eine Ehe zu zerstören.«

Forbes wollte es genauer wissen. »Was für eine Art Frau ist sie eigentlich?«

»Sie ist steinreich«, entgegnete Marjorie. »Steinreich ...«

»Du meinst, sie kann sich alles erlauben?«

»Sie trinkt ziemlich viel, habe ich gehört.«

Forbes seufzte und rollte sich von ihr weg.

Er schlug die feuchte Bettdecke zurück. Am liebsten wäre er gegangen und hätte sie ihrem Gejammer überlassen. Marjorie hatte ihm erzählt, dass sie vorher noch nie eine Affäre gehabt hatte, und er glaubte ihr. Sonst hätte sie wohl gewusst, wie man sich zu verhalten hat, wenn man drohte aufzufliegen.

»Wie gut kennst du Stella Pickering?«, hakte Forbes nach.

»Ich glaube, Mitchell kennt Drew ganz gut.«

»Du glaubst?«

»Wir haben das eine oder andere Mal zusammen zu Abend gegessen, allerdings nicht zu viert, sondern im Rahmen größerer Gesellschaften.«

»Bei ihnen zu Hause, in Dalmuir?«

»O nein, sie sind letzten Monat erst dorthin umgezogen. Es soll schrecklich groß und modern sein. Mit einer umwerfenden Aussicht.«

»Sag Mitchell einfach, dass du keine Lust hast, zu diesem Cocktailempfang zu gehen.«

»Wenn ich das tue, wird er sofort wissen, dass etwas im Busch ist.«

»Es ist auch etwas im Busch. Ich wüsste zu gern, was diese Pickering vorhat.«

Forbes drückte seine Zigarette im Aschenbecher aus und schwang die Beine aus dem Bett. Er stützte die Ellbogen auf die Knie und betrachtete den Kleiderhaufen auf dem Linoleumboden. Er hatte es so eilig gehabt, den Akt hinter sich zu bringen, dass er nicht einmal Socken und Sockenhalter ausgezogen hatte. Marjorie hatte es gar nicht bemerkt.

Sie setzte sich auf, die Bettdecke bis zum Kinn hochgezogen. »O Forbes, was sollen wir nur tun?«

»Es durchstehen«, erwiderte Forbes, hob seine Kleider auf und eilte ins Bad, um den Rest des Tages anzugehen.

»Bist du müde, Onkel Forbes?«, fragte Maeve.

»Nein, halb verhungert.«

»Hast du denn nicht zu Mittag gegessen?«

»Keine Zeit. Ich wurde in der Werft aufgehalten.«

Maeve unterbrach ihr Gespräch, um einen imposanten jungen Mann anzubrüllen, der Philip zu Boden geschleudert hatte. Dass sie keinen Schimmer von den Spielregeln hatte, hielt sie jedenfalls nicht davon ab, lautstark ihre Meinung kundzutun.

Eine Hand voll Zuschauer standen am Spielfeldrand, Brüder, Väter und ein, zwei Lehrer. Maeve war die einzige Frau. Harry hatte ihr seinen Schal gegeben, mit dem sie winken sollte, wenn Philips Team es schaffte, den Ball über die Linie zu retten. Das Spiel folgte keiner speziellen Logik, zumindest konnte Maeve in dem Durcheinander keine erkennen. Die meisten Jungen waren recht klein und dürr und derart schmutzverkrustet, dass sie sie kaum noch auseinanderhalten konnte. Trotzdem war sie froh, an der frischen Luft zu sein, und ihrem Onkel entsprechend dankbar, dass er mit ihr hergekommen war.

»Ich glaube, ich habe vorhin unten am Tor eine Bäckerei gesehen«, meinte Maeve. »Soll ich dir dort etwas zu essen holen, Onkel Forbes?«

»Das ist wirklich aufmerksam von dir, Maeve. Aber lass mich mal selber gehen; du scheinst dich ja mehr für das Spiel zu interessieren als ich.« Er warf einen Blick über das Spielfeld bis zum Tor, hinter dem der Lanchester parkte. »Bin gleich wieder da.« Die Hände in den Manteltaschen vergraben, eilte er über die feuchte Wiese und verschwand durch das Tor unter den nackten Ulmen.

Die beiden Mannschaften hatten sich in der Spielfeldmitte verkeilt. Maeve konnte den Ball nicht sehen, nur ein Knäuel von Armen, Beinen und Köpfen. So ganz allein, ohne den Großen Unaussprechlichen, fühlte sie sich ziemlich unsicher. Sie sollte wirklich aufhören, ihn als den Großen Unaussprechlichen zu betrachten. Im Grunde war er ein ganz anständiger Kerl, wirklich, ganz und gar nicht das Ungeheuer, als das Mam ihn immer dargestellt hatte.

»Nicht wirklich fesselnd, was?«

Ewan Calder war unbemerkt hinter sie getreten. Er trug einen dicken Schal um den Hals und hielt den Kopf gesenkt.

Maeve machte einen Schritt auf ihn zu, er wich einen Schritt zurück.

»Nein, da muss ich dir recht geben«, entgegnete sie ehrlich.

»Wird in Irland auch Rugby gespielt?«

»Klar, dort heißt es aber Hurley. Das ist vielleicht spannend, vor allem, wenn sie anfangen, mit den Stöcken aufeinander einzudreschen.«

»Hurley ist eine Mischung aus Hockey und Lacrosse, ähnlich wie Shinty, wenn ich nicht irre«, bemerkte Ewan Calder pedantisch.

»Kann sein«, entgegnete Maeve schulterzuckend. »Warum spielst du nicht mit?«

Ewan zog die Schultern hoch. »Schwach auf der Brust.«

Maeve rückte näher an ihn heran, und diesmal ließ er die Annäherung zu.

»Schwindsucht?«, wollte sie wissen.

»Nein. Ich hatte als Kind Asthma. Glücklicherweise ist es mit zunehmendem Alter verschwunden, und inzwischen macht es längst meiner Mutter mehr zu schaffen als mir.«

»Ich verstehe. Ist sie sehr gluckenhaft, deine Mutter?«

»Allerdings.« Er hob den Kopf, und sein Kinn schaute unter dem Schal hervor.

Langsam ging ihr seine krankhafte Schüchternheit auf die Nerven. Sie fragte sich, ob er vielleicht nur den Schüchternen spielte, um bei anderen Mitleid zu erregen. Ganz offensichtlich war er clever, vielleicht zu clever. Sie war weniger rücksichtsvoll ihm gegenüber, als sie es normalerweise gewesen wäre. »Ich glaube, deine Mutter kann mich nicht leiden.«

»Sie empfindet durchaus ein gewisses Mitgefühl für dich und deine Situation«, erklärte Ewan geschraubt.

»Was soll denn das wieder heißen? Kannst du das noch mal sagen? In einfachen Worten?«

»Sie fürchtet, du könntest nur das Leitschaf sein. Verstehst du, was ich meine?«

»Nicht ganz.«

»Mutter glaubt, du wärst nach Schottland geschickt worden, um für andere den Weg zu bereiten.«

»Für andere? Welche anderen?«

»Deine Mutter, deinen Vater, deine Brüder ...«

»Ich habe nur einen Bruder«, stellte Maeve richtig.

»Sie hat Angst vor dir«, erklärte Ewan Calder. »Genauer gesagt, sie hat Angst vor deiner Mutter.«

»Was hat denn meine Mam damit zu tun?«

»Mein Vater ist nicht mehr der Jüngste.«

»Er ist doch nicht krank, oder?«

»O nein, das nicht, nur ... eben nicht mehr so jung.«

»Verstehe. Deine Mam fürchtet, meine Mam könnte herkommen und für sich einfordern, was von Rechts wegen dir zusteht.«

»Moralisch betrachtet mag es mir zustehen, aber rein rechtlich betrachtet könnte deine Mam durchaus Ansprüche geltend machen, denke ich.«

»Großer Gott, an Geld habe ich noch keine Sekunde gedacht, und meine Mam auch nicht.«

»Mag sein, du bist ja auch keine Franklin.«

Maeve überlegte eine Weile. »Das hast du dir doch nicht alles ausgedacht, oder?«

»Nein. Ich weiß, wie sie denken.«

Maeve fiel es schwer zu glauben, dass Ewan ein so aufmerksamer, einfühlsamer Beobachter sein sollte. Sie fragte sich, ob Scharfsinn oder eine blühende Fantasie ihn zu einem so zynischen Schluss geführt hatte. »Du hast die ganze Situation gründlich analysiert, richtig?«

»Man tut, was man kann.«

Er ist ein Idiot, sagte sie sich, ein arroganter Idiot. Er versucht nur, mich mit diesem ganzen Blödsinn zu beeindrucken. Sie wickelte sich Harrys Schal um den Hals und rückte ihre Baskenmütze zurecht. Aus den Augenwinkeln sah sie Onkel Forbes zurückkehren, in der einen Hand eine Tasse und in der anderen etwas, das in Papier eingeschlagen war.

»Und was hältst du von meinem Onkel Forbes, wenn ich fragen darf?«

Ewan nickte zustimmend. »Den muss man im Auge behalten.«

»Ach ja?«

»Mein Dad sagt, er wird nicht ruhen, bis er sich alles unter den Nagel gerissen hat.«

»Alles? Was alles?«

Ewan hatte Forbes ebenfalls entdeckt, und trat den Rückzug an.

»Hallo, Calder junior«, begrüßte Forbes ihn. »Flirtest du etwa mit meiner hübschen Nichte? Kann ich dir nicht verübeln. Lass dich von mir nicht stören.«

»Sir«, murmelte Ewan und flüchtete, wobei er eine Ecke des Spielfeldes schnitt.

»Unheimlicher Kerl, was?«, meinte Forbes. »Aber vielleicht sollte ich nicht so kritisch sein. Magst du junge Burschen wie ihn?«

»Nein, beileibe nicht. Was hast du denn da?«

»Bovril. Und ein Stück Hammel-Pie.«

»Igitt!«

»Sei nicht so herablassend, Maeve«, ermahnte Forbes sie. »In der Not gibt es nichts Besseres als die simplen Freuden der Armen. Wer liegt vorn?«

»Keine Ahnung.«

»Hast du denn das Spiel nicht verfolgt?«

»Nein, ich habe mir stattdessen Ewans abstruses Geschwafel angehört.«

»Und was genau war das für ein abstruses Geschwafel?«, hakte Forbes nach, den Mund voller Pie-Kruste. »Hat er von uns gesprochen?«

»Er glaubt, ich wäre hinter dem Geld her.«

»Aha!«, rief ihr Onkel aus. »Interessant! Ein richtiger kleiner Widerling, unser Ewan. Ständig versucht er, Zwietracht zu säen.«

»Aber warum denn?«, wollte Maeve wissen.

»Er ist neidisch auf Harry und Philip«, erklärte Onkel Forbes. »Genau genommen ist er sogar neidisch auf jedermann. Er meint, er wäre uns intellektuell überlegen, und begreift nicht, warum wir ihn nicht leiden können.«

»Er hat Asthma.«

»Ja, ja. Das war schon immer seine Ausrede für alles.«

»Ich bin nicht hinter Geld her, Onkel Forbes.«

»Natürlich nicht. Und falls doch, wäre daran grundsätzlich nichts Ehrenrühriges.«

»Ich nehme das mal als Kompliment«, entgegnete Maeve.

»Für mich ist es das«, entgegnete Forbes, kippte lächelnd die Rinderbrühe hinunter und warf dann die Tasse weg.

Am Sonntagmorgen ging die ganze Familie in die Kirche, das heißt, alle außer Forbes, der es vorzog, im Bett zu bleiben. Miss Runciman, die Köchin und Enid kamen ebenfalls mit, und so zogen sie in einer kleinen Prozession vom Brunswick Crescent erst bergauf und dann wieder bergab bis zur St. Anne's Church an der Ecke Crow Road und Madison Street.

Tom und Cissie Calder saßen während des Gottesdienstes mit ihren Mädchen vor den McCullochs, und hinterher plauderten sie alle draußen auf dem Bürgersteig gut gelaunt. Maeve vermutete, dass Ewan die First Church of Christ Scientist am Charing Cross besuchte. Er war zur Christian-Science-Gemeinde konvertiert, was Cissie so peinlich war, dass sie es vorzog, sich nicht dazu zu äußern, während Harry und Philip sich köstlich darüber amüsierten. Miss Runciman hatte sie wiederholt vergeblich ermahnt, sich nicht über etwas lustig zu machen, wovon sie keine Ahnung hatten.

Nach dem Mittagessen wurden Harry und Philip überredet, gemeinsam mit Maeve Gran McCulloch zu besuchen, woraufhin die Cousins zwei deprimierende Stunden damit verbrachten, sich Grans Klagen über alles und jeden anzuhören. Das Lamento erstreckte sich über Eamon de Valeras Vorliebe für Amerika bis hin zu nicht eingehaltenen Lieferterminen ihres Kohlehändlers. Maeve wurde von ihrer Großmutter behandelt wie ihresgleichen, und es gelang ihr auch nach mehreren Ansätzen nicht, der alten Frau klarzumachen, dass sie, Maeve, weder Augie O'Rourke noch Mr. MacManus aus East Tyrone gekannt haben konnte oder dass sie noch gar nicht auf der Welt gewesen war, als Thomas Clarke 1898 aus einem englischen Gefängnis entlassen worden war. Es war schon nach fünf, als es den Cousins schließlich gelang, dem Lamentieren der alten Dame zu entkommen. Fast fluchtartig verließen sie die Wohnung, innerlich jauchzend, der drückenden Atmosphäre in der schäbigen Wohnung endlich entronnen zu sein.

An diesem Abend zog Maeve sich erneut früher zurück, um ihrer Mam zu schreiben. Sie hatte viel zu erzählen, und die Worte strömten förmlich aus ihrem Füller. Der Brief wurde sehr lang, und als sie schließlich fertig war, stellte Maeve fest, dass sie einfach zu müde war, um auch noch an Turk zu schreiben.

Erschöpft sank sie ins Bett.

Sie hatte eben die Augen geschlossen, als sie unten in der Diele ein Telefon läuten hörte, gefolgt von lauten Stimmen. Sie setzte sich auf und fragte sich, was der Tumult zu bedeuten haben mochte. Aber der Lärm legte sich rasch wieder, und im Haus kehrte Stille ein. Mit einem zufriedenen Seufzen schlief Maeve ein.

»Herrgott noch mal, Linnet, würdest du dich bitte beeilen!«, rief Forbes. »Ich möchte auf gar keinen Fall zu spät kommen.«

Lindsay beachtete die gereizten Rufe ihres Mannes gar nicht, sondern fuhr fort, sich in aller Ruhe zu schminken, als hätte sie alle Zeit der Welt. Forbes ging unten in der Diele in seinem schicken

Abendanzug rastlos auf und ab. Lindsay prophezeite, dass er gleich zum Wagen hinausmarschieren, den Motor anlassen und hupen würde, um dann erzürnt ins Haus zurückzustampfen.

»Kommt ihr zu spät?«, fragte Maeve.

»Natürlich nicht«, entgegnete Lindsay gelassen. »Diese Gesellschaften fangen nie pünktlich an.«

»Wird es ein sehr pompöser Abend?«

»Vermutlich.«

»Worum geht es überhaupt. Onkel Forbes benimmt sich, als ...« Maeve brach schulterzuckend ab.

»Du meinst, er ist nervös? Ja, das stimmt. Auf der Einladung steht etwas von einer Cocktailparty, eine Art Hauseinweihung. Wir kennen die Pickerings nicht, zumindest ich nicht, aber dein Onkel scheint eine Einladung von Sir Andrew mit einem königlichen Befehl gleichzusetzen.«

»Sir Andrew«, wiederholte Maeve. »Wie hochtrabend! Ist er auch Schiffbauer?«

»Er ist Schiffseigner. Er baut keine Schiffe, sondern kauft welche.«

»Vielleicht spekuliert Onkel Forbes ja darauf, ihm ein paar Schiffe verkaufen zu können.«

»Ein paar Schiffe?« Lindsay lachte. »Eins würde schon reichen.«

Draußen vor dem Haus ertönte eine Hupe.

Maeve grinste. »Du hattest recht, Tante.«

Lindsay entfernte den Leinenlatz, mit dem sie ihr Kleid beim Schminken gegen Flecken schützte. Maeve hatte sie am Nachmittag zum Frisör begleitet, der ihr Haar kunstvoll zu einer eleganten Abendfrisur hochgesteckt hatte. Maeves Haar war geschnitten und zu einer modernen Frisur zurückgekämmt worden.

Lindsay drehte sich mit erhobenen Händen vor ihrer Nichte im Kreis. »Und, was meinst du, Maeve?«

»Du siehst wunderschön aus. Wie ein Filmstar.«

»Wohl kaum«, entgegnete Lindsay, obwohl sie sich von dem Kompliment geschmeichelt fühlte. Sie zog Hut und Mantel an und griff nach ihrer Handtasche.

Von unten ertönte eine zornige Stimme. »Wenn du nicht in einer Minute unten bist, fahre ich ohne dich, Lindsay.«

»Viel Glück«, sagte Maeve.

»Danke. Vielleicht brauche ich tatsächlich welches.« Hierauf verließ sie in aller Seelenruhe das Zimmer, und dreißig Sekunden später hörte Maeve, wie der Lanchester mit aufheulendem Motor davonraste.

Merriam House war ebenso protzig wie seine Eigentümer. Sogar Forbes, alles andere als ein verknöcherter Traditionalist, stutzte angesichts der ultramodernen Architektur. Das Haus stand in einer der exponierten Lagen des Landes mit einem Blick auf die fernen Cowal Hills und die Gipfel von Arran. Der Fluss wand sich in Richtung Förde, die Ufer waren dicht bebaut mit Mietshäusern, Fabriken und Werften. Trotz der einsetzenden Dämmerung war die Aussicht noch atemberaubend.

Merriam Haus war von mehr als drei Acre Land umgeben, von denen ein Großteil bereits angelegt war mit Lorbeerbüschen und Nadelbäumen, der Rasen war eingesät und die Blumenbeete bepflanzt. Die strahlend weiße Gartenmauer mit den Stuckverzierungen und kleinen Öffnungen erinnerte Lindsay an eine maurische Festung, ein Eindruck, der noch verstärkt wurde von dem riesigen Torbogen mit dem zweiflügeligen schmiedeeisernen Tor.

Auf der Kiesauffahrt parkten Automobile jeden Fabrikats und jeder Größe, und zahlreiche Gäste, darunter viele in Abendkleidung, strömten dem hell erleuchteten Gebäude zu. Irgendwo drinnen spielte eine Band eine mitreißende Ragtime-Melodie.

Forbes manövrierte den Lanchester in eine Parklücke unter einer verschnörkelten Laterne, zog die Bremse an und stellte den Motor ab. Er lehnte sich weit über das Lenkrad und starrte mit grimmigem Gesicht auf das Haus.

»Was zum Teufel ist denn das?«, knurrte er unwirsch.

»Das ist die Zukunft, Forbes.«

»Die Zukunft – und das ausgerechnet in Dalmuir!«

»Was ist los mit dir? Du hast doch noch so gut wie gar nichts gesehen? Ich denke, das hier ist nur der Kräutergarten.«

Er wandte den Kopf und funkelte sie zornig an. Dann schüttelte er den Kopf und musste wider Willen lachen. »Du hast recht, Linnet«, gab er zu. »Du hast vollkommen recht. Sie haben die Hühner sicher für den Abend in den Stall gesperrt. Bist du bereit, meine Liebe?«

»So bereit, wie man nur sein kann«, entgegnete Lindsay gelassen.

»Also dann. Bringen wir es hinter uns.«

Das riesige Wohnzimmer mit dem hochglänzenden Parkett erinnerte an einen Ballsaal. Es gab weder Kübelpflanzen noch Teppiche oder Antiquitäten, sondern lediglich mehrere Sitzecken, zusammengesetzt aus Sofas mit Stahlrohrgestell und Glastischen. Die Jazzband spielte in einer Ecke des Raumes, eingezwängt von einem Konzertflügel. Die Bar war sehr lang und von oben beleuchtet, und auf den Regalen glitzerten Flaschen und Gläser um die Wette. Drei Barkeeper in gestärkten blütenweißen Jacketts mixten Drinks für die zahlreichen Gäste. Hinter der Bar führte eine deckenhohe Bleiglastür hinaus auf einen Balkon, dessen Geländer im Licht der untergehenden Sonne golden schimmerte.

»Glaubst du, Pickering hat auch den Sonnenuntergang bestellt?«, raunte Forbes ihr zu.

»Würde mich nicht wundern.«

»Forbes! Forbes, welche Freude!«, rief Stella Pickering laut, um sich über die Klänge von *When My Baby Smiles at Me* hinweg Gehör zu verschaffen.

Sie hielt in der einen Hand ein Champagnerglas und in der anderen einen Highball, und nippte abwechselnd an beiden Drinks, während sie sich geschickt durch die Menge schlängelte, wobei sie das breite, rot umrandete Lächeln zur Schau trug, an das Forbes sich nur allzu gut von seiner ersten Begegnung mit dieser Frau erinnern konnte.

»Lady ... Mrs. Pickering«, stammelte er. »Darf ich Ihnen meine Frau vorstellen?«

»Stella«, entgegnete sie knapp. »Ich bin Stella.« Zu Forbes' Verblüffung küsste sie Lindsay auf die Wange. »Ich bin Stella, und ich fürchte, ich bin schon ziemlich angeschickert.«

»Tatsächlich?«, entgegnete Lindsay ungerührt. »Zeigen Sie uns die Bar, und wir haben in null Komma nichts aufgeholt.«

»Oh, das gefällt mir. Ehrlich. Wie war noch gleich Ihr Name?«

»Lindsay.«

»Lindsay. Freut mich, Sie kennenzulernen.« Sie trug ein Abendkleid aus silbergrauem Satin und hatte sich silberne Strähnen in das wunderschöne aschblonde Haar gefärbt. An ihrem Stirnband prangte ein silbernes Ornament, das an ein blinzelndes Auge erinnerte, wenn sie den Kopf zurücknahm.

»Seine Hoheit schwirrt auch irgendwo hier herum«, sagte sie. »Er wird Sie schon früher oder später finden. Wer ist sonst noch da? Marjorie. Sie kennen doch Marjorie, oder, Forbes? Ich meine, Sie sind doch mit den Husseys bekannt?«

»Mit den Husseys? Ich glaube, nicht ...«

»Oh, hatten Sie noch nicht das Vergnügen? Komisch, ich hätte schwören können, Sie seien bekannt. Nun denn.« Schwankend wandte sie sich ab. »Wo steckt denn Marjorie bloß? Vielleicht versteckt sie sich ja draußen auf dem Balkon.«

»Da ist Sneddon«, bemerkte Forbes mit erstickter Stimme. »Den kenne ich.«

»Charlie? Ein furchtbarer Langweiler. Und seine Frau ist sogar noch schlimmer als er. Baptisten, glaube ich.« Stella stieß Lindsay leicht mit dem Ellbogen an. »Sie sind doch keine Baptisten, oder?«

Lindsay schüttelte lächelnd den Kopf. »Wir sind noch Anhänger der langweiligen Church of Scotland.«

»Ich muss unbedingt die Husseys finden. Mitchell kann es gar nicht erwarten, Sie kennenzulernen, Forbes.«

»Ich schlage vor, dass wir uns erst einmal einen dieser verlockenden Cocktail-Kreationen holen«, lenkte Forbes ab.

»Dann mal los. Auf zur Bar«, meinte Stella, stellte das Champagnerglas ab, hakte ihn unter und überließ Lindsay sich selbst.

Lindsay saugte eine Zwiebel von einem Cocktailspieß und zermalmte sie genüsslich mit den Zähnen. »Die Husseys? Wer um alles in der Welt sind die Husseys, und warum legt Mrs. Pickering so großen Wert darauf, uns mit ihnen bekannt zu machen?«

»Keine Ahnung. Die Gute ist offensichtlich nicht ganz bei Trost.«

»Oder eben ›angeschickert‹. Wer sind all diese Leute?«

»Sneddon ist im Stahlgeschäft. Sie hat übrigens recht: Er ist wirklich entsetzlich langweilig. Da drüben, das ist Oliver Hutchinson. Er ist im Vorstand von Far East Oil. Die drei Gorillas am Ende der Bar haben in der Schiffseignervereinigung einiges zu sagen. Das dort ist Braun von Dundee. Ich möchte mal wissen, was der hier zu suchen hat.«

»Wo ist Pickering?«

»Keine Ahnung.«

»Du wirst hier geschäftlich nicht viel erreichen, Forbes.«

»Nicht bei diesem Lärm, nein.«

»Bring mich bitte nach draußen«, bat Lindsay.

»Nach draußen?«

»Auf den Balkon.«

»Wozu denn?«

»Ich möchte mir den Sonnenuntergang ansehen. Aber vielleicht ziehst du es ja vor, hier zu warten, bis Stella von der Toilette zurückkommt.«

»Schon gut, schon gut«, gab er nach. »Gehen wir.«

Er stellte den stark alkoholischen Cocktail, den Stella für ihn bestellt hatte, auf die Bar, hakte Lindsay unter und führte sie durch die Menge und die offene Glastür hinaus.

Der Balkon ohne sichtbare Stützen oder Säulen schien förmlich zu schweben. Lindsay fühlte sich, als flöge sie auf einer Rauchwolke aus den Schloten des alten Clydebank dahin. Die Strahlen der untergehenden Sonne tauchten die Hügelkuppen in so strahlendes Licht, dass man Schafe im Moor grasen sah und die kleinen Farmkotten in den Erdfurchen erkennen konnte. Der Fluss leuchtete flammend rot, eingefasst von samtweichen Schatten. Straßenlaternen erhellten die einzelnen Stadtviertel, riesige Docks und ebenso riesige Schiffe verharrten reglos unter himmelwärts aufragenden Kränen, und sie konnte gedämpftes Hämmern und das leise Dröhnen der Pressen hören, so deutlich wie Kirchenglocken an einem frostigen Morgen.

Lindsay lehnte sich auf das Geländer und nahm das Panorama in sich auf. »Wenn wir reich wären, Forbes, ich meine, richtig reich, würde ich gern ein Haus hier bauen, eines wie dieses.«

»Es ist viel zu groß und zu unpraktisch.«

Forbes betrachtete die Gäste, die wie Passagiere eines Ozeandampfers am Geländer standen, Cocktailglas und Zigarette in der Hand. Der Sonnenuntergang über dem Clyde-Tal hätte eigentlich ein Gefühl der Demut wecken müssen, aber Pickerings Freunde waren so sehr damit beschäftigt, sich gegenseitig zu beeindrucken und zu übertrumpfen, dass sie das Naturschauspiel gar nicht wahrnahmen.

»Wen suchst du? Die Husseys?«

»Natürlich nicht.«

»Vielleicht gehen sie dir ja aus dem Weg.«

»Warum sollten sie mir aus dem Weg gehen, wo wir uns gar nicht kennen?«

Auf Ragtime folgte *Look for the Silver Lining*. Paare tanzten. Mit dem Rücken an das Geländer gelehnt, betrachtete Forbes die Tänzer. »Vielleicht sollte ich rübergehen und ein paar Worte mit Charlie Sneddon wechseln. Nur der Höflichkeit halber.«

»Charlie Sneddon?«, meinte Lindsay. »Warum nicht?«

»Warte hier. Ich bin gleich wieder da.« Forbes ging durch die Glastür zurück ins Wohnzimmer.

Lindsay beobachtete, wie er sich einen Weg durch die Tanzpaare bahnte. Sie fragte sich, ob diese Hussey eine von Forbes' Eroberungen war oder in Bälde sein würde. Neugierig stellte sie sich auf die Zehenspitzen und reckte den Hals, verlor Forbes jedoch bald aus den Augen.

Sie wollte sich eben abwenden, als ihr ein Mann in einem marineblauen Blazer und einer grauen Flanellhose am anderen Ende des Balkons auffiel. Sie schaute weg und gleich darauf wieder hin. Er hatte etwas Anziehendes an sich, etwas Vertrautes. Er hob die Hand und winkte ihr diskret.

Das Alter hatte Geoffrey Pagets Züge leicht verwischt, und auch der Haaransatz war heute höher, aber er war immer noch ein attraktiver Mann. Plötzlich fiel alles, was sich in den Jahren seit ihrer letzten Begegnung abgespielt hatte, von ihr ab, und einen Moment empfand sie wieder die gleiche Sehnsucht wie an jenem Morgen vor langer Zeit, als Lieutenant-Commander Paget ihr seine Liebe gestanden und sie gebeten hatte, mit ihm ein neues Leben anzufangen.

Sie erwiderte den leisen Gruß.

Er kam auf sie zu, mit dem federnden Gang eines Seemanns.

Seinerzeit hatte er im Dienste der Admiralität gestanden und war in den Norden entsandt worden, um den Bau eines speziellen U-Boot-Typs zu überwachen. Forbes hatte gehofft, Nachfolgeaufträge der Admiralität zu ergattern, aber Whitehall hatte letztlich seine Aufträge anderweitig vergeben. Forbes hatte ihr die Schuld gegeben, ihr und Geoffrey und einer Affäre, die es nie gegeben hatte. Sie hatte über mehrere Jahre hinweg Kontakt zu Geoffrey gehalten; mit Ausbruch des Krieges war die Brieffreundschaft dann jedoch abgebrochen. Sie hatte gehört, dass er als U-Boot-Kommandant wieder zur See gefahren war, aber mehr war nicht zu erfahren gewesen.

Sie legte ganz leicht den Arm um ihn. »Geoffrey, was für eine wunderbare Überraschung!«

Er erwiderte ihre freundschaftliche Umarmung und trat dann einen Schritt zurück.

»Wusstest du, dass ich hier sein würde?«, fragte Lindsay.

»Ich habe es für nicht ausgeschlossen gehalten.«

»Bist du immer noch als Offizier im Dienst?«

Er nickte. »Ja, noch ein, zwei Jahre, denke ich.«

»Bist du in Schottland stationiert?«

»Ich arbeite jetzt wieder bei der Admiralität in London.«

»Was machst du dann hier auf Pickerings Party?«, wollte sie leise wissen.

»Ich habe gehofft, dich wiederzusehen.«

»Um Himmels willen, Marjorie«, zischte Forbes. »Was machst du hier?«

»Was machst *du* hier, Forbes?«

»Meine Frau wollte unbedingt kommen. Ich konnte es ihr nicht ausreden.«

Marjorie lächelte spöttisch. »Ich glaube nicht, dass du es ernsthaft versucht hast.«

»Sie führt irgendetwas im Schilde.«

»Wer, deine Frau?«

»Nein, verdammt! Stella!«, blaffte er.

»Nennt ihr euch jetzt schon beim Vornamen, ja?« Marjorie presste ihr Cocktailglas an die Brust und drückte die Schultern gegen die Wand, als bedrängte er sie. Er hatte ihren Arm mit schraubstockartigem Griff gepackt, so fest, dass dort vermutlich ein Bluterguss zurückbleiben würde. Forbes hatte sie aus dem überfüllten Wohnzimmer und hinaus auf den Flur geführt, ehe sie sich besinnen oder – rein instinktiv – ihren Gatten zu Hilfe rufen konnte.

Wenn sie die Augen ein klein wenig bewegte, konnte sie die Tänzer und die Bar sehen. Mitchell stand mit dem Rücken zu ihr und lachte über eine Bemerkung seines Gesprächspartners. Was, wenn Mitchell sich umdrehte und sah, wie Forbes McCulloch sie derart in Bedrängnis brachte? Wie sollte sie das dann erklären? Wie sollte sie ihren Mann davon überzeugen, dass es sich nur um eine ganz harmlose Begegnung handelte? Sie war keine gute Lügnerin, obwohl sie inzwischen weiß Gott genügend Erfahrung auf diesem Gebiet gesammelt hatte. Marjorie hatte die Affäre mit Forbes nur deshalb so lange aufrechterhalten, weil Mitchell nie etwas geahnt hatte. Sie verübelte ihm, dass er so vertrauensselig war. Ja, genau, im Grunde war Mitchell an allem schuld.

Forbes' Wangen waren gerötet, und die Enden seines Oberlippenbartes standen spitz zu beiden Seiten ab.

»Zu deiner Information, sie ist fest entschlossen, meine Frau mit deinem Mann bekannt zu machen.«

»Von Angesicht zu Angesicht?«

»Natürlich von Angesicht zu Angesicht. Wie denn sonst?«

»Aber ... aber warum denn?«, stammelte Marjorie entsetzt.

»Weil sie ein boshaftes Miststück ist«, zischte Forbes.

Er betrachtete durch die offene Wohnzimmertür das bunte Treiben nebenan. Forbes hatte keine Ahnung, wohin der Korridor führte, da keinerlei Türen von ihm abgingen und das andere Ende im Dunkeln lag. Er fürchtete, dass jeden Moment Stella Pickering mit einem Glas in jeder Hand aus der Dunkelheit auftauchen und jeden auf das schmutzige kleine Geheimnis aufmerksam machen würde, über das sie rein zufällig gestolpert war.

»Ich ... Ich kann das nicht mehr, Forbes.« Marjorie war den Tränen nahe. »Lass mich gehen. Bitte, gib mich frei.«

»Er will mir nicht begegnen, habe ich recht?«, fragte Forbes, ohne auf ihre Worte einzugehen.

»Wer?«

»Mitchell. Dein Mann.«

»Er weiß doch gar nicht, wer du bist.«

»Schon gut, schon gut«, meinte Forbes. »Reiß dich zusammen, Marjorie. Wir versuchen einfach, die beiden voneinander fernzuhalten.«

»Stella wird nicht ...«

Forbes winkte ärgerlich ab. »Stella wird, wenn sie auch nur den Hauch einer Chance wittert. Was ist eigentlich der Anlass dieser Party?«

»Ein ... Eine Einweihung.«

»Die pure Angabe«, stellte Forbes fest. »Ich muss jetzt zurück zu Lindsay.«

»Forbes, was ... was sollen wir tun?«

»Uns unter das Volk mischen«, entgegnete Forbes. »In der Menge untertauchen.« Hierauf kehrte er zurück ins Wohnzimmer, auf der Suche nach einem zivilisierten Getränk.

Geoffrey war immer ein sehr direkter, offener Mensch gewesen, und Lindsay hatte keinen Grund zu der Annahme, dass sich hieran zwischenzeitlich etwas geändert haben sollte. Er hatte sich, ohne es zu wollen, in sie verliebt, und er hatte nie versucht, sie zu verführen. Nicht etwa, weil er sie nicht begehrt hätte, ganz im Gegenteil, sondern weil er durch und durch ein Gentleman war und sie mit dem Respekt behandelt hatte, der der Ehefrau eines anderen Mannes gebührte. Manchmal wünschte sie, er wäre damals etwas forscher gewesen, egoistischer, hätte sie überredet, ihren Verpflichtungen den Rücken zu kehren und die Jungen, Forbes und die Familie zu verlassen, um mit ihm durchzubrennen.

»Dann bist du den weiten Weg bis nach Schottland gekommen, nur in der vagen Hoffnung, mich wiederzusehen?«

»Ja«, antwortete er schlicht.

»Aber warum denn?«

»Alte Freunde sind immer noch die besten«, entgegnete Geoffrey.

Lindsay fand, dass das ein ganz klein wenig abgedroschen klang.

Vielleicht hatte sie ja vorschnell geurteilt. Vielleicht hatte er sich ja doch verändert – oder ihre Einschätzung jener Beinahe-Affäre vor sechzehn Jahren war naiv gewesen und Geoffrey von Anfang an berechnender, als sie geahnt hatte. Er war Kadett am Dartmouth College gewesen, ein Berufsoffizier, der Karriere hatte machen wollen. Eine Affäre mit einer verheirateten Frau und der unvermeidliche Skandal hätten seine Ambitionen für einen Aufstieg innerhalb der Admiralität zunichte gemacht.

»Bist du immer noch Lieutenant-Commander, oder bist du inzwischen in schwindelnde Höhen aufgestiegen?«

»Keine schwindelnden Höhen, fürchte ich.«

»Dann wurdest du noch nicht zum Obersten Seelord befördert?«

»Ich denke, das wäre dir zu Ohren gekommen. Nein, ich bin immer noch L-C, und daran wird sich wohl auch nichts mehr ändern. Als Jellicoe Fisher abgelöst hat, wollte er sich profilieren und holte haufenweise junge Seeleute aus der Grand Fleet, um Posten innerhalb des Marine-Stabes zu besetzen. Ich wurde schlicht übersehen und durfte an meinem alten Schreibtisch in der Admiralität versauern.«

Sie schüttelte ungläubig den Kopf. »Du warst doch nie ein Büromensch, Geoffrey.«

»Stimmt, darum habe ich mich ja auch bei Kriegsausbruch zum Dienst auf See gemeldet.«

»Und Admiral Fisher hat dich einfach gehen lassen? Das wundert mich.«

»Der gute alte Jack hat wohl aus reinem Patriotismus gehandelt, außerdem hatte er erfahrene U-Boot-Kommandanten bitter nötig.«

»Und wo warst du stationiert?«

»In Devonport.«

»Und wo hast du gekämpft?«

»Anfangs in der Nordsee, aber zum Schluss sind wir vor den Dardanellen Patrouille gefahren.«

»Und du hast überlebt«, stellte sie fest.

»Ja, und ich habe überlebt.«

»Du hast mir noch nicht verraten, was du hier machst.«

»Stella hat mich eingeladen.«

»Stella? Das klingt, als würdet ihr euch näher kennen.«

»Kann man so sagen. Sie war mal meine Schwägerin.«

»Du bist verheiratet?«

»Ich war es, doch die Ehe hat nicht lange gehalten.«

»Hast du Kinder?«

»Nein, keine Kinder.«

»Das tut mir leid«, sagte Lindsay.

»Was tut dir leid?«

»Dass deine Ehe nicht glücklich war.«

»Wie heißt es noch so schön? Eile mit Weile. Ich schätze, ich war etwas voreilig damals.«

»Und das hat sich gerächt.«

Er nickte. »Allerdings.«

»Liebe macht blind.«

»Ich dachte, es wäre Liebe, doch letztlich war es wohl doch nur ... Wie soll ich sagen? Verliebtheit.«

»Und sie hat deine Gefühle nicht erwidert?«

»Nicht lange«, antwortete er. »Nicht lange genug.«

»Wie hat sie geheißen?«

»Jo. Josephine. Sie war die älteste der berühmten Proctor-Schwestern.«

»Berühmt? Ich muss gestehen, dass ich noch nie von ihnen gehört habe.«

»Glasgow ist weit weg von Mayfair.«

Endlich war das Eis gebrochen, sie waren zusammen, standen dicht an dicht etwas abseits von der Menge auf dem Balkon. Die Sonne war hinter den Bergen versunken, und samtige Schatten schluckten das letzte Licht auf dem Wasser.

»Wie ... wie lange bleibst du?«, fragte Lindsay.

»Bis morgen.«

»Länger nicht?«

Er lächelte. »Das reicht doch, meinst du nicht auch?«

Als ihm jemand auf die Schulter klopfte, verschluckte Forbes sich beinahe an dem Brandy, den er einem der überheblichen Barkeeper abgeschwatzt hatte. Er drehte sich um.

Sie hatte Champagner- und Cocktailglas irgendwo abgestellt und wirkte auch nicht mehr beschwipst. »Ich will tanzen«, sagte sie knapp.

Die Band spielte eine Melodie, die entfernt an einen Walzer erinnerte. Der Pianist sang leise ins Mikrofon, das seiner Stimme noch mehr Schmelz verlieh.

Forbes kippte den Rest seines Brandys herunter.

»Tanzen«, wiederholte Stella.

»Ich bin nicht sicher, ob ich ...«

Sie hakte ihn unter und zog ihn einfach von der Bar fort. Die Stahlrohr-Sofas waren zurückgeschoben worden, und fünfzehn bis zwanzig Paare wiegten sich im Takt der Musik auf der improvisierten Tanzfläche. Vornehmlich waren es jüngere Leute mit ihren Liebsten, nur vereinzelt sah man zwischen ihnen ältere Herren, die mit ihren fülligen Gattinnen bedächtig ihre Runden drehten.

Forbes hatte nie richtig tanzen gelernt. Er konnte sich nicht einmal mehr daran erinnern, wann er das letzte Mal mit Lindsay getanzt hatte. Ungeschickt machte er ein paar Probeschritte und versuchte, dem Rhythmus der Musik zu folgen. Eine Trompete schmetterte, ein Saxofon jaulte, und das Schlagzeug klang, als wäre der Dampfhammer drüben bei Struther's verrückt geworden. Ihre Brüste pressten sich an die Aufschläge seines Jacketts. Er atmete das berauschende Gemisch von Alkoholdünsten und Parfum ein – und ermutigte sie zu führen.

»Ich verstehe wirklich nicht, was du an ihr findest«, erklärte sie.

»An wem? An Lindsay? Meine ... meine ...«

»Marjorie Hussey.« Mühelos wirbelte sie ihn herum.

»Es ist nicht so, wie Sie denken«, wiegelte Forbes ab.

»O doch, natürlich ist es das.« Stella lächelte strahlend. »Ganz sicher.«

Forbes registrierte, dass sie makellose Zähne hatte, Unmengen perfekter, strahlend weißer Zähne.

»Du könntest etwas Besseres finden als Marjorie Hussey.«

»Ach ja? Ich weiß nicht, was Sie meinen.«

»Sie ist nicht dein Typ. Und hör endlich auf, mich zu siezen.«

»Was wäre denn Ih... – deiner Meinung nach mein Typ?«

»Jemand mit mehr Erfahrung.«

»Erfahrung auf welchem Gebiet?«

»Lebenserfahrung«, gab sie zurück.

Die Sonne war nun vollends untergegangen, und er konnte den

Balkon draußen vor der Glastür nicht mehr erkennen. Er fragte sich, ob Lindsay noch dort war und brav wartete, dass er zurückkam. Inzwischen musste es draußen empfindlich kühl sein, und sie hatte keinen Schal. Er empfand ungewohnte Sorge um das Wohlergehen seiner Frau, während Stella ihn immer weiter über die Tanzfläche wirbelte.

»Ich habe deinen Mann heute noch gar nicht zu Gesicht bekommen. Ist er überhaupt hier, oder hat er in letzter Minute gekniffen?«

»O nein, er ist da. Irgendwo.«

Forbes spürte die Konturen ihres Körpers unter ihrem Kleid. Sie trug kein Korsett, und er fühlte nichts Hartes unter dem Stoff. Dazu bewegte sie sich mit einer Geschmeidigkeit, die ihn beschämte. Sie führte ihn mit einem subtilen Zupfen hier und einem dezenten Schubs dort.

»Spielt es denn eine Rolle, wo Drew steckt?«, meinte sie.

»Ich dachte nur, es wäre vielleicht ganz nett, ein paar Takte mit ihm zu plaudern.«

»Worüber denn?«

»Ich wollte ihm für die Einladung danken«, entgegnete Forbes. »Und ihn zu seinem außergewöhnlichen Haus beglückwünschen.«

»Oh, wie enttäuschend! Und ich dachte, du würdest mit mir auf dem Flur verschwinden.«

»Wohin führt der Flur eigentlich?«

»In den Dienstbotentrakt.«

Er hob eine Augenbraue. »Trakt?«

»Ja, natürlich. Habt ihr denn keinen separaten Trakt für das Personal?«

»Nur das Untergeschoss«, gestand Forbes.

»Armer Junge. Armer, armer Junge«, sagte sie und löste sich von ihm, als der letzte Akkord noch nicht ganz verklungen war.

»Da bist du ja. Ich habe dich schon überall gesucht.«

»Ach ja?«, entgegnete Lindsay. »Dabei bin ich schon eine Ewigkeit hier.«

Das Buffet befand sich in einem lang gezogenen L-förmigen Abschnitt des Wohnzimmers, von der Bar versteckt. Es gab kalten Braten, Frühlingssalate, Kaviar, Wild in verschiedenen Variationen sowie eine ganze Armee hochnäsiger Bediensteter in weißer Livree, die den Gästen jeden noch so ausgefallenen Wunsch erfüllten. Forbes hatte keinen Appetit, aber Lindsay bediente sich großzügig von einer Porzellanplatte mit Palmenmotiv.

»Probier mal, der Fasan ist köstlich«, meinte sie.

»Nein, danke. Wir gehen, sobald du aufgegessen hast.«

»Ach ja? Und warum, wenn ich fragen darf?«

»Ich sagte doch bereits, dass ich nicht viel für Cocktailpartys übrig habe, Linnet.«

Sie wirkte irgendwie verändert, aber sein Tête-à-Tête mit Stella Pickering beschäftigte ihn noch zu sehr, als dass er genau hätte sagen können, woran es lag. Sie kam ihm lockerer vor, aufmerksamer, lebhafter.

»Ich habe mich mit Charlie Sneddon unterhalten«, bemerkte sie.

»Tatsächlich?«

»Er ist gar nicht so langweilig, wie du behauptet hast.«

»Und worüber habt ihr gesprochen?«, hakte er nach.

»Über dies und jenes. Hauptsächlich über die Baptisten-Kirche. Habe ich dich vorhin nicht mit unserer Gastgeberin tanzen sehen?«

»Ja.«

»Das muss dich ja große Überwindung gekostet haben.«

»Hat es«, knurrte Forbes. »Hast du eigentlich Pickering irgendwo gesehen?«

»Ich glaube, er ist in der Bibliothek, mit einigen *wirklich* wichtigen Leuten.«

»Was für Leuten?«

»Von der Marine.«

»Von der Marine? Was hat denn Pickering mit der Marine zu schaffen?«

Lindsay steckte sich einen Happen kalten Fasanenbraten in den Mund und kaute verträumt, als grübelte sie darüber nach, was sie ihm antworten sollte. »Keine Ahnung«, sagte sie schließlich. »Und du möchtest ganz sicher nichts essen?«

»Nicht diesen kalten Mist«, erwiderte er abfällig. »Lass uns bitte gehen, Schatz.«

»Möchtest du dich denn nicht vorher noch von Stella verabschieden?«

»Sie wird nicht einmal merken, dass wir nicht mehr da sind.«

»Bist du sicher?«

»O ja, todsicher sogar.«

»Also gut. Ich hole nur schnell meinen Mantel an der Garderobe ab.«

»Ich warte draußen beim Wagen.«

Die Nacht war frisch, beinahe kalt. Die letzten Wolken hatten sich bei Sonnenuntergang verzogen, und der Himmel war sternenklar. Lindsay hatte eben die malerische Mondsichel entdeckt, als Forbes den Lanchester auf die steile, unbefestigte Straße lenkte, die hinunterführte zu den Außenbezirken von Clydebank. Sie lehnte sich mit hochgeschlagenem Mantelkragen in die Lederpolster zurück und versuchte, ihre Gefühle zu ordnen, so gut es eben ging.

»Marine, Herrgott!«, grummelte Forbes. »Was hat Pickering mit der Marine zu schaffen? Wahrscheinlich geht es um Treibstofflieferungen. Royal Dutch Shell und die Anglo-Persian Oil Company liegen ja schon Ewigkeiten im Clinch. Vielleicht will die Regierung ja mehr öffentliche Gelder in die APO stecken, und Pickering versucht, Far East Oil ins Geschäft zu bringen.«

Lindsay wusste um die erbitterte Rivalität zwischen den großen Ölgesellschaften, aber an diesem Abend verspürte sie noch weniger Lust als sonst, sich einen von Forbes' langweiligen Vorträgen zu diesem Thema anzuhören.

»Es wird von einer Fusion gemunkelt«, fuhr er fort. »Die Admiralität ist aber dagegen, heißt es. Vermutlich war die angebliche Hauseinweihung nur ein Vorwand für ein wenig inoffizielles Lobbying. Was meinst du, Linnet?«

»Hmmm?«

»Du hast mir gar nicht zugehört, stimmt's?«

»Öl. Du hast von Öl gesprochen.«

»Egal. Schlaf weiter.«

»Ich habe nicht geschlafen. Ich habe nachgedacht.«

»Worüber?«

»Warum wir den Husseys nicht begegnet sind.« Lindsay rutschte tiefer in den Sitz und hielt wieder Ausschau nach dem Mond. Sie wollte weiter von morgen träumen, von ihrer Verabredung mit Geoffrey im »Central Hotel«, wo sie sich – und das war kein Zufall – vor knapp sechzehn Jahren Adieu gesagt hatten.

Kapitel 5

Hand in Hand in trauter Harmonie

Blauer Himmel über den Dächern, weiße Wolken, die an Badeschaum erinnerten und zügig vorbeizogen, und Wind, kräftig, aber überhaupt nicht kalt. Mit anderen Worten: der perfekte Trockentag.

Ganze Berge schmutziger Wäsche türmten sich in Körben in der Waschküche gleich neben der Küche, und bunte Kleidungsstücke flatterten an den Leinen, die über dem abschüssigen Rasen gespannt waren. Maeve hatte sich erboten zu helfen, aber Miss Runciman hatte nichts davon wissen wollen. Ungeschriebene Gesetze bestimmten darüber, was den »oberen Etagen« gestattet war und was nicht, und Waschen galt eindeutig als niedere Arbeit, viel zu gewöhnlich für die Nichte des Hausherrn. Maeve war beleidigt gewesen ob der Abfuhr. Noch beleidigter aber war sie, als Tante Lindsay zu einer Verabredung in Glasgow aufgebrochen war und sich in recht schroffem Ton geweigert hatte, sie mitzunehmen.

Mit der Morgenpost kam ein Brief von Mam. Maeve überflog ihn beim Frühstück und wartete, dass ihr Tränen des Heimwehs über die Wangen kullerten. Sie steckte den Brief zurück in den Umschlag, um ihn später auf ihrem Zimmer noch einmal gründlich durchzulesen, überzeugt davon, dass sie bei den Neuigkeiten von daheim eimerweise Tränen vergießen würde.

Zu ihrer eigenen Überraschung blieb sie jedoch gefasst und weinte nicht. In Dublin war alles beim Alten, Mam war immer noch Mam, und das Leben in der Endicott Street war ohne sie, Maeve, langweilig und öde.

Verwirrt von ihrer eigenen Emotionslosigkeit und immer noch

verärgert, dass Tante Lindsay sie nicht in die Stadt mitgenommen hatte, saß Maeve am Fenster und sah zu, wie die arme Enid sich mit Wäschekörben und Laken abmühte, während Miss Runciman draußen in Wind und Sonne umherhumpelte und Anweisungen gab.

Um halb elf war ihr sterbenslangweilig. Sie erwog, mit der Straßenbahn in die Stadt zu fahren oder einen Spaziergang im Brunswick Park zu unternehmen, irgendwas, nur raus. Maeve war bereits zu dem Schluss gekommen, dass sie nicht zum Nichtstun geschaffen war; sie lag bäuchlings auf dem Bett und überlegte angestrengt, wie sie ihre Zeit sinnvoll nutzen könnte.

Zahlreiche Jobs kamen von vornherein nicht infrage, weil sie als unziemlich eingestuft werden würden, darunter Tätigkeiten als Bardame, Bedienung, Verkäuferin oder Fabrikarbeiterin. Sie war eigentlich davon ausgegangen, dass Tante Lindsay ihr etwas vorschlagen würde, aber bisher war von dieser Seite nichts gekommen. Vielleicht war sie ja ungerecht und nur deshalb so ungeduldig, weil sie sich so schrecklich langweilte. Die Stille im Haus machte sie ganz nervös; es war absolut nichts zu hören außer dem Pfeifen des Windes draußen vor dem Fenster.

Dann, unvermittelt, ertönte von unten ein Musikakkord.

Maeve setzte sich auf.

Da, wieder. Und noch einer.

Jemand spielte auf dem Klavier unten im Salon.

Maeve rollte sich vom Bett und lief nach unten.

Der Pianist hatte sich inzwischen eingespielt, und Musik wehte durch das Haus wie ein warmer Lufthauch, eine fröhliche, unbeschwerte Melodie, die Maeve an einen Strauss-Walzer erinnerte. Sie öffnete die Tür zum Salon.

Der Mann war schon etwas älter, das ließ sich nicht leugnen, verströmte jedoch jugendliche Energie. Er erinnerte Maeve an ein wachsames, forsches Rotkehlchen. Seine Augen strahlten, als er ihr zulächelte. Er hatte den Mantel noch an. Auf dem Klavierdeckel lag ein schwarzer Homburg, und zwei abgewetzte Lederkoffer standen gleich neben der Tür.

»Kennst du das Stück?«, fragte er.

»Ich denke, es könnte Strauss sein.«

»Aaaaah. Aber weißt du auch, wie das Stück heißt?«

Maeve schüttelte den Kopf.

»Johann seniors *Morgenblätter*«, erklärte der alte Herr. »Wobei in diesem Fall Tageszeitungen gemeint waren. Das Stück wurde für eine Journalistenvereinigung komponiert. Spielst du auch?«

»Nein.«

»Du könntest es lernen.«

Maeve schüttelte den Kopf. »Dafür ist es wohl schon etwas zu spät, fürchte ich.«

»Unsinn.«

»Sind Sie Harrys Großvater?«

»Schuldig im Sinne der Anklage«, sagte Arthur Franklin. Er spielte jetzt leise und trat mit einem polierten Schuh das Pedal.

»Ich bin Maeve aus Dublin.«

»Das dachte ich mir schon.«

»Ich weiß nicht, wie ich Sie anreden soll«, gestand sie.

»›Arthur‹ wäre am einfachsten. Die Jungs nennen mich Grandee, was auch gut und schön war, als sie noch klein waren, aber inzwischen etwas zu pompös klingt, wie ich finde. Tom Calder ist *dein* Großvater. Hast du ihn schon kennengelernt?«

»Letzte Woche beim Mittagessen. Tante Lindsay hat das Treffen arrangiert.«

»Ach ja, wo steckt sie überhaupt?«

»Sie ist in die Innenstadt gefahren. Onkel Forbes ist arbeiten, und Miss Runciman ist draußen im Garten und erklärt Enid, wie sie die Wäsche aufhängen soll. Ich glaube, heute hat dich noch niemand zurückerwartet.«

»Günstige Winde vom Osloer Fjord südwärts und eine einigermaßen ruhige Überfahrt, dadurch sind wir etwas früher eingetroffen als vorgesehen«, erklärte Arthur.

»Ich sollte zwar eigentlich nicht fragen, aber sind Sie mit den Norwegern ins Geschäft gekommen?«

»Und warum, meinst du, solltest du das nicht fragen?«

»Weil es mich nichts angeht.«

»Natürlich geht es dich etwas an«, entgegnete Arthur. »Wir sind doch keine Geheimgesellschaft. Die Antwort auf deine Frage ist nein, wir sind mit den Norwegern nicht ins Geschäft gekommen. Der frostige Wind der Zurückhaltung weht allerorts, und Schiffseigner und -agenten sind extrem vorsichtig geworden, sogar in Norwegen.«

»Ich verstehe.«

»Tatsächlich?«

»Nun ja, ehrlich gesagt, nein, nicht wirklich.«

»Ich werde es dir erklären, wenn mehr Zeit ist.« Er hörte auf zu spielen, stand von dem Schemel auf und rieb sich die Hände. »Bei Gott, das habe ich jetzt gebraucht«, sagte er. »Norwegen mag ja die Heimat Griegs sein und die Christiana eine wunderbare Musikgesellschaft, aber es ist verdammt schwer, dort oben ein anständig gestimmtes Klavier zu finden. Ich nehme an, das hängt mit dem Klima zusammen.«

Er zog den Mantel aus, warf ihn über den Klavierschemel und überraschte Maeve dann mit einer kurzen, aber herzlichen Umarmung. Anschließend hielt er sie auf Armeslänge von sich und musterte sie eingehend mit schräg gelegtem Kopf, sodass er sie erneut an ein Rotkehlchen erinnerte.

»Ich bin deiner Mutter nie begegnet. Siehst du ihr ähnlich?«

»Nein, ich schätze, ich komme mehr nach meinem Vater«, erklärte sie.

»Gut. Dürfte ich dich vielleicht bitten, nach unten zu gehen und Miss Runciman mitzuteilen, dass der Reisende in den heimischen Hafen zurückgekehrt ist und gegen halb eins sehr gern einen Happen zu sich nehmen würde? Du hast doch nichts dagegen, mir Gesellschaft zu leisten? Beim Mittagessen, meine ich?«

»Im Gegenteil«, erwiderte sie strahlend.

»Keinen Fisch«, fuhr Arthur fort. »Sag der Köchin, sie kann kochen, was ihr Spaß macht, nur keinen Fisch.«

Maeve, die sich nun nicht mehr langweilte, lief lachend davon, um seinem Wunsch nachzukommen.

Forbes saß seit fast einer Stunde in seinem Büro, als der Anruf durchgestellt wurde. Er hatte Mrs. Connors Briefe diktiert und drei, vier geschäftliche Angelegenheiten erledigt, die seit Martins Abreise auf seinem Schreibtisch gelegen hatten.

Wie sehr er seinen Cousin auch verachten mochte, musste Forbes doch zugeben, dass Martin ein strenges Regiment führte und in verschiedenen Punkten ein besserer Geschäftsführer war, als er selbst es je sein könnte. Martins beinahe manische Pedanterie und seine Sympathie für »die Männer« machten ihn allerdings in manchen Dingen »betriebsblind«, sodass er die Gerüchte hinsichtlich eines bevorstehenden Einbruchs in der Branche, die seit etwa einem halben Jahr in der Schiffsindustrie kursierten, bislang weitgehend ignoriert hatte.

Das Telefon läutete.

Forbes nahm ab und knurrte mürrisch seinen Namen.

Beim Klang ihrer Stimme lief ihm ein kalter Schauer den Rücken hinunter.

»Forbes, ich bin entzückt, Sie um diese frühe Stunde schon bei der Arbeit anzutreffen.«

Sie klang beschwipst, und wahrscheinlich war sie das auch. Aber beschwipst oder nicht, er konnte nicht leugnen, dass Stella Pickerings Stimme durchaus verführerisch klang.

»Mrs. … Lady Pickering, was für eine Über … wie unerwartet.«

»Ich habe Sie gestern Abend vermisst.«

»Wie bitte?« Er registrierte erleichtert, dass Stella Pickering wieder dazu übergegangen war, ihn zu siezen.

»Böser Junge, Sie sind einfach auf und davon, ohne sich zu verabschieden.«

»Das stimmt. Ich bitte um Entschuldigung … Meine Frau … Kopfschmerzen.«

»Drew wollte Sie sprechen.«

»Tatsächlich?«

Die Bürotür war geschlossen, aber er konnte Schritte draußen auf dem Flur hören und hegte die irrationale Furcht, Mrs. Connors könnte lauschen. Er drehte seinen Stuhl der Wand zu und senkte die Stimme um eine halbe Oktave. »Und was wollte er von mir?«

»Das soll er Ihnen selbst sagen.«

»Er ist … *da?*«

Sie lachte kehlig. »Natürlich nicht.«

»Wo ist … Ich meine, natürlich.« Forbes nahm einen kühlen, neutralen Tonfall an. »Ich würde die Gelegenheit gern nutzen, um Ihnen für die Einladung in ihr wunderschönes Heim zu danken. Meine Frau wird sich in Kürze noch einmal schriftlich bei Ihnen melden, um unsere Dankbarkeit zum Ausdruck zu bringen.«

»Forbes«, sagte Stella Pickering vorwurfsvoll, »ich bin nicht Ihre Sekretärin.«

»Oh! Verzeihen Sie! Ja. Natürlich nicht!«

»Kommen Sie her.«

»Jetzt gleich?«

»Heute Nachmittag, nach dem Mittagessen.«

»Ich weiß nicht, ob wir …«

»Wir?«

»Oh, ich verstehe. Dann handelt es sich diesmal nicht um eine ... förmliche Einladung?«

»Nein, nicht förmlich«, bestätigte Stella Pickering. »Gegen drei?«

Forbes holte tief Luft. »Ja. Geht in Ordnung. Ich werde da sein. Sind Sie ...«

Aber Stella hatte bereits aufgelegt.

Es war schmeichelhaft zu hören, dass sie sich kein bisschen verändert habe, aber Lindsay war nur allzu deutlich bewusst, dass sie nicht mehr dasselbe Mädchen war, das vor all den Jahren mit gebrochenem Herzen an einem Tisch im riesigen Speisesaal des »Central Hotels« gesessen hatte.

Puder und Schminke konnten die Furchen in ihrer Stirn ebenso wenig verschwinden lassen wie die erschlafften Muskeln an Wangen und Kinn. Für gewöhnlich verbrachte sie nur sehr wenig Zeit an ihrer Frisierkommode, doch an diesem Morgen hatte sie Maeve aus ihrem Schlafzimmer hinauskomplimentiert und eine gute halbe Stunde darauf verwandt, sich mit Cremes und Lotionen hübsch zu machen. Obwohl sie zugenommen hatte, war sie immer noch schlank genug, um die neue maskuline Mode tragen zu können, ohne lächerlich zu wirken. Kurzes Haar und figurbetonte Hosenanzüge waren hilfreich, aber im Sommer würde es schon schwieriger werden, die Illusion einer jugendlichen Silhouette aufrechtzuerhalten.

Geoffreys Züge waren ebenfalls weicher und schlaffer als damals, doch Lindsay hatte immer noch Schmetterlinge im Bauch, wenn sie ihn ansah. Er trug eine Marineuniform. Das gemeinsame Mittagessen hatte er einem straffen Terminkalender abgetrotzt. Schon kurz nach zwei ging sein Zug nach Newcastle.

Lindsay war nicht so unklug zu fragen, in welcher Angelegenheit er nach Tyneside musste, oder gar, was er mit Andrew Pickering zu schaffen hatte. Ein halbes Dutzend Männer war zu dem Treffen in der Bibliothek von Merriam House geladen worden. Geoffrey hatte nur wenige Minuten mit ihr draußen auf dem Balkon verbracht und war dann zu seiner Besprechung zurückgeeilt. Wenn Forbes gewusst hätte, dass Geoffrey daran teilgenommen hatte, hätte er sie höchstpersönlich zum Mittagessen mit ihm kutschiert, damit sie für ihn herausfand, was genau Pickering mit der Admiralität zu schaffen hatte.

Und das hätte alles kaputtgemacht.

Sie bestellte ein Consommé als Vorspeise und als Hauptgang ein Kalbskotelett. Lindsay schwieg, während der Ober Geoffrey nur einen Tropfen weißen Burgunder einschenkte und ihr Glas bis zum Rand füllte.

Sie trank sehr selten mittags Alkohol, aber als Geoffrey ihr zuprostete, stieß sie mit ihm an und nippte an dem Wein, der ihre Laune noch zusätzlich hob. Als Geoffrey ihre Hand nahm, hätte sie beinahe gekichert.

»Ich habe dich vermisst, weißt du«, sagte er.

»Warum hast du aufgehört, mir zu schreiben?«

»Meine Ehe.«

Sie nickte. »Verstehe. Erzähl mir von dieser unglücklichen Verbindung.«

»Da gibt es nicht viel zu erzählen. Das Ganze war etwas überstürzt. Jo Proctor hat mir den Kopf verdreht. Du hast ja Stella kennengelernt. Nun, Stella ist noch harmlos, verglichen mit ihrer Schwester.«

»War sie ... Ist sie schön?«

»Atemberaubend«, entgegnete Geoffrey grimmig.

»Wie lange hat es gehalten?«

»Nicht lange. Im Grunde nur ein paar Monate.«

»Also kein Häuschen auf dem Land mit Rosenranken über der Haustür?«

»Gott, nein!«

»Hattest du es dir so vorgestellt? Hattest du davon geträumt?«

»Ich weiß nicht, was ich eigentlich wollte ... oder was ich erwartet habe«, gestand er.

»Wie lange ist das alles her?«

»Neun Jahre.«

»Dann war es keine Kriegsromanze?«

»Es hatte nicht das Geringste mit dem Krieg zu tun. Ich gehörte damals noch zu Fishers Stab, arbeitete für die Admiralität. Nein, Lindsay, ich kann dir keine Entschuldigung bieten.« Er zog seine Hand zurück und hob erneut das Glas, als wäre ein Toast auf ihr Wiedersehen nicht genug. »Ich gehörte einfach nicht zu Jo Proctor, und sie gehörte noch weniger zu mir. Jo wünschte sich Dinge, die ich ihr niemals hätte geben können. Und nachdem der Lack dann ab war, hat es nicht lange gedauert, bis sie sich jemand Interessanteren gesucht hat.«

»Verstehe.« Sie hatte den Eindruck, dass Geoffrey diese Version vom Scheitern seiner Ehe auswendig gelernt hatte; das Ganze klang einfach zu vertraut, zu klischeehaft, um wahr zu sein.

»Und was ist mit dir?«, fragte er. »Du bist also immer noch mit Forbes verheiratet.«

»Ja.«

»Loyal bis zum bitteren Ende.«

»Meiner Familie gegenüber, ja.« Sie fragte sich, was Stella Pickering ihm erzählt haben mochte. In den Schifffahrtskreisen wurde viel getratscht und viel Unsinn verbreitet. Ihr ging durch den Kopf, dass Stella Pickering ihre Begegnung mit Geoffrey möglicherweise bewusst arrangiert hatte und die unerwartete Einladung tatsächlich dazu hatte dienen sollen, sie und nicht Forbes nach Merriam House zu locken.

»Deine Söhne müssen inzwischen schon erwachsen sein, oder?«, erkundigte sich Geoffrey.

»Fast.«

»Möchten die beiden auch Ingenieure werden?«

»Ich denke, Harry wird wohl Jura studieren.«

»Und sein Bruder?«, hakte Geoffrey nach.

»Philip ... Da sind wir uns noch nicht schlüssig.«

»Und du, Lindsay, bist du immer noch aktive Teilhaberin von Franklin's?«

Sie war sicher, dass er die Antwort kannte, noch bevor er die Frage gestellt hatte. »Ja, ich besitze immer noch Anteile an der Werft.«

»Und du bist nach wie vor im Vorstand?«

»Ich überlasse wichtige geschäftliche Entscheidungen inzwischen lieber Martin und Forbes.«

»Dann bist du nicht auf dem Laufenden?«

»In Bezug worauf?«, wollte sie wissen.

»In Bezug auf das, was weltweit so geschieht.«

Eine so gedankenlose Bemerkung hätte sie von einem unsensiblen Chauvinisten erwartet, nicht aber von Geoffrey Paget. Sie überlegte, was ihn wohl so gefühllos hatte werden lassen. Oder hatte sie in ihre platonische Romanze viel mehr hineininterpretiert, als jemals da gewesen war?

»Warum bist du damals nicht zurückgekommen zu mir, Geoffrey?«

»Ich weiß es nicht.«

»Hast du mich als hoffnungslosen Fall abgeschrieben?«

»Großer Gott, nein!«, versicherte er. »Die Arbeit ... die Pflicht, wenn du so willst ... stand dem im Wege. Du hast doch nicht wirklich ernsthaft erwartet, dass ich zurückkomme, oder?«

Sie schüttelte den Kopf. »Vermutlich nicht.«

»Wir sind doch Freunde geblieben.«

»Eine Weile«, sagte sie.

»Sind wir denn keine Freunde mehr?«

»Doch«, gab sie zu. »Alte Freunde.«

»Ich hätte dir von meiner Heirat erzählen sollen. Ich weiß selbst nicht, warum ich es dir verschwiegen habe.«

»Ich hatte keinerlei Anspruch auf dich, Geoffrey, keinerlei Recht, etwas, was du tust, zu missbilligen, schon gar nicht, dass du dir eine Frau suchst. Immerhin war ich es ja, die dich fortgeschickt hat.«

»Und was für eine Frau ich mir gesucht habe: Keine Geringere als Jo Proctor«, meinte er selbstironisch.

»Die Geschäfte ... Ich meine, die Marine ... Wirst du in Zukunft wieder öfter in Schottland zu tun haben?«

Forbes hätte sie zu ihrer Raffiniertheit beglückwünscht.

Geoffrey zögerte. »Möglich.«

»Wie bald?«

»Das hängt vom Marineminister ab.«

»Bist du ihm direkt unterstellt?«

»Nur im weitesten Sinne«, entgegnete Geoffrey ausweichend.

»Ich dachte, du würdest vielleicht Verhandlungen führen, die die Ausstattung der Flotte in Übersee betreffen«, hakte Lindsay nach. »Ich meine, wenn die Amerikaner den Völkerbund davon überzeugen können, die Bewaffnung der Kriegsmarine zu beschneiden, sind weitreichende Konsequenzen auf das anglojapanische Bündnis sowie auf die Beziehungen in Fernost und im Pazifik vorprogrammiert. Und nicht nur die Werften werden unter der Rezession zu leiden haben, sondern wir alle. Genau genommen spüren wir die Auswirkungen jetzt schon.«

Es war nichts Besonderes, über die Vorgänge in Washington und Tokio, ganz zu schweigen von London, informiert zu sein. Präsident Hardings Verhandlungen mit dem amerikanischen Kongress waren für die Zukunft der Franklin's-Werft ebenso entscheidend wir der Stahlpreis oder die Forderung nach höheren Löhnen. Und trotz ihrer Vereinbarung, zu Hause keine geschäftlichen Angelegenheiten zu besprechen, unterhielten ihr Vater und ihr Mann sich beim Abendessen oft über globale Themen.

»Nun denn.« Geoffrey beugte sich vor. »Du hast Forbes doch von unserer Verabredung erzählt, oder?«

»Nein, das habe ich nicht.«

»Warum horchst du mich dann aus?«

»Tue ich das?«

»Natürlich tust du das.«

»Vielleicht ist es nur die Macht der Gewohnheit. Ich sollte nicht so neugierig sein.«

»Ich darf dir nicht verraten, weshalb ich hier bin«, erklärte Geoffrey.

»Sagtest du nicht, du wärst meinetwegen gekommen?«

»O ja, und das stimmt auch.«

»Nun, jetzt hast du mich gefunden ...«

»Und ich gedenke nicht, dich wieder loszulassen.«

»Und ich habe in der Sache gar nichts zu sagen?«

»Nein, nichts.«

Männer hatten sie immer gemocht. Sie ihrerseits mochte Männer ebenfalls, und das war wohl auch gut so, da sie hier in Glasgow von so vielen männlichen Wesen umgeben war. Tom und Ewan Calder, Harry, Philip, Onkel Forbes und jetzt Arthur.

Er erinnerte sie an die Straßenhändler in den Marktstädten, er war voller Elan und Tatendrang, gepaart mit einer gewissen unterschwelligen Gerissenheit. Beim Mittagessen ertappte sie sich dabei, dass sie ihm weit mehr von sich erzählte, als es ihre Absicht gewesen war, auch von der schweren Zeit, die sie und Mam in Folge des Osteraufstandes durchgemacht hatten. Sie erzählte ihm sogar von Peter und Turk, Dinge, die sie bisher noch niemandem erzählt hatte.

Arthur war interessiert, aber nicht neugierig. Er stellte seine Fragen fast beiläufig, mit hochgezogener Braue oder schräg geneigtem Kopf, als wäre er selbst überrascht davon, dass er überhaupt nachfragte.

Da Enid noch mit der Wäsche beschäftigt war, trug Miss Runciman das Essen auf. Es war nicht zu übersehen, wie sehr die Haushälterin sich freute, Arthur wieder daheim zu haben. Maeve rechnete fast damit, dass sie ihm liebevoll über das volle weiße Haar strich, als sie sich herabbeugte, um die schmutzigen Teller vom Tisch zu nehmen.

»Unter Deck alles in Ordnung, Eleanor?«

»Es läuft alles wie am Schnürchen, Arthur. Wie am Schnürchen.«

»Unsere kleine Irin hier macht Ihnen doch keinen Ärger, oder?«

»Ganz und gar nicht«, erwiderte Miss Runciman mit einem breiten Lächeln und ging hinaus, um den Kaffee im Salon zu servieren.

Kaffeetrinken am Brunswick Crescent war etwas völlig anderes, als draußen vor dem Mietshaus in der Endicott Street auf der Treppe zu sitzen, schwarzen Tee aus einer Blechtasse zu schlürfen und dabei eine Zigarette von irgendjemandem zu schnorren, der gerade eine übrig hatte.

Arthur nahm auf dem Sofa Platz. Er schien ebenso zufrieden mit sich selbst wie mit ihr. »Also, Maeve, was gedenkst du mit deiner Zeit anzufangen, bis deine Eltern einsehen, dass du deinen eigenen Kopf hast, und dich diesen jungen Mann aus Wexford heiraten lassen?«

»Turk.«

»Ja, Turk.«

Maeve erzählte ihm von Onkel Forbes' Angebot.

Arthur wölbte die Brauen. »Magst du Forbes?«

»Ja, ich mag ihn.«

»Warum auch nicht? Er kann recht charmant sein, wenn er will. Trotzdem … das ist ein großzügiges Angebot, und ich bin ganz sicher, dass er sich auch daran halten wird. So wie ich meinen Schwiegersohn kenne, wird er dir bei der Jobsuche allerdings Steine in den Weg legen, wo er kann. Nichts wird gut genug sein für dich – oder ihn.«

»Das hat Harry auch schon gesagt.«

»Schlauer Bursche.«

»Ich dachte, ich könnte vielleicht für die Werft arbeiten.«

»Wenn ich ehrlich bin, kann ich mir dich nicht wirklich als Nieter vorstellen, mein Kind.«

»Ich dachte auch eher an eine Stelle im Zeichenbüro. Könnte ich nicht eine Ausbildung zur technischen Zeichnerin machen?«

»Es gibt nur sehr, sehr wenige Frauen in diesem Beruf. Pauserinnen, ja, aber die verdienen nicht viel. Und wenn wir dir mehr bezahlen würden als den anderen, würde das nur Ärger geben.«

»Ich würde gar keine Sonderbehandlung erwarten«, versicherte Maeve. »Was gibt es denn noch für Möglichkeiten für Frauen auf einer Werft?«

»Büroarbeit, Sekretärin. Oder sie führen Schellackpolituren durch.«

»Polieren könnte ich wohl, denke ich«, meinte Maeve.

»Hast du schon mit Lindsay über das Thema Arbeit gesprochen?«

»Sie wollte darüber nachdenken.«

»Wahrscheinlich wäre es meiner Tochter lieber, du würdest gar nicht arbeiten. Sie möchte wohl viel lieber mit dir ausgehen und das eine oder andere mit dir unternehmen. Einkaufen, Matineen besuchen, dich ihren Freundinnen vorstellen und dergleichen.«

»Ich habe keine Lust, vorgeführt zu werden wie ein Schoßhündchen, vielen Dank.«

»Wohl nicht. Andererseits solltest du ruhig von allem profitieren, was wir dir noch bieten können, solange es uns gut geht.«

»Ich bin kein Schnorrer, Mr. Franklin.«

»Das habe ich auch keine Sekunde vermutet«, entgegnete Arthur. »Leider gehört es aber zu den unangenehmen Wahrheiten im Leben in einer Industriegesellschaft, dass die Bezahlung umso schlechter ausfällt, je länger und härter man arbeitet.«

»Ist das wirklich wahr?«, fragte Maeve überrascht.

»So wahr, dass man es schon als allgemeingültig betrachten kann. Ich denke, Lindsay wäre nicht begeistert, wenn du jeden Morgen um halb acht aufbrechen würdest, um abends um halb sieben völlig erschöpft heimzukommen. Und Forbes wird nicht zulassen, dass du einer Arbeit nachgehst, die seinem eigenen Ruf schaden könnte.«

»Du meinst, eine Arbeit, die sich für eine Dame nicht schickt?«

»Genau das meine ich.«

»Aber ich bin doch gar keine Dame, Arthur ...«

»Dem muss ich widersprechen. Du bist eine Lady vom Scheitel bis zur Sohle. Ein bisschen Lack und Politur, und du kannst dich in jeder Firma in Glasgow vorstellen.«

»Als Verkäuferin?«

»Wohl eher nicht. Sag mal, tu mir einen Gefallen, ja? Steh auf und geh zum Fenster«, bat Arthur.

»Wozu denn das?«

»Bitte.«

Perplex stand Maeve auf und ging zum Fenster. Arthurs kritische Blicke machten sie ganz nervös. »Und was jetzt?«

»Dreh dich um.«

Maeve gehorchte.

Arthur nickte. »Gut. Du kannst dich wieder hinsetzen.«

Sie ließ sich in den Sessel fallen und stützte beide Hände auf die Knie. »Was ist? Was gibt es denn?«

»Ich hätte da eine Idee. Es wird zwar deinem Onkel Forbes nicht gefallen, aber … Lass mich einen Anruf tätigen und das Terrain in dieser Richtung sondieren.«

»In welcher Richtung?«, fragte Maeve verständnislos.

Franklin sprang auf und ging zur Tür. »Bin gleich zurück. Warte hier auf mich«, sagte er und war auch schon verschwunden.

Maeve war zu nervös, um stillzusitzen. Sie stand auf, ging zurück zum Fenster und schaute hinab auf die Straße, in der Hoffnung, dass ihre Tante gerade aus einem Taxi stieg, rechtzeitig, um sie vor dem zu bewahren, was Arthur mit ihr vorhatte. Sie fragte sich, ob er sie nur aufgezogen hatte oder ob ihm wirklich eine Arbeit eingefallen war, die zu ihr passen würde. Sie hatte so das Gefühl, dass Arthur nicht viel für seinen Schwiegersohn übrig hatte. Wenn Miss Runciman hereingekommen wäre, um den Kaffeetisch abzudecken, hätte sie die Haushälterin möglicherweise gefragt, worauf sie sich einstellen sollte. Aber Miss Runciman ließ sich nicht blicken, und schon nach wenigen Minuten kehrte Arthur zurück.

»Es hat geklappt«, verkündete er grinsend. »Was du heute kannst besorgen, das verschiebe nicht auf morgen. Lauf schnell rauf, und setz deinen Deckel auf, dann kann's losgehen.«

»Losgehen? Wohin?«

»Das wirst du schon sehen«, entgegnete Arthur, sichtlich zufrieden mit sich.

Tom Calder kam gerade aus der Herrentoilette auf dem Flur zwischen Hauptgebäude und Zeichentrakt, als Martin Franklin auf dem oberen Treppenabsatz auftauchte.

»Großer Gott, was machst du denn hier?«, rief Tom aus. »Du siehst ja fürchterlich aus!«

»Ich fühle mich auch hundeelend. Ich kann nichts bei mir behalten.«

»Raue Überfahrt?«, erkundigte sich Tom.

»Du weißt ja, wie es um meine Seemannsqualitäten bestellt ist.« Martin lehnte sich mit dem Rücken an die Wand. Trotz seines warmen Chesterfields fröstelte er. Er hatte den Hut tief in die Stirn gezogen, um seine Augen vor dem gedämpften Licht zu schützen, das durch die Treppenhausfenster hereinfiel. »Die Überfahrt war eigentlich unproblematisch. Ich vermute eher, dass ich mir den Magen verdorben habe.«

»Vielleicht ist eine Grippe im Anflug«, meinte Tom mitfühlend. »Wann seid ihr angekommen?«

»Heute Morgen.«

»Warst du noch nicht zu Hause?«

»Doch. Ich habe mich zwei Stunden hingelegt, hatte aber keine Ruhe. Irgendwie hatte ich das Gefühl, ich sollte hier nach dem Rechten sehen.« Martin stieß sich von der Wand ab und wandte sich wankend dem Flurende zu. Tom legte dem jüngeren Mann den Arm um die Taille und stützte ihn. »Wo ist Forbes?«

»In seinem Büro, nehme ich an«, sagte Tom.

»Nicht draußen auf der Werft?«

»Er ist nie draußen«, entgegnete Tom. Schwerfällig setzten sie sich in Gang. »Hast du in Christiana einen Auftrag ergattern können?«

»Nichts, keinen einzigen. Der Markt ist völlig zusammengebrochen.«

»Hast du mit Petter Lund gesprochen?«

»Auch dort war leider nichts zu holen.«

»Und was ist mit Stenberg?«

»Stenberg hat gerade bei einer amerikanischen Werft bestellt.«

»Und was haben sie bestellt?«

»Zwei Tanker.«

»Hast du ihnen gesagt, dass wir ...«

»Ja, ja, ja«, fiel Martin ihm gereizt ins Wort. »Ich verstehe das nicht, Tom. Es scheint fast so, als würden uns die Türen ohne Vorwarnung vor der Nase zugeschlagen. Ich glaube fast, Forbes hat recht, und uns stehen harte Zeiten bevor.«

»Du gehörst ins Bett.«

»Noch nicht. Erst muss ich mit Forbes sprechen.«

»Was ist denn so dringend?«

»Mein Bericht.«

»Der kann warten, bis es dir wieder besser geht.«

»Nein. Jetzt.«

Tom öffnete die Tür zu Mrs. Connors winzigem Büro. Die Sekretärin hockte vor einem riesigen Aktenschrank breitbeinig auf einem Hocker. Auf ihrem Schoß lag ein Stapel Akten, die sie eine nach der anderen in alphabetischer Reihenfolge in den Schrank räumte.

»Ist Mr. Forbes in seinem Büro?«, erkundigte Tom sich respektvoll.

»Nein, er ist weggegangen, Sir.«

»Weg? Und wohin, wenn ich fragen darf?«

»Ich glaube, zu Beardmore's, Sir«, entgegnete Mrs. Connors mit einem kleinen Schnauben, das bedeuten mochte, dass diese Antwort nicht der ganzen Wahrheit entsprach, sie aber keine andere bekommen würden.

Ein Strandpyjama! Grundgütiger, sie trägt einen Strandpyjama!, schoss es Forbes durch den Kopf.

In einer Aufmachung, die besser im Hochsommer an die Côte d'Azur gepasst hätte als nach Dalmuir im Frühjahr, aalte Stella Pickering sich auf einem der niedrigen Ledersofas in ihrem ultramodernen Wohnzimmer. Die langen Beine hatte sie angezogen, ein pastellfarbener Schuh baumelte von ihrem nackten Fuß. Sie rauchte eine Zigarette und trank einen Cocktail.

Forbes starrte sie sprachlos an.

»Danke, Ronnie«, sagte sie zu dem Diener, der Forbes hereingelassen hatte. »Das wäre alles.«

Ronnie? Forbes kam aus dem Staunen gar nicht mehr heraus. Sie nannte ihren Butler Ronnie? Selbstverständlich trug Ronnie keine klassische Butler-Uniform oder Ähnliches, sondern ein kragenloses kurzärmeliges Hemd und weiße Hosen zu lockigem schwarzem Haar und den derben Zügen eines Jahrmarktboxers. Forbes war erleichtert, als der Mann sich mit einem Grunzen zurückzog und die Tür hinter sich schloss.

Stella stellte ihr Glas auf dem Fußboden ab und streckte ihm den Arm entgegen. »Forbes, wie schön, Sie wiederzusehen!«

»Äh, ja«, entgegnete er. »Es war wirklich sehr freundlich von Ihnen, mich ...«

»Kommen Sie her.«

Forbes rührte sich nicht von der Stelle.

»Kommen Sie schon, kommen Sie her, nicht so schüchtern. Ich werde Sie schon nicht auffressen.«

Schwerfällig wie ein Ackergaul überquerte Forbes den scheinbar endlosen, hochglänzenden Boden und ergriff ihre Hand. Sie schwang die Beine herum und setzte die Füße auf dem Boden auf. Die pastellfarbenen Sandalen glitten mühelos über ihre Zehen. Ohne seine Hand loszulassen, stand sie auf. Im diffusen Nachmittagslicht wurde ihre Figur optimal hervorgehoben.

Forbes versuchte, sie nicht anzustarren; er vermied es sogar, sie überhaupt anzusehen. »Ist ... Ich dachte ... Sir Andrew?«

»Männer denken immer nur ans Geschäft! Kommen Sie.« Sie führte ihn quer durch den ganzen Raum und hinaus auf den Flur, wo keine vierundzwanzig Stunden zuvor das angespannte Gespräch mit Marjorie Hussey stattgefunden hatte.

Stella führte ihn zu einer Holztreppe mit Geländer aus gebürstetem Edelstahl und zu einem Mittelgeschoss, von dessen Treppenabsatz aus vier furnierte Türen abgingen. Forbes dämmerte, dass Merriam House mehr Zimmer zählte als jedes einzelne der eleganten Herrenhäuser auf dem Harper's Hill. Modern hin oder her, war Pickerings Palast ein großartiges Stück Architektur.

»Warum Merriam House?«, hörte er sich fragen.

»Das Grundstück war früher im Besitz der Merriams«, erklärte Stella. »Vor zwei- oder dreihundert Jahren befand sich der Familiensitz an exakt dieser Stelle, aber Banditen aus dem Hochland brannten das Anwesen nieder und massakrierten die letzten Nachkommen.«

»Wieso denn das?«

»Vielleicht aus Missgunst. Oder aus Gier. Sehr geschichtsträchtig, das Ganze.«

»Und von dem einstigen Anwesen ist nichts übrig geblieben?«

»Ein paar Steine, eine verfallene Mauer am Fuß des Hügels.«

»Interessant!«

»Nicht wirklich«, entgegnete Stella.

Sie führte ihn in einen großen, hellen Raum, der wie der Rest des Hauses über Heißluftgebläse beheizt wurde. Forbes stellte sich vor, wie ein verschwitzter Heizer unten in den Eingeweiden des Hauses unermüdlich Berge von Kohlen schaufelte, damit Lady Pickering es kuschelig warm hatte.

Vom Fenster aus waren durch das Geäst einer uralten Eiche Fabrikschlote und Kirchtürme zu sehen. Forbes registrierte weder das Fenster noch die Aussicht. Die Regale an sämtlichen Wänden des Zimmers waren mit Büchern jeden Formats vollgestopft, ein sehr ansprechendes viktorianisches Durcheinander an Lektüre, das inmitten dieser modernistischen Schöpfung geradezu exzentrisch anmutete.

Auf Pickerings Schreibtisch – selbstverständlich Teak und Stahl –

standen drei Funkgeräte, zwei Telefone und ein Kaffeeautomat von der Größe einer kleinen Kathedrale.

»Das ist Drews Zimmer«, erklärte Stella. »Drews Festung.«

In diesem Augenblick fühlte Forbes sich Andrew Pickering seltsam verbunden: Dieser Raum war wirklich durch und durch ein Herrenzimmer, und trotz des frischen Putzes und Anstrichs lag ein angenehmer Duft von Kaffee, Zigarrenrauch und Whisky in der Luft.

Er zwang sich, sich ihr zuzuwenden.

Sie hatte volle Brüste, gepaart mit einer schmalen Taille, runder Hüfte und langen Beinen. Dass sie zwei Kinder geboren hatte, sah man ihr nicht an. Trotz allem wirkte sie mit ihrem unleugbaren Sexappeal irgendwie isoliert und umgeben von einer Aura so greifbarer Verderbtheit, dass Forbes anfangs gar nicht wusste, wie er mit ihrem offensiven Auftreten umgehen sollte. Er riss sich zusammen. Immerhin war er Owen Forbes McCulloch, Teilhaber der Franklin-Werft, und kein blauäugiger Anfänger, der noch nie mit einer attraktiven Frau allein gewesen war.

»Darf ich fragen, was Sie von mir wollen?«

»Sie dürfen ... Ich brauche Ihren Rat als Experte«, antwortete sie.

»In welcher Angelegenheit?«

»Ich möchte ein Schiff kaufen.«

»Franklin's baut keine Motoryachten.«

»Ich meine ein Schiff, ein richtiges Schiff«, erklärte Stella Pickering geduldig.

»Was für eine Art von Schiff?«

Sie lehnte sich mit dem Po an die Schreibtischkante und lächelte ihr breites, tiefrotes Lächeln. »Einen Öltanker.«

»Sie meinen, Far East Oil möchte einen Tanker kaufen?«

»Nein, ich. Ich möchte einen Tanker kaufen«, entgegnete Lady Pickering.

»Einen Tanker? Nur für Sie selbst?« Forbes musste sich ein Grinsen verkneifen.

»Ja, für mich ganz allein.«

Das Studio befand sich im oberen Stock eines freistehenden Sandsteinhauses am anderen Ende des Flowerhill Drive. Das Atelier bestand aus einem riesigen Raum mit nach Norden ausgerichteten Fenstern. Außerdem gab es noch ein Schlafzimmer, ein Wohnzimmer von der Größe eines Wandschranks, eine einfache Küche und ein Badezimmer.

Bevor er das Haus gekauft hatte, wohnte Ross mit seinen Eltern und seinem Bruder in dem großzügigen Herrenhaus auf dem Harper's Hill. Nachdem Donald und Lilias jedoch ans Meer gezogen waren, hatte Martin seinem Bruder freundlich, aber bestimmt nahegelegt, sich doch ein eigenes Zuhause zu suchen, zumal er ja über die nötigen Mittel verfüge.

Ross war tatsächlich sehr wohlhabend. Ein paar Jahre vor Kriegsbeginn hatte er seine Firmenanteile an die Familie verkauft und war nach Paris gereist, um Maler zu werden.

Donald und Lilias waren schockiert gewesen von der Wandlung ihres Sohnes zum Bohemien, obgleich man sich schwerlich jemanden vorstellen konnte, der vom Klischee des Bohemiens weiter entfernt gewesen wäre. Er hatte sich vom Pariser Nachtleben ferngehalten und die Gesellschaft mittelloser Künstler gemieden, die den Großteil ihrer Zeit damit verbrachten, Reden zu schwingen. Ross hatte seine Tage nicht faulenzend an Bistro-Tischen verbracht, sondern im Atelier eines achtundsechzigjährigen Zeichenlehrers oben auf einem eisigen Dachboden in der alten Rue du Bac, um möglichst viel über perspektivische und bildliche Darstellung zu lernen. Von einem rein künstlerischen Standpunkt aus war seine Beziehung zu dem alten Mann eine göttliche Fügung, da sein

Lehrer nichts wissen wollte von Fauvisten oder Kubisten und es sogar schaffte, Ross davon zu überzeugen, dass das letzte wirklich große in Frankreich gemalte Kunstwerk *Die Freiheit führt das Volk* war.

Nach ein paar Jahren kehrte Ross in die Heimat zurück und machte sich in Schottland einen Namen mit steifen, aber detailgetreuen Szenen aus der schottischen Geschichte, die ihm schon bald Großindustrielle mit mehr Geld als Verstand förmlich aus den Händen rissen. Für die kulturelle Elite des Landes blieb Ross Franklin jedoch ein Aufsteiger und Außenseiter, machte man ihm doch zum Vorwurf, seine Werke für zu viel Geld zu verkaufen, während die Auftragsbücher so voll waren, dass er mindestens die nächsten zehn Jahre zu tun hatte.

Das aktuelle, zu drei Vierteln fertiggestellte Gemälde stand auf einer riesigen, speziell für ihn angefertigten Staffelei. Das Bild zeigte dichtes Blattwerk, einen Berg im Hintergrund und im Vordergrund zwei Schafe, die so echt wirkten, dass Maeve beinahe damit rechnete, sie gleich blöken zu hören. In der Bildmitte befand sich jedoch noch eine große freie Fläche.

»Was soll da hin?«, fragte Maeve neugierig.

Ross hielt in der einen Hand eine Farbpalette, und in einem Mundwinkel steckte eine Pfeife. Er trug dicke Strümpfe und Stiefel mit dicken Sohlen. Überhaupt wirkte er ausgesprochen standfest, als wäre auch er wie seine Staffelei in solider Handarbeit aus Holz gezimmert worden. Obgleich sein gepflegter Bart schon von grauen Strähnen durchzogen war, schätzte Maeve, dass er nicht viel älter war als Forbes.

»Ich nehme an, du bist nicht vertraut mit den Werken von Fiona McWhirter«, sagte Ross in einem volltönenden Bariton.

»Kann ich nicht behaupten«, gestand Maeve.

»Die Schottin«, erklärte Ross.

»Schottin?«

»Schottin. Wie bei Sir Walter.«

»Oh. Von dem habe ich gehört. *Ivanhoe* und so.«

»Nun, Fiona McWhirter hat sich etwas später als Sir Walter in der Literaturszene einen Namen gemacht. Sie ist erst vor ein paar Jahren gestorben.«

»Tut mir leid, das zu hören«, gab Maeve artig zurück.

»Sie war siebenundachtzig«, erklärte Ross. »Sie hat eine lange Schriftstellerkarriere genossen, zweihundertachtzehn Romane veröffentlicht, hatte eine treue Anhängerschaft ...«

»Und ein dickes Bankkonto«, meldete Arthur sich zu Wort.

»Allerdings! Ihre Tochter, Lady Mary Faid, bat mich, eine Lieblingsszene aus einem Roman ihrer Mutter auszuwählen und ... nun ja, diese zu malen.«

»Und das ist das Resultat?«

»Das ist es«, bestätigte Ross. »Die Szene stammt aus dem ersten Kapitel von *Wenn die Heide blüht*, einem der beliebtesten Romane von Fiona McWhirter. Der junge Hamish, ein ungehobelter Schafhirte, läuft zufällig unter einem Wildrosenbusch Catriona Elphinstone über den Weg und ...«

»Begehrt sie?«, ergänzte Maeve.

»›Verliert sein Herz an sie‹, wollte ich den Satz eigentlich ausformulieren«, knurrte Ross.

»Und? Bekommt er sie?«, fragte Maeve.

»Das Buch endet mit ihrer Hochzeit.«

»Das ist bei Büchern wie diesem fast immer so. Ich nehme an, im Grunde ist er gar kein ungehobelter Schäfer, und auch sie steht zum Schluss besser da als am Anfang, richtig?«

»Mehr oder weniger«, gab Ross zu.

»Was hat die Lücke in der Bildmitte zu bedeuten?«

Arthur machte es sich auf einer Chaiselongue aus braunem Leder bequem und stützte den Kopf auf eine Hand. Bei Maeves Frage lachte er leise. »Sag es ihr ruhig, Ross.«

»Wenn du es unbedingt wissen willst, ich komme nicht weiter.«

»Sag ihr, warum.«

»Ich konnte bisher kein passendes Modell finden.«

»Und genau an diesem Punkt kommst du ins Spiel, Maeve«, erklärte Arthur.

»Immer langsam, Onkel«, wehrte Ross ab. »Ich habe noch nichts versprochen.«

»Sieh sie dir doch an. Sie hat alles, wonach du nach eigener Aussage bisher vergeblich gesucht hast: eine mädchenhafte Schönheit mit schwarzen Haaren und feurigen dunklen Augen, so wie diese Catriona Soundso. Nachdem du darauf bestanden hast, dass ich das verdammte Buch lese, könntest du zumindest die Güte besitzen, dir das Mädchen einmal genau anzuschauen.«

»Ich werde mich nicht ausziehen«, stellte Maeve sofort klar.

»Ich male keine Akte«, entgegnete Ross knapp. »Ich habe meine Erfahrungen mit Nacktmodellen gemacht und bin nicht scharf darauf, dieses Experiment zu wiederholen.«

»Komm schon, Ross«, drängte Arthur. »Hol deinen guten alten Zeichenblock aus der Schublade, sonst könnte es passieren, dass du bis zum Abgabetermin nicht fertig wirst.«

»Das liegt leider im Bereich des Möglichen«, gab Ross zu.

Er schlenderte zu einem Schrank in einer Ecke des Ateliers und entfernte mit einiger Mühe die Palette von seinem Daumen. Er legte sie auf den Schrank, öffnete eine Schublade und holte ein halbes Dutzend Blätter Millimeterpapier heraus, dazu ein Tablett mit Bleistiften verschiedener Dicke. Er trug das Papier vorsichtig über einen Arm gelegt durch den Raum, als handelte es sich um ein Brautkleid, und befestigte es dann an einem Zeichenbord, das er vor langer Zeit auf dem Dachboden des alten Hauses auf dem Harper's Hill entdeckt hatte. Ross betätigte einen Griff seitlich am Brett, richtete die Blätter aus, glättete das oberste Blatt mit beiden

Händen, stellte die Ablage mit den Stiften auf die Tischkante und wies Maeve an, sich auf einen Schemel zu setzen.

Sie gehorchte und nahm eine sehr brave Haltung ein, mit geschlossenen Knien, die Hände auf dem Schoß gefaltet. »Gut so?«

Ross hatte bereits zu zeichnen begonnen. »Hmm.«

Arthur stand auf und zog sich leise zurück.

Forbes setzte sich an Pickerings Schreibtisch und fühlte sich sofort wieder als Herr der Lage. Er war völlig perplex gewesen, als sein Gegenüber erklärt hatte, einen Öltanker kaufen zu wollen, als handelte es sich um etwas so Banales wie ein Paar Schuhe.

»Sie möchten also einen Tanker kaufen? Darf ich fragen, was für eine Größe Ihnen vorschwebt, Mrs. Pickering?«

»Groß.«

»Aha. Und wie kommen Sie darauf, dass ich in der Lage wäre, Ihnen ein solches Schiff zu bauen?«

»Sie bauen doch Schiffe, oder?«

»O ja, natürlich«, bestätigte Forbes. »Wir haben Kriegsschiffe gebaut, Lastschiffe und Schiffe, die so ziemlich alle größeren Wasserstraßen der Welt befahren. Einmal haben wir sogar ein U-Boot gebaut, aber bisher haben wir noch keinen Öltanker entworfen und gebaut, Mrs. Pickering, ich fürchte also …«

»Ich wünschte, Sie würden mich Stella nennen, Forbes.«

»Also gut, Stella, ich fürchte, ich kann Ihnen keinen Standardpreis nennen. Kostenberechnung ist keine sehr genaue Wissenschaft, schon gar nicht, wenn es um ganz spezielle Transportschiffe geht. Welche Kapazität hatten sie sich denn für Ihr Schiff so vorgestellt? Und was für Motoren? Ingenieure arbeiten nicht nur mit Stift und Reißschiene, wissen Sie. Da geht es um Gleichungen, Ausgleichsballast-Koeffizienten und andere mathematische Formeln, die mein eigenes Begriffsvermögen übersteigen.«

»Sie können mir kein Schiff verkaufen. Ist es das, was Sie damit sagen wollen?«

»Möglicherweise kann ich Ihnen kein Schiff verkaufen, Stella, aber ich kann Ihnen ein Schiff bauen, oder besser, eines bauen lassen. ›Groß‹ genügt als Angabe allerdings nicht. Wir benötigen eine ganze Reihe konkreter Informationen von Ihnen, bevor wir überhaupt erst mit einem ersten Entwurf beginnen können.«

»Wie viel Zeit würde die Planung in Anspruch nehmen?«

Forbes überlegte schnell. »Etwa drei Jahre.«

»Drei Jahre!«, rief sie aus und verzog das Gesicht.

In diesem Moment begriff Forbes, dass sie ihn auf die Probe stellte. So dumm war Stella Pickering auch wieder nicht. Er stand auf und ging um den Schreibtisch herum. Sie wich zurück, erst einen Schritt, dann noch zwei weitere. Jetzt spielte sie kein Theater mehr. Er legte ihr eine Hand auf die Schulter, eine kräftige, weiche, gerundete Schulter, und hielt sie auf Armeslänge von sich.

»Lassen Sie es gut sein, Stella«, meinte er. »Ich bin nicht mit dem Kohlenschiff den Clyde heraufgefahren, und Sie ebenso wenig. Ich weiß nicht, was Sie von mir wollen, aber ganz sicher geht es hier nicht darum, einen Öltanker zu kaufen, um damit in der Wanne zu planschen. Hat Ihr Mann das alles hier inszeniert, und wenn ja, zu welchem Zweck?«

»Es ist nicht sein Zweck, sondern meiner.« Forbes beobachtete, wie die feuchten roten Lippen ein Wort formten: *»Mimosa«*.

»Mimosa? Was heißt das?«

»Sie wurde im November 1915 mitten im Atlantik torpediert und versenkt. Sie ist mit Mann und Maus gesunken.«

»Befand sich an Bord der *Mimosa* jemand, der Ihnen nahestand?«

Sie lachte leise. »Eine wirklich sehr romantische Idee, Forbes McCulloch, aber ziemlich albern. Glauben Sie ernsthaft, ich würde mehr als einhunderttausend Pfund ausgeben nur zum Gedenken an einen verstorbenen Liebsten?«

»Dann hat es mit dem Schiff zu tun. Das Schiff gehörte Ihnen.«

»Fast richtig«, sagte Stella. »Halb richtig, um genau zu sein.«

»Wo war sie registriert?«

»In Panama. Wir haben die gesamte Besatzung verloren und das Schiff mitsamt der Ladung.«

»Und Lloyd's hat nicht alles ersetzt, weil im Krieg Sonderregelungen gelten?«

»Sie war nicht bei Lloyd's versichert.«

»Ich glaube, wir reden hier gar nicht von Far East Oil«, stellte Forbes fest. »Gehe ich außerdem recht in der Annahme, dass Ihr Mann von diesem Gespräch nichts weiß?«

»Ohne mich hätte Drew es niemals so weit gebracht«, erklärte Stella. »Bei unserer Heirat besaß er nichts, nicht einen Penny. Ich habe ihn finanziert, oder genauer gesagt, mein Vater hat ihn finanziert. Aber er hat Drew nicht getraut, zumindest nicht rückhaltlos, und so bekam ich von ihm ein kleines Hochzeitsgeschenk, von dem niemand etwas wusste, nicht einmal mein Mann.«

»Anteile?«

»Ja. Von Gideon Rowe and Spellman.«

»Nie gehört. Wo befindet sich der Hauptsitz der Firma.«

»In Rabat.«

»Rabat!«

»In Marokko.«

»Ich weiß, wo Rabat liegt. Ich frage mich nur, wie Sie es geschafft haben, das so lange vor Ihrem Mann zu verheimlichen, und warum Sie ausgerechnet von mir, oder besser Franklin's, einen Tanker erwerben möchten als Ersatz für die *Mimosa*.«

»Nur größer und schneller soll er sein.«

»Warum das Theater vorab?«

»Ich war mir nicht sicher, ob ich Ihnen trauen kann.«

»Und warum trauen Sie mir jetzt?«, wollte Forbes wissen.

»Darum.« Sie öffnete leicht die tiefroten Lippen und küsste ihn auf den Mund.

Kapitel 6

Das gefangene Herz

Die Verschwörer versammelten sich gegen halb elf in Arthurs Schlafzimmer. Arthur lag in seinem Hausmantel auf der Tagesdecke, eine Tasse heiße Schokolade in beiden Händen. Lindsay hatte ebenfalls nur einen Morgenmantel über das Nachthemd gezogen, während Miss Runciman vollständig angekleidet war. Lindsay setzte sich auf die eine Bettkante, Miss Runciman auf die andere.

»Also gut, Papa«, sagte Lindsay. »Schieß los.«

»Ich war heute Nachmittag mit der Kleinen bei Ross.«

»Ross? Wieso das?«, fragte Lindsay überrascht.

»Er sucht ein Modell.«

»O Gott!«

»Er zahlt fünf Schilling und sechs Pence die Stunde.«

Lindsay langte über die Kakaotasse hinweg und stach mit dem Finger in das seidige weiße Brusthaar, das unter dem Hausmantel hervorlugte. »Du bist ein alter Intrigant. Du weißt genau, was Forbes dazu sagen wird, oder?«

»Ich gehe davon aus, dass er nicht begeistert sein wird«, gab Arthur zu.

»Er wird einen Tobsuchtsanfall bekommen«, prophezeite Miss Runciman.

»Nun, dann soll er doch toben!«, entgegnete Arthur ungerührt. »Ich mache mir keine Gedanken um Forbes, sondern um dich, mein Kind. Was hältst du davon?«

»Wie steht denn Maeve dazu?«, fragte Miss Runciman, bevor Lindsay antworten konnte.

»Nachdem feststand, dass nicht von ihr erwartet wurde, sich auszuziehen ...«

»Das heißt, sie ist Feuer und Flamme?«

»Ich fürchte, ja«, bestätigte Arthur die Schlussfolgerung seiner Tochter.

»Dann ist es also ein *fait accompli*«, stellte Miss Runciman fest.

»Sieht ganz so aus«, bejahte Arthur. »Es sei denn, eine von euch beiden erhebt Einwände.«

»Ich nehme an, es handelt sich um ein weiteres dieser großen nichtssagenden Gemälde, das irgendein Idiot in Auftrag gegeben hat, um es sich über den Kamin zu hängen.«

Arthur nickte und trank einen Schluck Kakao, der einen cremigen braunen Rand auf seiner Oberlippe hinterließ. Eleanor Runciman wischte ihn mit einer Ecke ihres Taschentuchs fort.

»Das Gemälde heißt *Das verlorene Herz* und stellt eine Szene aus einem Roman von Fiona McWhirter dar.«

»O Gott!«, stöhnte Lindsay noch einmal.

»Ein paar Schafe und ein Pärchen, das im Heidekraut herumpoussiert.«

»Herumpoussiert?«, fragte Eleanor Runciman empört.

»Nun ja, ehrlich gesagt liegen sie.«

»Sie liegen?«

»Das Mädchen zumindest. Was der junge Mann macht, weiß ich nicht so genau.«

»Das kann man sich denken«, stellte Eleanor fest.

»Warum erzählst du mir das?«, fragte Lindsay. »Ach so, ich verstehe. Du möchtest, dass ich Forbes weichklopfe, richtig? Papa, du bist wirklich unmöglich.«

»Wenn es von mir kommt, wird er schon aus Prinzip dagegen sein.«

»Wir müssen aber nicht nur Forbes davon überzeugen, dass

Modellsitzen für einen Maler nichts Anrüchiges ist, zumal der Künstler ja mit uns verwandt ist, sondern darüber hinaus Maeves Mutter informieren, auch wenn die kaum moralische Einwände erheben dürfte, oder? Als sie in Maeves Alter war, hat sie sich schon ungeniert mit Jungs amüsiert.«

»Ross interessiert sich weder für Jungs noch für Mädchen«, warf Arthur ein.

»Es wird Tom nicht gefallen«, meinte Lindsay.

Arthur leerte seine Tasse mit der heißen Schokolade und reichte sie dann Eleanor Runciman. »Ich denke, Tom wird ebenso stolz sein wie wir alle, wenn ein Gemälde seiner Enkelin in der Royal Scottish Academy hängt.«

»Bisher hat noch keins von Ross' Bildern vor der Academy Gnade gefunden«, gab Lindsay zu bedenken. »Und wenn er nicht irgendwann umschwenkt, wird sich daran auch nichts ändern.«

»Maeve ist ein ausgesprochen hübsches junges Mädchen«, sagte Eleanor Runciman. »Wenn ich Künstler wäre mit einem Auge für Schönheit, würde ich ihr mehr als fünf Pfund und sechs Pence zahlen, damit sie mir Modell sitzt. Allerdings wage ich zu bezweifeln, dass Forbes das genauso sehen wird.«

»Und genau darum habe ich ihm nichts gesagt«, meinte Arthur.

»Papa, du bist ein Feigling. Wann ist die erste Sitzung?«

»Morgen Nachmittag.«

»Ich werde sie begleiten«, entschied Lindsay. »Ich werde ein paar Worte mit Ross wechseln.«

»Und was ist mit Forbes?«, fragte Arthur Franklin unschuldig.

»Ja«, seufzte Lindsay. »Mit dem auch.«

Einer der wenigen Plätze in der Aydon Road, an denen Forbes sich wirklich wohlfühlte, war das Zeichenbüro. Abgeschottet von

Feuer, Rauch, eisigen Winden, ohrenbetäubendem Lärm und den tausend harten Fakten des Werftalltags, war das Reich der Zeichner so etwas wie ein Sanktuarium.

Durch die Oberlichter fiel morgendliches Sonnenlicht, und der Raum war bereits warm. Mehrere Zeichner hatten ihre Jacken ausgezogen und die Hemdsärmel aufgerollt. Tom Calder hatte ein eigenes abgetrenntes Büro, aber die meiste Zeit traf man ihn im Großraumbüro an, wo er einem Lehrling eine Gleichung erklärte oder mit einem Arbeiter einen bestimmten Entwurf besprach. Er war streng, aber fair und verlor nur selten die Contenance, nicht einmal gegenüber Mr. Lightbody, dem Vorsitzenden des lokalen Organisationskomitees der Association of Engineering and Shipbuilding Draughtsmen, die der Geschäftsleitung ein Dorn im Auge war.

»Tom?«, sagte Forbes leise. »Kann ich dich einen Moment sprechen?«

Der flachshaarige junge Bursche, mit dem Tom sich gerade unterhielt, funkelte Forbes böse an, als könnte er es nicht ertragen, unterbrochen zu werden, auch nicht von einem der Firmeninhaber. Ungeduldig drehte er seinen Schemel von einer Seite auf die andere. Auf seinem Zeichenbrett war eine Vertikalprojektion eines Schiffsschrauben-Flansches zu sehen, der so filigran wirkte wie ein Blütenblatt.

»Also gut, Bobby.« Tom klopfte dem Jungen auf die Schulter. »Rechne noch einmal nach, und versuch, den Fehler zu finden.«

»Jawohl, Mr. Calder.«

Feindselige schiefergraue Augen fixierten Forbes für einen Moment, dann wandte sich der junge Mann wieder dem Zeichenbrett zu, während Tom und Forbes sich in Toms winziges Büro zurückzogen.

»Was ist los mit ihm?«, wollte Forbes wissen.

»Gar nichts«, entgegnete Tom.

»Gibt es ein Problem?«

»Nichts Ungewöhnliches. Ich nehme an, du hast mit Martin gesprochen?«

»Noch nicht«, antwortete Forbes.

Tom schloss die Tür hinter ihnen. Sie setzten sich, Tom auf einen Schemel, Forbes in einen Sessel mit hölzernen Armlehnen.

»Martin kann warten.« Er legte eine Hand auf Toms Oberschenkel. »Ich muss etwas mit dir besprechen, allerdings muss ich darauf bestehen, dass es unter uns bleibt.«

Tom nickte. »Dann warst du gestern Nachmittag nicht bei Beardmore's, um Motorenersatzteile zu bestellen?«

»Nein. Ich war in Dalmuir, bei Pickerings, und mir wurde ein außergewöhnliches Anliegen vorgetragen. Etwas so Bemerkenswertes ist mir lange nicht mehr untergekommen.«

»Pickering? Nun, ein Angebot von Pickering sollte man auf jeden Fall ernst nehmen.«

»Das Angebot kam nicht von Andrew Pickering, sondern von seiner Frau.«

»Seiner Frau!«, rief Tom aus. »Bist du ganz sicher, dass das Folgende auch für meine Ohren bestimmt ist?«

»Sie möchte bei uns ein Schiff bestellen.«

»Ein Schiff? Großer Gott!«

»Einen Öltanker, um genau zu sein.« Forbes fuhr fort und berichtete Tom Calder detailliert, wenn auch nicht in allen Einzelheiten, von seiner Begegnung mit Stella Pickering. »Verstehst du jetzt, warum das unbedingt unter uns bleiben muss?«, sagte er abschließend.

»Wie heißt noch gleich die Schifffahrtslinie, die sie angeblich vertritt?«

»Gideon Rowe and Spellman.«

»Firmensitz?«

»Du wirst es nicht glauben: Rabat.«

»Gibt es die wirklich?«

»Also, im *Brassey's Annual* stehen sie jedenfalls nicht«, entgegnete Forbes.

Tom holte einen dicken Band aus dem Regal über seinem Schreibtisch. »Vielleicht sind sie im Internationalen Register der Schiffseigner und -agenten. Wenn die *Mimosa* ihnen gehörte und sie im Krieg gesunken ist, darf man davon ausgehen, dass sie schon einige Zeit im Geschäft sind.« Er schlug den Band auf und blätterte einige Seiten um. »Ja, da haben wir sie. Der Eintrag ist nicht sehr aufschlussreich, aber wenigstens wissen wir jetzt, dass sie existieren.« Er drehte das Buch zu Forbes herum, der sich vorbeugte, um den Eintrag zu lesen. »Ist bestimmt praktisch, die einzige Schiffsgesellschaft mit Hauptsitz in Marokko zu sein.«

»Warum sagst du das?«, fragte Forbes stirnrunzelnd.

»Weil es keine Dieseltankstellen entlang der nordafrikanischen Küste gibt. Genau genommen keine einzige zwischen Lissabon und Las Palmas.«

»Allmächtiger, wie kannst du dir solche Dinge nur merken?«

Tom zuckte mit den Schultern. »Nachdem immer mehr Handelsschiffe auf Diesel umstellen, kann man einem Schiffseigner, der Diesel an der nordafrikanischen Küste anbieten will, nur zu seiner Weitsicht gratulieren. Diesel ist ganz zweifellos der Treibstoff der Zukunft. Diesel ist sauberer und billiger als Kohle, ermöglicht auf See eine höhere Durchschnittsgeschwindigkeit, und man kann auf Heizer verzichten, die auch dann bezahlt werden müssen, wenn das Schiff mehrere Tage im Hafen liegt. Außerdem werden die Dieselmotoren immer leistungsstärker.«

»Wäre es nicht interessant herauszufinden, wer in Rabat derzeit entsprechende Tanks baut?«, meinte Forbes.

»Die Franzosen?«, mutmaßte Tom.

»Gott, ich hoffe nicht.«

»Die Franzosen würden niemals Lizenzen an britische oder amerikanische Baufirmen vergeben«, sagte Tom. »Andererseits handelt es sich bei der Gesellschaft, die von Mrs. Pickering vertreten wird, um eine Reederei. Einmal vorausgesetzt, dass sie über entsprechende Seetauglichkeitsbescheinigungen verfügen und offiziell registriert sind ...«

»In Panama«, ergänzte Forbes.

»Oh!« Tom überlegte einen Moment. »Nun, viele ordentliche Schiffe sind in Panama registriert. Sofern die Dame sich nicht einen Scherz mit dir erlaubt hat und Gideon Rowe and Spellman tatsächlich einen Tanker in Betrieb nehmen möchten, bleibt die Frage, warum sie sich ausgerechnet an Franklin's wenden. Wir sind keine Tankerspezialisten. Um ein Schiff dieser Größe zu bauen, müssten wir die Hellingen ausbauen und darüber hinaus neues Fertigungswerkzeug anschaffen und die Männer anlernen. Denk nur daran, wie es das letzte Mal ausgegangen ist, als wir uns mit dem U-Boot auf unbekanntes Terrain vorgewagt haben.«

»Das mit dem U-Boot war nicht meine Idee.«

»Ich mache dir doch gar keinen Vorwurf, Forbes. Ich rate nur zur Vorsicht. Wir werden einen Haufen konkreter Informationen brauchen, bevor wir ins Auge fassen können, einen solchen Auftrag überhaupt anzunehmen. Außerdem müsste vorab die Bonität der Käufer geprüft werden.«

»So ignorant bin ich auch wieder nicht, Tom«, entgegnete Forbes gereizt. »So unglaublich die Geschichte im ersten Moment auch klingen mag, denke ich, dass man in Anbetracht der Person des potenziellen Auftraggebers zumindest die Möglichkeit einer solchen Unternehmung durchdenken sollte. Oder bist du da anderer Ansicht?«

»Nun ja, erste elementare Entwürfe liegen uns ja vor«, erwiderte Tom zögernd. »Teilweise sogar recht fortgeschrittene Pläne. Hast du eine Ahnung, warum die Dame ihr Schiff ausgerechnet von uns bauen lassen will?«

»Ich denke, sie legt größten Wert auf Diskretion. Wenn ich sie richtig verstanden habe, ist nicht einmal ihr Mann in ihre Pläne eingeweiht.«

»Warum lässt sie den Kahn dann nicht in Osaka oder New Jersey bauen anstatt direkt vor der eigenen Haustür? Glaubt sie wirklich, dass sie in der Aydon Road einen großen Öltanker bauen lassen kann, ohne dass das publik wird?«

»Vielleicht hofft sie auf einen günstigen Preis.«

Tom zögerte. »Forbes, ist deine Beziehung zu der Dame rein professioneller Natur?«

»Selbstverständlich«, empörte sich Forbes. »Wofür hältst du mich?« Errötend fügte er hinzu: »Falls wir beschließen, den Auftrag anzunehmen, werde ich Stella Pickering auf Distanz halten, darauf kannst du dich verlassen.«

»Und du lässt in der Sache größte Vorsicht walten?«

»Auch das.«

»Dann sehe ich keinen Grund, weshalb wir uns nicht gleich an die Arbeit machen sollten.«

Hin und wieder, immer wenn ihr bewusst wurde, wie schnell die Zeit verging, hatte Lindsay erwogen, eine Affäre einzugehen, nicht mit einem bestimmten Mann, schon gar nicht mit einem dieser selbstgefälligen Idioten, die sich an jede Frau in Reichweite heranmachten, sondern vielmehr mit einem imaginären Traummann, einem Mann, der ihr sexuelle Erfüllung bescherte, darüber hinaus aber auch zärtlich und liebevoll war. Die Begegnung mit Geoff Paget auf der Party bei den Pickerings hatte sie völlig aus der Bahn geworfen. Das gemeinsame Mittagessen am darauffolgenden Tag war jedoch ernüchternd gewesen, und sie fragte sich, ob die Begegnung bei Sonnenuntergang auf dem Balkon in Dalmuir vielleicht weniger romantisch als kalt berechnet gewesen war.

Forbes vertraute sie sich schon lange nicht mehr an, und so erzählte sie ihm weder von ihrem Treffen mit Geoffrey noch von Arthurs Plänen, um Maeve zu beschäftigen, damit sie keine Dummheiten machte.

Sie folgte Maeve die steile Steintreppe hinauf zu Ross Franklins Atelier und sah zu, wie das Mädchen mit dem Handballen auf den Klingelknopf hämmerte.

»Glaubst du, er weiß, dass wir hier sind?«, fragte Maeve.

»Könnte schon sein«, entgegnete Lindsay.

»Schon gut, schon gut, ich bin ja nicht taub«, grummelte Ross, als er ihnen öffnete. Er trat beiseite, zog den Bauch ein und ließ Maeve herein. Dann entspannte er den Bauch wieder und zwinkerte Lindsay zu. »Da hast du dir ja was angelacht, altes Mädchen. Was machst du hier?«

»Ich bin die Anstandsdame«, entgegnete Lindsay lächelnd.

Er führte sie ins Studio. »Zu ihrem Schutz oder zu meinem?«

Sie hatte ihren Cousin nur selten gesehen seit seiner Rückkehr aus Paris unmittelbar vor Ausbruch des Weltkrieges. Im Frühjahr 1915 hatte er sich beim Royal Army Medical Corps freiwillig gemeldet, aber aus einem rätselhaften Grund, den nur Gott und das Kriegsministerium kannten, war er im Militärkrankenhaus in Wiltshire gelandet, wo es zu seinen Aufgaben gehörte, traumatisierte Soldaten zu betreuen. Versteckt in seinem Schlafzimmer am Flowerhill Drive befand sich eine Mappe mit Zeichnungen aus dieser Zeit in Bramwell. Die Arbeiten waren weniger manieriert und viel spontaner als alles, was er seitdem gemalt hatte, aber er hatte sie niemandem, nicht einmal Arthur, gezeigt.

»Du warst noch niemals hier, oder, Lindsay?«

»Du hast mich nie eingeladen.«

»Ich bin nicht der gesellige Typ«, gab Ross zu.

Maeve hatte bereits den Mantel ausgezogen und starrte konzentriert auf das Gemälde auf der Staffelei. »Sie haben in der Zwischenzeit nicht daran gearbeitet«, stellte sie fest.

»Stimmt. Keinen Pinselstrich.«

»Warum nicht?«

»Neugierig bist du wohl gar nicht, junge Dame. Aber wenn du es unbedingt wissen willst: Die Figuren müssen sehr genau in das bestehende Gemälde eingefügt werden.«

»Wie viele Personen sollen es denn werden?«

»Zwei.«

»Ich, und wer noch?«

»Bist du nicht etwas voreilig? Noch habe ich nicht entschieden, ob ich dich überhaupt malen will.«

»Doch, haben Sie«, widersprach Maeve keck. »Sie haben Mr. Arthur gesagt …«

»Ich sagte ihm, dass ich mir erst darüber klar werden muss, ob du überhaupt infrage kommst.«

»Und was passt Ihnen nicht an mir?«

»Du bist eine Zappelliese.«

»Bin ich nicht.«

»Und eine Quasselstrippe.«

»Eine Quasselstrippe?«, wiederholte Maeve brüskiert. »Ich?«

»Wie lange kannst du stillsitzen und eine bestimmte Pose beibehalten?«

»Stundenlang«, entgegnete Maeve selbstbewusst.

»Auch auf einem Bein stehend?«

»Davon war nie die Rede.«

»Er zieht dich nur auf«, beruhigte Lindsay sie. »Glaube ich zumindest. Das war doch ein Scherz, oder, Ross?«

»Ich scherze nie. Modellsitzen ist eine todernste Angelegenheit.«

»Soll ich heute schon Modell sitzen?«, fragte Maeve.

»Auf jeden Fall.«

»Ich ziehe mich auf gar keinen Fall aus.«

»Um Himmels willen, Mädchen! Ich will gar nicht, dass du dich ausziehst. Genau genommen möchte ich sogar, dass du etwas Bestimmtes anziehst. Drüben im Bad findest du einen langen Rock, eine weite Bluse und eine Stola.«

»Eine was?«

»Das ist eine Mischung aus Decke und Schal«, erklärte Ross. »Zieh die Sachen an. Wollen mal sehen, ob du darin auch nur im Entferntesten aussiehst wie ein scheues schottisches Mädel.«

»Ich bin Irin«, stellte Maeve richtig.

»Und ich will ein Bild malen und keine Schallplatte aufnehmen.«

»Stimmt«, gab Maeve zu. »Wo ist das Bad?«

»Gleich dort.«

Maeve verschwand im Badezimmer und schloss die Tür hinter sich.

Lindsay nahm auf dem Diwan Platz und sah zu, wie ihr Cousin ein Zeichenblatt an einem Zeichenbrett festklemmte und mit dem Daumenballen prüfte, ob seine Bleistifte auch spitz genug waren. Sein gepflegter Bart und der Anzug im Country-Look gefielen ihr. Sie fand, dass er eher aussah wie ein gesetzter Gentleman als wie ein rebellischer, ungepflegter Künstler.

»Ich erkenne die Landschaft gar nicht wieder«, stellte sie fest.

»Ich habe sie aus verschiedenen Zeichnungen zusammengesetzt. Der Berg gehört zu den Campsies. Die Schafe habe ich auf einer Wiese in der Nähe von Lennoxtown entdeckt.«

»Und die Bäume?«

»Kelvingrove Park.«

»Du setzt also die einzelnen Teile zusammen wie bei einem Puzzle.«

»Genauso ist es.«

»Ziemlich clever.«

»Nicht wirklich«, entgegnete Ross schulterzuckend. Er rollte ein Podest hinter der Staffelei hervor und schob es in die Fensternische. »Erzähl mir ein bisschen mehr von der Kleinen.«

»Sie ist Forbes' Nichte, wie du weißt. Sie ist in Dublin aufgewachsen. Die Eltern haben dort ein kleines Hotel betrieben, das aber beim Osteraufstand von den Briten in die Luft gejagt wurde. Gowry McCulloch ist ihr Vater. Du erinnerst dich vermutlich nicht mehr an ihn?«

»Ich erinnere mich an den Skandal«, entgegnete Ross. »Ich weiß noch, dass meine Eltern damals viel hinter vorgehaltener Hand getuschelt haben und endlose Familienräte hinter verschlossenen Türen abgehalten wurden. Ich bin nicht viel jünger als du, Lindsay, aber ich hatte damals anderes im Kopf. Es hat doch einen Skandal gegeben, oder? Irgendetwas mit Forbes und Tom Calders Tochter aus erster Ehe?«

»Tom Calders Tochter ist Maeves Mutter.«

Ross strich sich mit einer kräftigen Hand über den Bart. »Das hatte ich ganz vergessen.«

»Gowry hat Maeve hergebracht, damit sie nicht in Schwierigkeiten gerät.«

»Sie kommt mir ungewöhnlich reif vor für ihr Alter.«

»Ich schätze, sie hat es bisher nicht leicht gehabt im Leben. Kannst du etwas mit ihr anfangen?«

»O ja, ich denke, doch.«

Maeve kam in einem knöchellangen Rock mit ausgefranstem Saum, einer weiten Leinenbluse und der Stola um die Schultern aus dem Bad. Sie stemmte die Hände auf die Hüfte und verbarg ihre Verlegenheit hinter einer kecken Pose. *»Voilà!«*

Ross nickte zufrieden, führte sie zum Podest und half ihr, sich hinzusetzen. Dann drehte er sie leicht seitwärts, damit das Licht auf sie fiel. »Kurzes Haar?«, fragte er.

»Das ist jetzt modern«, erklärte Lindsay.

»Maeve, bedeck bitte dein Haar mit der Stola.«

»Soll ich mein Gesicht verstecken?«

»Nein, nur dein Haar.« Er zog ihr den Schal über den Kopf und drapierte die Falten nach seinen Vorstellungen. »Würdest du diese Pose bitte halten?«

»Soll ich lächeln?«

»Nein. Kein Lächeln und kein Stirnrunzeln.«

Er kehrte zurück an die Staffelei, griff nach einem Bleistift und fing an zu zeichnen.

Lindsay hatte schon oft Männer zeichnen sehen, allerdings immer nur am Reißbrett, nie freihändig. Ross konzentrierte sich ganz auf die korrekte Wiedergabe der Grundlinien und übertrug, was er sah, mit zumindest anfangs beinahe mathematisch wirkender Akribie auf das Papier.

»Darf ich sprechen?«, fragte Maeve.

»Nein.«

Und so blieb sie reglos sitzen und schwieg, bis Ross das oberste Blatt vom Zeichenbrett nahm, es einrollte und hinter sich ablegte. Er wies Maeve an, etwas herumzulaufen, dann positionierte er sie wieder auf dem Podest, diesmal zurückgelehnt und mit dem Ellbogen auf ein Kissen gestützt; die Stola war um ihre Schultern gelegt.

»Darf ich die erste Zeichnung sehen?«, fragte Maeve.

»Ganz sicher nicht«, entgegnete Ross und vertiefte sich gleich wieder in seine Arbeit.

Seit der Party bei den Pickerings war Forbes irgendwie verändert. Lindsay hoffte, dass er so sehr mit sich selbst beschäftigt war, dass er ihrem Vorschlag ohne weitere Diskussionen zustimmen würde. Sie hätte es besser wissen müssen.

Sobald das Abendessen vorüber war, scheuchte sie Arthur und die Kinder hinüber in den Salon und bat Forbes um ein kurzes

Gespräch unter vier Augen. Er war sofort misstrauisch und nervös, blieb jedoch sitzen, während Miss Runciman Enid half, die Desertteller abzuräumen.

Im Salon gleich gegenüber versuchte Arthur vergeblich, so zu tun, als wäre alles ganz normal, indem er einige Akkorde auf dem Klavier spielte, in der Absicht, seinen Enkelsohn Philip zu unterrichten, der sich jedoch gerade weit mehr für das interessierte, was Maeve Harry zuflüsterte.

»Phil, mein Junge, versuch bitte, dich aufs Klavierspielen zu konzentrieren«, ermahnte er ihn.

»Ja, Grandee«, sagte Philip artig und griff kräftiger in die Tasten.

Maeve saß fast auf Harrys Schoß, die Wange an seinem Hals. Philip platzte fast vor Neugier und hätte am liebsten gerufen: »Was gibt es denn so Interessantes?«, als aus dem Esszimmer die wütende Stimme seines Vaters herüberschallte.

»Nur über meine Leiche!«

Maeve fuhr ruckartig zurück und setzte sich kerzengerade auf. »O Gott!«, stöhnte sie. »O Gott, es geht los.«

»Was?«, fragte Phil. »Was geht los?«

»Das geht dich nichts an«, ermahnte Arthur ihn.

»Meine Nichte wird auf gar keinen Fall wie ein Flittchen vor irgendeinem Möchtegernmaler posieren, der sie angafft und begrapscht.«

Maeve ließ sich in die Kissen zurücksinken und hielt sich die Ohren zu.

»Es ist mir egal, ob er zur Familie gehört ...«

»Onkel Ross?«, wollte Philip wissen.

Harry nickte.

»Sie wird sich auf gar keinen Fall splitterfasernackt einem Mann zeigen.«

»Ich wusste, dass das Ärger geben würde«, seufzte Maeve.

»Er bezahlt sie? Wie viel bezahlt er ihr?«

»Wie viel?«, erkundigte sich auch Harry.

»Fünf Schillinge und sechs Pence die Stunde«, entgegnete Maeve.

»Auf der Straße würde sie mehr verdienen!«, polterte Forbes.

»Dad scheint nicht gerade begeistert zu sein, oder?«, meinte Harry.

»Ich soll es ihr sagen? Glaub ja nicht, dass ich damit ein Problem habe, Lindsay.«

»Oh-Oh. Er kommt«, murmelte Philip.

Arthur klappte den Klavierdeckel herunter und zog seinen Enkel ganz nah zu sich heran, als Forbes auch schon hereinstürmte. »Ah, Forbes, da bist du ja.«

»Das Ganze war deine Idee, habe ich recht, Arthur? Aber bei Gott, noch habe ich hier das Sagen, und ich werde so etwas niemals erlauben.«

»Mr. Franklin trifft keine Schuld«, erklärte Maeve mutig. »Es war allein meine Idee.«

»Lüg mich nicht an, Maeve.«

»Du willst nur nicht, dass ich eigenes Geld verdiene, habe ich recht?«

»Es geht nicht um Geld, verdammt noch mal.«

»Worum dann?«

»Erst kommt Ross und dann irgendein anderer lüsterner ...«

»Beruhige dich, Forbes.« Lindsay, die ihrem Mann gefolgt war, legte ihm begütigend eine Hand auf den Arm.

Forbes schüttelte ihre Hand ab. »Wenn dir so viel daran liegt zu arbeiten, Maeve, werde ich in der Firma etwas für dich finden.«

»Kopieren? Nein, danke, ich habe schon eine Arbeit.«

»Modellsitzen ist keine Arbeit. Es ist ... das ist ...«

Maeve griff mit einer Hand unter das Sofa, holte eine Papierrolle hervor und entrollte Ross' Bleistiftzeichnungen.

Die Zeichnungen in der ausgestreckten Hand haltend, ging sie auf ihren Onkel zu. »Sie sind schön«, sagte sie. »Einfach nur schön.«

Maeve zeigte ihm die Zeichnungen und hielt dabei das untere Papierende fest, damit es sich nicht wieder einrollte.

Forbes hatte schon früher Bilder von Ross Franklin gesehen. Vor allem eins war ihm im Gedächtnis geblieben. Es war im Schaufenster einer Galerie angeboten worden für ganze dreihundert Pfund: Nymphen oder Engel, die in durchscheinenden Schleiern um den Leichnam eines Soldaten herumtanzten, aus dessen Brust der Schaft eines Speeres ragte. Er war damals nicht sonderlich beeindruckt gewesen und wollte es auch jetzt nicht sein.

Maeve wedelte mit den Zeichnungen vor seinem Gesicht herum.

Vielleicht lag es an ihren geröteten Wangen oder auch an dem Feuer in ihren dunklen Augen, das ihn an Sylvies leidenschaftliches Naturell erinnerte. Möglicherweise führte auch seine eigene Eitelkeit den plötzlichen Sinneswandel herbei. Er schloss den Mund und nahm ihr die Bilder aus der Hand.

Die oberste Zeichnung war so vollendet und hatte ihr Wesen so wunderbar getroffen, dass es ihn gegen seinen Willen berührte. Forbes fuhr sich mit einer Hand über den Schnauzbart. Er war es nicht gewöhnt, Frauen nachzugeben, aber jetzt, da er das genaue Abbild des Mädchens vor Augen hatte, gab er sich geschlagen. »Bist du das?«, fragte er mit belegter Stimme.

»Wer sollte es denn sonst sein?«, entgegnete Maeve patzig. »Gefällt es dir?«

»Es ... ja, es ist sehr hübsch«, gab Forbes zu. »Ich wusste gar nicht ...«

»Was?«, fragte Harry. »Dass Onkel Ross ein so guter Maler ist?«

»Nein, dass … Nein.« Forbes seufzte. »Also gut, Maeve, wenn du versprichst, für niemand anders Modell zu sitzen als für Ross, hast du meinen …« In einer hilflosen Geste hob er beide Hände.

»Deinen Segen?«, half Lindsay ihm aus.

Forbes seufzte wieder. »Ja, genau.«

Das Wetter war umgeschlagen und richtig ungemütlich. Die Jungen drängten sich auf der Veranda auf der Rückseite des schuleigenen Kiosks. Trotz des Regens machte der Inhaber ein Bombengeschäft mit Ingwereis und klebrigen Krapfen, aber die meisten Kunden hatten sich mit ihrem Snack bereits wieder in den Gemeinschaftsraum im Hauptgebäude zurückgezogen.

Ewan Calder gab vor, Regen zu mögen. Er hatte seine Vettern auf die Rückseite des Ladens geführt, wo sie lustlos an der Mauer lehnten, zusahen, wie Wasser von den Giebeln rann, und ihre Walnuss-Karamell-Bonbons kauten.

Ewan trank einen Schluck Ingwerbier aus einer dickbauchigen braunen Flasche. »Und, hast du sie schon gesehen?«, fragte er.

»Was gesehen?«, fragte Harry.

»Ihre Dinger.«

»Ihre was?«, fragte Philip verständnislos.

»Ihre Brüste«, zischte Ewan Calder ungeduldig.

»Sei kein Idiot, Ewan«, meinte Harry. »Natürlich nicht.«

»Würdest du sie denn nicht gern einmal sehen?«

»Darüber habe ich noch nicht nachgedacht.«

»Natürlich hast du darüber nachgedacht.« Ewan saugte einen Schluck Ingwerbier in eine Backe und spuckte es dann über das Verandageländer. »Ich wette, du denkst die ganze Zeit an nichts anderes.«

»Wir sind nicht alle so auf Mädchen fixiert wie du«, entgegnete Harry herablassend.

»So große Dinger«, fuhr Ewan unbeeindruckt fort. »Also, ich würde sie jedenfalls liebend gern mal sehen.«

»Herrgott noch mal!«, stöhnte Harry und verließ trotz des anhaltenden Regens die Veranda. »Das muss ich mir nicht länger anhören.«

Ewan packte seinen Arm, eine für seinen Vetter so untypische Geste, dass Harry tatsächlich stehen blieb. »Anschauen tut doch niemandem weh«, meinte Ewan. »Ich habe mir schon oft welche angeschaut.«

»Wie bitte? Du hast Maeves ... Maeves Brüste angeschaut?«, fragte Philip entgeistert.

»Nein, ihre nicht. Noch nicht«, gab Ewan zu.

»Wessen denn?«, hakte Harry herausfordernd nach.

»Das ist mein Geheimnis. Aber denk nur, dein Onkel wird sie splitterfasernackt sehen, bevor ...«

»Ich hätte es dir nicht erzählen sollen«, sagte Harry bitter.

»Früher oder später hätte ich ja doch davon erfahren. Willst du nicht mal mitgehen und ihr beim Modellsitzen zusehen?«

»Das würde Maeve ganz sicher nicht wollen.«

»Du kennst diesen Maler doch gut genug.« Ewan nahm wieder einen Schluck aus der Flasche. »Wir könnten einfach mal unangemeldet bei ihm hereinschneien, oder?«

»Wir?«, fragte Philip. »Wir alle drei?«

»Mit etwas Glück erwischen wir sie nackt«, meinte Ewan Calder hoffnungsvoll.

»So langsam finde ich dieses Gespräch beleidigend«, stellte Harry fest. »Maeve ist Gast in unserem Haus. Ich respektiere sie.«

»Du bist scharf auf sie, habe ich recht?«, fragte Ewan.

»Ich mag sie, ja«, entgegnete Harry.

»Du solltest sie nicht zu sehr ins Herz schließen, mein Lieber.«

»Was soll das nun wieder heißen?«

Ewan lächelte hintergründig. »Ich weiß etwas über sie, das du offenbar nicht weißt.«

»Ach ja?«, gab Harry gereizt zurück. »Und was sollte das sein?«

»Etwas, das meine Mutter meinen Schwestern erzählt hat.«

»Und deine Schwestern haben es dir umgehend weitererzählt?«

»Die Mädchen vertrauen mir alle ihre Geheimnisse an«, erklärte Ewan. »Nimm mich mit ins Atelier deines Onkels, dann erzähle ich dir, was ich über Maeve McCulloch weiß.«

»Nein, Ewan, das läuft nicht.«

Ewan Calder zuckte mit den Schultern. »Wie du meinst.«

»Genau. Und behalte in Zukunft deine schmutzigen Vorschläge für dich. Komm, Phil, wir müssen zurück in die Klasse.« Er setzte mit einem eleganten Sprung über die Brüstung und entfernte sich in Richtung Schulgebäude.

»Dinger?«, sagte Phil, der nur Bahnhof verstanden hatte. »Wessen Dinger?«

»PHILIP!«

»Schon gut, ich komme ja«, rief sein Bruder und lief die Treppe hinunter und hinter Harry her. Seine Frage blieb unbeantwortet.

Ross mischte Farben auf einem alten Tisch mit Marmorplatte, den er auf dem Dachboden des Hauses auf dem Harper's Hill entdeckt hatte. Das Mischen von Farben bereitete ihm stets große Genugtuung. Er hatte das Sakko ausgezogen, die Hemdsärmel aufgekrempelt, die Pfeife zwischen die Zähne geklemmt und summte eine Arie aus Gounods Oper *Faust*.

Eine Grundschattierung als Hautton des Mädchens, eine Reihe feiner Nuancen, um einen lebendigen Teint zu erreichen. Er würde sich allergrößte Mühe geben, um ihr gerecht zu werden. Arthur hatte gut daran getan, sie herzubringen. Sie war hübsch, sogar schön, allerdings zum Glück nicht von der oberflächlichen Schönheit einer koketten Brünetten oder einer gefärbten Champagner-Blonden, sondern von einer ausdrucksvollen Attraktivität, die eine Reife vermittelte, die selten war bei einem so jungen Menschen. Er gab einen Tropfen Walnussöl hinzu und vermischte das Ganze mit dem Pinsel. Ross zog es vor, Farben bei Tageslicht zu mischen, aber an diesem Abend war er ungeduldig. Er wählte einen sauberen Pinsel aus, nahm etwas Farbe auf und wollte den Farbton eben auf einem Stück Leinwand prüfen, als es an der Tür läutete.

Ross grummelte in seinen Bart.

Seine Putzfrau konnte es nicht sein; Mrs. Ormond weigerte sich, nach Einbruch der Dunkelheit so weit rauszufahren, und hatte es sich inzwischen sicher schon in ihrem Lieblingspub gemütlich gemacht. Er legte Pfeife und Pinsel aus der Hand. Während er immer noch leise vor sich hin schimpfte, durchquerte er das Atelier, um zu öffnen.

»Forbes? Welch unerwartetes Vergnügen.« Er hatte Forbes McCulloch seit fast einem Jahr nicht mehr zu Gesicht bekommen.

Forbes trug einen weiten Regenmantel und einen Schlapphut, sodass er in Ross' Augen mehr Ähnlichkeit mit einem Gangster hatte als mit einem Schiffsbauer. Er konnte sich denken, was Lindsays Ehemann von ihm wollte, und führte Forbes durch das Atelier hindurch ins Wohnzimmer. Das Feuer im Kamin war heruntergebrannt, und auf dem Tisch stand noch das Geschirr vom Abendessen. Mrs. Ormond würde es am Morgen abräumen und abwaschen.

»Whisky?«

»Nein, danke. Ich habe es etwas eilig, darum komme ich gleich zur Sache, wenn du nichts dagegen hast.«

»Überhaupt nicht. Tatsächlich ist mir das sogar lieber«, erwiderte Ross.

»Die Kleine, Maeve, meine Nichte …« Forbes nahm den Hut ab und hielt ihn sich vor die Brust, als wollte er einen Eid schwören. »Sitzt sie dir Modell?«

»Komm schon, Forbes«, entgegnete Ross. »Du weißt doch, dass sie das tut.«

»Wie lange?«

»Wie lange? Keine Ahnung, schwer zu sagen. Einen Monat, vielleicht auch sechs Wochen.«

»Für dieses Gemälde, *Das verlorene Herz?*«

»Hast du Einwände?«

Forbes schüttelte den Kopf. Sein Haar war lichter geworden. Ross fragte sich, ob der buschige Schnauzbart als Ausgleich für das schüttere Haupthaar dienen sollte.

»Wie viel gedenkst du ihr zu zahlen?«, fragte Forbes.

»Fünf Schillinge und sechs Pence die Stunde.«

»Was bekommst du für ein Gemälde?«

»Kommt drauf an«, entgegnete Ross vorsichtig.

»Sagen wir, vier mal sechs Fuß, inklusive eines massiven Goldrahmens.«

»Mit Heizkessel und Ladepumpe?«

»Das ist nicht komisch«, knurrte Forbes. »Wenn ich bei dir ein Bild in Auftrag geben würde, was würde mich das kosten?«

»Wenn du ein Dekorationsstück fürs Badezimmer brauchst, solltest du bei McNiven oder Gordon Taylor anfragen. Mein Auftragsbuch ist randvoll.«

»Ich dachte an ein Porträt von meiner Nichte.«

»Tatsächlich?«

»Ich würde genug bezahlen, dass du ein ordentliches Bild malst, aber ich möchte nicht, dass irgendjemand, vor allem Maeve selbst, erfährt, dass ich der Auftraggeber bin.«

»Darf ich fragen, was du mit dem Bild vorhast?«

»Ich möchte es meiner Frau schenken«, erklärte Forbes. »Das

wird eine nette Weihnachtsüberraschung. Könntest du das bis Weihnachten hinkriegen?«

»O ja«, entgegnete Ross. »Ich denke schon, dass ich in acht Monaten etwas Anständiges hinkriegen könnte, aber wie schon gesagt, leider sind meine Auftragsbücher voll.«

»Könntest du das Porträt nicht irgendwie zwischenschieben, als persönlichen Gefallen?«

»Du hast meine Zeichnungen gesehen?«

»Ja, und ich gebe zu, ich war beeindruckt.«

»Offenbar, sonst wärst du jetzt nicht hier«, stellte Ross fest.

Forbes setzte seinen Hut wieder auf und zupfte an der Krempe. »Sie kommt sowieso her, und ob mir das gefällt oder nicht, steht nicht zur Debatte. Es wäre ein Leichtes für dich, ihr Porträt zu malen, ohne ihr zu verraten, dass ich es bezahle.«

»Das wäre es«, gab Ross zu.

Forbes nickte. Offensichtlich gefiel es ihm zu verhandeln. »Wie viel müsste ich eigentlich veranschlagen?«, fragte er.

»Ich kann dir nicht aus dem Handgelenk eine Zahl nennen. Was für eine Art von Porträt schwebt dir denn vor? Nur Kopf und Schultern, Oberkörper oder Ganzkörper?«

»Ganzkörper?«, fragte Forbes beunruhigt. »Nein, nicht Ganzkörper.«

»Das hat nichts Anrüchiges, Forbes. Es geht nur darum, wie viel von ihr dargestellt sein soll – selbstverständlich bekleidet. Ich kann dir ein paar Postkarten berühmter Gemälde zeigen und dir erklären, was genau man unter Oberkörper- und Ganzkörper-Porträt versteht. Die Wahl der Pose müsstest du aber schon mir überlassen.«

»Ich möchte sie aber nicht wie tot in einem Heuhaufen liegen haben.«

Ross hatte sich seinen Brüdern noch nie sonderlich verbunden gefühlt, und was seinen irischen Vetter betraf, war das Gefühl von

Verbundenheit gleich null. Er empfand leises Mitleid mit Lindsay, die diesen Philister tagtäglich um sich hatte. Nachdenklich strich er über seinen Bart und sagte: »Keine Speere, keine rustikalen Lauben, versprochen. So wie ich sie sehe, würde das auch nicht zu ihr passen.«

»Und wie siehst du sie, wenn ich fragen darf?«

»In einem geblümten Kleid mit einem Sommerhut, wie sie über die Schulter blickt.«

Vor langer Zeit hatte er bei einem Familienpicknick auf Großvater Owens Anwesen in Pertshire Lindsay in einer solchen Pose gesehen. Das Bild hatte sich in seiner Erinnerung eingebrannt. Er hatte es in seinen tristesten Tagen in Bramwell des Öfteren heraufbeschworen und auf diese Weise Lindsay zu seiner unfreiwilligen Trösterin gemacht.

»Was würde ein Bild auf dieser Grundlage nun kosten?«

»Dreihundert«, antwortete Ross.

»Pfund?«

»Guineen.«

»Gerahmt?«

Ross schüttelte den Kopf. »Material eingeschlossen, der Rahmen geht extra.«

»Dann sind wir uns einig?«, fragte Forbes.

»Nun, es sieht ganz so aus.«

Arthur spielte mit den Kindern Karten. Sie spielten nicht um Münzen, sondern um Pfefferminzbonbons, und hatten einen Mordsspaß.

Lindsay dachte an die vielen Partien, die die Franklins in ebendiesem Zimmer gespielt hatten, auf dem Teppich kauernd, mit Florins und halben Kronen als Einsatz. Es freute sie, dass Grandee die Tradition an die jüngere Generation weitergab, die scheinbar verlernt hatte, sich zu beschäftigen und einfach nur Spaß zu haben. Miss Runciman saß auf dem Sofa und stopfte Socken, derweil Lindsay auf dem Klavierschemel Platz genommen hatte und an einem Gin Tonic nippte. Wäre Forbes daheim gewesen, wäre es nie zu dem Spiel gekommen, aber wie so oft war ihr Gatte nicht zum Abendessen erschienen.

Lindsay genoss es, ihre Söhne unbemerkt zu beobachten. In Anwesenheit ihres Gastes zeigten sie sich von ihrer besten Seite. Es schien irgendwie richtig, ein Mädchen im Haus zu haben, noch dazu ein so hübsches und lebhaftes junges Ding. Manchmal wünschte sie, ihre Ehe wäre nicht an Forbes' Untreue gescheitert und sie hätte mehr Kinder geboren, ein Mädchen als Verbündete, wenn, und der Augenblick würde unweigerlich kommen, Miss Runciman und ihr Vater das Zeitliche segneten. Natürlich hatte sie die Jungen, und die beiden waren ihr ganzer Stolz, aber irgendwann würden sie heiraten und eigene Familien gründen, und sie würde ganz allein mit Forbes zurückbleiben.

Ein Ass wurde aufgedeckt. Maeve kreischte entzückt, und Philip ließ sich rückwärts auf den Teppich sinken, eine Hand auf das Herz gelegt. Arthur hatte Harry einen Arm um die Schultern gelegt und stöhnte in gespieltem Entsetzen.

Fast hätte der ausgelassene Lärm das Läuten des Telefons übertönt.

»Das ist wahrscheinlich Forbes«, sagte Lindsay. »Ich gehe ran.« Mit dem Glas in der Hand ging sie hinaus auf den Flur. Sie vermutete, dass Gowry ihren Brief bekommen und aus Zorn die Kosten für einen Anruf in Kauf genommen hatte. Sie war nicht sicher, wie sie reagieren würde, falls Gowry seiner Tochter verbot, einem Maler Modell zu sitzen.

Sie nahm ab und hielt sich den Hörer ans Ohr.

»Lindsay, bist du allein?«

Die Frage klang so theatralisch, dass sie beinahe gelächelt hätte.

»Geoffrey?«

»Ja. Und? Bist du allein?«

»Nein, bin ich nicht. Warum fragst du?«

»Ich dachte, Forbes wäre vielleicht ...«

»Forbes sitzt beim Abendessen.« Die Lüge kam ihr ganz leicht über die Lippen. »Wo bist du?«

»Ganz in der Nähe.«

»Was heißt das? In Newcastle?«

»In einer Telefonzelle Ecke Madison Street.«

Lindsay hätte am blechernen Widerhall erkennen müssen, dass er eine der wenigen öffentlichen Fernsprecher gefunden hatte. Sie hörte das Klackern von Münzen, und für einen kurzen Moment war die Verbindung unterbrochen. »Geoffrey. Geoffrey, bist du noch da?«

»Ja, ich bin hier ... Gegenüber der Kirche.«

»St. Anne's?«

»Ja«, antwortete er.

»Möchtest du vorbeikommen?«

»Kannst du nicht herkommen?«

»Geoffrey ...«

»Denk dir irgendeine Ausrede aus. Geh mit dem Hund raus.«

»Wir haben keinen Hund.«

»Bitte. Nur eine halbe Stunde.«

»Warum diese Geheimniskrämerei?«, wollte Lindsay leicht irritiert wissen.

»Ich muss dich wiedersehen.«

»Wir könnten morgen Mittag essen gehen.«

»Morgen bin ich vielleicht schon nicht mehr da. Komm jetzt gleich.«

Er sprach im knappen Tonfall eines Mannes, der es gewohnt war, anderen zu befehlen.

Lindsay nippte an ihrem Glas und schmeckte Gin auf der

Zunge. Sie war jetzt mehr belustigt als geschmeichelt von den Bemühungen des Marineoffiziers. Nach Jahren der Trennung konnte er wohl kaum an gebrochenem Herzen leiden oder gar an akuter Verliebtheit.

»Regnet es?«, fragte sie.

»Wie bitte?«

»Ob es noch regnet?«

»Nein, es scheint vorbei zu sein.«

»Also gut. Mal sehen, was ich tun kann.«

»Lindsay ...«

Langsam legte sie den Hörer zurück auf die Gabel, leerte ihren Drink und brachte das Glas zurück in den Salon, wo das Kartenspiel noch in vollem Gang war.

Ihr Vater blickte auf. »Forbes?«

»Minnie Escourt.« Sie hätte ebenso gut »Charlie Chaplin« antworten können, so vertieft war er in das Spiel. Beiläufig fügte sie hinzu: »Ich gehe noch etwas an die frische Luft. Ich bin gleich wieder da.«

»Frische Luft schnappen?«, bemerkte Miss Runciman. »Um diese Zeit?«

»Es ist doch noch früh. Ich habe leichte Kopfschmerzen.«

»Nimm einen Regenschirm mit, Mum«, riet ihr Philip.

»Ja, Schatz, das mache ich.«

Es war schon weit nach neun, als das Taxi in den Flowerhill Drive einbog und am Straßenrand hielt. Dort stand es eine kleine Ewigkeit, bis Marjorie schließlich ausstieg und das Taxi davonfuhr. Forbes sah zu, wie sie mit ihrem Schal hantierte und anschließend die Hände in die Seiten stemmte und sich wand, als würde sie ihre Unterwäsche zurechtrücken.

Er trat von der Tür weg. »Du kommst spät.«

»Mitchell hat so lange beim Abendessen gesessen, dass ich schon geglaubt habe, er würde gar nicht mehr zum Treffen seiner Loge gehen. Was willst du von mir, Forbes?«

»Das weißt du doch, Liebes«, entgegnete er.

»Ich dachte, wir würden nicht mehr ... Ich meine, so bald ... Auf Stellas Party sagtest du doch, es sei zu gefährlich, dass wir uns weiter treffen.«

»Nicht gefährlicher als vorher.«

Er führte sie in die verlassene Eingangshalle und dann die Treppe hinauf in die Wohnung.

Das erste Mal, als er sie hergebracht hatte, war sie schrecklich nervös gewesen. Er hatte sie geradezu überreden müssen, mit ihm ins Schlafzimmer zu gehen. Sie war ein ganz typisches Exemplar der Gattung Frau, deren Widerwillen gegenüber körperlicher Liebe im Widerspruch stand zu ihrem Bedürfnis, geliebt zu werden. Aber heute Abend würde es Tränen geben, gleich eimerweise, wenn er ihr eröffnete, dass sie künftig getrennte Wege gehen mussten, obwohl sie insgeheim erleichtert sein würde, die Affäre unbeschadet überstanden zu haben.

Er verriegelte die Wohnungstür, nahm Marjories Handgelenk und zog sie an sich. Dann schob er eine Hand zwischen ihre Knie und hob die Lagen Stoff an, die ihren Bauch und ihre Schenkel bedeckten.

Sie versteifte sich, abwehrend, ohne sich richtig zu wehren, nachgebend, ohne wirklich nachzugeben. Schnallen, Bänder, Knöpfe, Schleifen, knielange Unterhosen unter einem glockenförmigen Rock, der schlaffe Bauch. Auf dem Flur war es dunkel, nur das Licht der Straßenlaternen kroch über das Linoleum. Dunkel genug, um sich vorzustellen, sie sei jemand anders.

»Forbes, du tust mir weh.«

»Tatsächlich? Entschuldige bitte.«

Seine Finger fanden ihre Weiblichkeit.

»Forbes . . .!«

Er schob ihr die Röcke hoch bis über die Hüfte und fingerte an den winzigen Perlenknöpfchen ihrer Unterhose. Er drückte die Hand fest gegen sie, fühlte, wie sie sich auf die Zehenspitzen stellte und dann ganz langsam, fast träge, auf seine Finger zurücksinken ließ.

»Nicht hier«, beklagte sie sich. »Nicht so.«

»Halt still, Marge«, sagte er.

Er befreite sich aus seiner Hose, ohne den Regenmantel auszuziehen, den nassen Hut noch auf dem Kopf, wenn auch weit in den Nacken geschoben. Er war sehr hart. Ein Griff genügte, um ihn aufzurichten. Forbes packte sie bei der Hüfte, zog sie abrupt nach vorn und drang in sie ein. Sie fiel in sich zusammen, beugte die Knie, gab einen seltsamen erstickten Laut von sich und sank dann an seine Schulter. Ihre Hutnadel kratzte ihn am Ohr.

Ganz vorsichtig zog Forbes sich aus ihr zurück.

»Nicht«, murmelte sie. »Nein, nicht. Es ist nicht . . .«

»Nicht genug?«

»Nein, nein. Nein.«

Er bezweifelte, dass sie je zuvor auf so derbe, fast animalische Art genommen worden war, im Stehen wie eine der Dirnen, die am Gallowgate auf Freier warteten. Endlich war es ihm gelungen, sie aus ihrer Lethargie zu reißen, sie ihr spießiges, damenhaftes Bedürfnis vergessen zu lassen, sich nur zu ihren eigenen Bedingungen hinzugeben.

Er schüttelte den Regenmantel ab und ließ ihn achtlos zu Boden fallen. Dann eilte er ins Schlafzimmer, knipste das Licht an, ließ die Jalousie herunter und zog die Vorhänge zu. Anschließend deckte er das Bett auf, riss sich das Jackett herunter und knöpfte Weste und Hose auf. Sein schneeweißes gestärktes Hemd stand vorne ab wie teures Geschenkpapier.

Marjorie stand derweil mit verrutschtem Hut in der Tür und beobachtete ihn. »Ich muss heim, Forbes, bevor Mitchell ...«

»Zieh dich aus.«

»Wie bitte?«

»Zieh die Kleider aus. Alles.«

»Bist du denn noch nicht fertig?«

»Ich habe noch gar nicht richtig angefangen.«

Sie wich zurück auf den dunklen Flur. Er ging zu ihr, zog sie unsanft ins Schlafzimmer und trat mit dem Absatz die Tür zu. »Sei ein liebes Mädchen, Marge«, meinte er. »Zieh die verdammten Kleider aus, und lass mich dich ansehen.«

»Ich ... ich kann nicht. Ich will nicht.«

»Dann tue ich es.«

»Nein, Forbes. Bitte nicht.«

Ungeduldig schleuderte er sie quer auf das Bett und setzte sich rittlings auf sie. Sie breitete in einer flehenden Geste die Arme aus, während er Jäckchen, Bluse und Mieder aufknöpfte und ihre Brüste entblößte. Er rieb sich an ihnen, während er gleichzeitig mit einiger Mühe den Mantel unter ihr hervorzog. Dann streifte er ihr den Plisseerock und die knielange Unterhose über die Beine, sodass sie nur noch Strümpfe und Strumpfhalter trug.

»Um Himmels willen, Marjorie, hilf doch ein bisschen mit, ja?«

Plötzlich überkam ihn blankes Entsetzen, als er realisierte, was er da tat. Er sah die Tränen, die ihr über die Wangen liefen, und musste feststellen, dass er nicht ganz so hartgesotten war, wie er sich eingebildet hatte. Hastig deckte er sie mit der Tagesdecke zu und ließ ernüchtert von ihr ab.

Der Kuss war mehr als nur eine freundschaftliche Begrüßung. Seine Lippen waren kalt, sein Kinn glatt rasiert. Er roch nach Gewürzen und Talkum-Puder. Sein Mantelkragen war feucht, nachdem es wieder angefangen hatte zu regnen. Geoffrey ließ die Hand, in der er den Hut hielt, herabbaumeln, und legte den freien Arm um ihre Taille, als wollte er mit ihr im fahlen Licht der Straßenlaterne auf dem nassen Bürgersteig ein Tänzchen wagen.

Lindsay hatte ganz vergessen, wie groß er war. Sie stellte sich auf die Zehenspitzen, um seine kalten Lippen zu küssen. Sie war ganz sicher, Geoffrey Paget nicht zu lieben, aber sie liebte es, ihn zu küssen. Und in diesem Moment fand sie das Szenario vorgetäuschter Gefühle befriedigender als echte Emotionen.

»Geht es dir gut, Lindsay?«

»Bestens, danke der Nachfrage.«

Er küsste sie noch einmal, fast so, als könnte er nicht anders.

Lindsay fühlte sich leicht wie eine Daunenfeder, die vom nächsten Windhauch davongetragen werden würde.

»Ist Forbes zu Hause?«, fragte er.

»Von dem haben wir nichts zu befürchten«, entgegnete sie.

»Sollen wir ein paar Schritte gehen?«

»Ja, machen wir das.«

Er nahm ihre Hand, und sie schlenderten um die Kirche herum auf die ausladende Kurve, die zum Brunswick Park führte.

Auf der Straße war viel los: junge Leute, Familien, Kinogänger, der eine oder andere wankende Trunkenbold, Leute mit Hund. Alle zu Fuß und viele mit mürrischer Miene, vermutlich wegen des schlechten Wetters.

Auch Forbes war irgendwo hier draußen unterwegs, aber das kümmerte Lindsay nicht. Sie spazierte Hand in Hand mit Geoffrey daher, als hätten sie sich neu ineinander verliebt.

»Du hast mir gefehlt«, sagte er.

»Du mir auch.«

Die Schwindelei schien das Band zwischen ihnen zu verstärken.

»Ich musste dich einfach wiedersehen«, meinte er. »Ich glaube, das weißt du.«

»Ja, ich weiß.«

Im Schatten einer Platane küssten sie sich erneut.

Lindsay seufzte. »Ich dachte, du hättest dich vielleicht mit deiner Frau versöhnt.«

»Ich habe keine Frau mehr«, entgegnete Geoff, »du aber einen Mann.«

»Sind wir nicht gerade ein wenig voreilig?«

»Vermutlich, ja.«

»Tut es dir leid, dass du mich damals aufgegeben hast, Geoffrey?«

»Habe ich das denn?«

»Vielleicht nicht«, gab Lindsay zu. »Vielleicht hast du mir damals einfach nur zu viel Raum zum Manövrieren gelassen.«

»Ja, das könnte sein«, gab er zu.

»Wohnst du im ›Central‹?«

»Ja.«

»Für wie lange?«

»Nicht lange genug, fürchte ich.«

»Nicht lange genug wofür?«

»Um mit dir dorthin zu gehen.«

»Zum Mittagessen?«

Er blickte lächelnd auf sie herab. »Genau. Zum Mittagessen.«

»Wirst du wieder mit mir hingehen, wenn du das nächste Mal in der Stadt bist?«, fragte Lindsay.

»Wenn du versprichst zu kommen.«

»Wahrscheinlich wirst du mich erst überreden müssen.«

»Dann ist es abgemacht«, meinte er.

Sie war keine Stunde fort gewesen, aber als sie zurückkam, war das Kartenspiel beendet, und Forbes lungerte mit säuerlicher, misstrauischer Miene in der Diele herum.

»Wo zum Teufel bist du gewesen?«, fauchte er.

Lindsay war völlig ruhig und entspannt. »Ich war mit meinem Liebhaber im Regen spazieren.«

Forbes zögerte einen Moment, dann lachte er. Mit einem kleinen Winken quittierte er ihren »Scherz«, wandte sich ab und ging nach oben ins Bett.

Kapitel 7

Bezahlung in Naturalien

Tom Calder ging nicht davon aus, dass alle Künstler von Natur aus verdorben waren und kreative Menschen automatisch freier in ihrem Denken waren als Kalfaterer, Schweißer oder auch Ärzte, Rechtsanwälte oder Architekten.

Sofern er sich überhaupt sorgte, weil seine Enkelin einem Maler Modell sitzen sollte, ließ er sich hiervon nichts anmerken. Er teilte Cissie und den Mädchen die Neuigkeit ganz beiläufig mit, obwohl er wusste, dass seine Frau schockiert sein würde. Seine Töchter folgten pflichtschuldig dem Beispiel der Mutter und äußerten Empörung darüber, dass ein Mädchen, das etwas auf sich hielt, auch nur in Betracht ziehen konnte, für einen fremden Mann zu posieren. Allerdings waren die Mädchen in diesem Punkt ebenso unaufrichtig wie Cissie. Sie verachteten Maeve keineswegs. Tatsächlich bewunderten sie ihre irische Verwandte für ihren Mut.

»Dad?«

»Ja, mein Sohn.«

»Glaubst du an die Ursünde?«

Tom zögerte mit der Antwort. »Nein.«

»Ich auch nicht«, erklärte Ewan. »Und was ist mit dem Heiligen Geist?«

»In der Lehre der Christian Scientists?«, hakte Tom nach.

»Ja. Ich bin mir nicht sicher, was den Heiligen Geist angeht.«

»Inwiefern bist du dir nicht sicher? Glaubst du nicht an die Existenz des Heiligen Geistes oder an seine Umsetzung?«

»An die Umsetzung.«

Tom drehte sich auf seinem Stuhl herum und hielt den Füller

vom Schreibtisch weg. Der Teppich vor dem Arbeitstisch war schon voller Tintenklekse. Ewan lümmelte sich in dem Lehnsessel vor dem Kamin, wo er es sich oft gemütlich machte und las oder plauderte, während Tom mit statischen Problemen oder den exakten Maßen von Splintdichtungsscheiben zu kämpfen hatte.

»Hast du mit Doktor Bradley darüber gesprochen? Der ist zwar kein Mitglied der Christian Scientists, aber immerhin Doktor der Theologie.«

»Ein Flötenorchester zu leiten und in einer Oranier-Loge Whisky zu trinken, entspricht nicht meiner Vorstellung von Theologie«, entgegnete Ewan.

»Darf ich daraus schließen, dass du mit Doktor Bradley aneinandergeraten bist?«

»Gewissermaßen«, gab Ewan zu. »Er hat mir gesagt, dass die Christian Science fast genauso schlimm wäre wie der Römische Katholizismus, und mir geraten, auszutreten und zu beten.«

Obwohl er alle Hände voll zu tun hatte, nahm Tom sich Zeit, um sich Ewans unausgegorene, pseudophilosophische Tiraden anzuhören.

»Dürfen Cousins eigentlich heiraten?«, fragte Ewan zusammenhanglos.

»Wie bitte?«

»Dürfen Cousins heiraten, von Rechts wegen, meine ich.«

»Natürlich können sie das. Deine Tante Lindsay und Onkel Forbes sind doch auch Cousin und Cousine.«

Ewan grübelte eine Weile. »Und sie sind verheiratet?«

»Was für eine dumme Frage! Natürlich sind sie das!«

»Also könnte Harry rein theoretisch Maeve McCulloch heiraten.«

»Theoretisch wäre das wohl möglich, ja.«

»Aber wenn sie deine Enkeltochter ist ...«

»Ich bin nicht mit den Franklins verwandt.«

»Mam aber.«

»Hat Harry irgendetwas gesagt, das dich zu der Annahme veranlasst, er möchte Maeve eines Tages zur Frau nehmen?«

»Ich glaube, er ist in sie verliebt.«

»Ich verstehe.« Tom drehte den Füller zwischen Zeigefinger und Daumen. »Du hast dich nicht zufällig auch in die junge Dame verguckt, oder, mein Sohn?«

»Das wäre Inzest, oder?«

»Nur, wenn ... Doch, ja, das wäre es. Natürlich spricht nichts dagegen, dass du sie *magst.*«

»Sie ist nicht mein Typ«, log Ewan. »Wie sähe es denn rein rechtlich aus, wenn Harrys Vater auch Maeves Vater wäre?«

»Dann würde Harry gegen geltendes Recht verstoßen, wenn er sie heiraten oder ...«

»Oder mit ihr zusammenleben würde?«

»Ja, genau. Aber Maeve ist Harrys Cousine und nicht seine Schwester, und somit sind solcherlei Überlegungen müßig.« Tom legte den Füller aus der Hand. »Warum fragst du mich das alles, Junge?«

Ewan mochte ja ein junger Mann ohne sportliche Ambitionen sein, dafür war er geistig umso reger. Geschmeidig erhob er sich aus dem Lehnsessel. »Ich war nur neugierig«, meinte er und schlenderte hinaus.

Sein Vater blieb nicht nur leicht verwirrt, sondern völlig perplex zurück.

Seltsam, wie manche Dinge einen geradezu verfolgen, dachte Forbes. Der hufeisenförmige Türklopfer an der Tür zur Wohnküche seiner Mutter hatte früher einmal an der Hintertür seines Elternhauses in Towers gehangen. Der Klopfer war für ihn ein Sinnbild für kindliche Unschuld oder zumindest das, was man in der Familie McCulloch als solche gelten ließ.

Er klopfte an.

Nichts geschah.

Forbes klopfte wieder, diesmal unter Zuhilfenahme des Hufeisens.

Aus der Wohnung drang kein Laut.

Er fragte sich, ob der alte Drachen vielleicht tot auf dem Fußboden lag. Unwahrscheinlich, sagte er sich gleich darauf. Seine Mutter war nicht der Typ, der sang- und klanglos aus dem Leben schied.

Forbes legte ein Ohr an die Tür und hörte ein Schlurfen.

Flüstern.

Dann die Stimme seiner Mutter, kaum mehr als ein Krächzen. »Wer ist da?«

»Ein Freund«, antwortete Forbes trocken. »Mach endlich die verdammte Tür auf, Mutter.«

Sie öffnete die Wohnungstür einen Spaltbreit und funkelte ihn böse an. »Was willst du denn hier?«

»Wir haben dich Wochen nicht mehr zu Gesicht bekommen«, sagte Forbes. »Ich bin vorbeigekommen, um zu sehen, ob bei dir alles in Ordnung ist, und um dich zum Abendessen einzuladen.« Sie hielt sich so gebeugt und war dermaßen in sich zusammengesunken, dass er die Augen zusammenkneifen musste, um Einzelheiten auszumachen. »Was ist los?«

»Ich habe zu tun.«

»Zu tun? Du!«

»Komm morgen wieder, Forbes.«

»Hast du Herrenbesuch?«

»Maeve ist nicht zufällig mitgekommen?«, fragte Kay McCulloch.

»Nein.«

»Nun, dann wird es wohl nichts schaden, wenn du hereinkommst.« Sie gestattete ihm, die Tür weiter zu öffnen, und führte ihn in die Küche.

Dort war es düster, da nirgendwo Gaslampen brannten.

Der Mann stand drüben an der Tür zur Vorratskammer, neben dem Spülbecken. »Ist das dein Sohn, Kay?«

Der butterweiche Akzent, den Forbes seit Jahren nicht mehr gehört hatte, weckte Erinnerungen an Männer, die sich in der Küche seines Elternhauses in Towers berieten, während Charlie und er durch den Türspalt lugten, bis Da sie verscheuchte.

»Ja«, sagte Kay McCulloch. »Das ist Forbes.«

»Jetzt wissen Sie also, wer ich bin«, stellte Forbes fest. »Und wer zum Teufel sind Sie?«

»Mein Name tut nichts zur Sache«, erklärte der Mann. »Allerdings werde ich Ihnen die Hand schütteln. Immerhin habe ich es Ihnen zu verdanken, dass ich hier bin.«

»Mir!«, rief Forbes perplex aus.

Der Mann war um die sechzig, groß und kräftig. Er trug einen Friesmantel und Gamaschen, sodass Forbes ihn für einen Bauern oder auch einen Offizier der Irish Liberation Army hielt – oder beides. Die Gamaschen waren verräterisch, doch Forbes war schon zu lange aus Irland fort, um solche Details richtig deuten zu können.

»Was ist? Wollen Sie mir nun die Hand geben oder nicht?«, fragte der Fremde.

Forbes trat vor. »Natürlich, ja, warum nicht?«

Der Händedruck des Fremden war kraftvoll, seine Hände voller Schwielen.

»Sind Sie schon länger in Glasgow?«, erkundigte sich Forbes.

»Nein, nicht lange, im Gegenteil.«

Forbes zog sich einen Stuhl heran und setzte sich.

»Also gut. Reden wir nicht lange um den heißen Brei. Wie kommen Sie darauf, dass ich etwas mit Ihrem Hiersein zu tun hätte?«

»Diese wunderbare Klassefrau hier hat mich darauf gebracht.«

»Stehst du noch mit der Bruderschaft in Verbindung, Ma?«, fragte Forbes stirnrunzelnd.

»Klar steht sie, warum sollte sie auch nicht?«

Der Fremde setzte sich zu ihm an den Tisch.

Kay McCulloch öffnete den Schrank neben dem Herd. Forbes hörte, wie ein Streichholz angerissen wurde, dann das Aufflammen eines Gasrings. Der schwache Lichtschein spiegelte sich in der Fensterscheibe. Der Fremde hatte fleischige Wangen und einen schlaffen Hals. Unter dem Friesmantel trug er einen ordentlichen Anzug mit Nadelstreifenhose unter den Gamaschen. Die Stiefel waren auf Hochglanz poliert.

»Sind Sie Soldat?«, wollte Forbes wissen.

»Jawohl – in gewisser Weise.«

»Also gut, da Sie offenbar der irrigen Ansicht sind, ich hätte der Bruderschaft etwas zu bieten, seien Sie doch bitte so gut, mir zu verraten, was das sein könnte.«

»Geld, mein Sohn«, antwortete Kay McCulloch für ihren Gast. »Er ist wegen des Geldes hier.«

»Geld? Was für Geld?«

»Das Geld, das du Maeve für unseren Peter gibst.«

»Hä?«

»Dieser Gentleman ist hier, um sicherzugehen, dass das Geld auch in die richtigen Hände gelangt.«

»Immer langsam!«, protestierte Forbes. »Sie haben da etwas missverstanden, fürchte ich. Meine Abmachung mit Maeve geht weder Sie noch die Bruderschaft etwas an.«

»Das klang in dem Brief, den die Kleine ihrer Ma geschrieben hat, aber ganz anders«, entgegnete der Mann ruhig.

»Herrgott noch mal!«, schimpfte Forbes. »Lernt Sylvie denn gar nichts dazu? Hören Sie, wer immer Sie auch sein mögen, tut mir leid, wenn Sie den weiten Weg völlig umsonst auf sich genommen haben, aber hier gibt es für Sie nichts zu holen. Ich habe Maeve versprochen, die Summe, die sie selbst verdient, zu verdreifachen, aber dieses Versprechen sollte vor allem dazu dienen, sie davon abzuhalten, Dummheiten zu machen. Ganz sicher war es nie mein Anliegen, Ihren verfluchten Krieg gegen die Engländer zu finanzieren.«

»Hat Maeve schon eine Anstellung gefunden?«, erkundigte sich seine Mutter.

»Ja. Sie sitzt einem Maler Modell.«

»Ross?«

»Ja – Ross.«

»Und wer hat sie darauf gebracht? Du?«

Ehe Forbes darauf antworten konnte, meldete sich der Fremde wieder zu Wort:

»Is' schon gut, Kay, das ist doch harmlos, verglichen mit dem, was manch andere Mädchen für die Sache tun.«

»Sie heißen nicht zufällig Trotter?«, fragte Forbes.

»Turk? Nein, das bin ich nicht. Ich bin jemand anders.«

»Maeve interessiert sich nicht für die Bruderschaft«, stellte Forbes fest. »Ihr geht es nur um diesen Trotter.«

»'türlich interessiert sie sich für die Bruderschaft«, widersprach der Fremde. »Sie ist doch Dan McCullochs Fleisch und Blut, oder etwa nicht?«

»Es interessiert mich nicht die Bohne, wer ihr Großvater war – am Rande bemerkt, war er mein Vater –, die Kleine ist sich nicht im Klaren darüber, worauf sie sich da einlässt.«

»Aber Sie wissen es, ja?«, fragte der Mann.

»Ich unterstütze keine Organisation, ganz egal, welcher Couleur. Ich habe eine weiße Weste.«

»Und wir nicht?«

»Das interessiert mich nicht.«

»Das sollte es aber, Forbes«, mischte sich seine Mutter ein. »Hilf ihnen.«

»Um Himmels willen, Ma! Ich dachte immer, du verachtest die Bruderschaft für das, was sie Da eingebrockt hat. Hast du Charlie und Peter Geld geschickt?«

»Und wenn? Wie sollte ich sonst das Andenken an deinen Vater hochhalten?«

»Deshalb lebst du also wie ein verdammter Einsiedler, ja? Von dem Geld, das du von mir bekommst, unterstützt du die Rebellen.«

»Ich möchte nicht, dass meine Jungs verhungern.«

»Und Sie ...« Forbes wandte sich wieder an den ominösen Besucher. »Sie bilden sich also ein, Sie könnten mir noch mehr Geld aus der Tasche ziehen, ja? Nun, da muss ich Sie enttäuschen. Wie ich schon sagte ...«

»Die Kleine«, fiel der Mann ihm ins Wort. »Die Kleine liegt Ihnen doch am Herzen, oder?«

»Natürlich tut sie das.«

»Zeig es ihm«, drängte Kay McCulloch. »Los, zeig es ihm.«

»Was soll er mir zeigen?«

Der Fremde schlug den Mantel auseinander und kramte in den Taschen. Schließlich zog er ein zusammengefaltetes Blatt Papier hervor, das er Forbes reichte.

»Wenn ich den Schund lesen soll, Mutter, könntest du wenigstens etwas Licht machen, ja?«

Sie zündete die Gaslampe an und drehte die Flamme höher.

Forbes strich das Blatt auf dem Tisch glatt und überflog die kurze getippte Nachricht. Der Text versetzte ihm einen kleinen Stich:

AUGE UM AUGE, ZAHN UM ZAHN, EIN LEBEN FÜR EIN LEBEN.

»Was zum Teufel hat das zu bedeuten?«

»Genau das, was da steht. Es ist eine Morddrohung.«

»Und die gilt mir? Wollen Sie mich einschüchtern?«, fragte Forbes.

»Nein, sie gilt nicht Ihnen«, antwortete der Fremde.

»Wem denn?«, wollte Forbes wissen.

»Sie war an Maeve adressiert«, erklärte seine Mutter.

»An welche Adresse?«

»Die Endicott Street in Dublin. Sylvie hat den Brief geöffnet.«

»Sie hat niemandem davon erzählt, nicht einmal Gowry. Sie hat sich gleich an Charlie gewandt, und der hat Mr. Coffey ...«

»Coffey? Ist das Ihr Name?«, unterbrach Forbes seine Mutter.

»Charlie hat diesen Gentleman informiert und hierher geschickt, um uns zu warnen.«

»Ich glaube kein Wort von dieser Räuberpistole. Ihr wollt mir nur Angst machen, damit ich Bares rausrücke. Wofür braucht ihr Geld? Für Munition, Dynamit, Waffen? Jedenfalls nicht, um hungernde Kinder durchzufüttern, wette ich.«

»Was denn, was denn«, entgegnete Mr. Coffey besänftigend. »Warum gleich so aggressiv?«

Forbes las die Nachricht noch einmal. Jeder hätte diese Worte auf einer x-beliebigen Schreibmaschine tippen können, wirklich jeder. Hielt der Kerl ihn für vollkommen verblödet? Das alles, nur weil er sich in bester Absicht zu einer großzügigen Geste hatte hinreißen lassen, um der Tochter seines Bruders eine Freude zu machen? Zornig zerknüllte er den Brief und schleuderte ihn Coffey entgegen. »Wer sollte den Dreck verfasst haben, wenn nicht Sie selbst? Wer sollte Maeve eine Morddrohung schicken, können Sie mir das sagen?«

»Irgendein V-Mann des britischen Geheimdienstes«, antwortete Coffey ernst. »Die Straßen jeder Stadt in Irland sind voll von Morddrohungen. Sie haben es auch gar nicht auf Ihr kleines Mädchen abgesehen, sondern auf Turk Trotter.«

»Und warum bedrohen sie dann Maeve?«

»Um Trotter aus der Reserve zu locken und dazu zu bringen, sich zu stellen.«

»Weiß Maeve von dem Brief?«

»Nein, noch nicht.«

»Dann belassen wir es dabei«, meinte Forbes.

Coffey schüttelte den Kopf. »Es ist unsere Pflicht, es ihr zu sagen.«

Forbes schnaubte. »Ach, kommen Sie, die Engländer sind nicht so skrupellos, dass sie ein junges Mädchen kaltblütig ermorden würden. Das heißt, drüben in Dublin würden sie es vielleicht sogar wagen, aber niemals hier auf dem Festland.« Coffey hob den zerknüllten Brief vom Fußboden auf und steckte ihn wieder ein. »Also gut«, fuhr Forbes fort. »Ich gebe Ihnen fünfzig Pfund für den Wisch, wenn Sie mir im Gegenzug hoch und heilig versprechen, Maeve nicht damit zu behelligen.«

»Sie ist in Gefahr«, sagte Kay.

»Das ist sie nicht«, widersprach Forbes gereizt. »Verflucht noch eins, Ma, hältst du mich für so naiv, wie mein alter Herr es war? Ich weiß genau, dass ihr beide mich auf den Arm nehmt und es hier nur um Geld geht. Stimmt es nicht, Mr. Coffey?«

»Bares ist immer nützlich.«

»Fünfzig Pfund.«

»Sagen wir, einhundert.«

»Kommt nicht infrage«, brummte Forbes.

»Achtzig.«

»Also gut, achtzig. Und ich bekomme den Brief.« Mit einer resignierten Geste winkte er ab. »Ach, was soll's, zum Teufel mit dem Brief! Sie können ja in fünf Minuten einen neuen tippen.« Er stand auf. »Bei Gott, Mutter, ich hätte nie gedacht, dass du einmal so tief sinken würdest, deinen eigenen Sohn zu erpressen, ganz zu schweigen von deiner Enkelin.« Er stützte sich auf den Tisch und hielt das Gesicht ganz dicht vor Mr. Coffeys. »Und wenn ich Ihre hässliche Fratze jemals wieder zu sehen bekomme, Mr. Coffey, mache ich Sie fertig. Halten Sie das bloß nicht für eine leere Drohung. Und sollte ich von Maeve erfahren, dass du ihr von der angeblichen Morddrohung erzählt hast, Ma, hetze ich dir höchstpersönlich die Bullen auf den Hals.« Er stieß sich vom Tisch ab und setzte den Hut auf. »Sie nehmen wohl keinen Bankwechsel, oder?«

Mr. Coffey lächelte. »Bargeld wäre mir lieber.«

»Ich schicke morgen früh jemanden mit dem Geld vorbei.«

»Brauchen Sie eine Quittung?«, fragte Mr. Coffey lächelnd.

»Nein, danke.« Mit einem letzten vernichtenden Blick auf seine Mutter stolzierte er aus der Wohnung und suchte den nächstbesten Pub auf.

Lindsay und Eleanor Runciman saßen im Salon, als Forbes heimkam. Er steckte den Kopf zur Tür herein und fragte knapp: »Wo ist Maeve?«

»In ihrem Zimmer.«

»Was macht sie denn da?«

»Ich nehme an, sie ist zu Bett gegangen«, entgegnete Lindsay. »Was ist denn los mit dir?

»Nichts.«

Sie folgte ihrem Mann zum Garderobenschrank in der Diele und sah zu, wie er Mantel und Hut aufhängte. »Hast du getrunken?«

»Nur einen Brandy, einen einzigen verdammten Brandy.«

»Kein Grund, mich gleich so anzufahren.«

»Ist heute Post gekommen? Ein Brief für Maeve?«

»Nicht, dass ich wüsste«, erwiderte Lindsay. »Was ist denn?«

»Nichts, das sagte ich doch bereits. Ich bin müde, das ist alles.« Er schob sich an ihr vorbei und ging nach oben.

Lindsay war versucht, ihm zu folgen, überlegte es sich jedoch anders und kehrte stattdessen zurück in den Salon. Miss Runciman blickte mit hochgezogenen Brauen fragend zu ihr auf. Lindsay schüttelte den Kopf. Hätte er nicht nach Maeve gefragt, hätte sie vermutet, Forbes hätte von ihrem abendlichen Spaziergang mit Geoffrey erfahren. Sie freute sich beinahe auf den Tag, an dem das geschah. Lindsay blieb an der Salontür stehen, lauschte dem Knarren der Treppenstufen und fragte sich, was Forbes um diese Zeit noch mit Maeve zu besprechen haben mochte.

»Wer ist da?«

»Onkel Forbes. Darf ich reinkommen?«

»Augenblick.«

Maeve zog einen Morgenmantel – eine Leihgabe von Harry – über das Nachthemd. Sie hatte noch nicht geschlafen, sondern im Bett gesessen und in einem Buch über Stiche eines Holländers namens Vermeer geblättert, das Arthur in der Bibliothek ausgegraben hatte. Die Stiche sahen anders aus als echte Gemälde, strahlten aber auch ohne Farbe Kühle und Gelassenheit aus. Sie fragte sich, ob Ross sie gern an einem Klavier malen würde, oder lieber, wie sie an seinem Küchenfenster stand und Milch aus einem Krug in ein Glas einschenkte.

Der Morgenmantel war braun mit einem seidenen Gürtel. Der Mantel schleifte hinter ihr über den Boden wie eine Schleppe, als sie zur Tür eilte. »Stimmt etwas nicht?«, fragte sie.

Forbes' Lächeln war so kalt und farblos wie ein Kupferstich. »Nein, nein, alles bestens. Ich wollte dir nur eine gute Nacht wünschen.«

Sie wusste nicht, ob es unpassend wäre, ihn hereinzubitten. Harry würde sie im Nachthemd jedenfalls nicht hereinlassen, ja nicht einmal Philip. Bei Mr. Franklin wäre es hingegen sicher in Ordnung, immerhin war der schon alt.

Sie zögerte und hielt die Tür mit beiden Händen fest.

»Hast du in letzter Zeit Nachricht von zu Hause bekommen?«

»Ich habe Samstag einen Brief bekommen«, meinte Maeve.

»Von deiner Mutter?«

»Ja. Sie hat sich nach dir erkundigt.«

»Tatsächlich? Samstag, sagst du … Und seither nicht mehr?«

»Was ist denn?«, fragte Maeve beunruhigt. »Ist in Dublin etwas passiert?«

»Nein, großer Gott, nein«, meinte Forbes kopfschüttelnd. »Nichts dergleichen, Schätzchen. Wenn du deiner Mutter das nächste Mal schreibst, bestell ihr Grüße von mir.«

»Mache ich«, entgegnete Maeve, immer noch stirnrunzelnd.

Harrys Morgenmantel verrutschte plötzlich über der Brust. Sie fühlte den schweren Stoff von ihren Brüsten gleiten. Sie nahm eine Hand von der Tür und hielt den Morgenmantel am Kragen zu, damit ihr Onkel bloß nicht glaubte, sie wolle ihm schöne Augen machen.

»Und was ist mit deinem Freund? Gibt es von ihm etwas Neues?«

»Mein Freund? Ach, du meinst Turk. Nein, kein Wort.«

»Vielleicht ist er einfach nur kein großer Briefeschreiber.«

»Nun, jedenfalls scheint er nicht viel Lust zu haben, meine Briefe zu beantworten«, stellte sie fest.

»Andererseits, wenn er untergetaucht ist …«

»Er weiß, wo ich bin.«

»Hast du ihm gesagt, dass du bei uns wohnen würdest? Hat er unsere Adresse?«

»Klar hab ich das.«

»Na dann …« Wieder dieses sonderbare leere Lächeln. »Vielleicht steht er ja eines Tages plötzlich vor der Tür.«

»Kann schon sein«, entgegnete Maeve nachdenklich. »Aber eigentlich glaube ich das nicht. Gute Nacht.«

Hierauf schloss sie mit mehr Nachdruck als eigentlich beabsichtigt ihre Zimmertür.

Am Samstagnachmittag um halb zwei setzte Lindsay Maeve vor Ross' Atelier ab, entschuldigte sich dann und fuhr mit der Straßenbahn in die Innenstadt.

An der Rezeption des »Central Hotels« bat sie den Portier, Lieutenant-Commander Paget von ihrer Ankunft zu unterrichten. Der hochnäsige junge Hotelangestellte blätterte mehrere Minuten im Gästebuch und eilte dann wortlos davon, um den Direktor zu holen.

»Paget?«, fragte der, nachdem er sich ihr vorgestellt hatte. »Ein Gentleman von der Marine?«

»Lieutenant-Commander, um genau zu sein«, antwortete Lindsay, bemüht, sich ihre wachsende Ungeduld nicht anmerken zu lassen. »Wir sind hier verabredet.«

Der Hoteldirektor musterte sie argwöhnisch. »In unserem Gästebuch ist kein Lieutenant Paget vermerkt.«

»Das muss ein Irrtum sein«, stellte Lindsay fest.

»Ganz sicher nicht, Madam. Handelt es sich bei dem Gentleman um Ihren Gatten?«

»Gewiss nicht.«

»In diesem Fall ...«

Der Hoteldirektor entließ sie mit einer unerträglich arroganten Geste. Lindsay trat näher an den Mahagoni-Tresen und sagte in vertraulichem Tonfall: »Ich bin Mrs. Forbes McCulloch von der Franklin-Werft. Ich bin auf ausdrücklichen Wunsch der Marineführung hier, stellvertretend für meinen Gatten. Lieutenant-Commander Paget hat Anfang dieser Woche in Ihrem Hotel gewohnt, und falls er unerwartet abberufen wurde, hat er ganz sicher eine Adresse hinterlassen, unter der er zu erreichen ist.«

Der Hoteldirektor schnippte den Portier herbei und flüsterte dem jungen Mann etwas ins Ohr. Der Portier hastete davon und kehrte kurz darauf mit einer Mappe zurück, die er auf den Empfangstresen legte. Lindsay sah zu, wie die Wurstfinger des Direktors über die Seiten glitten. Schließlich blickte er auf. »Paget«, sagte er. »Mit P wie Paula?«

»Ja.«

»In diesem Monat hatten wir keinen Gast dieses Namens«, stellte er fest und konnte sich ein kleines triumphierendes Schnauben nicht verkneifen. »Und wenn der Gentleman, den Sie suchen, nicht bei uns abgestiegen ist, kann er auch nicht unplanmäßig abgereist sein. Ich kann Ihnen nur empfehlen, das Marineministerium anzurufen und sich dort nach dem Verbleib des Herrn Offiziers zu erkundigen.«

»Vielen Dank, das werde ich«, erwiderte Lindsay kühl, machte auf dem Absatz kehrt und verließ das Hotel.

Es roch durchdringend nach Farbe. Neben der Staffelei stand ein Teewagen mit kleinen Messingrädern, auf dem unzählige Töpfchen und etwa ein Dutzend dicker Tuben Ölfarbe fein säuberlich aufgereiht waren, zusammen mit Zobel-Pinseln, drei sauberen, leeren Porzellantellern und einer Flasche Spiritus.

»Oh«, sagte Maeve, als sie eintrat. »Fangen wir endlich an?«

Das Zeichenbrett war beiseitegerollt und das Podest näher an die Staffelei gerückt worden, wenngleich es nach wie vor in der Fensternische stand.

»Sobald Bobby da ist«, teilte Ross ihr mit.

»Bobby? Wer ist Bobby?«

»Dein glühender Verehrer.«

»Mein Verehrer?«

Maeve ging zur Staffelei, betrachtete die bis vor Kurzem noch weiße Leinwand in der Mitte des Gemäldes und stellte fest, dass jetzt mit feinen Bleistiftlinien die Konturen zweier Personen eingezeichnet waren, die ihre und jene eines jungen Mannes.

»Dann ist das wohl Bobby?«

»Genau.«

»Wann haben Sie das gezeichnet?«

»Vor ein paar Wochen.«

»Und warum bin ich ihm hier nie begegnet?«

»Weil seine Zeit knapp bemessen ist.«

»Wieso das?«

»Weil«, erklärte Ross geduldig, »er nicht hauptberuflich als Modell arbeitet.«

»Ich auch nicht. Verwenden Sie eigentlich nie Berufsmodelle?«

»Sehr selten.«

»Zu teuer?«

»Zu unzuverlässig.«

»Und was macht Bobby so, wenn er nicht gerade den glühenden Verehrer markiert?«

»Er arbeitet für die Franklins.«

»Tatsächlich? Wo? Auf der Werft?« Maeve vermutete, dass Ross angespannt war, jetzt, da alle Vorbereitungen getroffen waren und die eigentliche Arbeit beginnen konnte. Vielleicht machte Malen ihn ja nervös, obwohl sie sich eigentlich nicht vorstellen konnte, dass ihn irgendetwas nervös machte. Er fischte eine gebogene Pfeife und ein Päckchen Streichhölzer aus der Tasche seines Tweed-Jacketts, zündete die Pfeife an, paffte, blies den Rauch durch die geöffneten Lippen und sagte: »Er ist Zeichner.«

»Ach was! Ob er meinen Großvater kennt?«

»Ganz bestimmt.«

»Wie sind Sie auf ihn gekommen?«

»Arthur hat mich auf ihn aufmerksam gemacht.«

»Mr. Arthur scheint ja ein gutes Händchen für Modelle zu haben.«

»Er weiß ziemlich genau, was ich suche.« Ross ging ans Fenster und blickte hinunter auf den Flowerhill Drive. »Außerdem kann er sehr überzeugend sein.«

»Wie meinen Sie das?«

»Anfangs war der junge Mr. Shannon strikt dagegen, sich einem Maleratelier auf mehr als eine Meile zu nähern.«

»Hat er vielleicht gedacht, Sie hätten unlautere Absichten?«

»Mag sein«, brummte Ross. »Außerdem weiß er, dass er auf der Werft zum Gespött der ganzen Belegschaft würde, falls jemals herauskäme, womit er an den Wochenenden seine Zeit verbringt.«

»Und warum macht er es dann überhaupt?«, wollte Maeve wissen.

»Teils, weil Arthur Überredungskünstler ist, teils, weil er das Geld braucht.«

»Wie viel bezahlen Sie ihm denn?«

»Das Gleiche wie dir.«

»Dann verdienen Zeichner wohl nicht besonders gut.«

»Es gibt eine feste Lohnskala. Aber du hast recht, viel ist es nicht, vor allem, wenn man erst einundzwanzig ist.«

»Einundzwanzig?« Maeve schaute sich die Bleistiftzeichnung genauer an. »Er sieht älter aus.«

Ross lachte. Es war ein tiefes, volltönendes Lachen. »Woher willst du das wissen?«

»Er schaut grimmig.«

»Nicht grimmig, sondern voller Begehren.«

»Begehren?«

»Ich meine, er hat sich unsterblich in dich verliebt.«

»Nicht in mich«, verbesserte Maeve ihn hastig. »In das Mädchen auf dem Gemälde.«

»Ja, natürlich, du hast recht.« Ross klemmte sich die Pfeife zwischen die Zähne und zog eine Uhr aus der Westentasche. »Nun, Bobby wird sich in niemanden verlieben, wenn er nicht bald aufkreuzt.«

Maeve trat zu Ross ans Fenster. »Wegen des Lichts?«

»Ja.«

»Vermeer hat für seine Bilder in geschlossenen Räumen Nordlicht bevorzugt«, sagte Maeve.

Ross warf ihr einen Seitenblick zu, eine buschige Braue hochgezogen. »Tatsächlich?«

»Wussten Sie das nicht?«

»Ich glaube, ich habe schon einmal so etwas in der Art gehört, ja.«

»Mögen Sie Vermeer nicht?«

»Magst du ihn?«

»Ja, ich finde seine Arbeiten sehr hübsch.«

»De Hooch und Jan Steen«, entgegnete Ross. »Schau dir deren Arbeiten an, wenn du Gelegenheit dazu hast. Die sind mehr nach meinem Geschmack.«

»Warum?«

»Die Mädchen sind hübscher«, erwiderte Ross. »Ah, da kommt ja auch Bobby.«

Forbes parkte den Lanchester unterhalb des Hügels und folgte zu Fuß dem Weg nach Merriam House. Als er das Tor erreichte, war er ganz außer Atem. Im Nachmittagslicht wirkte der Palast der Pickerings amerikanischer denn je und hatte bei Weitem nicht mehr so große Ähnlichkeit mit einer Eisfabrik. Ronnie, der Butler in Hemdsärmeln, war nirgends zu sehen, dafür erwartete Stella ihn höchstpersönlich an der Tür.

»Drew ist bei einem Rugby-Spiel«, eröffnete sie ihm, als hätte sie seine Gedanken gelesen. »In Edinburgh.«

»Spielt er noch selbst?«, fragte Forbes.

»Nein. Er hat nie selbst gespielt. Drew war Boxer.«

Zu seiner Enttäuschung trug sie heute keinen Strandanzug, sondern einen taillierten Blazer mit Gürtel, einen Plisseerock und dazu Schuhe mit nadelspitzen Absätzen, pures Gift für den teuren Parkettboden im Haus.

Sie führte ihn ins Wohnzimmer. Ganz dicht bei den deckenhohen Glastüren stand ein langer Glastisch. Stella ging um den Tisch herum, sehr geschäftsmäßig und brüsk. »Ich nehme an, Sie haben etwas für mich, sonst hätten Sie wohl nicht um diese Besprechung ersucht.«

»›Um diese Besprechung ersucht‹? Das klingt aber hoch offiziell.«

»Warum haben Sie Ihre Sekretärin anrufen lassen? Warum haben Sie nicht persönlich angerufen?«

»Ich wollte nicht riskieren, dass Ihr Mann rangeht«, erklärte Forbes.

»Ich lasse mich nicht gern abschieben.«

»Abschieben?«

»Abwimmeln.«

»Das war auch nie meine Absicht«, entgegnete er.

»Was hätten Sie denn gesagt, wenn Drew sich gemeldet hätte?«

»Gar nichts. Mrs. Connors, meine Sekretärin, hätte sich nach dem Datum der nächsten Gesellschafterversammlung erkundigt.«

»Fünfundzwanzigster April, ein Montag.«

»Ah, wie ich sehe, sind Sie bestens über die Termine Ihres Gatten informiert.«

»Ich ziehe es vor zu wissen, wo Drew sich aufhält«, entgegnete Stella, »und zwar möglichst rund um die Uhr.«

»Verständlich, wenn Sie ein lukratives Geschäft planen, von dem er nichts wissen soll.«

»Darf ich davon ausgehen, dass Sie Ihre Hausaufgaben gemacht haben, Forbes?«

»Hinsichtlich Gideon Rowe and Spellman? Selbstverständlich.«

»Und? Sind Sie zufrieden?«

»Nicht ganz. Ich wüsste gern, wer die Lizenzen für die neuen Dieseltanks in Rabat erteilt.«

Sichtlich überrascht, zögerte Stella mit der Antwort. »Die Franzosen.«

»Und sie erteilen sie einer Gesellschaft mit Sitz in Panama?«

»Nur die Schiffe fahren unter der Flagge Panamas.«

»Trotzdem. Sind Sie – oder besser Ihre Gesellschaft – nicht dabei, ein Netz von Diesel-Versorgungsstationen an der Nordafrikanischen Küste einzurichten?«

»Wir prüfen diese Möglichkeit.«

»Wenn Gideon Rowe and Spellman in Tankanlagen in Nordafrika investieren, wie sollen sie dann noch genügend Kapital aufnehmen können, um einen neuen Tanker zu bauen?«

»Wie clever Sie doch sind«, sagte Stella Pickering anerkennend. »Aber ich bin nicht Rowe and Spellman, sondern nur stille Teilhaberin. Was meinen Sie, wie wir an die Standorte auf französischem Territorium gekommen sind, ganz zu schweigen von der Errichtung der Anlagen und den Handelslizenzen?«

»Andere Partner? Ausländische Investoren?«

»Mais oui«.

»Aha!« Forbes nickte. »Langsam blicke ich durch.«

»Das glaube ich nicht. Trotzdem, würde es Ihre Bedenken zerstreuen, wenn ich acht Prozent der von Franklin's kalkulierten Gesamtkosten zahlen würde, noch bevor Sie mit dem Bau des Tankers beginnen?«

»Das wäre in der Tat eine große Beruhigung«, gab Forbes zu.

»Dann einigen wir uns darauf.«

»Soll mir recht sein«, meinte Forbes.

»Also gut«, sagte Stella Pickering. »Zeigen Sie mir, was Sie mitgebracht haben.«

Anfangs konnte sie ihn nicht leiden. Er wirkte viel zu selbstverliebt und aufgeblasen. Er hatte flachsfarbenes Haar, graue Augen, ein eckiges Gesicht mit einem Grübchen im Kinn, und schaffte es, den Eindruck zu erwecken, von hoch oben auf sie herabzublicken, obwohl er tatsächlich nicht viel größer war als sie. Ihr war selten ein so feindseliger, streitlustiger junger Mensch begegnet, schlimmer noch als ihr Onkel Peter, der sich wegen jeder Kleinigkeit mit jedem anlegte. Dann grinste er. Und da erkannte Maeve, dass seine Feindseligkeit nur oberflächlich gewesen war, eine Art Kräftemessen, um sich ein Bild von ihr zu machen.

Sie fragte sich, ob sie sich dem jungen Mr. Shannon besser an ein Kissen gelehnt auf dem Podest präsentiert hätte, ob sie ihn liegend stärker beeindruckt hätte. Aber sie kam zu dem Schluss, dass Bobby Shannon vermutlich nicht der Typ war, dem man sich liegend vorstellte. Nein, es war wohl besser, ihm auf Augenhöhe zu begegnen.

Er gab ihr nicht die Hand, sondern begnügte sich mit einem knappen Nicken. Dabei fiel ihm eine weiche Haarsträhne in die Stirn. Er strich sie mit einer ungeduldigen Geste zurück und drückte, nein klopfte sie fest, damit sie nicht wieder verrutschte. Dann lächelte er und nickte erneut. »Miss McCulloch?«

»Richtig.«

Sie musste gegen den Impuls ankämpfen, zur Begrüßung zu knicksen, und erwiderte stattdessen das Nicken.

Da waren sie nun und nickten einander zu wie zwei Esel von der Küste. Ross verfolgte den Austausch mit einem belustigten Blitzen in den Augen, und Maeve nahm an, dass es wohl tatsächlich lustig war zu beobachten, wie sie und Shannon sich einander beschnupperten wie eine streunende Katze und ein Straßenkater, die nicht wussten, wie sie sich verhalten sollten, und sich deshalb darauf beschränkten, einander lächelnd zuzunicken.

»Bobby«, sagte der junge Mann schließlich. »Bobby Shannon.«

»Maeve«, entgegnete sie. »Maeve McCulloch.«

Sie nickten erneut, und wieder wirkte das Ganze ziemlich ungelenk.

»Nun, nachdem die Formalitäten erledigt wären und ihr euch

miteinander bekannt gemacht habt, können wir vielleicht weitermachen.«

»Umziehen?«, wollte Maeve wissen.

»Ja. Einer nach dem anderen, bitte.«

»Dann überlasse ich der Dame den Vortritt«, erklärte Bobby galant.

Maeve steuerte das Bad an.

Stella kam um den Tisch herum und stellte sich zu ihm. Wie formell sie auch gekleidet sein mochte, sie wirkte auf ihn so anziehend wie nur sehr wenige Frauen vor ihr. Er breitete die Zeichnungen, die er aus seinem Aktenkoffer genommen hatte, auf dem Tisch aus und beschwerte sie mit bleiernen Unterlegscheiben, die er extra zu diesem Zweck mitgebracht hatte.

Stella beugte sich über die Pläne, die Hände hinter dem Rücken verschränkt. »Groß«, stellte sie fest. »Ein richtig großes Baby.«

»Vierhundertfünfundvierzig Fuß Gesamtschiffslänge«, erläuterte ihr Forbes. »Ladevermögen zehntausenddreihundert Tonnen. Mittlerer Tiefgang sechsundzwanzig Fuß. Das ist noch keine maßstabgetreue Zeichnung, sondern erst ein grober Entwurf, aber wir können ziemlich schnell konkretere Pläne anfertigen, wenn Sie Ihr Okay geben.«

»Antrieb?«

»Vierzylinder-Kolbendieselmotor, würde ich sagen.«

»Ziemlich fortschrittlich.«

»Ich weiß. Mit diesem Motor dürfte sie an die dreitausend PS erreichen und eine maximale Geschwindigkeit von dreizehn Knoten.«

»Gut. Sehr gut.«

Er fuhr mit dem Zeigefinger die Umrisse von Tom Calders Zeichnung entlang. »Hier wird es erst richtig ausgeklügelt. Der Laderaum ist durch Längs- und Querschotten unterteilt, und zwar in insgesamt siebenundzwanzig einzelne Felder.«

»Wie viele Pumpenräume?«

»Zwei mit insgesamt acht voneinander unabhängigen Pumpen.«

»Gut«, meinte Stella Pickering wieder. »Sehr gut.«

»Damit kann sie jede Art von Öl transportieren. Wir werden ein System von Hochgeschwindigkeits-Hochdruckreinigern installieren, um die Tanks zwischen zwei Ladungen zu reinigen.«

»Kabinen?«

»Standard. Kapitän, Offiziere und Funker werden vor dem Mittschiff untergebracht, Ingenieure, Besatzung und Messe achtern.«

Stella legte ihm einen Arm um die Schultern und lehnte sich an ihn, sodass ihre Brüste sich an seinen Oberarm drückten.

»Probleme?«, fragte er mit belegter Stimme.

»Nein, keine Probleme. Aber sie ist wirklich riesig.«

»Ich dachte, Sie wollten das so.«

»O ja, das stimmt auch.«

»Ganz im Ernst, Stella, dieses Schiff ist seiner Zeit weit voraus.« Forbes drehte sie zu sich herum. Er war nie wieder so aufrichtig wie ganz zu Beginn einer Verführung, und wohl wissend, dass Tom Calders Entwurf sie beeindruckt hatte, nutzte er seinen Vorteil. Eine Hand auf der Rundung ihrer Hüfte ruhend, schaute er ihr tief in die blassgrünen Augen und fühlte, wie er in ihnen versank wie ein Anker im Meer.

»Ja, Stella«, sagte er leise. »Franklin's kann sie bauen.«

»Versprich es.«

»Ich verspreche es.«

Die Pose war bei Weitem nicht so bequem, wie Maeve angenommen hatte. Eine halbe Stunde am Stück völlig reglos dazuliegen, war richtig anstrengend. Aber noch schlimmer traf es Bobby Shannon. Er war über sie gebeugt, das Gewicht auf dem linken Knie ruhend, das recht Bein nach hinten gestreckt, und erinnerte mehr an einen Hürdenläufer als an einen liebeskranken Verehrer.

Ross hatte das Podest mit gummiertem Papier markiert – hier eine Pobacke, dort ein Ellbogen – und das fahrbare Gestell ganz exakt ausgerichtet, bevor er zur Staffelei stolziert war und einen Pinsel aus dem Krug genommen hatte. Im Augenblick konnte Maeve nicht mehr von ihm sehen als einen in Tweed gekleideten Ellbogen sowie hin und wieder flüchtig sein bärtiges Gesicht, wenn er an der Leinwand vorbeischaute, um einen Blick auf seine Modelle zu werfen.

Nach zehn Minuten wurden ihre Muskeln ganz steif. Nach einer Viertelstunde bekam sie den ersten Krampf. Obwohl sie eigentlich vorgeben sollte zu schlafen, beobachtete sie durch ihre Wimpern hindurch Bobby Shannon, dessen Oberkörper in einem durchscheinenden Etwas steckte, das mehr Ähnlichkeit mit einem Schleier hatte als mit einem Hemd. Seine rosige Haut schimmerte durch den Stoff, und wenn sie den Kopf nur ein ganz kleines bisschen anhob, konnte sie seine nackten Knie sehen, die unter den Falten seines Kilts hervorlugten.

Zwanzig Minuten lang gelang es ihr, still zu sein.

Ross hinter seiner Staffelei sagte ebenfalls keinen Ton.

Sie konnte das Knarren von Dielenbrettern hören sowie das gelegentliche Anreißen eines Streichholzes, wenn seine Pfeife ausgegangen war und er sie neu anzündete. Stille, das wusste sie, bedeutete Konzentration. Bobby Shannon konzentrierte sich ebenfalls, die grauen Augen weit geöffnet und mit einem starren Blick, der sie ganz nervös machte.

»Shannon«, flüsterte sie. »Ist das ein irischer Name?«

»Nee.«

»Der Shannon ist ein großer Fluss in ...«

»Psssst!«, zischte Bobby warnend.

Ihr Po war inzwischen ganz taub. Maeve sehnte sich danach, sich zu strecken und ihre Position leicht zu verändern, wagte es jedoch nicht. Sie hatte das ungute Gefühl, dass sie, wenn sie auch nur zuckte, Ross' Bemühungen zunichte machen würde, wie wenn jemand sich beim Fotografieren bewegte, bevor die Klappe sich geschlossen hatte.

Sie öffnete erneut einen ganz schmalen Spaltbreit die Augen und musterte ihren jungen »Kollegen« verstohlen.

Wie schaffte er es bloß, diese unnatürliche Stellung so lange beizubehalten? Er wirkte ganz entspannt und gar nicht starr oder steif, als würde ihm anders als ihr nichts wehtun. Als sie jedoch genauer hinsah, fielen ihr Schweißperlen auf seiner Stirn auf, und sie erkannte, dass Bobby sich sein Brot ebenso hart verdiente wie sie selbst.

Warmer Schweiß tropfte von seiner Stirn auf ihre Wange. »Tut mir leid, Kleine«, flüsterte er, und wie bei einem Bauchredner bewegten sich auch seine Lippen keinen Millimeter.

Maeve wappnete sich innerlich dagegen, noch weitere warme männliche Schweißtropfen abzubekommen.

»Pause, Mr. Franklin, bitte!«, rief Bobby.

Der Kopf des Malers tauchte am Rand der Leinwand auf. Tabakasche rieselte aus Ross' Pfeife, als er eine blaue Rauchwolke ausstieß. »Eine Pause? Jetzt schon?«

»Ja, Mr. Franklin.«

Ross kam hinter der Staffelei hervor, einen Pinsel in der rechten Hand. Maeve fiel auf, dass er das Utensil mit ganz leichtem Griff hielt, wie ein Geiger seinen Bogen. »Ist denn schon eine halbe Stunde vorbei?«, fragte er.

»Jawohl, Sir.«

»Also gut. Wenn es denn sein muss, ruht euch etwas aus.«

Ehe Maeve dazu kam, ihre Beine über den Rand des Podestes zu schwingen, ließ der junge Mr. Shannon sich auf sie sinken. Er schüttelte den Hemdsärmel über seine Hand, zog den Stoff über einen Finger und tupfte ganz sanft den Schweißtropfen von ihrer Wange.

»So«, sagte er. »Besser?«

Maeve zog die Knie hoch bis zum Kinn, machte den Rücken ganz rund und versuchte aufzustehen. Ihr wurde ganz schwindelig. Bobby legte einen Arm um sie.

»'n bisschen schwummrig?«, fragte er.

»Wie?«

»Ist dir schwindlig?«

»Ja, ein wenig«, gab sie zu.

»Das liegt an der Durchblutung. Du wirst dich daran gewöhnen«, versicherte er ihr und ließ sie wieder los.

Dabei wollte Maeve gar nicht, dass er sie so bald schon losließ. Sie wollte möglichst lange von ihm gehalten werden. Aber der Schwindel ging rasch vorbei, ebenso wie die Steifheit und das Taubheitsgefühl. Nachdem sie ein Weilchen auf und ab gegangen war, fühlte sie sich schon viel besser.

Ross stand am Teewagen und entfernte sorgfältig Farbe von der Malpalette. Maeve ging um die Staffelei herum, um zu sehen, was er in dieser schier endlosen halben Stunde vollbracht hatte.

»Mein Gott!«, rief sie enttäuscht aus. »Ist das alles?«

Keine Grundierung, keine Hintergrundmalerei, nur das grelle Weiß mit den hellgrauen Bleistiftlinien. Nur dort, ganz am Rand des Blattwerks, das perfekte Abbild eines Zehs, oder genauer – des ersten Gliedes eines Zehs.

»Für ihn ist es wahrscheinlich viel für einen Nachmittag«, raunte Bobby ihr zu. »Übrigens ein sehr hübscher Zeh, wenn ich das so sagen darf.«

»*Mein* Zeh«, stellte Maeve nicht ohne Stolz fest.

Irgendwo auf der anderen Seite der Staffelei hörte sie Ross lachen.

Kapitel 8

Verhängnisvolle Affäre

Forbes konnte nicht mit Sicherheit sagen, ob der Geschmack von Stella Pickerings Lippen oder der Geruch des Geldes ihn blind machte für das, was tatsächlich vorging. Anfangs kam es ihm vor wie eine weitere Verführung, wenn er sich auch nicht darauf hätte festlegen wollen, wer nun wen verführte. Er war ein wenig perplex, als sie ein Treffen im »Cardross Arms Hotel« vorschlug, eine Wahl, die ihm taktlos erschien ... oder ironisch. Vielleicht beides.

Mittwoch, sagte Stella, sei der einzige Tag, an dem sie es einrichten könne.

Forbes hatte einige Mühe, sich am Mittwoch davonzuschleichen.

Bob Lightbody von der Draughtsmen's Association, der Gewerkschaft der technischen Zeichner, und Jack Burgoyne von der Ingenieur-Gewerkschaft hatten für Mittwochnachmittag eine Besprechung einberufen, und Martin war deswegen ganz nervös. Forbes plagte das schlechte Gewissen, weil er seinen Partner im Stich ließ; immerhin war nicht auszuschließen, dass die Belegschaft noch am selben Abend die Arbeit niederlegte.

Auch dieser Ire, dieser Coffey, ließ ihm keine Ruhe. Er hatte achtzig Pfund von seinem Privatkonto abgehoben und einen unterbelichteten Botenjungen beauftragt, das Kuvert in die Craddock Street zu bringen. Was ihm jedoch weit mehr Kopfzerbrechen bereitete als die »Morddrohung« gegen Maeve, war der Umstand, dass seine Mutter offensichtlich immer noch engen Kontakt zur Bruderschaft unterhielt.

Der Anblick des Flusses, der sich zum Meer hin erweiterte, hob seine Laune ein wenig. Er fragte sich, in welcher Stimmung Mrs. Pickering am heutigen Tage wohl sein mochte. Würde sie schroff und förmlich sein oder kokett, feminin und anhänglich? Er vermutete, dass er noch längst nicht alle Facetten ihrer Persönlichkeit kennengelernt hatte, Facetten, die sich mit etwas Glück und Ausdauer schon bald eröffnen würden, wenn er in die sehr geheimnisvollen, sehr englischen Tiefen ihrer Seele eintauchte.

Er lenkte den Lanchester durch die Kurven der gewundenen Straße und parkte ihn in einer Allee auf der Rückseite des »Cardross Arms«. Er war jetzt bereit für das Treffen, vergnügt und beinahe sorglos. Wiegenden Schrittes, als führte er und nicht sie bei diesem Tanz, betrat er die Bar.

Perlenohrringe, ein weites, knöchellanges Kleid und eine Glocke auf dem Kopf, die ihr ein extravagantes Aussehen verlieh, lehnte Stella am Tresen, wo sie eine Zigarette rauchte. Vor ihr stand ein hohes Bierglas.

Forbes schlenderte zu ihr hinüber und legte einen Ellbogen auf die Theke. »Für mich bitte das Gleiche wie die Dame«, wandte er sich an die Bardame. Er blickte zu Stella auf; sie blickte auf ihn herab. Forbes erkundigte sich nach der »Anreise«, woraufhin sie erklärte, sie sei mit dem Zug gekommen. Er lud sie zum Mittagessen ein.

Stella öffnete die wunderschönen roten Lippen und blies Zigarettenrauch über seinen Kopf hinweg in die Luft. »Ich werde es mir überlegen«, antwortete sie.

»Und wie lange brauchst du wohl, um dich zu entscheiden?«

»Weißt du, Forbes, ich bin nicht der impulsive Typ«, erwiderte sie vieldeutig.

»Bist du da ganz sicher?«

Sie lächelte strahlend. »Nun ja, vielleicht doch. Manchmal.«

Forbes grinste. »Ich habe mir sagen lassen, die Suppe hier sei köstlich. Anregend.«

»Schildkrötensuppe?«

»Wie hast du das nur erraten?« Forbes folgte ihr mit seinem Glas an den Fenstertisch, den er vorab reserviert hatte.

Lindsay war jahrelang nicht mehr in London gewesen. Als ihr Großvater noch gelebt hatte, hatten sie und ihre Cousins und Cousinen auf dem Weg zur alljährlichen Marineschau in Devonport dort einen Zwischenstopp eingelegt. Aber das war ewig lange her, und sie hatte nur noch eine vage Vorstellung vom Sitz des Marineministeriums an der Mall.

Das Ministerium hatte sich stark verändert. Für die verwirrende Anzahl neuer Abteilungen war eine Vielzahl von Büros hinzugekommen. Sie hatte keine Ahnung, welcher Abteilung Geoffrey zugeteilt oder welchem der Seelords er unterstellt war.

Sie glaubte, sich zu erinnern, dass er den Marineausschuss erwähnt hatte. Also rief sie die Hauptgeschäftsstelle des Ausschusses an: vergeblich.

Als Nächstes versuchte sie es im Büro des Dritten Seelords, was sich als ein weiterer Fehlschlag entpuppte. Als sie schließlich einen kleinen Angestellten im Büro des Ministers am Apparat hatte, wurde sie so schroff abgefertigt, dass sie erst einmal einen Kaffee und eine Zigarette brauchte, um sich zu beruhigen und für die nächste Runde Kraft zu tanken.

Maeve war mit Miss Runciman nach Glasgow gefahren, um einen Teil ihres Wochenverdienstes in neue Kleider zu investieren; ihr Versprechen, jeden Penny für die irische Sache zu sparen, war fürs Erste vergessen. Lindsay hatte also das ganze Haus für sich allein, einmal abgesehen von der Köchin und Enid.

Um halb zwölf war sie wieder am Telefon, und nach einer weiteren Stunde sinnloser Diskussionen mit Sekretären und Vorzimmerdamen hatte sie schließlich eine Person undefinierbaren Rangs in der Abteilung Auftragsvergabe in der Leitung. Widerwillig teilte der Mann ihr mit, dass Lieutenant-Commander Geoffrey Paget gegenwärtig Landgang habe. Auf die Frage hin, wann er denn zurückerwartet werde, wurde sie abrupt abgewimmelt und gab genervt auf.

Sie ging in den Salon, trank noch einen Kaffee, rauchte eine weitere Zigarette und fragte sich nicht nur, warum Geoffrey untergetaucht war, sondern warum er überhaupt nach Schottland gekommen sein mochte. Die Antwort war so offensichtlich, dass sie sie beinahe übersehen hätte. Auch wenn Geoffrey mit seiner Exfrau endgültig gebrochen haben mochte, verstand er sich offenbar noch bestens mit seiner Schwägerin.

Mit der Tasse in der Hand ging Lindsay zum Fenster und blickte hinab in den kleinen Park. Es war ein ganz gewöhnlicher Tag, einmal abgesehen von dem böigen Wind, der die Äste schüttelte und die Rauchsäulen flachdrückte, die von den Schornsteinen in Clydeside aufstiegen. Wie oft hatte sie schon hier gestanden und die gleiche Szenerie betrachtet? Wie oft waren ihre Gedanken planlos dahingedümpelt wie ein Kahn mit defektem Motor, hatten diesen Aspekt und jenen Wunsch gestreift und sich an den unverrückbaren Grenzen von Sehnsucht und Bedauern gestoßen? Wie unaufrichtig und banal Geoffrey Pagets neuerliche Annäherung gewesen sein mochte, hatte sie ihr doch bewusst gemacht, dass es ihr nicht mehr genügte, eine gute Mutter und pflichtbewusste Ehefrau zu sein. Sie bestrafte schon längst nicht mehr Forbes, sondern sich selbst. Das hatte sie nun erkannt.

Lindsay stellte die Tasse auf dem Fensterbrett ab, ging hinaus auf den Flur und setzte sich auf den Stuhl beim Telefon.

Sie las die Nummer von der Visitenkarte ab, wählte bedächtig und hörte gleich darauf das Freizeichen.

Nach fast einer halben Minute meldete sich eine tiefe Stimme, knapp und argwöhnisch. »Ja, bitte?«

»Ich hätte gern Mrs. Stella Pickering gesprochen, bitte.«

»Mrs. Pickering ist nicht da. Darf ich fragen, wer Sie sind?«

»Lindsay McCulloch.«

Darauf sagte Sir Andrew am anderen Ende der Leitung nur: »Ah!«

Stella Pickering erwies sich als weitaus interessantere Gesprächspartnerin als Marjorie Hussey. Getragen von Tratsch, Politik und einer ordentlichen Menge Wein, verlief das Mittagessen höchst angenehm.

Forbes hatte noch nie viel für Alkohol übrig gehabt. Er hatte immer noch das Schreckgespenst seines Vaters vor Augen, der ein halbes Vermögen versoffen hatte und um ein Haar ihrer aller Leben ruiniert hätte. Er wusste nicht, ob er Stella Pickerings Trinkfestigkeit bestaunen oder gar bewundern sollte, und sah beinahe neidisch zu, wie sie nach dem Dessert nicht nur einen Brandy trank, sondern gleich noch einen zweiten.

Er selbst ließ den Alkohol weg und begnügte sich mit einer Tasse schwarzem Kaffee.

Forbes war beeindruckt von ihrer Weltgewandtheit. Er brauchte ihr gar nicht zu schmeicheln, um sein Verlangen nach ihr zu verschleiern. Allerdings achtete er strikt darauf, kein Wort über den Tanker zu verlieren und sie diesbezüglich nicht zu drängen.

Stella erkundigte sich nach seiner Frau, seinen Kindern ... und Marjorie. Er erzählte ihr von seiner Frau, von seinen Kindern ... und von Marjorie. Versicherte ihr, dass die Affäre beendet sei und sie sich freundschaftlich getrennt hätten. Stella bekundete ihr Mitgefühl und erzählte ihrerseits von einer weit zurückliegenden Romanze, die ein tränenreiches Ende genommen hatte.

Sie fragte nach Franklin's, und er berichtete ausschweifend von den Schiffen, die Franklin's gebaut hatte, einschließlich des U-Bootes, das die Marine 1906 in Auftrag gegeben hatte. Er erzählte Stella sogar von Maeve, seiner hübschen irischen Nichte mit den blitzenden dunklen Augen, und wie sehr er sie in der kurzen Zeit ins Herz geschlossen hatte. Dann, nach einer Pause, kam er wieder auf den amerikanischen Vorschlag zu sprechen, Waffen zu begrenzen.

Um halb fünf teilte Stella ihm mit, dass sie gehen müsse, wenn sie den Zug zurück nach Dalmuir nicht verpassen wollte. Forbes stand auf und beglich die Rechnung.

Es war sehr still und friedlich im leeren Speisesaal, als er darauf wartete, dass Stella von der Garderobe zurückkam. Selbstverständlich würde er sie heimfahren, zumindest bis Dalmuir. Er staunte, wie schnell die Zeit vergangen war und dass er keinen Gedanken an Lightbody und Burgoyne verschwendet hatte, im Übrigen ebenso wenig wie an seine Mutter, seine rachsüchtigen Brüder oder irgendwelche sonstigen Probleme, die ihn früher an diesem Tag noch beschäftigt hatten.

Er hörte die Tür zum Garderobenraum zufallen und blickte auf.

Mit den Holzpaneelen im Hintergrund, beide Hände erhoben, um den Hut aufzusetzen, fand er sie atemberaubend schön.

Sie begegnete seinem Blick, lächelte ihr breites rotes Lächeln, kam zu ihm und hakte ihn elegant unter.

»Hast du ein Automobil?«, fragte sie leise.

»Es steht draußen, hinter dem Hotel.«

»Dann komm. Bring mich heim.«

Der vergebliche Versuch, Geoffrey Paget im Ministerium zu erreichen, sowie der dumme Anruf bei Pickerings hatten ihr nur Peinlichkeit und Frust eingebracht. Maeve und Eleanor waren noch nicht von ihrem Einkaufsbummel zurück, und es würde noch mindestens zwei Stunden dauern, bis Forbes heimkam, da die

Gewerkschaften auf der Werft für einige Unruhe sorgten und am Nachmittag eine Besprechung mit den Gewerkschaftsvertretern anberaumt war.

Lindsay verstand die Mechanismen der Gewerkschaftsdispute nur zu gut. Kaum eine Woche verging, ohne dass die eine oder andere Gewerkschaft Lohnerhöhungen und bessere Arbeitsbedingungen forderte. Allein die geschickten Verhandlungen ihres Vaters sowie Martins Kompromissbereitschaft hatten bislang kostspielige Streiks auf der Franklin-Werft verhindert. Aber wenn neue Aufträge ausblieben, würde es bald zu ersten Entlassungen kommen, und da waren heftige Auseinandersetzungen zwischen Arbeitern und Firmenleitung unausweichlich. Sie fragte sich, ob Donald die Vorboten erkannt hatte und ob mehr hinter seinem plötzlichen Rückzug aus der Firma kurz nach dem Waffenstillstand am elften November 1918 steckte als der Tod des armen Johnny.

Sie aß allein zu Mittag und döste anschließend eine halbe Stunde in einem Sessel im Salon, ihr Hirn eingelullt von der Sinnlosigkeit, einen Haushalt führen zu wollen, der längst so präzise lief wie ein Uhrwerk. Sie saß in einem Zustand solcher Lethargie am Fenster, dass es schon an Apathie grenzte, sodass sie die Person unten im Park schon mehrere Minuten lang angestarrt hatte, ehe sie sie erkannte.

Abrupt richtete sie sich auf. »Ross?«, sagte sie stirnrunzelnd. »Großer Gott, es ist Ross!«

Sie hastete hinaus auf den Flur, schnappte sich im Vorbeigehen einen Mantel von der Garderobe in der Diele und lief dann die Treppe hinunter und über die Straße auf den Weg, der um das traurige kleine Grasoval herumführte.

Ross saß auf der einzigen Bank des Parks. Er hatte einen Zeichenblock auf den Unterarm gestützt und zeichnete mit einem Stück roter Kreide. Er trug einen kurzen gesteppten Mantel und eine Mütze mit aufgestellten Ohrenschützern. Mit der Bruyère-

Pfeife im Mund sah er aus wie eine Mischung aus Augustus John und Sherlock Holmes.

Die Szenerie war sehr malerisch: Rötliche Wolken zogen über das hoch aufragende Haus hinweg, während Sonne und Schatten bewegte Bilder zwischen die Bäume warfen. Malerisch, aber sicher nicht außergewöhnlich genug, um ihren Cousin, das Mathegenie, vor die Tür zu locken.

»Aha! Habe ich dich endlich einmal dabei erwischt, wie du frische Luft schnappst.«

»Ich brauche ein Haus und dachte mir, eures wäre genau richtig.«

»Genau richtig wofür?«

»Für eine Buchillustration.«

»Du ... ein Illustrator?«

Er paffte weiter und fuhr mit dem Zeichnen fort. Sicher glitt seine große Hand über das Papier. Der Wind hob es an, und er drückte es mit der Hand fest nach unten, sodass es einen Moment aussah, als würde er die Umrisse seiner eigenen Hand nachmalen, so wie Kinder es gern taten.

»Eine reine Geldsache«, antwortete er. »Hierbei geht es allein ums Geld, liebe Cousine.«

»Wäre es dir lieber, wenn ich dich in Ruhe lasse?«

Finster blickte er zu ihr auf. »Himmel, nein.«

Lindsay setzte sich ganz ans Ende der Bank. Sie versuchte gar nicht erst, einen Blick auf die Zeichnung zu werfen. Stattdessen blickte sie aus zusammengekniffenen Augen zu dem Stadthaus und der Himmelswölbung darüber auf: Blau, unzählige Blauschattierungen, die bis ins Unendliche aufeinanderfolgten.

Sie wünschte, sie wäre Maler und besäße Ross' Talent. »Rote Kreide?«, bemerkte sie schließlich.

»Das Thema verlangt nach markanten Linien.«

»Um was für eine Art Buch handelt es sich denn?«

»Es handelt von viktorianischen Städten. Es soll bei Black's erscheinen.«

»Und wie viele Illustrationen haben sie bei dir in Auftrag gegeben?«, hakte sie nach.

»Sechs. Ich habe schon den George Square gezeichnet, die Kunstgalerie und die Universität. Als Nächstes ist vermutlich der Botanische Garten an der Reihe.« Er warf ihr einen Blick zu. »Und aktuell der Brunswick Crescent, eine hübsche, sanft geschwungene Kurve mit sehr nüchternen Fassaden. Zur Abwechslung einmal etwas nicht ganz Alltägliches.«

»Vielleicht noch Harper's Hill?«

»Der Gedanke ist mir tatsächlich gekommen, aber das wäre zu privat.«

Lindsay schwieg eine Weile. »Du hoffst nicht vielleicht auf eine Begegnung mit Maeve, oder?«

»Warum sollte ich darauf hoffen?«

»Keine Ahnung.« Lindsay zuckte mit den Schultern. »Ich dachte nur ...«

»Ich wollte nicht Maeve sehen, nein.«

»Wen dann? Mich?«

»Eine hübsche, sanft geschwungene Kurve mit nüchternen Fassaden vielleicht?«

»Schon verstanden.« Lindsay lachte. »Für eine Einladung zum Tee ist es wohl schon zu spät, oder?«

»Ja, und zu früh zum Abendessen«, entgegnete Ross. »Außerdem muss ich arbeiten.«

Lindsay rückte näher an ihn heran.

Ross hielt schützend den Arm über seine Zeichnung. Er beugte sich tiefer über das Papier, die Pfeife zwischen die Zähne geklemmt, und schien mehrmals hintereinander seine Unterschrift zu schreiben. Schließlich fegte er eine Wolke Kreidestaub weg.

»Denkst du immer nur an das eine, Ross? Ans Arbeiten?«

»So ziemlich«, gab er zu. »Um die Wahrheit zu sagen, ist das für mich morgens der einzige Anreiz aufzustehen.«

»Das ist aber traurig.«

»Und was ist für dich morgens der Anreiz aufzustehen, Cousine?«

»Ich muss mich um meine Familie kümmern, sehen, dass alle auch ordentlich essen.«

Er schmunzelte. »Wirklich? Können sie denn ohne deine Hilfe den eigenen Mund nicht finden?«

»Du weißt, was ich meine. Lilias hat das Gleiche für euch getan.«

»Das stimmt. Verwöhnt waren wir, furchtbar verwöhnt.«

Er nahm die Pfeife aus dem Mund und legte sie vor sich auf den Kies. Dann kramte er in der Manteltasche und holte einen länglichen Schmirgelblock hervor. Er feilte die Kreide damit spitz, blies den Staub fort und fuhr mit dem Zeichnen fort.

»Was machst du jetzt?«, fragte Lindsay neugierig.

»Ich füge Details hinzu.«

»Das, worin der Teufel liegt?«

»Genau.«

»Ist Malen wirklich das Einzige, was dich glücklich macht?«

»Hmmmm«, murmelte er. »Ich male gern.«

»Du liebst das Malen?«

»Ja, vermutlich hast du recht.« Er seufzte. »Hast du nichts Besseres zu tun, als einen armen, hart arbeitenden Künstler mit neugierigen Fragen von der Arbeit abzuhalten?«

Lindsay saß sehr still, in beinahe künstlicher Pose da, so wie Maeve auf dem Podest: die Knie zusammen, die gefalteten Hände auf dem Schoß, die perfekte Illusion eines furchtbar artigen Mädchens.

Ross fischte den Stummel eines Wachsmalstiftes aus der Tasche und fügte der Zeichnung ein Dutzend kräftige senkrechte Linien hinzu. Er drehte den Zeichenblock auf den Knien, und zu Lindsays Überraschung fügte er der Zeichnung einige Notizen hinzu, die er mit Pfeilen und Kreisen bestimmten Details zuordnete, womit er das ganze Bild ruinierte.

»Wasserfarben«, erklärte Ross. »Ich male die Zeichnung später im Atelier noch aus.«

»Dann ist das nur so etwas wie eine Blaupause?«

Er nickte, beendete seine Arbeit, legte ein steifes Filz-Deckblatt obenauf und sicherte dieses mit drei breiten Gummibändern.

»Darf ich nicht mal einen Blick draufwerfen?«

»Nein.«

»Warum nicht?«, wollte sie wissen.

»Vielleicht gefällt es dir ja nicht.«

»Wäre das denn von Bedeutung?«

Er nickte. »Für mich schon.«

»Ich bin kein Kunstkritiker, sondern nur deine große Cousine.«

»Ältere Cousine«, verbesserte Ross sie.

»Deine alte Cousine, meinst du?«

Er lachte nicht, lächelte nicht einmal. Stattdessen beugte er sich weit vor, hob die Pfeife vom Boden auf, wischte sie am Ärmel sauber und steckte sie ein. Dann knöpfte er den Mantel zu, rückte die Mütze zurecht und klemmte sich den Zeichenblock unter den Arm.

Lindsay blickte auf und schaute zu, wie er sich anschickte zu gehen.

Ross wirkte nicht übellaunig oder traurig, ja nicht einmal geistesabwesend. Er war ein Einzelgänger, ein eingefleischter Einzelgänger, und das respektierte sie. Nun stand er vor ihr, groß, kräftig und imposant. Er hielt den Zeichenblock unter dem Arm wie ein Wildhüter seine Flinte.

»Lindsay«, sagte er unvermittelt. »Würdest du mir Modell sitzen?«

»Hast du nicht genügend Vorlagen für deine Schafe?«

»Nein, ganz im Ernst.«

»Ich entspreche wohl kaum einer Romanheldin im Stil einer McWhirter.«

»Du und Maeve zusammen«, sagte er.

»Zusammen mit Maeve? Wir beide?«

»Ja, ein Doppelporträt.«

Sie lachte stockend, geschmeichelt, verlegen und perplex. »Wer um alles in der Welt sollte ... Hoffst du, ich würde das Bild hinterher ...« Das war beleidigend, was ihr selbst auffiel, noch bevor sie den Satz zu Ende gesprochen hatte. Sie sprang auf und legte ihm eine Hand auf die Brust. »O Ross, lieber Ross, das tut mir leid! Wie dumm von mir.«

»Nein, du hast ganz recht«, entgegnete er. »Völlig recht.«

»Ich wollte damit nicht zum Ausdruck bringen, dass ich dich für berechnend halte.«

»Das bin ich aber.«

»Ich weiß, dass du deinen Lebensunterhalt verdienen musst, und ... Maeve ... ja, natürlich ... Aber warum solltest du deine kostbare Zeit damit verschwenden, eine abgetakelte alte Fregatte wie mich zu malen?«

»Weil es mir Spaß machen würde. Also, was ist? Bist du dabei?«

»Ja«, entgegnete Lindsay. »Natürlich bin ich dabei. Wann fangen wir an?«

»Im Sommer«, erwiderte Ross.

»Wenn alles grünt und blüht?«

»Genau«, entgegnete Ross schmunzelnd.

Butler Ronnie trug eine blütenweiße Weste, ein sauberes Hemd und eine flotte kleine Fliege. Und er hatte sich ein Bar-Handtuch über die Schulter gelegt. Er begrüßte Stella mit einem Grunzen, nahm ihr Mantel und Hut ab, schlenderte dann zurück ins Wohnzimmer und postierte sich hinter der Bar.

Andrew hatte Besuch: zwei Männer, die Ronnie offenbar den Großteil des Nachmittags auf Trab gehalten hatten.

Geoff Paget war ganz eindeutig betrunken. Er hatte die Uniform aufgeknöpft, lümmelte sich in den Lederpolstern des langen Sofas und kratzte sich die Brust wie ein verlauster Herumtreiber. Mitchell Hussey lachte. Er hatte den kleinen Kopf mit der Tonsur in den Nacken gelegt, sein Mund stand weit offen. Das Whiskyglas hielt er in beiden Händen.

Drew hatte Jackett und Manschetten abgelegt und die Hemdsärmel aufgerollt. In dieser Aufmachung hatte er mehr Ähnlichkeit mit einem Hafenarbeiter als mit einem Ritter der Krone. Er trank Bier aus der Flasche und war, wie Stella vermutete, bei Weitem nicht so blau, wie es den Anschein hatte.

Sie hatte ihn bei der Erzählung einer langatmigen und zweifellos schmutzigen Anekdote unterbrochen und wartete artig, bis er fertig war, bevor sie eintrat. Natürlich wusste er, dass sie da war, aber er zog es vor, ihre Anwesenheit zu ignorieren. Vielleicht wäre er nicht ganz so gleichgültig gewesen, hätte er gewusst, dass sie immer noch feucht war, dass Forbes McCullochs Küsse sie erregt hatten und sie ihm auf dem breiten Rücksitz des Lanchester ein paar Zentimeter Freiheit eingeräumt hatte, die sich rasch zu einer ganzen Meile ausgedehnt hatten.

Es war Jahre her, dass jemand am helllichten Tag auf dem Rücksitz eines Automobils mit ihr geschlafen hatte. Und wie naiv McCulloch auch sein mochte – von der Liebeskunst verstand er etwas. Tatsächlich wünschte sie, die Zeit wäre nicht so knapp gewesen und sie hätten sich zum Abendessen getroffen anstatt zum Mittagessen, um anschließend auf irgendeiner Land- oder Nebenstraße im Schutze der Dunkelheit das zu beenden, was sie angefangen hatten.

Drew servierte seinem kleinen Publikum die Pointe des Witzes.

Stella hörte Geoffs bellendes Gelächter und Mitchell Husseys Wiehern in dem riesigen Raum widerhallen. Lächelnd und mit betontem Hüftschwung betrat sie das Wohnzimmer.

»Stella, Schatz, endlich zurück von der Front?«, begrüßte Drew sie, ohne sich die Mühe zu machen aufzustehen.

Geoff unternahm einen vergeblichen Versuch, sich auf die langen Beine zu stellen, und gab dann auf, in den Tiefen des Sofas gefangen. Mitchell Hussey seinerseits wankte leicht und hob ihre Hand an die Lippen, eine galante Geste, zu der er sich nüchtern niemals hätte hinreißen lassen.

»Wie war der Lunch?«, erkundigte sich Drew.

»Anstrengend. Furchtbar anstrengend.«

»Hat ja lange genug gedauert«, meinte Drew. »Hat er dich nach Hause gebracht?«

»Zur Raserei hat er mich gebracht.«

»Seine Frau hat heute Morgen angerufen«, sagte Drew.

Stella fühlte sich unwohl angesichts der Blicke der drei Männer, etwas, das sehr ungewöhnlich für sie war. Sie fragte sich, ob die Lust sichtbare Spuren hinterlassen hatte, und strich mit den Händen ihr Kleid vorne glatt. »Haltet die Stellung, Jungs. Ich muss vor dem Abendessen unbedingt noch baden und mich umziehen.«

Drew packte ihren Arm und zog sie auf seinen Schoß. »Erst trinken wir einen, und du erzählst, was es Neues gibt.«

»Hat er angebissen, Stella?«, fragte Geoff und setzte sich gespannt auf.

»Hat er den Köder geschluckt?«, hakte Mitchell Hussey nicht minder neugierig nach.

»Haben wir ihn?«, wollte ihr Mann wissen.

Sie ließ sich gegen das Lederpolster sinken, legte einen Arm um Drews Schulter und ließ sich Zeit mit der Antwort. »Gentlemen«, erklärte sie schließlich, »er hat angebissen, ja, und wir haben ihn. Er hängt am Haken.«

»Gut gemacht!«, rief Mitchell Hussey aus und schlug mit der Wut eines geduldigen Mannes mit der Faust in die Luft. »Jetzt müssen wir nur noch . . .«

»Den Fisch an Land holen«, beendete Geoffrey den Satz.

TEIL II

Kapitel 9

Glasmalerei

Die Liebesbriefe klangen kein bisschen verzweifelt, zumindest empfand Lindsay es so, hatte sie doch den Gedanken, sich Lieutenant-Commander Paget hinzugeben, fast aufgegeben. Im März hatte sie sich an der Vorstellung berauscht, wieder verliebt zu sein, aber eben die Gefühle, die Geoffrey damals in ihr geweckt hatte, waren es, die ihm jetzt zum Nachteil gereichten.

Sofern Geoffrey bei seiner Schwägerin in Dalmuir untergekommen war, war er dort inzwischen nicht mehr. Die Briefe waren in den verschiedensten Orten abgestempelt worden, von Portsmouth über Southampton und Newcastle bis nach Cardiff, Barrow-in-Furness und London. Wäre sie tatsächlich in Geoffrey verliebt gewesen, hätte sie seine Reiseroute auf einer Karte nachvollzogen und seine Briefe in einem mit Samt ausgeschlagenen Kästchen verwahrt. Aber sie war zu vernünftig für solch sentimentalen Unsinn, sodass sie die ersten Briefe einfach verbrannte.

Als der März jedoch in den April überging und der April in den Mai, ohne dass Forbes sich dazu äußerte, dass sie Post von einem Unbekannten erhielt, wurde sie bewusst unvorsichtig.

Maeve, Arthur und die beiden Jungen waren aufmerksamere Beobachter.

»Ist wieder Post für dich gekommen?«, fragte Arthur.

»Ja.«

»Von wem diesmal?«

»Von einem Freund.«

»Hat dieser Freund auch einen Namen?«

»Selbstverständlich hat er einen Namen.«

»Und? Willst du uns den nicht verraten, Mum?«

»Nein, das will ich nicht.«

»Ist es ein Verehrer?«, wollte Maeve wissen.

Lindsay hatte ein leichtes Lachen einstudiert, das viel andeutete, ohne etwas Konkretes zu verraten. »Verheiratete Damen haben keine Verehrer.«

»Dann von einem heimlichen Bewunderer?«

»Mum?«, fragte Philip. »Das stimmt doch nicht, oder?«

»Es ist nichts Heimliches oder Geheimes, Schatz.«

Forbes, der mal trübsinnig am Fenster stand, mal dösend im Sessel saß, schenkte dem Geplänkel keinerlei Beachtung.

»Wie viele sind es denn jetzt insgesamt?«, fragte Arthur.

Miss Runciman hob drei knorrige Finger. »Drei allein in dieser Woche.«

»Aha, man spioniert mir also nach, ja?«

»Das ist wohl kaum nötig, Liebes, immerhin hältst du uns die Dinger ja förmlich unter die Nase.«

Sie stand auf, schwenkte Geoffs letzten Brief, als wollte sie die Tinte darauf trocknen, und verließ das Zimmer. Forbes schlug träge ein Auge auf und drehte sich zu ihr um, jedoch ohne den Köder zu schlucken.

»Es ist dieser Seemann, habe ich recht?«, sagte Eleanor Runciman.

»Seemann? Was für ein Seemann?«, entgegnete Lindsay.

Sie und Eleanor befanden sich nach dem Frühstück allein im Esszimmer.

Forbes und Arthur hielten sich bereits in der Werft auf, die Jungen waren in der Schule und Maeve unterwegs, um einen Brief nach Dublin aufzugeben.

»Der Kerl, in den du einmal verliebt warst. Paget.«

Lindsay warf den Brief auf die Tischdecke. »Ja, sie sind von Geoffrey.«

»Was will er von dir?«

»Er will mit mir ins Bett.«

Auf dem müden Gesicht der Haushälterin spiegelte sich keine Spur von Überraschung. »Hast du ihn diesbezüglich ermutigt?«

»Ermutigt nicht, nicht direkt. Hast du meine Post gelesen?«

»Ich habe mir nur die Poststempel angesehen. Sofern Mr. Paget und du nicht einen Weg findet, es schriftlich zu tun, werdet ihr nicht mal einen Tee zusammen trinken, ganz zu schweigen davon, das Bett zu teilen. Zumindest so lange nicht, wie er kreuz und quer durch das Land reist.«

Lindsay lachte. »Höre ich da Missbilligung heraus, Eleanor?«

»Es steht mir nicht zu, etwas zu missbilligen, was du tust.«

»Willst du mir keinen Vortrag über Treue halten?«

»Diesen Vortrag habe ich dir schon vor Jahren gehalten«, entgegnete die Haushälterin. »Wenn du geneigt wärst, dir von dem Seemann den Kopf verdrehen zu lassen, würdest du nicht so offen darüber reden. Forbes soll mitbekommen, dass du einen Verehrer hast, nicht wahr?«

»Bin ich so leicht zu durchschauen?«

»Kinderleicht.«

»Warum reagiert Forbes dann nicht?«

»Aus reiner Sturheit, schätze ich. Was du da tust, ist ein riskantes Spiel, Lindsay. Der arme Philip ist schon ganz beunruhigt. Und dein Vater ebenfalls.«

»Hat Papa gesagt, du sollst mit mir reden?«

»Ja.«

»Und warum tut er das nicht selbst?«

»Weil es ihm peinlich ist.«

»Papa? Peinlich berührt?«

»Du weißt doch, was er von Forbes hält.«

Lindsay starrte aus dem Esszimmerfenster auf die Bäume draußen, eine undurchdringliche grüne Masse, die den Blick auf die unwirtliche Landschaft von Clydeside verdeckte. Schon bald würde Ross *Das verlorene Herz* beendet haben und bereit sein für ihr Porträt. Dann würde sie mit ihm noch ein weiteres Geheimnis vor Forbes haben. Und einstweilen war Geoffrey Paget immer noch ein Versprechen, eine Option.

»Dein Vater liebt dich viel zu sehr, als dass er dir eine Gelegenheit missgönnen würde, glücklich zu werden«, fuhr Miss Runciman fort.

»Ich verstehe nicht, was du meinst.«

»Ihm ist wohl bewusst, dass die Jungs dich in ein, zwei Jahren nicht mehr so sehr brauchen werden, wie es heute noch der Fall ist.« Eleanor langte über den Frühstückstisch, ergriff Lindsays Hand und tippte mit den Fingern den alten Geheimcode.

»SOS?«, sagte Lindsay. »Du meinst, ich bin in Not?«

»Streite es nicht ab, so wie Maeve es getan hat. Ich kenne dich schon viel zu lange, meine Liebe, und ich liebe dich viel zu sehr, um nicht zu sehen, was los ist.«

»Und was soll los sein?«

»Du bist unglücklich.«

»Nein, bin ich nicht. Nicht wirklich«, behauptete Lindsay.

»Man könnte dir nicht verdenken, wenn du eine Affäre hättest.«

»Eleanor!«

»*Er* tut es doch auch.«

»Wer? Forbes? Vielleicht, ja, aber ich bin kein Mann; ich brauche so etwas nicht.«

»Wir alle brauchen das Gefühl, geliebt zu werden«, widersprach Eleanor. »Sag, hast du die Briefe beantwortet?«

»Nein«, log Lindsay.

Eleanor seufzte. »Gott sei Dank, dann hast du dich also nicht kompromittiert.«

»Geoffrey Paget ist vielleicht nicht der Gentleman, für den ich ihn gehalten habe, aber Erpressung traue ich ihm doch nicht zu.«

»Das kann man bei Seeleuten nie wissen.«

»Ich wünschte, du wärst weniger sprunghaft, Eleanor. Erst erklärst du, dass es dir keine schlaflosen Nächte bereiten würde, wenn ich eine Affäre hätte, und dann warnst du mich in einem Atemzug vor den Risiken einer Romanze.«

»Paget ist nicht der richtige Mann für dich.«

»Tatsächlich! Und wer ist dann der Richtige?«

»Jedenfalls nicht Paget«, beharrte Eleanor. »Mehr habe ich dazu nicht zu sagen.«

»Vielen Dank für den guten Rat«, entgegnete Lindsay pikiert.

»Wirst du ihn befolgen?«

»Vermutlich nicht.«

Ross hatte das Vertrauen verloren. Die Arbeit kam nicht richtig voran. Irgendetwas stimmte nicht mit dem Gemälde *Das verlorene Herz*, irgendein Makel, der sich weder mit Spiritus noch mit dem Pinsel beheben ließ.

Er verfluchte das strahlende frühlingshafte Sonnenlicht und machte es verantwortlich für seine veränderte Wahrnehmung; er schimpfte auf die Harze, die ihm mal zu schnell und dann wieder zu langsam trockneten. Er kaute den Hals seiner besten Bruyère-Pfeife durch und spritzte Farbe auf seine beste Tweedhose. Er fuhr Mrs. Ormond an, blaffte Bobby Shannon an und musste an sich halten, um Maeve nicht für seine Misere verantwortlich zu machen.

Je länger er an Maeve McCullochs Gesicht arbeitete, desto weniger stellte ihn das Ergebnis zufrieden. Aber wenn er nicht die beiden Personen in der Mitte des Bildes mühsam von der Leinwand kratzen und noch einmal ganz von vorn anfangen wollte, hatte er keine andere Wahl, als sich tapfer weiterzuquälen.

»Verdammt!«, schimpfte er. »So ein Mist!«

Bobby wölbte eine Braue.

Maeve streckte die Zungenspitze heraus.

Ross lugte an der Leinwand vorbei, einen Pinsel quer im Mund wie ein Pirat, der sich beim Entern eines fremden Schiffes den Dolch zwischen die Zähne klemmt. »Was macht ihr da?«

»Nichts«, entgegnete Maeve. »Wir liegen hier ganz brav.«

»Du hast irgendetwas an dir verändert. Hast du dir das Haar schneiden lassen?«

»Nein.«

»Ganz still liegen bleiben. Nicht bewegen!«

»Ich liege ganz still.«

»Irgendetwas ist anders. Irgendetwas ist verändert.«

»Ich habe heute Morgen gebadet«, entgegnete Maeve. »Vielleicht sehe ich ja verschrumpelt aus.«

»Wie eine Backpflaume«, ergänzte Bobby.

Maeve musste lachten, und ein leichtes Beben durchlief ihren ganzen Körper.

Ross trat hinter der Staffelei hervor und warf zornig den Pinsel auf den Teewagen. »Es ist zwecklos«, knurrte er. »Vielleicht ist es besser, wenn ihr eine Pause macht, auch wenn ihr euch diese weiß Gott nicht verdient habt.«

»Es ist heiß«, maulte Maeve. »Und Bobby schwitzt wie ein Schwein.«

Bobby hob einen Arm über den Kopf und roch an seiner Achselhöhle. »Ich rieche nicht.«

»Trockne dich ab, Bobby, wenn es sein muss.« Ross steuerte die Küche an. »Ich denke, wir können alle einen Tee vertragen.«

Bobby setzte sich auf den Rand des Podestes und rieb sich die Waden mit einem Handtuch trocken.

»Schwitzt du immer so stark?«, fragte Maeve.

»Ich schwitze nicht mit Absicht«, entgegnete Bobby bissig.

»Du musst im Zeichenraum eine wandelnde Gefahr sein.«

»Wenn ich im Büro Pläne durch Schweißtropfen ruinieren würde, wäre ich meinen Job los.«

»Mein Großvater würde dich doch sicher nicht rauswerfen, oder?«

»Tom? Der alte Tom? Nein, der alte Tom würde es nicht wagen, mich an die Luft zu setzen. Das würde Mr. Lightbody nicht zulassen.«

»Mr. Lightbody? Ist das dein Gewerkschaftsboss?«

»Ja – so was in der Art. Wir Zeichner haben keine richtige Gewerkschaft.«

»Was dann?«

»Eine Vereinigung.«

»Zahlt ihr keine Beiträge?«

»Doch, tun wir.«

»Und könnt ihr auch in Streik treten?«

»Warum willst du das wissen?«, fragte Bobby argwöhnisch.

Maeve hob beschwichtigend beide Hände. »Entschuldigung. Ich wollte dir nicht zu nahe treten.«

Bobby zuckte mit den Schultern. »Ja, wir könnten die Arbeit niederlegen, wenn wir ausreichende Gründe hätten.«

»Ich habe gehört, dass die Bergleute mit Streik gedroht haben.«

»Jetzt, da der Krieg endgültig vorbei ist, gehen die Kohlebergwerke wieder in Privatbesitz über, und da werden die Löhne natürlich drastisch gekürzt.«

Ross kam mit dem Tee aus der Küche. »Ich hoffe doch, dass du diesem unschuldigen Mädchen keinen trotzkistischen Unsinn einredest, Robert?«

»Ich bin kein Trotzkist.«

»Dann ist Lenin dein Vorbild?«, fragte Ross.

»Ich bin Mitglied der Sozialistischen Arbeiterpartei, wenn Sie es unbedingt wissen wollen.«

»Haben die auch vor dem Osteraufstand Waffen nach Irland geschickt?«, fragte Maeve.

»Nee, wir Sozialisten haben uns aus den irischen Unruhen rausgehalten.«

»Warum?«

»Damit man uns nicht mit denen über einen Kamm schert.«

»Über einen Kamm schert? Und welcher Kamm sollte das sein?«, hakte Maeve aufgebracht nach.

»Schluss damit!«, beendete Ross das Streitgespräch. »Wir sollten diese kontroverse Debatte beenden, bevor ihr euch an die Gurgel geht.« Er nippte an seinem Tee. »Sag mal, Maeve, wie geht es eigentlich deiner Tante Lindsay?«

»Gut.«

»Ich habe sie kaum mehr zu Gesicht bekommen, seit sie zu dem Schluss gekommen ist, dass du keine Anstandsdame mehr brauchst.«

»Ich glaube, sie bräuchte dringender eine Anstandsdame als ich.«

Ross verschluckte sich an seinem Tee und hustete. »Wie bitte?«

»Wir vermuten, dass sie einen Liebsten hat.«

»Einen Liebsten?«

»Einen unbekannten Verehrer. Er schreibt ihr ständig.«

»Tut er das? Und wer ist er?«

»Ein Seemann, zumindest glaubt Miss Runciman das.«

»Oh! Und was sagt Forbes ... was sagt dein Onkel dazu?«

»Er weiß nichts davon.«

Ross rührte in seinem Tee und starrte in die Tasse. »Oder ist es ihm vielleicht egal?«

Maeve war bewusst, dass sie taktlos gewesen war. Wenn Bobby Shannon überzeugter Sozialist war, hatte er vermutlich ohnehin schon eine schlechte Meinung von den Franklins, auch ohne dass sie noch Öl ins Feuer goss. Sie hatte in Dublin einiges an sozialistischer Propaganda gehört. Daheim kämpften Marxisten und Fenier Seite an Seite und benutzten den Nationalismus als Waffe im Kampf für die Emanzipation des Proletariats. Als Protestantin im katholischen Dublin hatte sie die Auswirkungen der Bigotterie selten am eigenen Leib erfahren, aber sie hatte erlebt, wie Männer sich draußen vor dem »McKinstry's« prügelten, weil sie sich nicht einig wurden ob der wahren Ziele des revolutionären Nationalismus und des radikalen Sektierertums der Arbeiterbewegung.

Dabei waren die Kriege, die »Aufstände«, zu zahlreich, als dass man sie sich alle merken könnte. Seit sie bei ihrem Onkel wohnte und eigenes Geld verdiente, war sie verunsichert, was einige Dinge betraf, die ihr daheim in Irland noch völlig klar erschienen waren.

»Ich denke, Onkel Forbes hat zurzeit viel um die Ohren«, entgegnete sie vorsichtig. »Er hat ganz andere Sorgen.«

»Die schlechte Auftragslage zum Beispiel?«

»Ja.«

Bobby wandte den Kopf und starrte sie an, so düster, dass er beinahe grimmig wirkte. Die rebellische Haartolle fiel ihm wieder einmal in die Stirn. Ungeduldig strich er sie sich aus dem Gesicht.

Maeve holte tief Luft und sagte: »Ich schätze, damit steht er nicht allein.«

»Das Schreckgespenst der Massenarbeitslosigkeit macht uns allen Angst«, bemerkte Ross.

»Ihnen doch nicht«, wandte Bobby ein.

»Stimmt, mir nicht. In dieser Hinsicht kann ich mich glücklich schätzen.«

»Ja. Einmal Geld, immer Geld«, stellte Bobby fest. »Sie und Ihresgleichen werden unter einer Depression kaum zu leiden haben, Mr. Franklin.«

»Da stimme ich dir zu, mein Junge. Das ist nun einmal so in unserer Welt.«

»Das müsste aber nicht so sein«, widersprach Bobby. »Man kann die Welt auch verändern.«

»Das bezweifle ich«, widersprach Maeve. »Wenn du gesehen hättest, was ich gesehen habe, Bobby Shannon, wärst du nicht so zuversichtlich hinsichtlich dessen, was sich tatsächlich ändern lässt und was nicht.«

»Du … Was weißt du denn schon?«

Ihr war bewusst, dass sie in eine sinnlose Debatte hineingezogen wurde, war aber so wütend über Bobbys herablassende Art, ihre Ansichten abzutun, dass sie den Mund nicht halten konnte. »Wenn man dir erst das Haus unter dem Hintern weggesprengt hat, Bobby Shannon, wenn ein Bulle dir erst die Waffe an die Schläfe gehalten und gedroht hat, dich zu erschießen, dann wirst du es dir zweimal überlegen, eine Revolution zu befürworten.«

»Irland ist ein besetztes Land«, entgegnete Bobby. »Euch geht es um die Selbstverwaltung. Die werdet ihr aber nie bekommen, nicht, solange diese den Status quo gefährdet. Und überhaupt hast du doch wohl keinen Grund zur Klage. Du isst schließlich von silbernen Löffeln und ziehst jeden Morgen saubere Unterhosen an, oder?«

»Lass meine Unterhosen aus dem Spiel!«, fauchte Maeve ihn an. »Bei uns gibt es wenigstens noch richtige Männer, die bereit sind, für das zu sterben, woran sie glauben.«

»Hört, hört!«, entgegnete Bobby spöttisch. »Dann hältst du uns also für Feiglinge, ja?«

»Das habe ich nicht gesagt. Allerdings … jetzt, da du es erwähnst … Nein, ich glaube nicht, dass ihr den Mumm habt, euch von dem zu befreien, was ihr als kapitalistische Unterdrückung bezeichnet. Ich denke, ihr habt es viel zu lange viel zu leicht gehabt.«

»Schießt du da nicht etwas über das Ziel hinaus, Maeve?«, mischte sich Ross ein.

Sie schwang im Sitzen herum und streckte unter dem verblichenen blauen Rock die Beine aus.

»Es steht ihm nicht zu, mich zu kritisieren, er, der in einem edlen Kilt herumläuft und den armen Hirtenjungen gibt. Ich wette, er hat im Leben noch keinen echten Hirtenjungen gesehen. Ich wette, er hat noch nie den Gestank einer Herde von Schafen gerochen, die sich vor lauter Hunger gegenseitig die Wolle vom Leib fressen. Und er ist auch noch nie einem Pachtbauern begegnet, dem vom Grundbesitzer so viel abgepresst wird, dass er nicht mal ein Stück trockenes Brot für seine Kinder übrig hat.«

»Ich weiß Bescheid über die Hungersnot in Irland«, entgegnete Bobby. »Ich habe im Geschichtsunterricht aufgepasst.«

»Geschichtsunterricht?«, fauchte Maeve. »Geschichtsunterricht? Für dich ist das alles nur Unterrichtsstoff, stimmt's?« Sie sprang vom Podest, riss sich den Schal von den Schultern, warf ihn zu Boden und trampelte mit nackten Füßen darauf herum. »Das halte ich von der Geschichte deines Landes, Bobby Shannon. Schottenstoff und Tränen, glorreiche Vergangenheit und goldene Zukunft, aber niemand macht sich Gedanken über das Hier und Jetzt.«

Sie stürmte ins Bad und knallte die Tür hinter sich zu.

Bobby starrte mit leerem Blick hinter ihr her und sah dann perplex zu Ross hinüber. »Was ist denn mit der los?«

»Ich glaube, du hast sie beleidigt«, erklärte Ross.

»Womit?«

»Du hast sie als eine Franklin betrachtet.«

Vieles von dem, was Eleanor sagte, machte Sinn, und so versteckte Lindsay von nun an Geoffreys Briefe vor den anderen. Die Heimlichkeit schien der platonischen Affäre jedoch mehr Gewicht zu verleihen, und schon eine Woche später warf Geoffrey ihr Wankelmut in einem seiner Briefe vor.

Das Wetter wandelte sich, es wurde warm und trocken, der Frühling ging in den Sommer über, und Maeve und Lindsay besuchten Theatermatineen, gingen ins Kino, sahen sich Kunstausstellungen an, spazierten an lauen Nachmittagen im Mai durch den Kelvingrove Park oder tranken Kaffee an einem Caféhaustisch am Ufer des Binghamsees, wo man mit Ruderbooten aufs Wasser hinausfahren konnte.

Forbes war den ganzen Abend seltsamer Laune gewesen, in sich gekehrt und abwesend. Arthur war es nicht gelungen, seinen Schwiegersohn zu einem Streitgespräch zu bewegen. Nicht einmal Maeve in einem Sommerkleid der brandneuen Pariser Kollektion hatte ihrem Onkel auch nur ein Wort entlocken können, ganz zu schweigen von einem Lächeln. Er hatte sich kurz nach dem Abendessen auf sein Zimmer zurückgezogen, aber sie hörte ihn noch weit nach elf dort rumoren.

Lindsay drehte den Türknauf und trat ein. »Forbes, was treibst du da eigentlich?«

»Herrgott noch mal! Hat man denn in diesem verfluchten Haus gar keine Privatsphäre mehr?«

Gefangen in einem Geflecht von Stahlfedern, kämpfte er sich mühsam vom Teppich hoch. Er trug eine Aertex-Weste und eine Unterhose, schwarze Socken und Strumpfhalter. Seine Haut war im künstlichen Licht so blass wie ein Champignon, und sein Bauch wabbelte wie Götterspeise, als er sich umständlich aus dem Trainingsgerät befreite.

Lindsay beugte sich kichernd über ihn.

»Das ist nicht komisch«, brummte er.

»O doch, Forbes, und wie!«

Schwer atmend ließ er sich auf den Teppich zurücksinken. »Wenn du schon mal hier bist – wenn auch ungebeten, wie ich anmerken möchte –, könntest du mir wenigstens zur Hand gehen.«

Sie kniete sich neben ihn. »Du solltest wirklich vorsichtiger sein, Schatz. Du könntest dich mit diesem Ding ernsthaft verletzen.«

»In der Werbung stand ...«

»Dass es dich in nur vierzehn Tagen in einen Adonis verwandelt? Es überrascht mich, dass ausgerechnet du auf solche leeren Versprechungen hereingefallen bist.«

»Ich weigere mich, mit dir darüber zu diskutieren, solange ich noch feststecke.«

»Hat die Werbung denn nicht davor gewarnt, dich mit Strumpfhaltern auf die Suche nach ewiger Jugend zu begeben? Du hast dich hoffnungslos verheddert. Forbes, du hast dich selbst schachmatt gesetzt.« Sie streckte die Hand aus und löste die Schließe, die eine schwarze Socke hielt, befreite den Strumpfhalter von der Stahlfeder und entfernte den Griff aus seinem Spann. »So!«

Metallfedern zogen sich klirrend wieder zusammen. Forbes schleuderte das Trainingsgerät quer durchs Zimmer und setzte sich auf. Unter einigen Fettringen war er immer noch recht muskulös. Lindsays Blick wurde magisch angezogen von jenem Teil seiner Anatomie, der sich unterhalb seines Bauches befand. Sie hatte ganz vergessen, dass Forbes überdurchschnittlich gut bestückt war.

»Hör auf, mich anzustarren, Lindsay. Ich weiß, dass ich fett bin.«

»Nun ja, nicht direkt fett.«

Er zog die Knie hoch bis zum Kinn und sah aus wie ein gealterter Cherub auf einem von Ross' Gemälden. »Füllig, beleibt, pummelig. Nenn es, wie du willst, es kommt doch alles auf dasselbe raus. Fett bin ich, viel zu fett.«

»Fühlst du dich nicht wohl?«, wollte sie wissen.

»Ich fühle mich blendend.«

»Versuch doch einfach, weniger zu essen.«

Lindsay kniete immer noch neben ihm. Sie drückte die Knie zusammen und stopfte den Rock seitlich zwischen Waden und

Oberschenkel. Sie verspürte plötzlich den schier unwiderstehlichen Drang, ihn zu berühren, um zu sehen, wie lange es dauerte, bis er reagierte. Denn, erschöpft oder nicht, Übergewicht hin oder her, er war immer noch ihr Ehemann, und früher einmal, vor langer Zeit, war er auch ihr Liebhaber gewesen.

Hastig richtete sie sich auf und wich vor ihm zurück. »Du tust das nicht aus gesundheitlichen Gründen, Forbes, habe ich recht? Du willst jemandem gefallen.«

»Unsinn!«

»Wer ist es diesmal?«

»Dasselbe könnte ich dich fragen.«

»Willst du damit andeuten ...«

»Lass gut sein, Linnet. Ich habe die Briefe gesehen. Du hast ja auch gar nicht erst versucht, sie vor mir zu verbergen, oder?«

»Wenn es einen Menschen auf der Welt gibt, dem es nicht zusteht, mir Vorhaltungen bezüglich meines Lebenswandels zu machen, dann bist das ja wohl du, Forbes McCulloch.«

»*Touché*. Also, von wem sind sie?«

»Das geht dich einen feuchten Kehricht an.«

Sie wartete darauf, dass seine grauen Zellen sich in Bewegung setzten und er auf »Paget« tippte, aber offenbar hatte er den Lieutenant-Commander und ihre keusche Annäherung an die Liebe vor so vielen Jahren längst vergessen.

»Wie du meinst, dann verrate es mir eben nicht«, brummte er.

Hätte sie bei dieser Gelegenheit die Karten auf den Tisch gelegt, hätte sie die Katastrophe vielleicht noch abwenden können. Aber hinterher ist man immer schlauer. An jenem Tag ahnte sie nicht, wie viel – oder wenig – ihr Gatte wusste. Sie hatte einfach das Bedürfnis nach einem ureigenen Geheimnis, gewissermaßen als Gegengewicht zu Forbes' Affären.

»Sie sind von Ross«, log sie.

»Ross Franklin? Cousin Ross?«

»Ja.«

Und warum schreibt er dir, wenn ihr euch doch sowieso jeden zweiten Sonntag seht?«

»Keine Ahnung. Er tut es einfach.«

»Und was schreibt er so?«, wollte Forbes wissen.

»Nichts Wichtiges. Dies und jenes.«

»Schreibt er von seiner Arbeit? Von seinen Gemälden? Von Maeve?«

»Ja, unter anderem.«

»Du wolltest mich glauben machen, dass du einen Liebhaber hast, stimmt's?«

»Nun, wie du siehst, ist dem nicht so.«

Forbes lachte unfroh. »Vetter Ross interessiert sich ganz sicher nicht für dich.«

»Du scheinst dir deiner Sache sehr sicher zu sein.«

»Er interessiert sich ganz allgemein nicht für Frauen.«

»Willst du damit andeuten, er sei ... nicht normal?«

»Ich weiß nicht, was Ross ist, und offen gestanden ist es mir auch egal. Wenn es ihm Spaß macht, seine Zeit damit zu verschwenden, dir zu schreiben, bitte. Aber versuch nicht, mich unter Druck zu setzen, indem du mir Dinge vorgaukelst, die nicht sind.« Forbes erhob sich schwerfällig und tätschelte seinen runden Bauch. »Übrigens ist es nichts Ungewöhnliches, wenn ein Mann meines Alters sich wieder in Form bringen möchte. Ich habe derzeit verdammt viel um die Ohren, und in den kommenden Wochen und Monaten wird die Lage noch angespannter werden. Es sollte dir also nicht weiter zu denken geben, wenn ich das Bedürfnis habe, ein paar Pfund abzunehmen, um zu meiner alten Form zurückzufinden.«

Er hatte ihren Verdacht mit einer plausiblen Erklärung abgewendet, doch offenbar kümmerte es ihn nicht weiter, ob sie ihm glaubte oder nicht. Ihre Ehe hatte einen neuen Tiefpunkt erreicht, an dem man log, um eine vorangegangene Lüge zu vertuschen.

»Würdest du mir bitte die Expander reichen, Liebes? Ich werde noch etwas für meine Brustmuskeln tun, bevor ich schlafen gehe. Ich bin noch nicht fertig.«

»O doch, das bist du, Forbes«, entgegnete Lindsay. »*Wir beide* sind fertig miteinander.« Hierauf trat sie die Stahlfedern quer über den Teppich und stürmte hinaus.

Hinter ihnen lag eine anstrengende dreistündige Sitzung auf dem Podest, nachdem Ross zu seinem alten Elan zurückgefunden hatte. Maeve fühlte sich eher steif als müde. Sie sagte sich, dass es ihre Nackenverspannungen und die verkrampften Beine lockern würde, wenn sie zu Fuß zum Brunswick Park zurückkehrte, aber schon nach wenigen Metern auf dem Flowerhill Drive spürte sie, dass ihr jemand folgte.

Im ersten Moment glaubte sie, es sei Bobby. Als sie sich jedoch abrupt umdrehte, sah sie nur eine Mutter mit einem Kinderwagen und einen steinalten Mann, der einen Verdauungsspaziergang unternahm.

Zügig bog sie um die Ecke in die Bowling Green Road und blieb sofort wieder stehen.

Er bog nur wenige Sekunden später zügig um die Ecke, beide Hände in den Taschen seines langen schwarzen Regenmantels vergraben, wobei er sich nur auf den Fußballen zu bewegen schien, mit kurzen, hektischen kleinen Schritten. Erleichtert stemmte Maeve die Hände in die Seiten und stellte ihren Verfolger zur Rede.

»Ach, nein, was für ein Zufall! Was führt denn dich hierher, Ewan Calder?«

»Ich ... ich unternehme nur einen Sonntagsspaziergang.«

»Hast du dich vorhin in der Hecke versteckt?«

»Ich? Wie kommst du denn darauf?«, empörte er sich, vermied es jedoch, ihr in die Augen zu sehen.

»Dann hast du wohl einen Doppelgänger. Darf ich fragen, warum du mich verfolgst?«

Der Regenmantel war aus leichtem wasserdichten Material und wirkte an einem warmen Tag im Mai völlig fehl am Platze. Zudem war er viel zu lang und reichte ihm bis weit unter die Knie. Darunter trug er graue Flanellhosen und einen Blazer. Er schrumpfte förmlich in sich zusammen und nahm eine seltsam gebeugte Haltung ein, ehe er antwortete. »Gehst du mit mir aus?«

»Wie bitte?«, entfuhr es ihr verblüfft.

»Ich kaufe dir ein Eis.«

»Um Himmels willen, Ewan!«

»Zu ›Bingham's‹? Es ist nicht weit.«

»Wie lange hast du draußen vor Mr. Ross' Haus herumgelungert?«

»Von Herumlungern kann keine Rede sein. Ich war nur zufällig in der Nähe. Zur rechten Zeit am rechten Ort, wie es heißt.«

»Erzähl mir doch nichts, Ewan Calder! Von wem wusstest du, wo ich heute sein würde? Von Harry?«

»Du sitzt Mr. Franklin jeden Sonntagnachmittag Modell.« Ewan sortierte sich neu und richtete sich Stück für Stück auf. »Das hast du mir selbst erzählt.«

»Habe ich das? Ja, kann sein.«

»Ich begleite dich, wenn du nichts dagegen hast.«

»Und kaufst mir ein Eis?«

»Wenn du möchtest«, meinte er.

Sie schnaubte belustigt. »Ich sag dir was: Ich spendiere dir ein Eis, wenn du versprichst, mir nie wieder nachzuspionieren. Du hast mir einen schönen Schrecken eingejagt, weißt du das?«

»Wir sind hier in Glasgow und nicht in Dublin«, erwiderte Ewan. »Ich werde dir ganz sicher keine Pistole an die Schläfe halten.«

Ewan Calder war viel zu gut informiert und hatte, was die Ursache ihrer Nervosität betraf, ins Schwarze getroffen. Er war in letzter Zeit auffällig oft bei den McCullochs am Brunswick Park gewesen, dabei und doch irgendwie außen vor. Maeve war ziemlich sicher, dass der einzige Sohn ihres Großvaters immer ein Außenseiter bleiben würde.

»War der Junge heute auch wieder da?«, fragte Ewan.

»Falls du Bobby Shannon meinst, kann man den wohl kaum mehr als *Jungen* bezeichnen.«

»War er da?«

»Natürlich.«

»Sieht er gut aus?«

Das war eine Frage, wie sie ein Schuljunge eigentlich nicht stellen sollte; das war eine Schulmädchen-Frage, eine Frage, über die man sich kichernd austauschte. Maeve dämmerte langsam, dass Ewan Calder ihr auf seine eigentümliche Art den Hof machte.

»Ja, ich schätze, man könnte Bobby als ziemlich attraktiv bezeichnen«, entgegnete sie.

»Attraktiver als Harry?«

»Harry? Was hat denn Harry damit zu tun?«

»Findest du Harry nicht gut aussehend?«

»Ich wünschte, du würdest aufhören, mir solche Fragen zu stellen. Wenn du mich begleiten möchtest, solltest du das Thema wechseln.«

»Meine Schwestern finden Harry wunderbar.«

»Aha, dann hast du das alles von deinen Schwestern aufgeschnappt, ja? Nun, ich bin älter und reifer als deine Schwestern. Außerdem bin ich auch so etwas wie deine Schwester. Bilde dir also nicht ein, du könntest dir irgendwelche Freiheiten herausnehmen, nur weil ich dir erlaube, mich zu begleiten, klar?«

»Fällt eine Einladung zum Eis auch in die Kategorie ›Freiheiten‹?«, wollte er wissen.

»Ein Eisbecher?«

»Wenn du das möchtest.«

»Mit Erdbeersoße?«, hakte sie nach.

»Also das würde nun eindeutig unter ›Freiheiten‹ fallen«, entgegnete er, brachte seinen ganzen Mut auf und nahm ihre Hand.

Kapitel 10

Von Schweinen und Flöten

Forbes hatte bezüglich der Morddrohung nichts mehr von Coffey gehört, und so nahm er an, dass er tatsächlich hereingelegt worden war. Seine Mutter war über die Ostertage von Donald und Lilias an die Küste eingeladen worden und hatte sich bisher noch nicht zurückgemeldet. Aus der ursprünglich geplanten Ferienwoche waren inzwischen fast zwei Monate geworden.

Vor zwanzig Jahren hatte es an den Feiertagen traditionell große Familientreffen gegeben, an denen Söhne und Töchter, Ehefrauen, Ehemänner und Enkelkinder der Familie Franklin angehalten gewesen waren, Einigkeit zu zeigen und ihre Loyalität dem Clan gegenüber zu bekunden. Diese fröhlichen Zusammenkünfte gab es nicht mehr, nachdem Johnny gefallen war, Pansy und Mercy geheiratet hatten, Donald sich aus der Firma zurückgezogen und Ross sich für eine Künstlerkarriere entschieden hatte. Es gab keinerlei Einigkeit und herzlich wenig Loyalität, wenn es darum ging, das zu schützen, was von Owen Franklins Erbe noch übrig war.

Es war immer noch warm, aber am frühen Nachmittag war ein feiner Nieselregen vom Govanufer her über den Fluss heraufgezogen und hatte die Werft in düsteres Grau getaucht.

Im Zeichenbüro brannte Licht, und das ununterbrochene Hämmern der Zimmerleute, die gerade an den Deckaufbauten eines der Handelsschiffe arbeiteten, verursachte Forbes Kopfschmerzen.

»Hast du gerade zu tun?«

»Ich habe immer zu tun«, entgegnete Forbes und blickte von seinem Schreibtisch auf.

Martin nahm die schwarze Melone ab und hängte sie mit düsterem Gesicht an den Hutständer. Er schloss die Tür hinter sich, fischte ein Taschentuch aus der Brusttasche seines Jacketts und wischte sich die Regentropfen von der Stirn. »Was machst du gerade?«, erkundigte er sich.

»Ich erstelle eine Kostenrechnung.«

»Wofür?«

»Pech, Holz und diverses Werkzeug. Die Lagerbestände gehen zur Neige.«

»Verstehe.«

Forbes klappte den Katalog zu, den er aus der Registratur geholt hatte, stützte die Ellbogen auf den Schreibtisch und blickte unerschrocken zu seinem Cousin auf. »Wenn du mir schon eine Predigt halten willst, sei wenigstens so höflich, dich hinzusetzen.«

»Hast du hinter meinem Rücken Verträge ausgehandelt?«

»Nein«, antwortete Forbes.

»Für einen Tanker vielleicht, einen Riesen-Öltanker?«

»Ach, das.«

»Erzähl mir nicht, es wäre dir entfallen.«

»Wir sind noch meilenweit entfernt von Vertragsverhandlungen, alter Junge.«

»Nenn mich nicht so gönnerhaft ›alter Junge‹! Ich bin immer noch Vorstandsvorsitzender dieser Firma.«

»Selbstverständlich bist du das.«

»Wärst du dann so freundlich, mich über das aufzuklären, was vom Lehrling bis zum Schiffszimmermann offenbar jeder weiß – ich ausgenommen?« Martin war einmal ein ehrgeiziger dynamischer junger Mann gewesen, als er mit einundzwanzig zum Vorstandsmitglied aufgestiegen war, aber die Jahre waren nicht spurlos an ihm vorbeigegangen. »Die Männer denken offenbar, dass demnächst ein Großauftrag hereinkommt, konkret, ein Auftrag für den Bau eines Riesentankers.«

»Gerüchte, nichts als Gerüchte.«

»Ist das so? Wenn es sich nur um Gerüchte handelt, warum hat dann Tom Calder ein ganzes Team von Zeichnern für die Ausarbeitung der Pläne für einen Tankerrumpf abgestellt? Warum hast du den Testtank gebucht, und warum, bitte schön, wurde an dieses ›Gerücht‹ eine eigene Auftragsnummer vergeben?«

»Tom muss seine Leute ja irgendwie beschäftigen.«

»Forbes, hör endlich auf, mir etwas vorzumachen.«

»Schon gut, schon gut«, gab Forbes widerwillig nach. »Ja, es gibt einen solchen Tanker, und ja, es wurde eine Auftragsnummer vergeben. Drei-vier-drei, wenn du es genau wissen willst.«

»Wir arbeiten, ohne dass ein Vertrag unterzeichnet wurde?«

»Es gibt einen Vertrag, oder genauer, es wird sehr bald einen geben.«

Martin seufzte. »Wer ist der Auftraggeber? Wärst du so freundlich, mir wenigstens das zu verraten?«

»Eine ausländische Gesellschaft: Gideon Rowe and Spellman.«

»Nie gehört«, murmelte Martin.

»Das überrascht mich nicht. Ich schätze, ich bin dir eine Erklärung schuldig. Wenn du es also nicht eilig hast ...«

»Habe ich nicht.« Martin zog sich einen Stuhl heran und ließ sich darauffallen. Er zog die Hose hoch, spreizte die Beine und beugte sich erwartungsvoll vor. »Ich darf doch davon ausgehen, dass du mir nicht wieder einen Haufen Lügen auftischst?«

»Ich habe dich nicht angelogen, Martin. Ich wollte nur keine falschen Hoffnungen wecken.«

»Ist diese Gesellschaft, Gibbon ...«

»Gideon«, verbesserte Forbes.

»Meinetwegen, Gideon Rowe ... Ist diese Gesellschaft sauber? Du hast doch sicher deren Bonität geprüft, oder?«

»Sobald die Entwürfe abgenommen sind und wir einen Richtpreis genannt haben, werden acht Prozent Anzahlung fällig.«

Martins Stirn glättete sich. »Acht Prozent, sagst du?«

»Bar auf den Tisch. Natürlich sind sie etwas nervös, weil wir bislang noch keinen Tanker gebaut haben, doch ihr Vertreter hier in England war beeindruckt von Toms Entwürfen. Der Tanktest war ein Vorschlag des Kunden.«

»Vermieten wir den Tank an den Schiffseigner, oder müssen wir die Kosten tragen?«, hakte Martin nach.

»Das geht auf uns.«

»Wie viel?«

»Ich weiß es nicht. Ich bin mit der Kalkulation noch nicht durch. Der entscheidende Punkt ist aber, dass Tom einen recht weit entwickelten Entwurf vorgelegt hat und wir über einen Testtank verfügen, der derzeit nicht gebraucht wird. Wir sind der Konkurrenz also schon eine Nasenlänge voraus.«

Martin nickte, wenn auch widerstrebend.

Forbes fuhr fort: »Nach Erhalt der acht Prozent Anzahlung fangen wir an. Dann werden zehn Prozent Garantiesumme fällig sowie die üblichen Abschlagszahlungen nach Bauabschnitten. Es wird in jeder Hinsicht ein Standardvertrag. In jeder Hinsicht – mit einer Ausnahme.«

»Ich wusste, dass es einen Haken gibt«, knurrte Martin.

»Ich kann dir den Namen des Kunden nicht nennen.«

»Sagtest du nicht vorhin, der Käufer sei Gideon Rowe and Spellman?«

»Der britische Vertreter möchte anonym bleiben.«

»Oh. Das klingt dubios, höchst dubios. Wessen Name wird denn auf dem Vertrag stehen? Ich meine, wer übernimmt die Bürgschaften?«

»Eine Bank.« Forbes zögerte. »Eine französische Bank.«

»O Gott, nein, nicht die Franzosen!«, stöhnte Martin. »Als Nächstes eröffnest du mir wahrscheinlich, es handelt sich um einen jüdischen Geldverleiher, der ins Schifffahrtsgeschäft einsteigen will.«

»Und was wäre daran so schlimm?«, begehrte Forbes auf.

»Grundsätzlich nichts. Ich traue diesen Leuten nur nicht über den Weg, das ist alles.«

»Den Juden?«

»Den Franzosen!«, entgegnete Martin. »Dieser Tanker-Auftrag macht sich ja gut auf dem Papier, Forbes, aber ich bin trotzdem nicht überzeugt davon, dass es unsere Kragenweite ist. Ist Calder dafür?«

»Absolut.«

»Und Arthur?«

»Der weiß noch nichts davon«, gab Forbes zu.

»Was ist mit Lindsay? Deine Frau hat auch noch ein Wörtchen mitzureden, vergiss das nicht.«

»Wie könnte ich das!«, sagte Forbes düster.

Er lag nackt auf ihr. Er legte die Hände auf ihre Hüfte und zog sich vorsichtig aus ihr zurück. Sie drehte den Kopf auf dem Kissen und schaute ihn durch feuchte blonde Strähnen hindurch an. Er schob eine Hand zwischen ihre Schenkel und streichelte sie eine Weile, ehe er das Laken zurückschlug.

Es war sehr still, der Tag brach gerade erst an, und das Fenster des Schlafzimmers im Erdgeschoss war mit Regentropfen gesprenkelt. Er schmiegte sich an sie, küsste ihren Hals und fühlte, wie sie sich unter ihm wand und ihre Hüfte sich an seinen Bauch drückte. Er drehte sie herum, schwang ein Bein über ihren Po und machte Anstalten, noch einmal von vorn zu beginnen.

»Sei nicht so optimistisch, Forbes«, sagte Stella.

»Ich kann gar nicht genug von dir kriegen«, flüsterte er heiser.

»Du gibst dir ja weiß Gott Mühe, das kann man dir nicht absprechen.«

»Soll das eine Klage sein?«

»Eine Feststellung.« Sie wandte den Kopf. »Wie spät ist es?«

»Keine Ahnung.«

»Es müsste schon nach sieben sein.«

Er seufzte. »Ich schätze auch.«

Sie zog ihn zu sich herunter und küsste ihn. »Ich denke, wir sollten jetzt vernünftig sein und uns eine Pause gönnen, findest du nicht auch?«

»Nein«, widersprach Forbes. »Ich halte es für das Vernünftigste, noch ein Weilchen weiterzumachen.«

»Los, Sportsfreund, runter mit dir.«

Er drückte sie mit dem Unterleib auf die Matratze. »Fühlst du, was dir entgehen würde?«

»Du Angeber.«

»Stimmt. Hast du genug?«

»Für heute schon, und vielen Dank auch, der Herr.«

»Und was ist mit morgen?«

Sie lächelte. »Morgen ist Drew zu Hause.«

»Den ganzen Tag?«

»Ich fürchte, ja.«

»Kannst du dich nicht unter einem Vorwand loseisen?«

»Eher nicht.«

»Ich habe da eine kleine Wohnung, in der wir uns treffen könnten. In Glasgow.«

»Nein, Forbes, nicht jetzt, wo alles so wunderbar läuft.« Sie stemmte sich mit beiden Händen gegen seine Brust. »Komm, höchste Zeit, dass du verschwindest.«

»Hm, vermutlich hast du recht«, murmelte er, schwang sein Bein zurück und ließ sich auf die freie Betthälfte sinken. Plötzlich fühlte er sich erschöpft, beinahe schwindelig.

Sie legte einen Arm um seine Taille und schmiegte ihre Wange an seinen Rücken. »Mir wäre es auch am liebsten, wenn du gar nicht gehen müsstest, Liebling«, meinte sie. »Ich wünschte, du könntest für immer hier bei mir bleiben.« Darauf schubste sie ihn sanft aus dem Bett.

Er erhob sich schwerfällig, und ihm wurde kurz schwarz vor Augen. Stella trat hinter ihn und ließ das Laken fallen. Mit klopfendem Herzen richtete er sich langsam auf.

»Grundgütiger, Forbes!«, hörte er sie sagen. »Es ist schon fast neun. Du musst dich beeilen.«

»Wann erwartest du ihn zurück?«

»Sein Zug fährt um acht Uhr siebenundvierzig in Glasgow ein.«

»Dann sollte ich mich wohl besser sputen, nicht wahr?«

Im Gegensatz zum Rest des Hauses verströmte dieses Zimmer eine wohnliche, warme Atmosphäre: Stellas Höhle, ihr Heiligtum. Wie sie selbst war es wie Samt und Seide, weich, fröhlich und unkonventionell. Er stieg hastig in seine Kleider, während Stella mit wehendem Morgenrock das Bett frisch bezog und gleich darauf nebenan verschwand, um sich ein Bad einzulassen.

»Holt Ronnie ihn vom Zug ab?«, fragte Forbes.

»Ja.«

Im Lichtschimmer, der aus dem angrenzenden Badezimmer hereinfiel, sah er sich in dem halbmondförmigen Spiegel über dem Frisiertisch und stellte fest, dass er ziemlich mitgenommen aussah. Er knöpfte den Hemdkragen zu und band seine Krawatte. Er würde sich irgendeine plausible Erklärung ausdenken, um neugierigen Fragen Lindsays vorzubeugen, und sich dann gleich auf sein Zimmer zurückziehen. Wahrscheinlich würde er auch Arthur Rede und Antwort stehen müssen, der inzwischen zweifellos von Martin über die Tankerpläne informiert worden war. Aber nicht mehr heute. Heute Abend war er kaum in der Verfassung, mit seinem Schwiegervater zu debattieren.

»Bist du fertig, Liebling? Mach schnell.«

»Vor vier Stunden klang das noch ganz anders.«

Sie schmiegte sich an ihn, drückte ihm einen kurzen, harten Kuss auf den Mund und drängte ihn gleichzeitig in Richtung Tür.

»Ich glaube, ich habe mich in dich verliebt«, gestand Forbes.

»Und ich glaube, mir geht es genauso«, erwiderte Stella.

»Ich bin mir nicht sicher, ob du das auch wirklich ernst meinst.«

»O doch, auf jeden Fall. Und wie.«

Sie durchquerten das Wohnzimmer. Stella schaltete die Deckenbeleuchtung ein, öffnete die Haustür, umfasste sein Gesicht mit beiden Händen und küsste ihn zum Abschied.

»Und wie«, wiederholte sie und schob ihn gleich darauf hinaus in den Regen.

Harrys Züge wurden von tiefen Schatten untermalt, sodass er sehr erwachsen und männlich aussah.

»Ich störe doch nicht, oder?«, fragte Maeve.

Das Zimmer der Jungen war sehr geräumig und lange nicht so unordentlich, wie sie angenommen hatte. Zinnsoldaten marschierten am Fenstersims entlang, und auf einer Kommode stand ein wunderschönes Modell einer Segeljacht. In verschiedenen Regalen standen zahllose Bücher. Harry saß an einem von zwei Schreibtischen vor seinen Schulbüchern und saugte an der Kappe seines Füllers.

»Wo ist Philip?«, fragte er.

»Der spielt mit deinem Großvater Domino.«

»Und Mum?«

»Die geht mit Miss Runciman den Menüplan für die kommende Woche durch.«

Sie fragte sich, warum es ihm so wichtig sein mochte zu wissen, wo die anderen waren. Vielleicht empfand er es als beruhigend, dass im Haus alles seinen gewohnten Gang ging, während er oben lernte.

»Dein Vater ist noch nicht zu Hause«, bemerkte sie.

»Das überrascht mich nicht.«

»Bestimmt hat es auf der Werft irgendwelchen Ärger gegeben. Ich habe gehört, wie Arthur mit deiner Mutter darüber gesprochen hat. Ich habe nicht gelauscht«, fügte sie hastig hinzu. »Ich habe das Gespräch rein zufällig mitbekommen.«

»Die Ingenieure werden wohl bald die Arbeit niederlegen«, erklärte Harry.

»Und die Zeichner?«

»Nein, nein. Die sind alles in allem ein ziemlich passiver Haufen. Außerdem glaube ich kaum, dass ihre Vereinigung über die Mittel verfügt, einen Streik über längere Zeit durchzuhalten. Aber wie kommst du überhaupt darauf, dass die Zeichner auch streiken könnten?«

»Nur so. Wegen meines Großvaters.«

»Hm.« Harry musterte sie aufmerksam. »Du bist doch nicht raufgekommen, um dich mit mir über die aktuelle Wirtschaftslage zu unterhalten, oder?«

Sie trat näher an seinen Schreibtisch. »Erzähl mir mehr über Ewan Calder.«

»Ewan? Hat er dich belästigt?«

»Belästigt? So würde ich es nicht nennen, nein.«

»Er ist ein Idiot«, brummte Harry.

»Das behauptest du von jedem.«

»Ewan ist wirklich einer. Hat er versucht ...« Er kam um seinen Schreibtisch herum und auf sie zu. »Ist er dir zu nahe getreten?«

»Er hat meine Hand gehalten.«

»Wann?«

»Am Sonntag. Er hat mich draußen vor Ross Franklins Haus abgepasst. Wir waren in dem Café am Ententeich und haben ein Eis gegessen.«

Harry schlug die Fäuste gegeneinander. »Und weiter?«

»Nichts. Wir haben geredet.«
»Worüber?«, hakte er nach.
»Größtenteils über die Familie.«
Harry setzte sich auf das Fußende seines Bettes. »Das ist nicht recht.«
»Weil er mein ... weil er mit mir verwandt ist?«
»Ja.«
»Er wollte doch nur nett sein.«
»Nein, wollte er nicht«, widersprach Harry düster. »Du kennst ihn nicht so gut wie ich. Ewan ist durch und durch mies.«
»Er hat mich ins Kino eingeladen«, erzählte sie.
»Geh nicht!«
»Und was soll ich ihm sagen?«
»Mein Vater wird es nicht erlauben«, meinte Harry.
»Weil es ein Kino ist, und weil es dort dunkel ist?«
»Weil er Ewan Calder ist. Was hatte er denn bei Ross verloren?«, wollte Harry wissen.
»Ich nehme an, er hat auf mich gewartet.«
»Ist er raufgekommen zum Atelier?«
»Nein.«
»Er hofft, dich einmal nackt zu überraschen.« Harrys Wangen waren bei diesen Worten flammend rot. »Er hat gefragt, ob ich ... ob ich dich schon mal nackt gesehen habe.«
»Darüber unterhalten sich Jungs also, wenn sie unter sich sind, ja?«
»Ich nicht. Ich rede nicht so. Nur das eine Mal, als Ewan ... Hör zu, Maeve, vielleicht solltest du besser mit meiner Mutter darüber sprechen. Ich bin in diesen Dingen nicht der richtige Ansprechpartner.«
»Interessiert es dich denn gar nicht, wie ich nackt aussehe?«, fragte Maeve kokett. »Nicht, dass es je dazu kommen würde, dass du mich nackt siehst ...«

Er kam zu ihr und umfasste mit beiden Händen sanft ihre Oberarme. Eine Sekunde glaubte sie, er wolle sie küssen. Tatsächlich lag Harry nichts ferner als das. »Ich werde dem Kerl mal ordentlich den Marsch blasen. Ewan wird dich nicht wieder belästigen, darauf gebe ich dir mein Wort.«

»Was hast du vor?«, wollte sie wissen.

Das kehlige Knurren, das er hierauf von sich gab, erinnerte sie an seinen Onkel Ross. »Ich werde in aller Ruhe ein ernstes Wörtchen mit ihm reden. Ewan ist ein Ekelpaket, aber nicht dumm. Er weiß sehr gut, dass er nicht dein Liebster sein kann oder dein ... dein Mann.«

»Das stimmt allerdings«, stellte Maeve fest. »Ich habe schon einen festen Freund.«

»Du meinst den Iren, diesen Trotter? Ich dachte, der wäre ad acta gelegt?«

»Da hast du falsch gedacht«, sagte Maeve wehmütig. »Allerdings denke ich tatsächlich manchmal, dass er mich inzwischen vergessen hat. Ich habe schon Monate nichts mehr von ihm gehört.«

»Schickst du ihm Geld?«

»Nicht ihm, sondern meiner Mam.« Sie schüttelte sich und hob ruckartig den Kopf. »Du hast nicht viel Erfahrung im Umgang mit Frauen, oder, Harry? Weder du noch die anderen.«

»Ewan schon. Er hat Schwestern.«

»Dort, wo ich in Dublin wohne, kennen die Jungs sich mit Mädchen aus, und die Mädchen wissen, was die Jungs wollen. Wir entscheiden also selbst, wo wir die Grenze ziehen.«

»Die Grenze?«

»Die Hälfte der Mädchen in meinem Alter sind schon verheiratet«, erklärte Maeve. »Das ist die einzige Möglichkeit, mit jemandem zusammen zu sein, vor allem für die Katholiken. Muss schlimm sein für die Katholen, wegen der Todsünde und so.« Nach einer kurzen Pause fragte sie: »Hast du dich schon mal gefragt, wie es wohl sein mag?«

»Die Todsünde? O ja, ich verstehe, was du meinst«, murmelte Harry. »Also, ich gebe zu, dass ich mich das schon hin und wieder frage.«

»Nun, du wirst noch ... sagen wir ... sieben oder acht Jahre warten müssen, ehe du es herausfindest.«

»Wahrscheinlich sogar eher zehn. Ich gehe die Dinge etwas anders an«, bekannte er. »Von mir wird erwartet, dass ich eine Ausbildung mache, mir eine ordentliche Stelle suche und erst einmal Geld anhäufe, damit ich einer Frau ein Heim und eine sichere Zukunft bieten kann, bevor ich ... du weißt schon.«

»Und bis dahin hast du dich an die Regeln zu halten und zu benehmen, richtig?«

Harry nickte. »Richtig.«

»Ewan Calder hält sich jedenfalls nicht an die Benimmregeln.«

»Aber du doch, oder, Maeve?«

Sie zögerte. »Nein, ich glaube, nicht. Nicht wirklich.«

»Willst du immer noch nach Hause?«

»Nach Dublin? Klar.«

»Ist es hier denn nicht besser?«

»Ich gehöre nicht hierher, Harry.«

»Wenn du erst eine Weile hier bist, wirst du dich schon daran gewöhnen.«

»Genau davor habe ich Angst«, gab sie zu.

Sie spürte seine Enttäuschung. Harry mochte ja ein vernünftiger junger Mann sein, aber in vieler Hinsicht war er noch ein Kind, in seiner Freiheit beschnitten von Erwartungen und Forderungen Dritter. Er hatte noch nicht gelernt, das, was man von ihm verlangte, von seinen eigenen Wünschen und Lebensvorstellungen zu trennen. Und so, wie Maeve ihn einschätzte, würde er wohl nie für seine eigenen Wünsche und Träume eintreten.

Sie trat näher ans Bett und tätschelte seine Schulter.

»Danke für das Gespräch, Harry.«

»Jederzeit«, entgegnete er und blickte ihr traurig nach.

Forbes humpelte die Auffahrt hinunter und blieb kurz stehen, um sich eine Zigarette anzuzünden. Wäre er nicht so abrupt stehen geblieben, wäre er geradewegs ins Scheinwerferlicht von Pickerings schwerer Humber Cabrio-Limousine gelaufen. Er rettete sich gerade noch rechtzeitig mit einem Sprung in den Schutz eines Lorbeerbusches, als der Wagen durch das Tor fuhr. Während er hinter dem nassen Blattwerk hockte, dankte er Gott, dass er den Lanchester außer Sichtweite in der Straße am Fuß des Hügels geparkt hatte.

Der Humber folgte der geschwungenen Auffahrt und blieb in Höhe des Haupteingangs stehen.

Ronnie sprang heraus und öffnete die Beifahrertür.

Das Nachtlicht über der Tür brannte, aber Stella ließ sich nicht blicken. Zwei Männer stiegen aus der Limousine.

Der eine war Drew Pickering, aber der andere ... Forbes brauchte einen Moment, ehe er den anderen Mann aus der Erinnerung hervorgekramt hatte und das Gesicht zuordnen konnte. »Paget«, zischte er. »Dieser verfluchte Geoffrey Paget!« Sobald die Männer im Haus verschwunden waren, eilte er im Laufschritt hügelabwärts zu seinem Wagen.

Das Nachthemd wickelte sich um ihre Hüfte und hielt sie unter den Laken fest. Forbes neigte den Lampenschirm, sodass das Licht ihr direkt in die Augen leuchtete und sie blendete. Er zog sie hoch, und seine Finger gruben sich in ihr Rückgrat. »Du hast mich angelogen, Lindsay. Diese Briefe waren nicht von Ross. Sie waren von Paget, stimmt's?«

»Forbes, du tust mir weh.«

Er ließ sie los und rückte ein wenig vom Bett ab. »Steh auf.«

»Wozu?«

»Steh auf, Lindsay!«, wiederholte er.

Es war erst kurz nach zehn. Sie hatte sich den ganzen Abend nicht richtig wohlgefühlt, und Eleanor hatte sie schließlich überredet, früh schlafen zu gehen. Und genau das wollte sie jetzt auch: schlafen. Schlafen, um dem Magendrücken zu entfliehen, das sie seit dem Abendessen plagte. Sie fuhr sich mit den Fingern durch das Haar und presste die Knie fest zusammen.

»Ich habe keine Ahnung, wovon du eigentlich sprichst, Forbes.«

»Und ob du das weißt!«, zischte er. »Paget, dieser verfluchte Geoffrey Paget und der dreimal verfluchte Drew Pickering, beide zusammen, ein Herz und eine Seele.«

»Wo? Im Club?«

»Nein, nicht im Club.« Er fuhr sich mit einer Hand über das Gesicht. »Paget hat dir die ganze Zeit geschrieben, habe ich recht?«

»Kann das nicht bis morgen warten? Ich habe schreckliche Kopfschmerzen.«

»Ich wette, du hast keine Kopfschmerzen, wenn Paget es dir besorgt«, knurrte er. »Wie lange ist er schon zurück? Oder war er nie weg?«

»Also manchmal bist du wirklich schrecklich vulgär, Forbes«, sagte Lindsay. »Und schrecklich dumm. Ja, Geoff hat mir in den vergangenen Monaten ein paarmal geschrieben. Davor hatte ich schon Jahre nichts mehr von ihm gehört. Ich war ebenso überrascht wie du jetzt, als ich von seiner Bekanntschaft mit den Pickerings erfuhr.«

»Die Party. Du hast ihn auf der Party gesehen?«, folgerte Forbes.

»Wenn du nicht so sehr mit dieser Hussey beschäftigt gewesen wärst, hättest du ihn bestimmt auch gesehen.«

»Hast du dich hinter meinem Rücken mit ihm getroffen?«

»Wir waren Mittagessen – ein einziges Mal«, gab sie zu.

»Wo?«

»In einem Hotel, dem ›Central Hotel‹.«

Zu einem anderen, weniger ungünstigen Zeitpunkt, hätte sie ihm vielleicht die Wahrheit gesagt oder ihm den Glauben an seine eigenen Anschuldigungen gelassen, um ihn bewusst zu verletzen.

»Warst du mit ihm oben?«

»Nein«, antwortete sie.

»Hattest du keine Lust?«

»Das habe ich nicht gesagt.«

»Du wusstest, dass er mit den Pickerings bekannt ist?«

Sie nickte. »Ja, natürlich.«

»Warum hast du mir nichts davon erzählt? Hat Paget dich gebeten, darüber Stillschweigen zu bewahren?«

»Ja.«

»Also ein Versprechen an diesen Kerl, den du zwanzig Jahre nicht mehr gesehen hast ...«

»Sechzehn.«

»Sechzehn. Für mich ist das mehr als Loyalität, findest du nicht auch?«

»Doch, durchaus.«

»Großer Gott!«, fuhr Forbes auf. »Du bist scharf auf ihn, stimmt's?«

»Nein«, entgegnete Lindsay. »Nicht besonders.«

»Ist er immer noch bei der Marine?«

Lindsay nickte.

»Was hat er dann mit Pickering zu schaffen?«

»Er war mit Stella Pickerings Schwester verheiratet.«

»Ist nicht dein Ernst!« Forbes riss sich den Hut vom Kopf und warf ihn zu Boden. Lindsay rechnete fast damit, dass er jeden Moment darauf herumtrampeln würde wie eine Figur aus einem

Comicstreifen. »Erzähl mir nicht, er ist mit Drew Pickering *verwandt.*«

»Er war es. Er und Stellas Schwester haben sich scheiden lassen.«

»Dann ist er also nicht mehr mit ihr verheiratet?«

»Nein.«

»Mein Gott, Linnet, warum hast du mir nicht vorher davon erzählt?«

»Vor was, Forbes?«

»Bevor ich ... Ach, vergiss es.«

»O nein. Es interessiert mich nämlich. Sehr sogar. Du kannst nicht hereinstürmen, mich aus dem Bett zerren, mich der Untreue bezichtigen und dann erwarten, dass ich das Ganze einfach vergesse. Vielleicht hätte ich es erwähnen sollen, ja, aber ich habe es nicht getan. Geoff hat mich darum gebeten, und ich habe ihm mein Wort gegeben. So einfach ist das. Und bevor du die nächste Schimpftirade anstimmst, denk mal darüber nach, was du in den letzten Jahren alles vor mir verheimlicht hast!«

Sie öffnete ein Kästchen auf dem Nachttisch, nahm eine Zigarette heraus und zündete sie an.

Forbes hatte sein Pulver verschossen. Er sackte gegen die Frisierkommode, ohne zu bemerken, dass sein Ärmel durch verschütteten Gesichtspuder schleifte und er mehrere Parfumflakons umwarf. Er fuhr sich mit einer Hand über das Gesicht und durch das Haar und stöhnte mehrmals, als hätte er Schmerzen. Allerdings wurde er nicht von Gewissensbissen geplagt, sondern von nackter Angst.

Er holte tief Luft. »Ich wünschte, du hättest es mir erzählt, Lindsay. Ich wünschte bei Gott, du hättest mir früher davon erzählt.«

»Was hätte das denn für einen Unterschied gemacht?«

»Einen sehr großen.«

»Für mich oder für dich?«

»Für uns alle. Ist er wieder bei der Admiralität?«

»Ja, in der Abteilung für Auftragsvergabe und Verträge.«

»Heiland!« Forbes schüttelte den Kopf. »Ich hätte es wissen müssen!«

»Wissen? *Was* hättest du wissen müssen, Forbes?«

Er kam zurück ans Bett, und im ersten Moment glaubte sie, er würde sich vor sie hinknien. Stattdessen nahm er ihr die Zigarette aus den Fingern, hob sie an die Lippen und tat einen tiefen Lungenzug. Dann setzte er sich auf das Bett, legte ihr einen Arm um die Schultern und gab ihr die Zigarette in einer seltsam kameradschaftlichen Geste zurück.

»Schau«, meinte er, »es tut mir leid, was ich vorhin gesagt habe. Das war unverzeihlich, ich weiß. Aber es ist wichtig, Lindsay, von entscheidender Bedeutung. Paget ... Du musst den Kontakt zu ihm aufrecht halten und so viel wie nur möglich über das Süppchen herausfinden, das er mit Drew Pickering zusammen kocht.«

»Wie kommst du darauf, dass Geoffrey mit Pickering Geschäfte macht?«

»Vertrau mir. Vertrau mir einfach. Es geht hier nicht um dich und Paget, auch nicht um mich ... oder sonst jemanden. Es ist etwas Großes im Busch, und ich habe das ungute Gefühl, dass Franklin's als Ziel ausgewählt wurde. Ich brauche Informationen, so viele, wie du nur kriegen kannst. Wenn er dich wiedersehen will, dich zum Essen einlädt, geh hin.«

»Und du? Was ist mit dir?«

»Was soll mit mir sein?«, entgegnete er.

»Was tust du, während ich Geoffrey ausquetsche?«

»Ich denke, ich mache erst einmal Urlaub. Vielleicht verreise ich ein paar Tage.«

»Und wohin?«

»Nach Marokko.«

Es gereichte Lindsay zur Ehre, dass sie hierauf nicht laut lachte.

»Das ist die beste Idee, die du seit Langem hattest«, bemerkte Tom Calder. »Soll ich dich begleiten?«

»Das ist unnötig«, entgegnete Forbes. »Es ist ja nicht so, als wollten wir uns bei Gideon Rowe and Spellman anbiedern. Ich möchte mich nur davon überzeugen, dass sie tatsächlich eine Niederlassung in Rabat unterhalten und über die Mittel verfügen, unsere Forderungen zu bedienen.«

»Wären ein paar Anrufe bei Bekannten von der Schiffseigner-Vereinigung da nicht der leichtere Weg?«

»Ich möchte nicht, dass irgendjemand weiß, wohin ich reise und warum.«

»Das wird nicht einfach werden. Vor allem jetzt, da alles drunter und drüber geht. Die Ingenieursgewerkschaft bereitet sich auf Streikaktionen vor, und dann findet in Kürze noch die Abrüstungskonferenz in Washington statt. Ich schätze, unsere Regierung wird Präsident Hardings Ruf folgen, die Anzahl der großen Schiffe, die ja bisher unser Hauptauftragsvolumen ausgemacht haben, drastisch zu reduzieren.«

»Dazu wird es nicht kommen«, meinte Forbes im Brustton der Überzeugung. »Nach großem Tamtam wird man sich auf einen Kompromiss einigen. Aber gerade weil ein solches Abkommen im Raum steht, sollten wir nicht zu sehr auf die Marine setzen.«

»Was willst du Martin sagen?«

»Die Wahrheit: dass ich nach Nordafrika reise, um einen Vertrag auszuhandeln.«

»Er wird nicht begeistert sein, das weißt du.«

»Wenn Martin glaubt, dass den Forderungen der Arbeiter nachzugeben und Ressourcen zu horten uns durch das weltweite Tief helfen wird, wird er sich noch wundern, fürchte ich. Tatsächlich bin ich sogar neugierig darauf, wie unsere feinen Herren Sozialisten mit diesem Dilemma fertigwerden wollen. Sie predigen ja jetzt schon, dass es keinen weiteren Krieg geben darf, dass Schluss sein muss mit Kriegen und Schwerter in Pflugscharen verwandelt werden sollen. Wirbeln eine Menge Staub auf. Wenn ihnen erst aufgeht, dass sie diejenigen sind, die die Schwerter überhaupt erst schmieden, werden sie ganz schnell umschwenken.«

»Nein«, widersprach Tom seufzend. »Sie werden uns die Schuld geben, den Unternehmern. Sie werden von uns verlangen, eine Lösung für all ihre Probleme zu finden.«

Forbes nickte. »Im Augenblick wäre ich schon mit einem einzigen Großauftrag zufrieden. Wenn wir den erst sicher haben, können wir den Verhandlungen in Washington und dem heulenden Mob der roten Revoluzzer einigermaßen gelassen entgegensehen.«

»Wann reist du ab?«, wollte Tom wissen.

»So bald wie möglich.«

»Wie lange wirst du weg sein?«

»Zwei Wochen, schätze ich.«

»Und was ist, wenn sich herausstellt, dass Gideon Rowe and Spellman bloß eine Hinterhoffirma ist, die nur zwei schrottreife Seelenverkäufer vorweisen kann?«

»Dann komme ich vielleicht gar nicht mehr zurück.«

Stella wollte eben aufbrechen, um mit ihrem Gatten zum Lunch zu fahren, als ein Taxi vorfuhr und gleich darauf McCullochs Frau läutete.

Ronnie war schon zur Garage auf der Rückseite des Hauses gegangen, um den Motor des Humber warm laufen zu lassen. Den Hut in der Hand und den Mantel über dem Arm, öffnete Stella persönlich. Sie wusste, dass es nicht Forbes sein konnte. Er hatte am Morgen aus seinem Büro angerufen, nur um ihr zu sagen, wie sehr er sie liebte, eine Geste, die sie geradezu rührend fand. Forbes war keineswegs der naive Dummkopf, für den Drew und Geoff ihn hielten. Tatsächlich war er sogar ziemlich clever, dazu ein anspruchsvoller Liebhaber und Romantiker.

Sie dachte eben an ihn, als sie die Tür öffnete und völlig unerwartet Lindsay McCulloch gegenüberstand.

»Oh!«, sagte der ungebetene Gast. »Sie wollten gerade gehen. Ich werde Sie nicht lange aufhalten.«

»Nein, nein, kein Problem! Kommen Sie doch herein!«, entgegnete Stella zuvorkommend. »Ich bin nur mit meinem Gatten zum Lunch verabredet, und der wird mir verzeihen, wenn ich mich ein wenig verspäte.«

»Ich hätte vorher anrufen sollen.«

Warum hast du es dann nicht?, fragte sich Stella. Hast du gedacht, du würdest ihn hier antreffen? Hast du gehofft, uns in flagranti zu erwischen? Laut erkundigte sie sich: »Möchten Sie vielleicht etwas trinken? Ich würde Sie ja gern bitten, zum Mittagessen zu bleiben, aber ... «

»Ich möchte nichts trinken, vielen Dank«, entgegnete Lindsay.

Stella war auf der Party gar nicht aufgefallen, wie zierlich Forbes' Frau war. Sie sah aus, als könnte ein Windhauch sie davonwehen. Sie trug ein korallenrotes Seidenkleid und dazu einen Panamahut aus Stroh. Verglichen mit ihr fühlte Stella sich richtig dick.

»Ich hatte gehofft, Geoffrey Paget hier anzutreffen.«

»Ah!«, rief Stella erleichtert aus. »Geoff? Der ist nicht hier, fürchte ich.«

»Wissen Sie zufällig, wann er das nächste Mal wieder in Glasgow sein wird?«

»Sehr bald, denke ich«, antwortete Stella.

»Er hat mir geschrieben, wissen Sie.«

»Tatsächlich? Offen gestanden überrascht mich das nicht.«

»Die Briefe kamen aus dem ganzen Land.«

»Er reist an die ungewöhnlichsten Orte, nicht wahr?«

»Stehen Sie mit ihm in Kontakt?«

»Hin und wieder.«

»Sollten Sie ihm rein zufällig über den Weg laufen, richten Sie ihm doch bitte aus, er möchte mich anrufen.«

Stella lachte. Sie hatte wieder die Oberhand; Lindsay McCulloch war offenbar empfänglich für Geoffs Ergebenheitsbekundungen, und das würde es allen Beteiligten um vieles leichter machen.« »Er ist wirklich sehr angetan von Ihnen, wissen Sie«, bemerkte sie.

»Ach, wirklich?«

»Ja, wirklich und wahrhaftig«, bestätigte Stella lächelnd. »Es tut mir ehrlich leid, dass er im Augenblick nicht hier ist.«

»Aber er kommt schon hin und wieder bei Ihnen unter, oder?«

»Kommt bei mir unter . . .?«

»Er wohnt bei Ihnen, wenn er sich in Glasgow aufhält, oder?«

»Ja, das stimmt, er hat das eine oder andere Mal bei uns übernachtet.«

»Stört das Ihre Schwester nicht?«, wollte Lindsay wissen.

»Jo? Warum sollte sie das stören? Immerhin hat sie bis heute eine Schwäche für Geoffrey. Die beiden haben sich sehr einvernehmlich getrennt.«

»Wie schön. Hat Ihre Schwester nicht wieder geheiratet?«

»Das hat sie. Einen Franzosen. Sehr wohlhabend.«

»Wie schön«, sagte Lindsay noch einmal. »Lebt sie in Frankreich?«

»In Paris.« Mrs. Forbes McCulloch wurde eine Spur zu neugierig für Stellas Geschmack. »Sollte ich Geoffrey über den Weg laufen, werde ich ihm ganz bestimmt ausrichten, dass er sich mit Ihnen in Verbindung setzen soll. Sind Sie schon mal in London?«

»Selten«, entgegnete Lindsay. »Lebt er dort? Geoffrey, meine ich.«

»Hat er Ihnen das denn nicht erzählt?«

»Nein.«

»Er hat eine kleine Wohnung an der Marylebone High Street.«

»Vielleicht ließe es sich einrichten ...«, begann Lindsay. »Ich meine, vielleicht sollte ich öfter nach London fahren. Wenn Forbes ... wenn mein Mann unterwegs ist.«

»Sie könnten die Jungs mitnehmen.«

»Die Jungs?«

»Ihre Kinder«, erklärte Stella.

»O nein«, entgegnete Lindsay. »Ich denke nicht, dass ich die Jungs würde mitnehmen wollen.«

»Forbes ... Ihr Mann ... Er ist derzeit nicht verreist, oder?«, erkundigte sich Stella, obwohl sie die Antwort auf diese Frage bereits kannte.

»Er plant in Kürze eine Reise.«

»Tatsächlich? Weit weg?«

»Ich glaube schon«, meinte Lindsay. »Nach Afrika, meine ich. Nordafrika.«

»Wie interessant!«

»Sind Sie schon einmal in Nordafrika gewesen?«, gab Lindsay zurück.

Stella nickte und schüttelte gleich darauf den Kopf. »Und wann gedenkt er abzureisen ... nach Afrika?«

»Bald. Sehr bald.«

»Reizt es Sie nicht, ihn zu begleiten?«

»Ich denke, ein kleiner Ausflug nach London dürfte für mich lohnender sein, meinen Sie nicht auch?«

»Doch, das denke ich auch«, gab Stella ihr recht und begleitete Mrs. McCulloch zu ihrem wartenden Taxi, nachdem sie noch ein paar Höflichkeiten ausgetauscht hatten. Fünf Minuten später wurde sie im Humber davongefahren, um Drew die gute Nachricht zu überbringen.

Kapitel 11

Ein himmelweiter Unterschied

In märchenhaftes Licht getaucht, stieg die Orgel aus dem Orchestergraben auf, begleitet von einer so ohrenbetäubenden Fanfare, dass Maeve sich die Ohren zuhielt. Ewan, der sich auf dem plüschigen Sitz neben ihr lümmelte, tätschelte ihr grinsend das Knie.

Die Matinee-Vorstellung der *Vier Reiter der Apokalypse* im eintausend Plätze großen Scala-Kino war gut besucht. Die Verlockung des neuesten Leinwandstars Rudolph Valentino, der seltsame Dinge mit seinen Augen machte und noch seltsamere mit einer Peitsche, hatte trotz des wunderschönen Wetters an diesem Sommernachmittag die Massen in den dunklen Saal gelockt.

»Du hast doch niemandem erzählt, dass du mit einem jungen Mann ausgehst, oder?«, fragte Ewan.

»Ich gehe ja auch nicht mit einem jungen Mann aus, sondern mit dir.«

»Aber wir gehen zusammen aus, oder?«

»Ich denke schon«, gab Maeve zu.

»Hat Harry dich noch nie gebeten, mit ihm auszugehen?«

»Das braucht er gar nicht. Ich sehe Harry doch jeden Tag.«

Ewan lachte selbstgefällig. »Er traut sich nicht. Du bist eine Nummer zu groß für ihn.«

»Willst du damit sagen, dass ich für dich nicht eine Nummer zu groß bin?« Sie blickte auf ihn herab. »Wenigstens hast du aufgehört, auf deinem Sitz hin und her zu rutschen. Ich hasse es, wenn du das tust.«

»Ich rutsche nicht hin und her.«

»Doch. Du windest dich wie ein verletzter Wurm.«

Er schmollte eine Weile und fing gleich darauf wieder an, nervös hin und her zu rutschen.

»Siehst du«, triumphierte Maeve. »Du machst es schon wieder.«

»Tue ich nicht.«

»Wohl.«

Ewan rutschte grummelnd in seinem Sitz tiefer, als jedoch die Lichter ausgingen, legte er wieder eine Hand auf ihr Knie und hielt ihr gleich darauf etwas an die Lippen.

Maeve zuckte zurück. »Benimm dich. Und was ist das überhaupt?«

»Schokolade«, entgegnete er und schob ihr ein Stück Five Boys in den Mund.

Es war ein viel zu schöner Tag, um drinnen herumzusitzen, sagte sich Lindsay und beschloss, gleich nach dem Mittagessen einen Spaziergang zu unternehmen.

Das Dröhnen der Schwerindustrie war Musik gewichen. Zahlreiche Musiker spielten im Freien: Flöten, Dudelsäcke, Hörner und Trommeln erfüllten den Tag mit Marschmusik. Auf der Great Western Road fuhr ein Bus, vollbepackt mit Sozialistischen Arbeitern, an ihr vorbei auf seinem Weg zur Demonstration auf dem George Square, wobei die Männer Refrains aus *Die lustige Witwe* grölten. Es hätte sie nicht überrascht, wenn Vetter Ross die Nachbarn von seinem Atelierfenster aus beschallt hätte, aber in der stark begrünten Cleveden Road war alles ruhig.

Sie stieg die Treppe hinauf und klopfte an die Tür.

Als Zugeständnis an den Sommer trug Ross statt des gewohnten schweren Tweeds Hemd und Hose aus leichtem Flanell und dazu ein Leinensakko.

»Es ist ein so schöner Tag heute, dass ich mir überlegt habe, mit Maeve in dem Café am Ententeich ein Eis essen zu gehen«, erklärte Lindsay.

»Maeve ist nicht hier.«

»Oh! Und wo steckt sie dann?«, wunderte sie sich.

»Sie hat den Nachmittag freigenommen.«

»Davon hat sie mir gar nichts erzählt.«

»War nicht ihre Idee. Bobby, der junge Mann, der mit ihr zusammen Modell sitzt, ist heute zum Demonstrieren auf dem Square.«

»Ich wusste gar nicht, dass er Kommunist ist.«

»In dem Alter sind sie alle Kommunisten«, entgegnete Ross lächelnd. »Schlauer werden sie erst mit den Jahren.«

»Ist Maeve mit ihm dorthin gegangen?«

»Keine Ahnung. Falls die beiden zusammen ausgehen wollten, würden sie das einem alten Sonderling wie mir ganz sicher nicht auf die Nase binden.«

»Ausgehen?«, hakte Lindsay sofort nach. »Gehen die beiden zusammen aus?«

»Das bezweifle ich. Hättest du denn etwas dagegen, wenn es so wäre?«

»Vielleicht«, entgegnete Lindsay.

»Du kannst doch nichts dagegen haben, wenn ein Zeichner deiner Maeve den Hof macht, oder? Davon gibt es doch in unserer Familie weiß Gott genug.«

Lindsay beschloss, das Thema zu wechseln. Sie ging zur Staffelei und betrachtete das Gemälde. »Ist es endlich fertig, Ross?«

»Fast.« Er trat neben sie. »Noch ein paar Pinselstriche entlang der Umrisse der beiden, und dann ist es fertig, ja.«

»Und? Bist du zufrieden mit dem Bild?«

»Auf jeden Fall froh, es endlich loszuwerden.«

»Wann übergibst du es dem neuen Eigentümer?«

»Es dauert etwa einen Monat, bis die Farbe vollständig durchgetrocknet ist. Sobald das der Fall ist, werde ich Lady Mary einladen, es sich anzuschauen, damit sie es begutachtet und, so Gott will, einen dicken Scheck ausstellt.«

»Wo wird es hängen?«, fragte Lindsay neugierig.

»In ihrem Haus in Edinburgh, denke ich.«

»Dann wird es nicht öffentlich ausgestellt?«

»Ich hoffe ganz ehrlich, dass es das nicht wird.«

»Ist es dir denn völlig egal, was daraus wird?«

Er zuckte mit den Schultern. »Meine Bilder sind beliebt bei Leuten, die nichts oder nur wenig von Kunst verstehen, und werden verachtet von selbst ernannten Kunstkritikern. Offen gestanden macht es für mich keinen Unterschied, Lin.«

»Lin? So hast du mich schon Jahre nicht mehr genannt.«

»Ist mir so rausgerutscht. Entschuldige.« Ross lehnte sich mit den Schultern ans Fenster. Sein Bart schimmerte im Sonnenlicht golden wie der eines kriegerischen Wikingers, nur dass Ross viel zu sanftmütig war, um auch nur im Entferntesten als kriegerisch durchzugehen. »Das waren noch schöne Zeiten, als wir alle zusammen den Urlaub in Strathmore bei Großvater Owen verbracht haben. Was waren wir doch damals noch jung!«

»Die besten Jahre ... Leider war uns das damals nicht klar.«

»Mir schon«, widersprach Ross. »Zumindest bilde ich mir das gern ein.«

»Hast du damals schon beschlossen, Maler zu werden?«

»Ich glaube, ja. Lindsay, bist du glücklich?«

»Ich bin nicht unglücklich«, erwiderte sie. »Bist du es? Glücklich, meine ich?«

»Mir geht es besser als vielen anderen«, antwortete er ausweichend.

»Das habe ich nicht gemeint, und das weißt du auch.«

»Ja, ich weiß.« Er legte eine Hand mit gespreizten Fingern flach auf die Scheibe. »Ich hoffe doch, du stehst noch zu deinem Versprechen, mir Modell zu sitzen.«

»Versprochen ist versprochen.«

»Ich würde gern bald anfangen.«

»Forbes reist geschäftlich nach Nordafrika«, entgegnete Lindsay. »Ich erwäge, für ein paar Tage nach London zu fahren.«

Ross schaute sich nach ihr um. »Gibt es hierfür einen besonderen Grund?«

»Nein. Ich war nur eine Ewigkeit nicht mehr in der Stadt.«

»Du nimmst sicher Maeve mit.«

»Ich glaube nicht.«

Ross stieß sich vom Fenster ab und nahm einen weichen Zobelpinsel vom Teewagen. Nachdenklich prüfte er die Spitze mit dem Daumen. »Triffst du dich in London mit einem Mann?«

»Ja.«

»Ich nehme an, Forbes weiß nichts davon.«

»Im Gegenteil. Forbes weiß bestens Bescheid.«

»Dieser Mann ...«

»Er ist Seemann und arbeitet für die Admiralität.«

»Ah. Dann ist es eine geschäftliche Verabredung?«

»Vielleicht, vielleicht auch nicht.«

»Warum foppst du mich?«

»Ich foppe dich nicht. Ich werde nur drei, vier Tage fort sein, und sobald ich zurück bin, können wir mit dem Porträt anfangen, wenn du magst.«

Ross betrachtete den verschlafenen Flowerhill Drive. »Ein wirklich schöner Tag«, sagte er. »Ich denke, ich werde etwas frische Luft schnappen gehen. Dieses Café am Ententeich ...«

»Dort gibt es Tee und Eis«, erklärte Lindsay.

»Sollen wir zusammen hingehen, Lin? Natürlich nur, wenn du nichts Besseres vorhast.«

»Nichts, das nicht warten könnte.«

Reiter, Segler, Soldaten und sogar ein drahtiger kleiner Pilot hatten ihr Vergnügen bereitet, aber sie hatte ihre Liebhaber stets wie Schoßhündchen gehalten und sie sogar noch liebloser behandelt als ihre eigenen Kinder. Was habe ich an diesem wunderschönen Sommertag in dieser schmierigen Absteige verloren, das Kleid über die Hüfte geschoben, den Slip um einen Knöchel baumelnd und einen irischen Niemand zwischen den Schenkeln?, dachte sie nicht ohne Selbstironie.

Er holte ihr ein Glas Wasser aus der Küche und sank neben ihr ins Bett. Sie trank. Er nahm ihr das Glas aus der Hand und trank ebenfalls durstig. Haarige Glieder, Schmerbauch, der unsägliche bleistiftdünne Schnauzer, auf den er so stolz war; verglichen mit ihrem breitschultrigen, schlanken Ehemann war Forbes McCulloch ein Wiesel, und doch vermochte er sie aus der Reserve zu locken wie kein anderer Mann vor ihm.

»Hat sie sich nach Paget erkundigt?«, fragte er.

»Gleich als Erstes.«

»Und was hast du ihr gesagt?«

»Ich habe vorgeschlagen, dass sie sich in London mit ihm trifft.«

»Gut. Hat sie dir auch von meiner Reise nach Rabat erzählt?«

»Selbstverständlich.«

Forbes seufzte. »Dieses Miststück!«

»Ich dachte, das wäre in deinem Sinne?«

»Was? Dass sie mich betrügt?«

»Das ist etwas dreist, alter Freund. Sag mal, was hoffst du eigentlich, bei den Eingeborenen zu finden? Einen Goldschatz?«

»Wer weiß. Weißt du, wo er begraben liegt?«

Stella lachte. »Ich könnte darauf antworten, verkneife es mir aber.«

»Ich habe bei der Britisch India Line eine Passage an Bord der *Tara* gebucht. Das Schiff legt am Siebzehnten von den Royal

Albert Docks ab und bringt mich in fünf Tagen auf direktem Weg nach Tanger.«

»Wir hätten mit dem Zug bis Marseille fahren können, weißt du, dann hätten wir einen Tag gespart.«

»So eilig habe ich es auch wieder nicht«, entgegnete Forbes. »Du?«

»Nein, Darling. Je länger wir unterwegs sind, desto mehr Zeit haben wir füreinander.«

»Ist dein Typhus-Impfschutz noch wirksam?«

»Das ist aber kein sehr romantisches Thema ›danach‹.«

»Ist er?«, hakte er nach.

»Ja, und die Pockenimpfung auch.«

»Wie lange liegt die Impfung zurück?«

Sie richtete sich von dem feuchten Laken auf und gab ihm einen Kuss. »Du stellst viel zu viele Fragen, Forbes. Zur gegebenen Zeit wird sich alles auflösen. Es ist anders, als du denkst. Alles ist so weit korrekt.«

»Einmal abgesehen davon, dass dein Mann nichts davon weiß.«

»Was das Ganze umso reizvoller macht, findest du nicht auch?«, entgegnete sie.

Forbes stellte das leere Wasserglas auf den Schrank und legte anschließend den Arm über ihren Bauch. »Ich weiß, dass du mich für verrückt hältst«, meinte er, »aber mir ist es lieber, wenn ich dich im Auge behalten kann. Was für eine Ausrede hast du ihm aufgetischt?«

»Ich habe Drew erzählt, dass ich zu Jo nach Paris fahre.«

»Hat er dir das abgekauft?«

Sie lächelte. »Er glaubt mir immer.«

»Und wenn er in Paris anruft?«

»Das wird er nicht. Er wird nicht in Paris anrufen – man kann ja nie wissen.«

»Was kann man nie wissen?«

»Ob ich auch wirklich da bin.«

Es war seltsam, in einem von Sonnenlicht durchfluteten Raum zu Abend zu essen. Sie hatte niemandem erzählt, dass sie am Nachmittag mit Ewan Calder im Kino gewesen war. Stattdessen hatte sie einen Schaufensterbummel vorgeschoben, und alle hatten ihr geglaubt.

Ewan hatte den Arm um sie gelegt; seine warme Hand hatte unmittelbar unterhalb ihres Busens auf ihren Rippen geruht. Dann hatte er sie geküsst, und er hätte sie vermutlich noch länger geküsst, wenn nicht die Frau hinter ihnen ihm auf die Schulter geklopft und ihn streng ermahnt hätte, den Unsinn zu lassen. Später hatte er eine Hand zwischen ihre Schenkel geschoben: Noch einen Zentimeter weiter, und sie hätte ihm auf die Finger geklopft, aber Ewan Calder schien zu wissen, wie die Grenzen gesteckt waren. Bei Turk hatte sie sich sicher gefühlt in dem Bewusstsein, dass sie viel zu jung für ihn war. Für Ewan Calder war sie nicht zu jung, und das, was sich zwischen ihnen abspielte, war ihr als ein so interessantes Experiment erschienen, dass es ihr aufrichtig leidgetan hatte, als der Film vorbei gewesen war.

Sie waren die Sauchiehall Street entlanggegangen, geblendet von gleißendem Sonnenschein. Maeve war so raffiniert gewesen, große Schritte zu machen und die Straße hinunterzustürmen, als wäre sie wütend auf ihn. Irgendwann hatte er sie dann gebeten, langsamer zu gehen, und hatte japsend und hochrot im Gesicht eine Hand auf die Brust gelegt.

»Ich ... ich ... dachte ... es hätte ... dir gefallen.«

»Da hast du falsch gedacht«, antwortete sie schnippisch.

»Du ... du hättest ... Nein sagen ... können.«

»Sollte ich dir eine Szene machen? Vor allen Leuten?«

»Heißt das ... heißt das ... du gehst ... nicht wieder ... mit mir aus?«

»Keine Ahnung. Ich muss erst darüber nachdenken. Alles in Ordnung mit dir?«

»Ja, ja. Das sind nur die Pollen. Pollen.«

Sie hakte ihn unter und ging mit ihm bis Charing Cross, von wo aus sie mit der Straßenbahn heimfuhren.

Jetzt saß sie mit Unschuldsmiene am Tisch und aß, als hätte sich an diesem Nachmittag nichts Ungewöhnliches ereignet.

»Afrika?«, hörte sie Philip sagen. »Zu den Löwen und Elefanten?«

»Nordafrika«, entgegnete Forbes. »Da gibt es Kamele, glaube ich.«

»Du reist in die Sahara?«, rief Philip beeindruckt aus. »Toll!«

»Französischer oder spanischer Teil?«, wollte Harry wissen.

»Französisch. Wir legen in Tanger an.«

»Wir?«, fragte Harry sofort nach. »Fährt Mum denn mit?«

»Mit ›wir‹ meinte ich die Passagiere ganz allgemein. Dann geht es weiter mit dem Zug bis Rabat.«

»Und was willst du in Rabat?«, erkundigte sich Harry.

»Dort befindet sich die Hauptniederlassung einer Reederei, die daran interessiert wäre, Franklin's mit dem Bau eines Öltankers zu beauftragen.«

»Wie viel würde so ein Tanker kosten?«

Forbes hob eine Hand und drehte sie hin und her. »Auf jeden Fall über dreihunderttausend Pfund.«

Maeve schluckte ein butterzartes Stück Fleisch herunter und versuchte, sich zu konzentrieren.

»Bellasco hat früher Trampdampfer entlang dieser Küste im Einsatz gehabt«, mischte sich Arthur in das Gespräch ein. »Sie hatten Niederlassungen in Liverpool und den Hauptsitz in Marseille. Damals, in den Neunzigern, haben wir versucht, mit ihnen ins Geschäft zu kommen, aber letztendlich ist der Auftrag an Thorneycroft's gegangen. Ich schätze, die Zeiten haben sich geändert.«

»Was meinst du damit, Grandee?«, wollte Phil wissen.

»Vor fünfunddreißig Jahren waren noch Segelschiffe im Einsatz. Damals waren viele Schiffseigner noch nicht überzeugt davon, dass die Zukunft der Schifffahrt von der Kohle bestimmt sein würde.«

»Achtzehnhundertneunzig?«, bemerkte Harry sogleich. »Das ist doch wohl vorbei, oder?«

Arthur nickte. »Inzwischen gehört die Zukunft dem Öl.«

»Womit wird dein Tanker angetrieben, Dad?«, fragte Philip.

»Von dreitausend PS starken Dieselmotoren.«

»Grundgütiger!«, rief Arthur verblüfft aus.

»Die Motoren hat übrigens dein Großvater entworfen, Maeve«, sagte Forbes.

»Ist ein schlauer alter Fuchs, dein Großvater«, meinte Arthur.

»Sicher. Das habe ich schon von vielen Leuten gehört«, erwiderte Maeve höflich.

»Von wem denn zum Beispiel?«, mischte sich Harry ein. »Von Ewan?«

Sie warf ihrem Vetter, der sich gerade über seinen Teller beugte und eine volle Gabel in den Mund schob, einen prüfenden Seitenblick zu. In Kürze würden seine Prüfungen beginnen, und dann würde er sich an der Jura-Fakultät der Glasgower Universität bewerben: Ein himmelweiter Unterschied zu ihren alten Schulkameraden, die sich glücklich schätzten, wenn sie einen Job in der Guinness-Brauerei oder in der Jacob's-Keksfabrik ergattern konnten. In Dublin zur goldenen Jugend zu gehören, bedeutete schlicht, zur Waffe zu greifen.

»Von Bobby Shannon, wenn du es genau wissen willst«, entgegnete Maeve.

»Das ist der Typ, mit dem sie Modell sitzt«, erklärte Philip. »Er arbeitet als Zeichner für die Werft, stimmt's?«

»Er hat eine sehr hohe Meinung von meinem Großvater, auch wenn er zu stur ist, es zuzugeben.« Maeve legte Messer und Gabel aus der Hand. Sie hoffte, dass es zum Nachtisch etwas Kaltes und Süßes gab. »Ist Bobby Shannon ein guter Zeichner, Onkel Forbes?«

»Mir sind jedenfalls keine Klagen bekannt«, antwortete ihr Onkel.

»Warum verdienen Zeichner eigentlich so wenig?«

Arthur schmunzelte. »Diese Frage zu beantworten überlasse ich dir, Forbes.«

»Oha«, meinte Philip. »Ich rieche eine politische Debatte.«

»Nein, tust du nicht«, entgegnete seine Mutter. »Was du da riechst, ist ein Vanillesoufflé.«

»Klasse!«, riefen die Brüder wie aus einem Mund.

Ross verbrachte fast den ganzen Sonntagvormittag damit, im Atelier auf und ab zu wandern und immer wieder grimmig die unfertigen Übergänge zwischen Personen und Landschaft zu betrachten. Er war recht zufrieden mit seiner Leistung. Maeves dunkle Schönheit harmonierte gut mit Bobby Shannons Unschuld, und auch die Komposition als Ganzes reflektierte sehr gut das romantische Thema des Romans, ohne dessen übertrieben schnulzigen Charakter aufzugreifen. Vermutlich enthielt das Gemälde für eingefleischte Fans von Fiona McWhirters Beitrag zur englischen Belletristik zu viel Sex und etwas zu wenig sentimentalen Kitsch, aber er hoffte, dass die Schafe dieses Manko im Auge jener Betrachter wettmachen würden.

Schon bald würde er frei sein, sich interessanteren Aufgaben zu widmen, womit er konkret das Porträt seiner Cousine Lindsay und deren Nichte Maeve McCulloch in geblümten Kleidern und mit Sommerhüten auf dem Kopf meinte. Er hatte Lindsay sehr gründlich studiert, als sie gemeinsam in dem Café am Ententeich Tee getrunken hatten, und dabei wieder jenes seltsame schmerzliche Sehnen verspürt wie damals in Paris und während der Kriegsjahre. Ruderboote und Sonnenschirme, ein paar Schwäne, die grünen Tische, Kinder, die am Wasser spielten. Sicher nicht so spektakulär wie *Regatta in Argenteuil*, sicher kein Renoir oder Berthe Morisot, aber allein schon einen sonnigen Nachmittag in Gesellschaft seiner Cousine zu verbringen, hatte seine Kreativität beflügelt.

Maeve kam pünktlich um zwei, Bobby wenige Minuten später.

Ross drängte sie zur Eile und fing an zu malen, sobald sie sich umgezogen und ihre Positionen eingenommen hatten.

Er war zu professionell, um sich auf seinen Lorbeeren auszuruhen. Ewige Unsicherheit hielt ihn bei der Stange. War das Gemälde wirklich vollendet? Sollte er es dabei bewenden lassen? Ein falscher Lichtreflex hier, ein zu dunkler Schatten dort, eine etwas unnatürliche Winkelung des Arms; stimmte die Perspektive? Ross kaute hochkonzentriert auf seiner Pfeife herum und hielt die Nase so dicht vor die Leinwand, dass der Bart den einen oder anderen Farbtupfer abbekam.

Schließlich waren die Übergänge fertig, und der Pinsel schwebte über der Leinwand, ohne zu wissen, wo er noch ansetzen sollte. Ross warf einen letzten prüfenden Blick an der Staffelei vorbei auf die fiktiven Liebenden und seufzte: »Das war's.« Er steckte den Pinsel in das Einmachglas, wischte sich die Hände an einem Lappen ab und ging in die Küche.

Bobby sank auf die Knie und bog den Rücken durch.

»Ist das wirklich sein Ernst?«, fragte Maeve. »Ist er wirklich endgültig fertig?«

»Ja, ich denke schon. Mich hat er jedenfalls fix und fertig gemacht«, stöhnte Bobby. »Ich könnte mir allerdings vorstellen, dass er für dich als Modell auch weiterhin Verwendung hat.«

Bobbys Wangen waren leicht gebräunt, und die Haut im V-Ausschnitt des altmodischen Hemdes war rosa gesprenkelt.

»Willst du ihm denn nicht wieder Modell sitzen?«

»Wenn er noch einmal einen Highlander bräuchte oder einen einfachen Soldaten, würde ich es mir vielleicht überlegen«, antwortete Bobby. »Er malt auf Bestellung und hat noch eine Menge Aufträge abzuarbeiten.«

»Aber es könnte auch sein, dass ich dich nicht wiedersehe«, stellte Maeve fest.

Sonnenlicht verwischte die Konturen von Bobbys Profil, sodass er beinahe so jung wirkte wie Ewan Calder. Sie hatte wochenlang in keuscher Intimität mit ihm dagelegen und wusste doch so gut wie nichts von ihm. Maeve fragte sich, zu welcher Art von Alltag er zurückkehren mochte, wenn er vom Atelier aus nach Hause eilte, in welchem der Tausenden von Mietshäusern entlang des Flusses er daheim war. Sie dachte an seine kranke Schwester und fragte sich, ob er noch Brüder hatte, ob seine Mutter noch lebte und sein Vater Arbeit hatte. Sie fragte sich sogar, was für Gedanken ihm durch den Kopf gehen mochten, wenn er an seinem Zeichenbrett saß, ob er hin und wieder auch an sie dachte.

»Könnte sein, muss aber nicht, es sei denn, du fährst heim.«

»Heim? Ach, du meinst nach Dublin?«

Er nickte. »Ja.«

»Wenn ich alt genug bin, werde ich ganz sicher nach Hause zurückkehren.«

»Alt genug wofür?«

»Um zu heiraten und eine Familie zu gründen.«

»Und was sagt der alte Tom dazu?«

»Der ›alte Tom‹ hat in dieser Sache gar nichts mitzureden«, entgegnete Maeve.

»Ich habe gehört, man hat dich gewissermaßen hierher zwangsverfrachtet.«

»Hast du das gehört, ja? Und wer erzählt so etwas?«

Bobby zuckte mit den Schultern. »Weiß ich nicht mehr.«

»Doch nicht mein Großvater, oder?«

»Himmel, nein.«

»Ich wurde nicht hierher ›zwangsverfrachtet‹, sondern ich bin auf Einladung meiner Tante hergekommen.«

»Wie auch immer, jedenfalls hast du es gut getroffen.« Er stand auf und stieg vom Podest. »Mal ehrlich, wenn die Franklins mich bei sich aufnähmen, würden sie mich nie wieder los. Allerdings«, fuhr er kopfschüttelnd fort, »bist du eine von ihnen und ich definitiv nicht.«

In diesem Augenblick kam Ross aus der Küche. Er hatte sich die Farbe aus dem Bart und von der Nasenspitze gewaschen und hielt in der einen Hand eine Flasche Champagner und in der anderen drei hohe, schmale Gläser. Er stellte die Gläser auf das Podest, ließ den Champagnerkorken knallen und schenkte den schäumenden Wein ein.

»Dann ist es also wirklich vorbei, Mr. Ross?«, fragte Bobby.

»Jawohl. Möchtest du dir anschauen, was ich aus dir gemacht habe?«

»Ich bin nicht sonderlich neugierig«, entgegnete Bobby.

»Schaust du dich nicht gern an?«, wollte Maeve wissen.

»Nicht, wenn es sich vermeiden lässt«, antwortete Bobby.

Ross hob sein Glas und prostete der Staffelei zu. »Auf *Das verlorene Herz.* Dank euch beiden für eure harte Arbeit«, sagte er und überreichte jedem von ihnen eine Fünfpfundnote.

Kurz darauf verabschiedete sich Bobby Shannon.

»Netter Kerl, findest du nicht auch?«, meinte Ross, als der junge Mann gegangen war.

»Ich denke schon«, erwiderte Maeve wehmütig, neigte den Kopf, um ihre Verwirrung zu verbergen, und gab vor, den perlenden Champagner zu genießen.

Forbes hatte gehofft, vor seiner Abreise keine unangenehmen Fragen seines Schwiegervaters beantworten zu müssen, aber spät an diesem Abend, nachdem er die Haustür für die Nacht abgesperrt hatte, klopfte Arthur, in einen alten Morgenmantel gehüllt, an Forbes' Schlafzimmertür und trat ein, ohne eine entsprechende Aufforderung hierzu abzuwarten.

»Was willst du?«, fragte Forbes unwirsch.

»Mit dir reden.«

»Ich wollte gerade das Licht ausmachen und schlafen.«

»Nein, wolltest du nicht. Du bist noch vollständig angezogen.«

»Also gut.« Forbes gab sich geschlagen. »Komm rein. Möchtest du einen Brandy?«

»Nein, danke. Ich komme gleich auf den Punkt, wenn du nichts dagegen hast.«

Forbes seufzte. »Tu dir keinen Zwang an.«

»Ich bin seit fünfzig Jahren im Geschäft und habe in all dieser Zeit noch nie ein solches Palaver erlebt wie jenes um deinen Tanker.«

»Palaver? Ich bemühe mich um einen Auftrag, das ist alles.«

»Mir gefällt die Art nicht, wie du die Sache angehst.«

»Das weiß ich. Martin gefällt es auch nicht, aber er sieht wenigstens ein, dass wir keine andere Wahl haben.«

»Warum gibt es keinen Bericht über Gideon Rowe? Warum gibt es keine registrierte Flotte? Warum gibt es weder Ladeplätze noch eine Niederlassung in England?«

»Um das herauszufinden, reise ich nach Rabat.«

»Die *Mimosa* ist mit Mann und Maus untergegangen.«

»Das sind viele andere Schiffe auch.«

»Gideon Rowe and Spellman waren aber nicht die Eigner.«

»Auch das ist mir bekannt. Ich habe im Lloyd's-Register nachgeschlagen.«

»Die Fergusson-Linie …«

»… hat die *Mimosa* verkauft, ja.«

»Ich denke, Gideon Rowe and Spellman sind nur Strohmänner.«

»Da hast du sicher recht«, gab Forbes zu. »Und wenn dem so ist, gibt es im Hintergrund jemanden mit sehr viel Geld. Und der wird, ohne mit der Wimper zu zucken, dreihunderttausend Pfund für einen Öltanker hinlegen.«

»Ich denke, dass Andrew Pickering dahintersteckt.«

»Das denke ich auch«, gab Forbes seinem Schwiegervater recht.

»Ich habe dem Mann seinen Beziehungen und Würden zum Trotz nie über den Weg getraut.«

»Damit stehst du nicht allein«, erwiderte Forbes.

»Ich habe gehört, dass er Bradford Steel ein Angebot unterbreitet hat.«

»Das würde mich nicht überraschen. In Anbetracht der aktuellen Stahlpreise ist ein eigenes Stahlwerk die reinste Goldmiene.«

»Was will ein Schiffseigner mit einem Stahlwerk?«

»Pickering ist ein Paradebeispiel für eine völlig neue Form des Kapitalismus. Pickering ist nichts zu groß und nichts zu klein. In fünfzig oder sechzig Jahren, Papa, wenn wir alle tot und vergessen sind, werden Männer wie Andrew Pickering das Sagen haben.«

»Keine schöne Vorstellung«, entgegnete Arthur düster.

»Doch, wenn Franklin's an dieser Entwicklung teilhaben kann, dann schon.«

Arthur zog die Brauen hoch. »Ist es das, wonach du strebst, Forbes? Willst du ein zweiter Andrew Pickering werden?«

»Es geht nicht um mich persönlich. Mir geht es darum, dass wir im Geschäft bleiben. Und wenn ich mich zum Wohl der Firma mit Pickering einlassen muss, werde ich das tun.«

»Du willst also den Helden spielen und Franklin's vor dem Untergang bewahren?«

»So ist es«, antwortete Forbes. »Egal, wie.«

»Wenn das so ist, kann ich dir nur noch Glück wünschen«, sagte Arthur Franklin.

»Und mir im Bedarfsfalle Rückendeckung geben?«

»Finanzieller Art?«

»Nein, ich dachte da mehr an moralische Unterstützung.«

»Aha!«, brummte Arthur nur mit einem grimmigen Lächeln.

Nachtzüge waren per se schon aufregend – für den Express-Schlafwagen von Glasgow nach London galt dies aber erst recht. Sein Gepäck war vorausgeschickt worden, sodass er nur leichtes Handgepäck mitführte. Schon morgen Nachmittag würde er an Bord der *Tara* die Themse hinunterfahren in Richtung Nordafrika, eine Abenteuerreise ins Ungewisse. Die Erlebnisse der heutigen Nacht würden weniger neu sein, aber nicht minder aufregend, und er wartete in dem engen Abteil mit derselben Inbrunst auf seine Reisebegleiterin wie ein Bräutigam auf seine Braut.

Die Zeiten, da Lindsay ihn zusammen mit den Kindern verabschiedet hatte, die dann weinend mit ihren kleinen Händchen gewinkt hatten, waren lange vorbei. Es hatte in den vergangenen Jahren zu viele Abschiede gegeben, als dass seine Frau und Söhne sich jedes Mal wieder um seine Sicherheit hätten sorgen können. Inzwischen wurde er, wenn er nach Sao Paulo, San Francisco oder South Shields aufbrach, lediglich mit einem Wangenkuss von Lindsay und einem knappen »Auf Wiedersehen« der Jungs verabschiedet.

Er war nicht sicher, ob Drew Pickering seine Frau tatsächlich so ohne Weiteres abreisen lassen würde, und so versteckte er sich im winzigen Bad des kleinen Abteils, während die Lokomotive zischte und vibrierte und andere Fahrgäste sich auf dem Bahnsteig von ihren Lieben verabschiedcten.

Dann endlich: Pfeifen, ein Beben, ein Vorwärtsruck, das Knirschen und dann das immer schneller werdende Rattern der Stahlräder auf den Gleisen. Forbes musste an sich halten, um nicht die Tür aufzureißen und einen Blick hinaus auf den Flur zu werfen. Und so stand er schwankend da, hielt sich mit einer Hand am Waschbecken fest, sein Zwilling im Spiegel neben sich mit ausgestreckter Hand und aufgeknöpfter Hose, während der Zug erst träge an diversen Signalen vorbeirollte, um dann ganz plötzlich zu beschleunigen.

Ein Klopfen an der Tür, leise, aber doch energisch und ungeduldig.

»Ja, bitte? Wer ist da?«

»Die Lady mit dem Gin«, antwortete sie leise.

Er öffnete die Tür, packte ihren Arm und zog sie zu sich herein.

Stella ließ die Flasche auf das Bett fallen und drückte mit der Schulter die Tür hinter sich zu. Sie raffte ihre Röcke und gestattete ihm, ihre Unterhosen aufzuknöpfen. Er kniete sich vor sie und umarmte ihre Schenkel. Während er sich gegen das Wackeln des Zuges stemmte, küsste er ihre Weiblichkeit, ihren Bauch. Dann stand er auf und drang mit einem geschickten Stoß in sie ein.

Mit ihr auf der Hüfte drehte er sich zum Fenster um.

Die Jalousie flog nach oben und flatterte wie ein Vogel im Käfig.

Forbes sah sein Spiegelbild in der dunklen Scheibe, während draußen verschwommen erleuchtete Häuser durch sein alter Ego hindurchjagten.

»O Gott!«, zischte Stella. »Nimm mich, Darling, nimm mich, bitte, gib es mir.«

Das erste Mal nahm er sie, als der Zug durch Motherwell donnerte, und dann noch einmal kurz vor der Grenze. Und dann wieder und wieder in den Tagen darauf, während die *Tara* immer weiter nach Süden dampfte, in Richtung Tanger.

Kapitel 12

Marschrichtung

Sofern Maeve enttäuscht war, dass Lindsay sie nicht nach London mitnahm, ließ sie sich hiervon nichts anmerken. Tatsächlich schien sie sich sogar darauf zu freuen, daheim zu bleiben und sich um Arthur und die Jungs »zu kümmern«.

Arthur seinerseits befürchtete, dass es einen Zusammenhang gab zwischen den geheimnisvollen Briefen und der Fahrt in die Hauptstadt, genauer, dass es sich bei besagtem Zusammenhang um einen Mann handeln könnte. »Wenn es etwas gibt, das du mir erzählen möchtest, Lindsay«, sagte er, »bin ich jederzeit gern bereit, dir zuzuhören.«

»Ich denke, es ist besser, wenn du nicht fragst.«

»Himmelherrgott, Lindsay! Seine Hoheit ist auf halbem Wege nach Nordafrika, und du reist überstürzt nach London. Da kannst du nicht ernsthaft erwarten, dass ich so tue, als wäre alles in bester Ordnung.«

»Ich werde Geoffrey Paget besuchen.«

»Aha!«

»Ich wusste, dass du böse sein würdest.«

»Ich bin nicht böse. Ich dachte, die Affäre mit Paget wäre seit Jahren vorbei. Ist er wieder aufgetaucht?«

»Ja, er ist wieder aufgetaucht«, bestätigte Lindsay und erzählte ihrem Vater von ihrem Wiedersehen mit dem Lieutenant-Commander bei den Pickerings.

»Fühlst du dich denn immer noch zu ihm hingezogen? Ich meine, du wirst doch in London keine Dummheiten machen, oder?«

»Liebster Papa, wofür hältst du mich eigentlich?«

»Viele Mädchen würden sich geschmeichelt fühlen, wenn ihnen ein gut aussehender Marineoffizier den Hof macht, auch wenn er seine besten Jahre hinter sich hat. Hat er seine besten Jahre hinter sich?«

»Geoffrey gehört ebenso wenig zum alten Eisen wie ich«, entgegnete Lindsay spitz. »Ich gebe zu, dass ich ihn immer noch attraktiv finde, doch ich bin nicht in ihn verliebt.«

Arthur runzelte die Stirn. »Was ist mit den Briefen, diesen vielen Briefen?«

»Forbes hält die Briefe für einen Vorwand.«

»Forbes? Dann weiß er von Paget?«

»Selbstverständlich«, antwortete Lindsay. »Forbes hat das Ruder in der Hand.«

»Das ist zu viel für einen alten Knaben wie mich. Vielleicht sollte ich langsam darüber nachdenken, mich aufs Altenteil zurückzuziehen.«

Sie lachte. »Du! Und was würdest du dann den ganzen Tag tun?«

»Tennis spielen, bowlen, am Fluss spazieren gehen. Vielleicht ziehe ich ja sogar an die Küste. Ein hübsches kleines Häuschen mit Meerblick, das könnte Eleanor und mir schon gefallen.«

»Eleanor? Du würdest Eleanor mitnehmen?«

»Wenn sie mitkommen möchte«, antwortete er.

»Und was ist mit mir? Mit uns?«

»Früher oder später musst du ja doch ohne mich zurechtkommen«, entgegnete Arthur milde.

»Oh, Papa, sag so etwas nicht! Du bist doch nicht krank, oder?«

»Himmel, nein! Ich habe nur keine Lust mehr auf eine weitere Schlacht. Ich habe genug Tiefschläge erlebt. Die ruhmreichen Tage sind vorbei, Lindsay, jedenfalls für mich. Du bekommst das

Haus, und ich werde ein paar von meinen Anteilen verkaufen, um ein sorgenfreies Rentnerdasein fristen zu können.«

»Den Statuten nach haben die Partner Vorkaufsrecht, vergiss das nicht.«

»Das ist mir wohl bewusst.« Lächelnd tätschelte er ihr das Knie. »Keine Bange, wenn du am Freitag aus London zurückkommst, werde ich noch hier sein. Wo wirst du überhaupt wohnen?«

»Im ›Billington‹.«

Das »Billington Hotel«, befand sich zwischen der Baker Street und dem Gloucester Place. Es war ein sauberes, modernes, ein wenig strenges Haus, in dem vornehmlich Damen eines gewissen Alters abstiegen. Darüber hinaus bot es den Vorteil, ganz in der Nähe der Marylebone High Street zu liegen.

Lindsay packte aus, badete, zog sich ein frisches Kleid an, legte Make-up auf und trank anschließend Tee in der alles andere als heimeligen Lobby im Erdgeschoss. Dann machte sie sich auf die Suche nach Geoffrey Paget, um nicht zuletzt die rätselhafte Motivation für ihr eigenes Hiersein zu ergründen. Geoffrey hatte sie lediglich mitgeteilt, dass sie noch im Mai nach London reisen würde. Für einen Offizier im Dienste der Seelords und Minister war es durchaus denkbar, dass er sich gar nicht in England aufhielt, schon gar nicht in London, und sie hoffte, dass ihre Reise nicht vergeblich gewesen war. Andererseits bereitete es ihr eine gewisse Genugtuung, Geoffrey mit seinen eigenen Waffen zu schlagen, indem sie einfach aus heiterem Himmel in der Hauptstadt aufkreuzte.

Coventry Place konnte man gerade noch als achtbares Viertel bezeichnen. Der Eingang zu dem Mietshaus, in dem Geoffrey wohnte, lag zwischen einer Gemüsehandlung und einem Fischgeschäft. Kleine Sprossenfenster mit Blick auf eine Gaststätte, die bereits geöffnet war. Lindsay atmete tief die Gerüche nach frischem Gemüse,

Fisch, Bier, Pferdeäpfeln und Abgasen ein und fragte sich, warum Geoffrey in diesem Teil Londons wohnte und nicht näher an Mayfair oder an der Park Lane. Sie schlenderte zur Straßenecke und blickte an der Fassade des Mietshauses hinauf.

Geoffreys Haus hatte ein steiles, schmales schwarzes Ziegeldach mit viel zu vielen Schornsteinen und war nicht etwa mit maritimen Motiven geschmückt wie Galionsfiguren oder Kanonen, sondern stattdessen mit einer Reihe staubiger Tauben. An den Fenstern hingen Netzgardinen, und die Räume waren düster. Von Geoffrey war wie erwartet weit und breit nichts zu sehen.

Plötzlich hatte sie Heimweh, ganz schreckliches, elendes Heimweh. Hier war Franklin's gänzlich unbekannt, und niemand scherte sich auch nur im Geringsten um die Schiffbauer von Clydeside. Sie kannte in London niemanden, niemanden außer Geoffrey, und auch wenn er selbst sich als ihren Liebhaber betrachten mochte, war er nicht einmal ihr Freund. Sie machte auf dem Absatz kehrt und wollte die High Street hinaufgehen, aber als sie eben den Bürgersteig verlassen hatte, legte sich eine Hand auf ihre Schulter.

»Mein Gott, Lindsay!«, rief Geoffrey aus. »Du bist hier; du bist tatsächlich gekommen.«

Ihr wurde ganz flau vor Verlegenheit und Erleichterung.

Als er sie küsste, lehnte sie sich an ihn. Dann folgte sie ihm hinauf zu seiner Wohnung.

»Du bist wirklich anhänglich wie eine Klette«, stöhnte Maeve. »Dein Dad würde dir bei lebendigem Leib die Haut abziehen, wenn er wüsste, was du treibst.«

»Gar nichts treibe ich. Leider.«

»Himmel noch mal, Ewan, ich bin deine Halbschwester. So etwas hat einen Namen. Es ist ein schreckliches Verbrechen, eine Todsünde.«

»*Du* bist nicht meine Halbschwester, sondern deine Mutter ist es.«

»Stimmt, und das macht es nur noch schlimmer.«

»Wir sind nur um drei Ecken verwandt.«

»Spar dir das Geschwafel, Ewan. Lies mir von den Lippen ab: Hau ab.«

»Oh, das ist aber keine sehr damenhafte Ausdrucksweise. Das erzähle ich Dad«, entgegnete Ewan grinsend. »Was machst du am Samstagnachmittag? Sollen wir uns *Die Königin von Saba* ansehen?«

»Kenne ich schon.«

»Du lügst.«

»Nein. Tante Lindsay war mit mir im Kino.«

»Dann sehen wir uns eben irgendeinen anderen Film an. Egal, welchen. Du entscheidest.«

»Was beim letzten Mal geschehen ist, wird sich nicht wiederholen. Meine Güte, Ewan, du bist noch ein Kind.«

»Und was bist du? Eine alte Frau?«

»Mädchen werden schneller erwachsen als Jungen«, antwortete sie.

»Ich werde nächste Woche siebzehn. Kommst du zu meiner Geburtstagsfeier?«, fragte er.

»Wer kommt denn sonst noch?«

»Harry und Philip«, entgegnete Ewan. »Und meine Schwestern.«

»Wird auch getanzt?«

»Tanzen? So weit habe ich noch gar nicht gedacht.«

»Gibt es alkoholische Getränke?«

Ewan schüttelte den Kopf. »Alkohol? Nein, das erlauben meine Eltern nicht.«

»Dann kann man das wohl kaum eine Party nennen.«

»Wie feiert ihr denn in Dublin?«, wollte Ewan beleidigt wissen.

»Ich dachte, du weißt alles über Dublin?«, entgegnete Maeve spöttisch.

»Ich weiß alles über dich. Ich weiß mehr über dich als du selbst.«

Ewan war gegen halb fünf aufgekreuzt. Miss Runciman hatte ihn nur widerwillig hereingelassen, aber Maeve hatte gemeint, er könnte sie nach Partick begleiten, wo sie nachschauen wollte, ob ihre Großmutter inzwischen zurück war. Wie sich herausstellte, war Gran McCulloch noch nicht aus dem Urlaub zurück. Ewan hatte versucht, sie im Schatten des alten Gebäudes zu küssen, aber sie war nicht in Stimmung gewesen für solcherlei Quatsch und hatte ihn abblitzen lassen. Seite an Seite waren sie zurück in Richtung Brunswick Park gelaufen.

Ewan zog seinen Schulblazer aus und breitete ihn im Gras aus. Maeve setzte sich sehr gerade hin, überzeugt davon, dass Miss Runciman im Wohnzimmer am Fenster stand und sie mit Argusaugen beobachtete.

Ewan legte sich auf den Rücken und schützte mit einem Unterarm die Augen gegen die Sonne. Er sah völlig harmlos aus, beinahe hübsch, wie er so dalag. Wären sie irgendwo draußen auf dem Land gewesen, hätte sie ihn vielleicht mit einem Grashalm am Ohr gekitzelt.

»Wenn ich dir einen Kuss gebe, verrätst du mir dann, was du über mich weißt?«

Er nahm den Arm herunter und runzelte die Stirn. »Das ist viel mehr wert als einen Kuss.«

»Tatsächlich? Und wie viel mehr genau?«

»Komm runter«, forderte er gepresst. »Komm näher, dann verrate ich es dir.«

Sie blickte zu den Fenstern auf, klemmte sich die Röcke unter die Beine und hielt ihm das Ohr dicht an die Lippen. Er flüsterte Dinge, die sie viel zu oft auf dem Boden der Keksfabrik und in Gaststätten gehört hatte.

»Ewan Calder!«, rief sie aus. »Wie kannst du so etwas sagen!« Sie hätte aufspringen sollen, schockiert und empört, brachte es aber nicht fertig. Es war, als belegte er sie mit einem Bann, der nicht nur Ewan Calders hässliche Seite zutage förderte, sondern ebenso die ihre. Hätte ein erwachsener Mann so mit ihr gesprochen – Turk Trotter oder Bobby Shannon –, hätte es sie erschreckt, aber aus dem Mund eines so unreifen, verklemmten Jungen wie Ewan Calder klangen die Worte einfach zu unnatürlich, um beleidigend zu sein.

»Du solltest nicht so mit mir reden. Mit keinem Mädchen«, hielt sie ihm vor.

»Warum nicht? Du weißt, was es heißt.«

»Wenn du dir einbildest, ich würde dir gestatten ...«

Er setzte sich so langsam und bedächtig auf, dass es schien, als bewegte er sich in Zeitlupe. »Du wirst, Maeve. Irgendwann wirst du es mir gestatten.«

Sie starrte ihn einen Moment an, wohl wissend, dass er recht hatte, dann rappelte sie sich auf und lief in Richtung Tor davon.

»Was macht sie jetzt?«, fragte Arthur.

»Sie kommt heim. Offenbar hat Calder sie irgendwie beleidigt. Ich an Ihrer Stelle würde sie ein Weilchen in Ruhe lassen, Arthur«, sagte Miss Runciman.

»Ja, ja, natürlich.«

Das Paar stand am Fenster und blickte hinunter. Sie versuchten gar nicht erst, sich vor dem Mädchen unten auf der Straße zu verstecken. Maeve war ohnehin viel zu aufgebracht, um sie zu bemerken. Der Junge folgte ihr nicht aus dem Park, sondern hob seinen Blazer auf, schüttelte ihn aus, schlüpfte hinein und blickte ihr eine Weile in seltsam verdrehter Haltung nach, ehe er zügig in Richtung Partick davonging.

»Ich mag diesen jungen Mann nicht«, meinte Eleanor stirnrunzelnd. »Ich traue ihm nicht.«

»Er ist noch ein halbes Kind«, entgegnete Arthur. »Ich fürchte fast, Maeve führt ihn an der Nase herum.«

»Glaubst du wirklich?«, fragte Eleanor zweifelnd.

»Vergiss nicht, wessen Tochter sie ist.«

»O ja. Es stimmt schon, dass Promiskuität der Familie im Blut liegt.«

»Und das Blut wird sich langfristig durchsetzen«, sagte Arthur mit einem tiefen Seufzer. »Ich fürchte, Eleanor, irgendwann wird das Blut die Oberhand gewinnen.«

Die Wohnung war klein und eng, drei Zimmer, die durch niedrige Türen miteinander verbunden waren. Die Möblierung war spärlich. Es gab keinerlei persönliche Gegenstände, keine Schiffsmodelle oder Fotos von U-Booten. Oben auf einem Schrank im Wohnzimmer entdeckte sie dann jedoch eine noch verschlossene Kiste kubanischer Zigarren und gleich daneben, fast verdeckt, ein Porträt einer schönen blonden Frau, in der Lindsay Stellas Schwester vermutete, Josephine Proctor, Geoffreys Exfrau.

Geoff forderte sie auf, in einem Korbsessel am erloschenen Gaskamin Platz zu nehmen, und schenkte ihr ein Glas Sherry ein. Er fragte sie, ob ihr kalt sei, was sie verneinte. »Und, hast du eine angenehme Reise gehabt?«, erkundigte er sich dann.

»Ja, sehr angenehm, danke der Nachfrage.«

Geoffrey wollte wissen, in welchem Hotel sie abgestiegen war.

»Im ›Billington‹«, entgegnete sie.

»Und wie lange wirst du in London sein?«

»Drei Tage.«

»Drei Nächte, meinst du?«

»Ja, drei Nächte.«

»Bist du geschäftlich hier?«, fragte er.

»Hauptsächlich.«

Er trug einen braunen zweireihigen Anzug, in dem er aussah wie ein Versicherungsvertreter. Lindsay war wütend, dass sie die Illusion der Liebe so lange aufrechterhalten hatte, dass sie die Eventualität einer Affäre nicht längst mit einem letzten wehmütigen Seufzer ad acta gelegt hatte.

»Hast du meinen Brief nicht bekommen?«, wollte sie nun von ihm wissen.

»Doch, aber er war nicht wirklich informativ.«

»Ich hatte eigentlich gar nicht damit gerechnet, dich zu Hause anzutreffen.«

»Zufall«, entgegnete Geoffrey. »Purer Zufall.« Er hatte sich ebenfalls einen Drink eingeschenkt, allerdings keinen Sherry, sondern Whisky. »Eine Minute später, und wir hätten uns verpasst. Was hättest du dann gemacht?«

»Ich denke, ich wäre später noch einmal wiedergekommen.«

»Du siehst zauberhaft aus«, stellte er sachlich fest.

»Danke.« Ihr ging durch den Kopf, dass Geoffrey es offenbar nicht eiliger hatte als sie, ihre Romanze voranzutreiben. »Wie lange wohnst du schon hier?«

»Etwa drei Jahre.« Er blieb stehen; der Kaminsims über dem Gaskamin war zu niedrig, um sich daran anzulehnen. »Nichts Besonderes, wie du siehst.«

»Wirst du nach der Pensionierung in England bleiben?«

»Im Ausland ist das Leben preiswerter. In Spanien oder in Südfrankreich könnte man von einer Rente der Marine einigermaßen leben.«

»Am Meer?«

»Ehrlich gesagt habe ich genug vom Meer, von stickigen Büros und auch davon, für die Admiralität die Drecksarbeit zu machen.«

Sie hob die Brauen. »Drecksarbeit?«

»Routine. Stumpfsinnige Routine.« Er stellte das Whiskyglas auf den Kaminsims und beugte sich etwas steif zu ihr herab. Er stützte sich mit einer Hand auf ihrem Knie ab. »Du hast mir gefehlt, Liebes. Du kannst dir gar nicht vorstellen, wie sehr ich dich vermisst habe.«

Er erwartet von mir, dass ich ihn bestätige, dachte sie bei sich. Er will von mir hören, dass mich Liebe, wahre Liebe, hergeführt hat. Sie hatte grundsätzlich nichts dagegen, etwas Theater zu spielen, immerhin hatte sie in gewisser Weise während ihrer ganzen Ehe nichts anderes getan. Doch jetzt wollte ihr nichts Passendes einfallen, wollte ihr die Lüge einfach nicht über die Lippen kommen. Sie tätschelte mütterlich seine Hand, so wie sie Philips getätschelt hätte.

Geoffrey richtete sich langsam, wie unter Schmerzen, wieder auf. »Du hast sicher Hunger.«

»Hmhm, schon, aber zum Abendessen ist es noch etwas früh.«

»Wir könnten vor dem Essen noch etwas spazieren gehen und uns die Beine vertreten.«

»Wie du meinst.«

»Wenn ich gewusst hätte, wann du kommst, hätte ich Karten fürs Theater oder für ein Konzert besorgt«, sagte Geoffrey und leerte sein Glas in einem Zug.

»Ein gemütliches Abendessen reicht völlig«, entgegnete Lindsay.

»Und anschließend noch ein Absacker?«

»Und anschließend noch ein Absacker«, stimmte Lindsay zu, wohl wissend, was sich hinter dieser scheinbar harmlosen Floskel verbarg.

Erst nach ihrer Ankunft in Rabat und nachdem sie ihr Zimmer im »Hotel Transatlantique«, bezogen hatten, dämmerte Forbes, dass es ihm noch zum Nachteil gereichen könnte, dass er Stella eingeladen hattc, ihn auf diese Reise zu begleiten. Ursprünglich hatte er vorgehabt, gleich nach der Ankunft Gideon Rowe and Spellman aufzusuchen, aber Stella wollte nichts davon wissen, und er war einfach zu erschöpft, um mit ihr zu streiten.

Am nächsten Morgen bestand sie nach dem Frühstück darauf, ihm erst einmal die Sehenswürdigkeiten der Stadt zu zeigen. Sie trug ein weißes Kleid, das jede Kontur und Rundung ihres Körpers erkennen ließ oder betonte. Auf dem blonden Haar saß ein riesiger Strohhut, dazu trug sie eine Sonnenbrille, um ihre Augen vor der sengenden Sonne zu schützen. Forbes trug ebenfalls eine Sonnenbrille, und jedes Mal, wenn sich Schweiß auf seinem Nasenrücken sammelte und er sie abnahm, um sich mit einem Taschentuch das Gesicht abzuwischen, betrachtete er blinzelnd nicht etwa die Minarette, die Türme oder das Gewimmel in den Souks, sondern die Frau an seiner Seite. Immer wieder blinzelte und starrte er, als wäre sie eine Fata Morgana oder ein Flaschengeist, ein Dschinn, der ihm unschätzbaren Reichtum und grenzenloses Glück bescheren konnte, wenn er nur lernte, die kapriziöse Stella zu beherrschen.

Als Erstes ging sie mit ihm nach Mamounia, um ihm die Bilder im Maurischen Salon zu zeigen sowie die Mosaike im Musikzimmer. Forbes interessierte sich eigentlich nicht im Geringsten für Kunst, aber Stella war so schön und verführerisch und er selbst so verliebt, dass er ihr überallhin gefolgt wäre. Zurück gingen sie durch einen Souk und dann bergauf bis zu den Gärten von Oudaiya. Forbes registrierte die Farben und Gerüche sowie das bunte Treiben auf dem Markt, fühlte sich jedoch wunderbar losgelöst von allem, als schwebte er auf einer rosa Wolke dahin.

Im »Maurischen Café« der Gärten von Oudaiya, inmitten üppiger Sträucher und blühender Pflanzen, gestattete Stella ihm endlich eine Verschnaufpause.

An einem schmiedeeisernen Tisch im Schatten einer gestreiften

Markise, bei einer Tasse Mokka und einer Zigarre, fühlte Forbes sich so sehr im Einklang mit der Welt, dass es ihm beinahe vorkam, als befände er sich in einem jener traumähnlichen Momente, die im Leben eines Mannes viel zu selten vorkamen – und viel zu vergänglich waren.

»Stella!«

Der Fremde trug einen Anzug aus fließendem cremefarbenem Stoff und dazu einen albernen kleinen Hut, der aussah wie ein Fez ohne Troddel. Er war klein, sehr schlank, beinahe grazil, und seine Bewegungen waren so präzise wie ein Uhrwerk. Der Kuss, mit dem er Stella begrüßte, wirkte eigentümlich mechanisch, die Verneigung vor Forbes sogar noch hölzerner.

»Monsieur«, sagte der Fremde, *»c'est un plaisir de vous accueillir au Maroc. J'espère que vous pourrez joindre l'utile à l'agréable pendant votre séjour ici«.*

»Er spricht kein Französisch«, erklärte Stella dem Fremden. »Sprich bitte Englisch, Giddy, sei so nett.«

Der Mann reichte ihm mit unnachahmlich französischer Galanterie die Hand der Freundschaft.

Forbes erhob sich und schüttelte sie. Ihm ging durch den Kopf, dass der Händedruck des Franzosen zu schlaff war, um aufrichtig zu sein.

»Darf ich dir meinen Schwager vorstellen?«, meinte Stella.

Der Franzose verneigte sich erneut. »Gideon Rowe.«

Das »Pharao« war einer von mehreren Nachtclubs, die nach dem Krieg in der Stadt entstanden waren, und hatte nichts gemein mit den düsteren Hallen von Pall Mall. Im Speisesaal ging es beengt und laut zu, aber das Essen war gut und der Wein exzellent. Geoffrey und sie genehmigten sich denn auch eine ordentliche Menge des Rebensaftes und rätselten kichernd wie Teenager, wer zu wem gehörte und warum sich niemand mehr an den teilweise sonderbar anmutenden Paarungen störte. Abendanzüge, legere Modelle, Abendkleider, betont lässige Nachmittagsgarderobe, Bob-Frisuren, langes und raspelkurzes Haar, Männer mit Manschettenknöpfen in Form von Silberdollars, Frauen mit Ohrringen, die größer waren als ihre Brüste, und im Hintergrund, beinahe verloren in dem infernalischen Getöse, die lieblichen Klänge eines Orchesters, das Melodien aus Kriegstagen spielte.

Irgendwo, sagte sich Lindsay, der seltsam leicht ums Herz war, irgendwo tanzen Paare zu *Mon Homme*, *Whispering*, *Look for the Silver Lining*, *A Thousand Kisses*, all jenen Melodien, die ihr Vater auf dem Klavier spielte, wenn er glaubte, dass ihn niemand hörte. Neue Rhythmen und neue Tanzschritte, ja, aber das gleiche eindringliche alte Lied von Verlust und Sehnsucht, das seit Menschengedenken einsame Frauen zu Tränen rührte. Sie wünschte, Geoffrey würde die Arme um sie legen und sie mitreißen, bis sie sich ganz neu in ihn verliebte.

Geoffrey drückte seine Zigarre im Aschenbecher aus und leerte seinen Brandy. »Sollen wir raufgehen?«, fragte er.

»Sehr gern.«

Er wirkte überrascht. »Wirklich?«

»Ja, ganz ehrlich.«

Geoffrey war ihr beim Aufstehen behilflich. Dann hakte er sie unter und führte sie zwischen den Tischen hindurch in das Foyer im ägyptischen Stil mit seinen schwarzen nubischen Sklaven in knappen Lendenschurzen, den Zierpalmen in großen Kübeln und der Sphinx aus Pappmaché, die auf den Piccadilly Circus hinausschaute, als hätten die modernen Zeiten sie verwirrt.

Die Klänge des kleinen Orchesters wurden immer leiser und verloren sich schließlich ganz.

Er führte sie zur Treppe und ließ ihr den Vortritt.

Das Treppenhaus war mit Zedernholz getäfelt und mit Wüstenszenen bemalt. Ein junger Mann, nicht viel älter als Harry, stolperte an Lindsay vorbei und rempelte sie hierbei unsanft an. Ihm war eine junge Frau auf den Fersen, die so hager war, dass sie nur aus Haut und Knochen zu bestehen schien. Sie hielt sich eine Tasche aus Silberlamé an die Brust und rief beinahe boshaft:

»Reggie, Reggie, er wird es dir *nicht* geben. Du *weißt*, dass er es dir nicht geben wird. Es ist nichts mehr da.«

Lindsay betrat eins der Zimmer im Obergeschoss, unmittelbar gefolgt von Geoffrey.

Tiefroter Teppich, Kerzenleuchter, ein knappes Dutzend Kartentische, über denen dichter Rauch waberte. Es war ziemlich voll, und doch herrschte eine seltsam gedämpfte Atmosphäre.

»Spielst du, Lindsay?«, fragte Geoffrey.

»Spielen?«

»Karten ...«

»Nun, ich ...«

»Hast du vielleicht etwas Bargeld bei dir? Ich bin gerade ein wenig knapp bei Kasse.«

»Ein paar Pfund«, entgegnete sie.

»Gut, das reicht für den Einstieg«, sagte Geoffrey und steuerte eifrig den erstbesten freien Stuhl an.

Der Franzose bestellte Kaffee und nahm im Schatten Platz. Forbes hatte schon an manch seltsamem Ort Geschäftliches besprochen, aber noch nie an einem ungewöhnlicheren als in den Oudaiya-Gärten. Sie gaben schon ein fabelhaftes Paar ab, der Franzose und die Engländerin. Forbes war bewusst, dass er verdammt vorsichtig sein musste.

»Rowe? Wie lautete der ursprüngliche französische Name? Roux?«, erkundigte er sich.

»*Exactement*«, entgegnete Gideon. »Meine Familie stammt ursprünglich aus dem Elsass.«

»Und war das ein Grund, Ihren Namen zu ändern?«, wollte Forbes wissen.

»Das würden Sie doch nicht verstehen«, entgegnete Gideon knapp.

»Vielleicht doch.«

»Forbes ist sehr gut darin, Zusammenhänge zu verstehen«, bemerkte Stella.

»Wo ist Spellman?«, fragte Forbes. »Stößt er auch noch zu uns?«

»Spellman lebt schon seit Jahrzehnten nicht mehr.«

»Dann sind Sie also mein einziger Verhandlungspartner?«

»Ich würde sagen, das beruht auf Gegenseitigkeit.«

»Warum hier? Warum nicht in Ihrem Büro? Sie haben doch Geschäftsräume, oder?«

»Mein Büro befindet sich in Paris.« Gideon hielt die Kaffeetasse mit beiden Händen, so wie ein Eichhörnchen eine Nuss. »Ich habe einen Wohnsitz hier, den Sie sich gern ansehen können. Ich denke allerdings, dass es sinnvoller wäre, wenn wir uns den Ort ansehen, an dem es Geld zu verdienen gibt.«

»Und was für ein Ort soll das sein?«

»Wir fahren raus zum Wald von Mamora. Wir kommen am Sidi-Bou-Knadel-Steinbruch vorbei. Sie können sich also auch ansehen, wo das Baumaterial herkommt.«

»Baumaterial ... wofür?«

»Unsere neue Stadt.«

»Hat diese neue Stadt auch einen Namen?«

»Port-Lyautey.«

»Und wie weit ist diese Stadt von Rabat entfernt?«

»Siebzig Meilen«, beantwortete Stella seine Frage.

»Und was ist so besonders an Port-Lyautey?«

»Bei Flut ist der Hafen auch für Schiffe mit großem Tiefgang befahrbar.«

»Wie tief?«

»Fünfzehn bis zwanzig Fuß – so sagt man doch, oder?«

»Ja«, bestätigte Stella. »Fuß.«

»Verstehe«, sagte Forbes. »Eins zu null für Port-Lyautey.«

»Was spricht gegen Rabat?«

»Rabat ist kein guter Ort für einen Ölhafen«, erklärte Forbes. »Ein sicheres Ankern ist dort nur bei gutem Wetter gewährleistet. Außerdem trägt der Fluss immer neuen Sand heran, und das macht ständige Baggerarbeiten im Flussbett erforderlich. Schwere Lasten müssen zudem mit leichteren Booten an Land gebracht werden. Können in dieser neuen Stadt auch große Öltanker anlegen?«

»Noch nicht, aber bald.«

»Wie bald?«

»Noch vor Jahresende«, antwortete Rowe.

»Dann schauen wir uns das doch mal vor Ort an«, schlug Forbes vor.

»Wie bitte? Etwa jetzt gleich, noch vor dem Mittagessen?«

»Verschiebe nicht auf morgen, was du heute kannst besorgen.«

Gideon Rowes von Bugatti entworfener Peugeot Bébé sah aus wie eine gut erhaltene Antiquität, erwies sich jedoch als erstaunlich geländegängig.

Der Franzose fuhr geradeaus wie in Kurven mit Höchstgeschwindigkeit, sodass Stella sich in der kastenartigen Fahrgastzelle an Forbes festklammerte, wenn der Wagen an Farmarbeitern, Eseln und Karren, vollbeladen mit den verschiedensten Waren, vorbeischlingerte. Sie hatte ihre helle Freude an dem Tempo. An Forbes' Arm gekrallt, lehnte sie sich aus dem offenen Fenster und winkte den

Dorfbewohnern durch die aufgewirbelte Staubwolke hindurch fröhlich zu.

Nach etwa einer Stunde gelangten sie in den Wald, und der Schatten dort war nach der drückenden Hitze eine Wohltat. Als sie wieder aus dem Wald hinausfuhren, lag die Stadt vor ihnen, ein Labyrinth halb fertiger Gebäude aus Beton und Steinen, das Ganze durchsetzt mit Kränen, Rampen und Gerüsten entlang der breiten Straßen. Gideon zeigte stolz auf die kürzlich gepflanzten Bäume, die den Boulevards Schatten spenden würden, die neue Brücke, die den Sebou überspannte, den Bahnhof und die Hand voll ansehnlicher öffentlicher Gebäude um den Place de France herum.

»Was stand hier, bevor Sie mit dem Bau begonnen haben?«, erkundigte sich Forbes.

»Nur die Zitadelle von Muley Hassan und ein paar Hütten von Einheimischen.«

»Und wo sind diese Einheimischen jetzt?«

»Sie wurden umgesiedelt in ein Viertel hinter der Moschee.«

»Wie lange ist es her, dass die Franzosen das Land übernommen haben?«

»Wir sind 1912 gelandet.«

»Großer Gott!«, rief Forbes beeindruckt. »Sie haben wahrlich keine Zeit verloren.«

»Wir sind eben geschäftstüchtig, nicht wahr?«

»Vor allem dort, wo es sich lohnt«, ergänzte Stella.

»Und was ist am Geldverdienen auszusetzen, *chérie?*«, erwiderte Gideon Rowe.

»Nicht das Geringste, lieber Schwager. Überhaupt gar nichts.«

»Vorausgesetzt, man ist kein Einheimischer«, bemerkte Forbes.

Das Mittagessen ließen sie sich auf der Terrasse des halb fertigen »Hotel Carthage« servieren, mit Blick auf die Staubschutzplanen des Steinmetzen. Einmal abgesehen davon, dass das Hotel noch eine Baustelle war, bot es einen wunderschönen Blick auf den

Leuchtturm an der Mündung des Sebou sowie, Gideon zufolge, auf den späteren Standort der Öltanker, die er, Forbes Franklin, bauen würde.

Forbes verkniff sich die Richtigstellung, dass er kein Franklin war, sondern ein McCulloch, und Iren weniger geneigt waren, ihren Namen zu ändern, als Auswanderer aus dem Elsass. Er trank zum Lunch leichtes französisches Bier und ein einziges Glas Rotwein aus der Region. Leicht schläfrig überließ er es hinterher Rowe, die Rechnung zu begleichen und sie zum Wagen zurückzubringen.

Zwanzig Minuten später parkten sie auf einem felsigen Fleckchen Erde, das mit Holzpfählen und farbigen Latten gespickt war. Es gab weder Bagger noch Arbeiter, sondern lediglich besagte Pfähle und Latten, die vermutlich Vermessungsingenieure aufgestellt hatten.

»Existiert kein Lageplan?«, fragte Forbes.

»In meinem Büro«, entgegnete Gideon Rowe.

»In Paris oder Rabat?«

»Hier in Rabat.«

»Ich müsste die Pläne erst einsehen«, erklärte Forbes. »Noch besser wäre ein Satz Kopien. Ich möchte mir ein Bild von den Kapazitäten dieser Anlage machen. Es wäre unsinnig, Ihnen einen Tanker zu bauen, der hinterher nicht Ihren Bedürfnissen entspricht.«

»Ich habe Ihre Entwürfe gesehen. Sie sind perfekt.«

»Sie sind weit davon entfernt, perfekt zu sein«, widersprach Forbes. »Sie – Sie und Stella – gehen ziemlich lässig mit diesem Auftrag um. Darf ich davon ausgehen, dass Stella Sie über unsere Bedingungen informiert hat?«

Stella war bis zum Rand des Geländes geschlendert, saß jetzt mit angezogenen Knien auf einem Felsen und schaute hinaus aufs Meer. Der Wind spielte mit ihrem Haar, bauschte ihren Rock und wehte den Zigarettenrauch fort, der durch ihre leicht geöffneten Lippen entwich.

Das tiefblaue Meer war flach wie ein Pfannkuchen. Schwer vorstellbar, dass es sich um denselben Ozean handelte, der Lastschiffen auf ihrem Weg nach New York Schwierigkeiten bereitete und ganze Trawler aus Grönland verschluckte. In dem Dunst, der den Horizont verschleierte, war kein Schiff zu sehen, kein Schornstein und kein Segel, einmal abgesehen von einigen kleinen Ruderbooten ganz nah am Ufer, als harrte der afrikanische Kontinent noch seiner Entdeckung.

»Uns wurde ein Richtpreis von dreihunderttausend englischen Pfund genannt«, meinte Gideon Rowe. »Es wird uns ein Vergnügen sein, Ihnen unsere acht Prozent, sprich vierundzwanzigtausend englische Pfund, zu überweisen, sobald die Pläne abgenommen wurden und wir uns auf die Vertragsmodalitäten geeinigt haben.«

»Es könnte schwierig werden, uns in allen Punkten des Vertrages zu einigen«, sagte Forbes vorsichtig.

»Ich nehme an, Ihnen wäre ein Festpreis lieber.«

»Und Sie würden sicher einen Vertrag über Gestehungskosten plus Unternehmergewinn vorziehen.«

»Selbstverständlich. Das würde das Verfahren beschleunigen und vereinfachen.«

»Wie auch immer wir uns einigen«, entgegnete Forbes, »ich muss auf einer Preisgleitklausel bestehen, um die steigenden Stahlkosten zwischen Vertragsabschluss und Lieferung aufzufangen.«

Gideon Rowe zögerte. »Sie werden den Stahl in England kaufen?«

»Wir werden Stahl dort kaufen, wo wir die beste Qualität zum günstigsten Tarif bekommen«, erwiderte Forbes.

»Sie verstehen nicht«, entgegnete Gideon. »Ich will damit sagen, dass wir Ihnen den Stahllieferanten vorgeben werden.«

»Immer langsam!«, wehrte Forbes ab. »Ich kann nicht zulassen, dass jemand uns vorschreibt, wo wir unsere Materialien zu beziehen haben. Das ist Sache des Schiffbauers und nicht des Kunden.«

»Dieser Punkt ist nicht verhandelbar«, erklärte Gideon Rowe.

»Das sehe ich anders! Wie viele Schiffe haben Sie in Betrieb?«

»Keins.«

Forbes nickte, nicht weiter überrascht. »Und wie viele gedenken Sie in den kommenden fünf, sechs Jahren, in Betrieb zu nehmen?«

»Wir haben eine Flotte von acht Tankern anvisiert.«

Forbes schürzte die Lippen. »An Ehrgeiz mangelt es Ihnen jedenfalls nicht, Monsieur Roux. Und ich nehme an, dass Sie auch über das erforderliche Kapital verfügen. Grob geschätzt sprechen wir hier von einem Zeitraum von zehn Jahren und einer Investition in Öltanker von etwa ... was schwebt Ihnen da vor?«

»Zweieinhalb Millionen englische Pfund.«

»Handelt es sich hierbei um privates Kapital, oder wollen Sie an die Börse gehen?«

»Warum fragen Sie?«

»Wer weiß, vielleicht möchte ich mich ja einkaufen?«

Gideon Rowe schüttelte lächelnd den Kopf. »Das wird nicht möglich sein, Mr. Franklin. Wir sind eine GmbH mit feststehenden Mitgliedern, die das erforderliche Kapital aufbringen.«

»Handelt es sich um dieselbe Gesellschaft, die das Kapital für den Bau einer neuen Stadt an der französisch-marokkanischen Küste aufbringt?«

»Nein, das ist nicht dieselbe Firma.«

»Und wie passt Stella ins Bild?«, wollte Forbes wissen.

»Sie ist einer unserer Investoren.«

»Und was ist mit ihrem Mann? Was ist mit Pickering?«

»Der ist nicht involviert.«

»Das kaufe ich Ihnen nicht ab, Monsieur Roux.«

»Rowe, mein Name ist Rowe.«

»Und ich bin kein Franklin. Ich heiße McCulloch.«

»Warum streiten wir über solche Lappalien?«, fragte Gideon gereizt. »Gibt es nicht wichtigere Dinge zu besprechen? Wir sollten vor Anbruch der Dunkelheit in Rabat sein. Ich möchte die Strecke ungern im Dunkeln fahren.«

»In Ordnung. Nur noch eine Frage, bevor wir aufbrechen: Diese Stahllieferanten, die Sie uns aufs Auge drücken wollen, haben *die* einen Namen?«

»Bradford Steel.«

»Bradford's stellt keinen Stahl her, sondern Stahlblech.«

»Das war einmal. Bradford's wird entsprechend ausgestattet werden, um alles herzustellen, was Sie für unsere Schiffe benötigen, Mr. McCulloch.«

»Sie haben das Unternehmen aufgekauft, richtig?«

»Das ist korrekt«, bestätigte Gideon Rowe.

Stella trat hinter ihn, schlang die Arme um seine Taille und schmiegte die Wange an seine. »Du weißt nicht annähernd Bescheid, Liebling, nicht annähernd.«

»Will ich denn alles wissen?«

»Offen gesagt, da bin ich mir nicht so sicher«, erwiderte Stella.

Im letzten Tageslicht kehrten sie zurück nach Rabat.

Lindsays letzte Zweifel, ob Geoffrey Paget nicht doch der Richtige für sie sein könnte, schwanden kurz vor Mitternacht im Obergeschoss des Nachtclubs »Pharao's«. Von dem Augenblick an, da das Kartenspiel sich zu seinen Gunsten wendete, wusste sie, dass Geoffrey das Spiel wichtiger war als sie. Fast eine Stunde hatte sie sich von ihm ignorieren lassen, dann hatte sie ihm auf die Schulter getippt und ihm mitgeteilt, aufbrechen zu wollen.

»Bitte geh nicht, Lindsay. Ich habe gerade eine Glückssträhne, und du bist mein Maskottchen.«

»Ich bin keine Hasenpfote, Geoffrey. Bringst du mich zurück in mein Hotel, oder soll ich mir ein Taxi rufen?«

Sieben Spieler saßen am Tisch, fünf Männer und zwei Frauen; die Frauen aktive Mitspielerinnen und nicht etwa nur Zuschauer. Die Männer wurden ungeduldig. Ein fettleibiger Mann mit einem fürchterlichen Toupet schimpfte leise vor sich hin und fuchtelte mit der Hand herum, wie um eine lästige Fliege zu verscheuchen.

»Was ist jetzt, Geoffrey?«, drängte sie.

»Würde es dir sehr viel ausmachen, allein zu fahren? Es wäre wirklich dumm von mir, jetzt zu gehen. Das siehst du doch ein, Lindsay, oder?« Er wandte sich wieder den Karten zu. »Morgen? Gleiche Zeit, gleicher Ort?«

»Ja, morgen.«

Und so fuhr sie allein im Fond eines Taxis zurück zum »Billington«.

Lindsay ging zu Bett, schlief tief und fest und wachte am nächsten Morgen erst auf, als jemand an ihre Tür klopfte. Sie rollte sich auf die Seite und nahm ihre Uhr vom Nachttisch. Gleich halb neun. Sie hatte diffuse Kopfschmerzen und war hungrig.

Das Klopfen hielt an.

Rasch stand sie auf, schlüpfte in ihren Morgenmantel und ging zur Tür. »Wer ist da?«

»Der Empfang, Ma'am.«

Sie öffnete.

Vor ihr stand eine junge Frau mit einem riesigen, in Zellophan eingeschlagenen Strauß roter Rosen in den Armen. »Mrs. Forbes McCulloch?«

»Ja.«

»Die Blumen wurden an der Rezeption für Sie abgegeben, Ma'am.«

»Vielen Dank.« Aus Gewohnheit kramte Lindsay in der Tasche ihres Morgenmantels nach etwas Kleingeld, aber die Taschen waren leer, und so nahm sie die Blumen entgegen und schloss hastig die Tür.

Vierundzwanzig blutrote Rosen. Geoffreys Glückssträhne hatte offenbar trotz ihres Weggangs angehalten. Sie legte die Blumen auf den Teppich, kniete sich hin und fischte die Karte heraus:

Mein lieber Schatz,
kannst Du mir noch einmal verzeihen? Ich mache es heute Abend wieder gut, versprochen.
In Liebe, Geoffrey.

Welche Arroganz! Wenn Lieutenant-Commander Paget sich einbildete, dass sie sich um halb sechs tatsächlich in der Marylebone Street einfinden würde, nur für den Fall, dass er vielleicht heute in der Stimmung sein würde, mit ihr ins Bett zu gehen, hatte er sich geschnitten. Sie zerriss die Karte und warf die Schnipsel in den Papierkorb unter der Frisierkommode.

Nachdem sie im Bad gewesen war, sich frisiert, angezogen und geschminkt hatte, war ihre Wut weitgehend verraucht. Sie ließ die Blumen auf dem Teppich liegen und ging nach unten, um zu frühstücken.

Kurz nach zehn machte sie sich zu Fuß auf nach Whitehall.

Die neuen Verwaltungsgebäude der Admiralität standen auf der Nordseite des Parade Ground, ein imposantes Bauwerk mit Funkmasten und Antennen auf dem Dach. Vor langer Zeit, als sie selbst nicht viel älter gewesen war als Maeve, hatte Lindsay an einer Führung durch das historische alte Gebäude mit seinen Marmortreppen und wunderschönen Kaminen teilgenommen. Inzwischen war Tradition moderner Effizienz gewichen, und der Block, in dem heute die verschiedenen Abteilungen und Direktorien untergebracht waren, hatte nichts von einem architektonischen Meisterwerk. Dennoch war die Marine verständlicherweise nicht geneigt, Fremde einfach so durch die Flure wandern zu lassen. So wie man sie behandelte, hätte Lindsay ebenso gut eine dahergelaufene Dirne von den Plymouth Docks mit einem unehelichen Kind auf dem Arm sein können.

Sie wurde erst von zwei kleinen Angestellten zur Rede gestellt, dann von einem arroganten Offizier und schließlich von einem hochgewachsenen jungen Lieutenant.

»Franklin's, Madam?«

»Franklin's Shipbuilding Company, Aydon Road, Glasgow.« Lindsay lag es auf der Zunge, wie ein patziges Schulmädchen hinzuzufügen: »England, Europa, Welt.«

»Lieutenant-Commander Paget, sagen Sie?«

»Lieutenant-Commander Geoffrey Paget, ja.«

»Und welcher Abteilung soll besagter Gentleman angehörig sein?«

»Jenem für Auftragsvergabe und Vertragswesen.«

»Dem Direktorat?«

»Nein, der Abteilung«, antwortete Lindsay.

Entscheidungen mussten gefällt werden, aber niemand auf unterer Ebene war gewillt, diese Verantwortung zu übernehmen.

»Vielleicht wäre es das Beste, Lieutenant-Commander Paget anzurufen und sich von ihm bestätigen zu lassen, dass er mich erwartet«, schlug Lindsay vor.

»Wird er auch wissen, wer Sie sind, Madam?«

»In Anbetracht der Tatsache, dass er diesen Termin persönlich vereinbart hat, würde ich davon ausgehen, ja.«

»Darf ich fragen, in welcher Angelegenheit Sie Lieutenant-Commander Paget zu sprechen wünschen?«

»Diese Frage dürfte Lieutenant-Commander Paget Ihnen besser beantworten können als ich«, entgegnete Lindsay zähneknirschend. »Allerdings bin ich Teilhaberin der Franklin-Werft, und insofern könnte es möglicherweise etwas mit den zwei Torpedoboot-Zerstörern zu tun haben, die wir im Auftrag der Marine bauen.«

»Sie sind Werfteignerin, ja, Madam?«, fragte der Unteroffizier.

»Ein Kalfaterer oder Nieter bin ich jedenfalls nicht. Wie ich schon sagte, bin ich Vorstandsmitglied von Franklin's.«

»Grundgütiger!«, entfuhr es dem Unteroffizier. Der gute Mann war unübersehbar schockiert darüber, dass einer Frau eine solche Ehre zuteil wurde.

Die Moderne schien also bislang nur in den neuen Räumen Einzug gehalten zu haben, nicht jedoch in den Köpfen ihrer Nutzer. Die Seeleute waren im Grunde nicht mehr als glorifizierte kleine Beamte, und vermutlich ging es ihnen gegen den Strich, dass sie vom aktiven Dienst auf See abberufen worden waren, um im Rahmen der Sparmaßnahmen Dienst am Schreibtisch zu tun. Die Männer steckten erneut die Köpfe zusammen und besprachen, wie weiter mit Lindsay zu verfahren sei, als wäre sie eine Miene oder ein entsicherter Torpedo.

Schließlich sagte der Lieutenant: »Wenn Sie mir bitte folgen würden, Madam? Ich bringe Sie in die entsprechende Etage.«

»Wie überaus freundlich«, entgegnete Lindsay spöttisch. Einige Minuten später wurde sie in ein kleines Büro im vierten Stock geführt und aufgefordert, dort zu warten, derweil der Lieutenant Geoffrey ausfindig machte.

Warmer Sonnenschein fiel durch das Fenster und erhellte die Wandtafel hinter dem Schreibtisch. Ob es nun die Umstände waren, Nachlässigkeit oder schlicht daran lag, dass sie eine Frau war und man davon ausging, dass sie als solche von derlei Dingen keine Ahnung hatte – jedenfalls ließ man sie in Geoffrey Pagets Büro allein, allein mit der grünen, filzbezogenen Tafel an der sonnenbeschienenen Wand, einer Tafel, dessen Farbe und Textur sie – und zweifellos auch Geoffrey – an einen Spieltisch erinnerte.

Lindsay starrte eine Weile blind darauf, ehe sie dann genauer hinsah, um den Schreibtisch herumging und als Erstes die hervorstechendsten Notizen las:

Schiffsbauverträge storniert – Vertragsschiffe zur Fertigstellung zu HM-Werft verbracht – Kriegsschiffe – Schlachtkreuzer – Leichte Kreuzer – U-Boote – Torpedoboot-Zerstörer, dazu eine grausame kleine Liste von Namen, getippt oder mit Bleistift geschrieben, darunter unweigerlich auch *Franklin's*.

»Idiot! Sie verdammter Idiot!«

Sie hörte Geoffreys Stimme draußen auf dem Flur, unmittelbar bevor er hereinstürmte, dicht gefolgt von dem hochgewachsenen Lieutenant. Geoffrey starrte erst sie an, dann die Wandtafel, und wurde kreidebleich.

»Die Lady sagte . . .«, stammelte der Lieutenant.

»Schon gut, Hathaway, schon gut, ja, ja.«

»Die Lady . . . sie war doch mit Ihnen verabredet, oder, Sir?«

»Ja. Ja. Gehen Sie, Hathaway. Und schließen Sie die Tür hinter sich.«

»Sir«, murmelte der Lieutenant noch einmal betreten und zog sich zurück.

»Du Mistkerl, Geoffrey!«, zischte Lindsay. »Du interessierst dich nicht die Bohne für mich. Du warst wegen irgendwelcher Marineaufträge in Glasgow und dachtest dir, bei der Gelegenheit könntest du dich auch gleich ein wenig mit deiner alten Flamme amüsieren. Du bist ein Büttel, Geoffrey, ein Büttel im Auftrag der Admiralität.«

»Nein«, widersprach er. »Nein, Liebes, du tust mir unrecht.«

»Ach, ja? Hier steht es doch schwarz auf weiß: *Franklin's, zwei Zerstörer, Auftrag stornieren.*«

»Noch handelt es sich nur um eine Empfehlung.«

»Wessen? Deine?«, gab sie kalt zurück.

»Himmel noch mal, Lindsay, ich habe einen Job, und dazu gehört es auch, Entscheidungen zu treffen, auch wenn mir diese persönlich gegen den Strich gehen. Das Direktorium für Vertragsvergabe ist dem Finanzministerium unterstellt. Hast du von dem Washingtoner Abkommen gehört?«

»Die Abrüstungsverhandlungen zur Reduzierung von Kriegsmaterial und Kampfflotte, ja, ich habe davon gehört, Geoffrey. Jeder hat davon gehört. Aber die Verhandlungen haben doch noch nicht einmal begonnen.« Sie entfernte sich von der Tafel. Geoffrey wich vor ihr zurück, einen großen Schritt nach dem anderen. »Du hast dich nicht bei Franklin's blicken lassen, hast dir noch nicht einmal die Mühe gemacht, dir ein Bild davon zu machen, wie weit der Bau der beiden Schiffe bereits fortgeschritten ist. Du hast lieber mit deiner Schwägerin und ihrem Mann kolportiert. Das Ganze war nur ein Vorwand.«

»Ein Vorwand? Wofür?«, fragte er verdutzt.

»Um genau das herauszufinden, bin ich hier, *Liebling*.«

Der Raum war staubig, sehr staubig, und die Partikel tanzten in den Sonnenstrahlen, die von der Mall hereinfielen. Sie wirbelten schimmernd um ihn herum, als er sich bewegte. Er beugte sich über sie und sagte in gedämpftem, eindringlichem Tonfall. »Ich flehe dich an zu vergessen, was du in diesem Büro gesehen hast.«

»Wann wird die Stornierung bekannt gegeben?«

»Sobald mein Vorgesetzter die Empfehlungen abgesegnet hat und sie dem Finanzausschuss vorlegt. Es ist nicht meine Aufgabe, einzelne Werften zu ruinieren. Ich soll nur dafür sorgen, dass Budget-Berechnungen um bestimmte Summen gekürzt werden.«

»Mit anderen Worten, du kannst die Zerstörer von Franklin's einfach streichen, wenn es dir in den Kram passt?«

»Das könnte ich, ja. Das heißt, vermutlich kann ich es, ja.«

»Wenn ich meinen Mund halte?«

»Es ist nicht so, wie du denkst, Lindsay. Ich liebe dich. Ich habe dich immer geliebt.«

Die Liebeserklärung war so banal, so lächerlich unangebracht, dass sie sich unwillkürlich fragte, ob er seine Kenntnisse von der Liebe Schlagzeilen des *Punch* entliehen hatte.

»Geoffrey, was geht hier vor sich? Ich meine, was ist wirklich los?«

Er lehnte sich an den Rand seines Schreibtisches, musterte sie lange schweigend und sagte dann: »Ich bin pleite, Lindsay. Ich bin ruiniert. Ich besitze weder Ersparnisse noch Wertpapiere. In achtzehn Monaten sitze ich auf der Straße mit nur einer mickrigen Rente zum Leben.«

»Du hast alles verspielt, stimmt's?«

Er nickte. »Ja, das meiste.«

»Hast du Jo Proctor des Geldes wegen geheiratet?«

»Ich habe sie geheiratet, weil ... Ich weiß auch nicht. Ich dachte, sie würde mich lieben.«

»Hast du sie geliebt?«

»Ja, das habe ich. Jedenfalls glaubte ich das damals. Ich war verzweifelt, Lindsay, wirklich am Boden. Es war ein Glück, als der Krieg ausbrach und ich zum Dienst auf See abkommandiert wurde, fort von Jo und den Versuchungen des Glücksspiels. Das Problem war nur, dass die meisten Versuchungen nach meiner Rückkehr noch existierten. Ich hatte einfach nicht genug – nicht genug, um Jo glücklich zu machen, weshalb sie sich von mir scheiden ließ und einen anderen heiratete.«

»Einen Mann, der nicht dem Glücksspiel verfallen ist.«

»Gideon Rowe? O Gott, nein, der ist ebenfalls Spieler, ein noch größerer als ich. Er spielt in ganz großem Stil und scheffelt damit Millionen.«

»Gideon Rowe.« Lindsay runzelte die Stirn. »Himmel, Geoffrey, du hast dich wirklich mit ziemlich üblem Pack eingelassen.

Haben sie dich angehalten, deinen Charme spielen zu lassen und eine Affäre mit mir anzufangen?«

Er schüttelte den Kopf. »Ich habe mich zum Idioten gemacht, Lindsay, zu einem Vollidioten. Ich hätte mich niemals auf ihr Spiel einlassen dürfen. Ich wollte dich nicht verletzen, Lindsay, dich nicht.«

»Wen dann? Forbes?«

»So einfach ist das nicht, Lindsay. Pickering sinnt nicht auf Rache. Macht und Profit, das ist alles, was ihn interessiert. Er hat Stella Proctor nicht geheiratet, weil sie eine der schönsten Frauen Londons war, sondern ihres Geldes wegen.« Wieder schüttelte er den Kopf. »Ich dürfte dir das alles eigentlich gar nicht erzählen. Wenn herauskommt, dass ich es dir gesagt habe, bin ich erledigt. Pickering hat mir für die Zeit nach meiner Pensionierung einen Job in einer seiner Firmen versprochen. Auf diese Art kann ich mir ein ordentliches Zubrot verdienen, ohne meine begrenzten Fähigkeiten überstrapazieren zu müssen.«

»Und was erwartet Pickering als Gegenleistung von dir? Dass du ihm vorab Informationen zuspielst über Auftragsstornierungen, damit er seine Flotte zum Schleuderpreis aufstocken kann, indem er die Schiffe aus den geplatzten Verträgen aufkauft?«

»Es geht ihm nicht um die Schiffe.«

»Worum dann?«, hakte Lindsay nach.

»Um Werften.«

Lindsay schwieg einen Moment perplex. »Franklin's?«

»Ja.«

»Franklin's steht nicht zum Verkauf«, entgegnete sie, »und zwei geplatzte Aufträge werden uns nicht das Genick brechen. Was hat Pickering überhaupt mit Franklin's vor?«

»Die Werft hat die richtige Größe, die ideale Lage und ist reif für eine Übernahme.«

»Unsinn! Wir sind zwar ein Familienunternehmen, doch wir

verfügen über genügend Reserven, um eine Durststrecke zu verkraften.«

»Ihr habt es versäumt, mit der Zeit zu gehen. Ihr hättet euch beispielsweise längst in ein Stahlwerk einkaufen müssen. Am Jahresende werdet ihr auf Knien um Stahlplatten und Gusseisen betteln. Wenn ich du wäre, Lindsay – und das sage ich als Freund, als jemand, dem etwas an dir liegt, auch wenn du das vielleicht nicht glaubst –, würde ich so schnell wie möglich aussteigen.«

»Wie könnte ich das? Wenn ich meine Anteile verkaufen wollte, was nicht der Fall ist, müsste ich sie zuerst einem der anderen Teilhaber anbieten.«

»Forbes wäre in diesem Fall wohl der nächstliegende Kandidat«, meinte Geoffrey.

»Forbes?« Lindsay blinzelte.

Die Beichte hatte Geoffreys Selbstvertrauen offenbar wiederhergestellt. Er wirkte jetzt ruhiger, und es war auch etwas Farbe in seine Wangen zurückgekehrt.

»Forbes würde dir deine Anteile sofort abkaufen, Lindsay.«

Sie schüttelte ungläubig den Kopf. »Willst du ernsthaft vorschlagen, ich solle meinen eigenen Ehemann betrügen?«

»Er hat dich weiß Gott oft genug betrogen.«

Lindsay biss sich auf die Unterlippe. »Das mag sein, trotzdem ist das etwas völlig anderes.«

»Wo ist er gerade?«

»In Marokko.«

»Allein?«

»Ja. Tom Calder hat es sich kurzfristig anders überlegt.«

»Forbes ist nicht allein in Afrika, Lindsay. Er ist mit einer verheirateten Frau unterwegs.«

Sie wusste, dass sie den Köder nicht schlucken, dass sie nicht nachfragen sollte und es besser wäre, unwissend zu bleiben und loyal gegenüber ihrem unloyalen Gatten. »Wessen Frau?«

»Drew Pickerings.«

Sie starrte aus dem Fenster auf einen blauen, wenn auch leicht verrauchten Himmel, auf die Ecke eines neuen Gebäudes, eine Ecke des alten Bogens, und wusste, dass Geoffrey die Wahrheit sagte.

»Tut mir leid«, meinte er nüchtern.

»Warum sollte es dir leidtun?«, zischte sie. »Wenn Forbes mit Stella Pickering verreist ist und du darüber Bescheid weißt, bin ich verdammt sicher, dass Drew Pickering ebenfalls im Bilde ist.« Sie baute sich vor ihm auf. »Hättest du mir das alles auch erzählt, wenn ich nicht zufällig die Aufstellung an deiner Pinnwand gesehen hätte? Ich gehöre nicht zu den Leuten, die stets Gleiches mit Gleichem vergelten, Geoffrey. Ich werde nicht mit dir ins Bett gehen, um mich an Forbes zu rächen, und ich werde auch nicht aus Rachsucht Franklin's in den Rücken fallen.«

»Er wird untergehen, und du mit ihm.«

»Forbes wird nicht untergehen. Und Franklin's ebenso wenig. Das kannst du gern demjenigen ausrichten, für den du die Drecksarbeit machst.« Hierauf ging sie zur Tür, so abrupt, dass er keine Gelegenheit hatte, sie aufzuhalten. »Danke für die Rosen, Geoffrey. Adieu.«

»Heißt das, ich werde dich nicht wiedersehen?«

»Was glaubst du wohl?«

Schon eine Stunde später saß Lindsay in einem Zug in Richtung Norden.

Sie stachen an Bord der *Gracchus* von Tanger aus in See und gerieten nördlich von Kap Finisterre in ein Unwetter. Der Sturm kam noch vor Tagesanbruch auf und hielt den ganzen Tag über an. Stella besaß eine ebenso unerschütterliche Konstitution wie Forbes und wurde niemals seekrank. Sie verbrachten den Nachmittag auf dem schwankenden Deck und schauten zu, wie der blaugraue Atlantik immer dunkler wurde und zunehmend brodelte und schäumte. Es waren keine anderen Passagiere an Deck, und gegen vier Uhr am Nachmittag ließ der Kapitän sie bitten, sich zu ihrer eigenen Sicherheit nach unten zu begeben, bis das Wetter sich wieder beruhigt hatte.

In ihrer Kabine liebten sie sich, während die *Gracchus* heftig hin und her geworfen wurde. Sie klammerten sich in der Koje ganz fest aneinander. Dann, als es vorbei war, lagen sie erschöpft und aneinandergekuschelt wie Waisenkinder da.

»Gott!«, stöhnte Stella. »Ich würde einen Mord begehen für ein Schinkenbrot.«

»Gibt es nicht um acht Abendessen?«

»In der Kombüse geht es bestimmt drunter und drüber«, vermutete sie, »und ich habe keine Lust, meinem Abendessen quer über das Deck nachzujagen.«

»Also gut. Dann eben Brote. Schinken, sagst du?«

»Ja.«

»Kaffee?«

»Champagner«, erwiderte sie. »Das ist bei dem Wetter weniger gefährlich, findest du nicht auch?«

»Absolut«, pflichtete Forbes ihr bei. Er zog sich an und machte sich auf die Suche nach einem Steward.

Eine halbe Stunde später kehrte er mit einem Tablett voller Brote zurück, einen Sektkühler mit zwei Gläsern und einer Flasche Taittinger unter den Arm geklemmt.

Stella lag noch genauso da, wie er sie verlassen hatte, einmal abgesehen davon, dass sie ihren Morgenmantel angezogen hatte.

»Die Küche ist geschlossen. Offenbar hat niemand Hunger. Die Stewards waren denn auch sehr überrascht, mich zu sehen. Sie wollten etwas bringen, aber ich dachte mir, die Mühe können sie sich sparen.« Er stellte das Tablett zwischen ihre nackten Füße auf das Bett und kramte ein Glas englischen Senf aus der Tasche. »Etwas frugal, meine Liebe, aber bei diesem Wetter kann man wohl keine Wunder erwarten.«

»Wo sind wir gerade?«, wollte sie wissen.

»Irgendwo im Golf von Biskaya.«

Stella bestrich eins der Schinkenbrote mit Senf und biss gierig hinein. Sie wischte sich mit den Fingern den Mund ab und lehnte sich an das Kopfende der Koje. »Hm. Großartig.«

Forbes ließ den Champagnerkorken knallen und versuchte, ihr ein Glas einzuschenken. Als das nicht gelang, ließ er sich auf das Bett fallen und reichte ihr die Flasche. Sie trank gierig. Er konnte ihre Brüste sehen, die Brustwarzen noch verhärtet vom Liebesakt. Ihre Augen weiteten sich, und sie lächelte. Es machte ihr Spaß, bei einem Unwetter mitten in der Bucht von Biskaya zu picknicken. Sie war glücklich, mit ihm hier zu sein. Stella trank noch einen Schluck, gab dann die Flasche an ihn zurück und nahm sich noch ein Sandwich vom Tablett.

Sie hatte Kinder, einen Mann, berühmte Schwestern, ein Traumhaus oben auf einem Hügel mit Blick auf den Clyde, und doch war sie glücklich, hier bei ihm zu sein. Und er war ebenso glücklich, glücklicher als je zuvor in seinem Leben. Forbes fragte sich, ob Harry und Phil je so glücklich sein würden wie er jetzt oder ob sie die verantwortungslose Verrücktheit, die Hand in Hand ging mit rücksichtslosem Egoismus, für sich persönlich ablehnen würden.

»Was würde deine Frau wohl sagen, wenn sie dich jetzt sehen könnte?«

»Sie wäre entsetzt«, meinte er.

Stella kaute zufrieden und lächelte dabei ihr breites Lächeln. Sie pulte mit dem Fingernagel ein Stück Schinken aus ihren Zähnen. »Verlass sie. Komm, und lebe mit mir.«

»Wenn ich das nur könnte!«, seufzte Forbes.

»Und was hält dich davon ab?«

»Zum einen rein finanzielle Überlegungen.«

»Geld? Das ist doch unwichtig. Reine Nebensache.«

»Das mag auf dich zutreffen, aber ich muss mir meine Brötchen noch durch Arbeiten verdienen.«

»Ach ja? Du könntest deine Anteile an Franklin's verkaufen. Wir legen zusammen und brennen durch. Würde dir das denn nicht gefallen?«

»Und wie.«

»Die Bermudas oder Madeira. Venedig, Rom oder Sizilien. Die Schweiz oder Spanien. Irgendwohin, wo wir zusammen sein könnten bis in alle Ewigkeit.«

Forbes nahm sie nicht ernst und lachte.

»Meine Kinder sind erwachsen und brauchen mich nicht mehr«, bemerkte sie.

»Würden sie dich denn nicht vermissen?«

»Das bezweifle ich.«

»Meine würden mich schon vermissen«, sagte Forbes. »Glaube ich zumindest.«

»Für wie lange denn? Eine Woche, einen Monat? Hiernach würden sie sich an die neue Situation gewöhnt haben und dich vergessen.«

»Meine Söhne brauchen mich«, beharrte er.

»Inwiefern? Als Ernährer?«

Es war unangenehm viel Wahres in dem, was sie sagte. Harry und Phil würden auch ohne ihn bestens versorgt sein. Eins musste man den Franklins lassen: Die Familie hielt zusammen.

Er schwankte mit jeder Bewegung des Schiffes und lauschte dem Fauchen des Windes und dem Ächzen der Stahlplatten, die extremem Druck standhalten mussten.

»Und wer sollte deinen Tanker bauen, wenn ich mit dir durchbrenne, Liebes?«, gab er zu bedenken.

»Also gut, wenn du unbedingt so rational sein willst: Warum kaufst du ihr nicht ihre Anteile ab?«

»Lindsay? Sie würde niemals verkaufen. Und überhaupt, wozu sollte das gut sein?«

»Wenn du mein Mann wärst, würdest du mehr Geld verdienen, als du dir je erträumt hast. Giddy würde dafür sorgen, dass sämtliche Schiffe seiner Flotte von dir gebaut werden. Mein Gott, in vier oder fünf Jahren wärst du in Clydeside der Größte. Denk mal darüber nach.«

»Vorhin wolltest du noch auf die Bermudas.«

»Liebling«, entgegnete sie, »ich brauche die Bermudas nicht. Ich brauche dich.«

»Und was wird der gute alte Drew dazu sagen? Glaubst du, er lässt dich einfach so ziehen?«

»Ich habe meinen Zweck erfüllt«, entgegnete Stella schulterzuckend. »Drew hat alles bekommen, was er wollte. Es ist mir sogar gelungen, ihm den Ritterschlag zu arrangieren, und das hat ihn mächtig gefreut. Wenn ich um die Trennung bitte, wird er kein großes Theater machen.«

»Hat er eine ... du weißt schon?«

»Warum so schüchtern, Forbes? Sprich es ruhig aus. Ja, Drew hat eine Maitresse.«

»Jemand, den ich kenne?«

»Nein«, antwortete sie.

»Kennst du sie?«

»Ich habe die beiden miteinander bekannt gemacht.«

»Macht es dir gar nichts aus?«

»Nicht mehr, seit ich dich kenne.«

»Danke. Ich fühle mich geschmeichelt.«

»Das solltest du auch, mein Lieber.«

Schlagartig wurde ihm klar, dass sie es ernst meinte. Er wusste nicht genau, was der Unterschied war zwischen einer offiziellen

Trennung und einer Scheidung, doch Stella kannte sich sicher bestens aus, nachdem ihre Schwester Josephine sich ja von ihrem Mann getrennt hatte. Er hatte noch nie ernsthaft erwogen, Lindsay zu verlassen. Dass seine Ehe eine Farce war und vor allem sexuell nichts mehr lief, war natürlich allein Lindsay Schuld. Sicher würde er im Ernstfall recht bekommen. Trotzdem würde es zu einem Skandal kommen; egal, zu welchen Bedingungen die Trennung vollzogen wurde, und ganz gleich, wie diskret sie vorgingen, es würde einen Skandal geben. Er war nicht sicher, ob er den Mumm haben würde, seine Söhne dieser Tortur auszusetzen. Außerdem konnte er nicht abschätzen, inwieweit eine Trennung von Lindsay sich auf seine Position innerhalb der Firma auswirken würde.

Stella klemmte die Flasche zwischen Matratze und Wand und umschlang ihn mit beiden Armen. Die *Gracchus* schlingerte und bockte. Forbes spürte das Vibrieren der entfesselten Natur bis ins Mark.

Sie presste die Lippen an sein Ohr. »Ich dachte, du liebst mich«, flüsterte sie. »O Forbes, sag nicht, dass ich für dich auch nur eine Affäre bin, eine weitere Marjorie.«

»Gott, nein, Liebes. Nein, nein.«

»Sag es.« Sie barg das Gesicht an seiner Schulter. »Sag es mir.«

»Ich liebe dich.«

»Mehr als irgendjemanden sonst?«

»Mehr als irgendjemanden sonst.«

Forbes hatte von London aus den Nachtzug genommen. Allein. Stella besuchte ihre Mutter in Dorset. Er hatte sie vermisst und, von seichten Träumen geplagt, entsprechend schlecht geschlafen. Umso erleichterter war er, als der Zug Glasgow erreichte. Er war neugierig zu erfahren, was Lindsay in London herausgefunden hatte, und hegte sogar die leise Hoffnung, dass sie mit ihrem Seemann ins Bett gestiegen war, da ein alberner Akt der Indiskretion von ihrer Seite seine eigene Indiskretion, die natürlich alles andere als albern war, bis zu einem gewissen Grad legitimieren würde.

Die schwere Eichentür stand bereits offen, als er vor dem Haus am Brunswick Crescent aus dem Taxi stieg. Mit der Reisetasche in der Hand stieg er die Treppe hinauf. Die Innentür schwang auf, und Eleanor Runciman ließ ihn mit der ewig gleichen missbilligenden Miene herein. Hinter ihr standen aufgereiht wie die Orgelpfeifen Arthur, Lindsay, Maeve und die Jungen in der Diele. Sein erster Gedanke war, sie könnten irgendwie erfahren haben, dass er die vergangenen dreizehn Nächte in Stella Pickerings Armen verbracht hatte.

»Aber hallo«, sagte er unschuldig. »Was für ein Empfangskomitee!«

Arthur trat vor. »Forbes, es gibt schlechte Nachrichten.«

Forbes verspürte erst leise Enttäuschung und gleich darauf Erleichterung. Schlechte Nachrichten kümmerten ihn nicht. So schlimm würde es schon nicht sein, immerhin waren alle Menschen, die ihm etwas bedeuteten, anwesend.

»Es geht um Kay«, fuhr Arthur fort. »Deine Mutter.«

Eine kleine schwarze Wolke wanderte wie ein Gerinnsel durch sein Hirn. Er wankte und hielt sich mit einer Hand an der Garderobe fest. Jesus, dachte er, *Auge um Auge, Zahn um Zahn, ein Leben für ein Leben.* Ich habe ihnen das Blutgeld nicht bezahlt, und jetzt haben sie meine arme alte Ma ermordet!

Mit trockenem Mund und einer Kehle rau wie Sandpapier fragte er: »Ist sie tot?«

»Wie? Nein, nicht tot. Sie hat geheiratet.«

»Geheiratet? Ma?«

»Ja«, bestätigte Arthur. »Wieder einen Iren.«

Forbes sackte zur Seite wie ein Wasserträger, lehnte die Stirn an den Spiegel und lachte. Erst schien es, als weinte er, aber stattdessen lachte er, zuerst leise, dann immer lauter und schriller.

»Himmel, Forbes, das ist nicht komisch!«, fuhr Arthur ihn an. »Wir sind ganz krank vor Sorge ihretwegen, und du lachst.«

»Coffey ... Coffey ...«, japste Forbes.

»Kaffee? Bist du betrunken?«, wollte Arthur verständnislos wissen.

»Nein«, keuchte Forbes. »Er heißt Coffey. Meine alte Ma ist mit einem Mann namens Coffey durchgebrannt.«

»Woher weißt du das?«, fragte Lindsay.

»Ich glaube«, entgegnete Forbes, inzwischen ein wenig ernster, »ich habe ihr die Flitterwochen finanziert.«

Zu ihrem großen Unmut wurden Harry und Philip in die Schule geschickt, während der Rest der Familie sich im Esszimmer versammelte, um Forbes beim Brunch Gesellschaft zu leisten.

»Donald dachte, Kay wäre bei uns, und wir sind davon ausgegangen, sie wäre bei ihm. Kurz vor Ostern ist sie in Largs aufgetaucht, hat eine Woche dort verbracht und ist wieder abgereist. Donald hat ihr angeboten, sie zu fahren, aber sie bestand darauf, den Zug zu nehmen. Er hat sie zum Bahnhof gebracht und in den Zug gesetzt. Sie muss darauf gesetzt haben, dass wir sie nicht so bald vermissen würden. Womit sie ja auch recht hatte«, berichtete Arthur.

Forbes nickte. »Und wo steckt sie jetzt?«

»In Irland. Offenbar wohnt sie bei Coffeys Tochter in Cork«, sagte Lindsay. »Es steht alles auf der Postkarte.«

Bei besagter Postkarte handelte es sich um eine überdimensionierte vergilbte Fotografie eines grünen Hügels am Meer, ein Panorama, das den Vorstellungen eines Londoner Druckers von der grünen Insel entsprechen mochte. Donald hatte ebenfalls mit der Morgenpost die gleiche Postkarte erhalten. Die Karte lehnte an Forbes' Teller. Während er hungrig Eier mit Speck in sich hineinschaufelte, betrachtete er die Karte kopfschüttelnd, als könnte er nicht fassen, welchen Streich seine Mutter ihnen da gespielt hatte.

»Dann will sie in Cork bleiben?«, erkundigte Forbes sich.

»Leider nein«, entgegnete Arthur.

»Sie kommt doch nicht mit ihm her, oder?«

»Unglücklicherweise scheint genau das ihre Absicht zu sein.«

Maeve wischte sich Marmelade von den Fingern, griff nach der Postkarte und hielt sie zwischen die Handflächen geklemmt hoch. Laut las sie vor: *»Cyrus und ich werden noch vor Monatsende wieder daheim sein und freuen uns schon auf ein Wiedersehen mit Euch«.*

»Daheim?«, sagte Arthur. »Ich bin überrascht, dass sie noch weiß, wo das ist.«

»Partick«, meinte Forbes. »Sie kehrt zurück nach Partick und bringt diesen Coffey mit. Ich gehe davon aus, dass er ein Nassauer ist, der sich ins gemachte Nest setzen will. Er hat von mir Geld für die Bruderschaft haben wollen, und ich Idiot habe ihm welches gegeben.«

»Warum?«, wollte Lindsay wissen.

»Ehrlich gesagt, ich weiß es nicht.« Forbes wischte mit einem Stück Toast die Eireste von seinem Teller. Er schob sich den Bissen in den Mund, tupfte mit der Serviette seinen Schnauzbart sauber und warf Maeve einen Blick zu. »Hast du davon gewusst? Hat sie dich vorab in ihre Pläne eingeweiht?«

»Mich?«, fragte Maeve verblüfft. »Mich doch nicht.«

»Dieser Coffey, bist du dem schon mal begegnet?«, erkundigte sich Arthur bei ihr.

»Nie.« Maeve ließ die Postkarte auf den Teller ihres Onkels zurückfallen. »An den Namen würde ich mich erinnern.«

»Cyrus Coffey«, seufzte Arthur und verdrehte die Augen. »Großer Gott!«

»Dann weißt du auch nicht zufällig, ob er aktives Mitglied der Bruderschaft ist, oder, Maeve?«, hakte Forbes nach.

»Ich sagte doch schon, dass ich ihm nie begegnet bin«, erwiderte Maeve gereizt.

»Dann gehört er nicht zu deiner Clique?«

»Meiner Clique? Wenn du damit Charlie und Peter meinst, immerhin *deine* Brüder, Onkel Forbes, müsste er sich ihnen nach meiner Abreise aus Dublin angeschlossen haben.«

»Du kennst sie alle, oder? Die ganze Bande?«

»Nein, ich kenne nicht alle.«

»Selbstverständlich nicht, Liebes«, mischte sich Lindsay ein. »Forbes, hör auf, sie zu bedrängen. Es ist doch nicht ihre Schuld, dass deine Mutter wieder mit einem Iren auf und davon ist.«

»Was ist denn gegen Iren einzuwenden?«, fragte Maeve.

»Nichts. Gar nichts«, entgegnete Forbes. »Immerhin bin ich selbst einer.«

»In ihrem Alter kann man nicht wählerisch sein, würde ich meinen«, bemerkte Eleanor.

»Vielleicht ist sie ja in ihn verliebt«, wandte Maeve ein.

»Ja, vielleicht hast du recht«, sagte Forbes mit einem eigentümlichen, hintergründigen Lächeln.

Gleich nach dem Frühstück hakte Forbes Lindsay unter, führte sie ins Klavierzimmer und schloss die Tür hinter ihnen. Er zündete sich eine Zigarre an und kam sofort auf den Punkt. »Hast du dich mit Paget getroffen?«

»Ja. Er war mit mir in einem Nachtclub.«

»Und da habt ihr dann die ganze Nacht durchgetanzt, nehme ich an?«

Sie schüttelte den Kopf. »Ich habe ihm beim Spielen zugesehen.«

»Beim Spielen?«

»Am Kartentisch.«

»Hat er gewonnen?«

»Keine Ahnung. Ich bin nicht lange genug geblieben, um das herauszufinden.«

»Dann ist dein Liebster also Spieler.«

»Er ist nicht mein Liebster, Forbes«, stellte Lindsay richtig.

»Hast du ihm den Laufpass gegeben?«

Sie hatte gewusst, dass er sie befragen würde, und hatte sich entsprechend vorbereitet. Und sie wusste, was sie ihm erzählen wollte und was nicht. »So könnte man sagen, ja.«

»Gut. Er führt etwas im Schilde, das möglicherweise nicht ganz astrein ist. Zusammen mit den Pickerings.«

»Ich weiß. Er versorgt Pickering mit vertraulichen Informationen. Geoffrey macht die Drecksarbeit für die Admiralität. Sein Job besteht unter anderem darin, Empfehlungen auszusprechen, welche Aufträge storniert werden sollen. Unsere Zerstörer stehen ganz oben auf der Liste.«

»Hat er dir das aus freien Stücken erzählt?«

»Nein. Ich war bei der Admiralität, in seinem Büro. Ich habe die Notiz schwarz auf weiß gesehen. Reiner Zufall. Glück für uns, Pech für Geoffrey.«

Forbes zog an seiner Zigarre und blies den Rauch über ihren Kopf hinweg in die Luft. »Wann gehen die Stornierungsbenachrichtigungen raus?«

»Noch in diesem Monat.«

Forbes starrte auf die glühende Spitze seiner Zigarre. »Die Zerstörer wurden unter Kriegsbedingungen bestellt. Die Admiralität ist berechtigt, mit vierzehntägiger Kündigungsfrist zu stornieren. Die Verträge laufen aus, die Arbeiten werden eingestellt und die Schiffe wieder zerlegt. Gegenüber Subunternehmern und Lieferanten sind wir abgesichert, aber auf unseren eigenen bereits getätigten Auslagen bleiben wir sitzen, und natürlich geht uns der Gewinn durch die Lappen.«

»Können wir nicht dagegen klagen?«

»Wozu? Auch für den Fall, dass ein Gericht zu unseren Gunsten entscheiden würde, ist die Marine nur in Höhe der Vertragssumme haftbar. Wir würden also trotzdem verlieren.«

»Warum haben wir solche Bedingungen überhaupt akzeptiert?«, wollte Lindsay wissen.

»Weil wir unseren Anteil am Marine-Kuchen haben wollten. Allerdings ...« Wieder blies er Rauch an die Decke. »Es gibt noch einen Silberstreif am Horizont. Ich habe in Rabat mit Gideon Rowe gesprochen. Der Kerl ist ein hinterlistiger kleiner Schweinehund, aber ich bin sicher, dass er über einen Haufen Geld verfügt. Sie stampfen drüben an der nordafrikanischen Küste eine ganz neue Stadt aus dem Boden und Öltanks gleich dazu. Rowe ist der Frontmann. Spellman gibt es nicht mehr. Sie haben eine Reederei aufgekauft, die im Krieg pleitegegangen ist. Im Grunde ist es nur eine Scheinfirma ohne ein einziges Schiff.«

»Ich nehme an, du weißt, mit wem Gideon Rowe verheiratet ist?«

»Mit Pagets Exfrau, Pickerings Schwägerin. Offenbar haben wir es hier mit einem anglofranzösischen Konsortium zu tun mit Pickering als Großaktionär. Mit anderen Worten, die Franzosen bauen die Stadt und die Engländer die Schiffe. Sie haben bereits ein Stahlwerk in den Midlands gekauft, was langfristig gesehen ein wirklich cleverer Schachzug ist.«

Hätte sie Geoffrey geliebt, wäre sie seine Geliebte geworden, sie hätte ihr Wissen für sich behalten. Vielleicht war ja gerade das der Plan gewesen.

»Ich nehme an, dass sie das Stahlwerk gekauft haben, um die Grundkosten beim Bau der Tankerflotte zu minimieren.«

»Sicher«, bestätigte Forbes. »Warum eine andere Firma bezahlen, wenn man sich das Geld auch in die eigene Tasche stecken kann?«

»Warum nicht gleich noch eine Werft dazukaufen?«, meinte Lindsay vorsichtig.

»Genau dasselbe ist mir auch durch den Kopf gegangen. Franklin's übernehmen, die Docks erweitern, die Belegschaft reduzieren, die Löhne senken, mithilfe der auf zehn Jahre vollen Auftragsbücher bombensichere Verträge mit der Gewerkschaft aushandeln und dabei fast zwei Millionen Pfund an Kosten einsparen.«

»Martin würde einem Verkauf niemals zustimmen.«

»Ich habe auch nicht vor, ihn darum zu bitten. Ich will ihn bitten, Kapital aus der Reserve lockerzumachen, wenn nötig Kredite aufzunehmen, alles Notwendige zu tun, damit wir mit dem anglofranzösischen Konglomerat handelseinig werden.«

Lindsay runzelte die Stirn. »Ist denn das überhaupt machbar?«

»Wenn wir in der Lage sind, Tanker billiger zu bauen, als sie es selbst könnten, dann schon, ja.«

»Und wenn uns das nicht gelingt?«

»Dann sind wir am Ende.«

Kapitel 13

Die Saat der Zwietracht

Wie sich herausstellte, war die Geburtstagsparty gar keine solche, sondern vielmehr ein harmloser Geburtstagstee mit Sahnebonbons, Geleekonfekt, kleinen dreieckigen Sandwiches und einem Kuchen, der mit rosa Zuckerguss, Marzipanblumen und kleinen Kerzen verziert war.

Maeve sagte sich, dass Ewan mit einer Mutter geschlagen sein musste, die sich weigerte zu akzeptieren, dass ihr kleiner Sohn keine sieben mehr war, sondern siebzehn und an der Schwelle zum Mannwerden stand.

Ewan saß mit hängenden Schultern am Kopfende des Tisches, ein lächerliches Papierhütchen auf dem Kopf und umgeben von einem Berg von Geschenken, die er nach einer halbherzig vorgetragenen Version von *Happy Birthday* endlich auspacken durfte. Seine Schwestern hatten an seiner Feier jedenfalls mehr Spaß als er selbst. Sie hatten noch zwei Schulfreundinnen eingeladen, zwei arrogante Mädchen, die vages Interessen an Dots und Katys großem Bruder bekundet hatten und vermutlich nur eingeladen worden waren, um die Zahl der Gäste ein wenig aufzurunden.

Von vier bis sieben, hatte auf der Einladung gestanden, und dann, so sagte sich Maeve gereizt, werden wir von unseren Kindermädchen abgeholt und heim ins Bett gebracht.

Sie begegnete Harrys Blick und zwinkerte ihm zu. Er schürzte die Lippen und runzelte die Stirn in einer stummen Ermahnung, keinen Ärger zu machen.

Harry war bei Weitem der größte unter den Gästen. Ihr Großvater ging ein und aus und half seiner Frau und der Haushälterin,

Tabletts voller Brote und Krüge voller Limonade hereinzubringen, wobei er ein gekünsteltes väterliches Lächeln zur Schau trug, das verriet, wie peinlich ihm dieser Kindergeburtstag für seinen Ältesten war.

Um fünf war Maeve derart gelangweilt, dass sie ein Dutzend der winzigen Häppchen in sich hineingestopft hatte und den metallischen Geschmack des Dosenlachses nicht mehr loswurde. Zwei Portionen Erdbeer-Wackelpudding halfen auch nur bedingt. Die Limonade war widerlich süß, und Maeve war verblüfft zu sehen, in welchen Mengen Dot, Katy und ihre beiden versnobten Freundinnen das Zeug in sich hineinkippten und mit welcher Gier Martins Kinder aßen – als wären sie Waisenkinder aus dem Heim, die seit einer Woche nichts mehr zu beißen gehabt hatten.

Auf Cissies Ermunterung hin tauschten die jüngeren Cousins und Cousinen Papierhütchen, matschten mit dem Wackelpudding herum und rauften lärmend, während Ewan mit feierlicher Miene dasaß und kaum einen Ton von sich gab. Als er hierzu aufgefordert wurde, blies er die Kerzen auf seinem Geburtstagskuchen aus, dankte dann mit leicht pfeifendem Atem allen für ihr Kommen und machte sich, flankiert von seinen Eltern und mit einer Schere bewaffnet, daran, seine Geschenke auszupacken. Bald darauf türmten sich auf dem Tisch drei Bände von *Die Schatzinsel*, einmal *König Salomons Diamanten*, ein Briefmarkenalbum, verschiedene Spiele, ein Taschenmesser von der Größe eines Eierkürbisses sowie diverse Kleidungsstücke. Die Taschenlampe von Philip kam besonders gut an, während Harry eine Krawatte überreichte, die so wild gemustert war, dass kein halbwegs normaler Mensch sich damit auf die Straße wagen würde.

Mit gesenktem Blick und nur ein ganz klein wenig herumrutschend, bedankte Ewan sich artig. »Vielen herzlichen Dank, genau das habe ich mir schon immer gewünscht. Wie schön. Wie praktisch. Wie nett von dir, dass du dir solche Mühe gemacht hast.«

Ganz aufgeregt wartete Maeve, dass Ewan nach dem großen quadratischen Paket griff, das sie eigenhändig verpackt hatte. Sie wusste selbst nicht, warum ihr das Herz bis zum Hals schlug und warum ihr so viel daran gelegen war, einen Jungen zu beeindrucken, den sie im Grunde nicht einmal besonders gut leiden konnte. Sie sah zu, wie er das Geschenkband mit der Schere durchtrennte und das Buch auspackte. Es war in feinstem schwarzem Maroquin gebunden, mit vergoldeten Ecken verziert und wog eine Tonne. Es hatte sie fast einen ganzen Monatslohn als Modell gekostet, aber sie hatte einfach gewusst, wie sehr Ewan Calder sich darüber freuen würde.

Er legte das braune Papier beiseite und betrachtete den Band neugierig.

Dann klappte seine Kinnlade herunter, und seine Brauen schossen in die Höhe. »Mein Gott!«, rief er zur Verblüffung seiner Mutter aus. »O mein Gott! Maeve, das ist ... das ist großartig. Überwältigend.« Ehrfürchtig schlug er das Buch auf und betrachtete die Abbildungen.

»Ewan«, sagte seine Mutter. »Sei nicht so unhöflich. Lass alle sehen, was Maeve dir so großzügig ...« Sie beugte sich vor, schaute ihrem Sohn über die Schulter und zuckte gleich darauf mit einem entsetzten Aufschrei zurück.

Ewan hielt das schwere Buch in die Höhe, aufgeschlagen auf einer Seite mit einem blutrünstigen Stich. »Das ist das *Ägyptische Totenbuch*.«

Dorothy, Katy und ihre beiden spießigen Freundinnen kreischten und versteckten ihre hübschen Gesichter hinter ihren Servietten, während der jüngste Franklin zurückwich und jammerte. »Maamiiii ... Maamiiiii.«

»Genau, Alistair«, meinte Ewan. »Das ist eine Mumie, oder genauer, es wird eine werden, nachdem die Leiche ausgeweidet und ausgeblutet wurde. Dann legt man die Organe in spezielle Gefäße und ...«

»Ewan!«, rief Tom Calder seinen Sohn scharf zur Ordnung.

»Entschuldigung. Du hast recht. Ich habe mich noch nicht angemessen bedankt.« Er klemmte sich das Buch unter einen Arm, trat vom Tisch zurück und küsste Maeve vor aller Augen auf den Mund. »Danke«, flüsterte er ihr zu. »Tausend Dank.«

»Ich dachte mir schon, dass es dir gefallen würde«, entgegnete Maeve selbstzufrieden.

»Das tut es«, erklärte Ewan. »Das ist genau richtig.« Hierauf küsste er sie gleich noch einmal.

Harry stand mit flammend roten Wangen zornig auf, und Tante Cissie rief verzweifelt »Charade«, um die Ordnung wiederherzustellen.

Als die Türglocke ertönte, legte Forbes die Gabel aus der Hand und schaute auf die Uhr. »Sind das die Kinder? Ist es nicht noch etwas früh? Ob sie noch mitessen möchten?«

»Das bezweifle ich«, entgegnete Arthur. »Cissie wird sie gemästet haben wie Weihnachtsgänse.«

Eleanor stand auf und verließ das Zimmer, um zu öffnen. Gleich darauf waren polternde Schritte zu hören, gefolgt von lautem Türenknallen im Obergeschoss. Eleanor kehrte ins Esszimmer zurück. »Sie machen beide keinen sehr glücklichen Eindruck«, stellte sie fest.

»Und was ist mit Maeve?«

»Die war nicht bei ihnen.«

»Und wo steckt sie?«, wollte Forbes wissen.

»Ich habe es nicht gewagt zu fragen«, gestand Eleanor. Die Haushälterin hatte im Laufe der Jahre unzählige kindliche Wutanfälle miterlebt, und so ließ sie sich auch diesmal nicht aus der Ruhe bringen, setzte sich seelenruhig wieder an ihren Platz und aß weiter.

Aus dem Salon drang das unmelodische *Pling-Pling-Pling* malträtierter Klaviertasten.

Lindsay seufzte. »Ich schaue mal nach, was los ist.«

Sie schob ihren Teller zurück, verließ das Esszimmer, überquerte den Flur und betrat den Salon. Neugierig steckte sie den Kopf zur Tür hinein und warf einen Blick ins Zimmer. Ihr jüngster Sohn saß am Klavier und spielte mit zwei steifen Fingern eine einfache Melodie. Lindsay räusperte sich. »Wie ... wie war die Geburtstagsfeier?«

»Blöd.«

»Oh. Wo ist Maeve? Ist sie nicht mit euch heimgekommen?«

»Sie wollte noch bleiben.«

»Und wo ist Harry?«

»Oben«, murmelte Philip.

»Sag mal ...«

»Ich möchte nicht darüber reden.«

Lindsay schloss die Salontür, stieg die Treppe hinauf und klopfte an Harrys Zimmertür. Verletztheit schlug ihr entgegen wie ein übler Geruch. Harry lag auf dem Bett, die Hände hinter dem Kopf verschränkt, und starrte an die Decke.

»War es wirklich so schlimm?«, wollte sie wissen.

»Ja.«

»Warum ist Philip so wütend?«

»Wir haben uns gestritten«, brummte Harry.

»Weshalb?«

»Nichts.«

Lindsay hatte plötzlich Mitleid mit ihrem Erstgeborenen. Er war so groß und wirkte so männlich, dass man dazu neigte zu vergessen, dass er im Grunde noch ein Kind war. Sie ging zum Bett, schob seine Füße beiseite und setzte sich.

Harry hielt den Blick weiter an die Decke gerichtet.

»Ist es wegen Maeve? Hat sie dich geärgert?«

Er presste die Lippen zusammen und kämpfte gegen die aufsteigenden Tränen an. Abrupt setzte er sich auf. »Sie ist bei Tom geblieben.«

»Und was ist daran so schlimm?«, wollte Lindsay wissen.

»Sie ist bei … bei *ihm* geblieben.«

»Bei Ewan?«

»Ja.«

Lindsay strich ihm eine rebellische Haarlocke aus der Stirn. »Du magst Ewan nicht besonders, stimmt's?«

»Ich *hasse* ihn«, erwiderte Harry heftig. »Er ist ein Mistkerl, Mum, ein echter Mistkerl.«

»Nun, ich muss zugeben, dass er ein Sonderling ist, aber …«

»Er will sie ganz für sich allein.«

»Ich verstehe.«

»Nein, tust du nicht. Du verstehst gar nichts.«

»Harry, Harry.« Lindsay bemühte sich, nicht herablassend zu klingen. »Ärgert es dich, dass Maeve Ewan mehr Aufmerksamkeit schenkt als dir?«

»Das ist mir egal. Ehrlich, das kratzt mich nicht.«

»Sie ist ein sehr hübsches Mädchen, und hübsche junge Mädchen können manchmal etwas flatterhaft sein.«

»Sie hat ihn geküsst«, fuhr er auf.

»Immerhin ist heute sein Geburtstag.«

»Sie hat ihn geküsst, als sie es nicht hätte tun müssen.«

»Und was hat Tom dazu gesagt?«

»Gar nichts.«

Lindsay hätte ihrem liebeskranken Sohn gern tröstend einen Arm um die Schultern gelegt, aber ihr Instinkt riet ihr, dass er sich gegen zu viel gluckenhafte Zuwendung sträuben würde.

»Vielleicht war es ja nur ein rein freundschaftlicher Kuss, Harry.«

»Nein, war es nicht. Das war kein freundschaftlicher Kuss, Mum.« Er musterte sie eindringlich, seine Wangen und die Stirn angespannt vor Feindseligkeit. »Er redet von ihr, Ewan, meine ich. Er sagt Dinge über sie, die ... die sich nicht gehören.«

»Was für Dinge?«

»Unanständige Dinge.« Mit leiser, heiserer Stimme vertraute er sich ihr an.

Lindsay schüttelte den Kopf. »Das hätte ich nicht von Ewan gedacht.«

»Aber er ist so, glaub mir. Er liebt sie nicht. Er will nur ...« Harry ließ den Kopf auf die verschränkten Arme sinken. »Ich meine bloß, dass er sie nicht wirklich liebt.«

Lindsay bemühte sich, sich ihre Sorge nicht anmerken zu lassen. »Bist du in sie verliebt, Harry?«

»Und wenn ich es wäre? Es ist doch nichts dagegen einzuwenden. Ich bin ihr Cousin. Ewan ist ihr ... ich weiß auch nicht genau, in welchem Verwandtschaftsverhältnis sie zueinander stehen, aber es wäre auf jeden Fall nicht richtig, oder?«

»Nein«, entgegnete Lindsay ruhig. »Das wäre es nicht.«

»Ewan kann sie nicht heiraten, doch bei Cousin und Cousine ist das möglich, so wie bei dir und Dad.« Er nahm ihre Hand. »Du musst ihr sagen, dass es unrecht ist. Dass sie sich nicht mit Ewan Calder einlassen darf. Du musst dem ein Ende machen, Mum.«

Ganz plötzlich verspürte sie Abneigung gegenüber Sylvie Calders Tochter, dem Mädchen, das ihrem Sohn solchen Herzschmerz bereitete. Hass auf Forbes stieg in ihr auf, wegen des egoistischen, hinterhältigen Charmes, mit dem er sie in seine Arme und in sein Bett geholt hatte, wegen der an Heimtücke grenzenden Raffinesse, mit der er sie vor all den Jahren blind gemacht hatte für seine charakterlichen Mängel. Und jetzt schien es, als wären Betrug und Selbstsucht in die nächste Generation weitervererbt worden wie eine seltene Krankheit.

Aber vielleicht lag es gar nicht allein an Forbes. Vielleicht musste sie nicht nur die erblich bedingten Eigenarten der McCullochs fürchten, denn der junge Ewan Calder war ein echter Franklin, und Harry, der arme, liebe, unschuldige Harry, war auch ihr Sohn.

»Überlass das mir«, meinte sie brüsk. »Ich werde sehen, was ich tun kann.«

»Du wirst doch Dad nichts erzählen, oder?«

»Warum nicht?«

»Er hat Maeve sehr gern und lässt keine Kritik an ihr gelten.«

»In Ordnung«, log Lindsay. »Ich werde deinem Vater nichts davon sagen.«

Zwei Tage vor der entscheidenden Vorstandssitzung beschäftigten Forbes noch ganz andere Probleme als eine junge Liebe zwischen zwei Teenagern, die alt genug waren, es besser zu wissen. Er war erleichtert, dass Lindsay nicht dahintergekommen war, dass Stella Pickering ihn nach Marokko begleitet hatte. Er hatte Arthur berichtet, was sich in Rabat zugetragen hatte, Stella jedoch außen vor gelassen. Wäre nicht diese dämliche Geburtstagsparty gewesen, hätte er auch Tom am Wochenende auf den neuesten Stand gebracht.

Gleich nach dem Abendessen ging er nach oben auf sein Zimmer und fischte mehrere Bücher und Verträge aus einem Regal, um seine mangelnde Sachkenntnis mit konkreten Zahlen zu verbessern und Wissenslücken auf dem Gebiet des Firmenrechts zu schließen.

Und so war er nicht eben erfreut, als er von Lindsay gestört wurde.

»Was gibt's?«, fragte er barsch. »Ist Maeve immer noch nicht zurück?«

»Doch, sie ist vor einer halben Stunde gekommen.«

»Ist mit ihr alles in Ordnung?«

»Ja, jedenfalls scheint sie ihren Spaß gehabt zu haben. Ich bin nicht ihretwegen hier, sondern weil ich mir um Harry Sorgen mache.«

»Harry?« Forbes wandte sich ihr mitsamt dem Drehstuhl zu. »Was stimmt denn nicht mit ihm?«

»Er glaubt, er ist in Maeve McCulloch verliebt.«

Forbes schnaubte. »Natürlich glaubt er das. Himmel, Linnet, er ist ein normaler, gesunder junger Mann.«

»Maeve flirtet mit Ewan Calder, und das macht Harry ganz krank.«

»Das sind nur die Hormone«, entgegnete Forbes. »Sagt man das nicht neuerdings so? Es sind die Hormone? Zu meiner Zeit gab es so etwas wie Hormone noch nicht.«

»Forbes, du wirst es Harry sagen müssen.«

»Was soll ich ihm sagen?«

»Dass Maeve möglicherweise deine Tochter ist.«

»Nicht einmal ihre eigene Mutter kann mit Sicherheit sagen, wer Maeves leiblicher Vater ist.«

»Du glaubst, sie ist deine Tochter, Forbes, habe ich recht? Darum hast du Sylvie auch damals Geld geschickt, damit sie das Hotel in Dublin kaufen konnte.«

»Ob aus Schuldgefühlen heraus oder aus Verantwortung – ich wollte auf Nummer sicher gehen. Ja, ich habe Sylvie Geld geschickt, als sie mich darum gebeten hat.«

»Und was ist jetzt, da du Maeve kennengelernt hast? Hast du das Gefühl, sie könnte deine Tochter sein?«

Er fuhr sich mit einer Hand über das Gesicht. »Was für einen Unterschied macht es schon, was ich glaube?«

»Einen großen, wenn sie und Harry sich ineinander verlieben.«

»Die beiden sind viel zu jung, um ans Heiraten zu denken.«

»Aber nicht, um sich zu verlieben. Ich will nicht, dass Harry verletzt wird, Forbes. Ich werde nicht tatenlos zusehen, wie sein Leben ruiniert wird, nur weil du zu feige bist, ihm zu gestehen, dass Maeve seine Halbschwester sein könnte.«

»Es gäbe da noch eine Alternative«, meinte Forbes zögernd.

»Und die wäre?«

»Du könntest es Maeve sagen.«

»Was bist du doch für ein herzloses Ekel, Forbes!«, stellte Lindsay fest.

»Ist dir noch nie der Gedanke gekommen, dass Gowry sie nach Glasgow abgeschoben haben könnte, weil sie ihm zu schwierig geworden ist? Maeve ist ein bildhübsches Mädchen, aber vor allem ist sie Sylvie Calders Tochter, und sie hat diese Schwäche von ihr geerbt.«

»Was für eine Schwäche?«

»Sie braucht einen Mann.«

»Das ist keine Sünde, Forbes, und es ist auch keine Schwäche.«

»Doch, wenn man Sylvie Calders Tochter ist, dann schon.«

»Oder deine.«

»Dann bin ich also schuld, ja?«

»Natürlich bist du schuld, Forbes. Mein Gott, wenn es nicht deine Schuld ist, wessen Schuld ist es dann? Wirst du es Harry sagen?«

»Nein.«

»Dann tue ich es«, erklärte sie. Verachtung wallte in ihr auf. Auch nach zwanzig Jahren Ehe kannte Forbes sie offenbar noch nicht gut genug, um zu wissen, dass sie niemals den Glauben ihres Sohnes an den eigenen Vater zerstören würde.

»Sieh mal«, lenkte Forbes ein. »Ich will ebenso wenig wie du, dass Harry verletzt wird, doch es liegt nicht bei mir, es ihm zu sagen. Wenn du den Verdacht hast, dass da etwas läuft, werde ich Gowry schreiben, er soll sie heimholen.«

»Erst Sylvie und jetzt Maeve. Du würdest sie ohne mit der

Wimper zu zucken opfern, nur um deinen eigenen Hals zu retten«, warf sie ihm vor.

»Mein Hals ist nicht in Gefahr.«

»Dann eben deiner Reputation wegen.«

Stolz und Ehrgeiz waren hervorstechende Eigenschaften der Franklins, nicht jedoch der skrupellose Egoismus der McCullochs, der Liebe im Keim erstickte. Sie war versucht, seine Affäre mit Stella Pickering zur Sprache zu bringen, nur um zu sehen, wie er reagierte. Für einen Mann mit den Skrupeln eines Straßenkaters stand es Forbes einfach nicht zu, seine Reputation über das Glück seiner Kinder zu stellen, und damit meinte sie nicht nur ihre Söhne, sondern auch Maeve.

Forbes musterte sie mit einem mörderischen Blick. »Wäre es dir lieber, *ich* würde fortgehen?«

»Fortgehen?«

»Wäre es für euch alle besser, wenn ich ginge? Ich weiß, dass du mich nicht vermissen würdest, Linnet, aber was ist mit den Jungs?«

»Das ist keine Lösung, sondern eine Drohung«, entgegnete sie.

Er zuckte mit den Schultern. »Du könntest mir deine Anteile an Franklin's verkaufen. Ich würde dir den bestmöglichen Preis zahlen, und anschließend könnten wir ganz diskret auseinandergehen.«

»Auseinandergehen?«

»Jeder geht seiner Wege.«

»Und wohin genau würde dein Weg führen?«, wollte sie leise wissen.

»Bis zur Aydon Road. Wenn du eine so schlechte Meinung von mir hast, Lindsay, wärst du ohne mich vielleicht besser dran.«

»Willst du damit vorschlagen, wir sollen uns scheiden lassen?«

»Ich rede von *Trennung*. Es würde keinen Skandal geben. Du würdest das Haus behalten, die Jungs … und bekämest eine Menge Geld. Ich für meinen Teil bekäme die Firma.«

»Erst gestern hast du noch getönt, wir können die Krise nur meistern, wenn wir zusammenhalten. Was hat deine Meinung so grundlegend geändert?«

»Du, Linnet. Aber dies ist wohl nicht der geeignete Zeitpunkt, um über unsere private Zukunft zu sprechen. Viel dringlicher ist erst einmal die Zukunft der Firma, und damit befasse ich mich gerade.«

»Mit anderen Worten, du willst in Sachen Maeve und Harry gar nichts unternehmen? Du willst die Angelegenheit ebenso unter den Teppich kehren wie deine vielen anderen Verpflichtungen und Franklin's als Ausrede vorschieben? Möchtest du wirklich meine Anteile kaufen, oder willst du mir nur Angst machen?«

»Nein«, entgegnete er ruhig. »Ich will dir keine Angst machen.«

»Warum hast du es dann vorgeschlagen?«

»Um dich zur Räson zu bringen, weiter nichts.«

»Zur Räson?«

Er schnaubte wütend. »Meine Mutter heiratet irgendeinen dahergelaufenen irischen Taugenichts, mein Sohn macht meiner Nichte schöne Augen. Als Nächstes wirst du mir noch vorjammern, Enid verwende beim Waschen meiner Hemdkragen zu viel Stärke, und von mir erwarten, dass ich mit so etwas meine Zeit vertrödle. Ich weiß deinen Einsatz in London zu schätzen und bin dankbar für die Informationen, die du Paget entlockt hast, aber jetzt überlass alles Weitere mir. Du hast die letzten zehn Jahre keinen Funken Interesse an den Vorstandssitzungen gezeigt, geschweige denn an den Vorgängen auf der Werft. Du hast den Profit eingestrichen, ohne einen Finger dafür krummzumachen. Das ist in Ordnung so, vielleicht ist es sogar besser so, doch jetzt, da ich mit dem Rücken an der Wand stehe, möchte ich nicht von dir mit Angelegenheiten belästigt werden, die mich nichts angehen.«

»Das Wohl deines Sohnes ...«, setzte sie an, wurde aber von Forbes unterbrochen.

»Die Kleine wird nach Dublin zurückkehren, wenn sie erst die Nase voll hat von Glasgow. Und Harry wird sie vergessen. Das ist doch nur eine jugendliche Schwärmerei.«

»Und wenn Maeve gar nicht nach Irland zurückgehen möchte? Wenn es ihr hier gefällt und sie beschließt, ganz dazubleiben? Du, wir alle, haben ihr diese Perspektive weiß Gott schmackhaft genug gemacht.«

»Dann behalte sie meinetwegen im Auge, aber misch dich nicht weiter ein.«

»Ist das dein letztes Wort, Forbes?«

»Das ist mein letztes Wort«, sagte er.

»Und die andere Angelegenheit?«

Er runzelte die Stirn. »Welche andere Angelegenheit?«

»Die Trennung.«

»Ach, das! Das war nur so ein Gedanke, Schatz, nur ein flüchtiger Gedanke«, entgegnete Forbes mit einer Geste, die allzu entschieden war, zündete sich eine neue Zigarette an und wandte sich wieder den Büchern zu.

Ross setzte sich zu ihr auf den Diwan und legte ihr einen Arm um die Schultern. Sie lehnte sich an seine Brust und ließ ihren Tränen freien Lauf. Es war Jahre her, seit sie das letzte Mal vor jemandem geweint hatte, doch die Peinlichkeit wog weniger schwer als ihr Bedürfnis nach Trost.

»Schhhhht«, sagte Ross und tätschelte mit seiner mächtigen Hand linkisch ihren Arm. »Beruhige dich.«

Der Kirchgang am Morgen war eine Qual gewesen und kein fröhlicher Familienausflug wie sonst. Beim anschließenden Mittagessen war die Atmosphäre immer noch sehr angespannt gewesen, und Forbes' aufgesetzte Bemühungen, die Stimmung aufzulockern, hatten alles nur noch schlimmer gemacht. Eigentlich war es gar nicht ihre Absicht gewesen, sich ihrem Cousin anzuvertrauen. Sie war an diesem Sonntagnachmittag nur ins Atelier gekommen, um sich das vollendete Gemälde anzuschauen. Zumindest hatte sie sich das eingeredet.

Das Bild stand noch auf der Staffelei, die dem Raum zugewandt war, sodass Maeve und der junge Mann, ja sogar die Schafe sie anzustarren schienen. Sie hatte das Gemälde höflich gelobt und Ross ebenso höflich dazu gratuliert, dass es ihm gelungen war, Maeves wilde Schönheit einzufangen. Und dann, fast übergangslos, hatte sie ihm ihr Herz ausgeschüttet und war zu guter Letzt in Tränen ausgebrochen.

»Schhhht, alles wird gut«, murmelte er und zog sie fester an sich.

Er roch nicht nach Terpentin und Walnussöl, sondern nach Rasierschaum und Tabak, ein Duft, der sie ein ganz klein wenig an ihren Großvater erinnerte, und der Gedanke an Owen wiederum ließ sie an ihre Jugend denken. Lindsay schluchzte umso heftiger.

Ross war so klug zu schweigen. Er ließ den Arm locker auf ihren Schultern liegen und wartete ab, während sie sich den größten Kummer von der Seele weinte und ihre Tränen sein Sommersakko durchweichten. Schließlich beruhigte sie sich wieder, und der Tränenfluss versiegte.

Während noch zwei dicke glitzernde Tränen an ihren Wimpern hafteten, blickte sie zu ihm auf, Nase und Augen rot wie Vogelbeeren, die Unterlippe vorgeschoben, als schmollte sie. Er fischte ein sauberes Taschentuch aus seiner Brusttasche und tupfte ihre Augen damit trocken. Beinahe rechnete sie damit, dass er das Tuch mit Spucke befeuchten und ihr das Gesicht damit abwischen würde, so wie Großvater Owen es getan hatte, als sie noch klein gewesen waren.

»Es . . . es tut mir leid«, flüsterte sie.

»Das braucht es nicht.«

»Ich weiß auch nicht, was in mich gefahren ist.« Sie nahm ihm das Taschentuch aus der Hand, putzte sich die Nase, rückte ein wenig von ihm ab und schaute zu ihm auf. »Ich sollte besser gehen, oder? Ich habe schon viel zu viel von deiner Zeit beansprucht.«

»Ich habe alle Zeit der Welt«, entgegnete Ross sanft. »Außerdem kannst du dich so nicht unter Leute wagen. Ich brühe uns gleich einen Tee auf. Ich kann jedenfalls ein Tässchen vertragen. Was ist mit dir?«

Er machte jedoch keine Anstalten aufzustehen und sie allein zu lassen, sei es auch nur vorübergehend.

Immer noch etwas mitgenommen, lehnte sie sich wieder an seine Schulter. Sie fühlte seinen seidig weichen Bart auf der Stirn. »Du bist wirklich lieb. Ich meine, wir haben uns nie besonders nahegestanden, Ross. Im Grunde kenne ich dich gar nicht gut genug, um dir so intime Dinge anzuvertrauen.«

»Cousins sagt man eine gemeinsame Vergangenheit nach, auch wenn du nie in Paris warst und auch nicht im Krieg gekämpft hast.«

Lindsay rang sich ein tapferes Lächeln ab.

»Mir war nicht klar, dass es so schlimm steht zwischen dir und Forbes. War es das erste Mal, dass er von Trennung gesprochen hat?«

»Ja.«

»Und du hast bisher auch nie daran gedacht, nehme ich an?«

»Oh, doch, daran gedacht habe ich schon . . .«

»Für diesen Burschen in London?«

»Geoff Paget? Gott, nein.« Sie setzte sich auf. »Früher, vor vielen Jahren, als unsere Ehe in einer tiefen Krise steckte, habe ich tatsächlich erwogen, mit Geoffrey durchzubrennen.«

»Ja, ich kann mich an das Gerede erinnern.«

»Das meiste davon stimmte. Doch ich bin nicht mit Geoffrey davongelaufen, und so wie die Dinge stehen, bin ich heilfroh, dass ich mich damals dagegen entschieden habe.«

»Dann ist er nicht der Mensch, für den du ihn gehalten hast?«

»Das sind nur sehr wenige. Ich bin allerdings nicht aus Loyalität bei Forbes geblieben, sondern vielmehr aus Loyalität zu den Franklins.«

»Der Familie?«

»Nein, der Firma«, antwortete sie.

»Was alles in allem keinen großen Unterschied ausmacht«, meinte Ross.

»Ich dachte, ich würde meine Sache im Vorstand gut machen«, fuhr Lindsay fort. »Ich habe mir ausgemalt, als Vorstandsmitglied von Franklin's reich und berühmt zu werden: das einzige weibliche Vorstandsmitglied in ganz Clydeside. Wie albern.«

»Hmmm«, brummte Ross zustimmend. »Ziemlich.«

»Ich habe aber schnell realisiert, dass meine Verwandtschaft mit Owen Franklin und ein Mitspracherecht in der Firma nicht automatisch das Wissen beziehungsweise die Kompetenz mit sich bringen, den Betrieb auf einer Werft zu begreifen, geschweige denn, eine solche zu leiten. Das ist etwas, das Männer besser können und besser verstehen. Es liegt ihnen einfach im Blut!«

»Willst du damit sagen, dass die Firma dir inzwischen egal ist?«

»Egal nicht, aber ... nun ja, ich fühle mich nicht mehr als Teil des Ganzen. Ich agiere dort nur noch über Forbes. Ich unterstütze ihn, und er setzt sich für Franklin's ein.«

»Und jetzt will er deine Anteile haben?«, hakte Ross nach.

»Ich glaube nicht, dass er das wirklich ernst gemeint hat. Ich denke, er wollte nur ... das Terrain sondieren.«

»Diese Frau, die du vorhin erwähnt hast, ist sie Sir Andrew Pickerings Frau?«

Lindsay nickte.

»Wie groß ist ihr Einfluss auf Forbes?«, wollte Ross wissen.

»Keine Ahnung.«

»Bist du ganz sicher, dass zwischen den beiden etwas läuft?«

Lindsay nickte. »Sie sind gemeinsam nach Marokko gereist.«

»Und du bist trotzdem noch bereit, dich hinter ihn zu stellen?«

Diese Frage hatte sie sich selbst noch nicht gestellt, nicht so direkt. Sie dachte einen Moment darüber nach. »Ja«, sagte sie schließlich zögernd. »Findest du das seltsam?«

»Ein wenig«, gab Ross zu. »Aber ich bin ja auch keine Frau.«

»Und darüber bin ich sehr froh«, meinte Lindsay und stand eilig auf, um sich nicht noch einmal lächerlich zu machen. »So, das war genug Unsinn für einen Tag. Was ist mit dem Tee?«

»Darjeeling oder Earl Grey?«

»Earl Grey, denke ich.«

Es war schon nach fünf, als sie schließlich nach Hause zurückkehrte. Ein geduldiger Zuhörer und eine Schulter zum Ausweinen hatten ihr inneres Gleichgewicht wiederhergestellt. Der Abend war warm, aber bewölkt, und der Himmel hatte einen leichten Kupferton angenommen, der möglicherweise als Vorbote eines Gewitters zu deuten war. Im Salon brannte Licht, und als sie die Treppe hinaufstieg, sah sie ihren Vater, Forbes und Harry dort mit dem Rücken zum Fenster stehen.

Sie fragte sich, ob Cissie oder Tom vorbeigekommen waren, um mit ihnen zu sprechen wegen der »Freundschaft« zwischen Maeve und Ewan. Die Aussicht auf ein Streitgespräch war nicht sehr verlockend. Sie hatte für sich bereits entschieden, Forbes' Rat zu befolgen und sich zumindest vorerst nicht weiter einzumischen.

Lindsay klingelte nicht, sondern sperrte mit ihrem Hausschlüssel auf. In der Diele spitzte sie die Ohren, hörte aber anstelle hitziger Worte ein lautes, fremdes Lachen, das in seiner Herzlichkeit beinahe theatralisch wirkte.

Neugierig setzte sie den Hut ab und ging hinüber.

Die ganze Familie hatte sich im Salon versammelt, Eleanor und

Maeve eingeschlossen, und alle starrten die alte Frau und den stämmigen Mann an, die einträchtig Händchen haltend auf dem Sofa saßen. Im ersten Moment hätte sie ihre Schwiegermutter beinahe nicht erkannt. Kay hatte vom Lachen ganz rote Wangen, und Lindsay realisierte, dass sie die alte Dame bisher noch nie hatte lachen sehen.

»Und dann, bei Gott«, erzählte der Bräutigam, »richtet die Dame hier sich zu ihrer vollen Größe von einem Meter fünfzig auf. Ich meine, sie war bis oben hin abgefüllt mit Guinness; also da sagt sie: ›Offischer, Offischer, hier werden Sie keine Aufständischen finden. Die sind alle draußen auf dem Scheißhaus, wohin ich Sie jetzt bitten möchte, sich ebenfalls zu begeben.‹«

Die Braut errötete und hieb ihrer besseren Hälfte einen Ellbogen in die gut gepolsterten Rippen. »So etwas habe ich nie gesagt, Cyrus«, meinte sie kichernd.

Er zog Kay an sich, klemmte sie sich förmlich unter einen gewaltigen Arm und fuhr ihr mit den Fingerknöcheln über den Kopf. »Mag sein, mein Schatz, aber du hast es gedacht, oder etwa nicht? Genau diese Worte sind dir durch den hübschen Kopf gegangen. Ich kann nämlich in ihren Gedanken lesen wie in einem offenen Buch. Wir verstehen uns blind, meine süße Kay und ich.« Er hob den Kopf, sah Lindsay in der Tür stehen, und seine Miene verfinsterte sich. »Und wer sind Sie?«, fragte er, als wäre sie und nicht er fremd in diesem Haus.

»Das ist sie – das ist die, von der ich dir erzählt habe«, erklärte Kay, noch bevor Lindsay dazu kam, etwas zu erwidern. »Sie ist mit meinem Forbes verheiratet.«

Cyrus Coffey machte sich nicht die Mühe aufzustehen. Stattdessen beugte er sich vor und hielt ihr die Hand hin. Lindsay dachte bei sich, dass er mehr Ähnlichkeit mit einem biblischen Potentaten hatte als mit einem irischen Bauern. Sie zog es vor, die dargebotene Pranke zu ignorieren.

»Du willst mir also nicht die Hand geben«, stellte Cyrus Coffey fest. »Nachdem wir jetzt verwandt sind und bald auch noch Nachbarn, fände ich es besser, wenn wir uns anfreunden könnten.«

»Ist das so, Mr. Coffey?«, entgegnete Lindsay unfreundlich.

»Schnippisch«, stellte Kay fest. »Genauso, wie ich sie dir beschrieben habe, Cyrus.«

»Ja, das sehe ich«, meinte Cyrus Coffey und lehnte sich entspannt zurück.

Das Abendessen wurde verspätet serviert: Lammkoteletts in Zwiebelsoße, ein bisschen trocken und zu durch, aber dafür konnte die Köchin nichts.

»Warum hast du sie nicht zum Dinner eingeladen?«, fragte Forbes.

»Warum hast du es nicht getan? Immerhin ist es deine Mutter.«

»Und meine Schwester, trotzdem hätte ich sie nicht für alles Geld der Welt zum Bleiben aufgefordert«, brummte Arthur.

»Er ist noch ziemlich jung«, meinte Eleanor.

»Er ist nicht jung«, widersprach Forbes. »Mindestens sechzig.«

»Verglichen mit deiner Mutter, ist er jung«, beharrte Lindsay.

»Noch so ein irischer Gigolo«, seufzte Arthur kopfschüttelnd. »Heiland!«

»Was ist ein Gigolo?«, wollte Philip wissen.

»Ein Mann, der sich von einer Frau dafür bezahlen lässt, dass er ... dass er sie heiratet«, erklärte Maeve.

»Hat Gran Mr. Coffey dafür bezahlt, dass er sie heiratet?«, fragte Philip mit großen Augen.

»Nein«, antwortete Lindsay. »Selbstverständlich nicht.«

»Warum hat Grandee dann gesagt ...«

»Philip, Schluss damit!«, schaltete sich Eleanor Runciman ein.

»Man wird doch wohl noch fragen dürfen«, maulte Philip.

»Sei nicht immer so neugierig«, schalt Harry seinen jüngeren Bruder.

Sie aßen eine halbe Minute schweigend.

»Hat Mr. Coffey es auf Grans Geld abgesehen?«, hakte Philip nach.

»Gran hat kein Geld«, klärte Harry ihn auf.

Philip blieb hartnäckig. »Wenn Mr. Coffey Farmer ist, warum ist er dann nicht in Irland auf seinem Hof?«

Die alte Dame hatte Maeve beim Osteraufstand zur Seite gestanden und sie nach der Bombardierung des Hotels, das Maeves Zuhause gewesen war, vorübergehend bei sich aufgenommen, aber ihr war bewusst, dass ihre Großmutter seit damals ureigenste Interessen verfolgt hatte. Maeve war ziemlich sicher, dass Charlie und Peter ihrer Großmutter mehr bedeuteten als Forbes. Sie wusste selbst nicht, woher sie die Gewissheit nahm, doch ihre Instinkte waren geschärft von den Jahren, in denen sie mehr oder weniger in den Straßen Dublins aufgewachsen war, wo Heimlichkeiten, Misstrauen und der allgegenwärtige Tod fester Bestandteil des Lebens waren, ganz egal, ob einem das gefiel oder nicht. Dan Hagarty, der Freund ihrer Mutter, war kaltblütig auf dem Hof der Polizeiwache erschossen worden, vor Sylvies Augen. Und ihre Freundin Jansis, die damals bei ihnen im Hotel gearbeitet hatte, war ebenfalls einer Kugel zum Opfer gefallen, während das »Shamrock«, ihr eigenes Zuhause und die Einnahmequelle ihrer Mutter, von englischen Granaten in Schutt und Asche gelegt worden war. Ihr Dad hatte zu jener Zeit in Flandern sein Leben für die Briten riskiert.

»Mr. Coffey ist ebenso wenig Bauer, wie ich es bin«, stellte sie fest. »Ihr habt doch seine Stiefel und die Beinlinge gesehen. So etwas tragen Bauern nicht. Das ist derzeit die typische Kluft von Offizieren der Bruderschaft.«

»Wenn er eine hochrangige Persönlichkeit innerhalb der Bruderschaft ist, was macht er dann hier in Glasgow?«, wollte Harry stirnrunzelnd wissen.

»Ich schätze, er ist hier, um Geld zu sammeln für die Anschaffung neuer Waffen.«

»Waffen«, griff Philip das Wort auf. »Großer Gott!«

»Wer wäre schon so blöd, ihm Geld zu geben?«, bemerkte Harry verächtlich.

»Was meinst du, Sohn?«, sagte Forbes. »Er hat auch aus mir welches herausgekitzelt, und ich bin ziemlich sicher, dass er es wieder versuchen wird. Allerdings steht ihm diesbezüglich eine herbe Enttäuschung bevor.«

»Da wäre ich nicht so sicher«, bemerkte Maeve. »Diese Leute können Blut aus einem Stein quetschen, wenn sie es darauf anlegen.«

»Nicht aus diesem Stein, Liebes«, entgegnete Forbes bestimmt. »Dieser Stein hier wird noch jeden Penny, den er aufbringen kann, selbst brauchen. Im vergangenen Jahr hat Franklin's noch einen hübschen Gewinn abgeworfen, doch es sieht ganz so aus, als würden wir in diesem Jahr rote Zahlen schreiben.«

Arthur nickte. »Vom Jahresende an werden wir den Schiffseignern ausgeliefert sein, und wenn die Regierung das Abrüstungsabkommen mit den USA unterzeichnet und der Bau von Kriegsschiffen eingeschränkt wird, wird der Druck sogar noch weiter zunehmen.«

»Heißt das, wir gehen pleite, Grandee?«, fragte Philip.

»Wenn wir bei Ausschreibungen nicht konkurrenzfähige Angebote unterbreiten können, stehen wir mit sieben leeren Trockendocks da«, sagte Arthur düster.

»Aber so weit wird es nicht kommen«, verkündete Forbes.

»Und warum nicht, Dad?«, wollte Harry wissen.

»Weil ich es nicht so weit kommen lasse«, entgegnete sein Vater grimmig.

Die Vorstandssitzung fand am Montagmorgen um acht Uhr statt. Neben den Teilhabern und der Sekretärin hatte Forbes auch Hugh Latimer, den Buchhalter der Werft, hinzugebeten sowie Eustace James, seinen Rechtsberater.

Mittags war Martin schließlich so weit zuzustimmen, dass Expansions- und Modernisierungsmaßnahmen, die aus den Rücklagen finanziert werden sollten, tatsächlich notwendig waren, wenn Franklin die Krise in der Branche überleben wollte. Er war allerdings nicht sehr glücklich mit Forbes' »obskuren« Tankergeschäften und zögerte, ihm so ohne Weiteres abzukaufen, dass Gideon Rowe and Spellman von einem anglofranzösischen Konsortium mit unbegrenzten finanziellen Mitteln gestützt wurde.

Um halb eins wurde ein leichtes Menü serviert: Suppe, kalter Braten und Salat.

Um Viertel nach eins hatte Forbes alle wieder um den Verhandlungstisch vereint, um Kostenschätzungen und notwendige Investitionen zu besprechen. Niemand war glücklich mit der Auflage, Stahl ausschließlich bei Bradford's zu kaufen, und man kam überein, dass Arthur Eustace James zu den Verhandlungen begleiten sollte, um nach Kräften zu versuchen, Gideon Rowe and Spellman diese stark einschränkende Klausel auszureden.

Lindsay hatte die Debatte den ganzen Vormittag über aufmerksam verfolgt, jedoch nicht viel dazu gesagt. Ihr war wohl bewusst, dass das, was sie hier und da an Wissen aufgeschnappt hatte, nichts war, verglichen mit Forbes', Toms und Martins lebenslanger Erfahrung. Während die Männer Feinheiten des Vertragsrechts besprachen, schweiften ihre Gedanken ab, und sie schaute zum Fenster. Es hatte aufgehört zu regnen, und die Sonne schien auf die üppigen grünen Wiesen jenseits des Clyde.

Im Frühling hatte sie noch geglaubt, noch einmal die Liebe erleben zu dürfen. Geoffrey hatte sich als traurige Enttäuschung entpuppt, aber wenigstens hatte er sie gelehrt, dass ihr Leben sich nicht durch Liebe allein ändern oder gar völlig neu gestalten ließ. Sie dachte an Maeve mit ihrem zigeunerhaft guten Aussehen und ihrem lebhaften Naturell und fragte sich, was die Zukunft wohl für sie bereithielt. Dann dachte sie an Ross und überlegte, wo er gerade sein mochte. Ob er unterwegs war? Hatte er, nachdem *Das verlorene Herz* vollendet war, das Atelier am Flowerhill Drive verlassen und war aufs Land gefahren oder vielleicht in den Park gegangen? Oder widmete er sich bereits dem nächsten Auftrag und brütete über einem Blatt Millimeterpapier, ganz vertieft in erste Entwürfe, Vorgaben und Visionen, die langfristig zu einer Einheit verquickt werden sollten?

»Bist du auch einverstanden, Lindsay?«, hörte sie Forbes fragen.

Und obgleich sie keine Ahnung hatte, wovon er überhaupt sprach, antwortete sie artig: »Ja.«

Wider besseres Wissen fühlte Maeve sich von der Wohnung ihrer Großmutter angezogen wie die Motte vom Licht. Sie hegte keinerlei Sympathie für den Mann, den ihre Großmutter geheiratet hatte. Maeve kannte diesen Menschenschlag viel zu gut, um sich von seiner Geschwätzigkeit und zur Schau gestellten Jovialität täuschen zu lassen. Er war einer dieser lauten Iren, hinter deren lärmendem Charme sich Opportunismus und Hinterhältigkeit verbargen.

Sie lief nach oben und klopfte an die Wohnungstür.

Es war mitten am Nachmittag. Sie war den ganzen Vormittag rastlos durch das Haus am Brunswick Crescent gewandert, hatte Tee getrunken, mit der Köchin und Enid geplaudert und dabei versucht, den prüfenden Blicken Miss Runcimans auszuweichen, die zu wissen schien, was sie vorhatte, und das natürlich missbilligte.

Maeve klopfte erneut, hörte drinnen Geräusche und ein falsches, dröhnendes Lachen, das gar nichts besagte. »Geduld, Schätzchen, nur Geduld.« Dann öffnete er.

Sie fand, dass er aussah wie ihr Großvater in seinen schlimmsten Zeiten, nur dass er jünger war und nicht ganz so stämmig. Er hielt ein Glas Bier in der Hand und hatte sich eine Zeitung, eine irische Zeitung, unter den Arm geklemmt. Er trug ein Hemd ohne Kragen und Hosen im militärischen Stil, deren Hosenträger seitlich herabhingen. Die Knöpfe seines Hosenstalls waren offen, und die Hose klaffte vorn auseinander, als hätte Maeve ihn unterbrochen, als er eben seine Braut in der Diele vernaschen wollte. Maeve schauderte bei dem Gedanken.

»Aha«, sagte Cyrus Coffey. »Du bist das also.«

»Wo ist meine Großmutter?«

»Beim Metzger.«

»Ich komme besser ein anderes Mal wieder«, entgegnete Maeve hastig.

Er klemmte sich die Zeitung unter die andere Achsel und knöpfte ganz langsam und ohne einen Hauch von Verlegenheit seinen Hosenstall zu. »Nein«, meinte er. »Komm rein.«

»Wozu?«

»Lass uns ein wenig plaudern.«

Widerwillig folgte Maeve ihm in die Küche. Ihr fiel sofort auf, dass die Wände frisch tapeziert waren, die Türen abgebeizt und neu lasiert, Spüle und Fensterrahmen in einem kräftigen Grünton frisch lackiert. Auch der alte Gaskamin war ausgetauscht worden, und eine runde Glaslampe verbarg die einstmals nackte Glühbirne.

»Haben Sie das alles renoviert?«

»Ja, das habe ich, Mädchen. Gefällt es dir?«

»Ja. Sehr hübsch. Das muss einige Zeit in Anspruch genommen haben.«

Er stopfte die Zeitung hinter ein Kissen, trank sein Bier und spülte das Glas unter fließendem Wasser in der Spüle aus. Hinterher drehte er sich ihr wieder zu, verschränkte die Arme vor der Brust und lehnte sich an die Arbeitsplatte. »Ein Fachmann wie ich braucht dafür nicht lange.«

»Dann sind Sie also Fachmann, ja?«

»In meiner Branche bin ich der Beste.«

»Und welche Branche ist das, wenn ich fragen darf?«

»Maler und Tapezierer«, antwortete er.

»Oh!«, murmelte Maeve nur perplex.

»Was dachtest du denn, was ich bin?«

»Sagten Sie nicht, Sie seien Farmer?«

»Das habe ich ganz sicher nie gesagt«, erwiderte Cyrus Coffey.

»Mein Onkel hatte den Eindruck . . .«

»Dein Onkel hält mich offenbar für ein hohes Tier der Bruderschaft von Erin. Auch darin irrt er.«

»Und was sind Sie dann?«

»Das sagte ich doch bereits: Maler und Tapezierer. In ein bis zwei Wochen werde ich Aushänge anbringen und versuchen, mir etwas nebenbei zu verdienen.«

»Für die Sache? Die Bruderschaft?«

»Um Vorräte einzukaufen«, entgegnete Cyrus Coffey.

Maeve setzte sich auf die Armlehne eines der beiden Sessel vor dem Kamin. Der Rost und die Bodenschutzplatte waren neu geschwärzt und poliert worden, sodass sie tiefschwarz schimmerten. Sogar das Schutzgitter aus Messing glänzte wie Gold.

Cyrus Coffey wartete geduldig ihre nächsten Fragen ab.

»Dann sind Sie gar nicht Mitglied der Bruderschaft?«

»Das habe ich nicht gesagt. Ich sagte nur, dass ich kein hohes Tier innerhalb der Organisation bin, und das stimmt auch. Ich bin aus Cork, und die Bruderschaftsmitglieder stammen fast alle aus Wexford.«

»Dann kennen Sie meinen Onkel Charlie gar nicht?«

»Jeder kennt Charlie McCulloch. Ist ein guter Mann, der sich aufreibt für die politische Front. Ich bin ihm schon oft begegnet.«

»Und was ist mit meinem Onkel Peter?«, hakte Maeve nach.

»Der ist untergetaucht.«

Sie wusste selbst nicht genau, ob es an seinem Akzent lag oder an seinen gutmütig-derben Zügen, aber sie fühlte sich nach Dublin zurückversetzt. Es war, als stünde sie in einer fremden Küche herum und als wartete sie auf ein Klopfen an der Tür, das alle zusammenfahren ließ. »Ist ein Kopfgeld ausgesetzt worden?«

»Ja, Mädchen.«

»Wie viel?«

»Fünfhundert Pfund.«

Ihre Augen verengten sich prüfend. »Sie würden ihn nicht verraten, oder?«

»Davon abgesehen, dass ich keinen Schimmer habe, wo er sich aufhält, würde ich ihn niemals verpfeifen.«

»Gran ... Ihre neue Frau ... Sie weiß immer, wo er steckt«, meinte Maeve.

»Du willst herausfinden, ob ich ein Spitzel bin, stimmt's?«

»Vielleicht, vielleicht auch nicht«, wich sie aus.

»Ich bin Seite an Seite mit ihnen marschiert. Bin gleich mehrmals von den gleichen Schlagstöcken malträtiert worden wie deine Onkel. Nein, nein, ich bin kein verfluchter Spitzel.«

»Was haben Sie mit dem Geld gemacht, das mein Onkel Forbes Ihnen gegeben hat?«

»Das ist für die Heiratsurkunde, Schiffspassagen und die Flitterwochen draufgegangen.«

»Sie haben ihm gegenüber aber doch behauptet, das Geld sei für die Bruderschaft bestimmt, oder?«

»Wieder ein Missverständnis«, entgegnete Cyrus Coffey.

»Wenn ich meiner Gran Geld gegeben hätte, hätten Sie das dann auch für sich selbst ausgegeben?«

»Wohl kaum. Bist du deshalb hier? Wolltest du ihr Geld bringen?«

»Nein«, entgegnete Maeve steif. »Sie sind ein Betrüger, Mr. Coffey, jawohl. Sie benutzen diese Hosen und die Stiefel für Ihre Zwecke.«

»Die habe ich geschenkt bekommen. Von einem guten alten Freund.«

»Natürlich«, höhnte Maeve. »Und wer mag dieser Wohltäter sein?«

»Trotter, heißt er. Turk Trotter.«

Ein schmales Wolkenband lag über Govan, doch der Himmel im Westen war strahlend blau und klar, und die Mietshäuser an der Aydon Road schienen so sauber und rosig, als wären sie erst an diesem Nachmittag fertiggestellt worden.

Das Pfeifsignal ertönte, laut und durchdringend. Docks, Werkstätten und Schuppen hatten sich geleert, und die Angestellten von Franklin's waren durch die Tore nach draußen geströmt, wobei die einen die nächsten Kneipe ansteuerten, während die anderen sich heimwärts begaben. Als Forbes, Lindsay und Arthur das Verwaltungsgebäude verließen, waren nur noch eine Hand voll Nachzügler übrig, und auf dem Werksgelände war es ungewohnt still. Sie fuhren schon längst keine Spät- oder Nachtschichten mehr, und auch Überstunden gehörten der Vergangenheit an. Den ganzen Clyde hinauf und hinunter machten sich Kürzungen bemerkbar. Schon bald würde es auch bei Franklin's die ersten Entlassungen geben.

Ein Auftrag für einen Tanker würde die Arbeitsplätze auch nicht retten können: Die Belegschaft musste reduziert werden, daran führte kein Weg vorbei.

Der Lanchester parkte in den ehemaligen Stallungen. Forbes

hakte Lindsay unter und führte sie einen schmalen Weg hinter dem Testtank entlang und quer über einen fast menschenleeren Hof bis zum Auto. Arthur folgte ihnen in kurzem Abstand. Lindsay nahm vorn neben Forbes Platz. Sie sah zu, wie er seine Fahrhandschuhe überstreifte und das enge Leder bis tief hinunter zu den Fingerwurzeln schob. Sie fragte sich, ob er mit Stella Pickering schon eine Spritztour in seinem neuen Automobil unternommen hatte und ob die Dame angemessen beeindruckt gewesen war.

Forbes ließ den Motor an und lenkte den Wagen durch das Haupttor hinaus auf die Aydon Road.

Auf dem Pflaster spielten Kinder. Kleine Mädchen vertrieben sich die Zeit mit Seilhüpfen, während die Jungen eine Blechdose über den Boden kickten, als handelte es sich um einen richtigen Fußball. In der ganzen Straße roch es durchdringend nach Essen.

»Wenn ich das Problem hinsichtlich des Stahllieferanten lösen kann, Arthur, könnten wir es doch schaffen, oder, was meinst du?«, fragte Forbes über die Schulter hinweg seinen Schwiegervater.

»Wie lange wird es dauern, die bestehenden Docks umzubauen und zu erweitern?«

»Wir setzen uns morgen mit den Werftverwaltern zusammen und arbeiten einen Zeitplan aus.«

»Wir können erst anfangen, wenn die Zerstörer weg sind.«

»Ich erwäge ernsthaft, jetzt schon mit dem Zerlegen der verfluchten Dinger anzufangen.«

»Ich würde nicht voreilig handeln, Forbes«, warnte ihr Vater. »Wir wissen ja noch nicht mit absoluter Gewissheit, dass die Marine die Aufträge stornieren wird, wenngleich ich zugebe, dass es sehr wahrscheinlich dazu kommen wird. Aber wenn wir auch nur eine Niete aus einem der beiden Rümpfe entfernen, haben wir die Vertrauensleute der Gewerkschaft am Hals, die von uns hören wollen, dass die Arbeitsplätze bei uns sicher sind.«

»Das ist allerdings richtig«, gab Forbes ihm recht.

»Wann wird Toms Modell fertig sein, sodass wir erste Tests durchführen können?«

»Voraussichtlich im Juli.«

»Das ist schnell. Nicht vorschnell, hoffe ich«, bemerkte Arthur.

»Wir handeln erst, wenn wir auch wirklich so weit sind«, versicherte ihm Forbes. Es ist ja nicht mehr so wie in der guten alten Zeit, als Frank Traynor uns eine Postkarte schickte, auf der stand: *Noch zwei Stück von der Sorte, danke*. Erinnerst du dich noch daran?«

»Ja, ich erinnere mich«, entgegnete Forbes lachend.

Lindsay realisierte, dass die ganze Sache ihrem Mann richtig Spaß machte. Mit einem Mal hatte er zu seinem alten Elan zurückgefunden. Sie fragte sich, ob Martin und Tom klar war, was genau Forbes vorhatte, ob sie realisierten, dass er die Zukunft der Franklin-Werft aufs Spiel setzte, nur darauf vertrauend, dass es ihm gelingen würde, ein Konsortium gesichtsloser Bankiers hinters Licht zu führen.

Forbes lenkte den Lanchester durch den dichten Verkehr auf der Dumbarton Road und den Hügel hinauf, der sie vom Flussufer hinauf zum höher gelegenen Brunswick Park brachte.

Fünf Minuten später stieg Lindsay aus dem Wagen aus und lief die Vordertreppe des Hauses hinauf, in dem sie geboren und aufgewachsen war.

Sie sehnte sich nach einem Bad, frischen Kleidern, einem Gin Tonic und einer ordentlichen Mahlzeit. Sie fühlte sich erschöpft, müde von dem vielen Gerede und den Verhandlungen, hatte die Nase voll von all dem Händeschütteln und Ausmanövrieren, von Versprechungen und Betrügereien und auch vom grenzenlosen Optimismus ihres Gatten. In den kommenden Monaten würde das Tanker-Projekt alles andere in den Hintergrund drängen. Schon allein der Gedanke daran langweilte sie. Sie brauchte etwas anderes, etwas Neues, etwas, das nicht von Forbes ersonnen war, etwas, womit ihr Mann nicht das Geringste zu tun hatte und das ihn nichts anging.

Lindsay öffnete die Salontür und schaute hinein.

Die Jungen saßen dicht beieinander auf dem Kamingitter, mit dem Rücken zum Kamin, in dem auch im Sommer abends ein Feuer brannte. Philip lehnte sich dabei mit einer Hand an den Stützpfosten des Kaminsimses, während Harry die Arme vor der Brust verschränkt hatte und leise etwas sagte. Philip nickte. Sie wirkten beide sehr ernst und feierlich, richtig erwachsen.

»Hallo, Leute«, begrüßte Lindsay die zwei eine Idee zu fröhlich. »In einer halben Stunde gibt es Abendessen.«

Ihre Söhne starrten sie an, als sähen sie sie zum ersten Mal. Offenbar war ihr Gesprächsthema weitaus interessanter als das Abendessen.

Sie zog die Tür hinter sich zu, um nach oben zu gehen.

Harry stand hastig auf und rief ihr nach: »Mutter, warte!«

Lindsay kehrte zurück in den Salon. »Was gibt es denn?«

»Es geht um Maeve«, begann Harry.

»Maeve? Was ist mit ihr?«

»Keine Ahnung. Sie hat sich oben eingeschlossen ...«

»Und will nicht mehr rauskommen«, ergänzte Philip.

»In ihrem Zimmer? Was macht sie denn da?«

»Ich glaube, sie heult sich die Augen aus«, murmelte Phil ernst.

»Verheiratet? Bist du ganz sicher, Liebes?«, fragte Lindsay.

»Ja. Mr. Coffey hat es mir erzählt. Turk hat ein Mädchen aus Kildare geheiratet. Ich habe keine Ahnung, was er in Kildare zu suchen hatte. Vielleicht hat er sich da vor den Bullen versteckt gehalten. Sie haben ihn gezwungen. Ich bin ganz sicher, dass sie ihn dazu gezwungen haben. Er liebt sie nicht. Er kann sie gar nicht lieben. Er hat doch stets nur mich geliebt. Ich bin schon immer sein Mädchen gewesen. Sie bekommt ein Baby.«

»Vielleicht ist Mr. Coffey ja falsch informiert.«

»Turk ist seit einem halben Jahr verheiratet. Er ist mit seiner Frau nach Wexford zurückgekehrt, und dort warten sie jetzt auf die Geburt des Babys. Gran hat es die ganze Zeit gewusst und nie einen Ton gesagt.«

»Ist immer noch ein Kopfgeld auf seine Ergreifung ausgesetzt?«

»Ja.«

»Wenn das stimmt«, meinte Lindsay vorsichtig, »ist es für dich vielleicht das Beste ...«

Maeve wog so schwer wie ein Sandsack, und ihr Gewicht brachte Lindsay auf der Bettkante ins Wanken. Sie hatte nach Kräften versucht, das Mädchen zu trösten, aber im Grunde schien Maeve weniger unglücklich zu sein als wütend.

»Du meinst, dass ich ohne ihn besser dran bin? Ja. Dass er nicht mal den Mumm hatte, es mir selbst zu sagen!«

»Ist Mr. Coffey Turk denn begegnet?«

»Er behauptet es. Und Gran ebenfalls. Sie haben ihn getroffen, als sie Peter besucht haben. Peter ist zusammen mit Turk untergetaucht. Sie waren beide in Wexford, doch als Gran mit Mr. Coffey nach Cork zurückgefahren ist, war Peter bereits wieder fort.« Maeve legte Lindsay einen Arm um die Schultern, als wäre ihre Tante das Opfer und sie selbst der Tröster. »Jeder hat gewusst, was Turk getan hat, was er vorhatte. Ich habe zwar das eine oder andere Gerücht gehört, aber ich wollte es nicht glauben. Es war falsch, den Kopf in den Sand zu stecken, nicht wahr?«

»Wenn er der Richtige für dich gewesen wäre ...«

»Der Richtige? Er war schon immer der Richtige für mich.«

»Nein. Das hast du nur geglaubt.«

»Ja, das stimmt. Ich habe wirklich geglaubt, er wäre es. Und er hat es auch gesagt.«

»Wie lange ist es denn her, dass ihr beiden euch das letzte Mal gesehen habt?«

»Fast zwei Jahre.«

»Und er hat dir nicht geschrieben?«

»Der nicht, dieser ignorante Arsch. Er war zu beschäftigt. Jetzt weiß ich auch, womit: Mit dieser Schlampe aus Kildare. Na dann ...«, sagte sie mit einem zittrigen Seufzer, »alles Gute, Mr. Trotter.«

»Was hat deine Großmutter dir noch erzählt?«

»Ist das nicht genug für einen Tag?«

»Hat sie deinen Vater erwähnt?«, hakte Lindsay nach.

»Dad? Nein, warum sollte sie?«

»Maeve, möchtest du nach Hause zurück?«

Das Mädchen runzelte die Stirn. »Nach Hause?«

»Zu deinen Eltern.«

»Wieso?«

»Ich dachte nur, dass du unter den gegebenen Umständen vielleicht für einige Zeit heim möchtest.«

»Was soll ich in Dublin, jetzt, da das Kind schon in den Brunnen gefallen ist?«, entgegnete Maeve grimmig. »Willst du mich loswerden?«

»Selbstverständlich nicht.«

»Wenn du mich nicht mehr hier haben willst, brauchst du es nur zu sagen.«

»Davon kann keine Rede sein. Du kannst bleiben, solange du möchtest, Maeve. Wir haben dich gern hier. Außerdem möchte Ross ein Porträt von dir malen.«

Maeve wischte sich mit einem Fingerknöchel eine Träne aus dem Augenwinkel. »Noch ein Bild? Wieder mit Bobby?«

»Nein. Ich glaube, ihm schwebt ein Doppelporträt von uns beiden vor.«

Lindsay war doch Snob genug, um erleichtert zu sein, dass

Maeve nicht die Frau eines ungehobelten irischen Rebellen werden würde. Wenn sie ihren Liebeskummer überwunden hatte, würde sie sicher eines Tages in Glasgow einen netten jungen Mann finden, der sie heiratete, auch wenn dieser junge Mann nicht Harry sein würde, nicht Harry sein durfte. Seltsam, ging es Lindsay durch den Kopf, wie Gefühle sich verändern und miteinander verbinden wie die Farben auf Ross' Palette.

»O ja, das wird sicher nett!«, entgegnete Maeve, doch es klang nicht sehr überzeugend.

»Ganz bestimmt. So, und jetzt sei tapfer, wasch dir das Gesicht, zieh dich um, und komm runter zum Abendessen. Glaubst du, du kannst etwas essen?«

»Ja«, erwiderte Maeve mit einem letzten tiefen Seufzer. »Ich denke doch.«

Kapitel 14

Das lange Wochenende

Das Mieten von Limousinen mit Chauffeur zu einem anderen Anlass als einer Hochzeit oder einem Begräbnis galt als Krönung der Extravaganz, und als der Rolls-Royce Silver Ghost sie an einem heißen Samstagmorgen um halb elf abholte, sagte sich Lindsay, dass ihr Vetter sehr reich oder sehr dumm sein musste. Ross hatte beschlossen, dass sie im großen Stil nach Edinburgh reisen würden, und saß selbst bereits im Fond. Er hatte sich richtig in Schale geworfen und trug einen schicken maßgeschneiderten cremefarbenen Leinenanzug, der luftig und bequem aussah verglichen mit dem strengen Gehrock und der grauen Weste ihres Vaters.

Sie hatten den Brunswick Crescent eben erst hinter sich gelassen – Miss Runciman, Enid und die Jungen hatten ihnen von der Vordertreppe aus fröhlich nachgewinkt –, als Arthur meinte: »Ich dachte, wir sind zum Lunch mit einem Lord und einer Lady verabredet?«

»Das sind wir auch«, antwortete Ross.

»Warum trägst du dann einen Leinenanzug?«

»Weil ich Künstler bin, lieber Onkel, und von uns Künstlern wird ganz einfach erwartet, dass wir uns unanständig benehmen.«

»Du siehst aber nicht unanständig aus«, bemerkte Lindsay.

»Das kommt noch, wart's nur ab«, versprach Ross.

»Wird Lord Faid auch dort sein?«, fragte Maeve neugierig.

»Ich denke schon«, erwiderte Ross. »Ich glaube allerdings, dass Lady Faid das Sagen hat, auch wenn der alte Knabe die Rechnungen bezahlt.«

»Ich habe noch nie einen echten Lord kennengelernt«, bekannte Maeve ehrfürchtig.

»Ich hatte das zweifelhafte Vergnügen früher öfter«, meinte Arthur. »Ich war jedes Mal enttäuscht. Sag mal, Ross, ich dachte, du hältst nichts von gesellschaftlichen Anlässen. Was hat dich denn bewogen, heute eine Ausnahme zu machen?«

»Lady Faid zahlt für mein Bild eine Stange Geld.«

»Lügner.« Lindsay gab ihm einen Klaps auf das Knie. »Das Bild ist bereits bezahlt.«

»Stimmt«, gab Ross zu. »Dann wollte ich wohl nur angeben.«

»Angeben? Womit?«, fragte Maeve.

»Mit meinem Talent. Meiner Aufmachung. Meiner Familie.«

»Meinst du damit uns?«, wollte Maeve wissen.

»Selbstverständlich.«

»Nimmst du deine Modelle immer mit, wenn das Bild feierlich aufgehängt wird?«, erkundigte sich Lindsay neugierig.

»Nein, aber bislang war auch noch kein Familienmitglied darunter.«

Ein ausgedehnter Einkaufsbummel, bei dem sie Geld ihres Onkels ausgegeben hatte, hatte Maeve von Turk Trotters Heirat abgelenkt, aber verständlicherweise war sie immer noch etwas gereizt. »Ich verstehe. Ich bin gut genug, um dieser Lady aus Edinburgh vorgestellt zu werden, aber Bobby Shannon nicht? Willst du das damit sagen?«

Ross hatte für sich den unbequemsten Sitzplatz gewählt und saß gegen die Fahrtrichtung, während die Limousine sich auf der Fahrt quer durch Glasgow durch den Verkehr kämpfte. »Bobby war auch eingeladen«, erklärte er scharf.

Maeve schüttelte den Kopf. »Das glaube ich dir nicht.«

»Aber er wollte nicht mitkommen«, fuhr Ross fort.

»Hast du ihn wirklich gefragt, ob er mit uns nach Edinburgh kommen möchte?«

»Das habe ich, doch er hat abgelehnt.«

»Hast du ihm auch gesagt, dass ich mitfahren würde?«

»Und ob. Ich habe sogar geäußert, dass du dich sicher über seine Gesellschaft freuen würdest, aber nein, der arme alte Bobby hatte keine Lust auf ein Tête-à-Tête mit einem waschechten Lord. Ich glaube, er zieht es vor, den Feind auf Distanz zu halten. Es könnte sich ja herausstellen, dass nicht alle Aristokraten Ungeheuer sind.«

»Du hast ihn um meinetwillen gebeten mitzukommen?«

Ross nickte.

»Das war nett von dir, sehr nett sogar«, sagte Maeve und drückte ihm zu Lindsays – und auch Ross' – Überraschung einen Kuss auf die Wange.

Auf den ersten Blick war die Ann Street eine schmale, idyllische Nebenstraße mit kleinen gepflegten Vorgärten und bescheidenen georgianischen Häusern, die durch alten Baumbestand hindurchschimmerten. In einer solchen Straße hätte man kaum die Residenz eines Lords vermutet, aber als der Ghost über das Pflaster zum Tor rumpelte, erklärte Ross, dass es sich bei dem Haus lediglich um einen Zweitwohnsitz handele und der eigentliche Wohnsitz der Faids in Ayrshire weitaus imposanter sei.

Ein Dienstmädchen öffnete ihnen anstelle des erwarteten Butlers. Arthur wurde von Hut und Handschuhen befreit, dann führte man sie in einen lang gezogenen Raum im Erdgeschoss, in dem *Das verlorene Herz* zu Lindsays Überraschung bereits an seinem Platz hing. Irgendwie hatte sie sich vorgestellt, dass das Gemälde feierlich enthüllt werden würde. Das Gemälde war zu groß für den Raum, und eine Schlange von Gästen drängte sich entlang der gegenüberliegenden Wand wie die Opfer eines Erschießungskommandos, um sich einen Gesamteindruck der neuesten kostspieligen Errungenschaft der Gastgeberin zu verschaffen.

Ross hakte Lindsay unter. »Ich verstehe ja nicht viel von Kunst, aber ich weiß genau, was mir nicht gefällt«, kommentierte er die Einstellung der meisten Anwesenden.

»Wer sind diese Leute?«, wollte sie leise wissen.

»Freunde und Bekannte der Faids, dazu Agenten, Kunsthändler und Journalisten. Lady Faid lässt sich keine Gelegenheit entgehen, das literarische Erbe ihrer Mutter ins rechte Licht zu rücken. Man kann es ihr nicht verdenken. Immerhin bringt es ihr Geld ein ...« Abrupt ließ er Lindsays Arm los und bot der Dame des Hauses seltsam abgewinkelt wie ein Geck der Restaurationszeit die Hand dar. »Lady Faid, wie reizend von Ihnen, mir zu Ehren eine Vernissage zu veranstalten!«

Die Frau besaß die runzligen Züge eines alten Fischweibs und dazu durchdringende, aufmerksame braune Augen. Ihr Haar war silbern und klein gelockt, und sie trug ein Kleid aus pflaumenblauem Samt, das in Lindsays Augen besser geeignet gewesen wäre für einen Abend in der Oper als für ein informelles Mittagessen mitten im Sommer. Hinter ihr stand ein schüchterner kleiner Mann in einem grauen Straßenanzug und einem ungestärkten Hemd, der sich damit zufriedengab, nichts anderes zu tun, als zu lächeln, wobei er in Abständen den Kopf leicht schräg legte, wie um vages Interesse an etwas zu bekunden, das seine Frau gerade von sich gab.

»Mein Mann«, stellte Lady Faid ihn knapp vor.

»Sir«, meinte Ross.

»Eure Lordschaft«, sagte Lindsay.

Arthur verneigte sich, Maeve knickste, und Lord Faid lächelte und lächelte, um gleich darauf wie eine graue Rauchschwade hinter seiner Frau herzuwehen, als die mit Ross im Schlepptau davonrauschte, um den Künstler mit irgendwelchen wichtigen Leuten bekannt zu machen.

»Na?«, wollte Arthur leise wissen. »War das nicht aufregend? Wenden wir uns jetzt den wirklich interessanten Dingen zu: Wo ist der Schampus, und wo gibt es etwas zu beißen? Und dann nichts wie weg.«

Gleich neben Ross' Gemälde waren zwei Spieltische aufgestellt worden, auf denen zahlreiche sentimentale Romane der verstorbenen Fiona McWhirter auslagen, darunter auch einige Billigausgaben neben Bänden, die mit ausgeblichenem Stoff bezogen waren, wie es vor fünfzig Jahren einmal Mode gewesen war. Vier Bücherregale mit Glastüren im hinteren Teil des Raumes beherbergten, wie Lindsay vermutete, das Gesamtwerk, sämtliche Bände in aufwendig verziertem Ledereinband. Zwischen besagter Bibliothek und einer Terrassentür zum Garten hing ein Porträt der verblichenen Autorin, das ganz offensichtlich nicht von Ross Franklin gemalt worden war.

»Großer Gott!«, entfuhr es Arthur. »Ist das Fiona? Ob sie immer mit so verdrehten Augen herumgelaufen ist?«

»Ich bezweifle, dass das Porträt viel Ähnlichkeit mit der Person aufweist«, entgegnete Lindsay. »Andererseits, wenn du Abermillionen von Worten in pinkfarbener Tinte auf grünes Papier geschrieben hättest, hätten deine Augen sich vielleicht auch irgendwann nach oben gedreht. Wenn ich nicht sehr irre, ist das ein Chubb, und seine Bilder von Rindviechern waren um Längen besser als seine Porträts mehr oder minder prominenter Zeitgenossen.«

»Mehr oder minder prominente Zeitgenossen!«, schimpfte Arthur mit gespielter Empörung. »Man sollte dir den Mund mit Seife auswaschen, Kind! Befinden wir uns nicht gerade eben in Gegenwart wahrer Größe?«

»Also, offen gestanden würde ich dies verneinen«, gab Lindsay trocken zurück.

Der Lärm aus dem Schauraum klang jetzt irgendwie hektisch. Es schien, als würde Ross gefeiert oder, wenn nicht gefeiert, dann doch zumindest gönnerhaft gewürdigt, was im vorliegenden Fall so ziemlich das Gleiche war.

Vor dem milchigen Sonnenschein, der durch das Fenster hereinfiel, wirkte er größer und behaarter als jeder andere im Raum und in seinem leichten hellen Anzug fast wie ein Heiliger. Lindsay winkte ihm diskret zu, indem sie nur dezent die Fingerspitzen bewegte.

Er lächelte und zog vielsagend die Brauen hoch.

»Und Sie? Sie sind?«

Lindsay und Arthur drehten sich gemeinsam um, doch die ungeteilte Aufmerksamkeit des Sprechers galt Maeve oder, genauer, Maeves Busen.

»Ich bin nur ein einfaches Mädchen vom Land, Sirrrr, niemand, wirklich«, erwiderte sie mit breitem irischen Akzent. »Darf ich fragen, mit wem ich die Ehre habe?«

»Sie sind aber ein ausnehmend hübscher Niemand«, sagte er. »Ich bin Gillis.«

»Wie aufregend«, entgegnete Maeve gelangweilt.

Er lachte kalt und rückte näher an das Objekt seiner Begierde heran, wobei er Lindsay und Arthur auch weiterhin demonstrativ ignorierte. »Gillis«, wiederholte er. »Graham Gillis. Sind wir uns vielleicht früher schon einmal begegnet? Ich vergesse selten ein hübsches Gesicht.«

Er hatte mit Pomade glatt zurückgekämmtes strähniges graues Haar, eine Nase, die man beinahe als knollig bezeichnen konnte, und, wie Lindsay fand, die gierigsten Augen, die sie je gesehen hatte. Ein Mann, der stets danach trachtete, seinem eigenen Ruf gerecht zu werden, was immer das für ein Ruf sein mochte.

»Wenn ich eine Decke um die Schultern trüge und dazu einen alten Rock und wenn ich Ihnen meine Beine zeigte, Sirrrr, dann würden Sie mich gleich wiedererkennen.«

Dass er und Maeve möglicherweise in der Vergangenheit geschäftlich miteinander zu tun gehabt hatten und er sich nicht daran erinnern konnte, weil er in altehrwürdiger Tradition Edinburgher

Gentlemen bei dieser Begegnung volltrunken gewesen war, veranlasste Gillis Graham zu einer Denkpause.

Widerstrebend löste er den Blick von Maeves Oberweite und heftete ihn auf Lindsay und Arthur. »Oh! Wie ... Ja, natürlich, wie geht es Ihnen?«

»Großartig, vielen Dank«, entgegnete Lindsay artig.

»Und Sie sind?«

»Freunde des Künstlers«, erwiderte Lindsay.

»Ross, der gute alte Ross! Was für ein Schurke!«

Von Gillis Grahams Schulter verdeckt, blies Maeve die Backen auf, wölbte die Brauen und zog die hübsche kleine Nase kraus.

»Sie kennen Ross wohl sehr gut, was, Mr. Graham?«, fragte Arthur.

»Mir verdankt er seine erste Kritik. Ich habe ihn als Erster erwähnt. Es hat ihn wahnsinnig gefreut.«

»Das hat es ganz sicher«, bestätigte Lindsay. »Wie lange ist das her?«

»Eine Ewigkeit. Sehr, sehr lange.«

»Und was werden Sie über sein neuestes Meisterwerk schreiben?«, fragte Maeve neugierig. »Jenes dort an der Wand?«

»Ich werde schreiben, dass Ross Franklin seinen Mäzen wieder einmal mit Stolz erfüllt hat, indem er der Natur den Spiegel vorgehalten hat. Ich mag seine traditionelle Art der Komposition nicht besonders, ebenso wenig wie seine obsessive Verwendung von Glanzakzenten, aber als ein Beispiel falschen französischen Klassizismus erfüllt es seinen Zweck, auch wenn dieser Stil schon lange passé ist.«

»Mit anderen Worten, es gefällt Ihnen nicht«, stellte Maeve fest.

»Subjektiv betrachtet, nein. Es widerspricht meiner Interpretation dessen, was gemeinhin Kunst ausmacht.«

»Dann darf ich davon ausgehen, dass Sie das Gemälde sehr eingehend studiert haben?«, meinte Lindsay.

»Selbstverständlich«, log Graham, ohne rot zu werden. »Sehr eingehend sogar.«

»Und trotzdem haben Sie mich nicht wiedererkannt«, seufzte Maeve. »Wie schade.«

»Sie wiedererkannt?«, murmelte Gillis Graham perplex. »Was um alles in der Welt meinen Sie damit?«

»Sie meint«, klärte ihn Arthur auf, »dass wir ebenso wenig wie Sie hier sind, um uns das Bild anzuschauen, sondern ausschließlich wegen des kostenlosen Mittagessens. Übrigens, Sir, können Sie mir sagen, wo es hier zum Buffet geht?«

Hierauf zeigte Gillis Graham, fürs Erste sprachlos, die Treppe hinauf.

Stella trug einen Badeanzug und Badeschuhe im Meerjungfrauen-Design, die Forbes aus einem unerfindlichen Grund erotisch fand. Tatsächlich fand er ziemlich alles an Stella Pickering erotisch, da die alte Weisheit, dass eine Trennung das Herz anschwellen lässt, bei ihm auch auf andere Teile seiner Anatomie zutraf.

Das gesamte Hauspersonal, Ronnie eingeschlossen, hatte seinen freien Tag. Forbes und Stella waren ganz allein im Haus, und sie hatte es nicht minder eilig gehabt als er, das Wohnzimmer mit seinem Goldfischglas-Charme gegen das Schlafzimmer einzutauschen. Hinterher hatte sie geduscht, den geblümten Badeanzug angezogen und zum mittäglichen Signal der Fabriksirenen oben in der Bar zwei großzügige Gin Tonic eingeschenkt. Hiernach war sie mit Forbes auf den sonnigen Balkon hinausgegangen.

Die für diese Jahreszeit ungewöhnliche Hitze erinnerte ihn an Marokko. Wäre nicht das monotone Rauschen des Verkehrs gewesen, in das sich das gelegentliche Quietschen und Rattern eines vorbeifahrenden Zuges mischte, hätte er sich beinahe in den Gärten des Oudaiya wähnen können, zurückversetzt in jenen unwirklichen Augenblick unmittelbar vor dem Erscheinen des Franzosen.

Die Mietshäuser und hohen Kräne von Clydebank waren in einer bräunlichen Dunstglocke verschwunden. Er konnte nur die Baumwipfel sehen sowie die vagen Umrisse der Berge – und natürlich Stella. Stella, die sich wie eine überlebensgroße Miezekatze auf einem Liegestuhl zusammengerollt hatte, die Sonnenbrille auf die Stirn geschoben. Das hohe Gin-Tonic-Glas, in dem Eiswürfel klirrten, warf bunte Prismen auf ihren nackten Schenkel. Sie hatte kein Wort über den Verbleib ihres Mannes verloren, und Forbes war bis jetzt zu beschäftigt gewesen, um sich danach zu erkundigen, wo Drew steckte und für wann sie ihn zurückerwartete. Er nippte an seinem Drink und zog an seiner Zigarette; das Ganze war geprägt von einer Vertrautheit, wie sie unter lange verheirateten Eheleuten üblich war.

Stella hatte die Augen geschlossen und das kalte Glas auf ihrem Dekolleté abgestellt.

»Möchtest du noch einen?«, fragte Forbes.

Sie öffnete ein Auge. »Noch einen was?«

»Einen Gin Tonic natürlich. Essen wir hier, oder gehen wir aus?«

»Hier.« Stella zog die Beine an. »Ich darf doch davon ausgehen, dass du nichts dagegen hast, einen Nachmittag in meiner Gesellschaft zu verbringen?«

»Nicht das Geringste.«

»Es gibt eine Fleischpastete mit eingelegtem Gemüse, dazu Salat und zum Dessert Fruchtkompott. Außerdem habe ich eine Flasche trockenen Weißwein kalt gestellt, die Drew für eine besondere Gelegenheit aufgehoben hat.«

»Ich glaube offen gestanden nicht, dass Drew dabei eine Gelegenheit wie diese vorschwebte.«

Stella lächelte und hielt ihr leeres Glas hoch.

Forbes stand auf und nahm ihr das Glas ab, in dem noch einige Eissplitter und ein Stück Zitronenschale schwammen. Impulsiv kippte er den Rest hinunter, klemmte sich die Zitronenschale in die Wange, beugte sich herab und küsste sie. »Dasselbe noch mal?«

»Bitte.«

Er wandte den Kopf in Richtung Wohnzimmer und Bar.

»Forbes«, sagte Stella, »warum hast du nicht nach Drew gefragt?«

Er blieb stehen und lehnte sich an die warmen Glastüren. »Ich vertraue dir, Liebes«, entgegnete er.

»Wie spät ist es?«

Er konnte im Dunst der flirrenden Hitze gerade noch den Turm der Singer-Fabrik erkennen, jedoch nicht die Zeiger der dort angebrachten Uhr. »Halb eins, schätze ich, wieso?«

»Ich nehme an, dass mein lieber Gatte in ebendiesem Moment mit deiner lieben Frau plaudert.«

Forbes verschluckte sich fast an der Zitronenschale. »Meine Frau ist in Edinburgh.«

»Ich weiß.«

»Zusammen mit ihrem Vater und meiner Nichte. Das Gemälde unseres Cousins wird heute feierlich enthüllt, das Ganze mit Mittagsbüffet bei irgendeinem Lord ... Faid. Lord Faid. Drew wird ja wohl kaum ausgerechnet dort sein.«

»O doch, das ist er. Faid ist Chef der Bank von Kaledonien, die rein zufällig bereit ist, gewisse Investitionen zu finanzieren, die die Firma meines Mannes in Kürze zu tätigen gedenkt.«

»Den Kauf von Bradford Steel?«

Stella nickte. »Ja, Liebling. Eine kluge Investition, findest du nicht auch?«

Das Brennen in Forbes' Kehle wurde nicht allein von der Zitronenschale verursacht. »Sind Faid und die kaledonische Bank auch in das Tankergeschäft involviert?«

»Forbes.« Sie setzte sich auf. »Ich liebe dich. Wenn du das jetzt noch nicht weiß, wirst du es wohl nie begreifen. Ich bitte dich, mir zu vertrauen, Liebling, mir blind zu vertrauen.«

»Er hat es auf Franklin's abgesehen, habe ich recht? Der ganze Quatsch, dass du hinter dem Rücken deines Mannes deine ganz eigenen finanziellen Interessen verfolgst ...«

»Ich habe ihnen gleich gesagt, dass du mir das nicht abkaufen würdest.«

»Ihnen? Wer ist noch mit von der Partie?«

»Mitchell Hussey.«

»Großer Gott!«, stöhnte Forbes. »Wenn du glaubst, ich würde Franklin's an einen Mann verscherbeln, der sein Geld mit Hammelfleisch in Dosen verdient ...« Er blickte aus scheinbar großer Höhe auf sie herab. Sie kam ihm plötzlich kleiner vor, dicker, beinahe billig. »Soll das heißen, dass Hussey über mich und Marjorie Bescheid weiß?«

»Was glaubst du, wie mein Mann ihn überredet hat, sich dem Konsortium anzuschließen?«

»Und Paget?«

»Geoff? Unwichtig. Der ist nur ein Rädchen im Getriebe. Er ist bis über beide Ohren verschuldet, und jetzt, da er zudem noch sein gutes Aussehen eingebüßt hat, ist er eigentlich niemandem mehr von Nutzen. Drew wird ihm irgendwo eine Stelle verschaffen, wo er keinen Schaden anrichten kann, aber offen gestanden ist Geoffrey am Ende, erledigt.«

Die Säure, die in Forbes' Kehle aufgestiegen war, wurde weniger.

»Wessen Idee war es, Paget auf meine Frau anzusetzen?«

»Das hat Geoffrey sich ganz allein ausgedacht. Er hatte schon immer eine Schwäche für deine Gattin, mein Schatz. Ich denke, er wollte dich privat und geschäftlich gleichermaßen treffen.«

»Lindsay ist viel zu vernünftig, um auf einen so billigen Trick hereinzufallen.«

Stella lehnte sich zurück, die Arme unter dem Kopf verschränkt, sodass ihre Brüste unter dem dehnbaren Stoff ihres Badeanzuges anschwollen. Sie bewegte die Füße mit den Gummilatschen, als würde sie Wassertreten. Sie machte einen ausgesprochen selbstzufriedenen Eindruck. »Gott, ja. Das hätte ich ihnen auch gleich zu Anfang sagen können. Das Ganze ist so lächerlich kleingeistig, und das, obwohl es um richtig viel Geld geht.«

»Wie viele Investoren gehören dem Öl-Konsortium an?«

»Natürlich Drew, dann Giddy, Mitchell Hussey und zwei französische Banker. Hinzu kommen Kredite der Bank of Caledonia, mit den Aktiva meines Mannes als Sicherheit.«

»Moment. Soll das heißen, Drew ist willens, seine Flotte von Transportschiffen als Sicherheit für das Marokko-Projekt zu verpfänden?«

»Saatkorn«, entgegnete Stella. »Er bezeichnet es als ›Saatkorn‹.«

»Dann setzt er alles auf eine Karte? Das Ölgeschäft?«

»Drew ist keine Spielernatur. Es ist weniger ein Glücksspiel als ein Wettbewerb. Wie ein Rugby-Match: Kopf einziehen und mittendurch. Er hat ein Auge auf Franklin's geworfen, und wenn er die Teilhaber nicht zum Verkauf überreden kann, wird er so lange am Ball bleiben, bis er genügend Anteile zusammengekauft hat, um intern die Kontrolle zu übernehmen. Er hat ein ganzes Team von Rechtsanwälten hinter sich, die auf Unternehmensrecht spezialisiert sind, und ich halte ihn für durchaus fähig, euch Franklin's vor der Nase wegzustehlen. Es sei denn ...«

»Es sei denn, was?«

»Du kommst ihm zuvor.«

»Und wie genau sollte ich das anstellen?«

»Du kaufst den anderen Partnern Anteile ab und überlässt einundfünfzig Prozent davon Drew. Im Gegenzug erhältst du einen bestimmten Prozentsatz an den Gewinnen des Konsortiums und wirst außerdem zum Vorstandsvorsitzenden der Werft ernannt.

Dann bekommst du, was du willst, und Drew ebenfalls, und ihr beide müsstet nur minimale Kompromisse eingehen.«

»Wessen Idee ist das nun wieder? Deine oder die deines Angetrauten?«

»Meine, mein Schatz, ganz allein meine.«

»Und was ist mit Hussey? Ich dachte, er sinnt auf Rache?«

»Mitchell Hussey ist ein verbitterter alter Mann, aber langfristig wird die nackte Gier schwerer wiegen als seine Ehre«, versicherte ihm Stella. »Übrigens hast du großen Eindruck auf meinen französischen Schwager gemacht. Giddy meint, ihr beide wärt aus demselben Holz geschnitzt. Er wird sich für dich einsetzen, falls und wenn es ernst wird.«

»Lindsay wird niemals verkaufen. Und Martin ebenso wenig. Ich schätze, sie würden eher an die Börse gehen, als Franklin's deinem Mann zu überlassen.«

»In sechs bis acht Monaten werden Schiffsbau-Aktien an der Börse Ladenhüter sein. Weihnachten kommt ein Börsengang dann vielleicht schon gar nicht mehr infrage, Forbes. Fusion? Vielleicht – doch wer sollte an einer Fusion mit einer Werft interessiert sein, die nicht mehr zu bieten hat als leere Docks und leere Auftragsbücher?«

»Wenn ich die Teilhaber-Klauseln anwende, die Owen Franklin vor ewigen Zeiten hinsichtlich einer Übernahme der Aktienmehrheit festgelegt hat, werde ich von den Franklins geächtet werden.«

»Wäre das denn wirklich so schlimm, Forbes?«

»Nein«, gab Forbes zu. »Vermutlich nicht.«

»Und als Bonus bekommst du etwas, das meinem Mann nicht gehört und das sich immer seiner Kontrolle entziehen wird.«

»Und das wäre?«

»Mich.«

Warme Hähnchenbruststreifen auf Salat und Rotkohlblättern hielten Arthur bei Laune. Er war schon bei der zweiten Portion, als die meisten anderen Gäste sich erst von der Weinbar lösten und das Büffet in der Küche ansteuerten.

Arthur, Maeve und Lindsay hatten es sich auf einer rustikalen Bank unter einem Mimosenstrauch am anderen Ende des Gartens gemütlich gemacht und zogen es vor, unter sich zu bleiben. Wie Maeve es ausgedrückt hatte, war »eine Dosis Gillis Blödmann Graham genug für einen Tag«, eine Auffassung, der Lindsay sich nur von ganzem Herzen anschließen konnte.

Im Garten war es recht angenehm, da das monotone Stimmengewirr der Edinburgher High Society von den thermischen Luftströmungen an diesem heißen Tag gen Himmel getragen wurde und die drei von den mehr oder minder nichtssagenden Kommentaren verschont blieben. Später, wenn es Ross endlich gelang, sich von den Faids loszueisen, würde die Limousine sie in die Altstadt bringen, wo die Familie Maeve Edinburgh Castle zeigen wollte. Anschließend würden sie dann noch die Royal Mile entlangschlendern und schließlich die Heimfahrt antreten. Lindsay bückte sich, um ihren leeren Teller auf den Steinplatten abzustellen.

»Grundgütiger!«, rief ihr Vater aus. »Ist er das wirklich?«

Lindsay blickte auf. Andrew Pickering kam grinsend wie ein Honigkuchenpferd quer durch den Garten auf sie zu. Er hatte auf den Gehrock verzichtet, schien sich jedoch in Sakko und Flanellhosen nicht ganz wohlzufühlen, als hätte er das Niveau des Anlasses und den Dresscode falsch eingeschätzt und als wäre ihm seine unangemessene Aufmachung nur zu bewusst. Sein derbes, fleischiges Gesicht war tief gerötet, und er hielt in der einen Hand ein Glas und in der anderen ein zerknülltes Taschentuch. Er wischte sich den Schweiß von der Stirn, stopfte das Taschentuch in die Brusttasche seines Blazers und streckte Arthur die Hand entgegen.

»Arthur«, sagte er knapp.

Arthur Franklin balancierte sein Glas auf dem Teller, erhob sich und schüttelte die dargebotene Rechte. »Meine Tochter Lindsay«, machte er sie bekannt. »Ihre Nichte Maeve.«

»Das Mädchen auf dem Bild?«

»Ja, Sir«, bestätigte Maeve.

»Gut getroffen«, meinte Drew Pickering. »Hat wirklich Talent, Ihr Onkel. Ein Verlust für die Schiffsindustrie, aber ein Gewinn für die Kunst.«

»Möchten Sie uns vielleicht Gesellschaft leisten?«, fragte Lindsay höflich.

»Nein, nein, vielen Dank. Ich kann nicht lange bleiben. Ich bin um zwei verabredet. Ich bin nur Harry Faid zuliebe auf einen Sprung vorbeigekommen. Ich wollte allerdings nicht gehen, ohne Sie begrüßt zu haben.« Er wippte auf den Fußballen und musterte Lindsay mit seltsamer, uncharmanter Eindringlichkeit. »Ich glaube, Sie waren schon einmal Gast in meinem Haus, Mrs. McCulloch. Unglücklicherweise war ich seinerzeit zu beschäftigt, um mich Ihnen vorzustellen. Vielleicht darf ich Sie ja noch einmal in Merriam House begrüßen? Zum Dinner?«

»Das wäre entzückend«, hörte Lindsay sich antworten. Sie konnte sich lebhaft vorstellen, wie dieser ungeschlachte Kerl seine ständig angetrunkene blonde Ehefrau bestieg wie ein Hengst eine Stute. Das Bild drängte sich ihr ungebeten auf, als sie seinem Blick begegnete. Sie überlegte, was Stella Pickering in Forbes gesehen haben mochte, das sie bewogen hatte, ihn zum Liebhaber zu nehmen.

»Selbstverständlich in Begleitung Ihres Gatten«, sagte Drew Pickering gerade. »Forbes und ich haben mittlerweile so vieles gemeinsam, dass ich für einen interessanten Abend garantieren kann.«

»Ich freue mich schon«, erwiderte Lindsay ganz automatisch.

Natürlich würde es nie zu dieser Einladung kommen; die Drohung genügte, um durchblicken zu lassen, dass er von der Affäre zwischen Forbes und seiner Frau wusste. Pickering war ein viel zu raffinierter Geschäftsmann, um direkt auf den Punkt zu kommen. Stattdessen sondierte er das Terrain, um herauszufinden, ob sie ebenfalls über die Affäre im Bilde war und ob sie – jeder für sich oder auch gemeinsam – Kapital daraus schlagen konnten. Lindsay blieb höflich und ließ sich ihren Zorn nicht anmerken, Zorn auf Forbes, auf Pickering und auf die dralle Blondine, mit der er verheiratet war. Aber was sie empfand, war keine blinde Wut, kein zerstörerischer Zorn. Vielmehr beschäftigte sich ihr Verstand längst mit den verschiedensten Möglichkeiten.

Wieder ergriff sie die dargebotene Hand, nicht schmal und sanft wie Ross', sondern groß, wie gegerbt und hart.

»Auf Wiedersehen, Mrs. McCulloch. Auf bald.« Drew Pickering wandte sich den anderen zu. »Junge Dame, Arthur – genießen Sie Ihren Lunch. Es war mir ein Vergnügen.«

»Ebenso«, murmelte Maeve.

Aber Sir Andrew Pickering stolzierte bereits den geplättelten Weg hinunter in Richtung Küche und wischte sich hierbei erneut mit dem Taschentuch die Stirn trocken.

Kabbeleien waren auf den Tennisplätzen im Schatten der hübschen Sandstein-Reihenhäuser von Brunswick Park South nichts Ungewöhnliches.

Gentlemen in weißen Flanellhosen und Damen in langen Röcken diskutierten regelmäßig und teils erbittert darüber, ob ein Ball nun gut oder aus gewesen war sowie über den Punktestand. Es kam sogar zuweilen vor, dass Jugendliche im Eifer des Gefechts ihren Schläger zu Boden warfen oder einen Ball auf die Madison Street droschen, wobei Letzteres mit einem Monat Spielverbot während der laufenden Saison geahndet wurde, die den Leidenschaftlicheren unter den Spielern ohnehin viel zu kurz war.

Philip gehörte auch in diese Kategorie. Wäre es nach ihm gegangen, hätte er jede freie Minute auf dem Tennisplatz verbracht. Er sehnte den Tag herbei, an dem er, wie Harry, den Status des Junior-Mitglieds ablegen und sämtliche Rechte und Privilegien der Clubmitgliedschaft genießen würde. Dann konnte ihn auch niemand mehr mitten in einem Match von dem wundervollen roten Ascheplatz werfen, damit vier alte Damen eine halbe Stunde Bälle über das Netz schubsen konnten oder irgendein arroganter Mannschaftsspieler meinte, seinen Aufschlag üben zu müssen.

Jetzt, da Grandee in Edinburgh war und sich am Himmel kein Wölkchen blicken ließ, war Phil den ganzen Vormittag über kaum zu halten gewesen. Er hatte schließlich sein Mittagessen in voller Tennismontur hinuntergeschlungen, in einem Tempo, mit dem Harry nicht hatte mithalten können.

Harry war nicht mehr nur Bruder; Harry war der Schlüssel, der ihm das Tor zu den Tenniscourts von Brunswick Park South öffnen würde, da den Clubstatuten zufolge ein Junior-Mitglied samstags nur in Begleitung eines Erwachsenen spielen durfte, und diesen Status hatte Harry seit Kurzem inne.

Es war schon nach zwei, als es Phil endlich gelang, seinen Bruder über den Hügel zur Madison Street zu schleifen, bewaffnet mit einem Netz voller Bälle, seinem Schläger, einer brandneuen Zelluloid-Schirmmütze und einer Flasche Barley-Wasser. Jetzt brauchte Harry nur noch ihre Namen in die Warteliste für den nächsten freien Platz einzutragen, und in schätzungsweise einer halben Stunde würde er endlich draußen sein, hetzen und schlagen. Er würde nicht länger mit den Problemchen des Alltags kämpfen müssen, sondern mit langen und kurzen Bällen, Cross- und Longline-Bällen.

Philip ließ sich auf einer kleinen stacheligen Grasfläche gleich neben den Stufen zum Pavillon nieder und beobachtete grimmig die vier Spieler auf dem hinteren Court, als könnte er sie allein kraft seiner Gedanken dazu bewegen, ihr Spiel zu beenden.

Als das Tor hinter ihm quietschte, schaute er nicht zurück.

Er sah, wie Mrs. Sampson einen einfachen Volley verschlug und daraufhin kicherte, als wäre ihr ein bemerkenswerter Schlag gelungen. Kurz darauf ließ Ewan Calder sich neben ihm im Gras nieder und fragte ohne jedwede Umschweife: »Wo ist sie?«

»Ach! Was machst du denn hier?«, entgegnete Philip wenig begeistert.

»Wo ist sie?«

»Du bist kein Clubmitglied, Ewan. Verschwinde.«

»Ich habe gefragt, wo sie ist.«

»Maeve? In Edinburgh.«

»Was macht sie denn in Edinburgh?«

»Sie schaut sich ein Gemälde an«, antwortete Philip.

»Sie hat mir gegenüber nicht erwähnt, dass sie nach Edinburgh wollte.«

»Warum sollte sie? Hör zu, Maeve ist nicht da, alter Knabe, und da hier nur Mitglieder Zutritt haben ...«

»Wir wollten ins Kino.«

»Ins Kino?« Philip warf seinem Vetter einen Seitenblick zu. »Welches Kino?«

»Ins Kino eben. Irgendeins.«

»Soll das heißen, du warst schon mal mit Maeve im Kino?«

»Sie hätte mir wenigstens Bescheid sagen können«, maulte Ewan verstimmt. »Sie hätte mir erzählen müssen, dass sie wegfährt ... Ja, wir waren schon zusammen im Kino, oft.«

»Wie oft?«

Ewan lächelte. »Oft genug.«

»Sie hat Harry gegenüber nie ein Wort davon erwähnt.«

»Natürlich nicht. Sie hat viel zu viel Spaß mit mir.«

»Spaß? Was meinst du mit Spaß?«

Ewan blickte auf die Menschenmenge auf der Treppe zum Clubhaus, elegante Athleten und schlanke Damen, die am Geländer lehnten, rauchten und lachten.

Harry war nicht unter ihnen; er war nirgends zu sehen.

Ewan Calder beugte sich zu Philip hinüber, legte eine Hand trichterförmig an den Mund und flüsterte seinem naiven jungen Cousin triumphierend seine Definition von »Spaß« ins Ohr.

»Madge!«, rief Mrs. Sampson. »Madge, pass auf!«

Die Jungen rollten kreischend wie sich prügelnde Straßenkater den Hang hinunter und krachten in das Absperrnetz hinter dem Platz. Mr. Sampson drohte mit erhobener Faust, und seine pummelige Gattin hüpfte aufgeregt auf der Stelle, als die Jungs – einer von ihnen ein Unbekannter – sich auf dem Kiesstreifen weiterschlugen und dabei das Netz so kräftig schüttelten, dass es klappernd gegen die Pfosten schlug und ein feiner Staubregen auf die arme Madge niederging.

»Schluss damit! Hört sofort auf!«

Aber Philip nahm nichts um sich herum wahr. Er packte seinen Vetter bei der Kehle, drückte ihn gegen das Netz, holte dann aus wie zur Rückhand und schlug Ewan das alberne Lächeln aus dem Gesicht. Blut spritzte aus Mund und Nase.

»McCulloch? Wo ist Harry McCulloch? Jemand soll den Bruder holen!«

Blut sprenkelte Ewans Hemd und hinterließ Flecken auf seiner schicken grauen Flanellhose. Blut spritzte in alle Richtungen, und wie Madge später immer wieder erzählen würde, konnte man nichts anderes sehen als die Zunge des fremden Jungen inmitten einer roten Masse, während dieses »Tier von McCulloch« ohne einen Funken Mitleid oder Zurückhaltung immer weiter auf den armen Jungen eindrosch.

Philip schlug immer noch unerbittlich zu, als Harry und drei weitere kräftige junge Burschen aus der Academy ihn von seinem Opfer wegzerrten, und als er die Fäuste nicht mehr einsetzen konnte, trat er wie besessen nach seinem Cousin, der zusammengerollt auf dem Kies lag und sich die Arme schützend vor das Gesicht hielt.

Sie schleiften Philip fort, wozu alle vier vonnöten waren, warfen ihn zu Boden und hielten ihn dort fest, bis er sich wieder unter Kontrolle hatte.

Phil starrte in den blauen Himmel, auf Harrys Kinn und seinen Mund, der aus seiner Perspektive auf dem Kopf stand. Mit einem leisen, zittrigen Schluchzen, dem einzigen Anzeichen von Reue, fragte er: »Habe ich ihn umgebracht?«

»Leider nein«, entgegnete sein Bruder.

Der Ghost brachte Maeve und Arthur die steile gepflasterte Straße zum Mound hinauf und setzte Ross und Lindsay vorher an der Ecke Princess Street Gardens ab.

Ross hatte erklärt, für diesen Tag genug von Geschichte zu haben und nicht die geringste Lust zu verspüren, sich die Altstadt von Edinburgh anzusehen, und so waren sie übereingekommen, dass Lindsay und er zwei Stunden in den Gärten verbringen würden, während Arthur Maeve die Burg zeigte. Um fünf Uhr wollten sie sich auf der Treppe der National Gallery treffen und gemeinsam nach Hause fahren.

Lindsay war froh, als sie das hektische Treiben der Princess Street hinter sich ließen. In den Gärten war zwar auch viel los, aber wenigstens schien es hier niemand eilig zu haben. Die Wege waren bevölkert mit Müttern, die Kinderwagen schoben oder renitente Kleinkinder an der Hand hielten, flirtenden jungen Mädchen und erschöpften Ehefrauen, die ihren schmerzenden Füßen eine Ruhepause gönnten, während alte Männer auf den Bänken ein

Nickerchen machten. Vorwitzige Eichhörnchen und scheue Tauben bettelten um Futter, und im Pavillon drüben beim Teehaus am vergoldeten Brunnen spielte ein Orchester schottische Melodien.

Sie hakte Ross unter und passte ihre Schritte den seinen an. Er zündete seine Pfeife an und schlenderte gemütlich dahin, wobei er interessiert die Felswand hinaufblickte, die die Gärten überragte. Nicht zum ersten Mal fragte sie sich, inwieweit sich die Wahrnehmung ihres Cousins von der ihren unterschied, welche Formen und Farbnuancen er wahrnehmen mochte, die ihr selbst gar nicht bewusst waren.

Er nahm die Pfeife aus dem Mund. »Ich bin froh, dass es vorbei ist.«

»So schlimm war es doch gar nicht, oder?«

»Schlimm genug.«

»Wenigstens ist die Dame des Hauses glücklich mit dem Bild.«

»Ja, ich denke, es gefällt ihr recht gut. Sie meinte, ich hätte die ›Essenz der Vision ihrer Mutter‹ eingefangen – was immer das heißen mag. Ich fürchte aber, es handelt sich um ein eher zweifelhaftes Kompliment.«

»Warum spielst du eigentlich immer den Zyniker?«, wollte Lindsay wissen. »Ich halte das nämlich für eine reine Pose.«

Ross drückte ihren Arm. »Einiges ist Pose, das stimmt, aber nicht alles.«

»Was steht als Nächstes auf deinem Terminplan?«

»Eine Auftragsarbeit für Sir James Gloag. Er möchte eine mitreißende Szene aus *Tam o'Shanter*. Gloag ist Präsident der Burns' Society und fest entschlossen, dieser vor seinem Abgang im Januar eins meiner Werke zu vermachen.«

»Du meinst, junge Hexen, die auf einem Friedhof um ein Feuer tanzen?«

»Vielleicht. Oder Tam Lins alte Stute, wie sie auf dem Schiff ihren Schweif opfert. Ich bin ziemlich gut im Malen von Pferden«, rühmte sich Ross.

»Maeve würde eine wundervolle, verführerische Hexe abgeben, findest du nicht?«

»Ja, wahrhaftig, das würde sie«, stimmte Ross ihr zu. »Allerdings wäre sie möglicherweise nicht allzu begeistert davon, monatelang in einem kurzen Hemdchen an einem Seil zu baumeln, um das Fliegen zu simulieren. Fliegen ist nämlich ein zentrales Element bei Hexen, weißt du.«

»Bobby Shannon ist wohl noch zu jung, um für den Tam Modell zu sitzen, oder?«

»Nicht unbedingt. Warum fragst du?«

»Maeve kann ihn gut leiden.«

»Das dachte ich mir schon«, meinte Ross.

»Nach allem, was ich so gehört habe, ist er ein anständiger junger Mann.«

»Scheint mir auch so«, bestätigte Ross.

»Tom Calder hält große Stücke auf ihn.«

»Lin, willst du die beiden vielleicht verkuppeln?«

»Selbstverständlich nicht«, antwortete sie.

»O doch. Du spielst die Kupplerin. Warum?«

Sie erzählte ihm davon, wie jener Ire namens Turk Maeve »abserviert« hatte und welchen Aufruhr dies daheim verursacht hatte.

»Forbes meint, sie braucht einen Mann«, sagte sie abschließend.

»Ja, das klingt ganz nach Forbes, nicht wahr?«

»Maeve ist kein loses Frauenzimmer, aber ... ich weiß auch nicht ... sie ist irgendwie rastlos. Sie kennt keine Selbstdisziplin, keine Zurückhaltung, hat keine Geduld. In dieser Hinsicht ist sie ganz anders als wir.«

»Das will ich auch hoffen. Das würde ich meinem ärgsten Feind nicht wünschen.«

»Mal im Ernst, Ross. Sie ist nicht die Richtige für Harry, und das wird sie auch nie sein«, erklärte Lindsay.

»Snob!«

»Nein, darum geht es nicht.«

»Hast du Angst vor ihr, Lindsay?«, fragte Ross ohne Umschweife.

»Angst vor ihr? Nein, nicht direkt. Zutreffender wäre wohl, dass ich Angst *um* sie habe.«

»Dann schick sie zurück nach Dublin.«

Lindsay schüttelte den Kopf. »Das wäre nicht fair.«

»Dir selbst oder Maeve gegenüber?«

»Uns beiden, denke ich. Außerdem möchte sie gar nicht fort.«

Ross klopfte die Asche aus dem Pfeifenkopf und steckte die Pfeife in seine Jackentasche. »Kuppeln ist eine Wissenschaft für sich, weißt du. Bobby Shannon mag ja auf den ersten Blick erscheinen wie ein Rohdiamant, aber so wie jeder von uns könnte auch er seine wahre Natur geschickt verbergen. Soweit ich weiß, kümmert er sich außerdem um eine verkrüppelte Schwester, und auch das stellt schon eine gewisse Belastung dar.«

»Wer weiß, ob er sich überhaupt für Maeve interessiert.«

»Ich denke doch, dass er das tut, zumindest ein wenig.«

»Und du? Magst du sie?«, wollte Lindsay unvermittelt wissen.

»Natürlich, aber ich ... Wie sagt man heutzutage? Ich bin nicht scharf auf sie. Sie ist sehr hübsch, intelligent und lebhaft, doch ich könnte von alters wegen ihr Vater sein.«

»Wann hätte das Alter einen Mann jemals davon abgehalten, sich zum Narren zu machen?«, wandte sie ein.

»Sollte ich eines Tages beschließen, mich zum Narren zu machen, dann ganz sicher nicht mit Maeve.«

»Aha, dann gibt es also jemanden im Geheimen?«

Er nickte. »Ja, es gibt da jemanden. Aber um auf meine Auftragsarbeit zurückzukommen: Ich fange mit den Entwürfen für das

Burns-Gemälde nicht vor September an, und sofern Maeve bis dahin nicht mit dem Milchmann durchgebrannt ist, werde ich mal probeweise versuchen, Bobby Shannon in einen beschwipsten mittelalten Farmer zu verwandeln und Maeve in eine Hexe. Allerdings nur unter einer Bedingung.«

»Die da wäre?«

»Dass du dein Versprechen hältst und mir im Sommer Modell sitzt.«

»Zusammen mit Maeve?«

»Ja, ein Doppelporträt, jedoch nicht im Atelier.«

»Nicht? Und wo dann?«

»Irgendwo unter freiem Himmel.«

»Mit Schafen?«

»Ich dachte eher an Kühe«, meinte Ross. »Viele, viele Kühe.«

»Großer Gott, ist das dein Eindruck von mir? Siehst du mich als Landpomeranze?«

»Wie ich dich sehe, ist mein Geheimnis, liebe Cousine. Sei aber versichert, dass ich ein passendes Motiv finde und danach trachten werde, dir in jeder Hinsicht gerecht zu werden.«

»Indem du mir die Natur als Spiegel vorhältst?«

Er schmunzelte. »Sicher nicht. Und überhaupt: Versprochen ist versprochen, oder?«

Lindsay nickte ohne große Begeisterung.

Die Jungs saßen im Salon auf der Couch. Sie sahen adrett aus, fast wie gewienert. Eleanor hatte darauf bestanden, dass sie ein Bad nahmen und sich umzogen, bevor sie Philips Wunden mit Wundsalbe und Jod verarztet hatte. Seine rechte Hand war bandagiert, an einer Wange schillerte ein Bluterguss in Pflaumenblau, und seine Oberlippe war geschwollen. Er wich dem Blick seines Großvaters aus und überließ das Reden seinem Bruder Harry.

Arthur stemmte die Hände in die Seiten und schrie erbost: »Ihr habt *was?* Hausverbot?«

»Auf Lebenszeit.«

»Ihr beide?«

Harry nickte. Er war zu anständig, um die ganze Schuld auf seinen Bruder abzuwälzen oder sich über die Ungerechtigkeit zu beklagen. »Ich glaube, das Komitee möchte dich außerdem sprechen.«

»Grundgütiger, sie wollen mich doch nicht auch noch rausschmeißen, oder? Andererseits, wenn ich es recht bedenke, werde ich ihnen die Umstände ersparen und freiwillig austreten.«

»Tut mir leid, Grandee«, sagte Phil mit belegter Stimme.

»Ist euer Vater schon im Bilde?«, fragte Lindsay.

»Noch nicht«, entgegnete Harry.

»Und wo ist euer Vater?«

»Nicht hier«, antwortete Harry.

»Weswegen um alles in der Welt habt ihr euch eigentlich so geprügelt?«, wollte Arthur wissen.

Philip warf einen verstohlenen Blick auf Maeve. »Wegen nichts.«

»Wegen nichts, sagst du? Du und dein Vetter Ewan geht in aller Öffentlichkeit aufeinander los wie die Wahnsinnigen, und du willst mir weismachen, dass es um ›nichts‹ gegangen ist?«, stellte Arthur verärgert fest. »Was ist eigentlich nach dem Gemetzel mit Ewan geschehen?«

»Sie haben ihn nach Hause gebracht«, erwiderte Harry.

»Ist er verletzt?«, erkundigte sich Maeve.

Beide Jungs schauten zu ihr auf.

»Wer genau hat ihn nach Hause gebracht?«, fragte Lindsay.

»Freunde von mir«, entgegnete Harry.

»Ich fahre besser mal rüber«, meinte Arthur. »Harry, wer hat angefangen? Hat Ewan Calder den Anfang gemacht? Was hatte er überhaupt im Tennisclub verloren? Er ist doch nicht Mitglied. Er spielt ja nicht einmal Tennis.«

»Wir ... wir haben uns gestritten«, murmelte Harry.

»Gestritten?«

Harry leckte sich nervös die Unterlippe und strich sich eine widerspenstige Haarsträhne aus der Stirn. Seine Vorsicht und seine eigene Ratlosigkeit waren nur allzu offensichtlich. »Er hat mich beleidigt«, fuhr Harry fort.

»Dann hast du also zuerst zugeschlagen?«

»Harry hat ihn nicht angerührt«, mischte sich nun Philip ein. »Es war allein mein Kampf.«

»Was um alles in der Welt hat Ewan denn so Furchtbares gesagt?«, hakte Arthur, immer noch perplex, nach. Philip warf seinem Bruder einen Blick zu, und Harry schüttelte kaum merklich den Kopf. »Du willst es mir nicht erzählen, stimmt's?«

»Es ... es war sehr ... persönlich, Grandee«, erklärte Harry.

»Persönlich, ja? Nun, ich werde jetzt sofort zu den Calders fahren und der Sache auf den Grund gehen. Wenn ihr mir nicht sagen wollt, was los war, wird Ewan es mir vielleicht verraten.«

Lindsay legte ihrem Vater eine Hand auf den Arm. »Ich halte das für keine gute Idee, Papa. Wenn Tom eine Erklärung für den Vorfall möchte, wird er herkommen. Es bringt doch nichts, alles nur noch schlimmer zu machen.«

»Hausverbot auf Lebenszeit«, grummelte Arthur. »Ist das nicht schlimm genug?«

»Es ist doch nur ein Tennisclub, Papa.«

»Tennis«, murmelte Philip unglücklich. »Ich werde nicht mehr spielen können!«

Maeve hockte sich vor ihn hin. »Tut es sehr weh?«, fragte sie leise.

Harry stand augenblicklich auf, und Philip tat es ihm gleich.

»Wenn noch etwas ist, wir sind oben«, teilte Harry ihnen mit.

Die Brüder verließen den Raum, während Maeve vor dem Sofa hocken blieb, die Stirn an das Polster gedrückt.

»Verstehst du jetzt?«, raunte Lindsay ihrem Vater zu.

»Oh!«, entgegnete Arthur und nickte. »Ich glaube, ich weiß nun, worum es ging.«

Forbes stieß schwungvoll die Tür auf und begrüßte Tom mit einem jovialen Nicken, das so unangebracht war, dass es beinahe beleidigend anmutete. »Ich habe dich gestern in der Kirche vermisst, alter Knabe.«

»Wir sind übereingekommen, dass es für alle Beteiligten besser wäre, wenn wir daheim bleiben«, entgegnete Tom.

»Arthur hat nach euch Ausschau gehalten.«

»Hat er das?«

Forbes zog einen Stuhl unter dem Schreibtisch hervor. »Wie geht es deinem Jungen?«

»Seine Nase ist nicht gebrochen, aber zwei Zähne sind locker.«

»Tatsächlich?«, murmelte Forbes, ehrlich überrascht.

»Hast du ihn bestraft?«, erkundigte sich Tom.

»Phil bestrafen? Warum sollte ich? Es war doch nach allem, was ich gehört habe, ein fairer Kampf.«

»Cissie sieht das anders, fürchte ich, Forbes.«

»Ja, das kann ich mir denken.«

»Sie hat die ganze Woche darauf gewartet, dass du vorbeikommst, um dich zu entschuldigen.«

»Hör mal, Tom, du und ich, wir wissen beide, wer für das böse Blut zwischen unseren Jungs verantwortlich ist. Natürlich kann man Maeve keinen Vorwurf machen. Wenn überhaupt jemand Schuld hat, dann du.«

Tom runzelte verständnislos die Stirn. »Ich?«

»Ich nehme doch an, du hast deinen jungen Lothario zur Rede gestellt?«

»Ich weiß ehrlich nicht, wovon du redest, Forbes.«

»Ewan ... Er ist bis über beide Ohren in deine Enkelin verliebt.«

»Hat Philip dir das erzählt?«

»Nein, hat er nicht. Das war gar nicht nötig. Worum es bei dem Streit ging, ist doch klar wie Kloßbrühe. Ich weiß zwar nicht, wie genau es zum Eklat gekommen ist, aber offensichtlich hat Ewan den Bogen überspannt. Im Übrigen gehe ich davon aus, dass Ewan im Tennisclub erschienen ist, um einen Streit vom Zaun zu brechen.«

»Ewan ist kein Raufbold. Sein Asthma ...«

»Ja, ja, natürlich, sein Asthma«, höhnte Forbes.

»Ewan wollte nur für Maeves Ehre eintreten.«

Forbes lachte laut auf. »Ihre Ehre?«

»Ewan ist die ganze Sache zu peinlich, als dass er mehr dazu sagen wollte.«

Tom war sich der Integrität seines Sohnes bei Weitem nicht so sicher, wie er vorgab zu sein. Er war schockiert gewesen, als Dorothy am Samstagnachmittag zur Bowlingbahn gekommen war, um ihn zu holen. Bei seiner Ankunft zu Hause war der Doktor bereits wieder gegangen, und Ewan saß mit dem Kissen im Rücken im Bett, während Cissie ihm mit dem Löffel eine milchige Flüssigkeit verabreichte und seine Schwestern ihn verhätschelten, als wäre er ein Kriegsheld. Erst spät am Abend hatte Tom den Mut aufgebracht, das Zimmer seines Sohnes erneut zu betreten und ihn zu einem Gespräch von Mann zu Mann aufzufordern. Er war zu alt für leidenschaftliche Exzesse der Jugend und fühlte sich seinem Sohn entfremdet; nicht etwa wegen Ewans Exzentrik, sondern vielmehr aufgrund seiner Überheblichkeit.

»Meine Jungs wollen auch nicht mehr sagen. Und falls es dir ein Trost ist, Tom, die beiden wurden aus dem Tennisclub hinausgeworfen. Ich schätze, das wird Cissie auch nicht beruhigen, aber den beiden hat der Club viel bedeutet.«

»Ich glaube nicht, dass Cissie dir das so leicht verzeihen wird.«

»Was soll's?«, seufzte Forbes. »So sind die Frauen eben. Sie machen einen Riesenärger, und hinterher geben sie uns die Schuld. Ich hoffe nur, dass sich dieser Zwischenfall nicht auf unsere Freundschaft auswirkt, das ist alles.«

»Unsere Freundschaft?«

»Unsere guten Arbeitsbeziehungen, meinte ich«, entgegnete Forbes. »Ich zähle auf deine Unterstützung, Tom, und es wäre doch dumm, sich wegen eines dummen Streits eine großartige Gelegenheit entgehen zu lassen.« Nach einer kurzen Pause fügte er hinzu: »Ich möchte nichts davon hören, dass Cissie von dir verlangt, das Handtuch zu werfen.«

»Das Handtuch ...«

»Aufzuhören.«

Tom wirkte irritiert. »Cissie möchte nicht, dass ich in Rente gehe.«

»Entschuldige. Offenbar habe ich da etwas ausgeplaudert.«

»Wieso? Was hat Cissie denn gesagt?«

»Vermutlich habe ich da nur etwas falsch interpretiert. Vergiss es einfach«, erwiderte Forbes. »Ich dachte nur ... Ich meine, ich hatte den Eindruck, dass du, jetzt, da du auf die sechzig zugehst ...«

»Was hat mein Alter denn mit dem Streit zwischen unseren Söhnen zu tun?«

»Sie sind die Zukunft, Tom. Und der Vorfall am Wochenende ist der beste Beweis dafür.«

»Beweis wofür?«, hakte Tom Calder nach.

»Sie lassen ihre Muskeln spielen. Sie streiten um Mädchen und sind im Begriff, eine Zukunft zu formen, in der wir beide nur noch sehr wenig zu sagen haben. Darf ich davon ausgehen, dass Ewan nicht sonderlich an einem Studium zum Schiffsingenieur interessiert ist?«

»Wir haben nie ernsthaft darüber gesprochen.«

»Du bringst ihn niemals mit auf die Werft«, bemerkte Forbes.

»Nein. Es stimmt schon, dass er bislang keinerlei Interesse an meiner Arbeit bekundet hat.«

»Siehst du.« Forbes spreizte die Finger beider Hände.

»Nein, offen gestanden sehe ich nicht, worauf du hinauswillst.«

»Wir sind die letzten unserer Generation, Tom. Sobald die Zukunft der Werft gesichert ist, sollten wir vielleicht darüber nachdenken, uns zurückzuziehen.«

»Du wirst dich niemals aus dem Geschäft zurückziehen, Forbes«, entgegnete Tom. »Du bist doch gerade mal vierzig. Vor dir liegen noch viele Jahre, viel mehr produktive Jahre, als mir selbst bleiben. Was also versuchst du mir zu sagen? Komm schon, raus damit.«

»Zwischen uns beiden hat es nie böses Blut gegeben, Tom. Ich möchte dich also nur bitten, nicht voreilig zu handeln. Franklin's braucht dich. Du bist der beste Schiffszeichner in ganz Clydeside. Dich zu ersetzen wäre schlichtweg unmöglich.«

»Mich ersetzen? Ich habe nicht vor wegzugehen.«

»Ich weiß, ich weiß, ich bin es auch manchmal leid, so verdammt leid.«

»Forbes ...«

»Aber wir müssen durchhalten, nicht wahr? Und sei es auch nur den Kindern zuliebe, wir müssen weitermachen.« Forbes legte beide Hände auf den Tisch und erhob sich abrupt. »Also dann. Ich habe alles gesagt, was ich zu sagen hatte. Ich hoffe, das hat ein wenig dazu beigetragen, die Situation zu entschärfen. Sofern nötig, bitte ich dich um Verzeihung für den Vorfall am Wochenende. Aber es wäre wohl zwecklos, versuchen zu wollen, die genauen Umstände zu durchleuchten. Unsere Söhne sind anständige Kerle, und ich bin sicher, dass das Gewitter vorbeiziehen wird.« Er lachte. »Wenn Maeve keine Verwandte wäre, könnten wir uns entspannt zurücklehnen und den Spaß beobachten.«

»Ich glaube nicht, dass sie Spaß haben«, erwiderte Tom kalt. »Aber ich weiß, was du meinst, Forbes. Zumindest glaube ich, es zu wissen.«

»Gut. Sehr gut. Wir sind noch nicht am Ende, oder?«

»Nein«, entgegnete Tom verunsichert. »Nein, noch sind wir nicht am Ende.« Hierauf blickte er noch ratloser als zuvor Forbes hinterher, der hinausstürmte und zum Werftgelände hinunterging.

Kapitel 15

Ein Spiegel der Natur

Ross verlor keine Zeit und organisierte gleich alles Notwendige für eine Sitzung in freier Natur: Nicht nur Farben, Pinsel, eine tragbare Staffelei und der Segeltuchhocker, der immer im ungünstigsten Augenblick unter ihm zusammenbrach, mussten mit, sondern er besorgte darüber hinaus noch einen Wagen, einen kompakten gebrauchten Morris Oxford, den er gegen Barzahlung in einer Werkstatt in Kelvindale kaufte.

Der Oxford wurde mehr wegen seiner Zuverlässigkeit geschätzt, denn wegen seines Aussehens, und der Verkäufer versicherte ihm, dass dieses Modell besonders gern von Ärzten gefahren wurde wegen des mit Kork eingefassten Schaltknüppels. Ross konnte zwar hierin keinerlei Zusammenhang erkennen, aber er war bereit, dem Verkäufer Glauben zu schenken. Es war fünf Jahre her, seit er das letzte Mal am Steuer eines Automobils gesessen und in Bramwell Verwundete vom oder zum Bahnhof transportiert hatte. Zu seiner eigenen Verblüffung ließ sich der Wagen kinderleicht fahren, sodass er spontan für das »Ärzte-Coupé« nur wenige Gehminuten vom Atelier entfernt eine Garage anmietete, nur damit das Gefährt ordentlich untergebracht war.

»Neuer Wagen?«, fragte Maeve.

»Hm, fast neu.«

»Fahren wir weit weg?«

»Weit genug.«

»Ans Meer?«

»Nein.«

»Du willst es uns nicht verraten, stimmt's?«, vermutete Lindsay.

»Ich möchte euch überraschen.«

»Mein Dad hat früher Touristen auf Überraschungstouren gefahren. Bevor er Soldat wurde und in den Krieg gezogen ist. Er hat einen Bus für einen Mann namens Flanagan gefahren. Aber die beiden haben sich verkracht, und als Dad dann mit einer Handprothese aus dem Krieg zurückkam, konnte er nicht mehr als Fahrer arbeiten.«

»Klingt, als hätte dein Vater ein interessantes Leben geführt«, meinte Ross.

»Nicht wirklich. Ich würde es eher als unglücklich bezeichnen.«

»Ross, sag schon, wohin fahren wir?«, drängte Lindsay.

»Das wirst du schon noch sehen«, entgegnete ihr Cousin mit einem selbstzufriedenen Lächeln.

Der Oxford folgte unermüdlich der Schotterstraße, die nach Osten und Norden führte. Es war ein sonniger Tag, wenn auch nicht mehr so warm wie früher in diesem Sommer, und große Wolkenfetzen zogen über das Moor und die Berge hinweg. In die tieferen Bergschluchten vermochte das Sonnenlicht nicht vorzudringen, aber die Seen glitzerten, und die Bäche längs der Straße schimmerten wie braune Seide, bis sie wieder vom Wald verschluckt wurden.

Maeve saß mit angezogenen Knien auf dem Rücksitz und sang vor sich hin – wenn sie nicht gerade Fragen stellte. Sie war viel zu lebhaft, um noch zu schmollen, jetzt, da Brunswick Park weit hinter ihnen lag und sie die unausgesprochenen Schuldzuweisungen abgeschüttelt hatte, die seit vierzehn Tagen die Atmosphäre im Hause ihres Onkels vergiftete. Harry und Philip hatten in den vergangenen zwei Wochen kaum ein freundliches Wort mit ihr gewechselt, und sogar Arthur war ungewöhnlich distanziert gewesen, als wäre sie schuld an der Prügelei im Tennisclub – was sie ja in gewisser Weise auch war.

Von Ewan hatte sie in dieser Zeit nichts gesehen oder gehört. Sie hatte es tunlichst vermieden, sich nach seinem Befinden zu erkundigen oder auch nur seinen Namen zu erwähnen, sogar Onkel Forbes gegenüber, der eigentlich von dem Vorfall eher belustigt als verärgert zu sein schien. Aber den Großen Unaussprechlichen bekam sie sowieso höchstens beim Frühstück zu Gesicht. Er war nur selten zum Abendessen daheim, und sie vermutete, dass er alle Hände voll zu tun hatte mit den Entwürfen für den Um- und Ausbau der Werft.

Die Nachricht von Turks Heirat war beinahe eine willkommene Ablenkung gewesen. Tief im Innersten hatte sie immer gewusst, dass Turk sie längst aufgegeben hatte. Es war wirklich clever von ihrem Daddy gewesen, sie nach Glasgow zu bringen und ihr so einen Einblick in die sogenannte High Society zu verschaffen. Sehr … wie sagte man noch gleich? Ausgebufft. Trotzdem war sie immer wieder an verregneten Nachmittagen aus dem Haus geflüchtet, um Mr. Coffey zu besuchen, um sich den neuesten Klatsch aus Dublin anzuhören, der dem Mann ihrer Großmutter anscheinend immer noch zuflog, obgleich er inzwischen als Maler und Anstreicher in Glasgow arbeitete und lebte und kein aktives Mitglied der Bruderschaft mehr war.

»Ist nicht viel los hier, was?«, bemerkte Maeve. »Noch öder als in Wexford.«

»Weißt du, wo wir sind, Lindsay?«, fragte Ross.

Ihre Tante saß auf dem Rand des Vordersitzes und hüpfte auf und ab wie ein aufgeregtes Kind. Tatsächlich lag es natürlich nur an den vielen Schlaglöchern in der holprigen Straße.

»Du hinterhältiger Schuft!«, rief Tante Lindsay plötzlich aus. »Wir sind auf der alten Straße nach Kelkemmit. Du fährst mit uns nach Strathmore, stimmt's?« Sie lehnte sich zurück. »Als wir noch jünger waren, kam mir die Fahrt immer furchtbar lang vor.«

»Damals war es ja auch noch eine halbe Weltreise«, entgegnete Ross. »Mit dem Zug bis Perth, dann mit dem Pferdewagen eine wunderbar schaukelnde Fahrt über den Berg, wir alle mitsamt unserem Gepäck in der Kutsche eingepfercht.«

»Und jetzt sind wir mit dem Auto in wenigen Stunden da.«

»Das nennt man Fortschritt. Gott und Mr. Nikolaus August Otto seien gelobt für die Erfindung des Verbrennungsmotors.«

»Strathmore?«, hakte Maeve neugierig nach.

»Großvater Owens Landsitz«, klärte Lindsay sie auf.

»Gehört das Haus noch den Franklins?«, wollte ihre Nichte wissen.

»Leider nein. Es wurde vor Jahren verkauft.«

»Warum fahren wir dann hin?«

»Um der alten Zeiten willen, denke ich«, meinte Lindsay.

Sie schufteten wie die Wilden, um den zweiten Zerstörer möglichst schnell zu zerlegen und jene Teile zu erhalten, die wiederverwendet werden konnten. Das Dock, in dem das erste der beiden Schiffe gelegen hatte, war leer, abgesehen von einer Gruppe von Vermessern, die die Gräben für die neuen diagonalen Hellingen markierten.

Lastwagen standen bereit, und ein Kranführer schob Überstunden. Nachdem der Marinevertrag offiziell storniert worden war, hatte Martin einsehen müssen, dass Franklin's keine andere Wahl hatte, als jenen Weg zu gehen, den Forbes schon länger für die Werft vorgesehen hatte. Die Pläne für die Tankerrümpfe waren fast fertig und konnten in Kürze an die Modellierer weitergegeben werden. In etwa einer Woche, vor Ende der traditionellen Betriebsferien der Glasgower Unternehmen, sollte Forbes' geheimnisvoller Kunde aufgefordert werden, ein Expertenteam zu entsenden, das den Tests im Wasserbecken beiwohnen sollte und mit den Ergebnissen hoffentlich zufrieden sein würde.

Martin war gern bereit, alle Designfragen Tom Calder zu überlassen. Er schlief schlecht, und sein Verdauungsapparat, der schon immer empfindlich gewesen war, spielte nun vollends verrückt.

Aurora hatte darauf bestanden, dass er einen Arzt aufsuchte, aber der Internist hatte nichts Ungewöhnliches feststellen können und ihm ein Nerventonikum und einen langen Urlaub vorzugsweise in der Sonne verschrieben. Doch an Urlaub war natürlich nicht zu denken. Er hatte alle Hände voll zu tun, sich die Gewerkschaftsbosse vom Hals zu halten, die, angeführt vom unangenehm lauten Jack Burgoyne von Amalgamated Engineers, stornierte Marineaufträge und sogenannte »Modernisierungen« als direkten Angriff auf hart erkämpfte Arbeitspraktiken betrachtete und als eine weitere List von Arbeitgeberseite, die Arbeiter zu übervorteilen.

»Entlassungen«, meinte Forbes. »Drohe ihnen mit Entlassungen, Martin. Und wenn du es nicht tust, dann tue ich es. Schick diesen gottverdammten Jack Burgoyne zu mir, und ich trete ihn kräftig in den Arsch. Was krakeelt er überhaupt wegen irgendwelcher Arbeitsbedingungen herum? Bei Gott, wenn er noch mehr Forderungen stellt, müssen wir demnächst Kinder einstellen, die den feinen Herren Ingenieuren den Tee umrühren.«

»Er verlangt vier Ingenieure bei den Tests im Tank.«

»Ihn selbst eingerechnet, nehme ich an?«

»Er ist Leiter der ...«

»Und wenn er ein direkter Nachfahre von George Stephenson wäre. Wir bewegen uns ohnehin schon auf dünnem Eis, was unseren Kunden betrifft, und wenn Burgoyne uns jetzt noch über die Schulter schaut, ist das ganz sicher nicht hilfreich«, entgegnete Forbes bissig. »Er will nur herausfinden, um wie viel Geld es hier geht, damit er uns bei den Überstunden und den Wochenend- und Spätschichten die Daumenschrauben anlegen kann. Wenn wir den Ingenieuren auch nur einen Finger reichen, nehmen sie glatt die ganze Hand. Sag ihm ... Nein, *ich* werde ihm sagen, dass er dankbar sein kann für die Arbeitsplätze; immerhin wird auf der Hälfte der Werften im ganzen Land nur noch Kurzzeit gearbeitet. Sag ihm, er soll sich schon mal auf Lohnkürzungen einstellen.«

»Lohnkürzungen?«

»Komm schon, Martin, du weißt sehr wohl, dass wir den Tanker nicht bauen können, ohne die Lohnkosten zu senken. Entweder gehen alle mit etwas weniger Geld in der Tasche nach Hause, oder aber einige von den Männern werden an die Luft gesetzt. Glaubst du, dass Burgoyne und seine Gesellen, nur weil sie Overalls tragen, nicht in der Lage sind, Kleingedrucktes zu lesen? Glaubst du wirklich, dass Big Jack sonntagmorgens die Füße hochlegt und nach der *Sunday Post* und dem *Racing Pink* greift? Ich wette ein Pfund für den Penny, dass zu Jacks Standardlektüre am Wochenende der *Economist* und die *Financial Times* gehören. Mag ja sein, dass er bei den TUC-Versammlungen den Mund weit aufreißt, aber innerlich hält er sich ganz bedeckt, so wie wir alle.«

»Trotzdem. Wenn wir zu weit gehen, wird er einen Streik ausrufen und die ganze Werft lahmlegen.«

»Soll er doch! Im Augenblick sind wir die Spielmacher. Die Arbeitslosenrate steigt schneller an als die Flut in Gourock. Uns steht ein langwieriger, kostspieliger Prozess bevor, ganz egal, von welcher Seite man es betrachtet.«

»Ein Klassenkampf«, seufzte Martin. »Noch einer.«

»Es ist immer noch der alte«, entgegnete Forbes. »Es ist doch stets dasselbe alte Lied, Martin. Vergiss nur nicht, auf wessen Seite du stehst, wenn es ernst wird. Die Gewerkschaften werden keine einheitliche Front bilden. Denk doch nur daran, was während des Streiks der Minenarbeiter passiert ist. Weder die Speditionsangestellten noch Eisenbahner haben sich mit ihnen solidarisiert. Die Minenarbeiter wurden von allen im Stich gelassen, und Hodges musste letztlich ganz kleine Brötchen backen und sich mit einigen wenigen zeitlich begrenzten Zugeständnissen zufriedengeben. Wir fangen mit den Zeichnern an. Sagen wir, fünfzehn Prozent vom Bruttogehalt. Lightbody wird eine Mindestlohn-Kampagne starten. Wir geben nach und erklären uns mit zehn Prozent einverstanden. Sie nehmen an, und wir haben alles unter Kontrolle. Und bei Gott, alter Junge, wir müssen alles unter Kontrolle haben, wenn Burgoyne und die Ingenieure loslegen, ganz zu schweigen von den Nietern, den Kesselschmieden und all den anderen artverwandten Gilden.«

»Der Anblick hungernder Menschen ist mir ein Gräuel.«

»Sie werden nicht hungern«, erwiderte Forbes. »Irgendwie kommen sie schon über die Runden. Das tun sie doch immer. Wenn du Balsam für dein blutendes Herz brauchst, Martin, solltest du mal in einer der Kneipen in der Dumbarton Road vorbeischauen und beobachten, was da Abend für Abend an Bier ausgeschenkt wird. Sie mögen kein Geld haben für Brot, aber bei Gott, für ein Bier reicht es immer.«

»Du bist ein harter Mann, Forbes, sehr, sehr hart.«

»Jemand muss ihnen die Stirn bieten, sonst ziehen sie uns bei lebendigem Leib das Fell über die Ohren.« Er stand auf und legte seinem Vetter begütigend eine Hand auf die Schulter. »Bist du dem gewachsen, Martin? Du siehst seit einiger Zeit schlecht aus. Rebelliert der Magen wieder?«

»Nein, nein, mir geht es gut.«

»Gut. Jetzt musst du nur noch den Reservefonds freigeben und das Geld auf das Firmenkonto transferieren.«

»Alles?«

»Sechzig Prozent dürften für den Anfang reichen.«

»Dafür brauchen wir die Zustimmung der anderen Teilhaber.«

»Sie werden bei der Sitzung am kommenden Dienstag ihr Okay geben, versprochen. Du wirst dich doch nicht dagegen aussprechen, oder? Ich weiß, dass du den Fonds als Notgroschen betrachtest, Martin, aber das hier ist ein Notfall.«

»Was soll ich sonst noch tun?«

»Braver Junge«, entgegnete Forbes mit einem Augenzwinkern. »So gefällst du mir. Ruf Burgoyne an, und sag ihm, er und Lightbody sollen uns ein faires Überstunden-Angebot machen. Die Erwähnung von Überstunden an sich jagt per se schon ihren Blutdruck in die Höhe. Sie haben sich ihre Siebenundvierzig-Stunden-Woche hart erkämpft, und wenn sie glauben, wir seien solvent genug, um für die neun Stunden, die sie uns abgerungen haben, ein höheres Entgelt zu zahlen, werden sie weniger geneigt sein, wegen der Details des Tankervertrages Ärger zu machen, der sie verdammt noch mal sowieso nichts angeht.«

»Sonst noch was?«

»Arthur trifft sich am Mittwoch mit den Anwälten von Rowe and Spellman, um die ungünstigen Klauseln im Vertragsentwurf auszubügeln.«

»Du meinst beispielsweise den zwingend vorgegebenen Kauf sämtlichen Stahls bei Bradford Steel?«

»Das und noch einige andere heikle Einzelheiten.«

»Und wo findet diese Besprechung statt? Hier?«

»Auf neutralem Boden: im Sitzungssaal der Shipowners' Association in der St. Vincent Street.«

Martin nickte schwach. Er konnte nicht mehr klar denken; nur die Hälfte von dem, was Forbes gesagt hatte, war hängengeblieben. Er hatte Magenschmerzen und einen schalen Geschmack im Mund, gegen den weder süßer Tee noch Tabak etwas auszurichten vermochten. Er brauchte dringend frische Luft, wollte raus auf das Werftgelände und mit den Männern sprechen, deren Wohl bei ihm oberste Priorität hatte. Martin schaute seinen Vetter und Geschäftspartner an, Owen Forbes McCulloch, den irischen Quereinsteiger, der längst über alles und jeden zu bestimmen schien.

»Forbes, sag mal, macht dir das alles eigentlich Spaß?«

»Und wie, alter Junge. Ich habe mich noch nie so lebendig gefühlt. Geht es dir nicht genauso?«

»Doch«, murmelte Martin pflichtschuldig. »Doch, natürlich.« Er ging hinaus auf den Flur, die Melone an die Brust gedrückt.

Der Picknickkorb war früh am Morgen vom Caterer gebracht worden. Der Salat war schon leicht welk, aber alles andere war noch knackig frisch, und nach einem zehnminütigen Tauchbad im See waren auch die Flaschen Sancerre auf Idealtemperatur abgekühlt.

Räucherlachs, Brathähnchen, Salat, Käse, Brötchen und sahnige Whiskycreme waren auf der karierten Tischdecke ausgebreitet, zusammen mit Tellern, Silberbesteck, Kristallgläsern und gestärkten weißen Leinenservietten.

Die Wolken waren vorbeigezogen, und das Wasser schimmerte grau wie ein frisch gefangener Lachs. Nur entlang des schattigen Streifens unter den Bäumen am Ufer des Kelkemmit zeigte der See seine dunkleren Tiefen. Kiefern und Tannen, Fichten und schlanke Birken wiegten sich in der leichten Brise. Auf den Weiden oberhalb des Dorfes hatten die Schafe aufgehört zu grasen, und die Kühe hatten sich niedergelegt. Nichts bewegte sich, abgesehen von zwei Bussarden, die hoch über ihnen am Himmel träge ihre Kreise zogen.

Maeve setzte sich ins Gras und biss genüsslich in ein Brötchen.

Lindsay schmunzelte. »Willst du uns so malen, Ross, beim Picknick?«

»Ein verlockender Gedanke«, erwiderte Ross. »Aber das habe ich nicht vor, nein.«

»Es gibt viele berühmte Gemälde von Leuten, die im Freien essen.« Maeve kaute und schluckte. »Ich habe Abbildungen in Büchern gesehen. Die französischen Gemälde sind allerdings etwas frivol, findest du nicht auch?«

»Das eine oder andere sicher«, gab Ross zu.

»Es gibt da eins mit zwei Männern in Gehröcken und einem Mädchen mit ...«

»Maeve, ich habe nicht die Absicht, *Le Déjeuner sur l'herbe* nachzustellen, aber wenn du das unbändige Bedürfnis verspürst, splitternackt herumzulaufen, warte bitte, bis wir fertig gegessen haben.«

Maeve schob sich eine Scheibe Lachs in den Mund. »Ich frage mich, wie ich nackt wohl aussehen würde?«

Ross schnaubte. »Nun, wenn du es nicht weißt, weiß es wohl niemand.«

»Das stimmt allerdings«, seufzte Maeve und nahm sich endlich einen Teller.

Sie hatten sich am Seeufer niedergelassen, am Ende der Wiese vor dem imposanten Anwesen von Strathmore. Lindsay konnte das Haus durch die Bäume hindurch ganz deutlich sehen. Es war kleiner, als es ihr vor fünfundzwanzig Jahren erschienen war. Sie überlegte, ob im Alter wohl alles schrumpfte. Im und um das Haus herum war niemand zu sehen, und es stieg auch kein Rauch von den Schornsteinen auf.

»Wer wohnt jetzt hier, Ross?«, fragte sie.

»Niemand. Ein Ehepaar Carter hatte es vom Duke gepachtet, aber sie blieben nicht lange, nur ein oder zwei Jahre. Anschließend wurde es an eine englische Familie vermietet, die bis zum Krieg jeden Sommer hier verbracht hat. Ich weiß nicht, ob es stimmt, doch ich habe gehört, dass sie alle vier Söhne an der Westfront verloren haben und es hinterher nicht mehr ertragen konnten, nach Schottland zu kommen.«

»Wenigstens verbinden wir glückliche Erinnerungen mit dem Anwesen«, sagte Lindsay.

»Und daran wird sich wohl auch nichts mehr ändern«, meinte Ross.

»Vermisst du Johnny?«

»Ja. Er war ein unbeschwerter, lieber Mensch, nicht wahr? Ich glaube, ihm ist gar nicht in den Sinn gekommen, dass der Krieg gegen die Deutschen unangenehm werden und er nicht als Held heimkehren könnte. Er hat Schiffe geliebt, weißt du noch? Ich frage mich manchmal, ob er an uns gedacht hat, an Strathmore, als er in eisigen Nächten im baltischen Meer Wache geschoben hat.«

»Ganz bestimmt«, entgegnete Lindsay.

Ross konzentrierte sich darauf, eine Flasche Sancerre zu entkorken. »Wir sollten aufessen und dann noch ein wenig arbeiten, bevor die Sonne untergeht.«

»Arbeiten?«, fragte Maeve erstaunt.

»Ich bin nicht nur zu eurem Vergnügen den ganzen weiten Weg mit euch hergefahren, weißt du.«

»Und was hast du mit uns vor? Ich meine, wo sollen wir posieren?«

»Drüben beim Haus.«

Strathmore war nicht mehr das, was es zu Großvater Owens Zeiten gewesen war. Flechten und Moos überzogen die Mauern, Unkraut spross aus den Ritzen im Gemäuer, die Farbe blätterte von den Türen ab, und die Fensterrahmen verrotteten. Berge von braunem Laub hatten sich um die Ziersäulen der Terrasse herum aufgetürmt, die hübschen Terrassentüren zum Salon waren verzogen, und der einstige Rasen war überwuchert mit hüfthohen Disteln und wildem Mohn.

Lindsay kam es vor, als watete sie durch ein Meer von Vernachlässigung. Beinahe rechnete sie damit, Forbes – Forbes, wie er heute aussah –, aus dem Salon kommen zu sehen. Schaudernd wich sie vor den Terrassentüren zurück.

»Was ist los, Lindsay?«, fragte Ross. »Siehst du Gespenster?«

»Ja, irgendwie schon«, gab sie zu.

Mit Maeves Hilfe hatte Ross seine Utensilien über die Wiese geschleppt und Staffelei und Leinwand mit ungewohntem Enthusiasmus auf dem Kies unterhalb der Terrasse aufgestellt.

Er zog die Jacke aus und rollte die Hemdsärmel auf. Lindsay war ganz sicher, dass er kürzlich erst hier gewesen war und sehr sorgfältig jene Stelle ausgewählt hatte, an der sie und Maeve posieren sollten. Sie empfand keinerlei Scheu, und die Position, die Ross sich für sie und Maeve ausgedacht hatte, war bequem. Er hatte drei Leinwände mitgebracht. Die kleinste stellte er auf die Staffelei, klemmte sie fest und nahm auf dem Schemel Platz. Dann öffnete er die riesige Lackkiste, in der er seine Farben und Pinsel aufbewahrte sowie winzige Fläschchen Leinöl und Verdünnung.

Lindsay lehnte an der löchrigen, mit Flechten überzogenen Hauswand an der Terrasse – Maeve keinen Meter weiter rechts – und schaute zu, wie ihr Cousin einen Tropfen grüne Farbe auf den Deckel der Kiste gab. Er schraubte eine zweite Tube auf, dann noch eine, wählte einen Pinsel aus und nahm etwas Farbe vom Deckel auf. Ohne Skizze und ohne Maß zu nehmen, fing er an zu malen.

Bis jetzt hatte Lindsay angenommen, dass Ross das Bild anhand von Skizzen im Atelier malen und das fertige Produkt ebenso steif und förmlich ausfallen würde wie seine anderen Gemälde. Aber offenbar wollte er sie beide mit flüssigen, sicheren Pinselstrichen malen, spontan und zügig, als fürchte er, Maeve und sie könnten wie scheue Rehe von einer Sekunde auf die andere davonlaufen und im Wald verschwinden.

Ross malte und malte, dass der Pinsel förmlich über die Leinwand zu fliegen schien, und in nur vierzig Minuten hatte er ein Bild zu seiner Zufriedenheit fertiggestellt. Er nahm es von der Staffelei, trug es über die Terrasse und lehnte es an die Mauer. Es war viel mehr als eine Skizze in Öl: eine impressionistische Interpretation. Er hatte ihre entspannte Haltung eingefangen, das Haus im Hintergrund, die bernsteinfarbenen Schatten im Salon hinter ihnen. Das Ganze war in pastelligen Grüntönen und gräulichen Blauschattierungen vor dem hellen, warmen Granit festgehalten worden, der die ganze Szene einrahmte. Er hatte Maeves Schultern ein klein wenig gedreht und ihren Kopf zum Dreiviertel-Profil geneigt, sodass es schien, als sähe das Mädchen Lindsay mit ebenso kritischem wie bewunderndem Blick an.

Lindsay dachte bei sich, dass sie Mutter und Tochter sein könnten, getrennt durch verschiedene Bedürfnisse, jedoch in Liebe verbunden.

Maeve schnorrte eine Zigarette, die sie ungeschickt hielt. Sie paffte und blies den Rauch in die klare Luft. »Ich habe dich noch nie so malen sehen, Ross. Was ist denn in dich gefahren?«

»Alla prima«, entgegnete er. »Ich habe mich nicht mehr an dieser Technik versucht, seit ... seit Jahren.« Er nahm Maeve die Zigarette aus der Hand, steckte sie in den Mund und inhalierte tief. »Spontaneität macht mich nervös.«

»Es ist wunderschön, Ross«, sagte Lindsay aufrichtig. »Das ... das sind wirklich wir.«

Erfreut grummelte er etwas Unverständliches in seinen Bart, gab Maeve die Zigarette zurück und fischte eine Uhr aus seiner Hosentasche. Er warf einen Blick auf das Zifferblatt und prüfte dann mit kritischem Blick den Stand der Sonne. »Lust auf mehr?«, wollte er wissen.

»Bist du denn nicht müde?«, fragte Lindsay überrascht.

»Kein bisschen. Maeve, nimm die Haube ab, und stell dich an die Ecke der Terrasse. Lehne dich lässig an die Wand, und schau über die Wiese. Lindsay, du stellst dich bitte an die halbe Säule, die dritte in der Reihe, und schaust zu mir herüber. Nimm den Kopf eine Spur höher ...«

»Als wäre ich überrascht?«

»Hmmmm«, nickte Ross. »Genau.«

In weniger als fünf Minuten saß er wieder auf seinem Schemel, die Sonne im Rücken und den Schatten des Hausgiebels über sich. Lindsay sah ihn an. Er hatte sie aufgefordert, ihn anzusehen, als wäre er eben durch die Terrassentür gekommen und als hätte er sie ebenso überrascht, wie es damals vor all diesen langen leeren Jahren Forbes getan hatte.

Sie schaute ihm beim Malen zu, sah, wie er Farben auf den

Deckel gab und mischte. Dann, ganz plötzlich, erkannte sie mit einem warmen Gefühl in der Herzgegend, dass er nicht mehr nur seinen Beruf ausübte, dass es sich hier nicht nur um einen schöpferischen Akt handelte, sondern um einen Akt der Liebe.

»Ich bezahle keine dreihundert Pfund ...«, erklärte Forbes entschieden.

»Guineen.«

»Also gut. Ich bezahle keine dreihundert wovon auch immer dafür. Schau dir das doch nur an. Das sieht aus, als hättest du es in ein paar Stunden hingeschmiert. Sagtest du nicht, du würdest bis Weihnachten brauchen?«

»Nein. Du sagtest, es würde bis Weihnachten dauern«, entgegnete Ross.

»Es sieht Maeve nicht einmal ähnlich. Und da wir schon mal dabei sind: Was hat Lindsay auf dem Bild verloren? Ich wollte Lindsay nicht auf dem Bild haben. Ich habe ein Porträt von Maeve bestellt, und nur von Maeve allein.« Er schob eine Hand unter den Schwalbenschwanz seines Jacketts und lehnte sich mit grimmiger Miene vor. »Wo ist das überhaupt? Soll das das Haus sein, in dem wir gemeinsam jene furchtbar verregneten Ferien verbracht haben?«

»Strathmore«, bestätigte Ross knapp.

»Sieht gar nicht aus wie Strathmore.«

»Wenn es dir nicht gefällt, brauchst du es nicht zu kaufen.«

»Es gefällt mir nicht. Aber ich will immer noch ein Porträt, ein richtiges.«

»Ohne Lindsay?«

»So war es abgemacht.«

»Hast du Lindsay nicht während jener ›furchtbar verregneten Ferien‹ auf Strathmore den Hof gemacht?«, wollte Ross wissen.

»Wer sagt das? Hat sie dir das erzählt?«

»Anzunehmen.«

Forbes funkelte seinen bärtigen Vetter böse an.

»Du bist mit ihnen dort gewesen, stimmt's?«

»Selbstverständlich. Ich arbeite nur nach Originalvorlage.«

Forbes zögerte, irritiert von einem flüchtigen Gedanken. Dann murmelte er schnaubend: »Komisch, dass Frauen sich bis in alle Ewigkeit an solche Dinge erinnern.«

»Ja, nicht wahr?«

»Wie seid ihr dorthin gekommen?«

»Mit dem Auto«, antwortete Ross.

»Du besitzt doch gar kein Auto, oder?«

»Doch, einen Morris Oxford.«

»Verdammt, Malen scheint sich ja doch zu rentieren.«

»Gebraucht«, ergänzte Ross bescheiden.

»Sie haben den Ausflug mit keinem Wort erwähnt. Keine von beiden.«

»Vielleicht liegt es ja daran, dass sie dich in letzter Zeit nur sehr selten zu Gesicht bekommen haben?«

»Höre ich da Sarkasmus heraus, Ross?«

»Gewiss nicht.«

»Es ist kein Zuckerschlecken, in der heutigen Zeit eine Werft zu leiten, weißt du.«

»Darauf wette ich.«

Tatsächlich war es ein guter Tag für Forbes gewesen, und er war noch nicht vorbei. Er hatte am Nachmittag eine außerordentliche Vorstandssitzung einberufen, und es war ihm endlich gelungen, die anderen Teilhaber davon zu überzeugen, seinen Plänen zuzustimmen und den Reservefonds freizugeben. Im nächsten Wirtschaftsjahr würden sie keine Gewinne verbuchen, da jeder Cent Profit in die Expansion zurückfließen würde. Morgen fand ein zweites Treffen zwischen Arthur und dem Rechtsbeistand von Rowe and

Spellman statt, bei dem die endgültige Vertragsfassung ausgearbeitet werden sollte.

Forbes beglückwünschte sich dazu, dass es ihm gelungen war, die Vertragsverhandlungen anderen zu überlassen. Gideon Rowe hatte sich bisher nicht blicken lassen, und offiziell deutete nichts darauf hin, dass eine Geschäftsverbindung zwischen Franklin's und Far East Oil bestand.

Er warf einen Blick auf seine Armbanduhr.

»Du hast es sicher eilig«, bemerkte Ross.

»Stimmt.«

»Nur Arbeit und kein Vergnügen, Forbes. Aber wenn du mein Bild wirklich nicht haben willst, ist das völlig in Ordnung.«

»Was hast du damit vor?«

»Vermutlich werde ich es übermalen.«

»Ich gebe dir einen Zehner dafür«, erwiderte Forbes.

»Komisch«, meinte Ross, »aber irgendwie hatte ich im Gefühl, dass du das sagen würdest.« Er nahm das Bild von der Staffelei. »Ich denke, dass mein Agent einen Dummen finden wird, der es kauft.«

»Und Maeve?«

Ross nickte. »Ich male dir zu den gleichen Bedingungen ein ›ordentliches‹ Porträt.«

»Bis Weihnachten?«

»Spätestens.«

Sie schüttelten einander die Hand. Sekunden später komplimentierte Ross seinen Vetter aus dem Atelier und blickte Forbes nach, der zu Fuß den Flowerhill Drive hinunterhastete.

Er kehrte zurück zur Staffelei, hielt das Bild hoch und betrachtete es kritisch. Ross war nicht im Geringsten beleidigt wegen Forbes' Weigerung, das Bild zu kaufen. Im Gegenteil. Er brachte das Bild ins Schlafzimmer und hängte es neben dem zweiten auf. Anschließend zündete er seine Pfeife an, legte sich mit herabbaumelnden Beinen entspannt auf das Bett und betrachtete sein Werk.

»Forbes«, sagte er leise und blies einen kleinen Rauchkringel in die Luft. »Forbes, du bist wirklich ein Idiot.« Dann lachte er, stand vom Bett auf und mixte sich einen Whisky Soda, bevor er sich wieder an die Arbeit machte.

TEIL III

Kapitel 16

Die Höhle des Löwen

Mitte des Sommers war klar, dass die Voraussagen einer massiven Krise sich bewahrheiten würden. Auf die Unterzeichnung des Washingtoner Abkommens folgte eine Flut von Auftragsstornierungen, was wiederum Massenentlassungen zur Folge hatte. Jene Pazifisten, Sozialisten und Kommunisten, die lauthals ein Ende aller Kriege und eine globale Abrüstung gefordert hatten, zahlten nun den Preis für ihren Idealismus. Anfang des Jahres war noch Raum gewesen für einen Funken Hoffnung, aber im Juli mussten auch die optimistischen Trendforscher einräumen, dass es nicht besser, sondern noch viel schlimmer kommen würde. Aber mit zwei beinahe fertigen Frachtschiffen und einem so gut wie unterzeichneten Auftrag für einen Riesen-Öltanker sah es aus, als würde Franklin's die Depression überdauern, als hätte Forbes McCulloch sich endlich die goldenen Sporen verdient und damit das Recht, sich entsprechend aufzuplustern.

Die Testreihe im Versuchstank mit dem Zwölf-Fuß-Modell hatte unerwartet ein Problem aufgeworfen, das Tom Calders Team nicht vorausgesehen hatte. Der Fehler wurde schließlich gefunden: Nicht die Pläne waren fehlerhaft, sondern die Kalibrierungsausrüstung, sodass der zweite Versuch zur vollen Zufriedenheit der drei Gentlemen – davon zwei Franzosen – ausfiel, die beauftragt worden waren, die Verhandlungen mit der Geschäftsleitung von Franklin's zu führen.

Die Geschäftsführung lud die Gäste anschließend zu einem opulenten Mahl ins »Ashton« ein, und Forbes nutzte die Gelegenheit, bei den Herren diskret Erkundigungen dahingehend einzuholen, wer sie beauftragt hatte und wem genau sie verantwortlich waren. Die Franzosen waren charmant, freundlich und geistreich, gaben jedoch nichts preis, und der englische Experte, Miles Bennett, machte den Mund nur zum Essen auf. Dennoch war er es, der Forbes zum Abschluss die Hand schüttelte und ihm mitteilte, dass er eine sofortige Unterzeichnung des Vertrages empfehlen werde.

Bei dieser Ankündigung lächelten die Franzosen, schüttelten allen nochmals kräftig die Hand, umarmten Martin, was diesem sichtlich unangenehm war, und hätten Arthur auf beide Wangen geküsst, wenn der nicht rechtzeitig abgetaucht wäre.

»Wer zum Teufel sind diese Leute, Forbes?«, fragte Arthur, als er und sein Schwiegersohn spät an diesem Abend heimfuhren.

»Ich habe keinen Schimmer, doch ich bin fest entschlossen, es herauszufinden.«

»Und wie, wenn ich fragen darf?«

»Indem ich mich direkt in die Höhle des Löwen begebe.«

Früh am nächsten Morgen fand Forbes sich unaufgefordert in Merriam House ein.

Es regnete in Strömen, und die Aussicht auf Clydebank wurde von den tief hängenden Wolken verdeckt. Forbes verließ in geduckter Haltung den Schutz des Lanchester und lief die Haupttreppe hinauf. Er hämmerte an die Tür wie ein flüchtiger Verbrecher – oder besser, wie ein Polizist. Ronnie öffnete. Forbes schob sich an ihm vorbei und hinterließ eine Spur von Regentropfen auf dem polierten Parkettboden. Er folgte dem Knick des Wohnzimmers und betrat die Frühstücksbar.

Zu seiner Erleichterung war Stella nirgends zu sehen.

»Guten Morgen, Giddy«, meinte er. »Ich wünsche, wohl geruht zu haben.«

Der kleine Franzose saß am Glastisch und stocherte lustlos in einer Schale Porridge. Er war flankiert von Drew Pickering und Miles Bennett, dem Engländer mit der steinernen Miene. Geoff Paget lehnte in Schlafanzug und einem fadenscheinigen Morgenmantel an der Bar.

»Geoffrey, alter Knabe«, begrüßte Forbes ihn. »Was für eine Überraschung!«

Drew Pickering war halb aus seinem Stuhl aufgestanden und hatte beide Hände zu Fäusten geballt. Er hatte sich eine Serviette in den Kragen gestopft und war unrasiert.

Forbes zog den Mantel aus und legte ihn zusammen mit seinem Hut auf die Bar. Er wandte sich Ronnie zu. »Ich nehme die Nierchen vom Grill und eine kleine Portion Rührei. Kaffee. Schwarz.« Regen lief in einem Wasserfall an der Scheibe des Seitenfensters herab. »Der Bauträger hat bei den Regenrinnen gepfuscht, Andrew. Die Rohre sind im Durchmesser zu schmal.«

»Sind Sie gekommen, um mit mir über meine Fallrohre zu sprechen, McCulloch?«

»Ach, kommen Sie, Sie wissen doch, weshalb ich hier bin.« Forbes nahm sich einen Stuhl. »Wenn Sie und Ihr Hofstaat glauben, ich serviere Ihnen Franklin's auf dem Silbertablett, muss ich wissen, mit wem ich es zu tun habe und, mehr noch, was für mich dabei rausspringt.«

»Ist die Bestellung eines Riesen-Öltankers nicht genug?«, fragte Pickering gepresst.

»Nein«, entgegnete Forbes ungerührt. »Ich bin kein heruntergekommener spielsüchtiger Marineoffizier, den Sie mit einem Job in irgendeiner Niederlassung am Arsch der Welt abfinden können.«

»Ich würde sagen, das geht leicht unter die Gürtellinie«, beklagte sich Geoffrey.

Forbes hob abwehrend eine Hand. »Vorsicht, Sonnyboy. Ich

weiß nicht, was Sie hier in Schottland zu suchen haben, doch sollte ich Sie in der Nähe meiner Frau erwischen, beziehen Sie demnächst Invalidenrente.« Er stützte sich mit beiden Händen auf den Glastisch und grinste Gideon Rowe an. »Schmeckt Ihnen schottischer Porridge nicht, Giddy? Kann ich Ihnen nicht verdenken. Und jetzt erzählen Sie mir mal, wer Ihr Kumpel hier eigentlich ist. Er behauptet, er hätte für Thorneycroft gearbeitet, aber irgendwie kaufe ich ihm das nicht ab.«

»Warum fragen Sie ihn das nicht selbst?«, entgegnete Gideon.

»Weil ich dann niemals eine ehrliche Antwort zu hören bekäme. Er ist kein Schiffsingenieur, oder? Ich vermute, er ist irgendein hohes Tier bei Far East Oil.«

»Hat meine Frau aus dem Nähkästchen geplaudert?«, entgegnete Pickering ätzend.

»Stella?« Forbes schüttelte den Kopf. »Nein, ich habe wirklich alles gegeben, aber sie ist stumm wie eine Auster.« Er warf einen Blick in die Runde. »Wird die Dame des Hauses uns nicht beim Frühstück Gesellschaft leisten?«

»Es ist gestern spät geworden«, erwiderte Pickering. »Sie ist auch nicht mehr die Jüngste. Wie kommen Sie darauf, dass Mr. Bennett von Far East Oil geschickt wurde?«

»Ganz einfach: Er sitzt mit Ihnen am Frühstückstisch. Und da ist der Umstand, dass er in den vergangenen vier Tagen kaum ein Wort von sich gegeben hat. Und dass er allem Anschein nach die beiden Franzmänner gar nicht kennt, die im Gegensatz zu ihm im »Ashton« abgestiegen sind.«

»Sie glauben also zu wissen, wen ich vertrete, Mr. McCulloch?«, meldete sich Bennett in gepflegtestem Oxford-Englisch. »Glauben Sie mir, Sie haben keinen Schimmer, für wen oder was ich stehe. Sie haben Ihren Auftrag, geben Sie sich damit zufrieden.«

»Seiner Frau zufolge ist er nie zufrieden«, bemerkte Geoff Paget.

Ohne sich umzudrehen, sagte Forbes kalt: »Wenn Sie noch ein

Mal meine Frau erwähnen, Geoffrey, können Sie Ihre Zähne vom Fußboden einsammeln.«

»Warum so feindselig, Forbes?«, fragte Gideon Rowe.

»Weil ich etwas besitze, das Sie haben wollen, und Sie es in Ihren Besitz bringen wollen, ohne einen anständigen Preis dafür zu zahlen.«

»Und was genau, glauben Sie, wollen wir von Ihnen haben?«, erwiderte Gideon.

»Die Werft.«

Pickering lachte abfällig. »Sie träumen, Forbes.«

»Haben Sie das auch dem armen alten Mitchell Hussey erzählt, als sie Bradford Steel übernommen haben?«, entgegnete Forbes unbeeindruckt. »Womit haben Sie ihn eigentlich geködert? Haben Sie versprochen, ihm meinen Kopf auf dem Silbertablett zu liefern?«

»Sie sind selbst schuld, wenn Sie sich den Mann zum Feind ...«, begann Geoff Paget.

»Halt den Mund, Geoffrey«, schnauzte Pickering.

»John Brown's and Fairfield's sind für Sie unerreichbar, und vermutlich können Sie es sich nicht leisten, sich bei Scott's, Yarrow's oder Denny's einzukaufen«, fuhr Forbes fort. »Franklin's hat in etwa die richtige Größe und Lage für Ihre Zwecke, also halten Sie uns einen Köder vor die Nase – zugegebenermaßen einen ordentlichen – und hoffen darauf, dass wir in unserer Verzweiflung aus eigener Tasche die Werft ausbauen und modernisieren, um sie über die Krise hinwegzuretten. Und Ihre Rechnung ist aufgegangen: Genau das tun wir.«

»Darf ich Sie daran erinnern, dass Sie in wenigen Wochen achtundzwanzigtausend Pfund auf dem Konto haben werden.«

»Die erste Anzahlung ist an so viele restriktive Klauseln gebunden, dass Sie uns jetzt schon am Wickel haben. Franklin's ist an schottisches Gesetz gebunden, das sich in vielen Punkten entscheidend vom englischen unterscheidet, wie Sie sicher wissen, aber Franklin's ist nicht mehr das Unternehmen, das der alte Owen seinerzeit an seine Erben weitergegeben hat.«

»Kommen Sie auf den Punkt, Forbes«, forderte Pickering ungeduldig.

»Gleich. Sobald Sie mir endlich die Wahrheit gesagt haben. Wollen Sie die Franklin-Werft übernehmen und genug Kapital hineinstecken, um eine ganze Tankerflotte zu bauen, ja oder nein?«

»Ja, das wollen wir«, antwortete Miles Bennett, ohne zu zögern.

»Gut.« Forbes nickte. »Endlich kommen wir weiter.«

»Können Sie sie uns beschaffen?«, fragte Pickering. »Die Werft, meine ich.«

»Vermutlich.«

»Vermutlich?«

»Unter bestimmten Voraussetzungen«, gab Forbes zurück.

»Das dachte ich mir schon«, meinte Bennett. »Und was genau schwebt Ihnen da vor?«

»Wenn ich gemäß den Firmenstatuten die Mehrheit der Anteile in meinen Besitz bringe, steht es mir frei, neue Teilhaber aufzunehmen. Ich kann frei wählen. Oder auch Sie.«

»Wer ist derzeit im Besitz der Aktienmehrheit?«, fragte Bennett.

»Mein Vetter Martin, mein Schwiegervater und meine Frau gemeinschaftlich«, erwiderte Forbes. »Ich selbst halte einundzwanzig Vierundsechzigstel.«

»Und was würde uns das kosten?«, wollte Bennett wissen.

»Sie müssen die Prämie zahlen, die jeder Teilhaber ursprünglich erhalten hat, dazu einen bestimmten Prozentsatz an Aktiva. Für bestehende Schulden wären Sie allerdings nicht mitverantwortlich. Mit anderen Worten: Neue Besen kehren besser. In Anbetracht der Tatsache, dass wir gerade unsere Reserven aufbrauchen, um die Werft zu modernisieren, und Sie, Gentlemen, verhältnismäßig tiefe Taschen haben, denke ich, dass es Ihnen ohne allzu große Mühe gelingen dürfte, eine Mehrheit von einundfünfzig Prozent an der Franklin-Werft zu erlangen.«

»Und was ist mit den übrigen neunundvierzig Prozent?«, erkundigte sich Pickering.

»Das ist mein Anteil.«

»Autsch!«, entfuhr es Miles Bennett leise.

»Unser Kapital? Unsere Anteile?«, fragte Gideon Rowe.

»Franklin ist kein Fließbandbetrieb«, erklärte Forbes. »Wir können keine Öltanker in Serie fertigen wie Ford-T-Modelle. Es geht hier um ein Langzeitprojekt, für das Kontinuität vonnöten ist, und zwar in Form einer voll ausgestatteten, modernen Werft mitsamt einer erfahrenen Belegschaft und einem ebenso erfahrenen Management, das genau weiß, was Sie wollen. Und das, Gideon, werden Sie für Ihr Geld bekommen.«

»Ganz oder gar nicht?«, erwiderte Sir Andrew Pickering.

»Ganz oder gar nicht«, nickte Forbes.

Es war der vierte Tag der Glasgower Ferien, und es regnete immer noch. Aber Regen hin oder her, Maeve war viel zu rastlos, um im Haus herumzulungern wie Philip und Harry. An den Nachmittagen, an denen sie nicht Ross Modell saß, besuchte sie ihre Großmutter und lauschte Mr. Coffeys endlosen Geschichten von irischen Helden der Vergangenheit und Gegenwart. Sie hatte seit jener verunglückten Geburtstagsfeier nichts mehr von Ewan Calder gehört oder gesehen, aber wenigstens sprachen Harry und Phil wieder mit ihr. Vorübergehend war von Urlaub in einem Hotel am Meer die Rede gewesen, aber Onkel Forbes war zu beschäftigt, und Tante Lindsay hatte das Thema nicht mehr angeschnitten.

Auch an diesem Dienstagnachmittag regnete es wieder. Mr. Coffey hatte einen Anstreicherjob, sodass sie allein mit Gran gewesen war. Um halb vier verabschiedete sie sich und lief nach Partick hinein, um an einem kleinen Kiosk in der Dumbarton Road fünf Zigaretten zu kaufen.

Der Himmel über den Mietshäusern war für einen Nachmittag in den Sommerferien unnatürlich dunkel. Dicke Regentropfen klatschten auf das Pflaster, und durch die Rinnsteine schoss schäumendes Schmutzwasser. Sie legte den Schal, den sie von Enid bekommen hatte, über den Kopf und rannte die Dumbarton Road hinunter.

Jungen lungerten in Hauseingängen herum, Männer standen draußen vor den Pubs, obwohl die erst in etwa einer Stunde öffnen würden. Maeve nahm an, dass sie einfach nichts Besseres zu tun hatten, als zu warten. Die Hälfte von ihnen hatte Urlaub und etwas Kleingeld in der Tasche, während die anderen arbeitslos und pleite waren. Plötzlich entdeckte sie Bobby Shannon, der sich mit einem schweren, schäbigen Kinderwagen einen Weg über den Bürgersteig bahnte. Er ging an Maeve vorbei, ohne sie zu erkennen. Mit dem Schal über dem Kopf und den Gummigaloschen über den Schuhen war das auch nicht weiter überraschend.

Straßenbahnen fuhren rumpelnd vorbei, Lastwagen, ein Fuhrwerk mit einem völlig durchnässten Klepper zwischen den Deichseln, ein Laster mit hohen Seitenwänden, der lebende Schafe zu den Finnieston Docks brachte. Vier junge Flegel lehnten an der heruntergelassenen Jalousie einer Weinhandlung. Sie rauchten Zigaretten, über die sie schützend eine hohle Hand hielten, und spuckten auf den Boden. Regen tropfte von ihren Mützen, und ihre Stiefel waren völlig durchweicht. Sie verspotteten Bobby Shannon wegen des unhandlichen umgebauten Kinderwagens. Bobby wandte den Kopf und starrte sie an. Dann nahm er eine Hand von dem langen Holzgriff, hielt zwei Finger in die Höhe und beschimpfte die jungen Männer.

Aus dem Kinderwagen war ein Kichern zu hören. Maeve hastete an den Passanten vorbei und legte Bobby Shannon eine Hand auf den Arm. Er wirbelte herum, als wollte er sie schlagen. Als er sie erkannte, griff er stattdessen unter das Eisengestell und zog die Handbremse an, sodass der Kinderwagen nur wenige Zentimeter von der Bordsteinkante zum Stehen kam.

»Du bist das also. Wo hast du denn den Schal her?«

»Geborgt.«

»Hätte mich auch gewundert, wenn es deiner gewesen wäre.«

»Ich habe einen zu Hause, der noch schlimmer aussieht, Schlaumeier.«

»In Dublin?«

»Genau. In Dublin.«

Er schob sich um den Kinderwagen herum, bis der hinter ihm stand.

»Ist das deine Schwester da drin?«

»Und wenn?«

»Willst du uns nicht bekannt machen?«, meinte Maeve.

»Sie legt keinen Wert darauf, Leute kennenzulernen.«

»Was ist denn mit ihr?«

»Sie ist ein Krüppel.«

»Wie ist das passiert? Ein Unfall?«

»Nein, von Geburt an«, entgegnete Bobby kurz angebunden.

»Kann sie nicht sprechen?«

Er gab ein verächtliches »Pah« von sich und drehte ruckartig den Kopf, sodass sein nasser Pony aus der Stirn flog. »Klar kann sie sprechen. Ihre Wirbelsäule ist geschädigt, nicht ihr Hirn.«

»Bobby?« Die Stimme war dünn, jedoch scharf wie die Klinge eines Schnitzmessers. »Mit wem sprichst du, Bobby?«

»Mit niemandem, Liebes. Es ist nur eine ... Frau.«

»Was für eine Frau? Dann hast du also noch eine Freundin? Außer mir, meine ich?«

»Nee!«, rief Bobby über die Schulter. »Nur eine Frau, die ich von früher kenne.«

»Stell mich ihr vor«, forderte Maeve ihn auf.

Er schüttelte den Kopf.

»Sag mir wenigstens, wie sie heißt.«

»Alice«, antwortete die Stimme aus dem Kinderwagen.

»Siehst du.« Maeve lehnte sich so weit vor, dass der Regen, der von Bobbys tropfte, auf ihr Gesicht fiel. »Schämst du dich etwa für sie?« Hierauf ging sie um den Wagen herum und warf einen Blick auf den Berg von Decken unter dem Öltuch.

Das Mädchen war weder klein noch zierlich oder gar niedlich. Sie hatte ein grobes rundes Gesicht voller Aknenarben, dünnes, strohiges blondes Haar und blaue Augen, die eiskalt wirkten, jedoch gleichzeitig auch hochintelligent.

»Ich bin Maeve«, stellte sie sich vor. »Bobby und ich kennen uns vom Modellsitzen.«

»Dann bist du das also?«, meinte Alice.

»Ja, ich bin das.«

Alice Shannons Kopf und Schultern wirkten noch normal, aber der Oberkörper schien zu fehlen, und unter dem Öltuch lugten zwei winzige Füße hervor, klein wie Zeltheringe.

Maeve empfand seltsamerweise eine Woge des Mitleids für Bobby Shannons Schwester, wenn sie auch nicht wagte, ihr Mitgefühl zum Ausdruck zu bringen.

»Hat er dir von mir erzählt?«, fragte Alice Shannon eifrig.

»Klar hat er«, entgegnete Maeve. »Er redet ständig von dir. Ehrlich gesagt hat er uns damit schrecklich gelangweilt.«

Das Mädchen kicherte. »Das ist ein Kerl, was? Ein Prachtkerl, wenn du mich fragst.«

»Wo will er ... wollt ihr denn hin?«

»Zigaretten kaufen. Wir holen bei Dixon's zehn Player's Weights.«

»Ich habe eben fünf Woodbine geholt.« Maeve hustete theatralisch. »Es ist die Brust, Doktor. Die Lunge. Fünf Zigaretten am Tag, und der Husten verschwindet.«

Alice lachte und lehnte sich zurück gegen das mit Stroh gefüllte Polster, das sie aufrecht hielt. Als Maeve über das Verdeck blickte, sah sie die Liebe in Bobby Shannons Augen, und in dieser Sekunde ging ihr durch den Kopf, dass er der Richtige für sie sein könnte.

Ross tippte sich mit dem Ende des Bleistifts gegen die Zähne und rieb sich mit der freien Hand den Bart. »Was ist denn heute nur los mit dir? Du strahlst ja förmlich.«

»Bin ich denn sonst nicht guter Laune?«

»Doch, ja. Aber nicht so ... zufrieden.«

»Zufrieden?«

»Ja, wie die Katze, die den Kanarienvogel verspeist hat.«

»Ich bin nur froh, dass es endlich aufgehört hat zu regnen«, sagte Maeve. »Soll ich ernster gucken?«

»Nicht unbedingt. Du solltest nur nicht grinsen wie ein Honigkuchenpferd«, meinte Ross.

»Mal das Lächeln einfach. Dieser Italiener hatte damit doch auch Erfolg.«

Ross lachte schallend. »Du meinst die *Mona Lisa*. Es gibt da eine Theorie, die besagt, sie hätte so hintergründig gelächelt, weil sie schwanger war.«

»Oh! Keine Sorge, Ross. Schwanger bin ich nicht.«

»Dabei wäre das doch mal so richtig spannend«, erwiderte er.

»Wieso?«

»Forbes würde einen Anfall bekommen.«

»Und ich erst«, entgegnete Maeve. »Und ich erst.«

Ross hatte sie auf einen goldenen Stuhl gesetzt, vor einer Bahn dunkelblauem Samt, die über eine Gipsurne drapiert war. Dazu trug sie ein schlichtes bodenlanges Kleid, aber weder Hut noch Haube. Er hatte bereits eine Reihe von Skizzen auf Millimeterpapier angefertigt und war jetzt dabei, geduldig seine Komposition auf eine Leinwand zu übertragen, die an einem Buchstapel lehnte.

»Warum malst du nicht wieder wie letztens?«

»Letztens?«

»Gleich in Öl. Ali Baba.«

»*Alla prima*. Mein Kunde hält nicht viel vom modernen Stil.«

»Kunde? Heißt das, jemand möchte ein Porträt von mir?«

Ross senkte den Kopf und malte mit allergrößter Sorgfalt zwei Linien auf die Leinwand. »Nicht speziell von dir, Maeve. Er ist ... er ist Gallerist, und Bilder von hübschen jungen Mädchen verkaufen sich ziemlich gut.«

»Wie viel bezahlt er dir?«

»Dreihundert Guineen«, antwortete er.

»Mehr nicht?«

»Ach? Meinst du, du bist mehr wert?«

»Viel mehr«, entgegnete Maeve und lachte. Sie schwieg eine Weile und sagte dann unvermittelt: »Ich bin gestern Bobby begegnet.«

»Tatsächlich?«

»Er hat seine Schwester in einer Art Kinderwagen, den er mit seinem Vater zusammen gebaut hat, die Dumbarton Street hinuntergeschoben. Sein alter Herr ist Messingschleifer. Was ist das überhaupt?«

»Keine Ahnung«, gab Ross schulterzuckend zurück.

»Seine Schwester ist wirklich schlimm dran. Sie ist mit einer verkrüppelten Wirbelsäule geboren und hat praktisch keine Beine. Sie kann nicht sitzen, nicht gehen, nicht ...«

»Hat Bobby dir das erzählt?«

»Nein, sie selbst. Seine Schwester. Sie redet überhaupt viel ... vorwiegend über sich selbst.«

»Vielleicht gibt es in ihrem Leben sonst nicht viel, wovon sie erzählen könnte.«

»Das stimmt allerdings«, gab Maeve zu. »Sie kann von Glück sagen, dass Bobby sich um sie kümmert. Die Mutter ist gestorben. Er und sein Vater leben allein. In einem Mietshaus in der Riverside Street. Klingt nicht gerade prickelnd. Ehrlich gesagt klingt es ein bisschen nach Endicott Street.«

»Riverside ist ein schlimmes Viertel«, erklärte Ross. »Ich persönlich würde es mir zweimal überlegen, bevor ich mich dorthin wage.«

»Ich würde nur hingehen, wenn ich ausdrücklich eingeladen würde, und damit ist wohl kaum zu rechnen. Sie müssen eine Frau bezahlen, die bei Alice bleibt, während sie arbeiten. So was kostet eine Stange Geld. Dazu haben sie noch unzählige Ärzte konsultiert, aber niemand kann etwas für Alice tun. Darum braucht Bobby auch das Geld, das er hier verdient, so dringend.«

»Maeve ...«

»Was ist?«, wollte sie wissen.

»Nichts. Gar nichts.«

»Wenn er seine Stelle verliert, sitzen sie auf der Straße«, fuhr sie fort. »Hast du nicht noch mehr Arbeit für ihn, Ross?«

Er legte den Bleistift aus der Hand. »Maeve, du darfst dich nicht von deinem Herzen leiten lassen. Bobby Shannon ist kein hilfloses Wesen. Versprich mir, vorsichtig zu sein.«

»Ich? Ich bin immer vorsichtig«, entgegnete Maeve beleidigt. »Manchmal sogar viel zu vorsichtig. Ich habe dir eine einfache Frage gestellt, Ross. Wie wäre es mit einer einfachen Antwort?«

»Ja, selbstverständlich werde ich ihn nach Kräften unterstützen.«

Sie schüttelte den Kopf. »Keine Almosen – Arbeit.«

Um seine Besorgnis vor ihr zu verbergen, entgegnete er mit gespieltem Enthusiasmus: »*Der Angriff der Leichten Brigade*, *Der Rückzug aus Caporetto*, *Das Krankenhaus von Scutari*, und sämtliche Soldaten sehen aus wie der kleine Bobby Shannon? Das könnte vielleicht jemandem auffallen, meinst du nicht?«

»Er ist nicht klein, und das ist nicht komisch«, protestierte sie.

»Nein, du hast recht. Entschuldige bitte.«

Sie veränderte ihre Haltung und tauchte den Kopf in das Schattenband, das quer vor das große Erkerfenster fiel. Sie fragte sich, wozu Ross so viel Licht brauchte. Er arbeitete doch gar nicht mit Farben. Er zeichnete nur, zeichnete so wie Bobby an seinem Schreibtisch in dem Büro in der Aydon Road, und Zeichner brauchten auch kein Licht, zumindest kein Tageslicht.

»Wie lange wirst du überhaupt für dieses alberne Porträt brauchen?«

»Wenn du stillsitzt, etwa zehn Wochen.«

»Und anschließend hast du wieder Arbeit für Bobby?«

»Möglich«, entgegnete Ross. »Ja, wahrscheinlich schon.«

Sie hob den Kopf wieder in die Sonne und korrigierte ihre Pose.

Ross fuhr mit dem Zeichnen fort. »Hast du daheim irgendjemandem von deiner zufälligen Begegnung mit Bobby Shannon erzählt?«

»Nein.«

»Dabei würde ich es auch belassen, wenn ich du wäre.«

»Und warum?«, hakte sie nach.

»Nur so.«

Sie waren ganz allein in der Küche. Ihr alter Herr war zu Macafee's gegangen, um den letzten Rest seines Lohnes zu verprassen. Es war noch helllichter Tag, sodass Bobby die Lampe über dem Kamin noch nicht eingeschaltet hatte. Im Kamin brannte ein Feuer. Er kochte auf die altmodische Art in einem Kessel über dem Feuer Wasser. Anschließend goss er das Wasser in eine Schüssel und trug diese zusammen mit einem Handtuch zu dem Bett im Alkoven. Gestern hatte er ihr versprochen, ihr die Haare zu waschen.

Gestern war sie ziemlich mies dran gewesen. Wenn sie nicht so gedrängt hätte, wäre er nicht mit ihr spazieren gegangen. Sie versuchte eben, seine freie Zeit möglichst auszunutzen. Er konnte es ihr nicht verübeln, war sie doch den ganzen Tag hier eingesperrt, während er und Pa arbeiten gingen, und dann noch den ganzen Abend, weil es zu riskant war, mit ihr aus dem Haus zu gehen, wenn es zu frisch war. Dabei liebte Alice frische Luft. Und sie liebte Sonnenschein. Sie mochte sogar den Regen auf ihrem Gesicht und spielte gern mit den Händen in der Pfütze, die sich in der Vertiefung des Öltuches bildete.

Bei ihrer Heimkehr gestern hatte sie schreckliche Schmerzen in Kopf und Nacken gehabt. Sie hatte gestöhnt vor Schmerzen, was immer ein schlechtes Zeichen war, und er hatte Pa zur Notapotheke an der Dumbarton Road geschickt, wo der Apotheker das ölige grüne Schlafmittel mischte, das Dr. Macdonald Alice verschrieben hatte. Pa war auf dem Rückweg auf ein Gläschen in der Kneipe gewesen, und so hatte Bobby ihr die Medizin erst nach Mitternacht geben können. Schließlich war Alice dann eingeschlafen, das Kinn auf die Brust gesunken. Obwohl er die Hygienevorschriften nur zu gut kannte, hatte er es nicht übers Herz gebracht, sie auszuziehen. Stattdessen hatte er ihr die Bettpfanne untergeschoben und ihr die Windel angelassen.

Sie hatte bis weit in den Vormittag hinein geschlafen. Bobby hatte Pa überreden können, bevor er zur Arbeit ging, noch Eier, Würstchen und Speck zu besorgen. Als sie endlich wach geworden war, hatte er ihr ein richtiges Sonntagsfrühstück bereitet. Mrs. Molloy hatte die Woche Urlaub, sodass Bobby seine Schwester waschen und anziehen musste. Die Schmerzen hatten zum Glück nachgelassen, und sie war den ganzen Tag redselig und kokett gewesen. Am Nachmittag hatte er es dann riskiert, mit ihr spazieren zu gehen. Erst hatte er den Wagen hinuntergetragen und anschließend Alice auf dem Rücken hinuntergeschleppt, wobei sie die

Arme um seinen Hals geschlungen hatte und ihr glattes Haar ihn an den Ohren kitzelte.

Er war mit ihr den schlammigen Weg am Fluss entlanggegangen. Wie still alles in der Sonne war, alles noch triefnass vom Regen, die Gärten verlassen, weil so viele Leute weggefahren waren. Anschließend waren sie in der Sword Street gewesen, wo er ihr bei Macafee's ein Schlückchen Bananen-Rum spendiert hatte. Er hatte sich zu ihr in die stinkende Nische gesetzt und gewartet, während sie an ihrem Glas genippt und ganz langsam getrunken hatte, wie eine Biene, die Nektar sammelt. Auf dem Heimweg ging er durch die Dumbarton Road, halb hoffend, dort wieder Maeve McCulloch zu begegnen, diesmal ohne den Schal, stattdessen mit offenem schwingendem Haar. Es war sehr lange her, seit er das letzte Mal solche Gedanken an jemanden gehegt hatte, seit Ma bei der Geburt eines dritten Babys gestorben war, eines Babys, das nicht missgebildet wie Alice war.

Pa hatte Brot geröstet und dazu Erbsen gekocht. Sie aßen alle zusammen zu Abend, Alice im Bett, der Tisch dicht an die Wandnische geschoben. Dann, gegen acht, ging Pa wieder aus, und Bobby erhitzte Wasser und holte die falsche Flüssigseife aus dem Schrank, die er auf dem Kirchenbasar gekauft hatte. Er gab zwei Tropfen davon in die Wasserschüssel.

Jetzt legte er Alice ein Handtuch um den Hals, stützte sie mit Kissen ab und begann, ihr das Haar zu waschen.

»Hat sie Geld?«, wollte sie unvermittelt wissen.

»Wer?«

»Das Mädchen von gestern.«

»Wie kommst du darauf, dass sie Geld hat?«

»Du hast doch selbst gesagt, sie sei eine Lady.«

Tropfen für Tropfen massierte er das Seifenwasser ein. Sie mochte es nicht, am Kopf angefasst zu werden, aber das abschließende Ausspülen liebte sie. Er wickelte sich eine Haarsträhne um den Finger und rieb mit dem Daumen darüber. Er konnte ihre spitze, verkrümmte Wirbelsäule mit den hervorstehenden Wirbeln sehen.

»Sie ist eine Verwandte der Franklins«, erklärte er. »Forbes McCulloch ist ihr Onkel und Tom Calder ihr Großvater.«

»Ich habe ganz schreckliche Geschichten über diese Familie gehört.«

»Hast du das?«

»Tom Calders Tochter ist vor Jahren mit dem Bruder ihres Liebhabers auf und davon«, meinte Alice.

»Wer erzählt denn so was?«

»Mrs. Molloy. Wie viel Geld haben sie?«

»Keine Ahnung, Alice.«

»Genug, um mich gesünder zu machen?«

Er sah, wie die Knochen am oberen Ende ihrer Wirbelsäule immer weiter hervortraten, bis die Haut so gespannt war, dass es aussah, als würde sie gleich aufreißen. Sie nickte, nickte in das Kissen und drängte ihn, ihre Frage mit »Ja« zu beantworten.

»Halt still. Ich wasche dir jetzt die Ohren.«

Sie langte mit einer offenen Hand nach hinten und befahl ihm aufzuhören, weil sie etwas zu sagen hatte, etwas, das nicht warten konnte. »Wenn du sie heiraten würdest, hätten wir genug Geld, um mich behandeln zu lassen. Dann würden wir in einem großen Haus wohnen, und sie würde für dich und Pa das Abendessen kochen, während ich mich erhole.«

»Es ist nicht *ihr* Geld«, entgegnete Bobby. »Wenn sie reich wäre, würde sie wohl kaum dem alten Ross Modell sitzen, oder?«

»Sie würden ihr das Geld geben.«

Bobby schnaubte. »Die nicht. Nicht, wenn sie einen wie mich heiratet.«

»Du bist doch ein netter Bursche.«

»Aber nicht nett genug für die Franklins.«

»Würdest du nicht gern mit ihr in einem Bett schlafen?«

Er lachte. »Was? Sie und ich und Pa?«

»In dem großen Haus, das sie für uns alle kaufen würde, hätte jeder sein eigenes Bett.« Sie hob das Kinn aus dem Kissen, damit er sie besser verstehen konnte. »Wenn du sie heiratest, kaufen die Franklins uns ganz bestimmt ein Haus mit einem Garten. Dann hätte ich ein Zimmer mit Fenstern mit Blick nach draußen. Ein großes helles Zimmer, in dem ich liegen und mich erholen würde.«

»Ja, Alice, das wäre wirklich toll, nicht wahr?«, sagte Bobby seufzend.

»Dann heirate sie doch. Hol dir das Geld. Hol es dir für mich.«

»Schließ die Augen«, bat er sie.

»Wozu?«

»Ich will dir die Haare ausspülen«, erklärte er, stand hastig vom Bett auf und holte frisches Wasser aus dem Kessel auf dem Ofen.

Martins Krankheit war für Forbes ein Geschenk des Himmels. Am Mittwoch in der Ferienwoche wurde er mit starken Blutungen in die Western Infirmary eingeliefert. Aurora geriet in Panik und schickte nach Lindsay, die wiederum Donald informierte. Forbes seinerseits war nicht auffindbar. Als die Nachricht endlich auch ihn erreichte, hatte man Martin bereits drei Konserven Fremdblut verabreicht, und als Forbes Martin am Abend besuchte, saß der Patient bereits aufrecht im Bett.

Aurora und einer ihrer Söhne waren bei ihm. Donald hatte den jüngeren der beiden Jungen mitgenommen nach Largs, wo er gut aufgehoben sein würde, bis sein Vater wieder heimkam.

»Du bist schuld!«, fauchte Aurora zornig. »Das alles ist allein deine Schuld.«

»Meine Schuld? Was habe ich denn bitte schön damit zu tun?«

»Aurora, bitte«, flüsterte Martin.

»Es muss einmal gesagt werden, und ich scheue mich nicht, die Dinge beim Namen zu nennen.«

»Bevor du loslegst ... Hättest du vielleicht die Güte, mir zu verraten, was ihm überhaupt fehlt?«

»He, ich bin auch noch da«, warf Martin mit schwacher Stimme ein.

»Er hat ein Geschwür im Peritoneum.«

»Ist das nicht gefährlich?«

Der Junge, Colin, saß auf der anderen Bettseite. Sonnenstrahlen fielen schräg durch die Fenster der Station, und leichter Zigarettendunst hing über dem Gemeinschaftstisch in der Mitte des Zimmers, an dem sich jene Kranken versammelt hatten, die nicht ans Bett gefesselt waren. Der Junge langweilte sich. Als Forbes seine Frage stellte, seufzte er und verdrehte die Augen.

»Natürlich ist das gefährlich«, zischte Aurora giftig. Sie trug Schwarz, dezentes Schwarz, als wäre sie bereits verwitwet. Ihr flammend rotes Haar war von breiten grauen Strähnen durchzogen, und sie war längst nicht mehr die verführerische Schönheit, die Martin einst zum Altar geführt hatte. Allerdings war sie reich, sehr reich. Wenn ihr alter Herr endlich den Löffel abgab, würde sie einen erklecklichen Anteil am Swann-Vermögen erben. »Er kann ganz plötzlich daran sterben«, fuhr Aurora fort.

»Und was gedenken die Ärzte zu unternehmen?«

»Sie wollen *ihn* aufschneiden«, warf Martin kaum hörbar ein.

»Unsinn!«, fuhr Aurora ihm über den Mund. »Eine Operation kommt gar nicht infrage. Du brauchst gute Pflege und vor allem deine Ruhe. Ich hoffe, du bist zufrieden mit deinem Werk, Forbes.«

»Es gefällt mir gar nicht, ihn so elend zu sehen«, entgegnete dieser lahm. »Ich muss zugeben, dass er schlecht aussieht. Allerdings glaube ich nicht, dass sein Zustand lebensgefährlich ist, sonst wäre Donald nicht nach Largs zurückgefahren.«

»Das spielt keine Rolle«, ereiferte sich Aurora. »Donald tut, was er für das Beste hält.«

»Wo ist Lindsay?«

»Ross war heute Nachmittag hier und hat sie heimgefahren.«

Forbes schaute Martin zum ersten Mal seit seinem Eintreffen auf der Station direkt an. »Ich habe gehört, Ross hat sich ein Auto gekauft, einen Oxford. Hat er dir davon erzählt, alter Knabe?«

Martin schüttelte mühsam den Kopf.

»Zu viel Arbeit und viel zu viel Verantwortung, das sind die Ursachen für die tragische Situation, in der wir uns heute befinden«, lamentierte Aurora weiter. »Selbstverständlich werde ich eine zweite Meinung einholen.«

»Selbstverständlich«, entgegnete Forbes. »Wie lange noch?«

»Wie lange, was?«

»Wie lange wird er voraussichtlich nicht arbeiten können?«

»Allmächtiger! Wie kannst du es wagen, mich das zu fragen? Du und Franklin's habt meinen armen Mann fast umgebracht, aber das ist dir offenbar noch nicht genug. Martin wird erst wieder ins Büro kommen, wenn er sich vollständig erholt hat. Ich werde ihm erst erlauben, wieder zu arbeiten, wenn er völlig wiederhergestellt ist. Wenn es so weit ist, erwarte ich von dir, dass du etwas mehr von der Last der Verantwortung schulterst als in der Vergangenheit.«

Forbes seufzte leise. »Natürlich. Von welchem Zeitrahmen sprechen wir hier? Einem Monat, sechs Monaten … einem Jahr vielleicht?«

»Du bist unverbesserlich«, knurrte Aurora. »Du bist erst zufrieden, wenn du meinen armen Gatten ins Grab gebracht hast wie … wie …«

»McGillicuddys Esel?«, meinte Colin hilfsbereit.

Aurora ignorierte ihn und fuhr fort. »Wo hast du eigentlich heute Nachmittag gesteckt?«

Forbes hatte seinen Cousin während Auroras Tirade beobachtet und versucht zu ergründen, ob Martin wirklich todkrank war oder seine Frau wieder einmal übertrieb. »Bitte?«

»Ich habe gefragt, wo du heute Nachmittag gesteckt hast. Du warst nicht im Büro.«

»Meine liebe Aurora, wir haben Ferien. In der Aydon Road ist nichts los, abgesehen von einigen Leuten, die mit Aufräumarbeiten und Instandhaltungsmaßnahmen beschäftigt sind.«

»Zu Hause warst du auch nicht.«

Forbes seufzte, bevor er ihr seine Lüge auftischte. »Ich war bei unserem Buchhalter, wenn du es unbedingt wissen willst. Ich habe in einem Büro am Blythswood Square gesessen, in dem es so heiß war wie in einem Backofen, und habe versucht, aus unseren letzten Zahlen schlau zu werden. Nur für den Fall, dass du es noch nicht gehört haben solltest, wir ...«

»O ja, ich bin im Bilde. Ich höre seit Monaten nichts anderes«, fiel Aurora ihm ins Wort. »Du bist dabei, unser gesamtes Vermögen zu verschwenden für deine absurden Pläne, Öltanker für die Franzosen zu bauen. Grundgütiger! Ausgerechnet die Franzosen!«

Mit Würde und der Haltung eines wahren Gentlemans erhob er sich, knöpfte seinen Mantel zu und setzte den Hut auf. Er richtete sich zu seiner vollen Größe auf und blickte von Aurora zu dem Jungen. »Pass auf deine Mutter auf, Colin«, sagte er, beugte sich dann herab und tätschelte Martin die Wange. »Und du, alter Knabe, werde bald wieder gesund. Ich komme dich morgen wieder besuchen und bringe dir ein paar Trauben mit.«

»Nein«, widersprach Aurora barsch. »Keine Trauben.«

»Dann einen Wackelpudding.« Mit einem Zwinkern und einem letzten Nicken für Martin machte er kehrt und verließ das Zimmer, wobei er an sich halten musste, keinen Freudensprung zu machen, bis er außer Sichtweite des Patienten und seines Drachen von einem Eheweib war.

Staub bedeckte den Küchentisch, und der Tee schmeckte rostig. Er hatte vorgehabt, den Gin-Vorrat aufzustocken, es dann aber doch wieder vergessen. Sie saßen in der schäbigen Küche der Wohnung am Flowerhill Drive und tranken Tee ohne Milch. Stella war den ganzen Abend über gereizt gewesen und weniger leidenschaftlich als sonst.

»Du musst wirklich etwas unternehmen, Forbes, diese Absteige ist ein wahres Dreckloch.«

»Ich suche mir eine Frau.«

»Na, das klingt ja interessant«, bemerkte Stella zynisch.

»Du weißt, was ich meine. Eine Zugehfrau.«

»Genau genommen ist es die Mühe gar nicht mehr wert.«

»Nicht?«, fragte Forbes beunruhigt.

»Wir werden uns künftig diese geheimen Treffen sparen können.«

»Ach so. Ja, natürlich.«

»Wie geht es Martin?«, erkundigte sie sich.

»Nicht gut. Ganz und gar nicht gut.«

»Du warst heute wieder bei ihm?«

»Ich war pünktlich zur Nachmittagswache dort. Lindsay übernimmt die Abendschicht. Aurora weicht ihm nicht von der Seite und bewacht Besucher mit Argusaugen. Er wird noch mindestens eine Woche im Bett bleiben müssen, und es ist die Rede davon, dass anschließend die ganze Familie den Rest des Sommers bei Donald am Meer verbringen wird. Seeluft, Schonkost und viel Ruhe. Aurora und ihre Schwiegermutter verstehen sich wirklich blendend.«

»Beide aus einem Guss?«

»So könnte man sagen. Wenn wir unsere Trümpfe geschickt ausspielen, bin ich mir ziemlich sicher, Martin dazu bewegen zu können, mir seine Firmenanteile zu verkaufen. Für uns ein absoluter Glücksfall, auch wenn der arme Martin das sicher nicht so sieht.

Wie auch immer. Wenn er erst ausgeschieden ist, wird Arthur wohl als Nächster die Segel streichen, erst recht, wenn ich durchblicken lasse, dass Franklin's dem Untergang geweiht ist. Bei Lindsay könnte sich das Ganze allerdings schwieriger gestalten.«

»Was ist mit Calder? Den wollen wir doch behalten, oder?«

»Wenn möglich, schon«, bestätigte Forbes. »Aber er besitzt nur vergleichsweise wenige Anteile und ist auch nicht mehr der Jüngste.«

»Warum bist du eigentlich neulich so früh bei uns erschienen?«

Forbes zuckte mit den Schultern. »Ich dachte mir, es wäre an der Zeit, ein paar von meinen Karten auf den Tisch zu legen. So einfach ist das. Ich hatte im Gefühl, dass der kleine Franzose in der Nähe ist. Pagets Anwesenheit hat mich allerdings zugegebenermaßen überrascht.«

»Geoffrey wird langsam lästig«, seufzte Stella.

»Steigt er meiner Frau immer noch nach?«

»Er spielt nach wie vor.«

»Heiland!«

»Drew war ziemlich angetan von deiner Art, die Dinge anzugehen.«

»Gut, das höre ich gern.« Forbes bedeckte ihre fleischige Hand mit seiner. »Ich freue mich schon auf den Tag, wenn die ganze Transaktion abgewickelt ist und wir endlich zusammen sein können. Ich nehme an, dein Göttergatte wird das Haus in Dalmuir nach der Trennung behalten wollen?«

»Da bin ich mir nicht sicher«, entgegnete Stella. »Ich bekomme natürlich keinen Cent. Man kann Drew nicht verdenken, wenn er mir keinen Penny mit auf den Weg gibt.«

»Du besitzt aber doch eigenes Vermögen, oder?«

»Ein wenig«, entgegnete Stella.

»Egal. Ich habe einiges in Reserve, und dazu kommt mein Gehalt, ganz zu schweigen von den Dividenden. Mit Far East Oil im Rücken dürfte es keine Schwierigkeiten mit der Bezahlung der Schiffe geben. Vielleicht sollten wir beiden Hübschen uns ein nettes kleines Sommerhäuschen in Marokko kaufen. Wie wäre es mit Port-Lyautey? Ich habe gehört, es ist auf dem besten Wege, zum Athen der nordafrikanischen Küste zu werden.«

»Ich würde Südfrankreich bei Weitem vorziehen.«

»Ich dachte, wir wollen uns die Welt ansehen?«

»Reisen dürfte etwas unpraktisch sein, solange du Franklin's leitest, oder?«

»Du hast recht, Liebes. Natürlich hast du recht. Aber warte nur ab. In zehn Jahren können wir uns zur Ruhe setzen und tun, was immer uns gefällt. Und ein Riesenvorteil, wenn wir einstweilen in Glasgow wohnen bleiben, ist der, dass wir den Kontakt zu unseren Kindern pflegen können.«

»Offen gestanden sind mir die Kinder piepegal.« Sie lehnte sich über den staubigen Tisch und küsste ihn auf die Wange. »Ich will nur mit dir zusammen sein. Also beeil dich, Liebling, lass es schnell wahr werden.«

»Verlass dich auf mich. Bis Weihnachten gehört Franklin's uns, und dann, meine Süße ...«, seine Stimme nahm einen affektierten Tonfall an, »... dann gehörst du mir ganz allein.«

Kapitel 17

Ausgeklügelte Pläne

Gleich nach den Ferien, als Martin abgereist war und somit aus dem Weg, machte Forbes ernst und zwang die Belegschaft in die Knie. Die Leute hatten Angst, aber Forbes' Maßnahmen sorgten auch für böses Blut. Die Einzigen, die immer noch zu glauben schienen, dass sie das Ruder in der Hand hielten, waren die Vertrauensleute der Gewerkschaft. Ein von Forbes McCulloch unterzeichnetes Memorandum landete in der Buchhaltung, und innerhalb von zehn Minuten nach Eingang des Schreibens hatte sich die Neuigkeit auf der ganzen Werft herumgesprochen. Jack Burgoyne machte sich sogleich auf zum Büro der Firmenleitung.

»Was hat das zu bedeuten, Mr. Forbes?« Burgoyne knallte eine Kopie des Memos auf den Schreibtisch.

Forbes erhob sich und schloss wortlos die Tür. »Das, Jack, ist eine Liste der bevorstehenden Lohnkürzungen.«

»Und ab wann haben diese Kürzungen Gültigkeit?«

»Sie gelten ab Freitag«, entgegnete Forbes ruhig. »Das gefällt mir ebenso wenig wie Ihnen, glauben Sie mir, aber wir müssen Kosten einsparen, sonst wird nichts aus dem Umbau der Werftanlagen.«

»Es stehen zwei Schiffe kurz vor der Fertigstellung, und Sie geben Unsummen für einen Ausbau der Werft aus. Wie, bitte schön, wollen Sie uns da Lohnkürzungen plausibel machen?«

»Die Lastschiffe werden im September vom Stapel laufen. Dann sind die Docks leer, Jack. Was dann?«

»Dieser Tanker ...«

»Ja? Was ist mit dem Tanker?«

Burgoyne blinzelte und runzelte die Stirn. »Man hat es uns gegenüber so dargestellt, als wäre der Auftrag inzwischen bestätigt worden.«

»Nun, dem ist nicht so.«

»Die Testreihe …«

»Unsere Kunden waren von den Tests sehr beeindruckt, weniger angetan waren sie von unserer Kostenaufstellung«, unterbrach Forbes ihn. »Übrigens, sollten Sie dem Irrglauben erlegen sein, dass der Kunde für den Ausbau der Werft aufkommt, seien Sie versichert, dass dem nicht so ist. Das Geld stammt aus unseren Kapitalreserven, und auch wenn Sie etwas anderes anzunehmen scheinen, hat meine Familie keinen Zugang zur Königlichen Prägeanstalt.«

»Wann wird Mr. Martin wieder da sein?«

»Mr. Martin ist ein sehr kranker Mann und kommt möglicherweise gar nicht mehr zurück. Von jetzt an bin ich Ihr Ansprechpartner, Jack, und ich hoffe ehrlich, dass Sie Ihre Mitglieder davon überzeugen können hinzunehmen, dass sie den Gürtel in Zukunft etwas enger schnallen müssen.«

»Das ist nicht recht«, protestierte Jack Burgoyne lahm. »Sie hätten diese Maßnahme vorab mit uns besprechen müssen.«

»Wir besprechen es jetzt. Uns allen zuliebe bitte ich Sie, die Gesamtsituation im Auge zu behalten und nicht zu drastischen Mitteln zu greifen.«

»Was verstehen Sie unter drastischen Mitteln, Mr. Forbes?«

»Streik.«

Wider besseres Wissen war Tom mit seiner Familie in die Ferien gefahren. Wie gewöhnlich verbrachten sie vierzehn Tage im »Bruce Hotel« in Rothesay auf der Isle of Bute. Allerdings war es nicht mehr so wie früher, da die Kinder nichts mehr übrig hatten für Eimer, Schaufeln, Strandbälle und Wasserbahnen. Stattdessen lungerten sie den ganzen Tag im Hotel oder auf der Esplanade herum, auf der Suche nach Abwechslung und Schutz vor dem nicht enden wollenden Regen.

Ewan hockte stundenlang auf seinem Zimmer, rauchte eine Zigarette nach der anderen und brütete über Ausgaben von *Tit-Bits* und *News oft the World.* Wenn er diese einseitigen Schwelgereien leid war, lümmelte er sich in einem Sessel der Lounge und las in alten Ausgaben des *Tablet*.

Tom und Cissie beschäftigten sich so, wie sich alle Eltern beschäftigten, die im Urlaub durch anhaltenden Regen dazu verdammt waren, sich vorwiegend im Hotel aufzuhalten: Sie tranken zu viel Tee, aßen zu viele Scones, besuchten zu viele furchtbare Konzerte und spekulierten ansonsten, was ihr Nachwuchs wohl gerade treiben mochte. Dorothy und Katy hatten ein Café entdeckt, in dem ein umwerfend attraktiver Italiener arbeitete, und lungerten schüchtern vor der Tür herum, oder aber sie gaben sich weltgewandt und blasiert, nahmen an einem der Marmortische Platz und aßen Riesenportionen Eis.

Ewan seinerseits besuchte zusammen mit seinen kleinen Schwestern die *Summer Follies*-Matineen und starrte die vollbusigen Chorsängerinnen in ihren knappen Kostümen an, oder er sah sich im einzigen Kino am Ort kettenrauchend flackernde alte Western an, wobei er über die Halbschwester nachgrübelte, die eigentlich gar nicht seine Halbschwester war, doch durch eine Ironie des Schicksals oder einfach Pech immerhin eine Blutsverwandte und somit tabu.

Als sie mit der Fähre zurück zum Festland fuhren, brach die Sonne durch die Wolkendecke und lachte Toms Kindern zu, die von Rothesay Abschied nahmen und sich insgeheim schworen, sich niemals wieder dorthin schleifen zu lassen.

Am Sonntag wurden in der St. Anne's Church drei Babys getauft, sodass kaum noch ein Platz frei war. Fröhliches Kindergeschrei und klägliches Weinen übertönten den Chor, und wenn es ihm nicht gelungen wäre, einen Platz direkt hinter Maeve zu ergattern, hätte Ewan eine Rüge in Kauf genommen und sich den langen Gang entlang hinausgeschlichen, um auf der Toilette eine Zigarette zu rauchen.

So aber genoss er die Aussicht auf das feine dunkle Haar, das in weichen Locken über Maeves Kragen fiel und auf ihre makellosen rosigen Ohren. Als sich alle erhoben, um eine Hymne zu singen, rückten zudem die Konturen ihrer Wange und Kehle in sein Blickfeld, ganz zu schweigen von der sanften Wölbung ihrer Brüste unter dem Mantel. Zwischen den Calders und den McCullochs war der Frieden zwar nicht völlig wiederhergestellt, aber es herrschte eine Art Waffenstillstand. Auf Drängen seiner Mutter ging Philip sogar so weit, sich bei Ewan zu erkundigen, ob er in Rothesay schöne Ferien verbracht hätte, worauf dieser antwortete: »Nein, grässliche.«

Ihm lag nichts an einer Versöhnung mit seinen Vettern, es kümmerte ihn auch nicht, ob sie schlecht von ihm dachten, ob er sie überhaupt je wiedersehen würde. Er hatte nur Augen für Maeve und bildete sich ein, dass es ihr ebenso ging wie ihm. Sie errötete, als er sich nach ihrem Befinden erkundigte, und dann wieder, als er ihr zuraunte, dass er sie vermisst habe.

Hierauf kam Harry, sein verfluchter Cousin, hinzu, und nahm Maeve einfach mit.

Harry nippte an seiner dritten Tasse Kaffee: »Es wird ein komisches Gefühl sein, ab kommender Woche nicht mehr mit Phil zusammen zur Schule zu gehen.«

»Mach das Beste draus«, entgegnete Forbes. »In sechs Wochen

wirst du wahrscheinlich nicht mehr wissen, wie dir geschieht. Dann bist du wieder ein Neuer; ein Frischling sagt man heutzutage dazu, oder? Und wenn ich an meine Studienzeit zurückdenke, wirst du kaum noch Zeit haben, dir auch nur die Nase zu putzen.«

»Vielen Dank für deine aufmunternden Worte, Dad«, meinte Harry sarkastisch.

»Ach, du machst das schon. Du bist doch ein vernünftiger junger Mann, ganz im Gegensatz zu mir, als ich so alt war wie du heute.« Forbes fuhr sich mit einer Serviette über den Schnauzer und stand vom Frühstückstisch auf. »Ich muss los. Arthur, kommst du?«

»Wir wollen heute Martin besuchen. Hat dir niemand Bescheid gegeben?«

»Mir sagt ja niemand etwas«, entgegnete Forbes pikiert. »Wer fährt denn alles mit?«

»Wir alle«, erklärte Lindsay. »Die Jungs und Eleanor eingeschlossen.«

»Also alle außer mir«, warf Maeve ein. »Ich sitze heute Nachmittag Ross Modell.«

»Hmmm! Du hättest wirklich etwas sagen können, Papa«, beklagte sich Forbes. »Jetzt habe ich für heute Mittag einen Termin mit den Gewerkschaftsvertretern vereinbart.«

»Das schaffst du ganz sicher auch ohne mich«, meinte Arthur gut gelaunt und streckte sich. »Das Wetter spielt heute mit, und etwas Seeluft wird uns allen guttun. Donald weiß, dass wir kommen, und holt uns am Bahnhof ab. Soweit ich informiert bin, macht Martins Genesung keine rechten Fortschritte. Wir werden den armen Jungen etwas aufmuntern, nicht wahr, Eleanor?«

»Ganz bestimmt«, murmelte Eleanor Runciman düster.

»Gib der Köchin Bescheid, wann du zu Abend essen möchtest, Forbes«, meinte Lindsay.

»Ich denke, ich werde im Club essen.«

»Schade, dass du zu Onkel Ross musst, Maeve«, meinte Philip. »Largs kann um diese Jahreszeit sehr schön sein, und Tante Lilias sorgt immer für ein köstliches Mittagessen.«

»Um wie viel Uhr fährt euer Zug?«, wollte Forbes wissen.

»Um halb elf«, antwortete Lindsay.

»Bestellt Martin Grüße von mir, und sagt ihm, ich habe alles unter Kontrolle.«

»Hast du das?«, fragte Arthur.

»Nein, habe ich nicht«, erwiderte Forbes, »aber das brauchst du ihm nicht auf die Nase zu binden.«

Die Stimmung beim Mittagsmeeting war weniger explosiv, als er erwartet hatte. Allerdings war ihm bewusst, dass es sich nur um ein kleines Eröffnungsscharmützel im Kampf der Arbeiter gegen die Schweinehunde von Arbeitgebern handelte.

Der größte Schweinehund war Owen Forbes McCulloch, den die älteren Angestellten immer noch als Emporkömmling betrachteten, was Forbes jedoch nicht im Geringsten störte. Ganz im Gegenteil, er gefiel sich in der Rolle. Er stand auf dem provisorischen Podest und hörte Jack Burgoyne zu, der den Fall zur Abstimmung vortrug, Lightbody, der sich über die Arroganz der Arbeitgeber beklagte, die ohne Rücksprache mit den Arbeitnehmervertretern Lohnkürzungen beschlossen, kurz, die übliche klischeehafte Rhetorik. Schließlich überließen die Gewerkschaftsvertreter Forbes das Podium. Er schlenderte ganz nach vorn an den Rand der Bühne, zündete sich eine Zigarette an, blies den Rauch in die Luft und ließ dann in breitestem irischen Dialekt eine Schimpftirade gegen die Gewerkschaftsvertreter und ihre Kurzsichtigkeit vom Stapel.

Er wusste wohl, dass es die einfachen Leute aus dem Konzept bringen würde, wenn ein Mann im maßgeschneiderten Anzug fluchte und schimpfte, und das tat er über mehrere Minuten, bevor er dann vom Podium stieg und ihnen erklärte, wie ernsthaft Britanniens Wirtschaft angeschlagen sei durch das Chaos auf den europäischen und asiatischen Märkten nach Ende des Krieges und dass ehemalige Käufer von Schiffen vom Clyde heute auf dem Weltmarkt erbitterte Rivalen seien. Eine gute Viertelstunde legte er die Fakten vom Standpunkt der Unternehmer dar, und als er fertig war, erklärte er sich bereit, Fragen zu beantworten.

Der Tanker? Ach ja, der Tanker. Ist der Vertrag schon unterzeichnet? Nein, noch nicht. Warum nicht? Man konnte sich bisher nicht auf den Preis einigen. Wenn sie die Kosten nicht senkten, würde ihnen der Auftrag möglicherweise durch die Lappen gehen, und dann würde es zappenduster aussehen für die Werft.

»Und was unternimmt die Firmenleitung?«

»Das ist nicht die Frage«, entgegnete Forbes, »die Frage ist vielmehr, was sind *Sie* bereit zu tun?«

»Jedenfalls sind wir nicht bereit, uns überstürzt auf irgendwelche Kürzungen einzulassen.«

»Gut«, sagte Forbes. »Sprechen Sie mit Ihren Mitgliedern.«

»Das werde ich«, entgegnete Jack Burgoyne. »Das werden wir alle.«

»Ich brauche Ihre Antwort kurzfristig, Jack«, meinte Forbes. »Aber ich warne Sie: Sollte es zu Arbeitsniederlegungen kommen, werden wir den Auftrag verlieren und damit die Chance, uns aus dieser Quelle Nachfolgeaufträge zu sichern.« Nach einer kurzen Pause rief er: »Und ich werde nicht tatenlos mit ansehen, wie Sie sich selbst das Wasser abgraben. In dieser Firma steckt ebenso viel von meinem Herzblut wie von Ihrem, und bei Gott, ich bin zu allem bereit, um sie vor dem Ruin zu bewahren!« Forbes fuhr sich mit der Handkante quer über den Hals. »Ich bin auch zu drastischen Maßnahmen bereit, das sollten Sie bei Ihren Überlegungen nie vergessen.«

»Sie meinen, Sie würden Arbeiter aussperren?«, rief jemand.

»Genau das meine ich«, entgegnete Forbes, machte auf dem Absatz kehrt und verließ, sehr zufrieden mit sich, den Schuppen, dicht gefolgt von Tom und Archie Robb.

Sobald sie in Forbes' Büro waren, sagte Tom sichtlich erregt: »Ich dachte, der Vertrag wäre unterzeichnet oder so gut wie.«

»Ist er auch«, entgegnete Forbes grinsend.

»Warum legst du dich dann mit den Gewerkschaften an?«

»Weil Burgoyne nichts lieber täte, als einen Streik anzuzetteln. Wenn sie das tun, haben die Ingenieure das Heft in der Hand. Wenn aber wir unsererseits die Werkstore geschlossen halten, haben wir die Kontrolle, und die Gewerkschaften gehen sich noch vor dem Wochenende gegenseitig an die Gurgel. Solidarität? Von wegen.«

»Hast du die Möglichkeit eines Aussperrens mit Arthur besprochen?«

»Nein.«

»Mit Lindsay?«

»Lindsay sind solche Einzelheiten völlig schnuppe.«

»Da wäre ich mir nicht so sicher«, meinte Tom kopfschüttelnd.

»O doch, da bin ich mir sogar ganz sicher. Unter uns gesagt trägt sie sich sogar mit dem Gedanken, ihre Firmenanteile zu verkaufen, bevor der Kurs ganz in den Keller rutscht.«

»Hat sie das gesagt?«

»Arthur will jedenfalls aussteigen«, fuhr Forbes fort. »Wenn du es genau wissen willst: Sie sind heute nach Largs gefahren, um mit Martin zu sprechen und Donalds Rat einzuholen.«

»Die Tradition. Die Familientradition ...«

»Ist nicht mehr von Belang. Die Franklins sind nicht so wie du und ich, Tom. Keinem von ihnen, nicht einmal Martin, liegt der

Schiffsbau im Blut. Nimm doch nur Ross, der hat auch bei der ersten sich bietenden Gelegenheit verkauft. Und Donald hat sich ebenfalls aus dem Geschäft zurückgezogen, als sich abzeichnete, dass seine Gewinne in Zukunft nicht mehr so üppig ausfallen würden.«

»Er hat seinen Sohn verloren, Forbes. Ich denke, das war der eigentliche Grund für seinen Ausstieg.«

»Johnny hat sein Leben dieser Nation geopfert, und meiner bescheidenen Meinung nach hat Donald Johnnys Andenken einen schlechten Dienst erwiesen, indem er sich so früh aus der Firma zurückgezogen hat.«

»Davon bin ich nicht überzeugt«, entgegnete Tom.

»Ich will, dass die Firma überlebt, Tom, und ich werde alles tun, damit sie die Krise überdauert. Ich werde sogar so weit gehen, mein eigenes Vermögen zu riskieren und die Anteile der anderen aufzukaufen, wenn sie nicht voll und ganz hinter mir stehen. Ich will um jeden Preis verhindern, dass die Firma irgendwelchen gierigen Investoren in die Hände fällt, die das Inventar meistbietend verhökern, um das Grundstück anschließend für viel Geld weiterzuverkaufen. Ich bin stolz auf das, was ich leiste, Tom, und ich werde nicht mit ansehen, wie das, wofür ich mein halbes Leben geopfert habe, den Bach runtergeht.«

»Ich hätte nie gedacht, dass du dich der Firma so verbunden fühlst, Forbes.«

»So ist es aber. Bei Gott, so ist es.« Forbes hob eine Hand, Zeigefinger und Daumen nur wenige Zentimeter auseinander. »Ich brauche nur *so* viel Unterstützung, alter Knabe, nur *so* viel, dann bewahre ich Franklin's davor, unter den Hammer zu kommen, auch wenn ich mich dafür bis über beide Ohren verschulden muss.«

»Ist bei deinen Überlegungen auch ein Platz für mich vorgesehen, Forbes?«

»In der Firma wird immer Platz für dich sein, Tom.«

»Ich ... Ich besitze einige Ersparnisse.«

»Nein, nicht nötig«, fiel Forbes ihm hastig ins Wort. »Behalte dein Geld. Du musst an die Ausbildung deines Sohnes denken und an die Aussteuer deiner beiden Töchter. Außerdem habt ihr euch ein sorgloses Leben im Alter redlich verdient, du und Cissie. Ich weiß dein Angebot zu schätzen, aber nein, da muss ich allein durch.« Er schüttelte den Kopf, seufzte und warf einen Blick auf die Uhr. »Wir haben das Mittagessen versäumt. Ich sag dir was. Gib mir zwei Stunden, um hier Klarschiff zu machen, dann fahren wir zum Brunswick Crescent, holen Maeve ab und gehen alle zusammen zu Abend essen.«

»Ist Maeve denn nicht mit den anderen nach Largs gefahren?«

»Nein.« Forbes tippte sich mit dem Finger seitlich an die Nase. Sie ist keine von ihnen, verstehst du. Sie ist keine waschechte Franklin, und bei Donald soll streng Vertrauliches besprochen werden. Außerdem sitzt sie, soweit ich weiß, heute Nachmittag für Ross Modell. Na, was ist? Hast du Lust auf ein gemeinsames Essen im Restaurant, nur wir drei?«

Tom lächelte. »Ich rufe Cissie gleich an und sage ihr, dass sie nicht mit dem Essen auf mich warten soll.«

»Tu das. Dann sehen wir uns um halb sechs?«

»Halb sechs«, bestätigte Tom.

Ross teilte ihr mit, dass die Sitzung diesmal nicht so lange dauern würde, weil er um halb vier einen Geschäftstermin in Glasgow habe. Er schickte sie ins Bad, um das weiße Kleid anzuziehen, während er die Leinwand auf die Staffelei stellte und anfing zu malen, sobald Maeve ihre Pose eingenommen hatte.

Er arbeitete still und konzentriert und sagte nicht viel, was Maeve an diesem Tag sehr entgegenkam. Ihr ging viel im Kopf herum, und sie war dankbar für die Gelegenheit, in Ruhe nachzudenken. In der vergangenen Nacht hatte sie abwechselnd von Bobby Shannon und Ewan Calder geträumt. Sie wünschte, sie könnte mit ihrer Mutter sprechen, damit die ihr erklärte, warum sie so durcheinander war, und ihr sagte, was sie tun sollte. Brieflich ließ sich so etwas aber schlecht ausdrücken, und sie war auch gar nicht sicher, ob der Rat ihrer Mutter wirklich dienlich wäre, da ihre Mam nur trivialen Klatsch und Tratsch über die Menschen in der Endicott Street zu berichten wusste. Darüber hinaus klang zwischen den Zeilen leise Wehmut nach den vergangenen Tagen durch, in denen sie mit dem ebenso charmanten wie unaufrichtigen Fran Haggarty zusammen gewesen war, der Liebe ihres Lebens, sodass ihr nach seinem Tod nur Erinnerungen geblieben waren. Und natürlich Sean.

Ross arbeitete eine Stunde, dann stand er auf und schickte Maeve fort.

Als sie sich wieder umgezogen hatte und aus dem Badezimmer kam, stand Ross in einem eleganten dunkelblauen Anzug mit gestärktem Hemdkragen und dunkler Krawatte vor ihr.

»Das muss aber ein wichtiger Termin sein, wenn du dich dafür extra zurechtmachst wie ein Schnösel.«

»Zuerst gehe ich zur Bank und anschließend zu meinem Rechtsanwalt.«

»Du bist doch nicht pleite, oder?«

»Nein«, entgegnete Ross lächelnd. »Ich bin nicht pleite. Wenn du es genau wissen willst: Ich trage mich mit dem Gedanken, ein Haus zu kaufen.«

»Hast du schon ein bestimmtes Objekt im Auge?«

»Nicht wirklich. Ich habe gerade erst angefangen, mich umzuhören.«

»Dann viel Glück. Morgen um die gleiche Zeit?«

»Ja, bitte«, antwortete er.

Er erbot sich, sie nach Hause zu fahren, doch da sie wusste, dass er schon spät dran war, lehnte sie dankend ab und meinte, sie würde lieber laufen. Es war trocken und sonnig, aber kühl. Sie hatte keine Eile und überlegte sogar, mit der Straßenbahn in die Innenstadt zu fahren und einen Schaufensterbummel zu unternehmen. Vielleicht war es ihr Instinkt, der sie stattdessen veranlasste, zum Brunswick Park zu gehen, wo auf einer Bank unter den mickrigen Bäumen Ewan Calder lauerte.

Maeve entdeckte ihn in exakt demselben Moment wie er sie. Sie überquerte die Straße und stützte sich auf den Zaun. »Was machst du denn hier?«, rief sie ihm zu.

»Dreimal darfst du raten«, rief er zurück.

Ewan kam den Weg herauf ans Tor. Er trug ein Hemd mit aufgerollten Ärmeln und offenem Kragen und dazu graue Flanellhosen und Tennisschuhe, sodass er beinahe sportlich aussah, wie Maeve fand.

Er lehnte sich über das Tor und küsste sie. »Sie haben mir gesagt, wo du bist, wollten mich aber nicht im Haus warten lassen«, erklärte er.

Maeve öffnete dass Tor. »Wer wollte das nicht?«

»Dieser Drache von Haushälterin.«

»Enid?«

»Die andere«, erklärte er.

»Die Köchin? Wahrscheinlich dachte sie, du hättest es auf das Tafelsilber abgesehen.«

»Wo sind denn die anderen alle?«

»Die besuchen Onkel Martin in Largs«, erwiderte sie.

Ewan zog sie an sich und küsste sie erneut. Er drückte den Oberschenkel an ihren Bauch und verknitterte dabei ihr Kleid. Er legte eine Hand auf ihre Brust, und einen atemlosen Augenblick konnte sie fühlen, wie ihr Herz gegen seine warme Handfläche schlug. »Sie kommen doch sicher erst in ein paar Stunden zurück, oder?«

»Ja, vermutlich.«
»Sollen wir reingehen?«, fragte er.
»Warum nicht?«

Die Franklins schlenderten die Promenade entlang in Richtung Pier. Sämtliche Straßen des Ortes führten dorthin.

In der Hochsaison herrschte reger Fährbetrieb. Die Schiffe pflügten von der Clyde-Mündung herauf, fuhren um die Landspitze der Isle of Cumbrae herum oder kamen vom Mull of Kintyre herauf, schnittige ansehnliche Dampfer mit Namen wie *Waverley*, *Talisman* oder *Jeanie Deans*, Namen, die Literatur und Industrie einten. Es gab auch noch eine *Marchioness* und eine *Duchess von Soundso*, nur damit man nicht vergaß, dass Schiffe Vasallen eines Systems waren, das in seinen Grundfesten immer noch als feudal einzustufen war.

Männer und Jungen versammelten sich auf dem Pier, um sich die Dampfer anzuschauen, wobei die älteren Herren jede Gelegenheit nutzten, um mit stolzgeschwellter Brust zu erzählen, dass sie den Stahl geschmolzen oder geformt, die Heizkessel genietet oder die Schornsteine des einen oder anderen Schiffes gestrichen hatten, dass es, ganz egal, welcher Name auf dem Bug stand, ihr Schiff war und so lange bleiben würde, bis der Rost – oder auch der Fortschritt – sein Schicksal besiegelte.

Von den Nöten der Werftarbeiter war in Largs nichts zu spüren. Im Gegensatz zu Rothesay auf der anderen Seite der Förde war der Ort ausgesprochen gepflegt und beinahe mondän.

Blumenbeete, Grünflächen und imposante Villen säumten die Uferpromenade, und zwei hoch aufragende Kirchtürme fungierten als unübersehbare Landmarken, wenn man sich ein Ruderboot mietete, um mit der Familie hinauszufahren auf die salzige Ausbuchtung des Clyde, und dann zurückblickte auf das Städtchen, das sich eng an das Amphitheater der grünen Hügel schmiegte.

Wäre er allein gewesen, was in letzter Zeit nur noch sehr selten der Fall war, wäre Arthur wie so viele andere zum Pier gegangen und hätte sich das Schauspiel der ankommenden und abfahrenden Fähren angeschaut. Aber Eleanor hatte ihn untergehakt, und so gab er sich damit zufrieden, mit souveräner Miene entlang der Promenade zwischen Blumenbeeten und Kiesstrand dahinzuspazieren.

Nicht, dass ihn das gestört hätte. Arthur war glücklich und zufrieden. Er liebte die Clyde-Küste, liebte es, bei seiner Familie zu sein, und vor allem liebte er gemeinsame Unternehmungen mit Eleanor. Weiter vorn gingen Donald und Lilias, ebenfalls Arm in Arm, und wiederum vor ihnen schoben Aurora und Lindsay den armen Martin in einem Rollstuhl vor sich her. Zwar hatte Martin protestiert, dass er fit genug sei, um zu laufen, aber Rora hatte nichts davon hören wollen, und so hatte er sich in sein Schicksal ergeben, wenn auch maulend, dass er es hasse, wie ein Invalide behandelt zu werden. Wo Philip und Harry hin verschwunden waren, war ihm nicht bekannt, doch sie würden schon wieder auftauchen, wenn die kleine Prozession den Pier erreicht hatte und kehrtmachte, um bei Donald Tee zu trinken.

Eleanor war langsam geworden, aber er stand in ihrer Schuld, und es machte ihm nichts aus, sein Tempo dem ihren anzupassen. Sie hatte ihn zig Jahre bestens umsorgt, und jetzt war es an ihm, für sie da zu sein. Vor langer Zeit war er verheiratet gewesen, glücklich verheiratet, doch seine Frau war inzwischen schon so lange tot, dass er sich kaum noch erinnern konnte, wie sie ausgesehen und was er für sie empfunden hatte. Aus jenen fernen Tagen waren ihm jedoch Lindsay und Eleanor geblieben, Überbleibsel einer glücklichen Zeit.

Voller Zuneigung tätschelte er Eleanors Hand und überraschte sich selbst, indem er sagte: »Wenn ich meine Anteile an der Werft verkaufen und hierher ziehen würde, würdest du dann mitkommen und mir weiter den Haushalt führen?«

»Selbstverständlich.«

»Und wenn ich dir einen Antrag machte, würdest du mich dann auch heiraten?«

»Selbstverständlich.«

»Darf ich davon ausgehen, dass auch dir eine stille Zeremonie im kleinen Kreis zusagen würde?«

»Du darfst, Arthur.«

»Wäre September für dich in Ordnung?«

»September wäre wunderbar«, entgegnete Eleanor.

»Dann sind wir uns einig, meine Liebe?«

»Ich denke schon.«

»Sollen wir es den anderen sagen?«

»Noch nicht.«

»Also bleibt es vorerst unser Geheimnis?«, meinte Arthur, grinsend wie ein Schuljunge.

»Nur eine Weile, ja.«

Sie lagen im Salon auf dem Teppich vor dem Kamin, sein Sohn auf seiner Enkelin, und von beiden war so viel nackte Haut zu sehen, dass es Tom bis ins Mark erschütterte. Sein erster Gedanke war, dass Maeve ohnmächtig geworden war und Ewan versuchte, sie wiederzubeleben, aber die panische Reaktion des Jungen bei seinem Erscheinen verriet ihm, dass diese harmlose Erklärung ausschied.

Maeves Röcke waren bis über die Hüfte hochgeschoben, ihre Unterhosen aufgeknöpft, ihre Brüste und Schenkel entblößt. Doch wirklich entsetzt war Tom vom Anblick des knochigen nackten Pos seines Sohnes, und er stieß einen Schrei aus, der Forbes alarmierte, woraufhin dieser aus der Diele hereinstürzte. Ewan hatte sich zwischenzeitlich hinter das Sofa geflüchtet und mühte sich vergeblich ab, seine Hose zuzuknöpfen.

Mit glasigem Blick und offenbar benommen stieß Maeve gegen das Schutzgitter vor dem Kamin.

»Was zum Teufel ist hier los?«, herrschte Forbes sie an.

Während er vornübergebeugt dastand und mit den Knöpfen seines Hosenstalls kämpfte, war Ewan doch so gefasst, dass er antwortete: »Nichts, gar nichts. Wir haben etwas getrunken, das ist alles, und ...«

Forbes kletterte über das Sofa hinweg, packte Ewans Arm und ohrfeigte ihn mehrmals. »Ihr habt etwas getrunken? Getrunken! Du besitzt die Dreistigkeit, mir weismachen zu wollen, dass ihr euch ausgezogen habt, nur um etwas zu trinken? Gott, ich werde dir bei lebendigem Leib die Haut abziehen, wenn du ihr auch nur ein Haar gekrümmt hast, du kleiner Mistkerl.«

Auf dem Teppich standen eine Whiskykaraffe und eine Flasche von Arthurs französischem Lieblingscognac. Auf dem Kamin standen Gläser, auf dem Teppich verglühte eben eine Zigarette, und Maeves Unterwäsche – Korsett, Spitzenhöschen und Strümpfe – lag im ganzen Raum verstreut. Forbes krallte eine Hand in Ewans Nacken und zwang ihn in die Knie.

»Hast du es getan?«, zischte er. »Hast du dein Ding in sie reingesteckt?«

»Dad?«, wimmerte Ewan. »Dad, er tut mir weh.«

»Hast du es getan? Antworte!«

Ewan brach in Tränen aus. »Ich habe es versucht, aber ich ... Es ging nicht.«

Forbes nahm die Hand von Ewans Nacken. »Kümmere du dich um ihn, Tom«, sagte er. »Ich kümmere mich um sie.« Er kniete sich hin, legte Maeve eine Hand unter das Kinn und zwang sie, den Kopf zu heben. »Hat er dir wehgetan, Liebes?«

Maeve blickte vage zu ihm auf und schüttelte schwach den Kopf.

»Grundgütiger!«, rief Forbes aus. »Sie ist sturzbetrunken.«

Als er den Arm um sie legte, um ihr aufzuhelfen, klaffte ihr Kleid vorn auseinander. Er langte hinter sich, nahm ein Kissen vom Sofa und hielt es vor ihre Blöße. Ewan stand neben seinem Vater und wimmerte wie ein kleines Kind. Vorsichtig half Forbes Maeve auf die Füße und setzte sie auf die Couch, wobei sie das Kissen weiter vor ihren Oberkörper hielt. Er zog ihren Rock herunter, sammelte ihre Unterwäsche vom Teppich ein und legte sie neben sie.

Forbes blickte auf Tom und den weinenden Jungen und knurrte: »Gottverdammt!« Dann stakste er steif hinaus in den Flur und rief nach Enid. Als von unten keine Antwort kam und auch keine Schritte auf der Treppe zu hören waren, kehrte er in den Salon zurück. »Wo sind Enid und die Köchin?«

»Ich ... Keine Ahnung«, stammelte Ewan. »Ich glaube, sie sind weggegangen.«

»Und haben euch allein gelassen, du kleiner Scheißkerl. Und da hast du dir überlegt, diese einmalige Gelegenheit auszunutzen, ja? Du wolltest dieses arme, unschuldige ...«

»Forbes, das reicht«, fiel Tom ihm ins Wort. »Siehst du nicht, dass er fix und fertig ist?«

»Allmächtiger!«, explodierte Forbes. »Was ist nur in dich gefahren, Tom Calder? Sie ist deine Enkeltochter, verdammt noch mal! Dafür könnte man ihn einsperren. Sollte das jemals herauskommen, sollte sie ... ich meine, es ist ein Verbrechen, ein widerwärtiges Verbrechen, auch wenn er erst siebzehn ist.«

»Sie hat mich dazu verleitet. Sie ... sie wollte es.«

»Du verlogener kleiner Bastard«, knurrte Forbes. »Das würde sie niemals tun, sie ist keine ...« Er hob drohend eine Faust. »Schaff ihn weg, Tom. Schaff ihn mir aus den Augen, bevor ich ihm den Hals umdrehe.«

Schniefend und mit tränenverschmiertem Gesicht blickte Ewan zu seinem Vater auf. »Du ... du sagst doch Mum nichts davon, oder, Dad?«

»Wir werden niemandem etwas davon erzählen«, erwiderte Tom. »Nicht wahr, Forbes?«

Forbes hob die Cognacflasche vom Teppich auf, wischte den Hals mit der flachen Hand sauber und genehmigte sich einen kräftigen Schluck. Er blies die Backen auf.

Maeve sackte zur Seite und streckte sich auf dem Sofa aus, das Kissen immer noch an sich gedrückt. Es sah aus, als würde sie gleich einschlafen.

»Nicht wahr, Forbes?«, vergewisserte Tom Calder sich noch einmal.

»Ja«, entgegnete Forbes. »Wir werden niemandem davon erzählen, aber halt ihn von ihr fern, von uns allen. Es ist mir egal, was du Cissie erzählst, doch ich will diesen widerlichen kleinen Wurm nie wieder in meinem Haus sehen. Und was dich betrifft ...«, er zeigte mit der Flasche auf Ewan, »... solltest du jemals auch nur andeutungsweise ein Wort über das verlieren, was heute hier vorgefallen ist, oder sollte ich dich jemals – hörst du, *jemals* – wieder in der Nähe meiner Tochter erwischen, sorge ich dafür, dass man dich wegsperrt.«

In seiner ganzen Aufregung war es ihm herausgerutscht und ließ sich nicht mehr zurücknehmen.

»Deine Tochter?«, murmelte Ewan verblüfft. »*Deine* Tochter?«

»Schaff ihn hier raus, Tom.«

Tom Calder gehorchte eiligst.

Die Vorhänge waren zugezogen, aber rundherum drangen kleine Lichtsplitter herein, die ein gedämpftes Licht schufen, das darauf schließen ließ, dass es draußen dämmerte. Ob es sich allerdings um die Abend- oder um die Morgendämmerung handelte, vermochte sie nicht zu sagen. Maeve bewegte den Kopf auf dem Kissen und stöhnte. Sie hatte fürchterliche Kopfschmerzen, und ihre

Augäpfel fühlten sich an, als pikste jemand mit spitzen Nadeln hinein. Sie hatte einen üblen säuerlichen Geschmack im Mund, der die ganze Kehle hinunterreichte und in der Brust brannte wie eine Verätzung. Im ersten Moment fürchtete sie, sich übergeben zu müssen. Sie setzte sich auf. Das Zimmer drehte sich wie ein Karussell. Maeve streckte haltsuchend den Arm aus und bemerkte erst jetzt die Gestalt im Sessel in der Ecke. In der Annahme, es handele sich um Ewan, stieß sie schaudernd einen Schrei aus. *»Neiiiin!«*

Er war sofort bei ihr und hielt ihr eine Emaille-Schüssel unter das Kinn.

»Äh ... Onkel Forbes, du?«

»Musst du brechen?«

Sie schluckte tapfer. »Ich ... nein, ich glaube nicht.«

Er hatte das Jackett ausgezogen und den Kragen gelockert. Sie fand, dass er aussah wie einer jener väterlichen altmodischen Ärzte, allerdings verriet seine etwas raue Stimme den Iren. Er drückte den Rand der Schüssel gegen ihren Bauch; offenbar wollte er auf Nummer sicher gehen. Sie trug ein Nachthemd. Die Kleider, die sie vorhin noch getragen hatte, hingen ordentlich gefaltet über einem Stuhl. Die Lampe war vom Tisch genommen und auf den Fußboden gestellt worden. Sie konnte in ihrem schwachen Lichtschein nicht viel mehr als seine Konturen sehen.

»Ich habe Kopfschmerzen«, stöhnte sie.

»Das wundert mich nicht. Hör zu, es ist fast halb elf ...«

»Abends?«

»Ja. Die anderen werden jeden Moment zurück sein. Ich werde ihnen erzählen, dass du unpässlich bist. Verstehst du, was ich damit sagen will?«

Maeve nickte. Ihr Kopf war so schwer, dass es ihr vorkam, als würde er jeden Moment in die Schüssel fallen.

Forbes fuhr fort: »Du hast einen Kater, und das geschieht dir auch ganz recht. Es war sehr, sehr dumm, Ewan Calder diese Freiheiten zu erlauben. Ich muss dich das fragen ... Hat er ... Hat er es getan? Erinnerst du dich noch?«

Sie kniff die Augen zu. »Schickst du mich jetzt heim?«

»Nein, ich werde dich nicht nach Hause schicken, es sei denn, du möchtest zurück.«

»Ich weiß nicht, was ich möchte.«

Er stellte die Schüssel neben dem Bett auf den Fußboden und nahm ihre Hand.

Im Dunkeln sah er ihrem Vater sehr ähnlich. Ihr fiel etwas ein, etwas, das Ewan gesagt hatte. Es lauerte in einem finsteren Winkel ihres Gedächtnisses, zusammen mit all den anderen Dingen, die sie am liebsten vergessen würde. Natürlich hatte Onkel Forbes recht: Es war dumm, sehr, sehr dumm gewesen, sich so gehen zu lassen. Doch es war nicht allein Ewans Schuld gewesen. Sie hatte es auch gewollt, war neugierig gewesen, wie es sich anfühlen würde und wie ein Mann dort unten aussah. Nachdem der Cognac sie enthemmt hatte, hatte sie alles, was Ewan getan hatte, als erregend empfunden.

»Du verstehst doch, worum es mir geht, oder?«, hakte er nach. »War er in dir drin?«

»Nein.«

»Hat er es versucht?«

»Ja, aber irgendetwas ist passiert ... mit seinem ... seinem Ding ... bevor er ... du weißt schon. Wo ist Ewan?«

»Das hat dich nicht zu interessieren, Maeve. Du wirst Ewan Calder niemals wiedersehen, das kann ich dir versprechen.«

»Er hat etwas gesagt.«

»Er hat vieles gesagt. Und jetzt, wenn du ganz sicher bist, dass er *es* nicht getan hat, bin ich bereit, die ganze traurige Geschichte für mich zu behalten und es dabei zu belassen.«

»Tom. Grandpa Tom ...«, setzte Maeve an.

»Er ist sehr böse und außerdem tief enttäuscht von euch beiden.«

»Es war nicht Ewans Schuld.«

»Doch, das war es«, widersprach Forbes. »Was immer Ewan dir erzählt haben mag, was immer du auch denken magst, Maeve, es war sehr wohl seine Schuld. Lieber Gott, auch wenn er erst siebzehn ist, hätte er es besser wissen müssen. Was er getan hat, könnte ihn ins Gefängnis bringen.«

Der Puls in ihrem Kopf pochte wie eine Kesselpauke, und es fühlte sich an, als wollten ihre Augäpfel aus den Höhlen quellen. Sie versuchte zu begreifen, was ihr Onkel ihr da erklärte, aber die vage Erinnerung nagte an ihrem Gedächtnis. Allerdings war ihr nicht im Mindesten nach Weinen zumute. Sie fühlte sich zu elend für Gewissensbisse. Das Einzige, was sie ehrlich bereute, war, dass man sie erwischt hatte.

»Hör zu. Ich gehe jetzt nach unten und brühe dir einen starken Tee auf. Der Köchin sagen wir, du wärst krank. Auch wenn sie einen Verdacht hegen sollte bezüglich der Ursache für deine Übelkeit, wird sie den Mund halten. Wenn die anderen heimkommen, werde ich ihnen erzählen, dass es dir nicht gut geht. Lindsay wird vermutlich nach dir sehen wollen. Sag ihr ... Sag ihr, was du willst. Bauchschmerzen, Frauengeschichten, alles, nur nicht die Wahrheit. Alles klar?«

»Ja.«

Forbes stand auf. »Geh ins Bad, und mach dich etwas frisch, Maeve. Danach fühlst du dich bestimmt besser.«

Sie wusste, was er meinte. Aber die Samenflüssigkeit hatte sie dort nicht berührt. Sie erinnerte sich, dass Ewan geflucht und sie ihn ausgelacht hatte. Sie hätte ihn nicht auslachen dürfen. Für Ewan war das alles ebenso neu gewesen wie für sie. Er hatte sich auf sie gestürzt, und wenn sie nicht so beschwipst gewesen wäre, hätte sie ihn fortgestoßen. Dann war die Tür aufgegangen, und ihr Großvater hatte plötzlich im Zimmer gestanden.

»Wenn du einen Tee getrunken hast, wird es dir besser gehen«, meinte Forbes.

»Ich könnte auch eine Scheibe Toast vertragen«, entgegnete Maeve. »Wenn ich darf.«

Forbes schnaubte leise und schüttelte den Kopf. »Natürlich, Tee und Toast. Beides kommt sofort.«

Der Schmerz war zurückgekehrt. Er lag mit ihr auf dem Bett in der Wandnische und schirmte ihre Augen mit der Hand ab. Sein Vater stand am Waschbecken unter dem Fenster und starrte auf die Dächer von Riverside. Bobby hatte keinen Schimmer, ob sein alter Herr sich nach einem Drink verzehrte oder ob er deprimiert war, weil er Alices' Leiden hilflos mit ansehen musste.

Sein Vater trug einen verknitterten, speckigen Dreiteiler. Er hatte das Jackett noch nicht abgelegt und schien mit sich zu ringen, ob er nun gehen oder bleiben sollte. Bobby konnte das Gesicht seines Vaters im Spiegel sehen, umrahmt von lichtem schlohweißem Haar und beherrscht von einem imposanten Schnauzbart, der an ein Walross erinnerte. Er stützte sich mit ausgebreiteten Armen auf das Becken, als hielte er einem unsichtbaren Gast unten im Hof eine Predigt.

Alice klammerte sich wimmernd an Bobby. Er hatte ihr so viel von der Medizin gegeben, wie sie hinunterwürgen konnte. Jetzt war die Flasche beinahe leer. Er musste ein oder zwei Löffel zurückbehalten, für den Fall, dass sie wieder anfing zu schreien. Ihre Schreie würden die Nachbarn wecken, die dann an die Wand hämmerten und herüberriefen, er solle dafür sorgen, dass sie endlich ruhig war. Sie war von Geburt an kränklich gewesen, ein verunglücktes Häufchen Elend in einem Schuhkarton, von dem alle glaubten, es sei dem Tode geweiht. Vielleicht wäre es für sie alle besser gewesen, wenn sie damals schon zu ihrem Schöpfer heimgekehrt wäre.

Inzwischen war es fast Mitternacht: Weder er noch sein alter

Herr konnten schlafen, wenn es Alice so schlecht ging. Er hielt sie so fest, als könnte er so ihren Schmerz durch die Poren seiner Haut aufsaugen.

»Pa«, sagte er leise. »Geh ins Bett.«

Der alte Mann rührte sich nicht.

Bobby legte die Stirn an ihre Wange. Er konnte fühlten, wie ihre Knochen sich unter seinen Händen verschoben, ein seltsames Knirschen wie bei einem hakelnden Getriebe. Die Ärzte behaupteten, sie litte an einer Blutkrankheit, die die Zellen in den Gelenken zerstöre. Ein Heilmittel gab es nicht.

Heirate das Mädchen, hatte Alice gesagt. *Heirate sie, und mach mich gesund.*

Gott, er hätte Maeve vom Fleck weg geheiratet, wenn er auch nur die geringste Hoffnung gehabt hätte, dass dadurch für Alice Aussicht auf Heilung bestand. Er hätte sie auch dann geheiratet, wenn er Alice damit ein angenehmeres Leben in einem hübscheren Heim ermöglichen könnte, in dem es ihr an nichts fehlte.

Maeve McCulloch stand für all das, was er in seinen Lehrjahren vermisst hatte. Sie besaß eine Energie und Vitalität, wie man sie in der Riverside Street nur selten fand, dazu strahlende große braune Augen und ein ansteckendes Lächeln, als würde sie jeden Moment loslachen. Er betete um weitere Aufträge als Malermodell, um weitere Gelegenheiten, Maeve nahe zu sein, vor allem jetzt, nachdem sie Alice kennengelernt hatte und wusste, welche Last er mit sich herumschleppte.

»Pa«, meinte er noch einmal. »Geh um Himmels willen ins Bett. Und wenn du partout nicht schlafen gehen willst, setz wenigstens Wasser auf, und gieße uns einen Tee auf.«

»Ich habe gehört, dass bei euch im Betrieb gestreikt wird«, erwiderte sein Vater.

»Das steht noch nicht fest. Bisher hat es noch keinen entsprechenden Aufruf von Gewerkschaftsseite gegeben.«

»Keine Überstunden mehr bei euch ... und bei uns auch nicht.« Sein Vater schien mit der gespenstischen Erscheinung in der Fensterscheibe zu sprechen. »Kein Extraverdienst. Keine Sonntagsarbeit. Wie sollen wir die Miete zahlen, wenn es zum Streik kommt?«

»Darüber zerbrechen wir uns den Kopf, wenn es so weit ist«, entgegnete Bobby. »Mr. Burgoyne wird schon nichts Unüberlegtes tun. Das wird Mr. Lightbody nicht zulassen. Und falls es doch zum Äußersten kommen sollte, gibt es eine Art Streiklohn.«

»Ha!« Sein Vater schnaubte verächtlich. »Aber auch nur vielleicht.« Für einen Mann seiner Statur hatte er eine überraschend weiche Stimme und war zudem außergewöhnlich sanftmütig. Manchmal hätte Bobby es vorgezogen, sein Vater wäre stark und hart. Charakterliche Härte hätte sie vielleicht weitergebracht als seine tränenreiche Flucht vor der unauslöschlichen Realität, die Alice nun einmal darstellte.

»Hörst du? Setz Wasser auf!«, wiederholte er.

»Was ist mit ihr?«

»Ich kümmere mich um sie.«

»Möchte sie auch Tee?«

»Brüh einfach etwas mehr auf«, gab Bobby zurück.

»Sie wird ihn nur wieder ausspucken.«

Alice hatte aufgehört zu wimmern. Ihre Augen waren weit offen. Bobby konnte an ihnen ablesen, wie schlimm es war. Er lächelte auf sie herab und zwinkerte ihr zu.

»Ich weiß, was sie will«, sagte er. Er langte hinter sich und nahm ein Fünfer-Päckchen Player's Weights vom Kaminsims. Es war noch eine Zigarette übrig. Er klopfte sie aus der Packung, schnupperte an dem Tabak, riss dann ein Streichholz an und zündete die Zigarette an.

Alice blickte unter seiner Armbeuge hervor böse zu ihm auf, einen gierigen Ausdruck auf ihrem kleinen Affengesicht. Bobby nahm einen kräftigen Zug, richtete Alice dann auf, so gut es ging, hielt ihr die Zigarette an die Lippen und ließ sie mehrmals ziehen, inhalieren und den Rauch in kleinen grauen Rauchspiralen ausblasen, wobei sie vergeblich versuchte, Rauchringe zu bilden. Sie hustete und entspannte sich ein wenig, ein Hinwies darauf, dass der Schmerz endlich nachließ.

»Besser«, murmelte sie. »Besser. Mehr.«

Er hielt ihr die Zigarette erneut an den Mund und ließ sie bis zum letzten feuchten Stummel rauchen. Als sie dann schließlich in seinen Armen einschlief, nickte Bobby ebenfalls ein und überließ es seinem alten Herrn, das Licht zu löschen.

Kapitel 18

Die Krise aussitzen

Um halb elf am Donnerstagvormittag traf sich der Vorstand von Franklin's mit Vertretern der Arbeitgebervereinigung und gab den Entschluss bekannt, die Arbeiter auszusperren. Es gab zwar einige Fragen am Konferenztisch, aber keinen Widerspruch, da die Mitglieder der Employer's Federation Forbes' Ansicht teilten, dass das ganze Gerede um »organisierte Arbeitsverweigerung« ein Widerspruch in sich war. Arthur war unglücklich, Tom Calder deprimiert. Forbes ließ sich jedoch nicht erweichen. Gleich nach Ende der Besprechung fuhr er nach Merriam House, wo er mit Andrew Pickering und Stella zum Mittagessen verabredet war.

Um halb vier ging er wieder, Stellas geflüstertes Versprechen im Ohr, dass sie schon bald wieder zusammen sein würden. Er fuhr zurück in die Aydon Road und instruierte die Geschäftsleitung hinsichtlich der zu ergreifenden Maßnahmen.

Aus dem Lagerraum wurden Ketten und Vorhängeschlösser geholt, und sobald die Zimmerleute am Abend das Gelände verlassen hatten, verbarrikadierten sie das Werftgelände. Es war der schmutzigste aller schmutzigen Tricks, die Werft an einem normalen Werktag zu schließen, aber Forbes rechtfertigte sein Handeln, indem er behauptete, Jack Burgoyne und die Vertreter der kleineren Gewerkschaften würden nur Zeit schinden, bis der Nationalrat ihnen Unterstützung und finanzielle Hilfe zusicherte, um dann selbst zur Arbeitsniederlegung aufzurufen.

An diesem Abend gaben Arthur und Eleanor beim Essen ihre Verlobung bekannt. Die Gratulationen fielen verhalten aus, und als sie später allein waren, teilte Arthur Forbes mit, dass er vorhabe, seine Firmenanteile zu verkaufen. Forbes war clever genug, Interesse zu bekunden.

Sein Schwiegervater nickte. »Für dich gibt es kein Halten mehr, nicht wahr, Forbes? Ich hoffe nur, dass du glücklich wirst mit dem Ausgang der Geschichte.«

»Glücklich? Ich freue mich für dich und Miss Runciman. Es war auch höchste Zeit, dass du eine ehrbare Frau aus ihr machst. Und du hast dir deinen Ruhestand weiß Gott redlich verdient. Niemand, ob tot oder lebendig, könnte dir einen Vorwurf daraus machen, dass du dich aus dem Geschäft zurückziehst.«

»Wenn ich nur zwanzig Jahre jünger wäre, Forbes«, seufzte Arthur, »würde ich dir Einhalt gebieten.«

»Wobei denn?«, fragte Forbes mit geheuchelter Ahnungslosigkeit.

Aber Arthur zuckte nur mit den Schultern und ging nach unten in den Salon, und schon bald darauf waren von unten wehmütige Klavierklänge zu hören.

»Großer Gott!«, rief Ross aus. »Mit dir habe ich nun wirklich am wenigsten gerechnet. Gehe ich recht in der Annahme, dass Maeve nicht kommt?«

»Sie wollte unbedingt mit Forbes in die Aydon Road«, entgegnete Lindsay. »Die Aussicht auf eine Massendemonstration scheint ihr zu gefallen.«

»Sie ist eben Irin«, erwiderte Ross. »Sie hat militante Aufmärsche im Blut. Ist sie wegen der Vorgänge auf der Werft in letzter Zeit so durch den Wind?«

»Das bezweifle ich. Ich denke, es hat mit einem jungen Mann zu tun. Könnte vielleicht dein junges Modell dahinterstecken?«

»Bobby? Könnte sein. Ich bin allerdings nicht Maeves Vertrauter, weißt du.«

Lindsay war kurz nach eins eingetroffen, als Ross beim Mittagessen gesessen hatte. Die Reste eines Schinkenbrotes und ein Glas Bier standen noch auf dem Tisch. Der *Glasgow Herald* lag aufgeschlagen auf dem Fußboden. Er holte eine bereits entkorkte Flasche Rotwein, schenkte Lindsay ein Glas ein und rückte ihr einen Stuhl zurecht.

»Und warum stehst du nicht auf den Barrikaden?«, fragte er. »Seite an Seite mit deinem Mann?«

»Forbes betrachtet mich mehr als Risikofaktor denn als Unterstützung. Allerdings ist das auch meine Schuld. Ich habe ihm viel zu lange viel zu viel durchgehen lassen. Ich schätze, ich hatte Angst davor, ihn zu verlieren.«

»Du meinst, an eine andere Frau?«

Sie nickte und nippte an dem kräftigen Rotwein. »Ich habe mich selbst davon überzeugt, dass es das Richtige wäre, einfach mit meinen Fehlern zu leben.«

»Du bist nicht der Märtyrertyp«, meinte Ross.

»Richtig, aber zu dieser Erkenntnis muss man wohl von allein gelangen. Mein Vater geht in Rente und zieht an die Küste. Er hat sich endlich dazu durchgerungen, Miss Runciman einen Antrag zu machen. Sie werden sich schon sehr bald nach einem geeigneten Haus umsehen.« Lindsay lächelte ein wenig gequält und hob ihr Glas. »Den beiden viel Glück.«

»Verkauft Arthur seine Firmenanteile?«

»Ja.«

»An Forbes?«, hakte Ross nach.

»Ich denke schon.«

»Zu welchem Preis?«

»Das steht noch nicht fest. Warum fragst du?«, wollte Lindsay wissen.

»Ich wäre unter Umständen daran interessiert, mich wieder einzukaufen.« Ross strich sich lachend mit einer Hand über den Bart.

»Schon allein, um dem alten Forbes eins auszuwischen. Er bekommt einen Tobsuchtsanfall, wenn ich ihn überbiete.«

»Du gemeiner Kerl«, schimpfte Lindsay mit gespielter Strenge. »Was verstehst du schon vom Schiffsbau?«

»Nicht das Geringste«, gab Ross zu. »Das war nie meine Kragenweite. Es lag mir nicht im Blut, wenn du so willst. Außerdem habe ich einige andere Eisen im Feuer.«

»Noch weitere Auftragsarbeiten?«

»Das sowieso. Viel zu viele, wenn du mich fragst. Aber mir geht es auch nicht darum, Forbes seine Macht bei Franklin's streitig zu machen.«

»Und worum geht es dir dann?«

Es war sehr still im Atelier; das Rattern der Straßenbahnen auf der Great Western Road war gedämpft von der drückenden Hitze des Augustnachmittags. Ross wirkte so entspannt, dass seine Antwort fast beiläufig klang.

»Um seine Frau.«

»Verstehe«, meinte Lindsay. Ihr dämmerte, dass er sie schon sehr lange lieben musste und nur sein Anstand ihn bislang davon abgehalten hatte, ihr seine Gefühle zu gestehen.

»Ich sage dir das nur deshalb, weil ich denke, dass wir auf eine Familienkrise zusteuern, und du wissen sollst, dass ich immer für dich da bin.«

»Ross, willst du damit sagen, dass du mich liebst?«

»Ich glaube, das will ich, ja.«

Lindsay stellte ihr Glas auf dem Fußboden ab und stand auf. Sie ging um den Tisch herum, nahm seine Hand und zog ihn auf die Füße.

»Und was jetzt?«, grummelte er.

»Das«, antwortete Lindsay und küsste ihn.

Zu Beginn waren die Proteste noch peinlich in ihrer Zurückhaltung. Mehr Reporter als Zimmerleute versammelten sich vor den Toren in der Aydon Road. Eine Delegation der vertrauenswürdigsten Pressevertreter wurde hereingelassen, um sich von Owen Forbes McCulloch den Standpunkt der Arbeitgeber anzuhören. Dieser Owen Forbes legte größten Wert auf Tradition, und das Wort »Stolz« fiel bei ihm nicht ein Mal, sondern mindestens ein Dutzend Male. Außerdem war dieser Owen Forbes ausgesprochen selbstgefällig für den Vorstandsvorsitzenden einer Firma, die nur fünf leere Docks und eine verwaiste Werft vorzuweisen hatte.

Während Forbes im Sitzungszimmer die Pressekonferenz abhielt, wurden die Menschen draußen immer unruhiger und begannen schließlich, Steine über die Mauer zu werfen und an den verschlossenen Toren zu rütteln. Schließlich richtete Jack Burgoyne das Wort an die Arbeiter. Er forderte sie auf durchzuhalten, wenngleich niemand so genau wusste, was das eigentlich heißen sollte.

Während Jacks flammender Rede bog ein unscheinbarer Lieferwagen in die Aydon Road ein, und ein Dutzend kräftiger Gentlemen mit Schlagstöcken und Eisenstangen stieg aus, Gentlemen, die einen weniger friedlichen Arm der revolutionären Linken vertraten als Mr. John Burgoyne. Fast zeitgleich mit den militanten Schlägern erschienen ein Dutzend berittene Polizisten an der Ecke Fairhaven Street. Die Pferde fielen in Galopp.

Der Lärm war in den Büros in den oberen Etagen deutlich zu hören.

Die Pressevertreter stürzten an die Fenster und rannten gleich darauf hinunter.

Forbes griff nach seinem Hut, um ihnen zu folgen, und registrierte erst jetzt, dass seine Tochter nicht mehr da war. »Maeve? Wo zum Teufel steckst du, Maeve?«

Der berittene Polizist galoppierte mit zum Schlag erhobenen Stock vorbei. Maeve konnte den Luftzug spüren und das Pferd riechen. Sie wünschte, sie hätte einen kräftigen Knüppel zur Hand. Turk hatte ihr einmal erzählt, dass die effektivste Waffe gegen ein galoppierendes Pferd ein Stock war, den man ihm zwischen die Vorderbeine schob. Sie hatte mit eigenen Augen gesehen, wie diese Methode an einem explosiven Samstagnachmittag im vergangenen Sommer angewandt worden war, und erinnerte sich noch gut, wie das Pferd auf den Bauch gefallen und wiehernd über das Pflaster schlitterte. Dann war es über seinen Reiter gerollt, und die Jungs hatten sich mit ihren Stöcken auf Ross und Reiter gestürzt.

Maeve schüttelte die Faust und schrie: »Zur Hölle mit euch, ihr Mistkerle!« Sie rannte hinter dem Pferd her. »Lass sie in Ruhe, du verfluchter Schweinehund!«

Ein weiterer berittener Polizist kam auf sie zu. Maeve beschimpfte auch ihn. Er lehnte sich grinsend aus dem Sattel und schlug ihr mit seinem Schlagstock gezielt den Hut vom Kopf. Sie duckte sich und fiel auf die Knie. Wut kochte in ihr hoch wie Dampf in einem Heizkessel. Sie hob beide Hände in die Luft und verfluchte die Vertreter der kapitalistischen Unterdrückung. Bobby fasste sie unter den Achseln und half ihr auf die Füße.

»Komm mit!«, rief er. »Höchste Zeit, von hier zu verschwinden.«

Als Maeve sich widersetzte, legte er ihr einen Arm um die Taille und hob sie kurzerhand hoch, wobei seine Hand ganz nah an ihrer Brust lag. Maeve trat um sich und bäumte sich keuchend auf.

Ein Dutzend berittener Polizisten genügte, um die aufgebrachten Arbeiter vor dem Werftgelände in die Flucht zu schlagen. Die Militanten hatten da schon mehr Mumm und traten entschlossener auf. Maeve sah eins der Pferde steigen. Der Polizist klammerte sich mit aller Macht fest, aber einer der Schläger versetzte ihm mit einer Eisenstange einen Schlag auf den Oberschenkel. Offenbar von der Wucht des Hiebes aus dem Gleichgewicht gebracht, stürzte das Tier mitsamt seinem Reiter. Der Helm des Polizisten rollte über das Pflaster.

Bobby stieß Maeve zu Boden und legte sich schützend über sie, als zwei Berittene vorbeigaloppierten und die Hufe sie dabei nur knapp verfehlten. Sofort sprang Bobby auf, zog sie auf die Füße, und sie rannten schnell wie der Wind auf die Gasse zwischen zwei Mietshäusern zu. Maeve war nass, ihre Röcke waren durchweicht, und ihre Knie bluteten, und doch genoss sie die Flucht an Bobby Shannons Seite geradezu.

Sie registrierte einige Frauen, die sich weit aus den Fenstern lehnten und schimpften, Kinder, die zwischen den Pfützen herumsprangen, kleine Jungen auf den Dächern der Wäschereien, das schrille Pfeifen der Polizeipfeifen. Bobby zog sie um die Ecke und weiter in einen winzigen Hof hinein, wo sie altvertraute Gerüche einhüllten.

»Halt. Bobby, bleib stehen.« Sie ließ sich mit dem Rücken an die Hofmauer sinken. Wieder legte er ihr einen Arm um die Taille, als fürchtete er, sie würde gleich ohnmächtig. Sein kurzes Haar stand stachelig von seinem Kopf ab, und sein Gesicht glänzte von Schweiß.

»Was ist?«, fragte er schwer atmend. »Was ist, Maeve? Bist du verletzt?«

Ihre Strümpfe waren zerrissen, ihre Knie aufgeschlagen. Erschöpft stützte sie sich gegen die Wand. Bobby hockte sich vor sie hin, spuckte auf die Finger und rieb ihre schmutzigen Knie, bis sauberes, leuchtend rotes Blut hervorquoll. Er schob die Hände unter ihren Rocksaum und spreizte ihre Beine. Sie krallte die Finger in sein Haar und drückte seinen Kopf an ihre Röcke, sodass sie seinen warmen Atem durch den Stoff hindurch auf der Haut fühlte.

Langsam richtete er sich auf und drückte sich dabei der Länge nach an sie.

»Sieh nur, wie du ausschaust. So kannst du unmöglich heimgehen.«

»Nein«, entgegnete sie atemlos. »Das geht wohl nicht.«

»Wir müssen dich zusammenflicken. Komm mit.«

»Wohin?«

»Zu mir nach Hause.«

Radaubrüder gab es wie Sand am Meer, wenn man nur an den richtigen Stellen suchte. Einige von ihnen waren Männer mit Prinzipien, die gegen soziale Ungerechtigkeit aufbegehrten, den meisten ging es allerdings nur um einen weiteren willkommenen Anlass, sich zu betrinken.

Forbes hatte keinen Schimmer, wo die Männer herkamen oder wer sie geschickt hatte. Er verdankte den Tipp einem heruntergekommenen Journalisten, dem er zwanzig Pfund in die Hand gedrückt hatte, damit er die Polizei benachrichtigte. Wäre Maeve nicht verschwunden, wäre er höchst zufrieden gewesen mit den Ereignissen dieses Vormittags. Er hatte sie Lindsays Protesten zum Trotz in die Aydon Road mitgenommen, weil es nie schaden konnte, ein hübsches junges Mädchen an seiner Seite zu haben, um die Reporter abzulenken, während im Hintergrund kleine Rädchen eine ganze Maschinerie in Gang setzten. Das letzte Mal, als er sie gesehen hatte, unterhielt Maeve sich oben im Büro mit ihrem Großvater, und Forbes hatte angenommen, dass sie ihn ins Besprechungszimmer begleitet hatte. Erst bei Ausbruch der Unruhen draußen vor den Toren vermisste er sie. Offenbar hatte niemand gesehen, wie sie das Gebäude verließ.

Der Tumult in der Aydon Road war rasch beigelegt. Die Schläger waren in ihrem Lieferwagen auf und davon, bevor die berittenen Polizisten Verstärkung holen konnten. Selbstverständlich würden Ermittlungen angestellt werden, aber die Arbeitgeber würden mit blütenweißer Weste daraus hervorgehen, während der arme alte Jack ein frustrierendes Wochenende damit verbringen würde, sich Unterstützung zu sichern für eine Aktion, die von dem Gewaltausbruch überschattet wurde.

Forbes wartete eine Weile beim Pförtnerhäuschen und suchte mit den Blicken die Straße ab.

Es gab jedoch nicht mehr zu sehen als weggeworfene Handzettel, die der Wind über das Pflaster blies, und die zurückgelassenen Plakate der Demonstranten. Immer noch kein Lebenszeichen von Maeve. Die Kleine war in einem üblen Viertel von Dublin aufgewachsen und hatte vermutlich schon öfter gewalttätige Szenen erlebt als er. Die Vernunft sagte ihm, dass sie sich in Sicherheit gebracht hatte und heimgegangen war.

Ganz verlassen lag die Aydon Road allerdings nicht da. Ein halbes Dutzend Reporter lungerten noch vor den Toren herum, dazu ein Fotograf mit einem klobigen Fotoapparat.

Forbes rückte seinen Hut gerade, knöpfte den Mantel zu und ließ das Seitentor aufschließen. Er trat hinaus auf die Straße, nutzte Burgoynes Abwesenheit und steuerte die Männer an, um der Presse mitzuteilen, was genau er von seinen Arbeitern hielt, die offenbar der Anarchie verfallen waren.

»Hübsche Knie«, bemerkte seine Schwester. »Natürlich nicht so hübsch wie meine, nicht wahr, Bobby?«

»Nicht annähernd«, bestätigte er. »Deine Strümpfe sind ruiniert.«

»Ich kaufe mir auf dem Heimweg ein Paar neue«, entgegnete Maeve.

»Du kaufst dir ein Paar neue?«, fragte Alice Shannon. »Einfach so, ja?«

Maeve lehnte am Spülbecken und hielt ihre Röcke hoch. Sie

hatte die Strumpfhalter entfernt und Bobby Shannon gestattet, ihr die zerrissenen Strümpfe auszuziehen. Anschließend hatte er ihre Schürfwunden mit einem milchigen Desinfektionsmittel aus einer großen braunen Schüssel gesäubert. Jetzt hockte er auf einem Schemel, ihren Fuß auf seinem Schoß, und wusch vorsichtig die Kratzer aus, die sie sich bei der Flucht zugezogen hatte.

»Ich wünschte, ich könnte mir auch neue Strümpfe leisten, wenn mir der Sinn danach steht.« Alice saß auf einem niedrigen Stuhl ihr gegenüber. Sie wirkte heute kräftiger, beweglicher und aufgeweckt. Alice trug einen langen Baumwollrock, der ihre Beine verdeckte, und ihre Stiefel waren sehr zierlich, so wie es der aktuellen Mode entsprach. »Na, macht es Spaß, einer Frau die Füße zu waschen? Du würdest ihr viel lieber was anderes waschen, was, Bobby, du Ferkel?«

»Du fängst dir gleich eine ein, wenn du weiter solchen Blödsinn von dir gibst.«

»Mich fasst er auch gern an«, fuhr Alice fort.

Bobby blickte zu Maeve auf und schüttelte den Kopf. Er tupfte die letzten Kratzer ab, wrang den Schwamm aus, ließ ihn in die Schüssel fallen und griff nach einem sauberen Handtuch, um sie abzutrocknen.

»Ich brauche doch keinen Verband, oder?«, fragte Maeve.

»Nee. Die Schürfwunden kannst du unter den Strümpfen verstecken.«

»Seide«, sagte Alice neidisch. »Ich gehe mal davon aus, dass du dir Seidenstrümpfe kaufst.«

»Richtig«, entgegnete Maeve mit dünner Stimme. »Ich trage lila Seide überall, bis auf die Unterhosen, die sind aus Straußenfedern.«

»Hä?«

»Sie veräppelt dich nur, Alice«, erklärte Bobby.

»Bei Leuten wie ihr kann man nie wissen.«

»Lass gut sein, Alice. Lass Maeve in Frieden«, bat Bobby.

Das Bett seiner Schwester befand sich in einer Nische an der inneren Raumseite. Die Außenwand wurde von Fenster und Spüle beherrscht. Ein hässlicher gusseiserner Ofen stand in einer Ecke des Zimmers, in einer anderen eine Kohlenkiste. An einer Leine, die quer durch den Raum gespannt war, hingen diverse Kleidungsstücke. Der Fußboden war mit Linoleum ausgelegt, auf dem ein hauchdünner Teppich lag. Alles in der Wohnung war alt und abgenutzt, aber makellos sauber, ganz anders als ihr Zuhause in der Endicott Street, wo es immer leicht chaotisch zuging.

Bobby hob Maeves Fuß von seinem Schoß und stand auf. Er schüttete die milchige Flüssigkeit weg und wusch die Schüssel unter fließendem kaltem Wasser aus. Alice ließ sie beide nicht aus den Augen, und ihre eifersüchtigen Blicke machten Maeve ganz nervös.

Sie hatte insgeheim gehofft, dass seine Schwester nicht daheim sein würde, denn sie sehnte sich danach, dass Bobby sie wieder in die Arme nahm und sie küsste. Aber offenbar traute er sich noch nicht recht. Vielleicht hatte er sie ja nicht nach Hause mitgenommen, um sich ihr zu nähern, sondern als kleine Ablenkung für Alice.

Durch die halb offene Tür konnte sie den engen Flur sehen, der von der Küche ins Schlafzimmer führte. Sie hätte gern das Schlafzimmer gesehen, das Bett, in dem Bobby schlief. Maeve wünschte sich, dass er sie dorthin brachte und sich mit ihr darauflegte. Bobby war nicht wie Ewan Calder; Bobby war kein Kind mehr, das nach allem griff, was es haben konnte, ohne zu wissen, was es letztlich damit anfangen sollte.

»So kannst du heimgehen«, sagte er.

»Heim?«

»Du willst doch sicher nicht, dass sie erfahren, wo du gewesen bist«, meinte Alice.

»Nein, natürlich nicht«, bestätigte Maeve.

»Würde deinem Onkel sicher nicht gefallen, wenn er wüsste, dass du dich mit dem Feind verbrüdert hast.«

»Ihr seid nicht der Feind«, entgegnete Maeve hastig. »Nicht für mich.«

»Mag sein, aber unser Freund bist du auch nicht.«

»Ich dachte, das wären wir«, entgegnete Maeve. »Freunde.«

»Wenn wir Freunde wären, würdest du zum Abendessen bleiben.«

»Alice«, ermahnte Bobby seine Schwester streng, doch das schien sie nicht zu beeindrucken.

»Dann würdest du gehen und uns zum Abendessen Pies besorgen.«

Bobby Shannon hatte weit mehr zu bieten als nur sein gutes Aussehen und ein sanftmütiges Naturell. Er hätte darüber hinaus keinen Arbeitsplatz bei Franklin's ergattert, wenn er nicht sehr clever wäre. Er hatte es nicht verdient, in der Fantasiewelt seiner Schwester gefangen zu sein, in Ketten gelegt von seinem eigenen Verantwortungsgefühl. Maeve hatte bislang nur den Liebhaber in ihm gesehen, den Verehrer, den arglosen Hirten, dessen Herz sie erobert hatte, aber das war eine Illusion gewesen, eine Fiktion. Es stand Bobby Shannon nicht frei, sein Herz zu verschenken.

»Ein saftiges Stück Hammelpastete zum Abendessen wäre genau das Richtige«, meinte Alice.

»Ich hole dir deine Pastete«, knurrte Bobby unwillig.

Maeve legte ihm einen Arm um die Schultern.

Sofort trat ein eisiger Ausdruck in Alices' Augen.

»Ich sag dir was, Alice«, erklärte Maeve. »Ich gebe dir zwei Schillinge, und du gehst Pie für alle kaufen, während ich hierbleibe und Bobby Gesellschaft leiste.« Diese Bemerkung war grausam, aber um Bobbys willen hatte sie das Gefühl, sich gegenüber seiner Schwester behaupten zu müssen.

»Ich? Wie sollte ich wohl Pies kaufen gehen, blöde Gans?«

»Wenn es eine Geldfrage ist, Geld habe ich«, entgegnete Maeve.

Bobby hatte die Hände aus dem Wasser in der Spüle genommen und einen Arm nach einem Handtuch ausgestreckt. In dieser Pose war er erstarrt, so reglos, als stünde er Modell für eine realistische Alltagsszene in einer Mietskaserne in Clydeside.

»Ich kann die Wohnung nicht verlassen«, zischte Alice. »Ich kann nicht aus diesem verfluchten Stuhl aufstehen.«

»Dann ist es also nicht nur eine Frage des Geldes?«, konterte Maeve. Sie stieß Bobby ganz sacht mit der Hüfte an und erkannte an den winzigen Fältchen in seinem Augenwinkel, dass er verstanden hatte, was sie bezweckte.

»Miststück!« Alice hob beide Fäuste und ließ sie in einer Geste hilfloser Frustration wieder sinken. »Miststück«, sagte sie noch einmal, dann lachte sie. »Nein, es liegt allein an mir, richtig? Nur an mir ganz allein.«

»Richtig«, erwiderte Maeve knapp. »Wenn es allein an dir liegt, gehen wir mit dir essen, und du bekommst so viel Pastete, wie du magst, mit Soße und Erbsenpüree. Ich lade dich zum Essen in den Teesalon der City Bakeries ein.« Sie verneigte sich schwungvoll und fuhr in affektiertem Tonfall fort. »›Lunch‹ nennen wir das im Park. Ich wäre ja zum Lunch zum Brunswick Park zurückgekehrt, Miss Shannon, aber da Robert und ich vorhin erst der Exekutive des kapitalistischen Systems die Stirn geboten haben, stehen meine Chancen auf einen herzlichen Empfang seitens meines Onkels gleich null. Tatsächlich würde ich ihm sogar zutrauen, dass er uns hochkant hinauswirft.«

»Wir können dein Geld nicht annehmen, Maeve«, entgegnete Bobby kopfschüttelnd.

»O doch, und ob wir das können!«, widersprach seine Schwester.

»Habe ich schon erwähnt, dass mein Vater wieder heiraten wird?«

»Ja. Wann ist die Hochzeit?«

»Bald. Ende September, glaube ich. Eleanor muss erst ihre Aussteuer zusammenstellen, und wie ich schon sagte, ist Papa auf der Suche nach einem Haus am Meer, ganz nah bei deinen lieben Eltern.«

»Besser er als ich«, entgegnete Ross spöttisch. »Schon komisch, nicht wahr, wie jede Generation mit zunehmendem Alter wieder die Nähe von ihresgleichen sucht? Irgendwann werde ich vermutlich doch noch mit Martin und Rora meinen Frieden schließen und auch wieder Zeit mit Pansy und Mercy verbringen. Welch ernüchternde Vorstellung!«

»Alternativ könnten wir nach Strathmore flüchten und uns nicht weiter um sie alle scheren.«

»Leichter gesagt als getan.« Ross stützte sich auf einen Ellbogen und blickte stirnrunzelnd auf sie herab. »Hat irgendjemand sich verplappert?«

»Was meinst du?«

»Ich habe einige Erkundigungen über Strathmore eingeholt. Es gehört immer noch dem Duke of Perth, aber die Forestry Commission hat ein Auge auf das Anwesen nebst Ländereien geworfen, und ich schätze, die würden das Haus einfach in die Luft jagen.«

»Nein!«

»Dem Verwalter des Herzogs ist dieser Vandalismus selbstverständlich ein Dorn im Auge, doch der alte Knabe braucht das Geld, um den Familiensitz zu renovieren, und könnte aus wirtschaftlicher Not heraus gezwungen sein, sich von Strathmore zu trennen, einschließlich des Hauses.«

»Wäre es sehr teuer, das Haus und ein paar Hektar Land am See zu kaufen?«

»Ich schätze, das ließe sich für kleines Geld bekommen.«

»Was hältst du davon, das Haus zu kaufen, sei es auch nur um der alten Zeiten willen?«

»Um dort zu leben, meinst du?«, fragte Ross.

»Im Sommer vielleicht, und an Weihnachten.«

»Forbes würde das niemals befürworten.«

»Das hätte nicht das Geringste mit Forbes zu tun«, entgegnete Lindsay. »Wenn ich meine Anteile an Franklin's verkaufen würde, hätte ich mehr als genug eigenes Geld, über das ich nach eigenem Gutdünken verfügen könnte.«

»Und was ist mit den Jungs?«

»Die wären begeistert von einem Landsitz, wo sie ihre Ferien verbringen können. Wir könnten für Phil am oberen Ende der Wiese einen Tennisplatz anlegen.«

»Könnten wir«, sinnierte Ross. »Ja, das ließe sich machen.«

Lindsay ließ sich auf das Kissen zurücksinken und zog ihn zu sich herüber. »Ein schöner Gedanke, Liebster, findest du nicht auch?«

Er berührte mit dem Finger ihre Brust, streichelte die Brustwarze, küsste sie und liebkoste sie anschließend mit der Zunge. Als er den Kopf hob, fürchtete Lindsay, er wolle aufstehen, und so schlang sie ein Bein um seinen Oberschenkel. Sie hatte erwartet, dass er etwas füllig sein würde, so wie Forbes, stattdessen war er erstaunlich muskulös.

»Ich habe das hier nicht geplant, Lindsay. Ich habe es nicht darauf angelegt.«

»Ich weiß. Es hat uns beide einfach überrollt.«

»Es tut mir leid.«

»Was um alles in der Welt tut dir leid?«

»Es ist nicht ... Ich meine, du bist nicht nur ...«

»Was? Eine Frau für gewisse Stunden? Eine flüchtige Affäre?«, hakte sie nach.

»Ich liebe dich schon verdammt lange, weißt du.«

»Seit unserer Kindheit?«

»So in etwa«, gestand er.

»Seit Strathmore?«

»Das wird langsam zu sentimental, um es noch in Worte zu fassen.«

»Dann halt den Mund.« Lindsay langte unter das Laken, packte mit beiden Händen seine Pobacken und zog ihn wieder ganz nah zu sich heran.

Arthur war mit Eleanor im Esszimmer, als Forbes nach Hause kam. Sie saßen Seite an Seite an einem Ende des langen Tisches und waren gerade damit beschäftigt, die Gästeliste für die Hochzeit zu erstellen.

»Wo ist sie?«, fragte Forbes übergangslos. »Wo steckt sie? Ist sie nicht hier?«

»Wer?«, erwiderte Arthur und blickte von der Liste auf. »Lindsay?«

»Nein, nicht Lindsay. Maeve.«

»Ist sie denn nicht bei dir?«

»Würde ich fragen, wo sie ... Nein, sie ist nicht bei mir.«

»Als ich sie das letzte Mal gesehen habe, unterhielt sie sich gerade mit diesem jungen Burschen.«

»Jungen Burschen? Du meinst doch nicht Ewan Calder, oder?«, fuhr Forbes auf.

»Nein, diesen Zeichner.«

»Shannon heißt er, wenn ich nicht irre«, ergänzte Eleanor.

»Ja, genau, Bobby Shannon«, bestätigte Arthur. »Sie haben sich Jack Burgoynes Tirade angehört. Du glaubst doch nicht, dass sie in den Tumult geraten ist, oder?«

»Im Augenblick weiß ich ehrlich gestanden gar nicht, was ich glauben soll«, entgegnete Forbes. »Warum bist du eigentlich gegangen?«

Arthur zuckte mit den Schultern. »Ich habe für so was keine Nerven mehr, Forbes.«

Inzwischen war es Mitte des Nachmittags. Forbes hatte die geschlossene Werft in der Obhut von Archie Robb zurückgelassen. Am Haupttor schoben zwei stämmige Constables Wache, doch mit weiterem Aufruhr war eigentlich so bald nicht zu rechnen. Für Samstagnachmittag war in der Partick Burgh Hall eine Zusammenkunft sämtlicher Gewerkschaften einberufen worden, aber zeitgleich wurden die ersten Spiele der Football-Liga ausgetragen, und Forbes war zynisch genug anzunehmen, dass Burgoyne seine Rede vor halb leerem Saal halten würde. Der verunglückte Aufstand, der verletzte Polizist und vor allem das tote Pferd würden die Werftarbeiter viele Sympathien kosten, und die nationalen Gewerkschaften würden sich kaum solidarisch zeigen.

Bis Mittwoch, spätestens aber Donnerstag, würde alles vorbei sein.

»Ich würde mir keine Sorgen um sie machen, Forbes. Sie ist ein vernünftiges Mädchen.«

»Da bin ich mir nicht so sicher«, entgegnete Forbes grimmig. »Außerdem habe ich Gowry versprochen, auf sie aufzupassen, und ich möchte ihn nicht enttäuschen.«

»Es ist nicht dein Bruder, den du enttäuschst.«

»Was soll das nun wieder heißen?«

»Du hast uns alle enttäuscht«, gab Arthur zurück.

»Wie das?«

»Tu nicht so unschuldig, Forbes. Ich weiß genau, dass du diesen blutigen Zusammenstoß in der Aydon Road angezettelt hast. Lohnkürzungen, die Schließung aus heiterem Himmel, das Eingreifen der Polizei in eine friedliche Versammlung ... Du hast alles von Anfang bis Ende inszeniert.«

»Und wenn?«, entgegnete Forbes herausfordernd. »Zu deiner Zeit wäre so etwas natürlich undenkbar gewesen. Und auch unser braver Martin hätte einen anderen Weg gewählt. Er hätte uns eher in den Bankrott schlittern lassen, als sich mit den Gewerkschaften anzulegen. In einem Monat beginnen wir mit dem Bau eines Tankers, Dad, dann brauchen wir nicht mehr auf Marineaufträge zu hoffen oder die Reedereien um Arbeit anzubetteln. Dann sind wir wieder im Geschäft. Mit Lohn- und Personalkürzungen werden wir die Krise meistern. Ist das nicht genug?«

»Glaubst du wirklich, der Zweck heiligt die Mittel, Forbes?«

»Allerdings«, erwiderte er. »Ja, Arthur, daran glaube ich ganz fest.«

»Das dachte ich mir«, entgegnete Arthur knapp, kehrte seinem Schwiegersohn demonstrativ den Rücken zu und konzentrierte sich wieder auf seine Gästeliste.

Nachdem sie drei Mahlzeiten inklusive dreier schäumender Getränke bezahlt hatte, hatte Maeve noch acht Schillinge und zehn Pennys im Portemonnaie. Es wäre ebenso sinn- wie taktlos gewesen, Bobby das Geld schenken zu wollen, und so drückte sie Alice sieben Schillinge in die Hand, als Bobby auf der Toilette war.

Sie konnte zwar nicht behaupten, dass seine behinderte Schwester ihr sonderlich sympathisch war, aber Bobby tat ihr aufrichtig leid. Und von Stolz verstand sie etwas.

Davon hatte sie weiß Gott genug gesehen in den Armenvierteln von Dublin, und ihr war wohl bewusst, welchen Schaden er anrichten konnte. Bobby Shannons Stolz war altmodisch und von Sturheit geprägt, nicht aggressiv. Nur wenige Männer würden sich freiwillig der Lächerlichkeit preisgeben und für einen Maler Modell stehen, und nur sehr wenige junge Burschen in Bobbys Alter würden hocherhobenen Hauptes einen selbst gebastelten Kinderwagen durch die Straßen von Partick schieben. Er hatte sich das

Recht verdient, stolz zu sein, und sie würde dementsprechend stolz sein, sich seine Freundin nennen zu dürfen.

Sie hatte Bobby untergehakt und ging neben ihm her auf die Ecke Riverside zu. Alice war fast eingeschlafen, und ihr Kopf wackelte bei jeder Unebenheit. Die Hand mit den sieben Schillingen hatte sie unter der Decke verborgen.

Die Spätausgaben der *Evening Times* und des *Citizen* waren ausgeliefert worden, und die Zeitungsverkäufer verkündeten die Neuigkeiten von dem blutigen Tumult bei der Franklin's Werft. Allerdings würde es erst am kommenden Morgen einen ernst zu nehmenden Artikel über den Vorfall geben, und weder sie noch Bobby schenkten den Schlagzeilen mehr als einen flüchtigen Blick.

»Ich dachte, du wolltest noch neue Strümpfe kaufen gehen?«, meinte er.

»Das werde ich auch. Ich springe schnell bei Hoey's rein und besorge mir ein billiges Paar, um meine kaputten Knie zu verstecken.«

»An Hoey's sind wir vor einer Weile vorbeigekommen. Wo willst du eigentlich hin?«

»Ich dachte, ich komme noch mit zu euch.«

»Nein, lieber nicht«, entgegnete er freundlich. »Du hast für heute schon genug getan, Maeve.«

»Das war doch nichts Besonderes. Nicht halb so viel, wie du für mich getan hast.«

Mit leichtem Stirnrunzeln blickte er auf sie herab. »Mein alter Herr wird bald nach Hause kommen.«

»Ich würde ihn gern kennenlernen.«

Bobby schüttelte den Kopf. »Besser nicht. Wir sollten alles so belassen, wie es ist.«

»Und wie genau ist es?«

Sie erreichten die Straßenecke. Eine Bank und ein Pub starrten einander über die Breite der Riverside Street hinweg grimmig an.

Männer hatten sich bereits eine gute Stunde vor der Öffnungszeit vor dem »Kelvin Vaults« versammelt. Weiter die Straße hinunter lungerten kleine Gruppen von Jungen und Männern in den Hauseingängen herum, als gehörte Nichtstun längst zum Alltag. Ein Zeitungsjunge rief die Neuigkeiten der letzten *Sen-sa-tion* heraus und fabulierte von zwölf Toten beim »Werftmassaker«. Niemand bekundete hieran besonderes Interesse.

Bobby betätigte die Bremse und lehnte sich gegen den Kinderwagen.

Maeve ließ die Hand auf seinem Arm liegen und folgte ihm, als er sich bewegte, was wie ein seltsamer kleiner Tanz auf dem staubigen Bürgersteig aussah.

»Hör zu, Maeve, ich bin nicht der Richtige für dich«, sagte er.

»Magst du mich denn nicht leiden? Ich dachte, du magst mich.«

»Ich habe dich sehr gern, Maeve, aber ... es passt einfach nicht.«

»Ich bin nicht die, für die du mich hältst.«

»Du bist Tom Calders Enkelin. Du lebst im Haus der McCullochs. Du magst ja glauben, dass das unwesentlich ist, aber das stimmt nicht.« Er trat einen Schritt näher, und einen flüchtigen Moment glaubte sie, er würde ihr den Arm um die Taille legen und sie an sich ziehen. Stattdessen fuhr er leise fort: »Ich bin nicht der Richtige für dich, Maeve. Ich bin für keine Frau der Richtige. Ich kann von keiner Frau erwarten, sich um Alice zu kümmern. Sie ist meine Schwester, und ...«

»Und die hast du bis in alle Ewigkeit am Hals?«

»Ich bin alles, was sie hat, alles, was sie je haben wird. Hör zu: Wenn es Arbeit gibt, wenn Ross mich braucht, dann sehen wir uns im Atelier, doch komm nicht wieder zu uns nach Hause. Bitte tu das nicht.«

»Du hast mich mitgenommen.«

»Ich weiß. Ich weiß, aber ...«

»Du fürchtest, du könntest mich zu lieb gewinnen, habe ich recht?«, unterbrach sie ihn.

»Vielleicht mag ich dich ja jetzt schon zu sehr.«

Maeve bemühte sich um einen flapsigen Tonfall: »Dann war es das also?«

»Ja, ich denke schon.«

»Bekomme ich nicht einmal einen Abschiedskuss?«

Was Bobby Shannon hierauf tat, brachte sie völlig aus der Fassung. Er küsste die Kuppen zweier seiner Finger und legte diese anschließend auf ihre Lippen, in einer Geste, die beinahe an einen Priestersegen erinnerte. Sie fühlte die flüchtige Berührung, dann löste er mit einem Nicken die Bremse und war fort, schob seine Schwester ohne jede Spur von Verlegenheit die lange Straße am Flussufer entlang zurück zu ihrer Mietskaserne.

Lindsay fragte sich, ob er es erraten würde, ob Forbes auf den ersten Blick erkennen würde, dass sie ihm untreu gewesen war. Untreu? Wie lächerlich in Anbetracht einer Ehe, die von Anbeginn geprägt gewesen war von seiner Unaufrichtigkeit und seinen Lügen.

Jetzt hatte sie einen Liebhaber, und sie war nicht gewillt, dieses Glück von Schuldgefühlen schmälern zu lassen. Bis zu diesem Nachmittag war ihr gar nicht bewusst gewesen, dass sie sich verliebt hatte, bis zu jenem wundervollen, magischen Moment, da Ross sie auf den Arm genommen und ins Schlafzimmer hinübergetragen hatte. Sie ließ ihn gern gewähren, hatte gelacht, als er sie in die Arme schloss. Er war so stark, so unerwartet stark und zärtlich, dass sie sich in seinen Armen fühlte wie ein Kind und sich auch an ihn klammerte, nachdem er sie auf das Bett gelegt hatte.

Und da Ross eben Ross war, hatte er nicht mehr verlangt, als sie freiwillig zu geben bereit gewesen war.

»Bist du ... ist es ... willst du es wirklich?«

»Ja«, antwortete sie atemlos. »Ja, Liebster, o ja.«

Morgen. Schon morgen würde sie ihn wiedersehen. Sie würden sich wieder lieben, und niemand, nicht einmal Forbes, würde etwas von dieser geheimen Liaison ahnen. Sie würde dieses Geheimnis für sich behalten, würde es hüten und sämtliche Ehebrecher-Tricks lernen. Wenn ihr Vater und Eleanor erst an die Küste umgezogen waren, würde allerdings keine große Heimlichtuerei mehr nötig sein, da Forbes sich ohnehin nicht dafür interessierte, wie und mit wem sie ihre Zeit verbrachte.

Ross hatte sie mit dem Wagen bis zur Ecke Madison Street gefahren, und bevor sie auseinandergegangen waren, hatten sie sich geküsst, und das ganz und gar nicht verstohlen.

Er war so wie früher, so wie er immer gewesen war, nur dass er heute selbstsicherer wirkte, nicht überheblich, nicht arrogant, nur eben seiner selbst sicher genug, um ihr offen zu zeigen, wie sehr er sie liebte. Morgen. Ja, dachte Lindsay verträumt, es wird ein Morgen geben, unendlich viele Morgen, denn Ross, ihr geliebter Cousin, würde sie niemals wieder gehen lassen.

Sie bog um die Straßenecke und stieg die Treppe zur imposanten Haustür hinauf. Sie läutete. Enid öffnete. Lindsay legte Hut und Sommermantel ab und reichte beides dem Hausmädchen. Dann brachte sie mit einigen Handgriffen ihre Frisur in Ordnung und steuerte auf der Suche nach ihrem Ehemann das Klavierzimmer an.

Er lag lang ausgestreckt auf der Couch, eine Zigarette im Mund und ein Glas in der Hand. Sie sah gleich, dass er schon einiges getrunken hatte. Mit glasigem Blick schaute er zu ihr auf, stand jedoch nicht auf, ja hob nicht einmal den Kopf.

Lindsay blieb in der Tür stehen und starrte ihn an, als sähe sie ihn zum ersten Mal, als wäre er ein Fremder für sie.

»Und? Willst du mich nicht fragen, wie es gelaufen ist?«, meinte er mit belegter Stimme.

»Nein«, hörte Lindsay sich antworten. »Ich glaube, nicht.«

»Wo zum Teufel hast du eigentlich gesteckt?«

»Bei Ross. Ich war den ganzen Nachmittag bei Ross.«

»Du amüsierst dich also, während ich schufte wie ein Tier.« Forbes nippte an seinem Whisky. »Frauen«, sagte er kopfschüttelnd. »Verfluchtes Weibervolk. Wie verdammt gut ihr es doch habt!«

»Wo ist Maeve?«

»Oben, glaube ich. Sie schmollt.«

»Was ist denn passiert?«

»Woher zum Teufel soll ich das wissen? Sie wollte nicht mit mir reden.«

Seufzend machte Lindsay kehrt.

Eleanor wartete in der Wohnzimmertür.

»Hast du schon mit Maeve gesprochen?«, fragte Lindsay.

»Sie ist erst kurz vor dir heimgekommen und gleich auf ihr Zimmer gegangen. Irgendetwas macht ihr offenbar zu schaffen.«

»Und wo sind die Jungs?«, erkundigte sich Lindsay.

»Soviel ich weiß, sind sie im Park und spielen Tennis.«

Lindsay war die Probleme anderer Leute plötzlich leid. Sie wünschte, sie könnte auf der Stelle umkehren und sich wieder in Ross' Arme flüchten. »Dann sollte ich wohl mal raufgehen und mit ihr sprechen.«

»Ich denke, das wäre das Beste«, nickte Eleanor.

Lindsay stieg die Treppe hinauf bis unter das Dach und betrat Maeves Zimmer.

Das Mädchen saß mit düsterem Gesicht am Fußende des Bettes, die Hände auf dem Schoß. Es sah aus, als hätte sie geweint, aber ihre Pose hatte auch etwas von zelebriertem Selbstmitleid. Lindsay ging zum Bett und setzte sich zu ihr.

»Was ist denn los? Was ist passiert?«

»Ach, Tante Lindsay«, jammerte sie. »Ich glaube, ich habe mich verliebt.«

»Also das ist nun wirklich kein Weltuntergang«, entgegnete Lindsay, die sich ein Lächeln verkneifen musste.

Kapitel 19

Die Versöhnung

Roras Bemühungen zum Trotz verschlechterte sich Martins Gesundheitszustand zusehends. Anfang September wurden dann die Anwälte zum Harper's Hill gerufen, nicht um ein neues Testament aufzusetzen – es ging ihm schlecht, aber noch war sein Zustand nicht lebensbedrohlich –, sondern um den Verkauf seiner Firmenanteile in die Wege zu leiten, da er, ebenso wie Arthur, aus der Firma aussteigen wollte.

Verträge wurden aufgesetzt, man einigte sich auf einen Preis, und die Vereinbarung wurde unterzeichnet. Als alles unter Dach und Fach war, seufzte Arthur erleichtert auf, Martin vergoss ein paar Tränen, und Lindsay schwieg. Ihr war wohl bewusst, dass Forbes nur zu gern auch ihren Firmenanteil erworben hätte und sicher auch bereit wäre, einen guten Preis zu zahlen.

Da Forbes so gut wie nie zu Hause war, begleiteten Lindsay und Maeve Arthur und Eleanor bei der Haussuche oder fuhren mit Ross in den Norden, um durch das große verlassene Haus in Strathmore zu streifen. Arthur brauchte nicht lange, um am Ortsrand von Largs eine passende Villa zu finden, und die Hochzeitsvorbereitungen liefen auf Hochtouren. Der Stapellauf des Lastschiffes und der Ausbau der Werft nahmen noch einige Zeit in Anspruch, und in der Aydon Road sowie am Brunswick Park brummte es wie in einem Bienenstock, wie Arthur es ausdrückte.

Maeve kam nicht dazu, Bobby Shannon nachzutrauern. Sie dachte hin und wieder an ihn, aber die meiste Zeit stürzte sie sich fröhlich in die Arbeit oder saß an den seltenen Nachmittagen, an denen Ross nach Malen zumute war, im Atelier am Flowerhill

Drive für ihn Modell, während Tante Lindsay ihnen Gesellschaft leistete, rauchte, Tee trank oder den bärtigen Künstler bei der Arbeit beobachtete, als wäre jeder Pinselstrich für sich schon ein Meisterwerk.

In der Zwischenzeit färbte sich das Laub rot und braun, die Tage wurden kürzer, und der Wind, der durch die Straßen von Riverside pfiff, kündigte den bevorstehenden Winter an. Ohne dass Maeve hiervon etwas ahnte, verschlechterte sich Alice Shannons Zustand drastisch, bis sie schließlich in den frühen Morgenstunden eines Dienstags nach langer Krankheit in den Armen ihres Bruders starb.

»Auf die Gefahr hin, unbescheiden zu wirken: Es läuft alles ziemlich gut. Wir fangen mit den Arbeiten am Rumpf an, sobald Bradford's den Stahl liefert«, erklärte Forbes.

»Großartig«, entgegnete Stella. »Und was ist mit der Dame des Hauses?«

»Welcher Dame?«

»Deiner Frau, Liebster. Deiner Gattin.«

»Ach, Lindsay! Die kriege ich früher oder später auch noch rum.«

»Früher oder später? Was genau verstehst du darunter?«

Stella hatte ihm den Rücken zugewandt und hielt ein Cocktailglas in der Hand. Sie trug ein Wollkostüm, das an ihrem Körper klebte, als wäre sie mit leuchtend rotem flüssigem Blei übergossen worden. Forbes hatte keinen Schimmer, wo ihr Ehemann stecken mochte. Insgeheim argwöhnte er, dass Pickering über die Affäre Bescheid wusste, doch Forbes zog es vor, nicht weiter darüber nachzugrübeln, was das für die Zukunft bedeuten mochte.

»Lindsay hat derzeit viel um die Ohren. Wenn die Hochzeit erst vorbei und ihr Vater ausgezogen ist, werde ich ihr ein Angebot unterbreiten, das sie nicht ablehnen kann. Geduld, mein Schatz, Geduld. Nicht mehr lange, und wir werden endlich zusammen sein.«

Es war schon nach eins, aber nichts deutete darauf hin, dass es in Kürze ein Mittagessen geben würde.

Sie hatten sich eine halbe Stunde unten geliebt. Stella war nicht richtig bei der Sache gewesen, nicht so leidenschaftlich wie sonst. Selbstverständlich hatte sie ihn dennoch befriedigt, allerdings mit mehr Geschick als Enthusiasmus, und er hatte das ungute Gefühl, dass sie diesmal nicht auf ihre Kosten gekommen war.

Forbes warf einen Blick auf seine Armbanduhr. Um halb drei hatte er eine Besprechung mit den Buchhaltern von Franklin's. Er war davon ausgegangen, dass er bei Stella zu Mittag essen würde, und dies in seinem Zeitplan berücksichtigt. Bekam er hier nichts, würde er vor dem Termin gar nichts mehr zu sich nehmen können.

Er stellte sein Glas ab und legte Stella einen Arm um die Taille. »Was ist denn mit dir, Liebling?«

»Es ist nur dieses scheußliche Wetter. Ich hasse dieses Klima.« Sie fröstelte, drückte die Ellbogen fest an den Oberkörper, leerte ihr Glas und reichte es ihm anschließend über die Schulter hinweg.

»Noch einen?«, fragte Forbes vorsichtig.

»Ja. Es ist noch ein Rest im Shaker.«

»Vielleicht sollten wir erst eine Kleinigkeit essen.«

Sie blickte durch das Fenster in den Nieselregen, der das Flusstal in tristes Grau hüllte, und ließ seine Frage unbeantwortet.

Forbes räusperte sich. »Essen wir zu Mittag oder nicht?«

»Ich dachte, du wärst beschäftigt.«

»Das bin ich auch. Ich stecke bis zum Hals in Arbeit.«

»Dann bist du entschuldigt.«

»Entschuldigt?«

»Du kannst gehen«, sagte sie.

»So eilig habe ich es nun auch wieder nicht.«

»Dann gib mir noch einen Cocktail.«

Er hastete an die Bar und schraubte den Shaker auf. Vorsichtig goss er die Flüssigkeit in ihr Glas, gab eine Olive hinzu und brachte ihr den Drink. Sie nahm ihn entgegen und trank sofort.

»Macht ... äh ... bereitet Ronnie das Mittagessen zu?«, erkundigte sich Forbes verunsichert.

»Ronnie hat seinen freien Tag.«

»Seltsam, aber irgendwie habe ich nie darüber nachgedacht, dass Ronnie irgendwann frei haben könnte.«

Die Olive lag unbeachtet unten in ihrem Glas. Einen kurzen Augenblick dachte Forbes, sie würde das Glas gegen die Scheibe schleudern. Er hatte keine Ahnung, was er falsch gemacht hatte oder warum sie mit den Tränen kämpfte.

»Ich denke, du solltest jetzt gehen, Forbes.«

»Warum?«

»Hast du nichts zu tun?«

»Doch, aber ...«

»Bitte«, fiel sie ihm ins Wort und zwang sich zu einem Lächeln. »Bitte, Liebling, geh einfach.«

»Wann sehen wir uns wieder?«

»Bald«, versprach sie. »Sehr bald.«

Er holte seinen Hut und ging. Dabei ahnte er immer noch nicht, dass die Affäre vorüber war und er Stella nie wiedersehen würde.

Miss Runciman hatte keine Verwandten mehr. Zwar gab es möglicherweise noch eine entfernte Cousine, die irgendwo in Kent lebte, aber hiervon abgesehen betrachtete sie Arthurs Familie längst als die ihre. Sie war schon seit Ewigkeiten bei den Franklins, und trotz ihrer Strenge war sie bei allen beliebt.

Die Trauung sollte am Samstag in der St. Anne's Church stattfinden. Forbes würde die Rolle des Brautführers übernehmen, Ross sollte als Trauzeuge fungieren, Lindsay als Brautführerin und Maeve als Brautjungfer. Für den anschließenden Empfang hatte Arthur den Ballsaal des »Ashton Hotels« gebucht, und hiernach sollte das glückliche frisch vermählte Paar bei Donald und Lilias wohnen, bis die Arbeiten am eigenen neuen Haus abgeschlossen waren.

Falls Arthur gehofft hatte, sich klammheimlich in den Ruhestand begeben zu können, wurde er enttäuscht. Die West of Scotland Shipbuilder's Association ehrte ihn mit einem Galadinner, und die Society of Naval Architects mit einem feuchtfröhlichen Clubabend. Es wurden Reden gehalten, man überhäufte ihn mit Komplimenten, es wurde ein Toast nach dem anderen ausgebracht und viel gesungen. Arthur war gerührt. Sogar Forbes hatte eine Träne im Augenwinkel, als das Schulterklopfen und Händeschütteln ein Ende hatte und Arthur, Tom Calder und er sich für die Heimfahrt auf den Rücksitz eines Taxis zwängten. Arthur starrte versonnen hinaus auf den regennassen Bürgersteig und sagte mit leiser, brüchiger Stimme:

»Sechzig Jahre, sechzig Jahre. Mein Gott, wo ist nur die Zeit geblieben, Jungs, wo sind die Jahre *hin?*«

In jedem Zimmer am Brunswick Crescent hingen neue Kleider. Die Jungen wurden zum Friseur geschleift, und die Damen vereinbarten ebenfalls Termine zum Frisieren. Auf Lindsays Drängen hin ließ Ross sich sogar den Bart trimmen. Geschenke trafen ein, gleich dutzendweise. Ganze Koffer voller Besteck, chinesische Vasen, Möbelstücke, Teppiche und allerlei Silberobjekte stapelten sich überall, bis Arthur schließlich die Karten in einem großen Ordner abheftete, einen Lastwagen mietete und vier Arbeiter von der Werft anheuerte, um den ganzen Kram zu Donald bringen zu lassen, der es bis zum Umzug einlagern sollte. Eleanor nahm weiter ihre häuslichen Pflichten wahr und schüttelte immer wieder den

Kopf über den großen Aufwand, der betrieben wurde, nur weil zwei betagte Menschen sich nach vielen Jahren endlich das Jawort gaben.

Am Mittwochabend, drei Tage vor der Hochzeit, versammelte sich die gesamte Familie zu einem gemeinsamen Abendessen am Brunswick Crescent. Nur Donald und Lilias sagten in letzter Minute ab. Donald hatte Husten und wollte sich lieber schonen, um für den großen Tag fit zu sein. Rora sagte erwartungsgemäß ebenfalls wegen Martins immer noch schwacher Gesundheit ab. Er war ebenfalls erkältet und wollte unbedingt am Samstag in Form sein.

Die Köchin und Lindsay stellten gemeinsam das Menü zusammen. Mithilfe ihrer beiden Schwestern, die extra aus gegebenem Anlass angeheuert worden waren, verlängerte Enid den Esszimmertisch und holte unter Miss Runcimans Argusaugen das beste Leinen, das kostbarste Porzellan und das Tafelsilber hervor. Schon am späten Vormittag wurde die Festtafel eingedeckt.

Sechzehn Gedecke und sechzehn Stühle.

Arthur ging davon aus, dass Lindsay nachgezählt hatte, und Gleiches nahm Lindsay wiederum von ihrem Vater an.

Niemandem fiel auf, dass neben den Calders, den Franklins, Maeve sowie Mrs. Coffey und ihrem Gatten noch ein Platz übrig war.

Forbes' Beitrag, seine große Überraschung.

»Daddy!«, rief Maeve freudestrahlend. »Mein Dad ist da!«

Auf dem Teppich kniend, hatte sie mit Harry und Philip Karten gespielt, um die langweiligen Stunden eines verregneten Nachmittages totzuschlagen, bis es Zeit war, sich fein zu machen.

Nun sprang sie auf, lief zur Tür und fiel Gowry um den Hals, der nach einer rauen Überfahrt eben erst von Bord gegangen war und noch ein wenig durcheinander wirkte. Eleanor hatte ihm

Regenmantel und Hut abgenommen, aber seine Hosen waren triefnass und seine Schuhe durchweicht. Er hatte sich ein in feuchtes braunes Papier eingeschlagenes Päckchen unter den Arm geklemmt und geriet bei Maeves stürmischem Empfang ein wenig ins Wanken.

Sie boxte ihn in die Schulter. »Du hinterhältiger Kerl! Warum hast du mir nichts davon gesagt, dass du kommst?«

»Forbes wollte dich überraschen«, entgegnete Gowry.

»Das ist ihm gelungen«, entgegnete Maeve strahlend. »Ich freue mich ja so! Hat Onkel Forbes dir die Fahrkarte geschickt?«

»Ja, das hat er. Ich hatte einige Mühe, freizubekommen, und muss schon Samstag mit der Abendfähre zurück, aber ...« Endlich lächelte er. »Wenigstens komme ich jetzt in den Genuss, dich ganz aufgedonnert zu erleben.« Er schob sie ein wenig von sich und betrachtete sie bewundernd. »Meine Güte, wie erwachsen du geworden bist! Du bist ja gar nicht mehr die halbe Portion, die du in Dublin warst.«

Sie boxte ihn wieder spielerisch. »Ach was, Dad. Ich war nie eine halbe Portion.« Sie wandte sich um. »Du erinnerst dich doch an Harry und Philip, oder?«

»Selbstverständlich.«

Er lehnte das Päckchen vorsichtig an den Klavierschemel und schüttelte den Jungen feierlich die Hand, nicht mit der behandschuhten Prothese, die er sich im Krieg eingehandelt hatte, sondern mit der gesunden linken Hand, was aussah wie ein geheimes Zeichen unter Männern gleicher Gesinnung.

In den sechs Monaten, seit er sie die Treppe hinauf und in die Diele geschleift hatte, hatte sich so vieles verändert. Sie war nicht mehr dieselbe wie damals. Harry und Philip waren ebenfalls verändert: Beide waren reifer und männlicher geworden. Nur ihr Dad schien unverändert, so schäbig, gezeichnet, misstrauisch und schrecklich verlässlich. Es war richtig von ihm gewesen, sie nach

Schottland zu bringen. Er hatte sie gerade noch rechtzeitig aus Dublin fortgeschafft. Als sie ihn noch einmal umarmte, fragte sie sich, ob sie wohl erwachsen genug war, dies zuzugeben. Jedenfalls war sie erwachsen genug, nicht zu fragen, warum ihre Ma nicht mitgekommen war.

»Wie geht es Mam?«

»Gut. Sehr gut. Ich soll dir ganz liebe Grüße bestellen.«

»Und Sean?«

»Der ist ein echter Wildfang. Hält uns alle ganz schön auf Trab.«

»Weiß Grandee, dass Sie hier sind?«, erkundigte sich Philip. »Mein Großvater, meine ich.«

»Arthur ist nicht da«, erklärte Harry. »Mom und Dad ebenfalls nicht. Sie werden aber bald zurück sein, nehme ich an. Vielleicht möchten Sie ja in der Zwischenzeit etwas Trockenes anziehen und einen Tee zum Aufwärmen trinken. Ich weiß nicht, ob der Nachmittagstee serviert wird. Ich fürchte, zurzeit geht es in der Küche etwas drunter und drüber wegen der Feier.«

»Haben Sie ein Zimmer reserviert?«, fragte Philip. »Falls nicht, überlasse ich Ihnen für die Dauer Ihres Aufenthaltes gern meins, Sir.«

Gowry lachte, und der vertraute weiche Klang weckte in Maeve Sehnsucht nach Dublin, ihrem Zuhause. Aber der Anflug von Heimweh war gleich wieder verflogen, und sie hörte ihren Vater antworten: »Ich würde sagen, ihr beiden seid inzwischen viel zu erwachsen, um mich noch zu siezen. Ich wäre euch sehr dankbar, wenn ihr mich Gowry nennen würdet, immerhin bin ich euer Onkel.«

»Gern, Sir ... Onkel«, entgegnete Harry artig. »Vielen Dank.«

Eleanor steckte den Kopf zur Tür herein und teilte Gowry mit, er müsse sich mit dem kleinen Gästezimmer im zweiten Stock begnügen. Sie wolle dafür sorgen, dass man ihm Laken und Decken brachte, sobald sie eins der Hausmädchen entbehren konnte. Ihr Tonfall ließ ahnen, dass Gowry ihr nicht ganz willkommen war.

Hierauf verschwand sie wieder und zog die Tür eine Spur zu schwungvoll hinter sich zu.

»Was ist denn mit der los?«, fragte Phil.

»Sie mag keine Überraschungen«, erklärte Harry.

»Ich aber«, entgegnete Maeve. »Erst recht solche wie diese.« Wieder umarmte sie ihren Vater herzlich.

Miss Runciman konnte endlich überredet werden, die letzten Kleinigkeiten der Köchin und Enid zu überlassen und sich zum Rest der Familie ins Wohnzimmer zu begeben. Sie trug ein brandneues Kleid.

»Du siehst umwerfend aus, meine Liebe«, sagte Arthur stolz. »Für mich bist du die Königin der Nacht.« Er schenkte ihr ein Glas Champagner ein.

Es ging so zivilisiert und doch herzlich zu, dass Maeve sich fragte, wie sie je auf den Gedanken hatte verfallen können, nach Dublin zurückkehren zu wollen. Sie bedankte sich bei Onkel Forbes, dass er ihren Vater für die Hochzeit rübergeholt hatte, dankte auch Tante Lindsay, wenn auch aus keinem speziellen Grund, sondern einfach nur, weil sie an diesem Abend glücklich und dankbar war für die Wende in ihrem Leben.

»Und nun«, meinte Arthur, nachdem alle nicht einmal, sondern gleich zweimal auf das Wohl der Braut angestoßen hatten, »verrate mir doch bitte, was sich in diesem geheimnisvollen Paket verbirgt, Gowry. Darf ich es öffnen?«

»Natürlich. Dazu habe ich es ja mitgebracht. Es ist euer Hochzeitsgeschenk.«

Philip fischte ein Klappmesser aus der Hosentasche. Arthur schnitt die Schnur durch und wickelte das Geschenk aus dem

Papier. Zum Vorschein kam eine in rauchigen Grautönen gehaltene Aquatinta-Arbeit in einem wunderschönen Glasrahmen. Er hielt das Bild ins Licht, betrachtete es aus zusammengekniffenen Augen, und zur allgemeinen Verblüffung füllten seine Augen sich mit Tränen.

»Großer Gott, Gowry, wo hast du das her?«, fragte er mit belegter Stimme.

Gowry zuckte mit den Schultern. »Ich habe es in einem Buchladen in Dublin entdeckt, in einem Buchantiquariat, um genau zu sein. Ein Nachbar aus der Endicott Street hat es mir gerahmt. Hat er doch ganz passabel hingekriegt, oder?«

»Sieh nur, Eleanor«, bat Arthur und hielt ihr das Bild hin.

»Hmm«, meinte sie nur skeptisch. »Nicht wirklich hübsch, oder?«

Arthur rieb sich mit einem Fingerknöchel die Tränen aus den Augen. »Nein, das nicht. Aber weißt du denn nicht, wo das ist?«

»Nein«, entgegnete Eleanor stirnrunzelnd.

»Aber ich. Das ist Cardiff vor siebzig oder achtzig Jahren. Das ist der Glamorganshire Kanal, und das, ich schwöre es, ist Hugh Pembertons kleine Schmiede, in der mein Vater seine Lehre absolviert hat, bevor er nach Schottland kam. Welch bemerkenswerter Fund, Gowry, wirklich bemerkenswert! Ich wusste gar nicht, dass du so gut über die Familiengeschichte Bescheid weißt.«

»Geschichte ist sein Steckenpferd, nicht wahr, Daddy?«, erklärte Maeve stolz.

»*Das* ist Geschichte«, erwiderte Gowry, was für allgemeine Heiterkeit sorgte.

»Das ist ein wirklich ganz besonderes Geschenk«, sagte Arthur. »Ich ... Eleanor und ich werden es hüten wie unseren Augapfel und ihm einen Ehrenplatz in unserem neuen Heim einräumen. Ah«, seufzte er, »wie einfach das Leben doch damals noch war!

Vater war Waise, wisst ihr, und ist im Heim aufgewachsen. Er hat sich nie dafür geschämt. Er nicht. Er hat immer gewusst, dass er es eines Tages schaffen, dass er seinen Weg gehen würde. Der Dampf hat ihn gerettet, hat er oft gesagt, Dampf und Stahl. Und heute ...«, er seufzte wieder, »... heute ist alles so furchtbar kompliziert. Ja, ich werde das Bild aufhängen und oft daran zurückdenken, wie es früher einmal war. Bis dahin wird es hier auf dem Tisch liegen bleiben, und ihr alle könnt es euch in Ruhe anschauen und dabei an Owen Franklin denken, daran, wie viel Energie und harte Arbeit es ihn gekostet hat, uns unser heutiges Leben im Wohlstand zu ermöglichen.«

»Hört, hört, Grandee«, bemerkte Philip.

In diesem Augenblick läutete es an der Tür, und gleich darauf betrat der junge Ewan Calder den Raum.

Erfolg, Sex und die Aussicht auf eine radikale Wende hatten Forbes so weit milde gestimmt, dass er bereit war anzuerkennen, dass Tom Calder sich in einer schwierigen Lage befand. Wie sollte Tom seiner Frau Cissie erklären, dass Ewan am Brunswick Park in Ungnade gefallen war und Hausverbot hatte und er somit Arthurs Einladung zum Familienessen nicht annehmen konnte?

Nach sorgfältiger Überlegung kam Forbes ihm entgegen und erlaubte Tom, den Jungen mitzubringen – eine Entscheidung, die er bis ans Ende seiner Tage bereuen sollte.

»Forbes.« Ewan ließ das »Onkel« demonstrativ weg und schüttelte ihm die Hand mit einer schleimigen Inbrunst, die Forbes hätte warnen müssen.

»Maeve.« Ewan küsste ihr mit der Förmlichkeit eines bayrischen Grafen den Handrücken und ging dann zum nächsten Anwesenden über, als wollte er den ganzen Raum mit seinem affektierten Charme um den Finger wickeln. »Tante Lindsay, Mr. Arthur, Miss

Runciman. Und Sie ...« Er blieb vor Gowry stehen. »Sie müssen der irische Gentleman sein, der *pater innominabilis*.«

»Der was?«, fragte Gowry verdutzt.

»Er will nur mit seinem Latein angeben«, erklärte Harry. »Er meint, du bist Maeves Vater.«

»Meine ich das? Ja, natürlich tue ich das.« Ewan nahm Gowrys Hände, die gesunde und die aus Holz, und schüttelte sie mit jenem unaufrichtigen aufgesetzten Lächeln. Womöglich hätte er Gowry beiseite genommen und in ein vertrauliches Gespräch verwickelt, wenn Tom ihn nicht fortgezogen und zwischen seine kichernden Schwestern auf dem Sofa platziert hätte.

Die leise Anspannung, beinahe ein Gefühl unterschwelliger Bedrohung, die mit Ewan Calder Einzug gehalten hatte, löste sich bei Ross' Ankunft auf. Er erschien in vollständiger Schottenmontur mit Kilt, beschlagener Felltasche und einem Dolch mit versilbertem Knauf in einer Scheide unter einem der dicken Wollstrümpfe.

Es spricht für ihn, dass er in diesem Aufzug nicht lächerlich wirkt, dachte Lindsay bei sich.

»Großer Gott!«, rief Arthur aus. »Was ist denn in dich gefahren?«

»Ich habe das Zeug ganz hinten in meinem Kleiderschrank entdeckt«, entgegnete Ross. »Ich gebe doch mein sauer verdientes Geld nicht für einen neuen Anzug aus, nur um auf deiner Hochzeit eine gute Figur zu machen, alter Knabe. Ich hatte die Wahl zwischen Kilt oder Mitra und Bischofsstab. Was meinst du, Lindsay? Gefällt es dir?«

»Du siehst umwerfend aus«, versicherte sie ihm aufrichtig.

»Das finde ich auch«, sagte Maeve, hakte den Maler unter und wirbelte mit ihm durch das Zimmer, bis sie beide ganz außer Atem waren.

Das Kerzenlicht schuf eine geheimnisvolle, romantische Atmosphäre, die Lindsay an die Dinnerpartys im riesigen Speisesaal von Harper's Hill in ihrer Kindheit und Jugend erinnerte. Arthur saß am Kopfende des Tisches, Eleanor zu seiner Rechten. Forbes thronte am anderen Ende der Tafel, Lindsay zu seiner Linken. Ross hatte seinen Platz ihr gegenüber, Tom links von ihr und Maeve Ewan gegenüber. Weiter unten saßen Kay und ihr Gatte, Gowry, Cissie, ihre Töchter sowie Harry und Phil. Die dicken Wachskerzen in den georgianischen Leuchtern tauchten ihre Gesichter in goldenes Licht.

Subtile Schatten und flackernder Kerzenschein: ideale Bedingungen, um unbemerkt ihre Freunde und Verwandten zu beobachten. Das einzige Haar in der Suppe war Cyrus Coffey, der sich berufen fühlte, den Partyclown zu spielen, viel zu laut lachte, seine Frau immer wieder demonstrativ küsste und überhaupt die schlimmsten Eigenarten der irischen Natur an den Tag legte. Er wäre sogar so weit gegangen, bei Tisch politische Themen zu diskutieren, wäre Gowry ihm nicht in die Parade gefahren.

Gelächter, an- und abschwellendes Stimmengewirr, köstliche Speisen im Überfluss sowie Unmengen guten Weins, dazu die jungen Leute so lebhaft, fröhlich und hübsch zurechtgemacht. Lindsay blickte über den Tisch hinweg auf Ross, der sie anschaute, als wäre sie die einzige Person im Raum und alle anderen nur Dekoration.

Sie hob ihr Glas und prostete ihm zu. Sie tranken auf ihr wohlgehütetes Geheimnis. Was spielte es schon für eine Rolle, wenn Forbes sie beobachtete? Lindsay hatte bereits entschieden, dass sie sich gleich nach der Hochzeit endgültig von ihm trennen würde. In einem Jahr würde Philip auf die Universität gehen und sich mit Harry eine Wohnung teilen. Das würde den beiden gefallen, eine eigene Wohnung im West End: zwei finanziell unabhängige Freigeister.

Um die Jungen machte sie sich also keine großen Sorgen, und noch weniger sorgte sie sich um Forbes.

Ross hob sein Glas und prostete ihr zwinkernd zu, als hätte er ihre Gedanken gelesen.

Enid und ihre Schwester räumten zügig den Tisch ab und servierten zum Abschluss unter Eleanors kritischen Blicken süße Desserts und Käse.

Mr. Coffey beugte sich über den Tisch und unterhielt sich mit Gowry. Harry hörte zu und machte hier und da eine Bemerkung, während Phil unerwartet mit Dorothy Calder flirtete, die offenbar schon gelernt hatte, dass ein guter Charakter wichtiger war als gutes Aussehen.

Dann verkündete Ewan Calder unvermittelt: »Ich werde fortgehen, wisst ihr, oder genauer: Ich werde fortgeschickt. Abgeschoben, Maeve, mit Sack und Pack. Ich denke, das wird dich freuen.« Seine Stimme klang sonderbar, nicht angespannt, sondern gekünstelt, als hätte er nicht nur den Text auswendig gelernt, sondern außerdem die Intonation. Lindsay schaute ihn an. Ahnungslos hörte sie ihm zu. »Dartmouth wollte mich wegen meiner schwachen Brust nicht aufnehmen.« Er hustete theatralisch, eine Hand mit abgespreizten Fingern auf das Herz gelegt. »Ich bin nicht kräftig genug, um von der Rahnock zu baumeln, oder für das, was man sonst so von Seeoffizieren erwarten mag. Dartmouth, was für ein dämlicher Einfall das doch war! Natürlich die Idee meines Vaters, der vermutlich gehofft hat, ich würde auf See verloren gehen, nicht wahr?« Er lachte: »Hahaha!«, zuckte dann mit den Schultern, und sein Kopf fuhr ruckartig hoch. »Nein, nein, mich erwartet nicht das große Abenteuer Seefahrt. Ich habe beschlossen, Zuflucht in der Religion zu suchen.«

»Was für einen Bockmist du von dir gibst!« Philip hatte das Flirten mit der älteren Miss Calder unterbrochen und wie alle anderen seinem Cousin zugehört, beinahe so, als hätten sie einen Parlamentarier in ihrer Mitte oder einen Priester, der von der Kanzel predigte.

»Sag es ihnen, Dad«, fuhr Ewan fort. »Sag ihnen, was für ein unartiger Junge ich doch bin und weshalb du mich los sein willst.«

»Ewan, bitte«, entgegnete Tom peinlich berührt. »Dies ist weder der richtige Zeitpunkt noch der passende Ort ...«

»Wohin?«, fragte Harry abrupt.

»Wreeford's Academy«, entgegnete Ewan, der seinen Vater ignorierte.

»Ist das nicht in Dumfries?«, meinte Arthur.

»Im hintersten Winkel von Dumfries, jawohl«, bestätigte Ewan. »Und hiernach Durham, St. Andrews, Edinburgh, irgendwohin. Alles ist recht, sofern es weit weg ist von daheim.«

»Schickst du ihn fort, Tom?«, wollte Forbes wissen.

»Es ... es war Ewans Idee, seine eigene Entscheidung.«

»Nein, Dad. Es war *deine* Entscheidung. Und du bist schuld, dass ich in die Verbannung geschickt werde, Maeve.«

»Ich?«

»Wie die Mutter, so die Tochter«, fügte Ewan boshaft hinzu.

»Wie bitte?«, entrüstete sich Maeve. »Was hast du gesagt?«

»Die war auch eine Schlampe. Gott, Maeve, du weißt ja nicht einmal, wer von den beiden dein leiblicher Vater ist.«

Forbes und Gowry erhoben sich wie ein Mann.

»Halt's Maul!«, herrschte Forbes ihn an. »Halt dein verdammtes Schandmaul.«

Ewan und Tom erhoben sich ihrerseits, Harry am anderen Ende der Tafel ebenfalls.

Enid blieb wie erstarrt in der Tür stehen, eine Schüssel mit cremigem Scotch-Trifle in der Hand.

»Los doch«, zischte Ewan boshaft. »Frag sie, frag sie doch! Es ist das dunkle Familiengeheimnis, der Familienskandal. Jeder hier weiß, dass sie mit beiden geschlafen hat.«

Maeve blickte von Forbes zu Gowry. »Daddy?«, sagte sie mit dünner Stimme. »Daddy?«

Tom schubste seinen Sohn aus dem Zimmer, bevor Forbes den Jungen niederschlagen konnte. Cissie und ihre Töchter folgten, Cissie schluchzend, die Mädchen bleich und verstört. Maeve saß ganz still da, eine Hand über dem Mund. Als jedoch Forbes zu ihr kam, sich neben sie hockte und versuchte, den Arm um sie zu legen, schüttelte sie ihn ab, reckte den Hals, erhob sich und blickte, mit beiden Händen auf den Tisch gestützt, die lange Tafel hinunter ins goldene Kerzenlicht. »Du«, meinte sie mit bebender Stimme, »Gran, sag mir, stimmt es, was er behauptet hat? Ist das wahr?«

Ohne auch nur eine Sekunde zu zögern, antwortete Kay McCulloch Coffey knapp: »Ja.«

Maeve stürzte hinaus.

Die Männer waren im Klavierzimmer, als Lindsay wieder herunterkam. Durch die offene Esszimmertür sah sie, wie Eleanor und Enid die Kerzen löschten. Die Reste des Festmahls waren über den ganzen Tisch verstreut; die Schüssel mit dem Trifle stand unangetastet in der Mitte, fast wie ein Mahnmal.

Sie öffnete die Haustür, ging hinaus und schaute den Crescent hinauf. Es nieselte. Die Straßenlaternen waren von gelben Lichthöfen umgeben. Es wäre sinnlos gewesen, nach Maeve zu rufen. Wenn sie – und es sah ganz danach aus – in Tränen aufgelöst aus dem Haus gelaufen war, war sie ganz sicher nicht mehr in der Nähe.

Lindsay ging wieder hinein und gesellte sich zu den Männern im Salon.

Arthur hatte sich auf den Klavierschemel fallen lassen. Noten lagen oben auf dem Instrument, da er gehofft hatte, der heutige Abend würde als Liederabend enden. Der Klavierdeckel blieb geschlossen. Er sah so alt und gebrochen aus, dass Zorn in Lindsay aufwallte wegen des Ärgers, den Maeve verursacht hatte. Nein, nicht Maeve: Forbes. Das alles war allein Forbes' Schuld, und das sollte sie sich in den kommenden Tagen immer wieder vor Augen halten.

Forbes hatte sein Dinnerjackett abgelegt und stützte sich mit einem Fuß auf das Kamingitter wie ein leichtlebiger Gutsbesitzer. Er nippte an einem Glas Whisky-Soda. Früher einmal war er ein gut aussehender Mann gewesen, aber längst hatten Selbstsucht und krankhafter Ehrgeiz ihn in ihren Augen zu einer abstoßenden Erscheinung gemacht. Gowry seinerseits besaß Würde, eine armselige, undefinierbare und doch unleugbare Würde.

Lindsay durchquerte den Raum und hakte Ross unter. »Wo sind die Jungs?«, fragte sie.

»Ich habe sie zu Bett geschickt«, entgegnete Forbes.

»Warum?«

»Das ist kein Thema für sie. Ist sie auf ihrem Zimmer?«

»Nein. Ich glaube, sie ist weggelaufen.«

»Wohin?«, wollte Forbes bestürzt wissen.

»Keine Ahnung.«

»Dieser niederträchtige kleine Mistkerl!«, zischte Forbes hasserfüllt. »Warum hat er das getan? Warum hat er es ihr gesagt? War er so verrückt nach ihr, dass er es nicht ertragen konnte, mit anzusehen, wie sie mit einem anderen glücklich wird?«

»Verrückt nach ihr?« Gowry horchte auf. »Du meinst, er begehrt sie? Körperlich?«

»Ja. Der Kerl ist krank. Er war von Geburt an ein Sonderling. Vermutlich hielt er es für ein interessantes Spiel, seiner Halbschwester ... Nichte nachzusteigen oder was immer sie auch sein mag.«

»Hat er ... hat er sich an sie rangemacht?«, wollte Gowry wissen.

»Ganz bestimmt«, meldete sich Arthur zu Wort. »Die Jungs haben da mal etwas erwähnt, und dann die Prügelei im Tennisclub ... Das Ganze fügt sich zu einem unschönen Ganzen zusammen.«

»Maeve ist nicht ganz unschuldig an der Situation«, bemerkte Kay.

»Das reicht, Ma«, knurrte Forbes. »Warum hast du nicht ihr zuliebe gelogen?«

»Man hat sie ein Mal zu oft belogen«, entgegnete seine Mutter streng. »In meinen Augen bist du schuld, Gowry. Du und diese Hure, die du geheiratet hast. Ich weiß, was in deinem Haus geschehen ist, wie sie dich betrogen und dann sogar diesen Bastard zur Welt gebracht hat, während du für die Engländer im Krieg warst. Du hast sie geheiratet; du hättest wissen müssen, wie du mit ihr umzugehen hast.«

»Ich habe mich um Maeve gekümmert, oder etwa nicht?«

»Nun, jetzt hast du sie verloren«, erwiderte Kay lapidar. »Du hast sie tief verletzt, das habt ihr beide, und das wird sie euch so bald nicht verzeihen. Ich würde an eurer Stelle nicht damit rechnen, dass sie in Kürze mit eingezogenem Schwanz jammernd heimkommt.«

»Unsinn!«, begehrte Forbes auf. »Maeve weiß genau, wer es gut mit ihr meint. Sie ist glücklich hier. Sie wird zurückkommen, sobald sie sich wieder beruhigt hat.«

»Zurückkommen zu wem?«, mischte sich Lindsay ein. »Zu dir, Forbes? Oder zu dir, Gowry? Obwohl ihr beide sie schmählich im Stich gelassen habt?«

»Was ist mit der Hochzeit?«, fragte Arthur. »Unter den gegebenen Umständen sollte ich sie vielleicht besser absagen.«

»Auf gar keinen Fall«, protestierte Lindsay.

»Armes Mädchen, armes kleines Ding.« Arthur schüttelte den Kopf. »Sollten wir nicht zumindest nach ihr suchen?«

»Wo denn?«, entgegnete Forbes grimmig.

»Auf der Straße«, entgegnete Kay Coffey. »Wo sie und ihre Mutter hingehören.«

Sein alter Herr war sturzbetrunken. Er trug eine Weste, eine viel zu weite Flanellhose mit frischen Spuren von Erbrochenem und war barfuß.

»Bobby?«, fragte sie. »Ist Bobby daheim?«

»Kein Geld, Kleine. Nee, wir ham nichts zu verschenken.«

»Wer ist denn da, Pa?«, erklang Bobbys Stimme aus dem Hintergrund.

»Nix mehr übrig. Nix mehr da.« Der alte Mann machte Anstalten, die Tür zu schließen, aber Bobby schob ihn sanft beiseite.

»Maeve? Ich sagte doch ...«

»Bitte«, flehte sie. »Bitte lass mich rein.«

Er gab die Tür frei, und Maeve betrat zögernd die winzige Diele.

Der alte Mann hatte bereits das Interesse an dem Besuch verloren, schlurfte ins Schlafzimmer und schloss die Zimmertür hinter sich. Im schwachen Lichtschein der Küchenlampe erkannte Maeve, wie ausgemergelt und erschöpft Bobby aussah, und fragte sich, ob er vielleicht auch getrunken hatte.

»Dann hast du also davon gehört?«, sagte Bobby.

»Wovon?« Völlig kopflos war sie aus dem Haus gelaufen, ohne sich auch nur die Zeit zu nehmen, einen Mantel aus dem Schrank zu holen. Ihr Kleid war völlig durchweicht, und das Haar klebte ihr nass im Gesicht. Sie fröstelte. In der Küche brannte kein Feuer, und es war kalt in der Wohnung.

Bobby trug eine enge schwarze Hose und ein blütenweißes Hemd mit einem Eisenknopf am Kragen. Im Halbdunkel der schäbigen Küche sah er aus wie ein junger Priester. Auf dem Tisch lag keine Tischdecke, und nichts deutete darauf hin, dass die Familie zu Abend gegessen hatte. Es roch durchdringend nach Desinfektionsmittel. Der gepolsterte Lehnsessel war nirgends zu sehen, und von dem Bett in der Wandnische fehlte die Matratze. Noch bevor er ein Wort gesagt hatte, wusste sie, dass ihr Leid nichts war verglichen mit seinen Seelenqualen.

»Alice ist letzte Woche gestorben«, erklärte er. »Am Dienstag.«

»Bobby, Bobby«, stammelte sie. »Ich hatte ja keine Ahnung.«

»Woher hättest du es auch wissen sollen?«

»Ich dachte ... Ich meine, mein Großvater hat kein Wort gesagt.«

»Ich habe es ihm auch nicht erzählt. Ich habe es niemandem erzählt. Ich habe mir nur den einen Tag freigenommen.«

»Nur diesen einen Tag, mehr nicht?«

»Für die Beerdigung, ja. Sie liegt auf dem Cadder-Friedhof. Von dort aus kann sie die Berge sehen.«

Sie sehnte sich danach, ihn mit Liebe zu überschütten, von der sie geglaubt hatte, sie sei an diesem Abend in ihr gestorben, aber sie vermochte die Tristesse seines Lebens nicht mit ihrem Leben in Dublin, Wexford und schließlich am Brunswick Park vergleichen. Sie wusste nicht, was nackte Verzweiflung war, und hatte auch noch nie eine Trauer wie die seine empfunden.

»Wenn du nichts von Alice gewusst hast, warum bist du dann heute Abend hier?«

»Ich ... Ich wollte dich wiedersehen, dich und ...«

»Alice?«

»Ja, und Alice.«

»Zu spät.« Er pfiff durch die Zähne. »Tut mir leid, aber du kommst zu spät.«

»Ich gehe besser«, murmelte Maeve.

»Zum Schluss ging es sehr schnell«, berichtete er. »Mir war stets klar, dass sie nicht sehr alt werden würde, aber irgendwie redet man sich immer ein, dass alles für alle Zeit so bleiben wird, wie es ist, ganz egal, wie schlimm es auch sein mag. Aber es kommt immer anders, als man denkt, nicht wahr?«

Er tastete hinter seinem Rücken nach den nackten Brettern des Bettgestells und setzte sich. Dann steckte er die geballten Fäuste zwischen die Knie. Der Metallknopf an seinem Hemdkragen glitzerte in der Dunkelheit. Maeve konnte sein Gesicht nur undeutlich sehen, nur seine Knie, die Hände und das Glitzern an seinem Hals.

»Es war ihr schon den ganzen Tag sehr schlecht gegangen. Am Abend wurde es noch schlimmer. Irgendetwas oben in ihrem Kopf ist geplatzt. Als das Ende nahte, hatte sie keine Schmerzen mehr. Sie hat zu mir aufgelächelt, als sie ... Nun, der Arzt meinte, es sei besser so. Und auch der Priester hat gesagt, im Jenseits hätte sie es besser. Besser? Ha! Was könnte besser sein als das, was man kennt und liebt?« Er schürzte die Lippen. »Ich war alles, was Alice je hatte, alles, was sie je gewollt hat.«

»Warum hast du mir nichts erzählt?«

Er blickte stirnrunzelnd auf. »Was hättest du denn schon tun können?«

Sie war von ihrem Vater hereingelegt worden und hatte ihre kindischen Leidenschaften in Ziele gesteckt, die so gar nichts Kindliches hatten. Sie war sich sehr erwachsen vorgekommen, weil sie Brüste hatte und die Jungs ihr nachstellten, und weil sie Mumm hatte. Aber Geist war etwas, das man im Laufe der Jahre erst erwarb, der Rest, wie die kleine Alice Shannon, verkümmerte und starb. »Nichts«, gab sie zu. »Nichts hätte ich tun können.«

»Geh heim«, meinte er leise. »Geh, Maeve. Geh dorthin zurück, wo du hingehörst.«

»Das würde ich. Wenn ich wüsste, wo das ist, würde ich dorthin gehen.« Maeve strich sich das Haar aus der Stirn, zupfte an ihrem klammen Kleid und ging zu ihm. Sie stieß ihn mit der Hüfte an und zwang ihn so rüberzurutschen. Dann setzte sie sich zu ihm, und so hockten sie beide auf den nackten Brettern wie auf einem Sargdeckel. Sie nahm seine Hände und löste die Finger. »Wie kannst du so sicher sein, dass ich nicht hierher, zu dir, gehöre?«

»Weil ...« Er warf ihr einen flüchtigen Seitenblick zu. »Weil du reich bist.«

»Nicht reich genug. O nein, nicht annähernd reich genug.«

Die Pubs hatten sich vor über einer Stunde geleert, und auch der letzte Betrunkene war inzwischen heimgetorkelt. Es hatte aufgehört zu regnen. Die Straßen waren menschenleer. Ross, immer noch in voller Schottenkluft, lehnte an der Kühlerhaube seines Oxford und rauchte Pfeife.

Maeve war nicht wirklich überrascht, ihn zu sehen. Sie blieb in der Straßenmündung stehen.

Ross verschränkte die Arme vor der Brust und wartete geduldig.

»Woher wusstest du, dass ich hier sein würde?«

»Wo solltest du sonst sein?«, entgegnete er.

Bobby war bei ihr. Er hatte einen Mantel und Schuhe angezogen. Maeve hatte sich einen geborgten Regenmantel über die Schultern geworfen. Es war ziemlich kühl nach dem Regen, aber die Luft roch frisch und sauber.

»Guten Abend, Bobby.« Ross nickte dem jungen Mann freundlich zu.

»'n Abend, Mr. Ross.«

Ross klopfte die erloschene Pfeife aus und stieg in den Wagen. Er schaute weg, starrte auf die nackte Mauer der Kohlehandlung gleich neben den Gleisen. Er konnte nichts anderes tun als warten. Es kam ihm vor, als hätte er sein ganzes Leben mit Warten verbracht, und so fiel es ihm nicht weiter schwer.

»Fährst du mit ihm? Möchtest du das?«, fragte Bobby.

»Ja«, erwiderte Maeve. »Früher oder später muss ich ihnen ja doch wieder gegenübertreten.«

»Ich ... ich werde dich aber doch wiedersehen, oder?«

»Klar wirst du das. Schon bald«, versprach sie.

Da küsste er sie, erst auf die Stirn und dann auf den Mund. Sie zog den Regenmantel aus und gab ihn ihm zurück.

»Ich komme wieder, Bobby. Ehrlich. Was ist mit dir?«

»Mir geht es schon besser. Viel besser.«

»Sicher?«

»Ja, ganz sicher.«

Er küsste sie noch einmal und ließ sie dann los. Sie ging bis zum Bordstein, blieb stehen und blickte sich noch einmal nach dem jungen Mann in der Einmündung der Straße um.

»Danke«, sagte sie leise, ehe sie auf dem Beifahrersitz Platz nahm.

Ross ließ den Motor an, legte den Gang ein und fuhr langsam die Riverside Street hinauf. Er sprach kein Wort.

»Seine Schwester ist gestorben«, berichtete Maeve schließlich. »Ich hatte keine Ahnung, als ich zu ihm gegangen bin. Sie ist letzte Woche gestorben. Er hat niemandem etwas davon gesagt, keiner Menschenseele. Er und sein Vater waren ganz allein auf der Beerdigung, er, sein Vater und ein Priester. Ich glaube, der Priester wusste nicht einmal, wer sie war: Alice.«

»Soll ich dich nach Hause fahren?«, fragte Ross.

»Hm!«, entgegnete sie. »Hmmm.«

»Sie wissen nicht, was sie mit dir anfangen sollen, Maeve.«

»Ich weiß ja mit mir selbst nichts anzufangen«, gestand sie.

Der Wagen rumpelte über das Pflaster der Dumbarton Road.

»Zwei Dads, zwei Väter«, meinte Ross. »Du hast vielleicht ein Glück.«

»Fragt sich nur, wer mein richtiger Vater ist.«

»Das weiß niemand. Nicht einmal deine Mutter.«

»Soll das heißen, dass sie beide geliebt hat?«

»Sieht ganz so aus.«

»Brüder?«

»Ja.«

»Was wird jetzt aus mir, Ross? Was soll nur aus mir werden?«

»Das liegt ganz bei dir«, entgegnete er. »Aber wenn ich du wäre, Maeve, würde ich jetzt nichts überstürzen. Lass Arthur und Eleanor ihre Hochzeit feiern, so gut es geht. Der junge Calder wird nicht dort sein, darauf kannst du wetten. Und wenn die Hochzeit erst vorbei ist, kannst du selbst entscheiden, was du tun möchtest.«

»Onkel Forbes wird wollen, dass ich bleibe, und Daddy wird von mir erwarten, dass ich mit ihm nach Dublin zurückgehe.«

»Ich dachte eigentlich mehr an das, was *du* willst. Du bist kein Kind mehr, Maeve. Du gehörst keinem von beiden, sondern nur dir selbst. Genau genommen können sie nicht mehr von dir erbitten, als dass du ihnen verzeihst.«

»Verzeihen? Was sollte ich ihnen verzeihen?«

»Genau«, erwiderte Ross bestimmt, bog ab in die Madison Street und lenkte den Wagen die lange steile Straße hinauf zum Brunswick Park.

Kapitel 20

Bettgefährten

Am Freitag, einen Tag vor der Hochzeit, brachte Lindsay Maeve kurz nach dem Mittagessen ins Klavierzimmer. Ross hatte sich erboten, Arthur, Eleanor und die Jungen nach Largs zu fahren, wo sie sich ein Bild vom aktuellen Stand der Renovierungsarbeiten machen wollten. Lindsay vermutete außerdem, dass Ross die Gelegenheit nutzen wollte, um unter vier Augen mit Arthur über ihre Zukunft zu sprechen – ihre eigene, nicht Maeves.

Ross hatte ihr versichert, dass sie bis zum Abendessen längst wieder da sein würden, Arthur und Eleanors letztem Abendessen am Brunswick Crescent.

Morgen würde es dann ziemlich hektisch werden, denn egal, ob jung oder alt, ein Hochzeitstag gehörte ganz der Braut und dem Bräutigam. Gowry musste am Sonntagabend wieder seine Arbeit auf den Docks im Dubliner Hafen antreten und würde sich frühzeitig verabschieden, um mit der Spätfähre die Heimreise anzutreten. Es war immer noch nicht ganz klar, ob Maeve ihn begleiten würde oder nicht. Bisher hatte sie sich strikt geweigert, Ewan Calders Ausbruch und seine Konsequenzen mit irgendjemandem zu besprechen, und niemand hatte den Mut gehabt, sie zu einer Entscheidung zu drängen. Jetzt aber war es an der Zeit, dass Maeve Stellung bezog, auch wenn, wie Lindsay ihr versicherte, nichts im Leben unumkehrbar sei, weder Mutterschaft noch Heirat noch das, was Männer als Erfolg bezeichneten. Ja nicht einmal die Familienbande, die einstmals unzerstörbar gewirkt hatten.

Forbes war mit den komplizierten juristischen Formalitäten zur Auflösung der Teilhaberschaften vollauf beschäftigt und sah von dem Papierkrieg etwas angegriffen aus. Er ruhte in dem schweren Ledersessel und gab vor zu schlafen, die Hände ordentlich auf dem Bauch gefaltet, die Beine lang ausgestreckt. Gowry hatte das Schiebefenster geöffnet und rauchte einen seiner stinkenden Zigarillos, wobei er den Rauch mit der Hand hinaus in die kalte Herbstluft fächelte. Lindsay fand, dass sie weniger wie Brüder aussahen denn wie zwei in die Jahre gekommene Preisboxer, die zu unsicher und nervös waren, um einander auch nur verbal herauszufordern.

Sie führte Maeve herein.

Gowry warf den Zigarillo-Stummel nach draußen, wo er auf dem Gehweg verglühte, und Forbes setzte sich mit einem heiseren kleinen Grunzlaut auf und öffnete die Augen.

Trotz der Kälte trug Maeve ihr bestes Sommerkleid. Sie hatte sich das Haar gebürstet und mit einem blauen Band zum Pferdeschwanz gebunden. Sie sah so brav und adrett aus, als wollte sie für einen Fotografen posieren.

»Ich denke, es macht keinen Sinn, um den heißen Brei herumzureden«, begann Lindsay. »Wir alle wissen, was damals passiert ist. Ich habe nicht vor, von den Sünden der Väter zu predigen. Trotzdem denke ich, ist es nur fair Maeve gegenüber, ihr endlich die Wahrheit zu sagen und sie selbst entscheiden zu lassen, wie es weitergehen soll. Also, wer von euch beiden hat den Mut anzufangen?«

»Forbes«, murmelte Gowry.

»Gowry«, sagte Forbes.

»O ja, ich verstehe«, meinte Lindsay spöttisch. Ihr habt Angst, nicht wahr? Gowry, der tapfere Soldat, und Forbes, der Gewerkschaftsschreck, fürchten sich davor, den Mund aufzumachen. Vor zwanzig Jahren warst du nicht so zurückhaltend, oder, Forbes? Du warst kein bisschen schüchtern, als es darum ging ...«

»Schon gut, schon gut«, seufzte Forbes. »Ich erzähle ihr alles.«

»Weißt du, wie meine Mam dich nennt? Für sie bist du nur ›der Große Unaussprechliche‹.«

»Nun, ich schätze, ich habe es nicht besser verdient. Deine Mutter, Liebes, war früher einmal meine Liebste.«

»Du meinst, sie war deine Maitresse?«

»Ja, meine Maitresse. Ich habe sie geliebt. Ehrlich. Du brauchst mir nicht zu glauben, wenn du nicht willst, doch ich habe sie wirklich geliebt. Und das, obwohl sie weiß Gott schwierig war.«

»Sylvie war sechzehn, Forbes«, mischte sich Gowry ein. »Tom Calder hatte sie im Stich gelassen und in die Obhut zweier religiöser Betrüger gegeben. Kein Wunder, dass sie schwierig war, wie du es nennst. Außerdem war sie immer davon ausgegangen, dass du sie eines Tages heiraten würdest.«

»Wie sollte ich sie heiraten, wenn ich doch schon ...« Forbes führte den Satz nicht zu Ende und saß einen Moment brütend da. »Verdammt, ja, es stimmt. Ich habe sie enttäuscht. Ich dachte, sie wüsste, worauf sie sich eingelassen hatte, aber ganz offensichtlich hatte ich mich diesbezüglich geirrt. Ich habe keine Ahnung, was sie heute für ein Mensch ist, Schätzchen, doch glaub mir, die Sylvie von damals konnte man nicht als rational bezeichnen.«

»Sie hat *dich* geliebt, Forbes«, knurrte Gowry. »Das war allerdings irrational.«

Forbes wirbelte herum. »Sie hat mich geliebt? Ach ja? So sehr, dass sie dich bei der erstbesten Gelegenheit rangelassen hat.«

»Nicht bei der erstbesten Gelegenheit, nein«, widersprach Gowry.

»Hat es Spaß gemacht, mir mein Mädchen auszuspannen, Gowry? War das deine Art, dich dafür zu rächen, dass ich in Glasgow Fuß gefasst hatte und du nur mein Chauffeur warst?«

»Ich habe natürlich keine Franklin geheiratet. Ich habe nicht die Pläne der guten alten Ma befolgt und Geld geheiratet.« Er entfernte sich vom Fenster, zog sich einen Stuhl heran und setzte sich

Maeve gegenüber hin. »Um es kurz zu machen, Maeve, deine Mutter wurde schwanger.«

»Von dir«, ergänzte Forbes.

»Sie dachte, damit würde sie dich doch noch zur Heirat bewegen können. Ich weiß, dass das hart klingt, aber sie war noch sehr jung und hat keinen von uns beiden wirklich verstanden. Sie wusste weder, wie du tickst, Forbes, noch was in mir vorgeht. Sie dachte wirklich, dass, wenn sie schwanger würde, mein lieber Bruder das einzig Anständige tun würde, nämlich sich scheiden zu lassen und sie zu heiraten. Aber das wäre für dich natürlich niemals infrage gekommen, habe ich recht, Forbes?«

»Selbstverständlich nicht«, bestätigte sein Bruder.

»Du hattest damals schon zu viel zu verlieren.«

Forbes wischte sich mit dem Handrücken den Schweiß von der Stirn. »Sieh mal, Maeve, ich habe mich schlecht benommen, sehr schlecht sogar. Ich war nicht viel älter als deine Mutter, vergiss das nicht, und ich wusste ehrlich nicht, was ich tun sollte, als ich erfuhr, dass sie ...«

»Du Lügner«, fiel Lindsay ihm ins Wort. »Du weißt immer, was zu tun ist. Was das Beste für dich ist.«

»Ich bin bei dir geblieben, Linnet, habe mein Versprechen dir gegenüber gehalten. Ich habe Sylvie Geld geschickt, von dem sie dieses verdammte Hotel, das ›Shamrock‹, gekauft hat. Ich habe sie nicht gänzlich im Stich gelassen.«

»Mag sein, aber mich hast du im Stich gelassen«, entgegnete Maeve.

»Ich wusste, dass Gowry für dich sorgen würde, und deine Großmutter hat mich über dich auf dem Laufenden gehalten.«

»Ach ja? Was wusste die schon zu berichten? Gran hat meine Mam damals gehasst, und sie hasst sie heute noch. Sie hasst meine Mam, weil sie Dad davon abgehalten hat, eine andere Cousine zu heiraten und sich so ebenfalls ein Stück vom Franklin-Kuchen zu sichern.« Sie schaute Gowry fest in die Augen. »Ist es nicht so, Dad? Ich kenne Gran. Die Franklins haben ihr nie verziehen, dass sie mit Großvater McCulloch durchgebrannt ist, das weiß ich, und ich denke, dass sie sich seit dieser Zeit rächen wollte.«

»Wäre nicht der Krieg ausgebrochen, wäre alles gut geworden.«

»Welcher Krieg, Onkel Forbes? Dein Krieg oder der unsere? Unser Krieg tobt schon seit Generationen. Er ist nicht urplötzlich ausgebrochen.« Sie atmete tief durch. »Ewan Calder hatte ganz recht: Ihr wisst beide nicht, wessen Tochter ich tatsächlich bin.«

»Aber du weißt es, nicht wahr, Maeve?«, sagte Lindsay sanft. »Du weißt, wer dein Vater ist.«

»O ja. Ich weiß es.«

»Wer?«, wollte Forbes wissen.

»Du nicht, Onkel Forbes, du nicht«, erwiderte Maeve leise. »Du warst sehr gut zu mir, seit ich hergekommen bin, und du hast Mam Geld gegeben, ja, aber du hast mich nicht in den Armen gehalten, wenn ich mich nachts gefürchtet habe. Du hast mir nicht die Kriegsschiffe in der Liffey-Mündung gezeigt, und du bist auch nicht nach dem Krieg ohne Zwang zu mir zurückgekehrt. Das warst nicht du, Onkel Forbes. Das war mein Daddy. Mein richtiger Daddy.«

Forbes lehnte sich zurück und fuhr sich mit der Hand durch das lichter werdende Haar. »Ich verstehe.«

»Das bezweifle ich«, bemerkte Lindsay kalt.

»Dann wirst du also nach Dublin zurückgehen«, stellte Forbes fest. »Und ich werde dich nie wiedersehen.«

»O nein«, widersprach Maeve. »Ich brauche nicht nach Dublin zurückzugehen. Ich weiß, dass mein Daddy mich lieb hat und immer für mich da sein wird. Es spielt auch keine Rolle, mit wem Mam ... wer bei ihr war, als ich gezeugt wurde. Ich würde gern in Schottland bleiben, wenn ich darf. Wäre dir das recht, Daddy?«

Aber Gowrys Kehle war wie zugeschnürt, und in seinen Augen standen Tränen. Er brachte keinen Ton hervor.

Die Hochzeit verlief reibungslos, und Arthur meinte, St. Anne's hätte nie eine strahlendere Braut gesehen. Forbes erfüllte seine Pflichten tadellos und hielt als Ersatz-Brautvater sogar eine rührende Rede auf dem anschließenden Empfang. Natürlich gab es auch eine ganze Reihe geistreicher Reden, aber keinen Toast auf »abwesende liebe Freunde«, taten die Calders sich doch durch ihre kollektive Abwesenheit hervor. Es kursierten Gerüchte, denen zufolge Cissie sich mit Lindsay überworfen hatte oder Tom mit Forbes aneinandergeraten war, aber alle, die die Wahrheit kannten, behielten diese für sich.

Es wäre allerdings viel schwieriger gewesen, eine heile Welt vorzutäuschen, wenn Kay Coffey der Feier ferngeblieben wäre. Doch Cyrus schleifte sie mit in die Kirche sowie zum anschließenden Empfang. Es gab von Kays Seite weder eine Entschuldigung noch Glückwünsche, genau genommen wechselte sie mit keinem ihrer Brüder auch nur ein Wort. Sie tat, was Cyrus von ihr verlangte, und saß beim Abendessen und später im Ballsaal mit geschürzten Lippen und finsterer Miene da wie die fleischgewordene Missbilligung. Erst als Cyrus sie von ihrem Stuhl in einer Ecke des Saales zog und mit ihr einen Walzer aufs Parkett legte, fiel die Anspannung von ihr ab, und auch ihre Züge erhellten sich. Arthur bemerkte diese Verwandlung bei seiner Schwester jedoch nicht, da er selbst seine Braut bedächtig über die Tanzfläche führte und nur für sie Augen hatte.

Die Band des »Ashton Hotels« war den Anforderungen eines Ragtime nicht gewachsen, brachte jedoch eine ganz annehmbare Version von *Whispering* zustande, die Lindsay auf unangenehme Weise an jene Nacht im Club »Pharao« erinnerte, an jenem

Wochenende, an dem sie um ein Haar Geoffrey Pagets Geliebte geworden wäre. Sie war heilfroh, dass er ihr sein wahres Gesicht gezeigt hatte, bevor sie sich zum Narren gemacht hatte.

Für jemanden seiner Größe tanzte Ross erstaunlich leichtfüßig. Er tanzte mit ihr Strathspey, langsamen Foxtrott und sogar zur allgemeinen Erheiterung eine sehr eigenwillige Version des allerneuesten Modetanzes: Tango. Rora und Lilias johlten und verlangten recht vulgär, einen Blick unter seinen Rock werfen zu dürfen. Ross ignorierte die Zwischenrufe, und als die Band die Musikrichtung änderte, tanzte er stattdessen mit Maeve, um ein dringend erforderliches Maß an Würde wiederherzustellen.

»Wo hast du gelernt, so zu tanzen?«, fragte sie.

»Im Krieg.«

»Du hast im Krieg getanzt?«

»In der Klapse. Unsere Samstagabend-Tanztees waren sehr beliebt, sogar bei den armen Schweinen, die sich vor lauter Zittern kaum auf den Beinen halten konnten. Irgendetwas im Menschen kann einer sentimentalen Melodie einfach nicht widerstehen, etwas, das nicht einmal deutsche Granaten den Soldaten gänzlich aus dem Hirn bomben konnten.«

»Du sprichst nie über den Krieg«, bemerkte Maeve.

»Richtig, und das soll auch so bleiben.« Ross vollführte eine so komplizierte Schrittfolge, dass sie ihre ganze Konzentration aufbieten musste, um mitzuhalten. »Ich werde die Arbeit an deinem Porträt übrigens abbrechen.«

»Ach ja? Und warum?«

»Aus rein wirtschaftlichen Überlegungen.«

»Ich dachte, dein Galerist schwört auf Bilder hübscher junger Damen.«

»Jeder mag hübsche junge Damen. Ich muss eine Auftragsarbeit fertigstellen, bevor der Kunde abspringt: ein großes Gemälde mit einem Pferd.«

»Mit was noch?«

»Einem jungen Mädchen … und einem jungen Mann.«

»Oh.« Maeve strahlte. »Ein junger Mann?«

»Ich dachte, du kennst vielleicht jemanden, der als Modell infrage käme?«

»Allerdings. Ich kenne die ideale Besetzung.« Nach einer kurzen Denkpause fragte sie: »Er muss sich doch nicht ausziehen, oder?«

»Nein, ganz sicher nicht.«

Maeve kicherte. »Eigentlich schade.«

Traditionsgemäß tanzte auch Forbes ein paar Schritte mit der Braut, anschließend auf deren Drängen hin mit Rora und dann aus eigenem Antrieb mit Maeve. Allerdings verspürte er nicht die geringste Lust, mit sonst jemandem zu tanzen, nicht einmal mit Lindsay. Er hielt sich die meiste Zeit an der Tür auf, wo ein leichter Durchzug vom Flur her wehte, und rauchte eine Zigarre, die er von Gowry bekommen hatte. Die Zigarre schmeckte eklig, aber das passte zu seiner Stimmung. Trübsinnig betrachtete er die Tänzer und wünschte, das alles wäre schon vorbei, nicht nur Arthurs Hochzeit, sondern diese ganze schwierige Zeit der Umwälzungen.

Ende der kommenden Woche würde er neue Geschäftspartner haben und auch eine neue Bettgefährtin. Er war neugierig auf die Männer, die Pickering ausgewählt hatte, um ihm auf die Finger zu schauen. Er würde allerdings Chef des Unternehmens bleiben, einer neuen Firma unter altem Namen. Er würde dazulernen und neue Verantwortung schultern müssen, aber im Gegenzug würde er alles erreicht haben, was er sich vor langer Zeit einmal vorgenommen hatte. Er würde sein Schicksal erfüllt haben, und seine alte Mutter würde endlich ihre Rache an der Familie auskosten können, die sie damals verbannt hatte.

Er sah zu, wie Linnet mit ihrem bärtigen Cousin tanzte, und

ihm ging durch den Kopf, wie hübsch sie in ihrem Abendkleid aussah. Forbes überlegte, ob es nicht doch möglich sein würde, sie zu behalten, ihre Anteile aufzukaufen, sie aber als Ehefrau zu behalten. Und dazu natürlich Stella.

»Ein Penny für deine Gedanken«, sagte Gowry.

»Ha! Ich bin mir nicht sicher, ob die auch nur einen Penny wert sind.«

»Hast du denn nicht alles erreicht, was du dir immer gewünscht hast?«

Forbes blickte seinen Bruder an und fragte sich, ob der ihn gut genug kannte, um zu durchschauen, was in ihm vorging. Vor langer Zeit waren sie einmal ein Team gewesen, bei Prügeleien und allerlei Unsinn. Doch er selbst war immer der Goldjunge gewesen, Mas Liebling, und als sie zu Männern gereift waren, waren aus den alten Freunden Rivalen geworden.

»Und was sollte das sein?«, entgegnete Forbes vorsichtig.

»Nach allem, was ich so mitbekommen habe, gehört die Firma bald dir.«

»Von wem hast du das?«

»Von Lindsay, glaube ich. Kann aber auch Arthur gewesen sein.«

»Es stimmt. Oder doch fast.« Er rückte näher an Gowry heran. »Ich tue mich mit Leuten aus dem Ölgeschäft zusammen. Wenn sich in Zukunft alles so entwickelt, wie ich es erwarte, werde ich eines Tages stinkreich sein.«

»Freut mich, dass wenigstens einer von uns Mas Erwartungen erfüllt«, bemerkte Gowry ironisch.

»Wegen Maeve ...«, begann Forbes.

»Was ist mit ihr?«

»Mir ist klar, dass sie nur eine Leihgabe ist. Sie ist deine Tochter, Gowry. Das war sie immer und wird sie auch immer sein.«

»Das will ich nicht hoffen.« Forbes zog bei den Worten seines Bruders überrascht eine Braue hoch. »Ich habe sie ein Mal gehen lassen«, fuhr Gowry fort, »und sie ist zurückgekommen. Aber jetzt ... Jetzt liegt es bei ihr, über ihr weiteres Leben zu bestimmen. Man kann sie nur eine gewisse Zeit beschützen, Forbes. Irgendwann müssen sie flügge werden.«

»So wie du und ich?«

»Ja, genau so«, bestätigte Gowry. »Wir können uns verdammt glücklich schätzen, dass wir es geschafft haben, aus dem Käfig auszubrechen. Sonst wären wir heute wahrscheinlich auf der Flucht, so wie Peter, oder würden unser Leben verschwenden für eine verlorene Sache, so wie Charlie. Vielleicht wären wir auch längst tot.«

Forbes nickte. »Liebst du sie?«

»Wen? Maeve? Selbstverständlich ...«

»Sylvie, meine ich.«

»Ja, ich liebe sie.«

»Trotz allem, was sie dir angetan hat?«

»Trotz allem, was wir ihr angetan haben, willst du sagen?« Gowry nickte. »Trotzdem, ja. Zumindest bilde ich mir ein, dass es Liebe ist.« Er fischte seine Uhr aus der Westentasche. »Großer Gott, so spät schon! Ich muss bald los.«

»Ich fahre dich zur Anlegestelle.«

»Nein, danke, aber du kannst mir gern ein Taxi rufen.«

»Vergiss es«, erwiderte Forbes grinsend.

»Tu es einfach.«

Diesmal gab es keine Tränen, kein Jammern und Wehklagen und erst recht kein Gezerre auf dem Bürgersteig. Maeve umarmte ihn, küsste ihn und ließ ihn dankbar gehen. Sie stand draußen im Regen und winkte, bis das Taxi von der Dunkelheit verschluckt wurde. Dann wandte sie sich mit einem leisen Seufzer um und kehrte zurück ins Haus.

Forbes wäre mit ihr rausgekommen, und Lindsay ebenso, aber sie hatte allein von ihrem Vater Abschied nehmen wollen. Allerdings hatte sie ihm nicht viel zu sagen, abgesehen von den gängigen Plattitüden, den Grüßen an Mutter und Bruder und der Bitte, sie möglichst bald wieder zu besuchen. Sie ließ ihn gehen, so wie er sie einst hatte gehen lassen, nur dass sie heute keine Trauer empfand, keinen Widerwillen, jetzt, da sie endlich die Wahrheit erfahren hatte.

Die seltsame Verkettung von Umständen, die sie zum Brunswick Park geführt hatte, folgte offenbar einem Plan, der so präzise schien wie die technischen Zeichnungen der Werftingenieure. Aber ob dies nun Geschichte war oder Schicksal, interessierte Maeve nicht weiter, als sie unbeschwert die mit Teppich ausgelegte Treppe zum Ballsaal hinaufstieg.

Den Kilt schicklich zwischen die Knie geklemmt, saß Ross auf der obersten Stufe und rauchte eine Pfeife. Tante Lindsay stand hinter ihm, eine Hand auf seiner breiten Schulter.

Maeve starrte zu ihnen auf. »Hallo«, sagte sie. »Was ist denn mit euch los?«

»Wir gönnen uns eine Pause«, antwortete Ross.

»Eine sehr lange Pause«, ergänzte Lindsay.

»Es gibt da etwas, das du wissen solltest, Maeve«, fuhr Ross in ernstem Tonfall fort. »Deine Tante und ich, wir ... nun ja, wir haben uns ineinander verliebt.«

Maeve setzte sich in Höhe von Ross' Füßen auf die Treppe, legte einen Ellbogen auf sein Knie und blickte zu ihrer Tante auf. Sie zwinkerte ihr zu. »Guck nicht so ernst; das ist wirklich kein Weltuntergang.«

Der morgendliche Kirchgang war ohne Arthur und Eleanor nicht mehr das Ereignis, das er früher gewesen war, und Forbes hatte es vorgezogen, im Bett zu bleiben. Die Calders hatten sich ebenfalls nicht blicken lassen, und nach der vielen Aufregung vom Vortag war ihnen der Gottesdienst langweiliger erschienen als sonst. Ein heftiger Regenschauer hatte die McCullochs im Anschluss im Laufschritt die Madison Street hinaufgejagt. Die Köchin verdrehte sich den Knöchel und musste das letzte Stück gestützt werden, sodass sich auch das Mittagessen verzögerte.

Sobald der Tisch abgeräumt war, verließ Tante Lindsay das Haus, um Ross zu besuchen, Onkel Forbes zog sich in sein Arbeitszimmer zurück, wo ein riesiger Stapel Papierkram auf ihn wartete, und Maeve und die Jungen gingen rüber ins Klavierzimmer.

Maeve fühlte sich in Gegenwart ihrer Cousins, die möglicherweise sogar ihre Halbbrüder waren, nicht mehr wohl. Zweifellos hatte Harry Philip die Situation erläutert, hatte er doch bereits die hoheitsvolle Art eines Richters am Obersten Gerichtshof angenommen, obwohl er noch keine ganze Woche Jura studierte.

»Ich nehme an, du weißt, dass mein Vater Arthurs und Martins Firmenanteile gekauft hat«, bemerkte er.

»Das ist mir tatsächlich zu Ohren gekommen.«

»Dad hat jetzt das Sagen.«

»Tatsächlich? Und ich dachte, deine Mam besäße auch noch einen beträchtlichen Anteil an der Werft.«

»Anteile ja, aber sie hat nichts zu sagen.« Harry streckte sich und aschte in einen Aschenbecher auf der Kaminumrandung. »Aber da ist noch mehr. Ich ... äh ... ich dachte mir, du weißt vielleicht etwas, das du uns anvertrauen möchtest?«

»Wovon genau sprichst du?«

Philip saß im Schneidersitz auf dem Teppich. »Sie erzählt dir doch vieles ... Mum, meine ich. Mit uns spricht sie ja kaum noch.«

»Woher hat Onkel Forbes eigentlich das Geld, um den anderen ihre Anteile abzukaufen?«

»Du weichst mir aus«, erwiderte Harry. »Andererseits ist es unter den gegebenen Umständen nur verständlich, dass du dich für unsere Finanzen interessierst.«

»Was soll das nun wieder heißen?«

»Es ist doch völlig klar, dass du bei finanziellen Regelungen deines Vaters in Zukunft berücksichtigt werden wirst.«

»Kannst du dich auch klarer ausdrücken?«

»Harry meint, dass unser Vater dich in sein Testament aufnehmen wird«, erklärte Philip.

»Ach ja? Warum denn das?«

»Weil mein Vater einem peinlichen Rechtsstreit wird vorbeugen wollen.«

»Wie sollte ihm noch etwas peinlich sein können, wenn er doch schon tot ist?«, fragte Maeve spitz.

»Er plant für die Zukunft«, dozierte Harry. »Unsere Zukunft.«

»Ach komm, Harry, dein Vater ist vom Sterbebett noch weit entfernt. Im Übrigen wird es auch bei dir noch Jahre dauern, bis du Anwaltsstatus erlangt hast, also spiel dich hier nicht so auf, ja?«

»Wie auch immer«, fuhr Harry unbeirrt fort. »Du wirst neben Philip und mir selbst als Erbin eingesetzt werden, obwohl ich den Eindruck hatte, dass keiner der Beteiligten so genau weiß, wer dich nun gezeugt hat.«

»Du hast das alles in einem Buch nachgeschlagen, habe ich recht?«, erwiderte sie.

»Ich schütze nur meine Interessen, das ist alles.«

»Und meine«, ergänzte Philip.

»Ich dachte eigentlich, ihr könnt mich gut leiden«, gab Maeve zurück.

»Das hat damit nichts zu tun«, entgegnete Harry errötend. »Aber offen gestanden finde ich dich ziemlich selbstsüchtig, Maeve.«

»Ich bin selbstsüchtig?« Sie setzte sich kerzengerade auf. »Was habe ich denn getan?«

»Ewan Calder wurde deinetwegen gegen seinen Willen in ein Kloster abgeschoben.«

»Ich habe Ewan jedenfalls nicht halb tot geprügelt.«

»Aber du warst der Grund für die Prügelei«, konterte Harry.

»Ihr habt mich von Anfang an vor ihm gewarnt.«

»Eine Warnung, die du offensichtlich ignoriert hast«, stellte Harry fest. »Wie auch immer. Offenbar beabsichtigst du, dich hier einzunisten und bei meinem Vater einzuschmeicheln. Deshalb müssen wir damit rechnen, dass deine Mutter, falls mein Vater, Gott behüte, vor der Zeit stirbt ...«

»Lass meine Mutter aus dem Spiel!«, fuhr Maeve auf.

»... dass deine Mutter einen Anteil am Erbe für dich einfordern wird.«

Maeve stand auf. »Ich dachte, du wärst anders, Harry McCulloch. Aber das war ein Irrtum. Du bist wie alle anderen: ein Snob, ein fürchterlicher Snob. Wenn du dir solche Sorgen um die Zukunft machst, solltest du einmal darüber nachdenken, dass wir vielleicht gar keine haben. Was, wenn keiner von uns sein Erbe antreten kann? Was, wenn erneut ein Krieg ausbricht und wir alle umkommen?«

»Es wird keinen Krieg mehr geben«, erwiderte Harry bestimmt.

»Es wird nie und nimmer einen Zweiten Weltkrieg geben«, gab Philip seinem Bruder recht.

»Woher wollt ihr das so genau wissen?«

»Dad hat gesagt, dass es keinen Krieg mehr geben wird.«

»Dafür wird der Völkerbund schon sorgen«, erklärte Harry.

»Zum Teufel mit dem Völkerbund!«, schnaubte Maeve. »Ich habe selbst erlebt, wie nutzlos solche Bündnisse sind. Beantworte nur meine Frage, Harry. Wo hat dein Vater genug Geld her, um die Firmenanteile aufzukaufen?«

Harry zögerte. »Er hat es sich geborgt, nehme ich an.«

»Von einer Bank?«, hakte Maeve nach.

»Davon gehe ich mal aus.«

»Dann braucht es gar keinen Krieg zu geben. Dann reicht eine Depression. Ich bin vielleicht keine solche Intelligenzbestie wie du, Harry, aber bei Gott, ich weiß, was eine Depression ist. Was, wenn dein alter Herr seine Schulden nicht zurückzahlen kann? Was, wenn er pleitegeht?«

»Mum hat einen Haufen Geld«, mischte sich Phil naiv in das Gespräch ein. »Und sie wird noch vermögender sein, wenn Grandee eines Tages stirbt. Das hat er uns selbst gesagt, auch wenn sie sich das Erbe jetzt mit Miss Runciman teilen muss.«

»Halt um Himmels willen die Klappe, Phil«, knurrte Harry unwillig.

»Aha. Ich habe euch also nachdenklich gemacht. Gut. Außerdem ...« Sie konnte der Versuchung einfach nicht widerstehen und platzte heraus: »Außerdem habt ihr vielleicht bald ganz andere Sorgen, als dass meine Mam euch euer Erbe streitig machen könnte.«

»Was meinst du?«, fragte Harry. »Etwas Bestimmtes?«

»Nichts Bestimmtes«, entgegnete Maeve und verließ hastig das Zimmer.

Nachdem sie sich geliebt hatten, redeten sie und redeten, als hätten sie in unzähligen einsamen Stunden in vielen einsamen Jahren nur auf diese Gelegenheit gewartet. Und es war mehr als nur Liebesgeflüster: Überlegungen und Versprechungen sehr praktischer, konkreter Art, die Lindsay als beinahe ebenso beglückend empfand.

In einen von Ross' Morgenmänteln gehüllt, saß sie im Wohnzimmer gleich neben dem Atelier vor dem Kamin und machte sich in einem Heft Notizen, schrieb Zahlen auf, die Ross ihr vorlas. Bankauskünfte, Steuerunterlagen und Versicherungspolicen waren auf dem Tisch ausgebreitet, und mit der gleichen Gründlichkeit wie beim Malen erstellte Ross ein sehr genaues Bild seiner Vermögenswerte, die, wie sich herausstellte, beträchtlich waren. Für die Ehefrau eines Mannes, der ihr freiwillig nicht einmal die Uhrzeit verraten hatte, war eine solche Offenheit erst recht beruhigend.

Ross ging es nicht darum, vor ihr zu prahlen oder sich wichtigzumachen, er breitete lediglich ganz sachlich in Pfund, Schillingen und Pence vor ihr aus, was er besaß, als wollte er ihr damit vor Augen führen, dass er nicht auf ihr Kapital angewiesen war, um den Grundstein zu legen für eine gemeinsame Zukunft. Er, der Künstler, war wirtschaftlich gesehen nicht weniger erfolgreich als ihr Ehemann und zudem fähiger als dieser, ihr den Lebensstil, den sie von Kindheit an gewohnt war, auch weiterhin zu ermöglichen.

»Wie viel ist es?«, fragte er. »Summa summarum?«

Sie nannte ihm den Gesamtbetrag.

Er pfiff anerkennend. »Ich würde sagen, das ist ganz ordentlich.«

»›Ordentlich‹ ist vielleicht nicht das richtige Wort«, meinte Lindsay.

»Aber es ist genug, oder?«

»Genug wofür?«

»Für ein Kaufangebot für Strathmore«, erklärte er.

»Nein«, entgegnete Lindsay.

»Nein? Du meinst, es reicht nicht?«

»O doch, es ist mehr als genug für die Hälfte von Strathmore«, entgegnete Lindsay. »Die andere Hälfte übernehme ich, einschließlich sämtlicher Instandhaltungs- und Renovierungsarbeiten.«

»Ich will dein Geld nicht, Lin.«

»Das weiß ich. Du willst nur meinen Körper.«

Ross lachte leise, beugte sich herüber, schob eine Hand unter den Morgenmantel und umfasste ihre Brust. Lindsay schüttelte die Hand lachend ab.

»Benimm dich«, sagte sie streng. »Du hast meinen Körper ja bereits, wann immer du willst, aber ich werde dir nicht gestatten, ihn zu kaufen.«

»Ah!« Ross zuckte zurück. »Tut mir leid, Lin, wenn ich den Eindruck erweckt habe, ich wollte dich aushalten.«

»Ich habe mich lange genug aushalten lassen«, erwiderte Lindsay kopfschüttelnd. Also, fifty-fifty – oder wir sind geschiedene Leute.«

»Bist du ganz sicher, dass du dir das leisten kannst?«

Lindsay zog entschieden zwei Linien unter ihre Berechnungen, befeuchtete dann mit der Zunge die Bleistiftspitze und setzte eine Zahl darunter. Sie drehte den Block herum und zeigte ihm, was sie geschrieben hatte.

»Grundgütiger! Was ist denn das?«

»Das ist die Summe, die Forbes mir wird zahlen müssen, um mich loszuwerden«, antwortete sie.

»Dich loswerden? Bist du denn sicher, dass er das überhaupt will?«

»Ganz sicher. Forbes ahnt zwar noch nichts davon, aber er kann uns nicht beide haben. Ich beabsichtige, ihn zu verlassen, damit er tun und lassen kann, was ihm beliebt.«

»Und das wäre?«

»Seine blonde Schlampe heiraten.«

Tom Calders Kündigungsschreiben flatterte gleich am Montagfrüh auf Forbes' Schreibtisch. Forbes schleuderte den zerknüllten Brief beiseite und eilte hinüber in Toms Büro, musste aber feststellen, dass sein Chefzeichner bereits alle persönlichen Gegenstände entfernt hatte. Bücher, Stifte, Fotos, Kalender und Terminkalender, sogar den kleinen Holzaffen, den Tom vor Jahren aus dem Niger mitgebracht hatte. Es schien, als wäre das Büro blitzblank gewischt und jede Spur seines bisherigen Nutzers ausgelöscht worden wie Fingerabdrücke vom Schauplatz eines Verbrechens.

Forbes ging hinüber ins Zeichenbüro und knöpfte sich Bob Lightbody vor.

»Wo ist Mr. Calder?«

»Weg, Mr. Forbes. Er hat ganz früh heute Morgen seine Sachen in eine Kiste gepackt, hat jedem von uns noch einmal die Hand geschüttelt und ist dann gegangen. Ich dachte, Sie wüssten Bescheid.«

»Nun ja«, stammelte Forbes, »Ja, natürlich habe ich davon gewusst. Im Prinzip. Ich wusste nur nicht, dass er schon heute geht.« Er lachte gezwungen. »Typisch, was? Typisch für unseren guten Tom, sich einfach so davonzustehlen. Er hat nie viel Aufhebens um sich gemacht.«

»Ich nehme an, Sie haben schon einen Ersatz für ihn gefunden. Ist es jemand, den wir kennen, Sir?«

»Nein. Nein, niemand, den Sie ... Wir ... Ich meine, ich habe die Bewerbungen noch nicht alle gelesen, und ich werde erst noch einige Bewerbungsgespräche führen müssen.«

»Wir haben mit Tom einen richtig guten Mann verloren, Sir.«

»Den besten«, gab Forbes ihm recht. »Den besten.«

»Und wer soll das Büro leiten, bis die Stelle neu besetzt ist, wenn ich fragen darf?«

Forbes schloss die Augen. Ihm war plötzlich schwindlig, und es kam ihm vor, als drehten sich die Deckenlampen über seinem Kopf. »Übernehmen Sie das, Bob«, hörte er sich sagen. »Ich ernenne Sie hiermit – vorübergehend – zum Ressortleiter.«

»Ein verantwortungsvoller Posten in Anbetracht des aktuellen Auftrags.«

»Selbstverständlich wird Ihr Gehalt entsprechend angehoben.«

»Das dachte ich mir schon, Mr. Forbes«, entgegnete Bob Lightbody. »Ich kann gern die Leitung der Abteilung übernehmen, aber ich bin kein Chefentwickler, Sir. Wer soll die Zeichner unterweisen und die Pläne absegnen?«

Forbes, der längst jeden Realitätssinn verloren hatte, entgegnete: »Das übernehme ich persönlich.«

Da stand es schwarz auf weiß, die Essenz sämtlicher Teilhaberschaftsklauseln:

Jeder einzelne Teilhaber ist befugt, im Namen der Firma sämtliche geschäftlichen Angelegenheiten zu entscheiden: Jeder der Teilhaber ist berechtigt, Verträge zu unterzeichnen, die dann für die anderen Teilhaber bindend sind.

Der Abtretungsvertrag war anderthalb Seiten lang und getippt, mit Aussparungen zum nachträglichen Einsetzen der Namen. Durch Gideon Rowe and Spellman waren die Gelder geflossen, um Martin und Arthur auszuzahlen. Ab morgen würde die Franklin-Werft kein Familienbetrieb mehr sein, sondern in den Besitz eines Ölkonsortiums übergehen.

Forbes hatte sein Möglichstes getan, um Tom Calder dazu zu bewegen, seine Kündigung zurückzunehmen, aber Tom, der sich die Schuld gab an dem, was sich zwischen seinem Sohn und seiner Enkelin abgespielt hatte, blieb hart. Morgen würde kein vertrautes Gesicht mehr am Konferenztisch sitzen, weder Arthur noch Martin oder Tom, nur Buchhalter und Anwälte. Von der »alten Besetzung« war allein Lindsay übrig, aber seine Frau wollte er bei den Vorstandssitzungen gar nicht dabeihaben.

Es war spätabends am Brunswick Crescent. Der Großteil von Arthurs Mobiliar war bereits in die Villa am Meer gebracht worden, und in einer Woche würden auch das Klavier aus dem Salon und die Bilder aus dem Flur verschwinden. Lindsay würde sich um Ersatz kümmern müssen. Forbes beugte sich über den Schreibtisch, die Hände über die Ohren gelegt, und starrte auf die Dokumente, die eine Zukunft besiegeln würden, die herzlich wenig mit der Vergangenheit gemein hatte.

»Forbes?«

Er blickte auf. »Ach, du bist es«, sagte er müde. »Ich dachte, du wärst schon zu Bett gegangen.«

»Noch nicht«, entgegnete Lindsay. »Was machst du gerade?«

Er zuckte mit den Schultern. »Geschäftlicher Papierkram.«

»Wenn du schon dabei bist, könntest du vielleicht auch für mich eine geschäftliche Angelegenheit regeln?«

»Für dich? Worum geht's?«

Er schwang in seinem Kapitänssessel herum und blickte zu ihr auf. Sie wirkte heute Abend jünger, gelöst, ja beinahe heiter. Lindsay holte eine schlichte weiße Karte hinter dem Rücken hervor und legte sie vor ihn auf den Schreibtisch.

»Ich will verkaufen, Forbes. Lass von Mr. James einen entsprechenden Vertrag aufsetzen, den ich nur noch zu unterschreiben brauche.«

»Lindsay, bist du ...«

»Ob ich mir sicher bin? Selbstverständlich bin ich das. Das wolltest du doch, oder? Weißt du noch, wie wütend du warst, als Großvater Owen mir zwei Vierundsechzigstel der Firma überschrieben hat und ich dir dann später weitere vier Vierundsechzigstel abgekauft habe? Aber das ist so lange her, dass ich schon gar nicht mehr genau weiß, wem was gehört.«

»Du brauchst das nicht zu tun, Linnet.«

»O doch«, entgegnete sie. »Ich muss. Die Jungs werden nicht in deine Fußstapfen treten, oder? Ich meine, was wird für sie übrig bleiben, wenn deine Freunde aus der Ölbranche sich alles einverleibt haben?«

»Du übertreibst, meine Liebe. Ich wahre nur unser aller Interessen. Ich verkaufe ihnen nicht den River Clyde, weißt du, sondern nur eine kleine unbedeutende Werft. Außerdem behalte ich auch weiterhin die Kontrolle über alles.«

»Nicht über alles«, widersprach Lindsay.

Forbes legte den Zeigefinger auf die Karte und zog sie zu sich herüber. »Was ist das?«

»Mein Preis«, entgegnete Lindsay ungerührt.

»Das ist zu viel.«

»Das glaube ich nicht.«

»Dann ziehst du auch das Kapital aus der Firma?«

»Ja, alles.«

Ihm wurde ein klein wenig flau angesichts der Leichtigkeit, mit der sie kapitulierte. Wegen der Höhe ihrer Forderung würde es keine Schwierigkeiten geben. Das Konsortium würde ihren Preis, so gesalzen er auch sein mochte, ohne mit der Wimper zu zucken zahlen. Seine Frau war schon immer clever gewesen, kein naives Dummchen wie beispielsweise Cissie Calder. Aber sie war passiv geblieben, eine stille, zurückhaltende Frau, die seine zahlreichen Eskapaden hingenommen, ihren Hausfrauenpflichten nachgekommen und ihre Nase aus seinen Geschäften herausgehalten hatte. In jeder Hinsicht – bis auf eine – war sie stets die perfekte Ehefrau gewesen.

Es verursachte ihm Bauchschmerzen, dass er seinen Reichtum mit Stella teilen würde und nicht mit Lindsay, wenn das Geschäft erst boomte und Pickerings englische und französische Partner absahnten.

»Also gut«, sagte er. »Ich kümmere mich darum. Es wird allerdings ein, zwei Wochen dauern.«

»Wenn du das Haus behalten willst, musst du deinen Anteil natürlich aus eigener Tasche zahlen, es sei denn, du kannst deine Freundin überreden …«

»Das Haus? Welches Haus?«

»Dieses Haus hier. Das Haus meines Vaters.«

Forbes erhob sich langsam und stützte sich dabei auf die Schreibtischkante.

»Es eilt aber nicht«, fuhr Lindsay fort. »Genau genommen wäre es für die Kinder besser, wenn einer von uns hier wohnen bliebe, wenigstens so lange, bis auch Philip auf die Universität geht. Du solltest dich beizeiten um eine Haushälterin kümmern als Ersatz für . . .«

»Wer hat es dir erzählt?«, fiel Forbes ihr ins Wort.

»Mir erzählt? Was denn?«

»Von . . . von . . .«

»Von Stella, meinst du? Ach, komm, Liebling, du hast doch nicht wirklich geglaubt, du könntest deine Affäre geheim halten, oder?« Lindsay runzelte die Stirn. »Du hattest gewiss nicht vor, sie hier wohnen zu lassen, oder? Nein, so dreist wärst nicht einmal du. Denk nur an den Skandal. Wenn wir uns Zeit lassen, wird es keinen Skandal geben, höchstens etwas Klatsch und Tratsch. In einem Jahr dürfte eine offizielle Trennung dann nur noch eine Formalität sein, nach der kein Hahn mehr kräht.«

»Trennung?«

»Ist das denn nicht das, was du wolltest?«

»Nein. Nein.«

»Das ist dumm für dich. Ich möchte es nämlich.«

»Wo willst du . . .? Was willst du . . .?«

»Was ich mit all dem Geld vorhabe, das deine Freunde mir zahlen werden? Nun, einen Teil davon werde ich aufwenden, um Strathmore zu kaufen.«

»Strath . . .«

»Gemeinsam mit Ross. Wir kaufen den Landsitz zu gleichen Teilen.«

»Ross? Dann ist er also derjenige?«

»Du hast doch nicht etwa gedacht, es wäre dieser lächerliche Paget, oder?«

»Ich habe gar nicht gewusst, dass es überhaupt jemanden gibt«, entgegnete Forbes. »Ich hätte nicht gedacht, dass du einen Verehrer hast. Großer Gott! Warum ausgerechnet Ross?«

»Weil er mich liebt.«

»Du meinst, weil er ein verfluchter Franklin ist.«

»Das vielleicht auch«, gab Lindsay zu.

»Weiß dein Vater Bescheid?«

»Ross hat ihn eingeweiht.«

»Und er billigt euer Vorhaben?«

»Nun, meine Heirat mit dir hat er nie gebilligt, Forbes. Ich weiß bis heute nicht, warum«, erwiderte sie ironisch.

Forbes straffte die Schultern, mit einer Hand immer noch auf die Tischkante gestützt. »Willst du dir mit dem Verkauf deiner Franklin-Anteile die Freiheit von mir erkaufen?«

»Spiel dich nicht so auf, Forbes. Und sei bitte nicht so melodramatisch. Ich werde mich nicht aus diesem Haus davonschleichen. Ich habe dir lediglich meine Anteile zum Kauf angeboten. Wenn du sie haben willst, kaufe sie. Wenn nicht, lehne ich mich entspannt zurück und freue mich auf meine jährliche Dividendenausschüttung. Freiheit hat keinen Preis. Auch das ist ein Irrglaube von dir.«

»Es ist wegen Stella, habe ich recht?«

»Nein, es ist nicht wegen Stella, Marjorie oder auch Sylvie Calder. Es geht überhaupt nicht um dich, Forbes. Dieses eine Mal geht es allein um mich, um das, was *ich* will. Wenn du Stella Pickering heiraten möchtest, ist das allein deine Angelegenheit. Es ist mir völlig schnuppe.«

Er nahm die Karte vom Schreibtisch und strich sich damit über das Kinn. »Hast du schon mit ihm geschlafen?«

»Natürlich.«

»Also gut.« Forbes nickte. »Wenn du unsere Ehe auf diese Weise beenden willst, habe ich keine andere Wahl, als deine Bedingungen zu akzeptieren.«

»Du kaufst meine Anteile?«

»Ich kaufe sie«, antwortete er.

Sie fuhren im strömenden Regen in zwei glänzenden schwarzen Limousinen mit uniformiertem Chauffeur vor. Die Arbeiten auf den Gerüsten, die das Pförtnerhaus überragten, wurden unterbrochen, und die Arbeiter drängten sich an die Geländer, um einen Blick auf die neuen Eigentümer zu erhaschen. Auch im Zeichenbüro wurden die Stifte aus der Hand gelegt, und die Ingenieure und Zeichner eilten ans Fenster, um zu sehen, wie ihre neuen Dienstherren aussahen. Tatsächlich unterschieden sie sich nicht nennenswert von den bisherigen. Sie trugen die gleichen Hüte, die gleichen dunklen Mäntel und bewegten sich mit dem gleichen wiegenden Gang. Unter dem Strich spielte es keine Rolle, ob sie eine Million besaßen oder zehn, Hauptsache, sie sorgten für volle Auftragsbücher und zahlten die Löhne pünktlich jeden Freitagnachmittag aus.

Forbes ging nicht hinaus, um seine neuen gesichtslosen Partner zu empfangen. Er blieb in dem massiven, mit Schnitzereien verzierten Sessel seines Großvaters am Kopfende des Konferenztisches sitzen, Meg Connors an seiner Seite, ihr Notizblock aufgeschlagen und ihre kleine Auswahl an gespitzten Bleistiften einsatzbereit. Um ihn herum saßen die Anwälte der Franklins, und auf dem polierten Mahagonitisch waren Unmengen von Papieren ausgebreitet. Noch nie hatte Forbes sich so allein gefühlt. Er blickte auf Mrs. Connors, auf die grauen Strähnen, die ihr blondes Haar durchzogen, und fragte sich, was sie von all dem halten mochte und ob er oder sonst irgendjemand unter den alten oder neuen Firmenbossen ihr wohl etwas bedeutete.

Die Männer draußen auf den Gerüsten hatten die Arbeit wieder aufgenommen. Von den Hellingen drang das vertraute Hämmern herüber. Der typische Geruch nach Teer und Koks hing in der feuchten Luft wie der Atem der Geschäftigkeit.

Die Wanduhr hinter Forbes tickte unaufhaltsam. Um fünf Minuten vor zwölf klopfte der Pförtner an die Tür und öffnete, um die neuen Partner und ihr Gefolge einzulassen.

Forbes erhob sich, ging den Männern entgegen und schüttelte ihnen die Hand: Gideon Rowe, Sir Andrew Pickering und zu seiner Verblüffung Mitchell Hussey, der offenbar beschlossen hatte, anstelle seiner Frau Marjorie mit Forbes ins Bett beziehungsweise Boot zu steigen.

Kapitel 21

Böses Erwachen

Die erste Stahllieferung von Bradford's lag qualitativ weit unter dem üblichen Standard. Forbes verweigerte die Annahme und schickte die gesamte Ladung zurück. Er sandte Archie Robb nach Sheffield, damit er sich das Werk dort ansah, und war bestürzt von dessen negativem Bericht. Außerdem führte er Bewerbungsgespräche mit drei technischen Zeichnern, die sich auf Calders Posten beworben hatten, aber keiner kam infrage, woraufhin er einen letzten Versuch unternahm, Tom Calder zur Rückkehr in die Firma zu bewegen. Tom behauptete, den Ruhestand zu genießen, und war nicht zu überreden.

Die Komplexität von Toms Zeichnungen verwirrte Forbes. Er verließ sich darauf, dass Bob Lightbody dafür sorgte, dass im Zeichenbüro alles glattlief, obwohl er selbst wusste, dass die Situation auf Dauer untragbar war. Jack Burgoyne hatte sich von seiner Niederlage im August erholt und organisierte seitens der Gewerkschaften den Widerstand gegen weitere Entlassungen. Außerdem machten Forbes' neue Partner schriftlich und telefonisch Druck; und da war das ständige kaltblütige Piesacken von Mitchell Hussey, dessen Einmischungen weder der Effizienz noch dem Betriebsklima zugute kamen.

Am Brunswick Crescent lief es nicht besser.

Die Köchin hatte sich von Arthur und Eleanor abwerben lassen und war nach Largs übergesiedelt. Seitdem führte Enid das Regiment und hatte eine ihrer Schwestern als Hausmädchen ins Haus geholt. Aber ohne Eleanor Runcimans feste Hand wurden die Mädchen rasch frech und faul. Das Frühstück wurde oft zu spät aufgetragen, das Abendessen war eine einzige Katastrophe, und sonntags gab es zum Mittagessen höchstens einen Teller Suppe und kalten Lammbraten. Lindsay schien das alles egal zu sein. Sie verbrachte immer mehr Zeit mit Ross, und Forbes war zu beschäftigt, um sich der häuslichen Missstände anzunehmen. Als der Herbst in den Winter überging, gestand er sich nach und nach ein, dass er nicht mehr Herr im eigenen Hause war.

Maeve bekam er noch seltener zu Gesicht als Lindsay. Wenn sie nicht gerade Ross Modell saß, besuchte sie ihren Freund Bobby Shannon. Harry seinerseits hatte die Freuden der Studentenvereinigung für sich entdeckt und verbrachte dort mehr Zeit mit Biertrinken und politischen Diskussionsrunden als daheim. Philip, der sich allein gelassen fühlte und langweilte, schloss sich der Jugendorganisation der Kirchengemeinde an. Er füllte seine Abende mit Badmintonspielen im Kirchensaal und machte, auch wenn Forbes hiervon nichts ahnte, sehr artig und wohlerzogen Dorothy Calder den Hof.

Der November war ein deprimierender Monat. Nur die Aussicht auf das baldige Wiedersehen mit Stella, die ihn reichlich entschädigen würde für das Ungemach einer ungerechten Welt, verlieh ihm die Kraft durchzuhalten.

Er wartete drei Wochen vergeblich auf Nachricht von ihr.

Forbes geduldete sich noch eine weitere Woche, ehe er schließlich zum Hörer griff und in Merriam House anrief.

Es meldete sich niemand.

Er versuchte es erneut ganz früh am Freitagmorgen. Wieder meldete sich niemand. Forbes rief noch einmal nach dem Mittagessen an. Nichts. Montag probierte er es dann gleich mehrmals. Niemand, weder Pickering noch Stella, Ronnie oder sonst ein Hausangestellter ließ sich herab, den Hörer abzunehmen.

Inzwischen machte Forbes sich ernsthaft Sorgen. Er wollte sie. Er wollte sie mehr, als er je eine andere Frau gewollt hatte, und zermarterte sich das Hirn über die Gründe für ihr Schweigen. Forbes wusste, dass sie nicht der vorsichtige Typ war, und so interpretierte er ihr anhaltendes Schweigen als eine weitere ihrer Launen, einen weiteren ihrer raffinierten Tricks, mit denen sie das Feuer seiner Leidenschaft immer wieder von Neuem anfachte.

Er schrieb ihr eine persönliche Nachricht und lud sie zum Lunch ins »Cardross Arms« ein. Am frühen Mittwochnachmittag fuhr er im Nieselregen zum Hotel, trank an der Bar ganz allein ein Glas Wein und beobachtete die Tür und den Tisch am Fenster. Er wartete auf Stella in ihrem weiten Mantel und dem eng anliegenden Hut, mit dem sie aussah wie eine Pilotin. Er wartete darauf, dass sie endlich hereinrauschte, ihm ihr breites Lächeln schenkte und ihn aufforderte, ihr einen Cocktail zu bestellen.

Sie rauschte nicht herein; sie kam überhaupt nicht.

Als es zwei Uhr wurde, aß er allein – Suppe, Fisch und Zitronenkuchen – und trank dazu viel zu viel Wein. Er ließ sich beim Essen Zeit und starrte hinaus in den Regen, der auf den Fluss niederging; in sich gekehrt und einsam saß er da, erfüllt von wachsender Verzweiflung.

Anschließend hockte er zehn Minuten im Lanchester und rauchte eine Zigarette. Als dann die Dämmerung den Clyde heraufkroch, fuhr er über die gewundenen Landstraßen nach Dalmuir und die Straße hinauf zum Merriam House. Im Herzen wusste er, was ihn dort erwartete.

Das *Zu-verkaufen*-Schild war deutlich sichtbar am schmiedeeisernen Tor angebracht. Forbes stieg aus dem Wagen und trat an das Tor. Hilflos rüttelte er an der Kette mit dem Vorhängeschloss, die ihm den Zutritt verwehrte. Laub bedeckte die Zufahrt. Die Rechtecke des Hauses schimmerten grau und abweisend im Dunkeln. Nirgendwo brannte Licht.

Forbes kehrte zurück zum Wagen, lehnte sich an die Motorhaube und starrte in den verregneten Himmel. Er hörte das Klopfen von Dampfhämmern, das gedämpfte Dröhnen von den Werften und Fabriken, das vom Fluss heraufwehte.

Er wusste, dass es vorbei war, dass er all das besaß, wonach er getrachtet hatte. Aber das eine, was ihm wirklich etwas bedeutet hatte, war unwiderruflich verloren.

Der Schal war im Grunde eine Verkleidung, doch sie glaubte nicht, dass Bobby sich daran stören würde. Maeve trottete zusammen mit den Werftarbeitern, die jetzt, da es schon früh dunkel wurde, bereits um fünf durch die Tore strömten, die Riverside Street hinunter. Auf einen Hut hatte sie verzichtet und sich stattdessen den Schal über den Kopf gelegt und trug ihre derben Schuhe, die sie das letzte Mal vor all den Monaten bei ihrer Ankunft aus Dublin getragen hatte. Sie fühlte sich wohl in ihnen, obgleich der Wollrock und die Bluse neu waren und das komplette *Ensemble*, wie Tante Lindsay es genannt hatte, nicht so ganz zur Frau eines einfachen Arbeiters passte.

Sie hatte sich von Enid eine Einkaufstasche aus Segeltuch geborgt und nicht nur die Speisekammer, sondern auch Onkel Forbes' Barschrank geplündert. Die Tasche, in der die halb volle Whiskyflasche klirrend gegen das Glas mit den eingelegten Birnen schlug, hatte sie den ganzen Weg vom Brunswick Park hinuntergeschleppt. Eier, Speck, Butter, Brot und die dicken Scheiben Wurst waren sorgfältig in Zeitungspapier eingeschlagen.

Sie fühlte sich in den Häuserschluchten entlang des Flusses längst heimischer, als sie sich je oben auf dem Hügel gefühlt hatte.

Zwei Väter zu haben hatte sich als weit weniger vorteilhaft erwiesen, als Ross vorausgesagt hatte. Während sie gern bereit war, ihrem Daddy und auch ihrer Mutter ihre Indiskretion von vor so langer Zeit zu verzeihen, war sie doch nicht gewillt zuzulassen, dass diese ihr Leben ruinierten. In Dublin war sie eine frühreife, starrsinnige Rebellin gewesen, die in ihrem Kampf beflügelt worden war von der Affäre ihrer Mutter mit einem Waffenschmuggler, von der Weigerung ihres Vaters, für die Sache zu kämpfen, an die er nicht glaubte, und von ihren irischen Onkeln, ihrer ersten großen Liebe Turk sowie der ganzen bunt zusammengewürfelten Gang, die früher zu konspirativen Treffen im »Shamrock Hotel« zusammengekommen war.

Das alles hatte sie hinter sich gelassen und war viel zu schnell in die Rolle einer erwachsenen Frau hineingestolpert.

Ihrem Vater hatte sie es zu verdanken, dass sie das Leben im goldenen Käfig kennengelernt hatte, zu dem ihre schottischen Vettern verdammt waren. Heute wusste sie, dass dieses Leben nichts für sie war. Sie legte keinen Wert darauf, Bestandteil der Geschichte eines anderen zu sein, Gegenstand der Fantasien Dritter wie das Mädchen in *Das gestohlene Herz*.

Maeve war nicht so naiv, daran zu glauben, dass sich letztendlich immer alles zum Guten wendete. Sie hatte bereits erkannt, dass die Erde sich immer weiterdrehte, dass man am Ball bleiben und zugreifen musste, wenn einem das Glück über den Weg lief. Und wenn man seine Chance beim Schopf gepackt hatte, musste man, so gut es ging, den Preis dafür zahlen.

Sie würde für Ross Modell sitzen, wenn er sie brauchte, und sie würde auch Einladungen in das Haus am Brunswick Park annehmen. Sie würde Onkel Forbes eine loyale Nichte sein und Tante Lindsay eine gute Freundin. Sie war sogar bereit, sich mit Harry zu vertragen, wenn der wieder von seinem hohen Ross herabstieg. Jetzt würde sie heimgehen und anschließend nach Dublin, und Bobby würde sie mitnehmen, ihn in Feindesland begleiten und wieder zurück. Sie würde seinen Zorn mildern, seine Trauer lindern und für sein leibliches Wohl sorgen. Außerdem würde sie sich um seinen Vater kümmern und die Wohnung in der Mietskaserne in Riverside in ein richtiges Zuhause verwandeln, in eine heimelige kleine Festung, von der aus sie beobachten konnte, was hätte sein können.

Und mit etwas Glück würde sie ihren Entschluss nie bereuen.

Bobby wartete auf sie, er hielt nach ihr Ausschau. Er sah schick aus mit Hemdkragen und Krawatte, anders als die Arbeiter in ihren speckigen Overalls und flachen Baskenmützen. Aber im Grunde war er nicht anders als sie, einmal abgesehen davon, dass sie sich in ihn verliebt hatte, was ihn zumindest in ihren Augen zu etwas Besonderem machte.

Er nahm ihre Hand und hätte ihr auch die Einkaufstasche abgenommen, wenn sie es zugelassen hätte. Er stieg mit ihr das düstere, von Gaslampen spärlich erhellte Treppenhaus hinauf, vorbei an der Toilette auf dem Gang, hinauf in den obersten Stock. Dort sperrte er die braun lackierte Tür auf und schob sie in die Diele.

Sie stellte die Tasche vorsichtig oben auf der Kohlenkiste ab und gestattete ihm dann, sie in die Arme zu schließen. Er küsste sie, streichelte sie und drückte sie gegen die Kiste. Der feuchte Schal glitt von ihrem Kopf, und ihr offenes Haar fiel weich über ihre Schultern.

Maeve hatte ihn zusammen mit seiner Schwester Alice beobachtet. Sie wusste, wie viel Liebe in ihm war. Aber verliebt hatte sie sich in seine andere, dunklere Seite, in etwas Unbestimmbares, das sie wehrlos machte und sie veranlasste, sich rückhaltlos diesem Menschen hinzugeben, überwältigt von Gefühlen, die sich der Vernunft entzogen.

Bobby rückte von ihr ab und blies die Backen auf. »Hast du ihnen schon von uns erzählt?«, fragte er mit belegter Stimme.

»Noch nicht.«

»Du wirst es ihnen bald sagen müssen«, meinte Bobby.

»Und was, wenn ich es nicht tue?«

»Dann könnte es sein, dass ich meine gute Erziehung vergesse.«

»Also gut«, entgegnete sie lächelnd. »Ich erzähle es ihnen bald.«

»Wann?«

»Sobald du mir einen ordentlichen Antrag gemacht hast.«

»Was verstehst du unter ›ordentlich‹?«

»Ich möchte, dass du es aussprichst.«

»Aha. Also gut. Miss Maeve McCulloch, ich bin verrückt nach dir. Würdest du mich also in Gottes Namen heiraten?«

»Ja«, antwortete Maeve, die sich von seinem Antrag angemessen geschmeichelt fühlte.

Ross hatte Wochen gebraucht, um das ideale Pferd zu finden, eine gelassene Apfelschimmel-Stute, die nicht weiter als eine halbe Meile von Strathmore entfernt auf einer Wiese stand.

Er hatte viele Tage draußen verbracht, das Zeichenbrett an die Einfriedung gelehnt, und hatte mit viel Geduld und noch mehr Möhren und Zuckerwürfeln die Stute angelockt und an sich gewöhnt. Nach und nach hatte er ein halbes Dutzend Zeichenblöcke mit Skizzen gefüllt und diese dann abends vor dem Kamin im Wohnzimmer aussortiert und überarbeitet.

Außerdem hatte er gleich mehrere große Bände über die Anatomie des Pferdes gekauft und zu Lindsays Freude sogar *alla prima* ein Bild von der Stute im Galopp gemalt, wobei er geschickt die Leinwand immer wieder drehte, um das Tier aus verschiedenen Blickwinkeln zu erfassen, sodass es schließlich aussah, als preschte Tam o'Shanters altes Ross inmitten einer ganzen Herde mit wildem Blick am Brig o'Doon vorbei.

Ross arbeitete sehr sicher, mit Kreide ebenso versiert wie mit dem Bleistift, und Lindsay spürte eine völlig neue Dimension bei seinen Bildern, eine Intensität, die ihnen bislang gefehlt hatte. In gut einer Woche wollte er Maeve und Bobby zum Posieren ins Atelier bestellen. Ross erklärte, dass er nicht die Absicht habe, die graue Stute zu kaufen und in seiner Garage am Flowerhill Drive unterzustellen, zumal Bobby, so talentiert er auch anderweitig sein mochte, ebenso wenig Reiter war wie Maeve eine Hexe.

»Ich möchte die Fertigstellung des Bildes nicht zu sehr hinauszögern, da es ganz danach aussieht, als wollten Mr. Shannon und deine liebe Nichte sich zusammentun, und ich möchte nicht demnächst Variationen der Madonna mit Kind malen müssen.«

»Maeve würde es niemals so weit kommen lassen, dazu ist sie viel zu vernünftig«, entgegnete Lindsay.

»Maeve ist alt genug ... und sie ist reif dafür.«

»Reif! Was für ein entsetzliches Wort!«

»Aber treffend«, meinte Ross schulterzuckend. »In einer proletarischen Gemeinschaft würde man Maeve als wertvollen und fruchtbaren Besitz betrachten.«

»Brunswick Park ist doch keine proletarische Gemeinschaft.«

»Ich dachte auch nicht direkt an Brunswick Park.«

»Und woran dann? Riverside?«

Ross stützte sich auf einen Ellbogen und warf Lindsay über die Schulter hinweg einen Blick zu. Er trug eine dicke Tweedhose, in der sein Po breiter wirkte. Aber der schwere Strickpullover stand ihm gut und passte zu seinem Bart. Er sah mehr wie ein Waldarbeiter aus denn wie ein Künstler, fand Lindsay. Sie war ganz sicher, dass er – und auch sie – sich in kürzester Zeit heimisch fühlen würden, wenn sie in zwei bis drei Jahren endlich ihr renoviertes Landhaus beziehen konnten.

»Was ist mit dir?«, fragte Ross.

»Was soll mit mir sein?«

»Bist du ... Ich meine, glaubst du, du bist noch jung genug?«

»Ross! Ich bin vierzig Jahre alt.«

Sie lag auf dem von Motten zerfressenen Ledersofa, das sie von der Diele hereingeschoben hatten. In dem alten gemauerten Kamin brannte ein loderndes, zischendes Holzfeuer, und der Wind rüttelte an den Glastüren, die Ross mit einem Stück Kordel zugebunden hatte. Es gab wieder fließendes Wasser und auch Strom, und erste dringende Arbeiten am Dach waren ausgeführt worden, aber die eigentlichen Renovierungsarbeiten würden erst im Frühjahr beginnen.

Bis dahin war es ein köstliches Abenteuer, in dem alten Haus mehr oder weniger zu kampieren, Mahlzeiten in der riesigen verräucherten Küche zuzubereiten, sich in dem Himmelbett in dem großen Zimmer mit den freiliegenden Balken im ersten Stock aneinanderzukuscheln und dem zufriedenen Ächzen des Hauses um sie herum zu lauschen.

Ein heruntergekommener alter Landsitz und dreizehn Acre Land, die Cousin und Cousine gemeinschaftlich erworben hatten, eine exzentrische Laune, eine Spinnerei, um dem tristen Alltag zu entfliehen. Aber Lindsay verspürte keinerlei Gewissensbisse wegen ihres Lebenswandels. Sie hatte niemanden wirklich betrogen, auch nicht ihre Söhne. Nach und nach würde sie sich vom Brunswick Crescent zurückziehen, sich sanft von den Jungs und von Forbes lösen. Sie würde sie nicht gänzlich verlassen, so wie Tom Calder Sylvie im Stich gelassen hatte und Forbes Maeve. Sie würde die Beziehung zu Philip und Harry wieder vertiefen, sobald die beiden reif genug waren, ihr zu vergeben, wobei sie ziemlich sicher war, dass sie hierzu nicht lange brauchen würden.

Und was den Rest betraf, war sie erleichtert, ihren Firmenanteil los zu sein, jene unangemessene Bürde, die ihr Großvater ihr aus reiner Güte und Großzügigkeit vor all den Jahren aufgehalst hatte: Forbes, Forbes und die Werft, Forbes und Sylvie Calder und … Maeve: jene dunklen Geheimnisse der Männer, die eigentlich nicht für ihre schwachen, gehorsamen Frauen bestimmt sind, jene seltsamen Triebe und Sehnsüchte, die wie Kindheitserinnerungen im Verborgenen bleiben sollten.

Lindsay ließ sich vom Sofa gleiten und legte sich zu ihrem

Cousin auf den abgenutzten Teppich vor dem Kamin. Sie streckte den Arm aus und zupfte mit den Fingerspitzen an seinem Bart. »Möchtest du wirklich noch Kinder haben, Ross?«

»Kinder? Nun, eins wäre mir für den Anfang schon genug.«

»Ich weiß nicht, ob es noch geht.«

»Ich glaube, ich würde einen ganz annehmbaren Vater abgeben, was denkst du?«

»Ganz bestimmt. Das ist auch nicht das Problem. Das eigentliche Problem ist, dass ich möglicherweise schon zu alt bin, um noch Kinder zu bekommen.«

»Bist du sicher? Ich meine ... du weißt schon, was ich meine.«

Sie setzte sich auf, schlang die Arme um die angezogenen Knie und starrte ins Feuer. »Ich habe mir immer eine Tochter gewünscht«, sagte sie wehmütig. »Ich liebe meine Söhne von ganzem Herzen, aber ein Mädchen ... Du wärst doch nicht enttäuscht, wenn es ein Mädchen würde, oder, Ross?«

»Eine Tochter wäre wunderbar.«

»Wahrscheinlich bin ich noch gar nicht zu alt. Noch nicht. Aber wir müssen uns beeilen, Ross, und wenn es klappt, wenn es zu einem freudigen Ereignis kommt, dann ist eine einfache Trennung nicht mehr genug. Wie lange dauert es, bis eine Scheidung rechtskräftig ist?«

»Keine Ahnung.«

»Was für ein Skandal das wäre!«, meinte Lindsay. »Welch fürchterlicher Familienskandal.« Sie lachte. »Harry würde einen Anfall bekommen.«

»Und Forbes ebenfalls, könnte ich mir vorstellen.«

Einen Moment hätte sie fast an Forbes gedacht, sich beinahe gefragt, was er wohl gerade machte, aber der Gedanke war gleich wieder verflogen.

Lindsay hatte Forbes schon zu viel gegeben, ihm zu viel Zeit geschenkt, zu viel Aufmerksamkeit, zu viel ihrer selbst. Sie musste jeden Augenblick ihres zukünftigen Lebens genießen, jeden kostbaren Moment, und durfte sich ihr Glück nicht verderben lassen, indem sie aus reiner Gewohnheit über ihren Mann nachgrübelte, der, ganz egal, was sie tat oder sagte, überleben würde.

»Ein Baby«, murmelte sie verträumt. »Warum eigentlich nicht?« Sie blickte in Richtung der Terrassentüren und schnappte überrascht nach Luft. »Sieh doch, Liebster! Ich glaube, es fängt an zu schneien.«

»Tatsächlich. Sieh mal einer an!«

Er rappelte sich auf, zog sie auf die Füße und dann hinter sich her zur Tür. Sie schauten durch das gesprungene Glas in die Dunkelheit, die plötzlich gar nicht mehr so dunkel schien.

»Sollen wir kurz rausgehen?«, fragte Ross.

»Ja. Ja, Schatz, lass uns das tun.«

Ross entfernte die Kordel, stieß die Türen auf, nahm Lindsays Hand und trat mit ihr hinaus in die ersten Schneeflocken des Winters.

Ein dunkler Fluch im Land der weißen Wolke – ein Leseabenteuer vom anderen Ende der Welt

Laura Walden
DER FLUCH DER MAORIFRAU
Roman
560 Seiten
ISBN 978-3-404-15940-6

Kurz vor ihrer Hochzeit reist die junge Hamburgerin Sophie nach Neuseeland, wo ihre Mutter Emma den Tod fand. Zu ihrer Überraschung erfährt sie, dass Emma Neuseeländerin war und ihr dort ein Haus und ein beachtliches Vermögen hinterlassen hat. Sophie ist verstört: Warum hat Emma all das nie erwähnt? Nur Emmas Tagebuch kann das Geheimnis lüften, in dem sie die Geschichte ihrer Familie offenbart. Fasziniert vom Schicksal ihrer Vorfahren, taucht Sophie ein in eine exotische Welt voller Gefahren, und sie begreift, dass ihre Mutter sie schützen wollte – vor einem Unheil bringenden Fluch.

Bastei Lübbe Taschenbuch